安庆
新文化
百年

1915-2015

ANQING XIN WENHUA BAINIAN

百 年 安 庆　人 文 荟 萃

主编简介

金肽频，男，中国作家协会会员、安徽省第二届签约作家、北京师范大学兼职研究员、安庆师范大学兼职教授。曾出席诗刊社第十七届青春诗会。已在《人民日报》《文汇报》《人民文学》《诗刊》等全国报刊发表诗歌、散文共 200 余万字，曾在《羊城晚报》《扬子晚报》《济南时报》《燕赵晚报》《江南晚报》等报纸开设“作家专栏”。诗歌入选《21 世纪中国诗歌排行榜》及中国作协创研部或诗刊社主持的年度最佳选本。诗歌《与一朵白莲的距离》入选《大学语文》课本（合肥工业大学出版社 2009 年 1 月第 2 版修订本）。

出版诗集、散文集、新闻论文集共十二部，目前专注于艺术评论。主编书籍有《海子纪念文集》（四卷本）120 万字、《安庆六十年文学精品集》（五卷本）150 万字、《安庆女诗人诗选》等。

ANQING XIN WENHUA BAINIAN
XIAOSHUO JUAN

小说卷

金肽频　主编

安慶新文化百年

吉狄馬加

时代出版传媒股份有限公司
安徽文艺出版社

图书在版编目(CIP)数据

安庆新文化百年·小说卷/金肽频主编.—合肥:安徽文艺出版社,2016.1
ISBN 978-7-5396-5592-5

Ⅰ.①安… Ⅱ.①金… Ⅲ.①文艺-作品综合集-安庆市 ②小说集-中国 Ⅳ.①I218.543

中国版本图书馆 CIP 数据核字(2015)第282234号

出 版 人:朱寒冬
出版策划:朱寒冬 刘 哲　　出版统筹:张 磊
责任编辑:王婧婧　　装帧设计:徐 睿

出版发行:时代出版传媒股份有限公司 www.press-mart.com
安徽文艺出版社 www.awpub.com
地　　址:合肥市翡翠路1118号 邮政编码:230071
营 销 部:(0551)63533889
印　　制:安徽新华印刷股份有限公司 (0551)65859551

开本:710×1010 1/16 印张:40.25 字数:660千字
版次:2016年1月第1版 2016年1月第1次印刷
定价:88.00元(精装)(全六册:528.00元)

(如发现印装质量问题,影响阅读,请与出版社联系调换)

顾问名单

（排名不分先后）

总顾问：方兆祥　安徽省政协原主席

李修松　安徽省政协副主席（兼省文化厅副厅长）、安徽大学博士生导师

总策划：朱寒冬　安徽文艺出版社社长

顾　问：虞爱华　中共安庆市委书记

魏晓明　安庆市人民政府市长

朱士群　安徽省社会科学院院长

吴　雪　安徽省文联主席、著名书法家

季　宇　安徽省文联名誉主席、著名作家

金　燕　安徽省教育厅副厅长

郭俊英　北京鲁迅博物馆（新文化运动纪念馆）馆长

查结联　安徽省纪委派驻省文化厅纪检组组长、省文化厅党组成员

盛志明　安徽盛晟集团董事长

文学顾问：

铁　凝　著名作家、中国作家协会主席

冯骥才　著名作家、中国文学艺术界联合会执行副主席

吉狄马加　著名作家、中国作家协会副主席、鲁迅文学院院长

李敬泽　著名评论家、中国作家协会副主席、《人民文学》主编

吴思敬　著名评论家、首都师范大学教授、博士生导师

余光中　台湾著名诗人、台湾中山大学资深教授

洛　夫　台湾著名诗人、世界华语诗坛泰斗

莫　言　著名作家、诺贝尔文学奖获得者

顾问名单

（排名不分先后）

艺术顾问：

潘公凯　著名画家、中国美术家协会原副主席、中央美术学院原院长
何家英　著名画家、中国美术家协会副主席
史国良　著名画家、中国国家画院研究员
任　平　著名书法家、中国艺术研究院书法专业博导
张　松　著名画家、安徽省美术家协会主席
朱松发　著名画家、安徽省美术家协会副主席
朱春林　著名油画家、中国艺术研究院油画教学部主任
杜　仲　著名油画家、安徽省油画学会副会长
蔡　葵　著名画家、中国艺术研究院专职画家
王　平　著名青年画家、美术理论家、中国国家画院信息中心主任
何晓云　著名画家、解放军某总部专业创作员
秦金根　著名青年书法家、《书画世界》杂志执行主编

编委会名单

（排名不分先后）

编选例言

一、本丛书入选作品时间界限为1915年5月—2015年5月。

二、入选人物以安庆籍为主，适当选入曾在安庆工作或学习的名家。个别未到过安庆的作家，但为安庆发生的全国重要事件所专门写作的诗歌作特例选入，唯朱自清。在安庆工作期间创作，尤其是以安庆为背景或以安庆人物为创作原型的作品，其本身就属于安庆文化的有机组成部分，如郁达夫、庐隐等，故而选入。

三、入选人物的作品涉多领域者，以最为突出的创作领域为主选，其他为次选或不选。

四、入选者作品，已故者，由编者从已出版的权威版本中选取；健在者，采取本人自荐与编者选取相结合，以编者根据实际选取为准。

五、所选作品尊重历史原貌，让作品本身体现历史。

六、选取作品注重名家同时，注重名作效应。如陈独秀《文学革命论》、舒鸿贻《宜园诗稿》、程演生《安徽大学校歌》、林语堂《安庆印象记》、石楠《潘玉良传》、海子《面朝大海，春暖花开》等。获全国大奖作品优先选入，如“鲁迅文学奖”获奖作品《老弟的盛宴》、全国报纸副刊评比一等奖作品《保卫母语》等。

七、每卷除了名家作品，适当选入部分在全国有代表性、有潜力的当代安庆籍作家作品，以体现当代安庆文学之风貌。

八、本丛书所有图片，有出处者，均予明确注明；未注明出处者，系最初图片来源无明确信息，而由编者选出。

九、本丛书入选者排序，以出生年份为主。但少数例外，如《散文卷》《诗歌卷》《随笔卷》中，陈独秀非出生年份最早者，但因本套丛书系纪念中国新文化运动一百周年，故将陈独秀排在首位。另有少数同年出生，或年龄相差不到一两岁者，对于创作成果、社会影响较大者，排序适当靠前，如海子等。

十、本丛书《戏剧卷》的选材范围与入选剧作家适当放宽。因黄梅戏是安庆的文化特产与文化品牌，安庆的水平代表了安徽的水平，安徽的水平又代表了全国的水平。因此，《戏剧卷》的入选作品与剧作家，以最能体现中国黄梅戏之特色、之水准、之成就为宗旨，个别非安庆籍剧作家如著名剧作家王长安，其作品也选入了丛书《戏剧卷》。

目　　录

序

安徽省政协副主席
安徽大学教授、博士生导师　李修松

今年是我国新文化运动一百年，作为新文化运动发起人和旗帜的陈独秀故乡安庆，组织编写了洋洋四百余万言的大型精装丛书《安庆新文化百年》，主编金肽频先生嘱我写篇序，考虑到此书意义之重要，故不敢推脱，欣然命笔。

新文化百年，多彩多姿，令我们系统总结，深刻反思。

从1840年鸦片战争开始，帝国主义用坚船利炮打开我国门，使我国步入半封建半殖民地社会。辛亥革命虽然推翻了帝制，但所建立的共和名不符实，封建主义思想束缚并未解脱，帝国主义加紧侵略，军阀统治更趋黑暗，张勋、袁世凯一再复辟。在经历了一次次武力抗争失败之后，一些仁人志士转而逐步从文化上探原因，寻出路。1915年，陈独秀主编《新青年》（原名《青年杂志》），大量发表抨击尊孔复古的文章，提倡民主与科学（旧称“德先生”与“赛先生”），从而掀起了这场新文化运动。胡适、鲁迅、李大钊、钱玄同等一批受过西方新式教育的知识分子乘势奋起，纷掀大潮。他们提倡民主，反对专制；提倡科学，反对迷信；提倡新道德，反对旧道德；提倡新文学，反对旧文学。特别是他们宣传资产阶级民主思想和民主制度，向封建礼教发起全面挑战，冲破了统治中国2000多年的封建思想束缚，激发起广大青年追求新思想的热情，广泛开启“民智”，促使人们追求民主与科学，探索救国救民的真理，是中国近代以来的一次空前的思想解放运动。运动后期开始宣传十月革命和马克思主义，为马克思主义在中国的传播和“五四”爱国运动的爆发奠定了思想基础，对我国文化乃至社会发展产生了重要而深远的影响。同时，这场运动也促使我国传统文化开始了转型发展。新文化百年，各方面文化都取得了一系列新的成就。

新文化运动的先驱者们，面对当时中国的封建落后，积贫积弱，受欺挨打，可谓爱之深而责之切，再比较西方列强之强盛，以至于归咎于中国传统文化，乞灵于西方文化，乃至表现出明显的全盘否定、全盘肯定的偏向，可谓恨铁不成钢，矫枉常过正。正是这些，对于其后中国文化的传承产生了不可忽视的抑制作用，以至创新缺乏基础，发展难保健康。当然，说到底，这种局限是当时时代所决定的，任何事物都有两重性，应看其主流，我们不可苛责前人。如今，百年之后回头来看，会更加清晰，关键是我们从现在起怎样做！

一

放眼世界历史，无数事实说明，文化亡则民族亡，文化存则民族可复兴，以色列犹太民族的复兴就是一个明显的例证。任何一个国家和民族都必须继承宏扬自己的文化，即使美国这样的移民国家也概莫能外。我们知道，最初主宰美国的基础移民是英国人，而英国是工业革命和资产阶级革命最先爆发的国度，是当时最强盛的国家，殖民地遍及全世界，号称“日不落帝国”。那时的英国文化堪称世界最先进的文化。所以美国的基础文化不是在当时已经落后的印第安文化，而是英国的基础移民带去的英国文化。这从美国的语言是英语，主体宗教为基督教，主体建筑为欧式中不难看出。伴随着世界各地移民（如今更是世界各地优秀分子）的涌入，美国以当时的英国文化为基础，不断吸纳来自世界各地的多元文化，融合、创新、发展，所以其文化不仅先进，而且充满活力和创新精神。这是美国之所以成为经济、科技、军事强国的文化动因。必须说明的是，这里所说的英国文化已经不是中世纪文化，而是在继承文艺复兴成果，经历了资产阶级革命和工业革命的洗礼，已经完成近代转型从而适应时代发展的文化。被移植到美国之后，也经历了融合发展、与时俱进的过程。

我国传统文化是勤劳、勇敢、智慧的伟大的中华民族数千年文明之积淀。从夏商周三代到春秋战国的先秦时期的文化奠基，再到汉唐时代的文化腾飞，我国成为当时世界文明程度最高、最强盛的国度。在以手工生产为特征的农牧时代，鬼斧神工造就的地理上的中国大一统江山范围内，世界历史上一次次气吞山河的东征，都未能攻进这一地域；而其内部，除了历史上的匈奴、蒙古族凭借特殊条件曾打出去外，即便如唐朝之强盛，也未能打出这一地域。这就是中国人历来所认为的“中国（早期的华夏族及后来的汉族王朝分布地区）与四裔（周边少数民族分布地区）即天下”（实即中心王朝及其间接统治地区）、王朝皇帝号称“天子”的原因所在。在这个地域内，农耕文化和游牧文化之优势互补融合。居于中心部位以农业生产为主的汉民族，文明程度高于周边的游牧民族，所以对他们形成强大的吸引力。而周边少数民族也对汉族地区形成天然的向心力。他们大部分时间对汉族王朝是年年来朝，岁岁纳贡，人民之间友好交往，文化之间互为交融。一旦王朝走向衰败，少数民族，尤其是北方乃至西部大草原地带的容易形成强大联合的游牧民族，就会铁骑南下，夺取汉族王朝的“天下”，甚至统治汉族地区，从而形成历史上一轮又一轮的民族大融合。游牧民族的尚武、进取等优秀文化因子补充了汉族文化文气有余、勇武不足的缺憾，汉族高度文明的文化基因充消了游牧文化的落后，我国的传统文化在民族交融中发展，既不保守，也不封闭。唐以前通过陆上丝绸之路有机吸纳国外先进文化，唐以后更通过海上丝绸之路源源不断地对外交流，从而保持文化的先进，辐射包括日本、朝韩、印度支那及东南亚等的周边国家和地区，形成大范围的汉唐文化圈。然而，经五代十国，至宋代，长期的扬文抑武使我国文化走向内敛，封建社会步入下坡，宋代文化虽现某种繁荣，但精神渐趋僵化。经元代短暂的蒙古族入主和文化融合，至明王朝虽曾一时称强，但不久便进取难再，北方往往受制，东南竟施海禁，最后被农民起义摧毁，随即为满族统治所取代。满族的尚武、进取和雄心勃勃，曾焕发满汉文化融合的强大力量，导致清朝前期康、雍、乾时期的强盛，但乾隆之后日渐保守，王朝逐步衰落，以致面对西方列强闭关锁国，乃至一次次被动挨打，一次次赔款乞和，面临被瓜分的危险。

根据上述分析，我国传统文化是我们优秀民族创造积淀的优秀文化，虽然至封建社会后期其保守性越来越强，以至越来越落后，乃至对社会发展起到一定的制约作用。然而，民族的文化总是人民精神生活的土壤，总是必须要继承的，虽然优秀之中难免劣质，却是不可铲除的，应根据发展需要积极创造条件予以改良和优化，实现文化转型。要振兴我们的文化，通过转型使之重归优秀，就必须改变其内敛封闭、保守因循、愚昧落后，注入鲜活。这就需要通过内部的不断改革，激发其进取创新的活力；就需要通过持续对外开放，吸纳适合自己的世界一切民族的优秀文化;就需要从火热的生产、生活实践中提取营养,促其转型,创新发展,与时俱进。总之,必须做好继承、吸收、转型和创新发展的工作,从而打牢我们的文化根基,树立我们的文化自信,培养我们的文化自觉,促进包括文化在内的各个方面的发展。

二

从更深层次分析,马克思主义之所以能够在中国落地生根,形成不断发展的中国特色的马克思主义,并指导中国革命取得胜利,逐步走出一条适合本国国情的中国特色的社会主义道路,追根溯源,还是因为中国传统文化的土壤对马克思主义的适合。否则,当时最先进的马克思主义为什么能够在封建、专制、贫穷、落后的农业国的中国落地生根并实现特色发展,一般理论很难说得通其中的道理,只有从中国传统文化的融合角度来分析,才能理通情明。

深入梳理数千年中国传统文化,我们会发现其中诸如“大道之行也,天下为公”、“夙夜在公”、先公后私、先国后家、移孝作忠、“尽忠报国”、“马革裹尸”,以及“先天下之忧而忧,后天下之乐而乐”,乃至“天下兴亡,匹夫有责”等等光芒四射的精华,正是这样的文化精华塑造了一代又一代的精英,支撑起民族的脊梁,使我国成为几大文明古国中唯一传承有序、连续发展的国度。而这些,与马克思主义的主张正好相合拍。我国老一代革命家们自小就深受传统文化的教育熏陶,上述理念可以说是深入他们的骨髓,流淌于血液之中。他们在祖国处于漫漫长夜的深重苦难之时寻求救国救民的真理,所幸十月革命传来了马克思主义,正好激发起他们内心深处的优秀传统文化因子,令他们热血沸腾,毅然接受,甘愿为其共产主义理想抛头颅,洒热血,奉献终生。在经历了最初将马克思主义生搬硬套以至失败的血的教训之后,以毛泽东同志为代表的老一辈革命家运用优秀传统文化的智慧,将马列主义与中国革命具体实践相结合,走出了一条建立农村根据地,农村包围城市,最后夺取城市的武装斗争胜利的道路,创立了中国特色的马克思主义,打败了日本帝国主义和国民党反动统治,推翻了三座大山,取得了中国革命胜利,建立了社会主义新中国,开展了社会主义建设;随后中共又领导人民战胜了“文化大革命”的干扰,走上了建立于中国特色文化土壤之上的中国特色社会主义道路。可以说正是优秀传统文化的继承及其与马克思主义的融合与创新，使中国共产党人创立了红色文化，影响千千万万的先辈们奋勇向前，从而赢得了革命和建设的一系列胜利。

可是，由于国内外多种原因，解放后我国对传统文化的有机继承出现了一些偏差，对外由起初的偏学苏联逐步趋于文化封闭，对内往往将传统文化视为糟粕，若欲继承必先批判。特别是经过史无前例的无产阶级“文化大革命”，传统文化被革得体无完肤，以至于原本有机继承优秀传统文化的红色文化失去基础，出现畸形，破“四旧”、立“四新”之类的文化毁坏以及跳“忠”字舞乃至早请示、晚汇报之类的造神文化行为可为明证，从而对我国文化造成巨大破坏，对外文化封闭达于顶峰。

改革开放为我国文化的现代转型和创新发展带来了难得的机遇，改革提供了动力，开放带来了外部新鲜血液，社会主义市场经济的建立和逐步完善为我们文化的现代转型和创新发展提供了难得的舞台、环境与机遇，我国经济、政治、文化、社会和生态文明建设以及各行各业广大人民群众火热的生产生活实践，为我国文化的发展提供了源源不断的丰富营养，我国文化因此取得了令人欣喜的成绩。无论是文化体制改革，还是文化事业、文化产业的发展，都是文化转型过程中创新实践所取得的成就。

然而，由于“文革”之后，我国对遭受毁灭性破坏的传统文化未能及时进行整理并使之得到有机传承，扎实完成其现代转型，对当时出现畸形的红色文化未能及时修复并使之健康发展，从而导致我们的文化创新与发展基础不实、底气不足，缺乏自信，更谈不上自觉；再加上我国对文化建设投入的长期亏欠，从而在很大程度上影响了我们文化的现代转型和创新发展。伴随着对外开放的不断扩大，面对外来文化的泥沙俱进，由于缺乏优秀传统文化的根基和底气，不知孰适孰舍，以致在促进我国文化发展的同时，外来的有害文化也在一定程度上扰乱了我们文化创新的质量和方向，从而给我们的文化发展带来很大的负面影响。如今许多青少年对西方文化如痴如醉，而对民族文化缺乏感情，价值观西化趋向严重，盲目空虚，不加选择地一味仿效西方文化行为等等，可以说就是这类负面影响所致。诸如一切向钱看，真情异化，低级趣味，低俗媚俗，道德滑落，诚信缺失，行为失范，弄假流行，贪污腐败等等，都与上述有关。从一定程度上说，时至今日我们必须警醒：切切防止文化的畸形导致人性的异化！

同时，由于我们的文化底气不足以至于创新力不强，中国共产党领导全国各族人民所取得的波澜壮阔的改革开放成果、所致力的前无古人的社会主义市场经济实践、所夺取的中国特色社会主义建设的伟大胜利，以及各行各业火热的生产生活实践等等，难以通过文化创新转化为深受人民群众喜爱的且在国际上叫得响的品牌文化产品。由于缺乏原创能力，以至于我们的文化产业到处“山寨”流行，许多文艺作品热衷于炒冷饭，搞噱头，杂乱穿越，欺骗和愚弄受众，以期一锤子买卖获取金钱。还有，国外迪斯尼式的或其变种式的主题公园到处开花，横店式的影视基地密集频现，印象式的室外大型实景演出在各地克隆，动漫业产量大而效难显；由于缺乏创新，许多地方人文旅游习惯于建园子、盖房子、竖雕像、刻碑林、塑蜡像、搞展览，方式陈旧且雷同。就连近年在我国崛起的文化创意产业也存在“浑”（定义含浑，理论与方法不明）、“浅”（创意层次浅，水平不高）、“泛”（不加区分地将文化产业多名之以文化创意产业）、“滥”（到处开花，一哄而起，低水平重复与竞争）、“抄”（抄袭或变相抄袭）、“乏”（创意人才和领军人才等缺乏）、“畸”（恶搞历史文化，畸形的文化产品层出不穷）等问题。究其原因，还是由于我们的文化缺乏底气，因而创新力不强。

当前，我国正站在一个新的历史起点上：我们各方面的改革在取得一系列成就之后正处于攻坚时期，我们经济在经历相当长时期高速增长之后，目前正步入新常态，在下行压力中呈现中高速增长，转方式、调结构、促升级的科学发展进程与蓬勃兴起的世界科技革命和产业变革出现了历史性交汇，科技发展既面临难得的机遇，也面临发达国家蓄势占优和新兴经济体追赶比拼的双重挑战。在这样的情势下，大力推动科技创新当然十分必要，但文化创新才是推动包括科技创新在内的我国创新驱动战略之本。因为文化如水，浸透血脉，润泽心田，影响人们的自觉行为，文化创新力的大小决定人们的创新行为和创新程度。如果我们的文化创新力不强，那么我们的教育就会缺乏创新，老师们的创新精神就不会强，教育出来的学生从事科技工作就会缺乏创新的原动力。目前科技界所存在的诸如专利申请量大而许多难见实效、尖端或前沿领域成果少、成果转化率低乃至抄袭、作伪等许多问题，多与我们文化创新力不强有关。至于改革攻坚，转变经济发展方式，调整产业结构，使我们步入科学发展轨道，归根结底还是要靠大力推进文化创新，进而使我们的文化创新力增强，使我们全民族创造活力增强。

增强文化创新力的前提，是构建中华优秀传统文化的传承体系，整合优秀的传统文化，扎实推进其现代转型，形成继承传统、符合国情、顺应时代的核心价值体系，从而打牢中国人文化创新的根基，使之底气十足。同时，需要恢复红色文化的大众认同和信奉，真正确立马克思主义的指导地位。为此必须抓住两大关键：一是摆正红色文化形成发展过程中我国优秀传统文化的基础地位，从而顺利修复，消除畸形，恢复内涵，创新发展。二是摆正中国特色马克思主义形成发展过程中我国优秀传统文化的内因地位。就是说，在这个过程中，外来的马克思主义是外因，而中国优秀传统文化的土壤是内因。按照马克思主义哲学原理，内因是事物变化的根本原因，外因是事物变化发展的条件，外因通过内因而起作用。我们在继承、宏扬红色文化的过程中，在宣传、学习、运用乃至发展中国特色的马克思主义过程中，只有按照这样的原理来实施，才能落到实处，顺理成章，不致空洞和教条，广大人民群众的文化自信、文化自觉才会逐步提升，才会发自内心、充满信心地信奉红色文化，真正运用中国特色的马克思主义科学指导中国特色社会主义的各项事业建设。

三

在新文化运动百年之际，安庆编辑此类丛书是有其代表性的。安庆不仅是陈独秀的故乡，而且还是当时的安徽省会，更是国家历史文化名城，历来文风昌盛，人文荟萃，无论是对我国的传统文化（如桐城文派），还是对新文化运动以来的文化建设和发展，都可谓贡献良多。故此，著名诗人、作家金肽频先生慧眼观照，主要是从文学艺术的视野，奋力发起组织此套大型丛书，分小说、散文、诗歌、戏剧、评论、随笔六卷，另有一部名家书画卷，按此七个方面选录了1915年5月至2015年5月百年之间安庆籍及曾在安庆工作乃至外籍人写安庆重大题材的代表人士的代表性作品，即将由安徽文艺出版社出版。在这个过程中，还组织了一大批学者文豪，共同努力推出此套丛书。

这是一项纷繁复杂的系统工程，其间资料搜集、整理和遴选、人际联系、沟通和协调，乃至各卷编排、校对等等，可谓头绪繁多，事务冗杂，付出的心血和汗水，可想而知。作为文化人，我们表示由衷的敬佩并努力予以支持。这还因为，编辑此书的意义相当重要：

其一，如今，我国正在大力建设中国特色社会主义文化强国，以习近平同志为总书记的中共中央高度重视文化建设，包括保护、传承、宏扬优秀传统文化，中共十八届五中全会拟定的十三五规划内容，文化建设是其重要方面，此时出版这套丛书，正可以促使人们由此深入研究开去，有助于正确把握今后我国文化的继承、吸收、转型与创新发展。

其二，编者从上述七个方面遴选了安庆新文化百年的名家之代表性作品，不仅主要从文艺视野全面系统地反映了百年安庆的新文化成就，可以说是安徽的代表，而且也可以看作是全国百年文艺创作等真实缩影，读者通过此书去全面深入了解和研究，可以说是一条用力少而见功多的捷径。

其三，最近，习近平同志在 2014 年 10 月 15 日文艺工作座谈会上的讲话全文发表，这是一篇指导我国当前和今后相当长时期文艺事业发展的重要文献，此套丛书的出版正好提供了系统而翔实的参考资料，有利于更加深刻、全面、系统地理解讲话精神，更好地予以贯彻。

其四，可以由此进一步扩大，加深对百年中国文化发展演变的辩证分析，深刻反思，研究其今后发展的正确道路。从而顺应经济社会的发展与进步，加快公共文化服务体系建设，大力发展文化事业，不断满足广大人民群众基本的精神文化需求；同时，在创新驱动、科技支撑和互联网 + 的时势下大力推进文化产业转型升级，提质增效，走自主创新的中国特色发展之路，不断满足广大人民群众日益增长的更高层次更高质量的精神文化需求。

正是基于上述考虑，是为序。

2015 年 11 月 3 日

苏曼殊

（1884—1918）

近代著名作家、诗人、翻译家，曾讲学于安庆，祖籍广东香山（今广东珠海）。原名戬，字子谷，学名元瑛（亦作玄瑛），法名博经，法号曼殊，笔名印禅、苏湜。光绪十年（1884年）生于日本横滨，父亲是广东茶商，母亲为日本人。

苏曼殊一生能诗擅画，通晓日文、英文、梵文等多种文字，可谓多才多艺，在诗歌、小说等领域皆取得了成就，后人将其著作编成《曼殊全集》（共5卷）。作为革新派的文学团体南社的重要成员，苏曼殊曾在《民报》《新青年》等刊物上投稿，他的诗风“清艳明秀”，别具一格，在当时影响甚大。

1906年夏，革命党人、著名汉学家刘光汉邀苏曼殊至芜湖皖江中学、安徽公学执教，苏与在日时旧友陈独秀相遇，是年与陈独秀东渡日本省亲未遇，归国后，仍执教于芜湖、安庆等地，并与清代书法家邓石如之曾孙、教育家邓绳侯相识，结下笔墨之谊。

绛 纱 记

（1915 年）

昙鸾曰：余友生多哀怨之事，顾其情楚恻、有落叶哀蝉之叹者，则莫若梦珠。吾书今先揭梦珠小传，然后述余遭遇，以眇躬为书中关键，亦流离辛苦，幸免横夭，古人所以畏蜂虿也。

梦珠名瑛，姓薛氏，岭南人也。瑛少从容澹静。邑有醇儒谢翥者，与瑛有恩旧，尝遣第三女秋云与瑛相见，意甚恋恋。瑛不顾。秋云以其骄尚，私送出院，解所佩琼琚，于怀中探绛纱，裹以授瑛。瑛奔入市货之，径诣慧龙寺披剃，住厨下，刈笋供僧。一日，与沙弥争食五香鸽子，寺主叱责之，负气不食累日。寺主愍念其来，荐充南涧寺僧录。未几，天下扰乱，于是巡锡印度、缅甸、暹罗、耶婆堤、黑齿诸国。寻内渡，见经笥中绛纱犹在，颇涉冥想，遍访秋云不得，遂抱羸疾。时阳文爱、程散原创立祇洹精舍于建邺，招瑛为英文教授。后阳公归道山，瑛沉迹无所，或云居苏州滚绣坊，或云教习安徽高等学堂，或云在湖南岳麓山，然人有于邓尉圣恩寺见之者。乡人所传，此其大略。

余束发受书，与瑛友善，在香港皇娘书院同习欧文。瑛逃禅之后，于今屡易寒暑，无从一通音问，余每临风，未尝不叹息也。

戊戌之冬，余接舅父书，言星洲糖价利市三倍，当另辟糖厂，促余往，以资臂助。——先是舅父渡孟买，贩茗为业。旋弃其业，之星嘉坡，设西洋酒肆，兼为糖商，历有年所。舅氏姓赵，素亮直，卒以糖祸而遭厄艰。——余部署既讫，淹迟三日，余挂帆去国矣。

余抵星嘉坡，即居舅氏别庐。别庐在植园之西，嘉树列植，景颇幽胜。舅氏知余性疏懈，一切无訾省，仅以家常琐事付余，故余甚觉萧闲自适也。

一日，为来复日之清晨，鸟声四噪。余偶至植园游涉，忽于细草之上，拾得英文书一小册，郁然有椒兰之气，视之，乃《沙浮纪事》。吾闻沙浮者，希腊女子，骚赋辞清而理哀，实文章之冠冕。余坐石披阅，不图展卷，即余友梦珠小影赫然夹书中也。余惊愕，见一缟衣女子，至余身前，俯首致礼。

余捧书起立，恭谨言曰：“望名姝恕我非仪！此书得毋名姝所遗者欤？”

女曰：“然。感谢先生，为萍水之人还此书也。”

余细瞻之，容仪绰约，出于世表。余放书石上，女始出其冰清玉洁之手，接书礼余，徐徐款步而去。女束发掩于肩际，殆昔人堕马之垂鬟也。文裾摇曳于碧草之上，同为晨曦所照，互相辉映。俄而香尘已杳。

余归，百思莫得其解：蛮荒安得诞此俊物？而吾友小影，又何由在此女书中？以吾卜之，此女必审梦珠行止。顾余逢此女为第一次，后此设得再遇者，须有以访吾友朕兆。而美人家世，或蒙相告，亦未可知。

积数月，亲属容家招饮。余随舅父往，诸戚畹父执见余极欢。余对席有女郎，挽灵蛇髻者，姿度美秀。舅父谓余曰：“此麦翁之女公子五姑也。”

余闻言，不审所谓。

筵既撤，宾客都就退闲之轩。余偷瞩五姑，着白绢衣，曳蔚蓝纨裾，腰玫瑰色绣带，意态萧闲。舅父重命余与五姑敬礼。

五姑回其清盼，出手与余，即曰：“今日见阿兄，不胜欣幸！暇日，愿有以教辍学之人。”音清转若新莺。

余鞠躬谢不敏，而不知余舅父胸有成竹矣。

他日，麦翁挈五姑过余许，礼意甚殷，五姑以白金时表赠余。厥后五姑时来清谈，蝉嫣柔曼。偶枨触缟衣女子，则问五姑，亦不得要领。

余一日早起，作书二通：一致广州，问舅母安；一致香山，请吾叔暂勿招工南来，因闻乡间有秀才造反，诚恐劣绅捏造黑白。书竟，燃吕宋烟吸之，徐徐吐连环之圈。忽闻马嘶声，余即窗外盼，见五姑拨马首，立棠梨之下，马纯白色，神骏也。余下楼迎迓。五姑扬肱下骑，余双手扶其腰围，轻若燕子。五姑是日服窄袖胡服，编发作盘龙髻，戴日冠。余私谓：妹喜冠男子之冠，桀亡天下；何晏服妇人之服，亦亡其家。此虽西俗，甚不宜也。适侍女具晨餐，五姑去其冠。

同食。

既已，舅父同一估客至，言估客远来，欲观糖厂。五姑与余亦欲往观。估客、舅父同乘马车，余及五姑策好马，行骄阳之下。过小村落甚多，工人结茅而居，夹道皆植酸果树，栖鸦流水，盖官道也。时见吉灵人焚迦箅香拜天，长幼以酒牲祭山神。五姑语余，此日为三月十八日，相传山神下降，祭之终年可免瘴疠。

旁午始达糖厂。厂依山面海，山峻，培植佳，嘉果累累。巴拉橡树甚盛，欧人故多设橡皮公司于此，即吾国人亦多以橡皮股票为奇货。山下披拖弥望，尽是蔗田。

舅父谓余曰："此片蔗田，在前年已值三十万两有奇，在今日或能倍之；半属麦翁，半余有也。"

余见厂中重要之任，俱属英人；佣工于厂中者，华人与孟加拉人参半。余默思厂中主要之权，悉操诸外人之手，甚至一司簿记之职，亦非华人，然则舅氏此项营业，殊如累卵。

余等浏览一周，午膳毕，遂归。行约四五里，余顿觉胸膈作恶。更前里许，余解鞍就溪流，踞石而呕。五姑急下骑，趋至问故。余无言，但觉遍体发热，头亦微痛。

估客一手出表，一手执余脉按之，语舅父曰："西向有圣路加医院，可速往。"

舅父嘱五姑偕余乘坐马车，估客、舅父并马居后。比谒医，医曰："恐是猩红热，余疗此症多。然上帝灵圣，余或能为役也。"

舅父嘱余静卧，请五姑留院视余。五姑诺。舅父、估客匆匆辞去。

余入暮一切懵惚。比晨，略觉清爽，然不能张余睫，微闻有声，嘤然而呼曰："玉体少安耶？"

《苏曼殊全集》1933 年出版

良久，余斗忆五姑，更忆余卧病院中，又久之，始能豁眸。时微光徐动，五姑坐余侧，知余醒也，抚余心前，言曰："热退矣，谢苍苍者佑吾兄无恙！"

余视五姑，衣不解带，知其彻晓未眠。余感愧交迸，欲觅一言谢之，乃讷讷不能出口。

俄舅父、麦翁策骑来视余。医者曰："此力险症，新至者罹之，辄不治。此子如天之福，静摄两来复，可离院矣。"

舅父甚感其言。麦翁遇余倍殷渥，嘱五姑勿遽宁家。舅父、麦翁行，五姑送之，倏忽复入余病室，夜深犹殷勤问余所欲。

余居病院，忽忽十有八日，血气亦略复。此十八日中，余与五姑款语已深，然以礼法自持，余颇心仪五姑敦厚。

继而舅父来，接吾两人归，隐隐见林上小楼，方知已到别庐。舅父事冗他去，五姑随余入书斋，视案上有小笺，书曰：

“比随大父，返自英京。不接清辉，但有惆怅。明日遄归澳境，行闻还国，以慰相思。玉鸾再拜，上问起居。”

余观毕，既惊且喜。五姑立余侧，肃然叹曰：“善哉！想见字秀如人。”

余语五姑：“玉鸾，香山人，姓马氏。居英伦究心历理五稔，吾国治泰西文学卓尔出群者，顾鸿文先生而外，斯人而已。然而斯人身世，凄然感人。此来为余所不料。玉鸾何归之骤耶？”

余言至此，颇有酸哽之状。此时，五姑略俯首，频抬双目注余。余易以他辞。

饭罢，五姑曰：“可同行苑外。”

言毕，掖余出碧巷中，且行且瞩余面。余曰：“晚景清寂，令人有乡关之思。五姑，明日愿同往海滨泛棹乎？”

五姑闻余言，似有所感。迎面有竹，竹外为曲水，其左为莲池，其右为草地，甚空旷。余即坐铁椅之上。五姑亦坐，双执余手，微微言曰：“身既奉君为良友，吾又何能离君左右？今有一言，愿君倾听：吾实誓此心，永永属君为伴侣！即阿翁慈母，亦至爱君。”

言次，举皓腕直揽余颈，亲余以吻者数四。余故为若弗解也者。

五姑犯月归去，余亦独返。入夜不能宁睡，想后思前：五姑恩义如许，未知命也若何？

平明，余倦极而寐。亭午醒，则又见五姑严服临存，将含笑花赠余。余执五姑之手微喟。五姑双颊略赤，低首自视其鞋尖，脉脉不言。自是，五姑每见余，礼敬特加，情款益笃。

忽一日，舅父召余曰：“吾知尔与五姑情谊甚笃，今吾有言，关白于尔：吾重午节后，归粤一行，趁吾附舟之前，欲尔月内行订婚之礼；俟明春舅母来，为尔完娶。语云：‘一代好媳妇，百代好儿孙。’吾思五姑和婉有仪，与尔好合，自然如意。”

余视地不知所对。

逾旬，舅父果以四猪四羊、龙凤礼饼、花烛等数十事送麦家。余与五姑，姻缘遂定。自是以来，五姑不复至余许，间日以英文小简相闻问耳。

时十二月垂尽，舅父犹未南来。余凭栏默忖：舅父在粤，或营别项生意，故以淹迟。忽有偈偈疾驱而来者，视之，麦翁也。余肃之入，翁愁叹而坐。

余怪之，问曰：“丈人何叹？”

翁摇头言曰：“吾明知伤君之所爱，但事实有不得不如此。”言次，探怀中出红帖授余，且曰：“望君今日填此退婚之书。”

余乍听其言，蕴泪于眶，避座语之曰：“丈人词旨，吾无一从着思。况舅父不在，今丈人忍以此事强吾，吾有死而已，吾何能从之？吾虽无德，谓五姑何？”

翁曰：“我亦知君情深为五姑耳，君独不思此意实出自五姑耶？”

余曰：“吾能见五姑一面否？”

翁曰：“不见为佳。”

余曰：“彼其厌我哉？”

翁笑曰：“我实告君，令舅氏生意不佳，糖厂倒闭矣。纵君今日不悦从吾请，试问君何处得资娶妇？”

余气涌不复成声，乃奋然持帖，署吾名姓付翁。翁行，余伏几大哭。

尔日有纲纪白酒肆来，带英人及巡捕，入屋将家具细软，一一记以数号，又一一注于簿籍，谓于来复三十句钟付拍卖，即余寝室之床，亦有小纸标贴。吾始知舅父已破产，然平日一无所知。而麦翁又似不被影响者，何也？

余此际既无暇哭，乃集园丁、侍女，语之故，并以余钱分之，以报二人侍余亲善之情。计吾尚能留别庐三日，思此三日中，必谋一见五姑，证吾心迹，则吾蹈海之日，魂复何恨？又念五姑为人婉淑，何至如其父所言？意者，其有所逼而不得已耶？

余既决计赴水死，向晚，余易园丁服，侍女导余至麦家后苑。麦家有僮娃名金兰者，与侍女相善，因得通言五姑。

五姑淡妆簪带，悄出而含泪亲吾颊，复跪吾前，言曰：“阿翁苦君矣！”即牵余至墙下低语，其言甚切。余以翁命不可背。

五姑言：“翁固非亲父。”

余即收泪别五姑曰："甚望天从人愿也！"

明日，有英国公司船名威尔司归香港，余偕五姑购得头等舱位。既登舟，余阅搭客名单，华客仅有谢姓二人，并余等为四人。余劝五姑莫忧，且听天命。正午启舷，园丁、侍女并立岸边，哭甚哀；余与五姑掩泪别之。

天色垂晚，有女子立舷楼之上，视之，乃植园遗书之人，然容止似不胜清怨。余即告五姑。五姑与之言，殊落寞。忽背后有人唤声，余回顾，盖即估客也，自言送其侄女归粤，兼道余舅氏之祸，实造自麦某一人。言已，无限感喟，问余安适。余答以携眷归乡。

越日，晚膳毕，余同五姑倚栏观海。女子以余与其叔善，略就五姑闲谈。余微露思念梦珠之情，女惊问余于何处识之？余乃将吾与梦珠儿时情愫，一一言之，至出家断绝消息为止。女听至此，不动亦不言。

余心知谢秋云者，即是此人，徐言曰："请问小姐，亦尝闻吾友踪迹否乎？"

女垂其双睫，含红欲滴，细语余曰："今日恕不告君，抵港时，当详言之。君亦梦珠之友，或有以慰梦珠耳。"

女言至此，黑风暴雨猝发。至夜，风少定。忽而船内人声大哗，或言铁穿，或言船沉。余惊起，亟抱五姑出舱面。时天沉如墨，舟子方下空艇救客，例先女后男。估客与女亦至。吾告五姑莫哭，且扶女子先行。余即谨握估客之手。估客垂泪曰："冀彼苍加庇二女！"

此时船面水已没足。余微睨女客所乘艇，仅辨其灯影飘摇海面。水过吾膝，余亦弗觉，但祝前艇灯光不灭，五姑与女得庆生还，则吾虽死船上，可以无憾。余仍鹄立，有意大利人争先下艇，睹吾为华人，无足轻重，推吾入水中；幸估客有力，一手急揽余腰，一手扶索下艇。余张目已不见前面灯光，心念五姑与女，必所不免。余此际不望生，但望死，忽觉神魂已脱躯壳。

及余醒，则为遭难第二日下半日矣。四顾，竹篱茅舍，知是渔家。估客、五姑、女子无一在余侧，但有老人踞床理网，向余微笑曰："老夫黎明将渔舟载客归来。"

余泣曰："良友三人，咸葬鱼腹，余不如无生耳。"

老人置其网，蔼然言曰："客何谓而泣也？天心仁爱，安知彼三人勿能遇救？客第安心，老夫当为客访其下落。"言毕，为余置食事。

余问老人曰："此何地？"

老人摇手答曰："先世避乱，率村人来此海边，弄艇投竿，怡然自乐，老夫亦不知是何地也。"

余复问老人姓氏。老人言："吾名并年岁亦亡之，何有于姓？但有妻子。日出而作，日入而息耳。"

余矍然曰："叟其仙乎？"

老人不解余所谓。余更问以甲子数目等事，均不识。

老人瞥见余怀中有时表，问是何物。余答以示时刻者，因语以一日二十四时，每时六十分，每分六十秒。

老人正色曰："将恶许用之，客速投于海中，不然者，争端起矣。"

明日，天朗无云，余出庐独行，疏柳微汀，俨然倪迂画本也，茅屋杂处其间。男女自云：不读书，不识字，但知敬老怀幼，孝悌力田而已；贸易则以有易无，并无货币；未尝闻评议是非之声；路不拾遗，夜不闭户。复前行，见一山，登其上一望，周环皆水，海鸟明灭，知是小岛，疑或近崖州西南。自念居此一月，仍不得五姑消息者，吾亦作波臣耳，吾安用生为？及归，见老人妻子，词气婉顺，固是盛德人也。

后数日，偕老人之子出海边行渔，远远见一女子，坐于沙上，既近，即是秋云，顾余若不复识。余询五姑行在，女始婉容加礼，一一为具言五姑无恙，有西班牙女郎同伴，但不知流转何方。余喜极，乘间叩梦珠事。

女凄然曰："余诚负良友。上帝在天，今请为先生言之；先生长厚，必能谅其至冤。

"始吾村居，先君常叹梦珠温雅平旷，以余许字之，而梦珠未知也。一日，梦珠至余家，先君命余出见，余于无人处，以婴年所弄玉赠之。数日，侍婢于市见玉，购归，果所佩物。而吾家大祸至矣。

"先是有巨绅陈某，欲结缡吾族，先君谢之。自梦珠出家事传播邑中，疑不能明也：有谓先君故逼薛氏子为沙门，有谓余将设计陷害之。巨绅子闻之，强欲得余，便诬先君与邝常肃通。巡警至吾家，拔刃指几上《新学伪经考》，以为铁证，以先君之名，登在逆籍。先君无以自明，吞金而殁。

"吾将自投于井，二姊秋湘阻之，携余至其家，以烛泪涂吾面，令无人觉，使老妪送余至香港依吾婶。一日，见《循环日报》载有僧侣名梦珠游印度，纡道星洲。余思叔父在彼经商，余往，冀得相遇。乃背吾婶，附贾舶南行。于今三年矣。

“余遭家不造，无父母之庇。一日不得吾友，即吾罪一日不逭。设梦珠忘我，我终为比干剖心而不悔耳！”

畜至此，泪随声下。余思此女求友分深，爱敬终始，求之人间，岂可多得？徐慰之曰：“吾闻渠在苏州就馆，吾愿代小姐寻之。”

女曰：“吾亦为先生寻五姑耳。”

女云住海边石窟，言已遂别。余同老人子行阡陌间，老人与估客候余已久。余见估客愈喜，私念如五姑亦相遇于此，将同栖绝境，复何所求？

余三人居岛中，共数晨夕，而五姑久无迹兆，心常动念。凡百余日，忽见海面有烟纹一缕，知有汽船经过。须臾，船果泊岸，余三人遂别岛中人登船。船中储枪炮甚富。估客颤声耳语余曰：“此曹实为海贼，将奈之何？”

余曰：“天心自有安排。贼亦人耳，况吾辈身无长物，又何所顾虑？”

时有贼人数辈，以绳缚秋云于桅柱，既毕，指余二人曰：“速以钱交我辈，如无者，投彼于海。”

忽一短人自舱中出，备问余辈行踪，命解秋云。已而曰：“吾姓区，名辛，少有不臣之志，有所结纳，是故显名。船即我有，我能送诸君到香港，诸君屏除万虑可也。”

五日，船至一滩头，短人领余三人登岸，言此处距九龙颇近。瞬息，驶船他去。估客携其侄女归坚道旧宅。停数日，女为余整资装，余即往吴淞。

维时海内鼎沸，有维新党、东学党、保皇党、短发党，名目新奇且多，大江南北，鸡犬不宁。余流转乞食，两阅月，至苏州城。

一日，行经乌鹊桥，细雨蒙蒙，沾余衣袂。余立酒楼下，闻酒贩言：有广东人流落可叹者，依郑氏处馆度日；其人类有疯病，能食酥糖三十包，亦奇事也。于是过石桥，寻门叩问。有人出应，确是梦珠，惟瘦面，披僧衣。听余语颠末，似省前事，然言不及赠玉之人。心甚异之。饭罢，檐雨淅沥，梦珠灯下弹琴，弦轸清放。忽而据琴不弹，向余曰：“秋云何人也？盍使我闻之乎？”

余恩人传其疯病，信然。余乃重述秋云家散，至星嘉坡苦寻梦珠及遇难各节。梦珠视余良久，漫应曰：“我心亦如之。夫睹貌而相悦者，人之情也；吾今学了生死大事，安能复恋恋？”

余甚不耐，不觉怫然曰：“嗟乎！吾友如不思念旧情，则彼女一生贞洁，见累于君矣。”遂出。

至沪，遇旧友罗霏玉明经于别发书肆，因谈及梦珠事。霏玉言：“梦珠性非孤介，意必有隐情在心。然秋云品格，亦自非凡，梦珠何为绝人如是？”

余即曰：“君与我当有以释梦珠之憾乎？”

霏玉曰：“窃所愿也。”

霏玉，番禺人，天性乐善，在梵王渡帮教英文，人敬且爱之。霏玉招余同居于孝友里。其祖母年八十三，蔼然仁人也。其妹氏名小玉，年十五，幽闲端美，笃学有辞采，通拉丁文，然不求知于人也；尝劝余以书招秋云来海上，然后使与梦珠相见。余甚善其言，但作书招秋云，未尝提及梦珠近况。小玉又云：“吾国今日女子殆无贞操，犹之吾国殆无国体之可言，此亦由于黄鱼学堂之害（苏俗称女子大足者曰‘黄鱼’）。女必贞，而后自由。昔者，王凝之妻因逆旅主人之牵其臂，遂引斧自断其臂。今之女子何如？”

此时闻叩环声，霏玉肃客入，即一细腰女郎，睆笑嫣然，望而知为苏产也。霏玉曰：“密司爱玛远来，故倦矣。”

女郎坐而平视余，问余姓氏。小妹答之。已而女郎要余并霏玉乘摩多车同游。

既归，余问霏玉与此女情分何似？霏玉曰：“吾语汝。吾去夏在美其饮冰忌连，时有女子隔帘悄立，数目余，忽入帘，莞尔示敬，似怜吾为他乡游子。此女能操英吉利语，自言姓卢，询知其来自苏州，省其姨氏。吾视此女颇聪慧，遂订交而别。是后，常以点心或异国名花见赠。秋间吾病，吾祖母及女弟力规吾勿与交游。吾自思纵此女果为狐者，亦当护我，我何可负义？明日复来，引臂替枕，以指检摩尔登糖纳吾口内，重复亲吾吻，嘱吾珍重而去。如是者十数次，吾病果霍然脱体。即吾祖母亦感此女诚挚，独吾妹于此女多微词。今吾质之于子，此女何如人也？”

余未有以答。

数日，女盛服而至，谓霏玉曰：“吾母在天赐庄病甚，不获已而告贷于君。”

霏玉以四百元应之。省其家贫亲老，更时有接济，前后约三千元。

女一夕于月痕之下，抚霏玉以英语告之曰：“I don't care for anybody in the whole world but you. I love you.”（“除了你，在这个世界上我谁也不关心。我爱你。”）

秋候已过，霏玉与女遂定婚约。

至十一月二十六日，午膳毕，霏玉静坐室中，久乃谓余曰："吾甚觉耳鸣，烦为吾电告龙飞备乘，吾将与子驰骋郊野。"

俄车至，余偕霏玉出游，过味莼园，男女杂沓。霏玉隔窗窥之，愕视余曰："归欤？"

吾亦以此处空气劣，不宜留，遂行。霏玉于途中忽执吾手狂笑不已，问之，弗答。吾恐霏玉有心病，令马夫驶马速行。至家，余扶将以入。

此时，霏玉踞椅如有所念，余知必有异事。时见小玉于女红坐处告余，有西班牙女子名碧伽，修刺求见，自云过三日重来。霏玉闻言甚欣悦，祝余曰："是为五姑将消息者。"

余心稍解。讵知霏玉即以此夕自裁于卧内！

明晨，余电问龙飞马夫，昨日味莼园曾有何事？答云："卢氏姑娘与绸缎庄主自由结婚耳。"余始晓霏玉所以狂笑之故。然余不欲其祖母、妹氏知霏玉为女所绐，今笔之于书以示人者，亦以彰吾亡友为情之正者也。

吾友霏玉辞世后三日，碧伽女士果来，握余手言曰："五姑自遭难以来，无时不相依，思君如婴儿念其母，吾父亦爱五姑如骨肉。谁知五姑未三月已成干血症，今竟长归天国。五姑是善人，吾父尝云：'五姑当依玛利亚为散花天使。'今有一简并发，敬以呈君。简为五姑自书；发则吾代剪之，盖五姑无力持剪。吾父居香港四十九年，吾生于香港，亦谙华言。遇秋云小姐，故知君在此。今兹吾事已毕，愿君珍重！"

女复握余手而去。余不敢开简，先将发藏衣内，惊极不能动。隔朝，技泪启之，其文曰：

"妾审君子平安，吾魂甚慰。妾今竟以病而亡，又不亡于君子之侧，为悲为恨，当复何言？始妾欲以奄奄一息之躯，渡海就君子；而庄湘老博士不余许，谓若渡海，则墓亦不得留在世间，为君子一凭吊之，是何可者？博士于吾，良有恩意。妄故深信来生轮回之说，今日虽不见君子，来世岂无良会？妾惟愿君子见吾字时，万勿悲伤，即所以慰妾灵魂也。君子他日过港，问老博士，便得吾墓。"

简外附庄湘博士住址，余并珍藏之。

时霏玉祖母及妹归心已炽，议将霏玉灵柩运返乡关。余悉依其意，于是趁海舶归香港。

既至，吾意了此责，然后谒五姑之墓。遂雇一帆船赴乡，计舟子五人。船行已二日，至一山脚，船忽停于石步。时薄暮，舟子齐声呼曰：“有贼！有贼！”胁使余三人上岸。岸边有荒屋，舟子即令余三人匿其中，诫勿声。余思广东故为盗邑，亦不怪之。

达晓，舟子来笑曰：“贼去矣。”

复行大半日，至一村，吾不审村名。舟子曰：“可扶榇以上，去番禺尚有八十四五里。”

舟子抬棺先行，余三人乘轿随后。余在途中听土著言语，知是地实近羊城，心知有变。忽巡勇多人，荷枪追至，喝令停止。余甫出轿，一勇拉余襟，一勇挥刀指余鼻曰：“尔胆大极矣！”言毕，重缚余身。

余曰：“余送亡友罗明经灵柩归里，未尝犯法，尔曹如此无礼，意何在也？”视前面轿夫舟子，都弃棺而逃，惟霏玉祖母及妹相持大哭。

俄一勇令开棺，刀斧锵然有声。时霏玉祖母及妹，相抱触石而死，勇见之不救，余心俱碎。少间，棺盖已启，余睨棺内均黑色。余勇启之，乃手枪、子弹、药包，而亡友之躯，杳然无睹，余晕厥仆地。

比醒，余身已系狱中。思欲自杀，又无刀，但以头碰壁，力亦不胜。狱中有犯人阻余，徐曰：“子勿尔。今日即吾处斩之日。闻之狱卒云，子欲以炸药焚督署，至早亦须明日临刑。计子命尚多我一日；且子为革命党，党中或有勇士相救，亦意中事。愿子勿寻短见。若我乃罪大恶极之人，虽有隐忧，无可告诉。冤哉吾妻也！”

余答之曰：“吾实非党人，吾亦不望更生人世。然子有隐恫，且剖其由，吾固可忍死须臾，为子听之。”

犯人曰：“吾父为望族，英朗知名。父有契友，固一乡祭酒，与吾父约，有子女必谐秦晋。时吾在母腹中仅三月，吾父已指腹为吾订婚矣。及吾堕地后七日，吾妻亦出世。吾长，奢豪爱客，而朋辈无一善人，吾亦沦于不善，相率为伪，将吾父家资荡尽，穷无所依，行乞过日。吾外家悔婚，阴使人置余死地者三次。吾妻年仅十七，知大义，尝割臂疗父病，刚自英伦归，哭谏曰：‘是儿命也，何可背义？’其父母不听。适吾行乞过其村，宿破庙中。吾妻将衣来，为吾易之，劝余改过自新，且赠余以金。天明，余醒，思此事甚奇，此金必为神所赉，即趋至赌馆，一博去其半，再博而尽，遂与博徒为伍，时余实不知其为偷儿也。前晚雁塘村之事，非我为之，不过为彼曹效奔走，冀得一饱。杀人者已逍遥他去，余以饥不能行，是以被逮。然吾未尝以真名姓告人，恐伤吾妻。"

言至此，狱卒入曰："去！"

犯人知受刑之时已到，泪涟涟随狱卒去矣。

余记往昔有同学偶言玉鸾事，与此吻合，犯人殆玉鸾之未婚夫耶？因叹曰："嗟乎！天生此才，在于女子，而所遇如斯，天之所赋，何其驳欤？"

少选，狱卒复来，怒目喝余曰："汝即昙鸾乎？速从我来！"遂至一厅事，人甚众，一白面书生指余曰："是即浙江巡抚张公电嘱释放之人。此人不胜匕箸，何能为盗？"

众以礼送余出。余即渡香港，先访秋云。秋云午绣方罢，乃同余访庄湘博士。博士年已七十有六，盖博学多情，安命观化之人也，导余拜五姑之墓如仪。博士曰："愿君晚佳。"遂别。

亡何，春序已至，余同秋云重至海上寻梦珠。既至苏州，有镜海女塾学生语秋云云："梦珠和尚食糖度日，苏人无不知之。近来寄身城外小寺，寺名无量。"

余即偕秋云访焉。至则松影在门，是日为十五日也。余见寺门虚掩，嘱秋云少延伫以待，余入。时庭空夜静，但有佛灯，光摇四壁。余更入耳房，亦阒然无人，以为梦珠未归，遂出。至廊次，瞥见阶侧有偶像，貌白皙，近瞻之，即梦珠瞑目枯坐，草穿其膝。余呼之，不应，牵其手，不动如铁，余始知梦珠坐化矣。亟出，告秋云。

秋云步至其前，默视无一语。忽见其襟间露绛纱半角，秋云以手挽出，省览周环。已而，伏梦珠怀中抱之，流泪亲其面。余静立。忽微闻风声，而梦珠肉身忽化为灰，但有绛纱在秋云手中。秋云即以绛纱裹灰少许，藏于衣内。此时风续续而至，将灰吹散，惟余秋云与余二人于寺。秋云曰："归。"遂行。

至沪，忽不见秋云踪迹。余即日入留云寺披剃。一日，巡抚张公过寺，与上座言："曾梦一僧求救其友于羊城狱中。后电询广州，果然，命释之。翌晚，复梦僧来道谢。宁非奇事？"

余乃出，一一为张公述之。张公笑曰："子前生为阿罗汉，好自修持。"

后五年，时移俗易，余随昙谛法师过粤，途中见两尼：一是秋云，一是玉鸾。余将欲有言，两尼已飘然不知所之。

郁达夫（1896—1945）

现代著名作家。原名郁文，出生于浙江富阳满洲弄（今达夫弄）的一个普通家庭。曾三度执教于安庆。在安庆工作期间，郁达夫以安庆生活为背景，创作了小说《茫茫夜》《迷羊》。

1921年6月，郁达夫和郭沫若、成仿吾等人组织成立创造社，担任《创造季刊》《创造月刊》《洪水》半月刊编辑，同年10月，出版我国现代文学史上第一部白话短篇小说集《沉沦》，由此奠定了郁达夫在中国新文化运动中的重要地位。

1921、1922年，郁达夫来到安庆，两度执教于安徽公立法政专门学校。1922年春，郁达夫与夫人孙荃在安庆生下儿子龙儿，早夭。1929年，其短暂受聘于省立安徽大学，因遭权贵迫害返回上海。

1930年3月，中国左翼作家联盟成立，郁达夫为发起人之一。1938年年底，郁达夫应邀赴新加坡办报并积极宣传抗日救国。1945年8月29日，郁达夫在苏门答腊的一个小市镇失踪，9月17日遭日本宪兵杀害，终年49岁。

1952年经中央人民政府批准，郁达夫被追认为革命烈士。

茫 茫 夜[1]

一

一天星光灿烂的秋天的朝上，大约时间总在十二点钟以后了，静寂的黄浦滩上，一个行人也没有。街灯的灰白的光线，散射在苍茫的夜色里，烘出了几处电杆和建筑物的黑影来。道旁尚有二三乘人力车停在那里，但是车夫好像已经睡着了，所以并没有什么动静。黄浦江中停着的船上，时有一声船板和货物相击的声音传来，和远远不知从何处来的汽车车轮声合在一处，更加形容得这初秋深夜的黄浦滩上的寂寞。在这沉默的夜色中，南京路口滩上忽然闪出了几个纤长的黑影来，他们好像是自家恐惧自家的脚步声的样子，走路走得很慢。他们的话声亦不很高，但是在这沉寂的空气中，他们的足音和话声，已经觉得很响了。

“于君，你现在觉得怎么样？你的酒完全醒了么？我只怕你上船之后，又要吐起来。”

讲这一句话的，是一个十九岁前后的纤弱的青年，他的面貌清秀得很。他那柔美的眼睛，和他那不大不小的嘴唇，有使人不得不爱他的魔力。他的身体好像是不十分强，所以在微笑的时候，他的苍白的脸上，也脱不了一味悲寂的形容。他讲的虽然是北方的普通话，但是他那幽徐的喉音，和婉转的声调，竟使听话的人，辨不出南音北音来。被他叫作“于君”的，是一个二十五六岁的青年，大约是因为酒喝多了，颊上有一层红潮，同蔷薇似的罩在那里。眼睛里红红浮

① 此为 1921 年郁达夫来到安庆，在安徽公立法政专门学校教授英文时创作的小说。

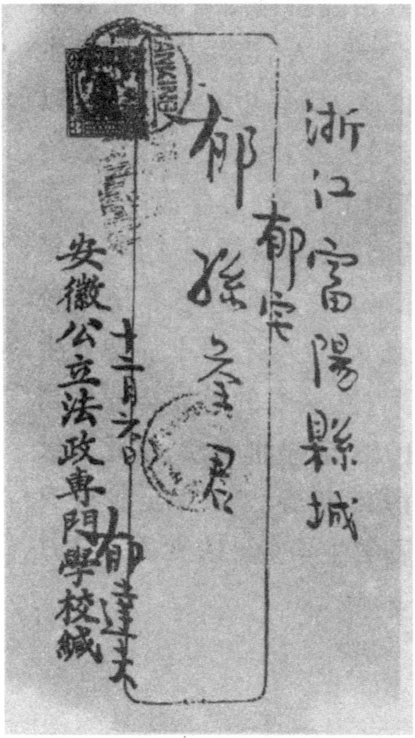

郁达夫在安庆工作期间的手迹

着的，不知是眼泪呢还是醉意，总之他的眉间，仔细看起来，却有些隐忧含着，他的勉强装出来的欢笑，正是在那里形容他的愁苦。他比刚才讲话的那青年，身材更高，穿着一套藤青的哔叽洋服，与刚才讲话的那青年的鱼白大衫，却成了一个巧妙的对称。他的面貌无俗气，但亦无特别可取的地方。在一副平正的面上，加上一双比较细小的眼睛，和一个粗大的鼻子，就是他的肖像了。由他那二寸宽的旧式的硬领和红格的领结看来，我们可以知道他是一个富有趣味的人。他听了青年的话，就把头向右转了一半，朝着了那青年，一边伸出右手来把青年的左手捏住，一边笑着回答说：

“谢谢，迟生，我酒已经醒了。今晚真对你们不起，要你们到了这深夜来送我上船。”讲到这里，他就回转头来看跟在背后的两个年纪二十七八的青年，从这两个青年的洋服年龄面貌推想起来，他们定是姓于的青年修学时代的同学。两个中的一个年长一点的人听了姓于的青年的话，就抢上一步说：

“质夫，客气话可以不必说了。可是有一件要紧的事情，我还没有问你，你的钱够用了么？”

姓于的青年听了，就放了捏着的迟生的手，用右手指着迟生回答说：

“吴君借给我的二十元，还没有动着，大约总够用了，谢谢你。”

他们四个人——于质夫吴迟生在前，后面跟着二个于质夫的同学，是刚从于质夫的寓里出来，上长江轮船去的。

横过了电车路，沿了滩外的冷清的步道走了二十分钟，他们已经走到招商局的轮船码头了。江里停着的几只轮船，前后都有几点黄黄的电灯点在那里。从黑暗的堆栈外的码头走上了船，招了一个在那里假睡的茶房，开了舱里的房

门,在第四号官舱里坐了一会,于质夫就对吴迟生和另外的两个同学说:

"夜深了,你们可先请回去,诸君送我的好意,我已经谢不胜谢了。"

吴迟生也对另外的两个人说:

"那么你们请先回去,我就替你们做代表吧。"

于质夫又拍了迟生的肩说:

"你也请同去了吧。使你一个人回去,我更放心不下。"

迟生笑着回答说:

"我有什么要紧,只是他们两位,明天还要上公司去的,不可太睡迟了。"

质夫也接着对他的两位同学说:

"那么请你们两位先回去,我就留吴君在这儿谈吧。"

送他的两个同学上岸之后,于质夫就拉了迟生的手回到舱里来。原来今晚开的这只轮船,已经旧了,并且船身太大,所以航行颇慢。因此乘此船的乘客少得很。于质夫的第四号官舱,虽有两个舱位,单只住了他一个人。他拉了吴迟生的手进到舱里,把房门关上之后,忽觉得有一种神秘的感觉,同电流似的,在他的脑里经过了。在电灯下他的肩下坐定的迟生,也觉得有一种不可思议的感情发生,尽俯着首默默地坐在那里。质夫看着迟生的同蜡人似的脸色,感情竟压止不住了,就站起来紧紧地捏住了他的两手,面对面的对他幽幽地说:

"迟生,你同我去吧,你同我上 A 地去吧。"

这话还没有说出之先,质夫正在那里想:

"二十一岁的青年诗人兰勃(Arthur Rimbaud)。一八七二年的佛尔兰(Paul Verlaine)。白儿其国的田园风景。两个人的纯洁的爱……"

这些不近人情的空想,竟变了一句话,表现了出来。质夫的心里实在想邀迟生和他同到 A 地去住几时,一则可以慰慰他自家的寂寞,一则可以看守迟生的病体。迟生听了质夫的话,呆呆地对质夫看了一忽,好像心里有两个主意在那里战争,一霎时解决不下的样子。质夫看了他这一副形容,更加觉得有一种热情,涌上他的心来,便不知不觉地逼进一步说:

"迟生你不必细想了,就答应了我吧。我们就同乘了这一只船去。"

听了这话,迟生反恢复了平时的态度,便含着了他固有的微笑说:

"质夫,我们后会的日期正长得很,何必如此呢? 我希望你到了 A 地之后,能把你日常的生活和心里的变化,详详细细地写信来通报我,我也可以一样地写信给你,这岂不和同住在一块一样么?”

“话原是这样说,但是我只怕两人不见面的时候,感情就要疏冷下去。到了那时候我对你和你对我的目下的热情,就不得不被第三者夺去了。”

“要是这样,我们两个便算不得真朋友。人之相知,贵相知心,你难道还不能了解我的心么?”

听了这话,看看他那一双水盈盈的瞳仁,质夫忽然觉得感情激动起来,便把头低下去,搁在他的肩上说:

“你说什么话,要是我不能了解你,那我就不劝你同我去了。”

讲到这里,他的语声同小孩悲咽时候似的发起颤来了。他就停着不再说下去,一边却把他的眼睛,伏在迟生的肩上。迟生觉得有两道同热水似的热气浸透了他的鱼白大衫和蓝绸夹袄,传到他的肩上去。迟生也觉得忍不住了,轻轻地举起手来,在面上揩了一下,只呆呆地坐在那里看那似烛光的电灯。这夜里的空气,觉得沉静得同在坟墓里一样。舱外舷上忽有几声水手呼唤声和起重机滚船索的声音传来,质夫知道船快开了,他想马上站起来送迟生上船去,但是心里又觉得这悲哀的甘味是不可多得的,无论如何总想多品尝一忽。照原样的头靠在迟生的肩上,一动也不动地坐了几分钟,质夫听见房门外有人在那里敲门。他抬起头来问了一声是谁,门外的人便应声说:

“船快开了。送客的先生请上岸去吧。”

迟生听了,就慢慢地站了起来,质夫也默默地不作一声跟在迟生的后面,同他走上岸去。在灰黑的电灯光下同游水似的走到船侧的跳板上的时候,迟生忽然站住了。质夫抢上了一步,又把迟生的手紧紧地捏住,迟生脸上起了两处红晕,悠悠扬扬地说:

“质夫,我终究觉得对你不起,不能陪你在船上安慰你的长途的寂寞……”

“你不要替我担心思了,请你自家保重些。你上北京去的时候,千万请你写信来通知我。”

质夫一定要上岸来送迟生到码头外的路上。迟生怎么也不肯,质夫只能站在船侧,张大了两眼,看迟生回去。迟生转过了码头的堆栈,影子就小了下去,成了一点白点,向北在街灯光里出没了几次。那白点渐渐远了,更小了下去,过了六七分钟,站在船舷上的质夫就看不见迟生了。

质夫呆呆地在船舷上站了一会,深深地呼了一口空气,仰起头来看见了几颗明星在深蓝的天空里摇动，胸中忽然觉得悲哀起来。这种悲哀的感觉，就是质夫自身也不能解说，他自幼在日本留学，习惯了漂泊的生活，生离死别的情景，不知身尝了几多，照理论来，这一次与相交未久的吴迟生的离别，当然是没有什么悲伤的，但是他看看黄浦江上的夜景，看看一点一点小下去的吴迟生的瘦弱的影子，觉得将亡未亡的中国，将灭未灭的人类，茫茫的长夜，耿耿的秋星，都是伤心的种子。在这茫然不可捉摸的思想中间，他觉得他自家的黑暗的前程和吴迟生的纤弱的病体，更有使他泪落的地方。在船舷的灰色的空气中站了一会，他就慢慢地走到舱里去了。

二

长江轮船里的生活，虽然没有同海洋中间那么单调，然而与陆地隔绝后的心境，到底比平时平静。况且开船的第二天，天又降下了一天黄雾，长江两岸的风景，如烟如梦地带起伤惨的颜色来。在这悲哀的背景里，质夫把他过去几个月的生活，同手卷中的画幅一般回想出来了。

三月前头住在东京病院里的光景，出病院后和那少妇的关系，同污泥一样的他的性欲生活，向善的焦躁与贪恶的苦闷，逃往盐原温泉前后的心境，归国的决心。想到最后这一幕，他的忧郁的面上，忽然露出一痕微笑来，眼看着了江上午后的风景，背靠着了甲板上的栏杆，他便自言自语地说：

"泡影呀，昙花呀，我的新生活呀！唉！唉！"

这也是质夫的一种迷信，当他决计想把从来的腐败生活改善的时候，必要搬一次家，买几本新书或是旅行一次。半月前头，他动身回国的时候，也下了一次绝大的决心。他心里想：

"我这一次回国之后，必经把旧时的恶习，改革得干干净净。戒烟戒酒戒女色。自家的品性上，也要加一段锻炼，使我的朋友全要惊异说我是与前相反了。……"

到了上海之后，他的生活仍旧是与从前一样，烟酒非但不戒下，并且更加加深了。女色虽然还没有去接近，但是他的性欲，不过变了一个方向，依旧在那里伸张。想到了这一个结果，他就觉得从前的决心，反成了一段讽刺，所以不觉叹气微笑起来。叹声还没有发完，他忽听见人在他的左肩下问他说：

“Was seufzen Sie, Monsieur?”(“你为什么要发叹声?”)

转过头来一看,原来这船的船长含了微笑,站在他的边上好久了,他因为尽在那里想过去的事情,所以没有觉得。这船长本来是丹麦人,在德国的留背克住过几年,所以德文讲得很好。质夫今天早晨在甲板上已经同他讲过话,因此这身材矮小的船长也把质夫当作了朋友。他们两人讲了些闲话,质夫就回到自己的舱里来了。

吃过了晚饭,在官舱的起坐室里看了一回书,他的思想又回到过去的生活上去,这一回的回想,却集中在吴迟生一个人的身上。原来质夫这一次回国来,本来是为转换生活状态而来,但是他正想动身的时候,接着了一封他的同学邝海如的信说:

“我住在上海觉得苦得很。中国的空气是同癞病院的空气一样,渐渐地使人腐烂下去。我不能再住在中国了。你若要回来,就请你来替了我的职,到此地来暂且当几个月编辑吧。万一你不愿意住在上海,那么A省的法政专门学校要聘你去做教员去。”

所以他一到上海,就住在他同学在那里当编辑的T书局的编辑所里。有一天晚上,他同邝海如在外边吃了晚饭回来的时候,在编辑所里遇着了一个瘦弱的青年,他听了这青年的同音乐似的话声,就觉得被他迷住了。这青年就是吴迟生啊!过了几天,他的同学邝海如要回到日本去,他和吴迟生及另外几个人在汇山码头送邝海如的行。船开之后,他同吴迟生就同坐了电车,回到编辑所来,他看看吴迟生的苍白的脸色和他的纤弱的身体,便问他说:

“吴君,你身体好不好?”

吴迟生不动神色地回答说:

“我是有病的,我害的是肺病。”

质夫听了这话,就不觉张大了眼睛惊异起来。因为有肺病的人,大概都不肯说自家的病的,但是吴迟生对了才遇见过两次的新友,竟如旧交一般地把自家的秘密病都讲了。质夫看了迟生的这种态度,心里就非常爱他,所以就劝他说:

“你若害这病,那么我劝你跟我上日本去养病去。”

他讲到这里,就把乔其慕亚的一篇诗想了出来,他的幻想一霎时地发展开来了。

“日本的郊外杂树丛生的地方，离东京不远，坐高架电车不过四五十分钟可达的地方，我愿和你两个人去租一间草舍儿来住，草舍的前后，要有青青的草地，草地的周围，要有一条小小的清溪，清溪里要有几尾游鱼。晚春时节，我好和你拿了锄，把花儿向草地里去种。在蔚蓝的天盖下，在和暖的薰风里，我与你躺在柔软的草上，好把那西洋的小曲儿来朗诵。初秋晚夏的时候，在将落未落的夕照中间，我好和你缓步逍遥，把落叶儿来数。冬天的早晨你未起来，我便替你做早饭，我不起来，你也好把早饭先做。我礼拜六的午后从学校里回来，你好到冷静的小车站上来候我。我和你去买些牛豚香片，便可作一夜的清谈，谈到礼拜的日中。书店里若有外国的新书到来，我和你省几日的油盐，可去买一本新书来消那无聊的夜永。……”

质夫坐在电车上一边作这些空想，一边便不知不觉地把迟生的手捏住了。他捏捏迟生的柔软的小手，心里又起了一种别样的幻想，面上红了一红，把头摇了一摇，他就对迟生问起无关紧要的话来：

“你的故乡是在什么地方?”

“我的故乡是直隶乡下，但是现在住在苏州了。”

“你还有兄弟姊妹没有?”

“有是有的，但是全死了。”

“你住在上海干什么?”

“我因为北京天气太冷，所以休了学，打算在上海过冬。并且这里朋友比较得多一点，所以觉得住在上海比北京更好些。”

这样地问答了几句，电车已经到了大马路外滩了。换了静安寺路的电车在跑马厅尽头处下车之后，质夫就邀迟生到编辑所里来闲谈。从此以后，他们两人的交际，便渐渐儿地亲密起来了。

质夫的意思以为天地间的情爱，除了男女的真真的恋爱外，以友情为最美。他在日本漂流了十来年，从未曾得着一次满足的恋爱，所以这一次遇见了吴迟生，觉得他的一腔不可发泄的热情，得了一个可以自由灌注的目标，说起来虽是他平生一大快事，但是亦是他半生沦落未曾遇着一个真心女人的哀史的证明。有一天晴朗的晚上，迟生到编辑所来和他谈到夜半，质夫忽然想去洗澡去。邀了迟生和另外的两个朋友出编辑所走到马路上的时候，质夫觉得空气冷凉得很，他便问迟生说：

"你冷么?你若是怕冷,就钻到我的外套里来。"

迟生听了,在苍白的街灯光里,对质夫看了一眼,就把他那纤弱的身体倒在质夫的怀里。质夫觉得有一种不可名状的快感,从迟生的肉体传到他的身上去。

他们出浴堂已经是十二点钟了。走到三岔路口,要和迟生分手的时候,质夫觉得怎么也不能放迟生一个人回去,所以他就把迟生的手捏住说:

"你不要回去了,今天同我们上编辑所去睡吧。"

迟生也像有迟疑不忍回去的样子,质夫就用了强力把他拖来了。那一天晚上他们谈到午前五点钟才睡着。过了两天,A地就有电报来催,要质夫上A地的法政专门学校去当教员。

三

质夫登船后第三天的午前三点钟的时候,船到了A地。在昏黑的轮船码头上,质夫辨不出方向来,但看见有几颗淡淡的明星印在清冷的长江波影里。离开了码头上的嘈杂的群众,跟了一个法政专门学校里托好在那里招待他的人上岸之后,他觉得晚秋的凉气,已经到了这长江北岸的省城了。在码头近旁一家同十八世纪的英国乡下的旅舍似的旅馆里住下之后,他心里觉得孤寂得很。他本来是在大都会里生活惯的人,在这夜静更深的时候,到了这一处不热闹的客舍内,从微明的洋灯影里,看看这客室里的粗略的陈设,心里当然是要惊惶的。一个招待他的酣睡未醒的人,对他说了几句话,从他的房里出去之后,他真觉得是闯入了龙王的水牢里的样子,他的脸上不觉有两颗珠泪滚下来了。

"要是迟生在这里,那我就不会这样地寂寞了。啊,迟生,这时候怕你正在电灯底下微微地笑着,在那里做好梦呢!"

在床上横靠了一忽,质夫看见格子窗一格一格地亮了起来,远远的鸡鸣声也听得见了。过了一会,有一部运载货物的单轮车,从窗外推过了,这车轮的仆独仆独的响声,好像是在那里报告天晴的样子。

侵旦,旅馆里有些动静的时候,从学校里差来接他的人也来了。把行李交给了他,质夫就坐了一乘人力车上学校里去。沿了长江,过了一条店家还未起来的冷清的小街,质夫的人力车就折向北。车并着一道城外的沟渠,在一条长堤上慢慢前进的时候，他就觉得元气恢复起来了。看看东边，以浓蓝的天空作了背景的一座白色的宝塔，把半规初出的太阳遮在那里。西边是一道古城，城外环绕着长沟，远近只有些起伏重叠的低岗和几排鹅黄疏淡的杨柳点缀在那里。他抬起头来远远见了几家如装在盆景假山上似的草舍。看看城墙上孤立在那里的一排电杆和电线，又看看远处的地平线和一弯苍茫无际的碧落，觉得在这自然的怀抱里，他的将来的成就定然是不少的。不晓是什么原因，不知不觉他竟起了一种感谢的心情。过了一忽，他忽然自言自语地说：

“这谦虚的情！这谦虚的情！就是宗教的起源呀！淮尔特(Wilde)呀！佛尔兰(Verlaine)呀！你们从狱里叫出来的‘要谦虚’(Behumble)的意思我能了解了。”

车到了学校里，他就通名刺进去。跟了门房，转了几个弯，到了一处门上挂着“教务长”牌的房前的时候，他心里觉得不安得很。进了这房他看见一位三十上下的清瘦的教务长迎了出来。这教务长戴着一副不深的老式近视眼镜，口角上有两丛微微的胡须黑影，讲一句话，眼睛必开闭几次。质夫因为是初次见面，所以应对非常留意，格外地拘谨。讲了几句寻常套话之后，他就领质夫上正厅上去吃早饭。在早膳席上，他为质夫介绍了一番。质夫对了这些新见的同事，胸中感得一种异常的压迫。他一个人心里想：

“新媳妇初见姑嫂的时候，她的心理应该同我一样的。唉，在山泉水清，出山泉水浊，我还不如什么事也不干，一个人回到家里去贪懒的好。”

吃了早膳，把行李房屋整顿了一下，姓倪的那教务长就把功课时间表拿了过来。恰好那一天是礼拜，质夫就预备第二日去上课。倪教务长把编讲义上课的情形讲了一遍之后，便轻轻地对质夫说：

“现在我们校里正是五风十雨的时候，上课时候的讲义，请你用全副精神来对付。礼拜三用的讲义，是要今天发才赶得及，请你快些预备吧。”

他出去停了两个钟头，又跑上质夫那边来，那时候质夫已有一页讲义编好了。倪教务长拿起这页讲义来看的时候，神经过敏而且又是自尊心颇强的质夫，觉得被他侮辱了。但是一边心里又在那里恐惧，这种复杂的心理状态，怕没有就过事的人是不能了解的。他看了讲义之后，也不说好，也不说不好，但是质夫的纤细的神经却告诉质夫说：

“可以了，可以了，他已经满足了。”

恐惧的心思去了之后，质夫的自尊心又长了一倍，被侮辱的心思比从前也加一倍抬起头来，但是一种自然的势力，把这自尊心压了下去，教他忍受了。这教他忍受的心思，大约就是卑鄙的行为的原动力，若再长进几级，就不得不变成奴隶性质。现在社会上的许多成功者，多因为有这奴隶性质，才能成功，质夫初次的小成功，大约也是靠他这时候的这点奴隶性质而来的。

这一天晚上质夫上床的时候，却有两种矛盾的思想在他的胸中来往。一种是恐惧的心思，就是怕学生不能赞成他。一种是喜悦的心思，就是觉得自家是专门学校的教授了。正在那里想的时候，他觉得有一个人钻进他的被来。他闭着眼睛伸手去一摸，却是吴迟生。他和吴迟生颠颠倒倒地讲了许多话，到第二天的早晨，斋夫进房来替他倒洗面水，他被斋夫惊醒的时候，才知道是一场好梦，他醒来的时候，两只手还紧紧地抱住在那里。

第二次上课钟打后，质夫跟了倪教务长去上课时，倪教务长先替他向学生介绍了几句，出课堂门去了，质夫就踏上讲坛去讲。这一天因为没有讲义稿子，所以他只空说了两点钟。正在那里讲的时候，质夫觉得有一种想博人欢心的虚伪的态度和言语，从他的面上口里流露出来。他心里一边在那里鄙笑自家，一边却怎么也禁不住这一种态度和这一种言语。大约这一种心理和前节所说的忍受的心理就是构成奴隶性质的基础吧？

好容易破题儿的第一天过去了。到了晚上九点钟的时候，倪教务长的苍黄的脸上浮着了一脸微笑，跑上质夫房里来。质夫匆忙站起来让他坐下之后，倪教务长便用了日本话，笑嘻嘻地对质夫说：

“你成功了。你今天大成功。你所教的几班，都来要求加钟点了。”

质夫心里虽然非常喜欢，但是面上却只装着一种漠不相关的样子。倪教务长到了这时候，也没有什么隐瞒了，便把学校里的内情全讲了出来。

“我们学校里，因为陆校长今年夏天同军阀李星狼、麦连邑打了一架，并反对违法议员和驱逐李麦的走狗韩省长的原因，没有一天不被军阀所仇视。现在李麦和那些议员出了三千元钱，买收了几个学生，想在学校里捣乱。所以你没有到的几天，我们是一夕数惊，在这里防备的。今年下半年新聘了几个先生，又是招怪，都不能得学生的好感。所以要是你再受他们学生的攻击，那我们在教课上就站不住了。一个学校中，若聘的教员，不能得学生的好感，教课上不能铜墙铁壁地站住，风潮起来的时候，那你还有什么法子？现在好了，你总站得住了，我也大可以放心了。呵呵呵呵(底下又用了一句日本话)，你成功了呀！”

质夫听了这些话，因为不晓得这A省的情形，所以也不十分明了，但是倪教务长对质夫是很满足的一件事情，质夫明明在他的言语态度上可以看得出来。从此质夫当初所怀着的那一种对学生对教务长的恐惧心，便一天一天地减少下去了。

四

学校内外浮荡着的暗云，一层一层地紧迫起来。本来是神经质的倪教务长和态度从容的陆校长常常在那里做密谈。质夫因为不谙那学校的情形，所以也没有什么惧怕，尽在那里干他自家一个人的事。

初到学校后二三天的紧张的精神，渐渐地弛缓下去的时候，质夫的许久不抬头的性欲，又露起头角来了。因为时间与空间的关系，吴迟生的印象一天一天在他的脑海里消失下去，于是代此而兴，支配他的全体精神的欲情，便分成了二个方向起起作用来。一种是纯一的爱情，集中在他的一个年轻的学生身上。一种是间断偶发的冲动。这种冲动发作的时候，他竟完全成了无理性的野兽。非要到城里街上，和学校附近的乡间和贫民窟里去乱跑乱跳走一次，偷看几个女性，不能把他的性欲的冲动压制下去。有一天晚上，正是这冲动发作的时候，倪教务长不声不响地走进他的房里来忠告他说：

“质夫，你今天晚上不要跑出去。我们得着了一个消息，说是几个被李麦买取了的学生，预备今晚起事，我们教职员还是住在一处，不要出去的好。”

质夫在房里电灯下坐着，守了一个钟头，觉得苦极了。他对学校的风潮，还未曾经验过，所以并没有什么害怕，并且因为他到这学校不久，缠绕在这学校周围的空气，不能明白，所以更无危惧的心思。他听了倪教务长的话之后，只觉得有一种看热闹的好奇起来，并没有别的观念。同西洋小孩在圣诞节的晚上盼望圣诞老人到来的样子，他反而一刻一刻地盼望这捣乱事件快些出现。等了一个钟头，学校里仍没有什么动静，他的好奇心，竟被他原有的冲动的发作压倒了。他从座位里站了起来，在房里走了几圈，又坐了一忽，又站起来走了几圈，觉得他的兽性，终究压不下去，换了一套中国衣服，他便悄悄地从大门走了出去。浓蓝的天影里，有几颗游星，在那里开闭。学校附近的郊外的路上黑得可怕。幸亏这一条路是沿着城墙沟渠的，所以黑暗中的城墙的轮廓和黑沉沉的城池的影子，还当作了他的行路的目标。他同瞎子似的在不平的路上跌了几跤，踏了几次空，走到北门城门外的时候，忽然想起城门是快要闭了。若或进城去，他在城里又无熟人，又没有法子弄得到一张出城券，事情是不容易解决的。所以在城门外迟疑了一会，他就回转了脚，一直沿了向北的那一条乡下的官道跑去。跑了一段，他跑到一处狭的街上了。他以为这样的城外市镇里，必有那些奇形怪状的最下流的妇人住着，他的冲动的目的物，正是这一流妇人。但是他在黄昏的小市上，跑来跑去跑了许多时候，终究寻不出一个妇人来。有时候虽有一二个蓬头的女子走去，却是人家的未成年的使婢。他在街上走了一会，又穿到漆黑的侧巷里去走了一会，终究不能达到他的目的。在一条无人通过的漆黑的侧巷里站着，他仰起头来看看幽远的天空，便轻轻地叹着说：

"我在外国苦了这许多年数，如今到中国来还要吃这样的苦。唉！我何苦呢，可怜我一生还未曾得着女人的爱惜过。啊，恋爱呀，你若可以学识来换的，我情愿将我所有的知识，完全交出来，与你换一个有血有泪的拥抱。啊！恋爱呀！我恨你是不能糊涂了事的。我恨你是不能以资格地位名誉来换的。我要灭这一层烦恼，我只有自杀……"

讲到了这里，他的面上忽然滚下了两粒粗泪来。他觉得站在这里，终究不是长久之计，就又同饿犬似的走上街来了。垂头丧气地正想回到校里来的时候，他忽然看见一家小小的卖香烟洋货的店里，有一个二十五六的女人坐在灰黄的电灯下，对了账簿算盘在那里结账。他远远地站在街上看了一忽，走来走去地走了几次，便不声不响地踱进了店去。那女人见他进去，就丢下了账目来问他：

"要买什么东西？"

先买了几封香烟，他便对那女人呆呆地看了一眼。由他这时候的眼光看来，这女人的容貌却是商家所罕有的。其实她也只是一个平常的女人，不过身材生得小，所以俏得很，衣服穿得还时髦，所以觉得有些动人的地方。他如饿犬似的贪看了一二分钟，便问她说：

"你有针卖没有？"

“是缝衣服的针么?”

“是的,但是我要一个用熟的针,最好请你卖一个新针给我之后,将拿新针与你用熟的针交换一下。”

那妇人便笑着回答说:

“你是拿去煮在药里的么?”

他便含糊地答应说:

“是的是的,你怎么知道?”

“我们乡下的仙方里,老有这些玩意儿的。”

“不错不错,这针倒还容易办得到,还有一件物事,可真是难办。”

“是什么呢?”

“是妇人们用的旧手帕。我一个人住在这里,又无朋友,所以这物事是怎么也求不到的,我已经决定不再去求了。”

“这样的也可以的么?”

一边说,一边那妇人从她的口袋里拿了一块洋布的旧手帕出来。质夫一见,觉得胸前就乱跳起来,便涨红了脸说:

“你若肯让给我,我情愿买一块顶好的手帕来和你换。”

“那请你拿去就对了,何必换呢。”

“谢谢,谢谢,真真是感激不尽了。”

质夫得了她的用旧的针和手帕,就跌来碰去地奔跑回家。路上有一阵凉冷的西风,吹上他的微红的脸来,那时候他觉得爽快极了。

回到了校内,他看看还是未曾熄灯。幽幽地回到房里,闩上了房门,他马上把骗来的那用旧的针和手帕从怀中取了出来。在桌前椅子上坐下,他就把那两件宝物掩在自家的口鼻上,深深地闻了一回香气。他又忽然注意到了桌上立在那里的那一面镜子,心里就马上想把现在的他的动作一一地照到镜子里去。取了镜子,把他自家的痴态看了一忽,他觉得运用旧的针子,还没有用得适当。呆呆地对镜子看了一二分钟,他就狠命地把针子向颊上刺了一针。本来为了兴奋的缘故,变得一块红一块白的面上,忽然滚出了一滴同玛瑙珠似的血来。他用那手帕揩了之后,看见镜子里的面上又滚了一颗圆润的血珠出来。对着了镜子里的面上的血珠,看看手帕上的猩红的血迹,闻闻那旧手帕和针子的香味,想想那手帕的主人公的态度,他觉得一种快感,把他的全身都浸遍了。

不多一忽，电灯熄了，他因为怕他现在所享受的快感，要被打断，所以动也不动地坐在黑暗的房里，还在那里贪尝那变态的快味。打更的人打到他的窗下的时候，他才同从梦里头醒来的人一样，抱着了那针子和手帕摸上他的床上去就寝。

五

清秋的好天气一天一天地连续过去，A 地的自然景物，与质夫生起情感来了。学生对质夫的感情，也一天一天地浓厚起来。吃过晚饭之后，在学校近旁的菱湖公园里，与一群他所爱的青年学生，看看夕阳返照在残荷枝上的暮景，谈谈异国的流风遗韵，确是平生的一大快事。质夫觉得这一般知识欲很旺的青年，都成了他的亲爱的兄弟了。

有一天也是秋高气爽的晴朗的早晨，质夫与雀鸟同时起了床，盥洗之后，便含了一支伽利克，缓缓地走到菱湖公园去散步去。东天角上，太阳刚才起程，银红的天色渐渐地向西薄了下去，成了一种淡青的颜色。远近的泥田里，还有许多荷花的枯干同鱼栅似的立在那里。远远的山坡上，有几只白色的山羊同神话里的风景似的在那里吃枯草。他从学校近旁的山坡上，一直沿了一条向北的田塍细路走了过去，看看四围的田园清景，想想他目下所处的境遇，质夫觉得从前在东京的海岸酒楼上，对着了夕阳发的那些牢骚，不知消失到什么地方去了。

"我也可以满足了，照目下的状态能够持续得一二十年，那我的情神，怕更要发达呢。"

穿过了一条红桥，在一个空亭里立了一会，他就走到公园中心的那条柳荫路上去。回到学校之后，他又接着了一封从上海来的信，说他著的一部小说集已经快出版了。

这一天午后他觉得精神非常爽快，所以上课的时候竟多讲了十分钟，他看看学生的面色，也都好像是很满足的样子。正要下课堂的时候，他忽听见前面寄宿舍和事务室的中间的通路上，有一阵摇铃的声音和学生喧闹的声音传了过来。他下了课堂，拿了书本跑过去一看，只见一群学生围着了一个青脸的学生在那里吵闹。那青脸的学生，面上带着一味杀气，他的颊下的一条刀伤痕更形容得他的狞恶。一群围住他的学生都摩拳擦掌地要打他。质夫看了一会，不晓得是怎么一回事，正在疑惑的时候，看见他的同乡教体操的王先生，从包围在那里的学生丛中，辟开了一条路，挤到那被包围的青脸学生面前，不问皂白，把那学生一把拖了到教员的议事厅上去。一边质夫又看见他的同事监学唐伯名温温和和地对一群激愤的学生说：

“你们不必动气，好好儿地回到自修室去吧，对于江杰的捣乱，我们自有办法在这里。”

一半学生回自修室去了，一半学生跟在那青脸的学生后面叫着说：

“打！打！”

“打！打死他。不要脸的，受了李麦的金钱，你难道想卖同学么？”

质夫跟了这一群学生，跑到议事厅上，见他的同事都立在那里。同事中的最年长者，戴着一副墨眼镜，头上有一块秃的许明先，见了那青脸的学生，就对他说：

“你是一个好好的人，家里又还可以，何苦要干这些事呢？开除你的是学校的规则，并不是校长。钱是用得完的，你们年轻的人还是名誉要紧，李麦能利用你来捣乱学校，也定能利用别人来杀你的，你何苦去干这些事呢？”

许明先还没有说完，门外站着的学生都叫着说：

“打！”

“李麦的走狗！”

“不要脸的，摇一摇铃三十块钱，你这买卖真好啊。”

“打！打！”

许明先听了门外学生的叫唤，便出来对学生说：

“你们看我面上，不要打他，只要他能悔过就对了。”

许明先一边说一边就招那青脸的学生——名叫江杰——出来，对众谢罪。谢罪之后，许明先就护送他出门外，命令他以后不准再来，江杰就垂头丧气地走了。

江杰走后，质夫从学生和同事的口头听来，才知道这江杰本来也是校内的学生，因为闹事的缘故，在去年开除的。现在他得了李麦的钱，以要求复校为名，想来捣乱，与校内八九个得钱的学生约好，用摇铃做记号，预备一齐闹起来的。质夫听了心里反觉得好笑，以为像这样的闹事，便闹死也没有什么。

过了三四天，也是一天晴朗的早晨十点钟的时候，质夫正在预备上课，忽然听见几个学生大声哄号起来。质夫出来一看，见议事厅上有八九个长大的学生，吃得酒醉醺醺，头向了天，带着了笑容，在那里哄号。不过一二分钟，教职员全体和许多学生都跑向议事厅来。那八九个学生中间的一个最长的人便高声地对众人说：

"我们几个人是来搬校长的行李的。他是一个过激党，我们不愿意受过激党的教育。"

八九个中的一个矮小的人也对众人说：

"我们既然做了这事，就是不怕死的。若有人来拦阻我们，那要对他不起。"

说到这里，他在马褂袖里，拿了一把八寸长的刀出来。质夫看着门外站在那里的学生，起初同蜂巢里的雄蜂一样，还有些喃喃呐呐的声音，后来看了那矮小的人的小刀，大家就静了下去。质夫心里有点不平，想出来讲几句话，但是被他的同乡教体操的王先生拖住了。王先生对他说：

"事情到了这样，我与你立出去也压不下来了。我们都是外省人，何苦去与他们为难呢？他们本省的学生，尚且在那里旁观。"

那八九个学生一霎时就打到议事厅间壁的校长房里去，恰好这时候校长还不在家，他们就把校长的铺盖捆好了。因为那一个拿刀的人在门口守看，所以另外的人一个人也不敢进到校长房里去拦阻他们。那八九个学生同做新戏似的笑了一声，最后跟着了那个拿刀的矮子，抬了校长的被褥，就慢慢地走出门去了。等他们走了之后，倪教务长和几个教员都指挥其余的学生，不要紊乱秩序，依旧去上课去。上了两个钟头课，吃午膳的时候，教职员全体主张停课一二天以观大势。午后质夫得了这闲空时间，倒落得自在，便跑上西门外的大观亭去玩去了。

大观亭[①]的前面是汪洋的江水，江中靠右的地方，有几个沙渚浮在那里。阳光射在江水的微波上，映出了几条反射的光线来。洲渚上的苇草，也有头白

---

① 大观亭：位于今安庆市大观亭街56号，称大观楼或大观台。建于明世宗嘉靖元年（1522），素称"皖省第一名胜之区"，被列为"宜城八景"之一。——编者

了的，也有作青黄色的，远远望去，同一片平沙一样。后面有一方湖水，映着了青天，静静地躺在太阳的光里。沿着湖水有几处小山，有几处黄墙的寺院。看了这后面的风景，质夫忽然想起在洋画上看见过的瑞士四林湖的山水来了。一个人逛到傍晚的时候，看了西天日落的景色，他就回到学校里来。一进校门，遇着了几个从里面出来的学生，质夫觉得那几个学生的微笑的目光，都好像在那里哀怜他的样子。他胸里感着一种不快的情怀，觉得是回到了不该回的地方来了。

吃过了晚饭，他的同事都锁着了眉头，议论起那八九个学生搬校长铺盖时候的情形和解决的方法来。质夫脱离了这议论的团体，私下约了他的同乡教体操的王亦安，到菱湖公园去散步去。太阳刚才下山，西天还有半天金赤的余霞留在那里。天盖的四周，也染了这余霞的返照，映出一种紫红的颜色来。天心里有大半规月亮白洋洋地挂着，还没有放光。田塍路的角里和枯荷枝的脚上，都有些薄暮的影子看得出来了。质夫和亦安一边走一边谈，亦安把这次风潮的原因细细地讲给了质夫听：

"这一次风潮的历史，说起来也长得很。但是它的原因，却伏在今年六月里，当李星狼、麦连邑杀学生蒋可奇的时候。那时候陆校长讲了几句话是的确厉害的。因为议员和军阀杀了蒋可奇，所以学生联合会有澄清选举反对非法议员的举动。因为有了这举动，所以不得不驱逐李麦的走狗想来召集议员的省长韩上成。因这几次政治运动的结果，军阀和议员的怨恨，都结在陆校长一人的身上。这一次议员和军阀想趁新省长来的时候，再开始活动，所以首先不得不去他们的劲敌陆校长。我听见说这几个学生从议员处得了二百元钱一个人。其余守中立的学生，也有得着十元十五元的。他们军阀和议员，连警察厅都买通了的，我听见说，今天北门站岗的巡警一个人还得着二元贿赂呢。此外还有想夺这校长做的一派人，和同陆校长倪教务长有反感的一派人也加在内，你说这风潮的原因复杂不复杂？"

穿过了公园西北面的空亭，走上园中大路的时候，质夫邀亦安上东面水田里的纯阳阁里去。

夜阴一刻一刻地深了起来，月亮也渐渐地放起光来了。天空里从银红到紫蓝，从紫蓝到淡青地变了好几次颜色。他们进纯阳阁的时候，屋内已经漆黑了。从黑暗中摸上了楼。他们看见有一盏菜油灯点在上首的桌上。从这一粒微光中照出来的红漆的佛座，和桌上的供物及两壁的幡对之类，都带着些神秘的形容。亦安向四周看了一看，对质夫说：

“纯阳祖师的签是非常灵的，我们各人求一张吧。”

质夫同意了，得了一张三十八签中吉。

他们下楼，走到公园中间那条大路的时候，星月的光辉，已经把道旁的杨柳影子印在地上了。

闹事之后，学校里停了两天课。到了礼拜六的下午，教职员又开了一次大会，议定下礼拜一暂且开始上课一礼拜，若说官厅没有适当的处置，再行停课。正是这一天的晚上八点钟的时候，质夫刚在房里看他的从外国寄来的报，忽听见议事厅前后，又有哄号的声音传了过来。他跑出去一看，只见有五六个穿农夫衣服、相貌狞恶的人，跟了前次的八九个学生，在那里乱跳乱叫。当质夫跑近他们身边的时候，八九个人中最长的那学生就对质夫拱拱手说：

“对不起，对不起，请老师不要惊慌，我们此次来，不过是为搬教务长和监学的行李来的。”

质夫也着了急，问他们说：

“你们何必这样呢？”

“实在是对老师不起！”

那一个最长的学生还没有说完，质夫看见有一个农夫似的人跑到那学生身边说：

“先生，两个行李已经搬出去了，另外还有没有？”

那学生却回答说：

“没有了，你们去吧。”

这样的下了一个命令，他又回转来对质夫拱了拱手说：

“我们实在也是出于不得已，只有请老师原谅原谅。”

又拱了拱手，他就走出去了。

这一天晚上行李被他们搬去的倪教务长和柳监学二人都不在校内。闹了这一场之后，校内同暴风过后的海上一样，反而静了下去。王亦安和质夫同几个同病相怜的教员，合在一处谈议此后的处置。质夫主张马上就把行李搬出校外，以后绝对的不再来了。王亦安光着眼睛对质夫说：

“不能不能，你和希圣怎么也不能现在搬出去。他们学生对希圣和你的感情最好。现在他们中立的多数学生,正在那里开会,决计留你们几个在校内,仍复继续替他们上课。并且有人在大门口守着,不准你们出去。”

中立的多数学生果真是像在那里开会似的,学校内弥漫着一种紧迫沉默的空气,同重病人的房里沉默着的空气一样。几个教职员大家合议的结果,议决方希圣和于质夫二人,于晚上十二点钟乘学生全睡着的时候出校,其余的人一律于明天早晨搬出去。

天潇潇地下起雨来了。质夫回到房里,把行李物件收拾了一下,便坐在电灯下连连续续地吸起烟来。等了好久,王亦安轻轻地来说:

“现在可以出去了,我陪你们两个人出去,希圣立在桂花树底下等你。”

他们三人轻轻地走到门口的时候,门房里忽然走出了一个学生来问说:

“三位老师难道要出去么?我是代表多数同学来求三位老师不要出去的。我们总不能使他们几个学生来破坏我们的学校,到了明朝,我们总要想个法子,要求省长来解决他们。”讲到这里,那学生的眼睛已有一圈红了。王亦安对他作了一揖说:

“你要是爱我们的,请你放我们走吧,住在这里怕有危险。”

那学生忽然落了一颗眼泪,咬了一咬牙齿说:

“既然这样,请三位老师等一等,我去寻几位同学来陪三位老师进城,夜深了,怕路上不便。”

那学生跑进去之后,他们三人马上叫门房开了门,在黑暗中冒着雨就走了。走了三五分钟,他们忽听见后面有脚步声在那里追逐,他们就放大了脚步赶快走来,同时后面的人却叫着说:

“我们不是坏人,请三位老师不要怕,我们是来陪老师们进城的。”

听了这话,他们的脚步便放小来。质夫回头来一看,见有四个学生拿了一盏洋油行灯,跟在他们的后面。其中有二个学生,却是质夫教的一班里的。

六

第二天的午后,从学校里搬出来的教职员全体,就上省长公署去见新到任的省长。那省长本来是质夫的胞兄的朋友,质夫与他亦曾在西湖上会过的。历任过交通司法总长的这省长,讲了许多安慰教职员的话之后,却作了一个“总有办法”的回答。

质夫和另外的几个教职员，自从学校里搬出来之后，便同丧家之犬一样，陷到了去又去不得留又不能留的地位。因为连续地下了几天雨，所以质夫只能蛰居在一家小客栈里，不能出去闲逛。他就把他自己与另外的几个同事的这几日的生活，比作了未决囚的生活。每自嘲自慰地对人说：

“文明进步了，目下教员都要蒙尘了。”

性欲比人一倍强盛的质夫，处了这样的逆境，当然是不能安分的。他竟瞒着了同住的几个同事，到娼家去进出起来了。

从学校里搬出来之后，约有一礼拜的光景。他恨省长不能速行解决闹事的学生，所以那一天晚上吃晚饭的时候就多喝了几杯酒。这兴奋剂一下喉，他的兽性又起作用来，就独自一个走上一位带有家眷的他的同事家里去。那一位同事本来是质夫在 A 地短时日中所得的最好的朋友。质夫上他家去，本来是有一种漠然的预感和希望怀着。坐谈了一会，他竟把他的本性显露了出来，那同事便用了英文对他说：

“你既然这样的无聊，我就带你上班子里逛去。”

穿过了几条街巷，从一条狭而又黑的巷口走进去的时候，质夫的胸前又跳跃起来，因为他虽在日本经过这种生活，但是在他的故国，却从没有进过这些地方。走到门前有一处卖香烟橘子的小铺和一排人力车停着的一家墙门口，他的同事便跑了进去。他在门口仰起头来一看，门楣上有一块白漆的马口铁写着“鹿和班”的三个红字，挂在那里，他迟了一步，也跟着他的同事进去了。

坐在门里两旁的几个奇形怪状的男人，看见了他的同事和他，便站了起来，放大了喉咙叫着说：

“引路！荷珠姑娘房里。吴老爷来了！”

他的同事吴风世不慌不忙地招呼他进了一间二丈来宽的房里坐下之后，便用了英文问他说：

“你要怎么样的姑娘？你且把条件讲给我听，我好替你介绍。”

质夫在一张红木椅上坐定后，便也用了英文对吴风世说：

“这是你情人的房么，陈设得好精致，你究竟是一位有福的嫖客。”

“你把条件讲给我听吧，我好替你介绍。”

“我的条件讲出来你不要笑。”

“你且讲来吧。”

“我有三个条件,第一要她是不好看的,第二要年纪大一点,第三要客少。”

“你倒是一个老嫖客。”

讲到这里,吴风世的姑娘进房来了。她头上梳着辫子,皮色不白,但是有一种婉转的风味。穿的是一件虾青大花的缎子夹衫,一条玄色素缎的短脚裤。一进房就对吴风世说:

“说什么鬼话,我们不懂的呀!”

“这一位于老爷是外国来的,他是外国人,不懂中国话。”

质夫站起来对荷珠说:

“假的假的,吴老爷说的是谎,你想我若不懂中国语,怎么还要上这里来呢?”

荷珠笑着说:

“你究竟是不是中国人?”

“你难道还在疑信么?”

“你是中国人,你何以要穿外国衣服?”

“我因为没有钱做中国衣服。”

“做外国衣服难道不要钱的么?”

吴风世听了一忽,就叫荷珠说:

“荷珠,你给于老爷荐举一个姑娘吧。”

“于老爷喜欢怎么样的? 碧玉好不好? 春红? 香云? 海棠?”

吴风世听了海棠两字,就对质夫说:

“海棠好不好?”

质夫回答说:

“我又不曾见过,怎么知道好不好呢? 海棠与我提出的条件合不合?”

风世便大笑说:

“条件悉合,就是海棠吧。”

荷珠对她的假母说:

“去请海棠姑娘过来。”

假母去了一忽回来说:

“海棠姑娘在那里看戏,打发人去叫去了。”

从戏院到那鹿和班来回总有三十分钟，这三十分钟中间，质夫觉得好像是被悬挂在空中的样子，正不知如何的消遣才好。他讲了些闲话，一个人觉得无聊，不知不觉，就把两只手抱起膝来。吴风世看了他这样子，就马上用了英文警告他说：

“不行不行，抱膝的事，在班子里是大忌的。因为这是闲空的象征。”

质夫听了，觉得好笑，便也用了英文问他说：

“另外还有什么礼节没有？请你全对我说了吧，免得被她们姑娘笑我。”

正说到这里，门帘升了，走进了一个二十二三、身材矮小的姑娘来。她的青灰色的额角广得很，但是又低得很，头发也不厚，所以一眼看来，觉得她的容貌同动物学上的原始猴类一样。一双鲁钝挂下的眼睛和一张比较长狭的嘴，一见就可以知道她的性格是忠厚的。她穿的是一件明蓝花缎的夹袄，上面罩着一件雪色大花缎子的背心，底下是一条雪灰的牡丹花缎的短脚裤。她一进来，荷珠就替她介绍说：

“对你的是这一位于老爷，他是新从外国回来的。”

质夫心里想，这一位大约就是海棠了。她的面貌却正合我的三个条件，但是她何以会这样一点儿娇态都没有。海棠听了荷珠的话，也不作声，只呆呆地对质夫看了一眼。荷珠问她今天晚上的戏好不好，她就显出了一副认真的样子，说今晚上的戏不好，但是新上台的“小放牛”却好得很，可惜只看了半出，没有看完。质夫听了她那慢慢的无娇态的话，心里觉得奇怪得很，以为她不像妓院里的姑娘。吴风世等她讲完了话之后，就叫她说：

“海棠！到你房里去吧。这一位于老爷是外国人，你可要待他格外客气才好。”

质夫、风世和荷珠三人都跟了海棠到她房里去。质夫一进海棠的房，就看见一个四十上下的女人，鼻上起了几条皱纹，笑嘻嘻地迎了出来。她的青青的面色和角上有些吊起的一双眼睛、薄薄的淡白的嘴唇，都使质夫感着一种可怕可恶的印象，她待质夫也很殷勤，但是质夫总觉得她是一个恶人。

在海棠房里坐了一个多钟头，讲了些无边无际的话，质夫和风世都出来了。一出那条狭巷，就是大街，那时候街上的店铺都已闭门，四围静寂得很，质夫忽然想起了英文的“dead city”两个字来，他就幽幽地对风世说：

“风世！我已经成了一个 living corpse 了。”

走到十字路口，质夫就和风世分了手。他们两个各听见各人的脚步声渐渐儿地低了下去，不多一忽，这入人心脾的足音，也被黑暗的夜气吞没下去了。

1922 年 2 月

（原载《创造》季刊创刊号 1922 年 5 月）

迷　　羊

一

一九××年的秋天，我因为脑病厉害，住在长江北岸的 A 城[①]里养病。正当江南江北界线上的 A 城，兼有南方温暖的地气和北方亢燥的天候。入秋以后，天天只见蓝蔚的高天，同大圆幕似的张在空中。东北西三面城外高低的小山，一例披着了翠色，在阳和的日光里返射。微凉的西北风吹来，往往带着些秋天干草的香气。我尤爱西城外和长江接着的一个菱形湖水旁边的各处小山。早晨起来，拿着几本爱读的书，装满了一袋花生水果香烟，我每到这些小山中没有人来侵犯的地方去享受静谧的空气。看倦了书，我就举起眼睛来看山下的长江和江上的飞帆。有时候深深地吸一口烟，两手支在背后，向后斜躺着身体，缩小了眼睛，呆看着江南隐隐的青山，竟有三十分钟以上不改姿势的时候。有时候伸着肢体，仰卧在和暖的阳光里，看看无穷的碧

《迷羊》初版时的《北新》杂志封面

① A 城：指安庆。——编者

落,一时会把什么思想都忘记,我就同一片青烟似的不自觉着自己的存在,悠悠地浮在空中。像这样的懒游了一个多月,我的身体渐渐就强壮起来了。

中国养脑病的地方很多,何以庐山不住,西湖不住,偏要寻到这一个交通不十分便利的 A 城里来呢? 这是有一个原因的。自从先君去世以后,家景萧条,所以我的修学时代,全仗北京的几位父执,倾囊救助。父亲虽则不事生产,潦倒了一生,但是他交的几位朋友,却都是慷慨好义、爱人如己的君子。所以我自十几岁离开故乡以后,他们供给我的学费,每年至少也有五六百块钱的样子。这一次有一位父亲生前最知己的伯父,在 A 省驻节,掌握行政全权。暑假之后,我由京汉车南下,乘长江轮船赴上海,路过 A 城,上岸去一见,他居然留我在署中作伴,并且委了我一个挂名的咨议,每月有不劳而获的两百块钱俸金好领。这时候我刚在北京的一个大学里毕业,暑假前因为用功过度,患了一种失眠头晕的恶症,见他留我的意很殷诚,我也就猫猫虎虎地住下了。

A 城北面去城不远,有一个公园。公园的四周,全是荷花水沼。园中的房舍,系杂筑在水荇青荷的田里。天候晴爽,时有住在城里的富绅闺女和苏扬的幺妓,来此闲游。我因为生性孤僻,并且想静养脑病,所以在 A 地住下之后,马上托人关说,就租定了一间公园的茅亭,权当寓舍,然而人类是不喜欢单调的动物,独居在湖上,日日与清风明月相周旋,也有时要感到割心的不快。所以在湖亭里蛰居了几天,我就开始作汗漫的闲行,若不到西城外的小山丛里去俯仰看长江碧落,便也到城中市上,去和那些闲散的居民夹在一块,寻一点小小的欢娱。

是到 A 城以后,将近两个月的一天午后,太阳依旧是明和可爱,碧落依旧是澄清高遥,在西城外各处小山上跑得累了,我就拖了很重的脚,走上接近西门的大观亭去,想在那里休息一下,再进城上酒楼去吃晚饭。原来这大观亭,也是 A 城的一处名所,底下有明朝一位忠臣的坟墓,上面有几处高敞的亭台。朝南看去,越过飞逸的长江,便可看见江南的烟树。北面窗外,就是那个三角形的长湖,湖的四岸,都是杂树低冈,那一天天色很清,湖水也映得格外地沉静,格外地蓝碧。我走上观亭楼上的时候,正厅及槛旁的客座已经坐满了,不得已就走入间壁的厢厅里,靠窗坐下,在躺椅上躺了一忽,半天的疲乏,竟使我陷入了很舒服的假寐之境。睡了不晓多少时候,在似梦非梦的境界上,我的耳畔,忽而传来了几声女孩儿的话声。虽听不清是什么话,然而这话声的主人,的确不是 A 城的居民,因为语音粗硬,仿佛是淮扬一带的腔调。

我在北京,虽则住了许多年,但是生来胆小,一直到大学毕业,从没有上过一次妓馆。平时虽则喜欢读读小说,画画洋画,然而那些文艺界艺术界里常常听见的什么恋爱,什么浪漫史,却与我一点儿缘分也没有。可是我的身体构造,发育程序,当然和一般的青年一样,脉管里也有热烈的血在流动,官能性器,并没有半点缺陷。二十六岁的青春,时时在我的头脑里筋肉里呈不稳的现象,对女性的渴慕,当然也是有的。并且当出京以前,还有几个医生,将我的脑病,归咎在性欲的不调,劝我多交几位男女朋友,可以消散消散胸中堆积着的忧闷。更何况久病初愈,体力增进,血的循环,正是速度增加到顶点的这时候呢?所以我在幻梦与现实的交叉点上,一听到这异性人喉音,神经就清醒兴奋起来了。

从躺椅上站起,很急速地擦了一擦眼睛,走到隔一重门的正厅里的时候,我看到厅前门外回廊的槛上,凭立着几个服色奇异的年轻的幼妇。

她们面朝着槛外,在看扬子江里的船只和江上的斜阳,背形服饰,一眼看来,都是差不多的。她们大约都只有十七八岁的年纪,下面着的,是刚在流行的大脚裤,颜色仿佛全是玄色,上面的衣服,却不一样。第二眼再仔细看时,我才知道她们共有三人,一个是穿紫色大团花缎的圆角夹衫,一个穿的是深蓝素缎,还有一个是穿着黑华丝葛的薄棉袄的。中间的那个穿蓝素缎的,偶然间把头回望了一望,我看出一个小小的椭圆形的嫩脸,和她的同伴说笑后尚未收敛起的笑容。她很不经意地把头朝回去了,但我却在脑门上受了一次大大的棒击。这清冷的 A 城内,拢总不过千数家人家,除了几个妓馆里的放荡的幺妓而外,从未见过有这样豁达的女子,这样可爱的少女,毫无拘束地,三五成群,当这个晴和的午后,来这个不大流行的名所,赏玩风光的。我一时风魔了理性,不知不觉,竟在她们的背后,正厅的中间,呆立了几分钟。

茶博士打了一块手巾过来,问我要不要吃点点心,同时她们也朝转来向我看了,我才涨红了脸,慌慌张张地对茶博士说:“要一点!要一点!有什么好吃的?”大约因为我的样子太仓皇了吧,茶博士和她们都笑了起来。我更急得没法,便回身走回厢厅的座里去。临走时向正厅上各座位匆匆地瞥了一眼,我只见满地的花生瓜子的残皮,和几张桌上的空空的杂乱摆着的几只茶壶茶碗,这时候许多游客都已经散了。“大约在这一座亭台里流连未去的,只有我和这三位女子了吧!”走到了座位,在昏乱的脑里,第一着想起来的,就是这一个思想。

茶博士接着跟了过来，手里肩上，搭着几块手巾，笑眯眯地又问我要不要什么吃的时候，我心里才镇静了一点，向窗外一看，太阳已经去小山不盈丈了，即便摇了摇头，付清茶钱，同逃也似的走下楼来。

我走下扶梯，转了一个弯走到楼前向下降的石级的时候，举头一望，看见那三位少女，已经在我的先头，一边谈话，一边也在循了石级，走回家去。我的稍稍恢复了一点和平的心里，这时候又起起波浪来了，便故意放慢了脚步，想和她们离开远些，免得受了人家的猜疑。

毕竟是日暮的时候，在大观亭的小山上一路下来，也不曾遇见别的行人。可是一到山前的路上，便是一条西门外的大街，街上行人很多，两旁尽是小店，尽跟在年轻的姑娘们的后面，走进城去，实在有点难看。我想就在路上雇车，而这时候洋车夫又都不知上哪里去了，一乘也没有瞧见；想放大胆子，率性赶上前去，追过她们的头，但是一想起刚才在大观亭上的那种丑态，又恐被她们认出，再惹一场笑话。心里忐忑不安，诚惶诚恐地跟在她们后面，走进西门的时候，本来是黝暗狭小的街上，已经泛流着暮景，店家就快要上灯了。

西门内的长街，往东一直可通到城市的中心最热闹的三牌楼大街，但我因为天已经晚了，不愿再上大街的酒馆去吃晚饭，打算在北门附近横街上的小酒馆里吃点点心，就出城回到寓舍里去。正在心中打算，想向西门内大街的岔路里走往北去，她们三个，不知怎么的，已经先打定主意，往北的弯了过去。这时候我因为已经跟她们走了半天了，胆量已比从前大了一点，并且好奇心也在开始活动，有“率性跟她们一阵，看她们到底走上什么地方去”的心思。走过了司下坡，进了青天白日的旧时的道台衙门，往后门穿出，由杨家拐拐往东去，在一条横街的旅馆门口，她们三人同时举起头来对了立在门口的一位五十来岁的姥姥笑着说：“您站在这儿干吗？”这是那位穿黑衣的姑娘说的，的确是天津话。这时候我已走近她们的身边了，所以她们的谈话，我句句都听得很清楚。那姥姥就拉着了那黑衣姑娘说：“台上就快开锣了，老板也来催过，你们若再迟回来一点儿，我就想打发人来找你们哩，快吃晚饭去吧！”啊啊，到这里我才知道她们是在行旅中的髦儿戏子，怪不得她们的服装，是那样奇特，行动是那样豁达的。天色已经黑了，横街上的几家小铺子里，也久已上了灯火。街上来往的人迹，渐渐地稀少了下去，打人家的门口经过，老闻得出油煎蔬菜的味儿和饭香来，我也觉着有点饥饿了。

说到戏园,这斗大的A城里,原有一个。不过常客很少的这戏园,在A城的市民生活上,从不占有什么重大的位置。有一次,我从北门进城来,偶尔在一条小小的巷口,从澄清的秋气中听见了几阵锣鼓声音,顺便踏进去一看,看了一间破烂的屋里,黑黝黝地聚集了三四十人坐在台前。坐的桌子椅子,当然也是和这戏园相称的许多白木长条。戏园内光线也没有,空气也不通,我看了一眼,心里就害怕了,即便退了出来。像这样的戏园,当然聘不起名角的。来演的顶多大约是些行旅的杂凑班或是平常演神戏的水陆班子。所以我到了A城两个多月,竟没有注意过这戏园的角色戏目。这一回偶然遇到了那三个女孩儿,我心里却起了一种奇异的感想,所以在大街上的一家菜馆里坐定之后,就教伙计把今天的报拿了过来。一边在等着晚饭的菜,一边拿起报来就在灰黄的电灯下看上戏园的广告上去。果然在第二张新闻的后半封面上,用了二号活字,排着“礼聘超等文武须生谢月英本日登台,女伶泰斗”的几个字,在同排上还有“李兰香著名青衣花旦”、“陈莲奎独一无二女界黑头”的两个配角。本晚她们所演的戏是最后一出《二进宫》。

我在北京的时候,胡同虽则不去逛,但是戏却是常去听的。那一天晚上一个人在菜馆里吃了一点酒,忽然动了兴致,付账下楼,就决定到戏园里去坐它一坐。日间所见的那几位姑娘,当然也是使我生出这异想来的一个原因。因为我虽在那旅馆门口,听见了一二句她们的谈话,然而究竟她们是不是女伶呢?听说寄住在旅馆里的娼妓也很多,她们或许也是卖笑者流吧?并且若是她们果真是女伶,那么她们究竟是不是和谢月英在一班的呢?若使她们真是谢月英一班的人物,那么究竟谁是谢月英呢?这些无关紧要、没有价值的问题,平时再也不会上我的脑子的问题,这时候大约因为我过的生活太单调了,脑子里太没有什么事情好想了,一路上用牙签括着牙齿,俯倒了头,竟接二连三地占住了我的思索的全部。在高低不平的灰暗的街上走着,往北往西地转了几个弯,不到十几分钟,就走到了那个我曾经去过一次的倒霉的戏园门口。

幸亏是晚上,左右前后的坍败情形,被一盏汽油灯的光,遮掩去了一点。到底是礼聘的名角登台的日子,门前卖票的栅栏口,竟也挤满了许多中产阶级的先生们。门外路上,还有许多游手好闲的第四阶级的民众,张开了口在那里看汽油灯光,看热闹。

我买了一张票,从人丛和锣鼓声中挤了进去,在第三排的一张正面桌上坐下了。戏已经开演了好久，这时候台上正演着第四出的《泗州城》。那些女孩子的跳打，实在太不成话了。我就咬着瓜子，尽在看戏场内的周围和座客的情形。场内点着几盏黄黄的电灯，正面厅里，也挤满了二三百人的座客。厅旁两厢，大约是二等座位，那里尽是些穿灰色制服的军人。两厢及后厅的上面，有一层环楼，楼上只坐着女眷。正厅的一二三四排里，坐了些年纪很轻，衣服很奢丽的，在中国的无论哪一个地方都有的时髦青年。他们好像是常来这戏园的样子，大家都在招呼谈话，批评女角，批评楼上的座客，有时笑笑，有时互打瓜子皮儿，有时在窃窃作密语。《泗州城》下台之后，台上的汽油灯，似乎加了一层光，我的耳畔，忽然起了一阵喊声，原来是《小上坟》上台了，左右前后的那些唯美主义者，仿佛在替他们的祖宗争光彩，看了淫艳的那位花旦的一举一动，就拼命地叫噪起来，同时还有许多哄笑的声音。肉麻当有趣，我实在被他们弄得坐不住了，把腰部升降了好几次，想站起来走，但一边想想看，底下横竖没有几出戏了，且咬紧牙齿忍耐着，就等它一等吧！

好容易挨过了两个钟头的光景，台上的锣鼓紧敲了一下，冷了一冷台，底下就是最后的一出《二进宫》了。果然不错，白天的那个穿深蓝素缎的姑娘扮的是杨大人，我一见她出台，就不知不觉地涨红了脸，同时耳畔又起了一阵雷也似的喊声，更加使我头脑昏了起来。她的扮相真不坏，不过有胡须戴在那里，全部的脸子，看不清楚，但她那一双迷人的眼睛，时时往台下横扫的眼睛，实在有使这一班游荡少年惊魂失魄的力量。她嗓音虽不洪亮，但辨字辨得很清，气也接得过来，拍子尤其工稳。在这一个小小的 A 城里，在这一个坍败的戏园里，她当然是可以压倒一切了。不知不觉的中间，我也受了她的催眠暗示，一直到散场的时候止，我的全副精神，都灌注在她一个人的身上，其他的两个配角，我只知道扮龙国太的，便是白天的那个穿紫色夹衫的姑娘，扮千岁爷的，定是那个穿黑衣黑裤的所谓陈莲奎。

她们三个人中间，算陈莲奎身材高大一点，李兰香似乎太短小了，不长不短，处处合宜的，还是谢月英。究竟是名不虚传的超等名角。

那一天晚上，她的扫来扫去的眼睛，有没有注意到我，我可不知道。但是戏散之后，从戏园子里出来，一路在暗路上摸出城去，我的脑子里尽在转念的，却是这几个名词：

“噢！超等名角！”

“噢！文武须生！”

“谢月英！谢月英！”

“好一个谢月英！”

二

闲人的闲脑，是魔鬼的工场，我因为公园茅亭里的闲居生活单调不过，也变成了那个小戏园的常客人，诱引的最有力者当然是谢月英。

这时候节季已经进了晚秋，那一年的A城，因为多下了几次雨，天气已变得很凉冷了。自从那一晚以后，我天天早晨起来，在茅亭的南窗阶上躺着享太阳，一只手里拿一杯热茶，一只手里拿一张新闻，第一注意阅读的，就是广告栏里的戏目和那些A地的地方才子（大约就是那班戏园内拼命叫好的才子罢）所做的女伶身世和剧评。一则因为太没有事情干，二则因为所带的几本小说书都已看完了，所以每晚闲来无事，终于还是上戏园去听戏，并且谢月英的唱做，的确也还过得去。与其费尽了脚力，无情无绪地冒着寒风，去往小山上奔跑，倒还不如上戏园去坐坐的安闲。于是在晴明的午后，她们若唱戏，我也没有一日缺过席，这是我见了谢月英之后，新改变的生活方式。

寒风一阵阵地紧起来，四周辽阔的这公园附近的荷花树木，也都凋落了。田塍路上的野草，变成了黄色，旧日的荷花池里，除了几根零残的荷根而外，只有一处一处的潴水在那里迎送秋阳，因为天气凉冷了的缘故，这十里荷塘的公园游地内，也很少有人来，在淡淡的夕阳影里，除了西飞的一片乌鸦声外，只有几个沉默的佃家，站在泥水中间挖藕的声音。我的茅亭的寓舍，到了这时候，已经变成了出世的幽栖之所，再往下去，怕有点不可能了。况且因为那戏园的关系，每天晚上，到了夜深，要守城的警察，开门放我出城，出城后，更要在孤静无人的野路上走半天冷路，实在有点不便，于是我的搬家的决心，也就一天一天的坚定起来了。

像我这样的一个独身者的搬家问题，当然是很简单。第一，那位父执的公署里，就可以去住，第二，若嫌公署里繁杂不过，去找一家旅馆，包一个房间，也很容易。可是我的性格，老是因循苟且，每天到晚上从黑暗里摸回家来，就决定次日一定搬家，第二天一定去找一个房间，但到了第二天的早晨，享享太阳，喝喝茶,看看报,就又把这事搁起了。到了午后,就是照例地到公署去转一转,或上酒楼去吃点酒,晚上又照例地到戏园子去,像这样的生活,不知不觉,竟过了两个多星期。

正在这个犹豫的期间里,突然遇着了一个意想不到的机会,竟把我的移居问题解决了。

大约常到戏园去听戏的人,总有这样的经验的罢?几个天天见面的常客,在不知不觉的中间,很容易联成朋友。尤其是在戏园以外的别的地方突然遇见的时候,两个就会老朋友似的招呼起来。有一天黑云飞满空中,北风吹得很紧的薄暮,我从剃头铺里修了面出来,在剃头铺门口,突然遇见一位衣冠很潇洒的青年。他对我微笑着点了一点头,我也笑了一脸,回了他一个礼。等我走下台阶,立着和他并排的时候,他又笑眯眯地问我说:"今晚上仍旧去安乐园么?"到此我才想起了那个戏园——原来这戏园的名字叫安乐园——和在戏台前常见的这一个小白脸。往东和他走了二三十步路,同他谈了些女伶做唱的评话,我们就在三岔路口走分散了。那一天晚上,在城里吃过晚饭,我本不想再去戏园,但因为出城回家,北风刮得很冷,所以路过安乐园的时候,便也不自意识地踏了进去,打算权坐一坐,等风势杀一点后再回家去。谁知一入戏园,那位白天见过的小白脸跑过来和我说话了。他问了我的姓名职业住址后,对我就恭维起来,我听了虽则心里有点不舒服,但遇在这样悲凉的晚上,又处在这样孤冷的客中,有一个本地的青年朋友,谈谈闲话,也算不坏,所以就也和他说了些无聊的话。等到我告诉他一个人独离在城外的公园,晚上回去——尤其是像这样的晚上——真有些胆怯的时候,他就跳起来说:"那你为什么不搬到谢月英住的那个旅馆里去呢?那地方去公署不远,去戏园尤其近。今晚上戏散之后,我就同你去看看,好么?顺便也可以去看看月英和她的几个同伴。"

他说话的时候,很有自信,仿佛谢月英和他是很熟似的。我在前面也已经说过,对于逛胡同,访女优,一向就没有这样的经验,所以听了他的话,竟红起脸来。他就嘲笑不像嘲笑,安慰不像安慰似的说:

"你在北京住了这许多年,难道这一点经验都没有么?访问访问女戏子,算什么一回事?并不是我在这里对外乡人吹牛皮,识时务的女优到这里的时候,对我们这一辈人,大约总不敢得罪的。今晚上你且跟我去看看谢月英在旅馆里的样子罢!"

他说话的时候，很表现着一种得意的神情，我也不加可否，就默笑着，注意到台上的戏上去了。

在戏园子里一边和他谈话，一边想到戏散之后，究竟还是去呢不去的问题，时间过去得很快，不知不觉的中间，七八出戏已经演完，台前的座客便嘈嘈杂杂地立起来走了。

台上的煤气灯吹熄了两张，只留着中间的一张大灯，还在照着杂役人等扫地，叠桌椅。这时候台前的座客也走得差不多了，锣鼓声音停后的这破戏园内的空气，变得异常地静默萧条。台房里那些女孩们嘻嘻叫唤的声气，在池子里也听得出来。

我立起身来把衣帽整了一整，犹豫未决地正想走的时候，那小白脸却拉着我的手说：

"你慢着，月英还在后台洗脸哩，我先和你上后台去瞧一瞧罢！"

说着他就拉了我爬上戏台，直走到后台房里去。台房里还留着许多扮演末一出戏的女孩们，正在黄灰灰的电灯光里卸装洗手脸，乱杂的衣箱，乱杂的盔帽和五颜六色的刀枪器具及花花绿绿的人头人面衣裳之类，与一种杂谈声、哄笑声紧挤在一块，使人一见便能感到一种不规则无节制的生活气氛来。我羞羞涩涩地跟了这一位小白脸，在人丛中挤过了好一段路，最后在东边屋角尽处，才看见了陈莲奎谢月英等的卸装地方。

原来今天的压台戏是《大回荆州》，所以她们三人又是在一道演唱的。谢月英把袍服脱去，只穿了一件粉红小袄，在朝着一面大镜子擦脸。她腰里紧束着一条马带，所以穿黑裤子的后部，突出得很高。在暗淡的电灯光里，我一看见了她这一种形态，心里就突突地跳起来了，又哪里经得起那小白脸的一番肉麻的介绍呢？他走近了谢月英的身后，拿了我的右手，向她的肩上一拍，装着一脸纯肉感的嬉笑对她说：

"月英！我替你介绍了一位朋友。这一位王先生，是我们省长舒先生的至戚，他久慕你的盛名了，今天我特地拉他来和你见见。"

谢月英回转头来，"我的妈呀"地叫了一声，佯嗔假喜地装着惊恐的笑容，对那小白脸说：

"陈先生，你老爱那么动手动脚，骇死我了。"

说着，她又回过眼来，对我斜视了一眼，口对着那小白脸，眼却瞟着我的说：

“我们还要你介绍么？天天在台前头见面，还怕不认得么？”我因为那所谓陈先生拿了我的手拍上她的肩去之后，一面感着一种不可名状的电气，心里同喝醉酒了似的在起混乱，一面听了她那一句动手动脚的话，又感到了十二分的羞愧。所以她的频频送过来的眼睛，我只涨红了脸，伏倒了头，默默地在那里承受。既不敢回看她一眼，又不敢说出一句话来。

一边在髦儿戏房里特别闻得出来的那一种香粉香油的气味，不知从何处来的，尽是一阵阵的扑上鼻来，弄得我吐气也吐不舒服。

我正在局促难安，走又不是，留又不是的当儿，谢月英仿佛想起了什么似的，和在她边上站着，也在卸装梳洗的李兰香咬了一句耳朵。李兰香和她都含了微笑，对我看了一眼。谢月英又朝李兰香打了一个招呼，仿佛是在促她承认似的。李兰香笑了笑，点了一点头后，谢月英就亲亲热热地对我说：

“王先生，您还记得么？我们初次在大观亭见面的那一天的事情？”说着她又笑了起来。

我涨红的脸上又加了一阵红，也很不自然地装了脸微笑，点头对她说：

“可不是吗？那时候是你们刚到的时候吧？”她们听了我的说话声音，三个人一齐朝了转来，对我凝视。那高大的陈莲奎，并已放了她同男人似的喉音，问我说：

“您先生也是北京人吗？什么时候到这儿来的？”

我嗫嚅地应酬了几句，实在觉得不耐烦了——因为怕羞得厉害——所以就匆匆地促那一位小白脸的陈君，一道从后门跑出到一条狭巷里来。临走的时候，陈君又回头来对谢月英说：

“月英，我们先到旅馆里去等你们，你们早点回来，这一位王先生要请你们吃点心哩！”

手里拿了一个包袱，站在月英等身旁的那个姥姥，也装着笑脸对陈君说：

“陈先生！我的白干儿，你别忘记啦！”

陈君也呵呵呵呵地笑歪了脸，斜侧着身子，和我走了出来。一出后门，天上的大风，还在呜呜地刮着，尤其是漆黑漆黑的那狭巷里的冷空气，使我打了一个冷痉。那浓艳的柔软的香温的后台的空气，到这里才发生了效力，使我生出了一种后悔的心思，悔不该那么急促地就离开了她们。

我仰起来看看天，苍紫的寒空里澄练得同冰河一样，有几点很大很大的秋星，似乎在风中摇动。近边一只野犬，在那里迎着我们鸣叫。又呜呜地劈面来了一阵冷风，我们却摸出了那条高低不平的狭巷，走到了灯火清荧的北门大街上了。

街上的小店，都关上了门，间着很长很远的间隔，有几盏街灯，照在清冷寂静的街上。我们踏了许多模糊的黑影，向南的走往那家旅馆里去，路上也追过了几组和我们同方向走去的行人。这几个人大约也是刚从戏园子里出来，慢慢地走着，一边他们还在评论女角的色艺，也有几个在幽幽地唱着不合腔的皮黄的。

在横街上转了弯，走到那家旅馆门口的时候，旅馆里的茶房，好像也已经被北风吹冷，躲在棉花被里了。我们在门口寒风里立着，两个都默默地不说一句话，等茶房起来开大门的时候，只看见灰尘积得很厚的一盏电灯光，照着大新旅馆的四个大字，毫无生气，毫无热意地散射在那里。

那小白脸的陈君，好像真是常来此地访问谢月英的样子，他对了那个放我们进门之后还在擦眼睛的茶房说了几句话，那茶房就带我们上里进的一间大房里去了。这大房当然是谢月英她们的寓房，房里纵横叠着些衣箱洗面架之类。朝南的窗下有一张八仙桌摆着，东西北三面靠墙的地方，各有三张床铺铺在那里，东北角里，帐子和帐子的中间，且斜挂着一道花布的帘子。房里头收拾得干净得很，桌上的镜子粉盒香烟罐之类，也整理得清清楚楚，进了这房，谁也感得到一种闲适安乐的感觉。尤其是在这样的晚上，能使人更感到一层热意是桌上挂在那里的一盏五十支光的白热的电灯。

陈君坐定之后，叫茶房过来，问他有没有房间空着了。他抓抓头想了一想，说外进有一间四十八号的大房间空着，因为房价太大，老是没人来住的。陈君很威严地吩咐他去收拾干净来，一边却回过头来对我说：

“王君！今晚上风刮得这么厉害，并且吃点点心，谈谈闲话，总要到一两点钟才能回去。夜太深了，你出城恐怕不便，还不如在四十八住它一晚，等明天老板起来，顺便就可以和他办迁居的交涉，你说怎么样？”

我这半夜中间，被他弄得昏头昏脑，尤其是从她们的后台房里出来之后，又走到了这一间娇香温暖的寝房，正和受了狐狸精迷的病人一样，自家一点儿主张也没有了，所以只是点头默认，由他在那里摆布。

他叫我出去，跟茶房去看了一看四十八号的房间，便又命茶房去叫酒菜。

我们走回到后进谢月英的房里坐定之后，他又翻来翻去翻了些谢月英的扮戏照相出来给我看，一张和李兰香照的《武家坡》，似乎是在A地照的，扮相特别地浓艳，姿势也特别地有神气。我们正在翻看照相，批评她们的唱做的时候，门外头的车声杂谈声，哄然响了一下，接着果然是那个姥姥，背着包袱，叫着跑进屋里来了。

“陈先生！你们候久了吧！那可气的皮车，叫来叫去都叫不着，我还是走了回来的呢！倒还是我快，你说该死不该死？”

说着，她走进了房，把包袱藏好在东北角里的布帘里面，以手往后面一指说：

“她们也走进门来了！”

她们三人一进房来之后，房内的空气就不同了。陈君的笑话，更是层出不穷，说得她们三个，个个都弯腰捧肚的笑个不了。还有许多隐语，我简直不能了解的，而在她们，却比什么都还有趣。陈君只须开口提一个字，她们的正想收敛起来的哄笑，就又会勃发起来。后来弄得送酒菜来的茶房，也站着不去，在边上凑起热闹来了。

这一晚说说笑喝喝酒，陈君一直闹到两点多钟，方才别去。我就在那间四十八号的大房里，住了一晚。第二天起来，和账房办了一个交涉，我总算把我的迁居问题，就这么的在无意之中解决了。

三

这一间房间，倒是一间南房，虽然说是大新旅馆的最大的客房，然而实际上不过是中国旧式的五开间厅屋旁边的一个侧院。大约是因旅馆主人想省几个木匠板料的钱，所以没有把它隔断。我租定了这间四十八号房之后，心里倒也快活得很，因为在我看来，也算是很麻烦的一件迁居的事情，就可以安全简捷地解决了。

第二天早晨十点钟前后，从夜来的乱梦里醒了过来，看看房间里从阶沿上射进来的阳光，听听房外面时断时续的旅馆里的茶房等杂谈行动的声音，心里却感着一种莫名其妙的喜悦。所以一起来之后，我就和旅馆老板去办交涉，请他低减房金，预付了他半个月的房钱，便回到城外公园的茅亭里去把衣箱书箱等件，搬移了过来。

这一天是星期六，安乐园午后本来是有日戏的，但我因为昨晚和她们胡闹了一晚，心里实在有点害羞，怕和她们见面，终于不敢上戏园里去了。所以吃完中饭以后，上公署去转了一转，就走回了旅馆，在房间里坐着呆想。

晚秋的晴日，真觉得太挑人爱，天井里窥俯下来的苍空，和街市上小孩们的欢乐的噪声，尽在诱动我的游思，使我一个人坐在房里，感到了许多压不下去的苦闷。勉强地想拿出几本爱读的书来镇压放心，可是读不了几页，我的心思，就会想到北门街上的在太阳光里来往的群众，和在那戏台前头紧挤在一块的许多轻薄少年的光景上去。

在房里和囚犯似的走来走去地走了半天，我觉得终于是熬忍不过去了，就把桌上摆着的呢帽一拿，慢慢地踱出旅馆来。出了那条旅馆的横街，在丁字路口，正在计算还是往南呢往北的中间，后面忽而来了一只手，在我肩上拍了两拍，我骇了一跳，回头来一看，原来就是昨晚的那位小白脸的陈君。

他走近了我的身边，向我说了几句恭贺乔迁的套话以后，接着就笑说：

“我刚上旅馆去问过，知道你的行李已经搬过来了，真敏捷啊！从此你这近水楼台，怕有点危险了。”

呵呵呵呵地笑了一阵，我倒被他笑红起脸来了，然而两只脚却不知不觉地竟跟了他走向北去。

两人谈着，沿了北门大街，在向安乐园去的方面走了一段，将到进戏园去的那条狭巷口的时候，我的意识，忽而回复了转来，一种害羞的疑念，又重新罩住了我的心意，所以就很坚决地对陈君说：

“今天我可不能上戏园去，因为还有一点书籍没有搬来，所以我想出城再上公园去走一趟。”

说完这话，已经到了那条巷口了，锣鼓声音也已听得出来。陈君拉了我一阵，劝我戏散之后再去不迟，但我终于和他分别，一个人走出了北门，走到那荷田中间的公园里去。

大约因为是星期六的午后的原因，公园的野路上，也有几个学生及绅士们在那里游走。我背了太阳光走，到东北角的一间茶楼上去坐定，眼看着一碧的秋空和四面的野景，心里尽在跳跃不定，仿佛是一件大事，将要降临到我头上来的样子。

卖茶的伙计，因为住久相识了，过来说了几句闲话之后，便自顾自地走下楼去享太阳去了。我一个人就把刚才那小白脸的陈君所说的话从头细想了一遍。

说到我这一次的搬家，实在是必然的事实，至于搬上大新旅馆去住，也完全是偶然的结果。谢月英她们的色艺，我并没有怎么样的倾倒佩服，天天去听她们的戏，也不过是一种无聊时的解闷的行为，昨天晚上的去访问，又不是由我发起，并且戏散之后，我原是想立起来走的。想到了这种种否定的事实，我心里就宽了一半，刚才那陈君说的笑话，我也以这几种事实来作了辩护。然而辩护虽则辩了，而心里的一种不安，一种想到戏园里去坐它一二个钟头的渴望，仍复在燃烧着我的心，使我不得安闲。

我从茶楼下来，对西天的斜日迎走了半天，看看公园附近的农家在草地上堆叠干草的工作，心里终想走回安乐园去，因为这时候谢月英她们恐怕还在台上，记得今天的报上登载在那里的是李兰香和谢月英的末一出《三娘教子》。

一边在作这种想头，一边竟也不自意识地一步一步走进了城来。沿北门大街走到那条巷口的时候，我竟在那里立住了。然而这时候进戏园去，第一更容易招她们及观客们的注意，第二又觉得要被那位小白脸的陈君取笑，所以我虽在巷口呆呆立着，而进的决心终于不敢下，心里却在暗暗抱怨陈君，和一般有秘密的人当秘密被人家揭破时一样。

在巷口立了一阵，走了一阵，又回到巷口去了一阵，这中间短促的秋日，就苍茫地晚了。我怕戏散之后，被陈君捉住，又怕当谢月英她们出来的时候，被她们看见，所以就急急地走回到旅馆里来。这时候，街上的那些电力不足的电灯，也已经黄黄的上了火了。

在旅馆里吃了晚饭，我几次地想跑到后进院里去看她们回来了没有，但终被怕羞的心思压制了下去。我坐着吸了几支烟，上旅馆门口去装着闲走无事的样子走了几趟，终于见不到她们的动静，不得已就只好仍复照旧日的课程，一个人慢慢从黄昏的街上走到安乐园去。

究竟是星期六的晚上，时候虽则还早，然而座客已经在台前挤满了。我在平日常坐的地方托茶房办了一个交涉插坐了进去，台上的戏还只演到了第三出。坐定之后，向四边看了一看，陈君却还没有到来。我一半是喜欢，喜欢他可以不来说笑话取笑我，一半也在失望，恐怕他今晚上终于不到这里来，将弄得台前头叫好的人少去一个，致谢月英她们的兴致不好。

戏目一出一出地演过了,而陈君终究不来,到了最后的一出《逼宫》将要上台的时候,我心里真同洪水暴发时一样,同时感到了许多羞惧、喜欢、懊恼、后悔等起伏的感情。

然而谢月英、陈莲奎终究上台了,我涨红了脸,在人家喝彩的声里瞪着两眼,在呆看她们的唱做。谢月英果然对我瞟了几眼,我这时全身就发了热,仿佛满园子的看戏的人都已经识破了我昨晚的事情在凝视我的样子。耳朵里嗡嗡地响了起来。锣鼓声杂噪声和她们的唱戏的声音都从我的意识里消失了过去,我只在听谢月英问我的那句话:"王先生,您还记得么,我们初次在大观亭见面的那一天的事情?"接着又昏昏迷迷地想起了许多昨晚上她的说话、她的动作,和她的着服平常的衣服时候的声音笑貌来。覃覃覃覃的一响,戏演完了,我正同做了一场热病中的乱梦之后的人一样,急红了脸,夹着杂乱,一立起就拼命地从人丛中挤出了戏院的门。"她们今晚上唱的是什么?我应当走上什么地方去?现在是什么时候了?"的那些观念,完全从我的意识里消失了,我的脑子和痴呆者的脑子一样,已经变成了一个一点儿皱纹也没有的虚白的结晶。

在黑暗的街巷里跑来跑去不知跑了多少路,等心意恢复了一点平稳,头脑清醒一点之后,摸走回来,打开旅馆的门,回到房里去睡的时候,近处的雄鸡,的确有几处在叫了。

说也奇怪,我和谢月英她们在一个屋顶下住着,并且吃着一个锅子的饭,而自我那一晚在戏台上见她们之后,竟有整整的三天,没有见到她们。当然我想见她们的心思是比什么都还要热烈,可是一半是怕羞,一半是怕见了她们之后,又要兴奋得同那晚从戏园子里挤出来的时候一样,心里也有点恐惧,所以故意地在避掉许多可以见到她们的机会。自从那一晚后,我戏园里当然是不去了,那小白脸的陈君,也奇怪得很,在这三天之内,竟绝迹的没有上大新旅馆里来过一次。

自我搬进旅馆去后第四天的午后两点钟的时候,我吃完午饭,刚想走到公署里去,忽而在旅馆的门口遇到了谢月英。她也是一个人在想往外面走,可是有点犹豫不决的样子,一见了我,就叫我说:

"王先生!你上哪儿去呀?我们有几天不见了,听说你也搬上这儿来住了,真的么?"

我因为旅馆门口及厅上有许多闲杂人在立着呆看,所以脸上就热了起来,尽是含糊嗫嚅地回答她说："是！是！"她看了我这一种窘状，好像是很对我不起似的，一边放开了脚，向前走出门来，一边还在和我支吾着说话，仿佛是在叫我跟上去的意思。我跟着她走出了门，走上了街，直到和旅馆相去很远的一处巷口转了弯，她才放松了脚步，和我并排走着，一边很切实地对我说：

"王先生！我想上街上买点东西，姥姥病倒了，不能和我出来，你有没有时间，可以和我一道去？"

我的被搅乱的神志，到这里才清了一清。听了她这一种切实的话，当然是非常喜欢的，所以走出巷口，就叫了两乘洋车，陪她一道上大街上去。

正是午后刚热闹的时候，大街上在太阳光里走着的行人也很拥挤，所以车走得很慢，我在车上，问了她想买的是什么，她就告诉说：

"天气冷了，我想新做一件皮袄。皮是带来了，可是面子还没有买好，偏是姥姥病了，李兰香也在发烧，是和姥姥一样的病，所以没有人和我出来，莲奎也不得不在家里陪她们。"

说着我们的车已经到了A城最热闹的那条三牌楼大街了。在一家绸缎洋货铺门口下了车，我给车钱的时候，她回过头来对我很自然地呈了一脸表示感谢的媚笑。我从来没有陪了女人上铺子里去买过东西，所以一进店铺，那些伙计们挤拢来的时候，我又涨红了脸。

她靠住柜台，和伙计在说话，我一个人尽是红了脸躲在她的背后不敢开口。直到缎子拿了出来，她问我关于颜色的花样等意见的时候，我才羞羞缩缩地挨了上去，和她并排地立着。

剪好了缎子，步出店门，我问她另外有没有什么东西买的时候，她又侧过脸来，对我斜视了一眼，笑着对我说：

"王先生！天气这么地好，你想上什么地方去玩去不想？我这几天在房里看她们的病可真看得闷起来了。"

听她的话，似乎李兰香和姥姥已经病了两三天了，病症仿佛是很重的流行性感冒。我到此地才想起了这几天报上不见李兰香配戏的事情，并且又发见了到大新旅馆以后三天不曾见她们面的原委。两人在热闹的大街上谈谈走走，不知不觉竟走到了出东门去的那条大街的口上。一直走出东门，去城一二里路，有一个名刹迎江寺立着，是A城最大的一座寺院，寺里并且有一座宝塔凭江，可以拾级攀登，也算是A城的一个胜景。我于是乎就约她一道出城，上这一个寺里去逛去。

四

迎江寺①的高塔，返映着炫目的秋阳，突出了黄墙黑瓦的几排寺屋，倒影在浅淡的长江水里。无穷的碧落，因这高塔的一触，更加显出了它面积的浩荡，悠闲自在，似乎在笑祝地上人世的经营，在那里投散它的无微不至的恩赐。我们走出东门后，改坐了人力车，在寺前阶下落车的时候，早就感到了一种悠游的闲适气氛，把过去的愁思和未来的忧苦，一切都抛在脑后了。谢月英忘记了自己是一个女优，一个以供人玩弄为职业的妇人，我也忘记了自己是为人在客。从石级上一级一级走进山门去的中间，我们竟向两旁坐在石级上行乞的男女施舍了不少的金钱。

走进了四天王把守的山门，向朝江的那位布袋佛微微一笑。她忽而站住了，贴着我的侧面，轻轻地仰视着我问说：

"我们香也不烧，钱也不舍，像这样的白进来逛，可以的么?"

"那怕什么！名山胜地，本来就是给人家游逛的地方，怕它干吗!"

穿过了大雄宝殿，走到后院的中间，那一座粉白的宝塔上部，就压在我们的头上了，月英同小孩子似的跳了起来，嘴里叫着："我们上去吧！我们上去吧!"一边她的脚却向前跳跃了好几步。

塔院的周围，有几个乡下人在那里膜拜。塔的下层壁上，也有许多墨笔铅笔的诗词之类，题在那里。壁龛的佛像前头，还有几对小蜡烛和线香烧着，大约是刚由本地的善男信女们烧过香的。

塔弄得很黑，一盏终年不熄的煤油灯光，照不出脚下的行路来。我在塔前买票的中间，她似乎已经向塔的内部窥探过了，等我回转身子找她进塔的时候，她脸上却装着了一脸疑惧的苦笑对我说：

"塔的里头黑得很，你上前吧！我倒有点怕!"

向前进了几步，在斜铺的石级上，被黑黝黝的空气包住，我忽然感到了一种异样的感情。在黑暗里，我觉得我的脸也红了起来，闷声不响，放开大步向前更

① 迎江寺：位于安庆市东门，濒临长江，始建于北宋开宝七年(974)。

跨了一步，啪嗒的一响，我把两级石级跨作了一级，踏了一脚空，竟把身子斜睡下来了。“小心！”地叫了一声，谢月英抢上来把我挟住，我的背靠在她的怀里，脸上更同火也似的烧了起来。把头一转，我更闻出了她“还好么！还好么！”在问我的气息。这时候，我的意识完全模糊了，一种羞愧，同时又觉得安逸的怪感情，从头上散行及我的脚上。我放开了一只右手，在黑暗里不自觉地摸探上她的支在我胸前的手上去。一种软滑的，同摸在面粉团上似的触觉，又在我的全身上通了一条电流。一边斜靠在壁上，一边紧贴上她的前胸，我默默地呆立了一二分钟。忽儿听见后面又有脚步声来了，把她的手紧紧地一捏，我才立起身来，重新向前一步一步地攀登上塔。走上了一层，走了一圈，我也不敢回过头来看她一眼，她也默默地不和我说一句话，尽在跟着我跑，这样的又是一层，又走了一圈。一直等走到第五层的时候，觉得后面来登塔的人，已经不跟在我们的后头了，我才走到了南面朝江的塔门口去站住了脚。她看我站住了，也就不跟过来，故意留在塔的外层，在朝西北看 A 城的烟户和城外的乡村。

太阳刚斜到了三十度的光景，扬子江的水面，颜色绛黄，绝似一线着色的玻璃，有许多同玩具似的帆船汽船，在这平稳的玻璃上游驶，过江隔岸，是许多同发也似的丛林，树林里也有一点一点的白色红色的房屋露着。在这些枯林房屋的背后，更有几处淡淡的秋山，纵横错落，仿佛是被毛笔画在那里的样子。包围在这些山影房屋树林的周围的，是银蓝的天盖，澄清的空气，和饱满的阳光。抬起头来也看得见一缕两缕的浮云，但晴天浩大，这几缕微云对这一幅秋景，终不能加上些儿阴影。从塔上看下来的这一天午后的情景，实在是太美满了。

我呆立了一会，对这四围的风物凝了一凝神，觉得刚才的兴奋渐渐儿地平静了下去。在塔的外层轻轻走了几步，侧眼看看谢月英，觉得她对了这落照中的城市烟景也似乎在发痴想。等她朝转头来，视线和我接触的时候，两人不知不觉地笑了一笑，脚步也自然而然地走了拢来。到了相去不及一二尺的光景，同时她也伸出了一只手来，我也伸出了一只手去。

在塔上不知逗留了多少时候，只见太阳愈降愈低了，俯瞰下去，近旁的村落里，也已经起了炊烟。我把她胛下夹在那里的一小包缎子拿了过来，挽住她的手，慢慢地走下塔来的时候，塔院里早已阴影很多，是仓皇日暮的样子了。

在迎江寺门前，雇了两乘人力车，走回城里来的当中，我一路上想了许多想头：

“已经是很明白的了,我对她的热情,当然是隐瞒不过去的事实。她对我也绝不似寻常一样的游戏般的播弄。好,好,成功,成功。啊啊!这一种成功的欢喜,我真想大声叫唤出来。”

车子进城之后,两旁路上在暮色里来往的行人,大约看了我脸上的笑容,也有点觉得奇怪,有几个竟立住了脚,在呆看着我和走在我前面的谢月英。我这时候羞耻也不怕,恐惧也没有,满怀的秘密,只想叫车夫停住了车,跳下来和他们握手,向他们报告,报告我这一回在塔上和谢月英两个人消磨过去的满足的半天。我觉得谢月英,已经是我的掌中之物了。我想对那一位小白脸的陈君,表示我在无意之中得到了他所想得而得不到的爱的感谢。我更想在戏台前头,对那些拼命叫好的浮滑青年,夸示谢月英已属于我,请他们不必费心。想到了这种种满足的想头,我竟忘记了身在车上,忘记了日暮的城市,忘记了我自己的同游尘似的未定的生活。等车到旅馆门口的时候,我才同从梦里醒过来的人似的回到了现实的世界,而谢月英又很急地从门口走了进去,对我招呼也没有招呼,就在我的面前消失了。手里捏了一包她今天下午买来的皮袄材料,我却和痴了似的又不得不立住了脚。想跟着送进去,只恐怕招李兰香她们的疑忌,想不送进去,又怕她要说我不聪明,不会侍候女人。在乱杂的旅馆厅上迟疑了一会,向进里进去的门口走进走出地走了几趟,我终究没有勇气,仍复把那一包缎子抱着,回到了我自己的房里。

电光已经亮了,伙计搬了饭菜进去。我要了一壶酒,在灯前独酌,一边也在作空想:“今天晚上她在台上,看她有没有什么表示。戏散之后,我应该再到她的戏房里去一次。……啊啊,她那一只柔软的手!”坐坐想想,我这一顿晚饭,竟吃了一个多钟头。因为到戏园子去还早,并且无论什么时候去,座位总不会没有的,所以我吃完晚饭之后,就一个人踱出了旅馆,打算走上北面城墙附近的一处空地里去。这空地边上有一个小池,池上也有一所古庙,庙的前后,却有许多杨柳冬青的老树生着,斗大的这 A 城里,总算这一个地方比较得幽僻点,所以附近的青年男女学生,老是上这近边来散步的。我因为今天日里的际遇实在好不过,一个人坐在房里,觉得有点可惜,所以想到这一个清静的地方去细细地享乐我日里的回想。走出了门,向东走了一段,在折向北去的小弄里,却遇见了许多来往的闲人。这一条弄,本来是不大有人行走的僻弄,今天居然有这许多人来往,我心里正在奇怪,想,莫非有什么事情发生了么?一走出弄,果然不错,前面弄外的空地里，竟有许多灯火，和小孩老妇，挤着在寻欢作乐。沿池的岸上，五步一堆，十步一集，铺着些小摊、布篷和杂要的围儿，在高声地邀客。池岸的庙里，点得灯火辉煌，仿佛是什么菩萨的生日的样子。

走进了庙里去一看，才晓得今天是旧历的十一月初一，是这所古庙里的每年的谢神之日。本来是不十分高大的这古庙廊下，满挂着了些红纱灯彩，庙前的空地上，也堆着了一大堆纸帛线香的灰火，有许多老妇，还拱了手，跪在地上，朝这一堆香火在喃喃念着经咒。

我挤进了庙门，在人丛中争取了一席地，也跪下去向上面佛帐里的一个有胡须的菩萨拜了几拜，又立起来向佛柜上的签筒里抽了一支签出来。

香的烟和灯的焰，熏得我眼泪流个不住，勉强立起，拿了一支签，摸向东廊下柜上去对签文的时候，我心里忽而起了一种不吉的预感，因为被人一推，那支签竟从我的手里掉落了。拾起签来，到柜上去付了几枚铜货，把那签文拿来一读，果然是一张不大使人满意的下下签：

宋勒李使君灵签第八十四签　下下
银烛一曲太妖娇　肠断人间紫玉箫
漫向金陵寻故事　啼鸦衰柳自无聊

我虽解不通这签诗的辞句，但看了末结一句"啼鸦衰柳自无聊"，总觉得心里不大舒服。虽然是神鬼之事，大都含糊两可，但是既然去求问了它，总未免有一点前因后果。况且我这一回的去求签，系出乎一番至诚之心，因为今天的那一场奇遇，太使我满意了，所以我只希望得一张上上大吉的签，在我的兴致上再加一点锦上之花。到此刻我才觉得自寻没趣了。

怀了一个不满的心，慢慢地从人丛中穿过了那池塘，走到戏园子去的路上，我疑神疑鬼的又追想了许多次在塔上的她的举动。——她对我虽然没有什么肯定的表示，但是对我并没有恶意，却是的的确确的。我对她的爱，她是可以承受的一点，也是很明显的事实。但是到家之后，她并不对我打一个招呼，就跑了进去，这又是什么意思呢？——想来想去想了半天，结果我还是断定这是她的好意，因为在午后出来的时候，她曾经看见了我的狼狈的态度的缘故。

想到了这里，我的心里就又喜欢起来了，签诗之类，只付之一笑，已经不在我的意中。放开了脚步,我便很急速地走到戏园子里去。

在台前头坐下,当谢月英没有上台的两三个钟头里面,我什么也没有听到,什么也没有看见,只在追求今天日里的她的幻影。

她今天穿的是一件银红的外国呢的长袍,腰部做得很紧,所以样子格外地好看。头上戴着一顶黑绒的鸭舌女帽,是北方的女伶最喜欢戴的那一种帽子。长圆的脸上,光着一双迷人的大眼,双重眼睑上挂着的有点斜吊起的眉毛。大约是因为常扮戏的原因吧?嘴唇很弯很曲,颜色也很红。脖子似乎太短一点,可是不碍,因为她的头本来就不大,所以并没有破坏她全身的匀称的地方。啊啊,她那一双手,那一双轻软肥白,而又是很小的手!手背上的五个指脊骨上的小孔。

我一想到这里,日间在塔上和她握手时那一种战栗,又重新逼上我的身来。摇了一摇头,举起眼来向台上一看,好了好了,是末后倒过来的第二出戏了。这时候台上在演的,正是陈莲奎的《探阴山》,底下就是谢月英的《状元谱》。我把那些妄念辟了一辟清,把头上的长发用手理了一理,正襟危坐,重把注意的全部,设法想倾注到戏台上去,但无论如何,谢月英的那双同冷泉井似的眼睛,总似在笑着招我,别的物事,总不能印到我的眼帘上来。

最后是她的戏了,她的陈员外上台了,台前头起了一阵叫声。她的眼睛向台下一扫,扫到了我的头上,果然停了几秒钟。眼睛又扫向没边去了,东边就又起了一阵狂噪声。我脸涨红了,急等她再把眼睛扫回过来,可是等了几分钟,终究不来。我急起来了,听了那东边的几个浮薄青年的叫声,心里只是不舒服,仿佛是一锅沸水在肚里煎滚。那几个浮薄青年尽是叫着不已,她也眼睛只在朝他们看,这时候我心里真想把一只茶碗丢掷过去。可是生来就很懦弱的我,终于不敢放开喉咙来叫唤一声,只是张着怒目,在注视台上。她终于把眼睛回过来了,我一霎时就把怒容收起,换了一副笑容。像这样的悲哀喜乐,起伏交换了许多次数,我觉得心的紧张,怎么也持续不了了,所以不等她的那出戏演完,就站起来走出了戏园。

门外头依旧是寒冷的寒夜,微微的凉风吹上我的脸来,我才感觉到因兴奋过度而涨得绯红的两颊。在清冷的巷口,立了几分钟,我终于舍不得这样的和她别去,所以就走向了北,摸到通后台的那条狭巷里去。

在那条漆黑漆黑的狭巷里,果然遇见了几个下台出来的女伶,可是辨不清是谁，就匆匆地擦过了。到了后台房的门口，两扇板门只是虚掩在那里。门中间的一条狭缝，露出一道灯光来，那些女孩子们在台房里杂谈叫噪的声音，也听得很清。我几次想伸手出去，推开门来，可是终于在门上摸了一番，仍旧将双手缩了回来。又过了几分钟，有人自里边把门开了，我骇了一跳，就很快地躲开，走向西去。这时候我心里的一种愤激羞惧之情，比那天自戏园出来，在黑夜的空城里走到天亮的晚上，还要压制不住。不得已只好在漆黑不平的路上，摸来摸去，另寻了一条狭路，绕道走上了通北门的大道。绕来绕去，不知白走了多少路，好容易寻着了那大街，正拐了弯想走到旅馆中去的时候，后面一阵脚步声，接着就来了几乘人力车。我把身子躲开，让车过去，回转头来一看，在灰黄不明白的街灯光里，又看见了她——谢月英的一个侧面来。

本来我是打算今晚上于戏散之后把白天的那包缎子送去，顺便也去看看姥姥李兰香她们的病的，可是在这一种兴奋状态之下，这事情却不可能了，因为兴奋至极，在态度上言语上，不免要露出不稳的痕迹来的。所以我虽则心里只在难过，只在妄想再去见她一面，而一双已经走倦了的脚，只在冷清的长街上漫步，慢慢地走回旅馆里去。

五

大约是几天来的睡眠不足，和昨晚上兴奋之后的半夜深夜游行的结果，早晨醒转来的时候，觉得头有点昏痛，天井里的淡黄的日光，已经射上格子窗上来了。鼻子往里一吸，只有半个鼻孔还可以通气，其他的部分，都已塞得紧紧，和一只铁锈住的唧筒没有分别。朝里床翻了一个身，背脊和膝盖骨上下都觉得酸痛得很，到此我晓得是已经中了风寒了。

午前的这个旅馆里的空气，静寂得非常，除了几处脚步声和一句两句断续的话声以外，什么响动也没有。我想勉强起来穿着衣服，但又翻了一个身，觉得身上遍身都在胀痛，横竖起来也没有事情，所以就又昏昏沉沉地睡着了。非常不安稳的睡眠，大约隔一二分钟就要惊醒一次，在半睡半醒的中间，看见的尽是些前后不接的离奇的幻梦。我看见已故的父亲，在我的前头跑，也看见庙里的许多塑像，在放开脚步走路，又看见和月英两个人在水边上走路，月英忽而跌入了水里。直到旅馆的茶房，进房搬中饭脸水来的时候，我总算完全从睡眠里脱了出来。

头脑的昏痛，比前更加厉害了，鼻孔里虽则呼吸不自在，然而呼出来的气，只觉得烧热难受。

茶房叫醒了我，撩开帐子来对我一望，就很惊恐似的叫我说：

“王先生！你的脸怎么会红得这样？”

我对他说，好像是发烧了，饭也不想吃，叫他就把手巾打一把给我。他介绍了许多医生和药方给我，我告诉他现在还不想吃药，等晚上再说。我的和他说话的声气也变了，仿佛是一面敲破的铜锣，在发哑声，自家听起来，也有点觉得奇异。

他走出去后，我把帐门钩起，躺在枕上看了一看斜射在格子窗上的阳光，听了几声天井角上一棵老树上的小鸟的鸣声，头脑倒觉得清醒了一点。可是想起了昨天的事情，又有点糊涂懵懂，和谢月英的一道出去，上塔看江，和戏院内的种种情景，上面都像有一层薄纱蒙着似的，似乎是几年前的事情。咳嗽了一阵，想伸出头去吐痰，把眼睛一转，我却看见了昨天月英的那一包材料，还搁在我的枕头边上。

比较清楚地，再把昨天的事情想了一遍，我又不知几时昏昏地睡着了。

在半醒半睡的中间，我听见有人在外边叫门。起来开门出去，却看见谢月英含了微笑，说要出去。我硬是不要她出去，她似乎已经是属于我的人了。她就变了脸色，把嘴唇突了起来，我不问皂白，就一个嘴巴打了过去。她被我打后，转身就往外跑。我也拼命地在后边追。外边的天气，只是暗暗的，仿佛是十三四的晚上，月亮被云遮住的暗夜的样子。外面也清静得很，只有她和我两个在静默的长街上跑。转弯抹角，不知跑了多少时候，前面忽而来了一个人不是人、猿不像猿的野兽。这野兽的头包在一块黑布里，身上什么也不穿，可是长得一身的毛。它让月英跳过去后，一边就扑上我的身来。我死劲地挣扎了一回，大声叫了几声，张开眼睛来一看，月英还是静悄悄地坐在我的床面前。

“啊！你还好么？”我擦了一擦眼睛，很急促地问了她一声。身上脸上，似乎出了许多冷汗，感觉得异常的不舒服。她慢慢地朝了转来，微笑着问我说：

“王先生，你刚才做了梦了吧？我听你在呜呜地叫着呢！”

我又举起眼睛来看了看房内的光线，和她坐着的那张靠桌摆着的方椅，才把刚才的梦境想了过来，心里着实觉得难以为情。完全清醒以后，我就半羞半喜地问她什么时候进这房里来的？她们的病好些了么？接着就告诉她，我也感冒了风寒，今天不愿意起来了。

“你的那块缎子，”我又断续着说，“你这块缎子，我昨天本想送过来的，可是怕被她们看见了要说话，所以终于不敢进来。”

“嗳嗳，王先生，真对不起，昨儿累你跑了那么些个路，今天果然跑出病来了。我刚才问茶房来着，问他你的住房在哪一个地方，他就说你病了。觉得很难受么？”

“谢谢，这一忽儿觉得好得多了，大约也是伤风罢。刚才才出了一身汗，发烧似乎不发了。”

“大约是这一忽儿的流行病吧，姥姥她们也就快好了，王先生，你要不要那一种白药片儿吃？”

“是阿司匹林片不是？”

“好像是的，反正是吃了要发汗的药。”

“那恐怕是的，你们若有，就请给我一点，回头我好叫茶房照样的去买。”

“好，让我去拿了来。”

“喂，喂，你把这一包缎子顺便拿了去吧！”

她出去之后，我把枕头上罩着的一块干毛巾拿了起来，向头上身上盗汗未干的地方擦了一擦，神志清醒得多了。可是头脑总觉得空得很，嘴里也觉得很淡很淡。

月英拿了阿司匹林片来之后，又坐落了，和我谈了不少的天。至此我才晓得她是李兰香的表妹，是皖北的原籍，像生长在天津的。陈莲奎本来是在天津搭班的时候的同伴，这一回因为在汉口和恩小枫她们合不来伙，所以应了这儿的约，三个人一道拆出来上 A 地来的。包银每人每月二百块。那姥姥是她们——李兰香和她——的已故的师傅的女人，她们自己的母亲——老姊妹两人，还住在天津，另外还有一个管杂务等的总管，系住在安乐园内的，是陈莲奎的养父。她们三人的到此地来，亦系由他一个人介绍交涉的，包银之内他要拿去二成。她们的合同，本来是三个月的期限，现在园主因为卖座卖得很多，说不定又要延长下去。但她很不愿意在这小地方久住，也许到了年底，就要和李兰香上北京去的，因为北京民乐茶园也在写信来催她们去合班。

在苦病无聊的中间，听她谈了些这样的天，实在比服药还要有效，到了短日向晚的时候，我的病已经有一大半忘记了。听见隔墙外的大挂钟堂堂的敲了五点，她也着了急，一边立起来走，一边还咕噜着说：

"这天真黑得快，你瞧，房里头不已经有点黑了么？啊啊，今天的废话可真说得太久了，王先生，你总不至于讨嫌吧？明儿见！"

我要起来送她出门，她却一定不许我起来，说：

"您躺着吧，睡两天病就可以好的，我有空再来瞧你。"

她出去之后，房里头只剩了一种寂寞的余温和将晚的黑影，我虽则躺在床上，心里却也感到了些寒冬日暮的悲哀。想勉强起来穿衣出去，但门外头的冷空气实在有点可怕，不得已就只好合上眼睛，追想了些她今天说话时的神情风度，来伴我的孤独。

她今天穿的，是一件酱色的棉袄，底下穿的，仍复是那条黑的大脚棉裤。头部半朝着床前，半侧着在看我壁上用图钉钉在那里的许多外国画片。我平时虽在戏台上看她的面形看得很熟，但在这样近的身边，这样仔细长久地看她卸装后的素面，这却是第一回。那天晚上在她们房里，因为怕羞的缘故，不敢看她，昨天在塔上，又因为大自然的烟景迷人，也没有看她仔细，今天的半天观察，可把她面部的特征都读得烂熟了。

她的有点斜挂上去的一双眼睛，若生在平常的妇人的脸上，不免要使人感到一种淫艳恶毒的印象。但在她，因为鼻梁很高，在鼻梁影下的两只眼底又圆又黑的缘故，看去觉得并不奇特。尤其是可以融合这一种感觉的，是她鼻头下的那条短短的唇中，和薄而且弯的两条嘴唇，说话的时候，时时会露出她的那副又细又白的牙齿来，张口笑的时候，左面犬齿里的一个半藏半露的金牙，也不使人讨嫌。我平时最恨的是女人嘴里的金牙，以为这是下劣的女性的无趣味的表现，而她的那颗深藏不露的金黄小齿，反足以增加她嬉笑时的妩媚。从下嘴唇起，到喉头的几条曲线，看起来更耐人寻味，下嘴唇下是一个很柔很曲的新月形，喉头是一柄圆曲的镰刀背，两条同样的曲线，配置得很适当地重叠在那里。而说话的时候，这镰刀新月线上，又会起水样的微波。

她的说话的声气，绝不似一个会唱皮黄的歌人，因为声音很纾缓，很幽闲，一句话和一句话的中间，总有一脸微笑和一眼斜视的间隔。你听了她平时的说话，再想起她在台上唱快板时的急律，谁也会惊异起来，觉得这二重人格，相差太远了。

经过了这半天的昵就，又仔细观察了她这一番声音笑貌的特征，我胸前伏着的一种艺术家的冲动，忽而激发了起来。我一边合上双眼，在追想她的全体的姿势所给予我的印象，一边心里在决心，想于下次见她面的时候，要求她为我来坐几次，我好为她画一个肖像。

电灯亮起来了，远远传过来的旅馆前厅的杂沓声，大约是开晚饭的征候。我今天一天没有取过饮食，这时候倒也有点觉得饥饿了，靠起身坐在被里，放了我叫不响的喉咙叫了几声，打算叫茶房进来，为我预备一点稀饭。这时候隔墙的那架挂钟，已经敲六点了。

六

本来以为是伤风小病，所以药也不服，万想不到到了第二天的晚上，体热又忽然会增高来的。心神的不快和头脑的昏痛，比较第一日只觉得加重起来，我自家心里也有点惧怕。

这一天是星期六，安乐园照例是有日戏的，所以到吃晚饭的时候止，谢月英也没有来看我一趟。我心里虽则在十二分的希望她来坐在我的床边陪我，然而一边也在原谅她，替她辩解，昏昏沉沉的不晓睡到了什么时候了。我从睡梦中听见房门开响。

挺起了上半身，把帐门撩起来往外一看，黄冷的电灯影里，我忽然看见了谢月英的那张圆的笑，和那小白脸的陈君的脸相去不远。她和他都很谨慎地怕惊醒我的睡梦似的在走向我的床边来。

“喔，戏散了么？”我笑着问他们。

“好久不见了，今晚上上这里来，听月英说了，我才晓得了你的病。”

“你这一向上什么地方去了？”

“上汉口去了一趟。你今天觉得好些么？”我和陈君在问答的中间，谢月英尽躲在陈君的背后在凝视我的被体热蒸烧得水汪汪的两只眼睛。我一边在问陈君的话，一边也在注意她的态度神情。等我将上半身伏出来，指点桌前的凳子请他们坐的时候，她忽而忙着对我说：

“王先生，您睡罢，天不早了，我们明天日里再来看你。您别再受上凉，回头倒反不好。”

说着她就翻转身轻轻地走了，陈君也说了几句套话，跟她走了出去。这时候我的头脑虽已热得昏乱不清，可是听了她的那句："我们明天日里再来看你"的"我们"，和看了陈君跟她一道走出房门去的样子，心里又莫名其妙地起一种怨愤，结果弄得我后半夜一睡也没有睡着。

大约是心病和外邪交攻的原因，我竟接连着失了好几夜的眠，体热也老是不退。到了病后第五日的午前，公署里有人派来看我的病了。他本来是一个在会计处办事的人，也是父执辈的一位远戚。看了我的消瘦的病容和毫没有神气的对话，他一定要我去进病院。

这 A 城虽则也是一省城，但病院却只有由几个外国宣教师所立的一所。这所病院地处在 A 城的东北角一个小高岗上，几间清淡的洋房和一丛齐云的古树，把这一区的风景，烘托得简洁幽深，使人经过其地，就能够感出一种宗教气味来。那一位会计科员，来回往复费了半日的工夫，把我的身体就很安稳地放置在圣保罗病院的一间特等房的床上了。

病房是在二层楼的西南角上，朝西朝南，各有两扇玻璃窗门，开门出去，是两条直角相遇的回廊。回廊槛外，西面是一个小花园，南面是一块草地，沿边种着些外国梧桐，这时候树叶已经凋落，草色也有点枯黄了。

进病院之后的三四天内，因为热度不退，终日躺在床上，倒也没有感到病院生活的无聊。到了进院后将近一个礼拜的一天午后，谢月英买了许多水果来看了我一次之后，我身体也一天一天地恢复原状起来，病院里的生活也一天一天地觉得寂寞起来了。

那一天午后，刚由院长的汉医生来诊察时，他看看我的体温表，听听我胸前背后的呼吸，用了不大能够了解的中国话对我说：

"我们，要恭贺你，恭贺你不久，就可以出去这里了。"

我问他可不可以起来坐坐走走，他说："很好很好。"我于他出去之后，就叫看护生过来扶我坐起，并且披了衣裳，走出到玻璃门口的一张躺椅上坐着，在看回廊栏杆外面树梢上的太阳。坐了不久，就听见楼下有女人在说话，仿佛是在问什么的样子。我以病人的纤敏的神经，一听见就直觉地知道这是来看我的病的，因为这时候天气凉冷，住在这一所特等病房里的人没有几个，我所以就断定这一定是来看我的。不等第二回的思索，我就叫着护生去打个招呼，陪她进来。等到来一看，果然是她，是谢月英。

她穿的仍复是那件外国呢的长袍，颈项上围着一块黑白的丝围巾，黑绒的鸭舌帽底下，放着闪闪的两眼，见了我的病后的衰容，似乎是很惊异的样子。进房来之后，她手里捧着了一大包水果，动也不动地对我呆看了几分钟。

“啊啊，真想不到你会上这里来的！”我装着笑脸，举起头来对她说。

“王先生，怎么，怎么你会瘦得这一个样儿！”她说这一句话的时候，脸上的那脸常漾着的微笑也没有了，两只眼睛，尽是直盯在我的脸上。像这一种严肃的感伤的表情，我就是在戏台上当她演悲剧的时候，也还没有看见过。

我朝她一看，为她的这一种态度所压倒，自然而然地也收起了笑容，噤住了说话，对她看不上两眼，眼里就扑落落地滚下了两颗眼泪来。

她也呆住了，说了那一句感叹的话之后，仿佛是找不着第二句话的样子。两人沉默了一会，倒是我觉得难过起来了，就勉强地对她说：

“月英！我真对你不起。”

这时候看护生不在边上，我说着就摇摇颤颤地立起来想走到床上去。她看了我的不稳的行动，就马上把那包水果丢在桌上，跑过来扶我。我靠住了她的手，一边慢慢地走着，一边断断续续地对她说：

“月英！你知不知道，我这病，这病的原因，一半也是，也是为了你呀！”

她扶我上了床，帮我睡进了被窝，一句话也不讲地在我床边上坐了半天。我也闭上了眼睛，朝天地睡着，一句话也不愿意讲，而闲着的两眼角上，尽是流冰冷的眼泪。这样的沉默不知多少时候，我忽而脸上感到一道热气，接着嘴唇上、身体上就来了一种重压。我像麻醉了似的，从被里伸出了两只手来，把她的头部抱住了。

两人紧紧地抱着吻着，我也不打开眼睛来看，她也不说一句话，动也不动地又过了几分钟，忽而门外面脚步声响了。再拼命地吸了她一口，我就把两手放开，她也马上立起身来很自在地对我说：

“您好好地保养吧，我明儿再来瞧你。”

等看护生走到我床面前送药来的时候，她已经走出房门，走在回廊上了。

自从这一回之后，我便觉得病院里的时刻，分外地悠长，分外地单调。第二天等了她一天，然而她终于不来，直到吃完晚饭以后，看见寒冷的月光，照到清淡的回廊上来了，我才闷闷地上床去睡觉。

这一种等待她来的心思，大约只有热心的宗教狂者，盼望基督再临的那一种热望,可以略比得上。我自从她来过后的那几日的情意,简直没有法子能够形容出来。但是残酷的这谢月英,我这样热望着的这谢月英,自从那一天去后,竟绝迹地不来了。一边我的病体,自从她来了一次之后,竟恢复得很快,热退后不上几天,就能够吃两小碗的干饭,并且可以走下楼来散步了。

医生许我出院的那一天早晨,北风刮得很紧,我等不到十点钟的会计课的出院许可单来,就把行李等件包好,坐在回廊上守候。挨一刻如一年地过了四五十分钟,托看护生上会计课去催了好几次,等出院许可单来,我就和出狱的罪囚一样,三脚两步地走出了圣保罗医院的门。坐人力车到大新旅馆门口的时候,我像同一个女人约定密会的情人赶赴会所去的样子,胸腔里心脏跳跃得厉害,开进了那所四十八号房,一股密闭得很久的房间里的闷气,迎面地扑上我的鼻来。茶房进来替我扫地收拾的中间,我心里虽则很急,但口上却吞吞吐吐地问他:“后面的谢月英她们起来了没有?”他听了我的问话,地也不扫了,把屈了的腰伸了一伸,仰起来对我说:

“王先生,你大约还没有晓得吧?这几天因为谢月英和陈莲奎吵嘴的原因,她们天天总要闹到天明才睡觉,这时候大约她们睡得正热火哩!”

我又问他,她们为什么要吵嘴。他歪了一歪嘴,闭了一只眼睛,作了一副滑稽的形容对我说:

“为什么呢?总之是为了这一点!”

说着,他又以左手的大指和二指捏了一个圈给我看。依他说来,似乎是为了那小白脸的陈君。陈君本来是捧谢月英的,但是现在不晓怎么的风色一转,却捧起陈莲奎来了。前几天,陈君为陈莲奎从汉口去定了一件绣袍来,这就是她们吵嘴的近因。听他的口气,似乎这几天谢月英的颜色不好,老在对人说要回北京去,要回北京去。可是合同的期间还没有满,所以又走不脱身。听了这一番话,我才明白了前几天她上病院里来的时候的脸色,并且又了解了她所以自那一天后,不再来看我的原因。

等他扫好了地,我简单地把房里收拾了一下,心里忐忑不安地朝桌子坐下来的时候,桌上靠壁摆着的一面镜子,忽而毫不假借地照出了我的一副清瘦的相貌来。我自家看了,也骇了一跳。我的两道眉毛,本来是很浓厚美丽的,而在这一次的青黄的脸上竖着,非但不能加上我以些须男性的美观,并且在我的脸上影出了一层死沉沉的阴气。眼睛里的灼灼的闪光,在平时原可以表示一种英明的气概的，可是在今天看起来，仿佛是特别的在形容颜面全部的没有生气了。鼻下嘴角上的胡影，也长得很黑，我用手去摸了一摸，觉得是杂杂粒粒的有声音的样子。失掉了第二回再看一眼的勇气，我就立起身来把房门带上，很急地出门雇车到理发铺里去。

理完了发，又上公署前的澡堂去洗了一个澡，看看太阳已经直了，我也便不回旅馆，上附近的菜馆去喝了一点酒，吃了一点点心，有意地把脸上醉得微红。我不待酒醒，就急忙地赶回到旅馆里来。进旅馆里，正想走进自己的房里去再对镜看一看的时候，那茶房却迎了上来，又歪了歪嘴，含着有意的微笑对我说：

"王先生，今天可修理得美了。后面的谢月英也刚起来吃过了饭，我告诉她你已经回来，她也好像急急乎要见你似的。哼，快去快去，快把这新修的白面去给她看看！"

我被他那么一说，心里又喜又气，在平时大约要骂他几句，就跑回到房里去躲藏着，不敢再出来，可是今天因为那几杯酒的力量，竟把我的这一种羞愧之心驱散，朝他笑了一脸，轻轻骂了一句"混蛋"，也就公然不客气地踏进了里进的门，去看谢月英去了。

七

进了谢月英她们的房里去一看，她们三人中间的空气，果然险恶得很。那一回和陈君到她们房里来的时候，我记得她们是有说有笑，非常融和快乐的，而今朝则月英还是默默地坐在那里托姥姥梳辫，陈莲奎背朝着床外斜躺在床上。李兰香一个人呆坐在对窗的那张床沿上打呵欠，看见我进去了，倒是她第一个立起来叫我，陈莲奎连身子也不朝过来。我看见了谢月英的梳辫的一个侧面，心里已经是混乱了，嘴里虽则在和李兰香攀谈些闲杂的天，眼睛却尽在向谢月英的脸上偷看。

我看见她的侧面上，也起了一层红晕，她的努力侧斜过来的视线，也对我笑了一脸。

和李兰香姥姥应答了几句，等我坐定了一忽，她的辫子也梳好了。回转身来对我笑了一脸，她第一句话就说：

"王先生，几天不看见，你又长得那么丰满了，和那一天的相儿，要差十岁年纪。”

“嗳嗳,真对不起,劳你的驾到病院里来看我,今天是特地来道谢的。”

那姥姥也插嘴说:

“王先生,你害了一场病,倒漂亮得多了。”

“真的么! 那么让我来请你们吃晚饭罢,好作一个害病的纪念。”

我问她们几点钟到戏园里去,谢月英说今晚上她因为嗓子不好想告假。

在那里谈这些闲话的中间,我心里只在怨另外的三人,怨她们不识趣,要夹在我和谢月英的中间,否则我们两人早好抱起来亲一个嘴了。我以眼睛请求了她好几次,要求她给我一个机会,好让我们两个人尽情地谈谈衷曲。她也明明知道我这意思,可是和顽强不听话的小孩似的,她似乎故意在作弄我,要我着一着急。

问问她们的戏目,问问今天是礼拜几,我想尽了种种方法,才在那里勉强坐了二三十分钟,和她们说了许多前后不接的杂话,最后我觉得再也没有话好说了,就从座位里立了起来,打算就告辞出去。大约谢月英也看得我可怜起来了,她就问我午后有没有空,可不可以陪她出去买点东西。我的沉下去的心,立时跳跃了起来,就又把身子坐下,等她穿换衣服。

她的那件羊皮袄,已经做好了,就穿了上去,底下穿的,也是一条新做的玄色大绸的大脚棉裤。那件皮袄的大团花的缎子面子,系我前次和她一道去买来的,我觉得她今天的特别要穿这件新衣,也有点微妙的意思。

陪她在大街上买了些化妆品类,毫无情绪地走了一段,我就提议请她去吃饭,先上一家饭馆去坐它一两个钟头,然后再着人去请李兰香她们来。我晓得公署前的一家大旅馆内,有许多很舒服的房间,是可以请客坐谈的,所以就和她走转了弯,从三牌楼大街,折向西去。

上大旅馆去择定了一间比较宽敞的餐室,我请她上去,她只在忸怩着微笑,我倒被她笑得难为情起来了,问她是什么意思。她起初只是很刁乖地在笑,后来看穿了我的真是似乎不懂她的意思,她等茶房走出去之后,才走上我身边来拉着我的手对我说:

“这不是旅馆么? 男女俩,白天上旅馆来干什么?”

我被她那么一说,自家觉得也有点不好意思,可是因为她说话的时候,眼角上的那种笑纹太迷人了,就也忘记了一切,不知不觉地把两手张开来将她的上半身抱住。一边抱着,一边我们两个就自然而然地走向上面的炕上去躺了下来。

几分钟的中间,我的身子好像掉在一堆红云堆里,把什么知觉都麻醉尽了。被她紧紧地抱住躺着,我的眼泪尽是止不住地在涌流出来。她和慈母哄孩子似的一边哄着,一边不知在那里幽幽地说些什么话。

最后的一重关突破了,我就觉得自己的一生,今后是无论如何和她分离不开了,我的从前的莫名其妙在仰慕她的一种模糊的观念,方才渐渐地显明出来,具体化成事实的一件一件,在我的混乱的脑里旋转。

她诉说这一种艺人生活的苦处,她诉说A城一班浮滑青年的不良,她诉说陈莲奎父女如何欺凌侮辱她一个人,她更诉说她自己的毫无寄托的半生。原来她的母亲,也是和她一样的一个行旅女优,谁是她的父亲,她到现在还没有知道。她从小就跟了她的师傅在北京天津等处漂流。先在天桥的小班里吃了五六年的苦,后来就又换上天津来登场。她师傅似乎也是她母亲的情人中的一个,因为当他未死之前,姥姥是常和她母亲吵嘴相打的。她师傅死后的这两三年来,她在京津汉口等处和人家搭了几次班,总算博了一点名誉,现在也居然能够独树一帜了,她母亲和姥姥等的生活,也完全只靠在她一个人的身上。可是她只是一个女孩子,这样的被她们压榨,也实在有点不甘心。况且陈莲奎父女,这一回和她寻事,姥姥和李兰香胁于陈老儿的恶势,非但不出来替她说一句话,背后头还要来埋怨她,说她的脾气不好。她真不想再过这样的生活了,想马上离开A地到别处去。

我被她那么一说,也觉得气愤不过,就问她可愿意和我一道而去。她听了我这一句话,就举起了两只泪眼,朝我呆视了半天,转忧为喜地问我说:

"真的么?"

"谁说谎来?我以后打算怎么也和你在一块儿住。"

"那你的那位亲戚,不要反对你么?"

"他反对我有什么要紧。我自问一个人就是离开了这里,也尽可以去找事情做的。"

"那你的家里呢?"

"我家里只有我的一个娘,她跟我姊姊住在姊夫家里,用不着我去管的。"

"真的么?真的么?那我们今天就走吧!快一点离开这一个害人的地方。"

“今天走可不行，哪里有那么简单，你难道衣服铺盖都不想拿了走么?”

“几只衣箱拿一拿有什么? 我早就预备好了。”我劝她不要那么着急，横竖着预备着走，且等两三天也不迟，因为我也要向那位父执去办一个交涉。这样的谈谈说说，窗外头的太阳，已经斜了下去，市街上传来的杂噪声，也带起向晚的景象来了。

那茶房仿佛是经惯了这一种事情似的，当领我们上来的时候，起了一壶茶，打了两块手巾之后，一直到此刻，还没有上来过。我和她站了起来，把她的衣服辫发整了一整，拈上了电灯，就大声地叫茶房进来，替我们去叫菜请客。

她因为已经决定了和我出走，所以也并不劝止我的招她们来吃晚饭，可是写请客单子写到了陈莲奎的名字的时候，她就变了脸色叱着说:

“这一种人去请她干吗!”

我劝她不要这样的气量狭小，横竖是要走了，大家欢聚一次，也好留个纪念。一边我答应她于三天之内，一定离开 A 地。

这样的两人坐着在等她们来的中间，她又跑过来狂吻了我一阵，并且又切切实实地骂了一阵陈莲奎她们的不知恩义。等不上三十分钟，她们三人就一道的上扶梯来了。

陈莲奎的样子，还是淡淡漠漠的，对我说了一声“谢谢”，就走往我们的对面椅子上去坐下了。姥姥和李兰香，看了谢月英的那种喜欢的样子，也在感情上传染了过去，对我说了许多笑话。

吃饭喝酒喝到六点多钟，陈莲奎催说要去要去，说了两次。谢月英本说要想临时告假的，但姥姥和我，一道的劝她勉强去应酬一次，若要告假，今晚上去说，等明天再告假不迟。结果是她们四个人先回大新旅馆，我告诉她们今晚上想到衙门去一趟办点公事，所以就在公署前头和她们分了手。

从黑阴阴的几盏电灯底下，穿过了三道间隔得很长的门道，正将走办公室中去的时候，从里面却走出了那位前次送我进病院的会计科员来。他认明是我，先过来拉了我的手向我道贺，说我现在气色很好了。我也对他说了一番感谢的意思，并且问他省长还在见客么! 他说今天因为有一所学校，有事情发生了，省长被他们学生教员纠缠了半天，到现在还没有脱身。我就问他可不可以代我递一个手折给他，要他马上批准一下。他问我有什么事情，我就把在此地仿佛是水土不服，想回家去看看母亲，并且若有机会，更想到外洋去读几年书，所以先想在这里告了一个长假，临去的时候更要预支几个月薪水，要请他马上批准发给我才行等事情说了一说。我说着他就引我进去见了科长，把前情转告了一遍，科长听了，也不说什么，只叫我上电灯底下去将手折缮写好来。

我在那里端端正正地写了一个多钟头，正将写好的时候，窗外面一声吆喝，说："省长来了。"我正在喜欢这机会来得凑巧，手折可以自家亲递给他了，但等他进门来一见，觉得他脸上的怒气，似乎还没有除去。他对科长很急促地说了几句话后，回头正想出去的时候，眼睛却看见了在旁边端立着的我，问了我几句关于病的闲话，他一边回头来又问科长说：

"王咨议的薪水送去了没有？"

说着他就走了。那最善逢迎的科长，听了这一句话，就当作了已经批准的面谕一样，当面就写了一张支票给我。

我拿了支票，写了一张收条，和手折一同留下，临走时并且对他们谢了一阵，出来走上寒空下的街道的时候，心里又莫名其妙地起了一种感慨。我觉得这是我在A城衙门口走着的最后一次了，今后的漂泊，不知又要上什么地方去寄身。然而一想到日里的谢月英的那一种温存的态度，和日后的能够和她一道永住的欢情，心里同时又高兴了起来。

故意人力车也不坐，我慢慢地走着，一边在回想日里的事情，一边就在打算如何的和谢月英出奔，如何的和她偷上船去，如何的去度避世的生活，一种喜欢作恶的小孩子的爱秘密的心理，使我感到了加倍的浓情，加倍的满足。我觉得世界上的幸福，将要被我一个人来享尽的样子。

八

萧条的寒雨，凄其滴答，落满了城中。黄昏的灯火，一点一点地映在空街的水潴里，仿佛是泪人儿神瞳里的灵光。以左手张着了一柄洋伞，右手紧紧地抱住月英，我跟着前面挑行李的夫子，偷偷摸摸，走近了轮船停泊的江边。

这一天午后，忙得坐一坐，说一句话的工夫都没有，乘她们三人不在的中间，先把月英的几只衣箱，搬上了公署前的大旅馆内。问定了轮船着岸的时刻，我便算清了大新旅馆的积账，若无其事地走出了大旅馆去。和月英约好了地点，叫她故意示以宽舒的态度，和她们一道吃完晚饭，等她们饭后出去，仍复上戏园去的时候，一个人悠悠自在地走出到大街上来等候。

我押了两肩行李，从省署前的横街里走出，在大街角上和她合成了一块。

因为路上怕被人瞥见，所以洋伞擎得特别地低，脚步也走得特别地慢。到了江边码头船上去站住，料理进舱的时候，我的额上却急出了一排冷汗。

嗡嗡扰扰，码头上的人夫的怒潮平息了。船前信号房里，丁零零零下了一个开船的命令，水夫在呼号奔走，船索也起了旋转的声音，汽笛放了一声沉闷的大吼。

我和她关上了舱门，向小圆窗里，头并着头地朝岸上看了些雨中的灯火，等船身侧过了 A 城市外的一条横山，两人方才放下了心，坐下来相对着作会心的微笑。

"好了!"

"可不是么！真急死了我，吃晚饭的时候，姥姥还问我明天上不上台哩!"

"啊啊，月英……"

我叫还没有叫完，就把身子扑了过去，两人抱着吻着摸索着，这一间小小的船舱，变了地上的乐园，尘寰的仙境，弄得连脱衣解带，铺床叠被的余裕都没有。船过大通港口的时候，我们的第一次的幽梦，还只做了一半。

说情说意，说誓说盟，又说到了"这时候她们回到了大新旅馆，不晓得在那里干什么""那小白脸的畜生，好抱了陈莲奎在睡觉了罢?""那姥姥的老糊涂，只配替陈莲奎烧烧水了。"我们的兴致愈说愈浓，不要说船窗外的寒雨，也与我们无干无涉。我只晓得手里抱着的是谢月英的养了十八年半的丰肥的肉体，嘴上吮吸着的，是能够使凡有情的动物都会风靡麻醉的红艳的甜唇，还有底下，还有底下……啊啊，就是教我这样的死了，我的二十六岁，也可以算不是白活。人家只知道是千金一刻，呸呸，就是两千金，万万金，要想买这一刻的经验，也哪里能够?

那一夜，我们似梦非梦，似睡非睡地闹到天亮，方才抱着了合了一合眼。等轮船的机器声停住，窗外船沿人声嘈杂起来的时候，听说船已经到了芜湖了。

上半天云停雨停，风也毫末不起，我和她只坐在船舱里从那小圆窗中在看江岸的黄沙枯树，天边的灰云层下，时时有旅雁在那里飞翔。这一幅苍茫黯淡的野景，非但不能够减少我们闲眺的欢情，我并且希望这轮船老是在这一条灰色的江上，老是像这样的慢慢开行过去，不要停着，不要靠岸，也不要到任何的目的地点,我只想和她,和谢月英两个,尽是这样地漂流下去,一直到世界的尽头,一直到我俩的从人世中消灭。

江行如梦,通过了许多曲岸的芦滩,看见了一两堆临江的山寨,船过采石矶头,已经是午后的时刻了。茶房来替我们收拾行李,月英大约是因为怕被他看出是女伶的前身,竟给了他五块钱的小账。

从叫嚣杂乱的中间,我俩在下关下了船。因为自从那一天决定出走到如今,我和她都还没有工夫细想到今后的处置,所以诸事不提暂且就到瀛台大旅社去开了一个临江的房间住下。

这是我和她在岸上旅馆内第一次同房,又过了荒唐的一夜。第二天天放晴了,我们睡到吃中饭的时候,方才蓬头垢面地走出床来。

她穿了那件粉红的小棉袄,在对镜洗面的时候,我一个人穿好了衣服鞋袜,仍复仰躺在波纹重叠的那条被上,茫茫然在回想这几天来的事情的经过。一想到前晚在船舱里,当小息的中间,月英对我说的那句"这时候她们回到了大新旅馆,不晓得在那里干什么?"的时候,我的脑子忽然清了一清,同喝醉酒的人忽然吃到了一杯冰淇淋一样,一种前后联络、理路很清的想头,就如箭也似的射上我的心来了。我急速从床上立了起来,突然地叫了一声:

"月英!"

"喔唷,我的妈吓,你干吗?骇死我啦!"

"月英,危险危险!"

她回转头来看我尽是对她张大了两眼在叫危险危险,也急了起来,就收了脸上的那脸常在漾着的媚笑催着我说:

"什——么呀?你快说啊!"

我因为前后连接着的事情很多,一句话说不清楚,所以愈被她催,愈觉得说不出来,又叫了一声"危险危险"。她看了我这一副空着急而说不出话来的神气,忽而啸的一声笑了出来。一只手里还拿了那块不曾绞干的手巾,她忽而笑着跳着,走近了我的身抱了我的头吻了半天,一边吻一边问我,究竟是为了什么?

"喂,月英,你说她们会不会知道你是跟了我跑的?"

"知道了便怎么啦?"

"知道了她们岂不是要来追么?"

“追就由她们来追，我自己不愿意回去，她们有什么法子？”

“那就多么麻烦哩！”

“有什么麻烦不麻烦，我反正不愿意随她们回去！”

“万一她们去告警察呢！”

“那有什么要紧？她们能够管我么？”

“你老说这些小孩子的话，我可就没有那么简单，她们要说我拐了你走了。”

“那我就可以替你说，说是我跟你走的。”

“总之，事情是没有那么简单，月英，我们还得想一个法子才行。”

“好，有什么法子你想吧！”

说着她又走回镜台前头去梳洗去了。我又躺了下去，呆呆想了半天，等她在镜子前自己把半条辫子梳好的时候，我才坐起来对她说：

“月英，她们发见了你我的逃走，大约总想得到是坐下水船上这里来的，因为上水船要到天亮边才过A地，并且我们走的那一天，上水船也没有。”

她头也不朝转来，一边梳着辫，一边答应了我一声“嗯”。

“那么她们若要赶来呢，总在这两天里了。”

“嗯。”

“我们若住在这里，岂不是很危险么？”

“嗯，你底下名牌上写的是什么名字？”

“自然是我的真名字。”

“那叫他们去改了就对了啦！”

“不行不行！”

“什么不行哩？”

“在这旅馆里住着，一定会被她们瞧见的，并且问也问得出来。”

“那我们就上天津去吧！”

“更加不行。”

“为什么更加不行哩？”

“你的娘不在天津么？她们在这里找我们不着，不也就要追上天津去的么？经她们四五个人一找，我们哪里还躲得过去？”

“那你说怎么办哩？”

“依我呀，月英，我们还不如搬进城去罢。在这儿店里，只说是过江去赶火车去的，把行李搬到了江边，我们再雇一辆马车进城去，你说怎么样？”

“好吧！”

这样的决定了计划，我们就开始预备行李了。两人吃了一锅黄鱼面后，从旅馆里出来把行李挑上江边的时候，太阳已经斜照在江面的许多桅船汽船的上面。午后的下关，正是行人拥挤，满呈着活气的当儿。前夜来的云层，被阳光风热吞没了去，清淡的天空，深深地覆在长江两岸的远山头上。隔岸的一排洋房烟树，看过去像西洋画里的背景，只剩了狭长的一线，沉浸在苍紫的晴空气里。我和月英坐进了一辆马车，打仪凤门经过，一直地跑进城去，看看道旁的空地疏林，听听车前那只瘦马的嘚嘚嘚嘚有韵律的蹄声，又把一切的忧愁抛付了东流江水，眼前只觉得是快乐，只觉得是光明，仿佛是走上了上天的大道了。

九

进城之后，最初去住的，是中正街的一家比较干净的旅馆。因为想避去和人的见面，所以我们拣了一间那家旅馆的最里一进的很谨慎的房间，名牌上也写了一个假名。

把衣箱被铺布置安顿之后，几日来的疲倦，一时发足了，那一晚，我们晚饭也不吃，太阳还没有落尽的时候，月英就和我上床去睡了。

快晴的天气，又连续了下去，大约是东海暖流混入了长江的影响吧，当这寒冬的十一月里，温度还是和三月天一样，真是好个江南的小春天气。进城住下之后我们就天天游逛，夜夜欢娱，竟把人世的一切经营俗虑，完全都忘掉了。

有一次我和她上鸡鸣寺去，从后殿的楼窗里，朝北看了半天斜阳衰草的玄武湖光。从古同泰寺的门楣下出来，我又和她在寺前寺后台城一带走了许多山路。正从寺的西面走向城堞上去的中间，我忽而在路旁发见一口枯草丛生的古井。

“啊！这或者是胭脂井罢！”

我叫着就拉了她的手走近了井栏圈去。她问我什么叫胭脂井，我就同和小孩子说故事似的把陈后主的事情说给她听：

“从前哪，在这儿是一个高明的皇帝住的，他相儿也很漂亮，年纪也很轻，做诗也做得很好。侍候他的当然有许多妃子，可是这中间，他所最爱的有三四个人。他在这儿就造了许多很美很美的宫殿给她们住。万寿山你去过了吧？譬如同颐和园一样的那么的房子，造在这儿，你说好不好？”

“好自然好的。”

“嗳，在这样美，这样好的房子里头啊，住的尽是些像你……”

说到了这里，我就把她抱住，咬上她的嘴去。她和我吮吸了一回，就催着说：

“住的谁呀？”

“住的啊，住的尽是些像你这样的小姑娘——”我又向她脸上摘了一把。

“她们也会唱戏的么？”

这一问可问得我喜欢起来了，我抱住了她，一边吻一边说：

“可不是么？她们不但唱戏，还弹琴舞剑，做诗写字来着。”

“那皇帝可真有福气！”

“可不是么？他一早起来呀，就这么着一边抱一个，喝酒，唱戏，做诗，尽是玩儿。到了夜里啦，大家就上火炉边上去，把衣服全脱啦，又是喝酒、唱戏的玩儿，一直的玩到天明。”

“他们难道不睡觉的么？”

“谁说不睡来着，他们在玩儿的时候，就是在那里睡觉的呀！”

“大家都在一块儿的？”

“可不是么？”

“她们倒不怕羞？”

“谁敢去羞她们？这是皇帝做的事情，你敢说一句么？说一句就砍你的脑袋！”

“啊唷喝！”

“你怕么？”

“我倒不怕，可是那个皇帝怎么会那样能干儿？整天的和那么些姑娘们睡觉，他倒不累么？”

“他自然是不累的，在他底下的小百姓可累死了。所以到了后来呀——”

“后来便怎么啦？”

“后来么，自然大家都起来反对他了，有一个韩擒虎带了兵就杀到了这里。”

“可是南阳关的那个韩擒虎?”

“我也不知道,可是那韩擒虎杀到了这里,他老先生还在和那些姑娘们喝酒唱戏哩!”

“啊唷!”

“韩擒虎来了之后,你猜那些妃子们就怎么办啦?”

“自然是跟韩擒虎了!”

我听了她这一句话,心口头就好像被钢针刺了一针,噤住了不说下去,我却张大眼对她呆看了许多时候,她又哄笑了起来,催问我“后来怎么啦?”我实在没有勇气说下去了,就问她说:

“月英!你怎么会腐败到这一个地步?”

“什么腐败呀?那些妃子们干的事情,和我有什么相干?”

“那些妃子们,却比你高得多,她们都跟了皇帝跳到这一口井里去死了。”

她听了我的很坚决的这一句话,却也骇了一跳,“啊——吓”地叫了一声,撇开了我的围抱她的手,竟踉踉跄跄地倒退了几步,离开了那个井栏圈,向后跑了。

我追了上去,又围抱住了她,看了她那惊恐的相貌,便也不知不觉地笑了起来,轻轻地慰扶着她的肩头对她说:

“你这孩子!在这样的青天白日的底下,你还怕鬼么?并且那个井还不知道是不是胭脂井哩!”

像这样的野外游行,自从我们搬进城去以后,差不多每天没有息过。南京的许多名山胜地如燕子矶、明孝陵、扫叶楼、莫愁湖等处,简直处处都走到了,所以觉得时间过去得很快,在城里住了一个礼拜,只觉得是过了两天三天的样子。

到了十一月也将完了的几天前,忽然吹来了几阵北风,阴森的天气,连续了两天,旧历的十二月初一,落了一天冷雨,到半夜里,就变了雪珠雪片了。

我们因为想去的地方都已经去过了,所以就在房里生了一盆炭火,打算以后就闭门不出,像这样地度过这个寒冬。头几天,为了北风凉冷,并且房里头炭火新烧,两个人围炉坐坐谈谈,或在被窝里歇歇午觉,觉得这室内的生活,也非常地有趣。可是到了五六天之后,天气老是不晴,门外头老是走不出去,月英自朝到晚,一点儿事情也没有,只是缩着手坐着,打着哈欠,在那里呆想,我看过去,她仿佛是在感着无聊的样子。

我所最怕看的，是她于午饭之后，呆坐在围炉边上，那一种拖长的脸色，叫她一声，她当然还是装着微笑，抬起头来看我，可是她和我上船前后的那一种热情的紧张的表情，一天一天地稀薄下去了。

尤其是上床和我睡觉的时候，从前的那种燃烧，那种兴奋，那种热力，变成了一种做作的、空虚的低调和播动。我在船上看见了她的那双黑宝石似的放光的眼睛，和她的同起了剧烈的痉挛似的肢体，不知消散到哪里去了。

我当阴沉的午后，在围炉边上，看她呆坐在那里，心里就会焦急起来，有一次我因为隐忍不过去了，所以就叫她说：

"月英呀！你觉得无聊得很吧？我们出去玩儿去吧？"

她对我笑着，回答我说：

"天那么冷，出去干吗？倒还不如在房里坐着烤火的好。这样下雨的天，上什么地方去呢？"

我闷闷地坐着，一个人就想来想去地想，想想出一个法子来使她高兴。晚上又只好老早地上床，和她胡闹了一晚，一边我又在想各种可以使她满足的方法。

第二天早晨她还睡在那里的时候，我一个人爬出了床，冒了寒风微雨，上大街上去买了一架留声机器来。

买的片子，当然都是合她的口味的片子，以老谭汪雨等的为主，中间也有几张刘鸿声孙菊仙汪笑侬的。

这一种计策，果然成功了，初买来的两天之中，她简直一停也不停地摇转了两天。到了第三天，她要我跟了片子唱，我以粗笨的喉音，不合拍的野调，竟哄她笑了一天。后来到了我也唱得有点合拍起来的时候，她却听厌了似的尽在边上袖手旁观，只看我拼命地在那里摇转，拼命地在那里跟唱。有的时候，当唱片里的唱音很激昂地高扬一次之后，她虽然也跟着把那颓拖下去的句子唱一二句，可是前两天的她那一种热情，又似乎没有了。

在玩这留声机器的把戏的当中，天气又变了晴正。寒气减正了下去，日中太阳出来的中间，刮风的时候很少，我们于日斜的午后，有时也上夫子庙前或大街上去走走。这一种街市上的散步，终究没有野外游行的有趣，大抵不过坐了黄包车去跑一两个钟头，回来就顺便带一点吃的物事和新的唱片回来，此外也一无所得。

过了几天,她脸上的那种倦怠的形容,又复原了。我想来想去,就又想出了一个方法来,就和她一道坐轻便火车出城去到下关去听戏。

下关的那个戏园,房屋虽则要比A地的安乐园新些,可是唱戏的人,实在太差了,不但内行的她有点听不进去,就是不十分懂戏的我,听了也觉得要身上起栗。

我一共和她去了两趟,看了她临去的时候的兴高采烈,和回来的时候的意气消沉,心里又觉得重重的对她不起,所以于第二次自下关回来的途中,我因为想对她的那种萎靡状态,给一点兴奋的原因,就对她说了一句笑话:

"月英,这儿的戏实在太糟了,你要听戏,我们就上上海去吧,到上海去听它两天戏来,你说怎么样?"

这一针兴奋针,实在打得有效,她的眼睛里,果然又放起那种射人的光来了。在灰暗的车座里,她也不顾旁边的有人没有人,把屁股紧紧地向我一挤,一只手又狠命地捏了我一把,更把头贴了过来,很活泼地向我斜视着,媚笑着,轻轻地但又很有力量地对我说:

"去吧,我们上上海去住它两天吧,一边可以听戏,一边也可以去买点东西。好,决定了,我们明天的早车就走。"

这一晚我总算又过了沉醉的一晚,她也回复了一点旧时的热意与欢情,因为睡觉的时候,我们还在谈着大都会的舞台里的名优的放浪和淫乱。

十

第二天又睡到日中才起来,她也似乎为前夜的没有节制的结果乏了力,我更是一动也不愿意动。

吃了午饭,两人又只是懒洋洋地躺着,不愿意起身,所以上海之行,又延了一日。

晚上临睡的时候,先和茶房约定,叫他于火车开动前的一个半钟头就来叫醒我们,并且出城的马车,也叫他预先为我们说好。

月英的性急,我早已知道了,又加以这次是上上海去的寻快乐的旅行,所以于早晨四点钟的时候,她就发着抖,起来在电灯底下梳洗,等她来拉我起来的时候,东天也已经有点茫茫的白了。

忍了寒气，从清冷的长街上被马车拖出城来，我也感到了一种鸡声茅店的晓行的趣味。

买票上车，在车上也没有什么障碍发生，沿火车道两旁的晴天野景，又添了我们许多行旅的乐趣。车过苏州城外的时候，她并且提议，当我们于回去的途中，在苏州也下车来玩它一天，因为前番接连几天在南京的胜地巡游的结果，这些野游的趣味已经在她的脑里留下了很深的印象了。

十二点过后，车到了北站，她虽则已经在上海经过一次，可是短短的一天耽搁，上海对她，还是同初到上海来的人一样，处处觉得新奇，事事觉得和天津不同。她看见道旁立着的高大的红头巡捕，就在马车里拉了我的手轻轻地对我笑着说：

“这些印度巡捕的太太，不晓得怎么样的？”

我暗暗地在她腿上摘了一把，她倒哈哈地大笑了起来。到四马路一家旅馆里住定了身，我们不等午饭的菜蔬搬来，就叫茶房去拿了一份报来，两人就抢着翻看当日的戏目。因为在南京的时候，除吃饭睡觉时，我们什么报也不看，所以现在上海有哪几个名角在登台，完全是不晓得的。

看报的结果，我们非但晓得上海各舞台的情形，并且晓得洋冬至已到，大马路上四川路口的几家外国铺子，正在卖圣诞节的廉价。月英于吃完午饭之后，就要我陪她去买服饰用品去，我因为到上海来一看，看了她的那种装饰，也有点觉得不大合时宜了，所以马上就答应了她，和她一道出去。

在大马路上跑了半天，结果她买了一顶黑绒的法国女帽，和四周有很长很软的鸵鸟毛缝在那里的北欧各国女人穿的一件青呢外套。因为她的身材比外国女人矮小，所以在长袍子上穿起来，这外套正齐到脚背。她的高高的鼻梁，和北方人里面罕有的细白的皮色上，穿戴了这些外国衣帽，看起来的确好看，所以我就索性劝她买买周全，又为她买了几双肉色的长筒丝袜和一双高底的皮鞋。穿高底皮鞋，这虽还是她的第一次，但因为舞台上穿高底靴穿惯的原因，她穿着嗒嗒的在我前头走回家来，觉得一点儿也没有不自然，一点儿也没有勉强的地方。

这半天来的购买，我虽则花去了一百多元钱，可是看了她很有神气地在步道上嗒嗒地走着，两旁的人都回过头来看她的光景，我心坎里也感到不少的愉快和得意。她自己更加不必说了，我觉得自从和她出奔以后，除了船舱里的一天一晚不算外，她的像这样喜欢满足的样子，这要算是第一次。

我和她走回旅馆里来的时候，旅馆里的茶房，也看得奇异起来了，他打脸汤水来之后，呆立着看了一忽对我说：

“太太穿外国衣服的时候真好看！”

我听了这一句话，心里更是喜欢得不得了，所以于茶房走出去后，就扑上她的身上，又和她吻了半天。

匆忙吃了一点晚饭，我先叫茶房去丹桂第一台定了两个座儿，晚饭后，又叫茶房去叫了梳头的人来，为月英梳了一个上海正在流行的头。

我们进戏院去的时候，时间虽则还早，但座儿差不多已经满了。幸而是先叫茶房来打过招呼的，我们上楼去问了案目，就被领到了第一排的花楼去就座。这中间月英的那双嗒嗒的高底皮鞋又出了风头，前后的看戏者的眼睛，一时都射到了她的身上脸上来，她和初出台被叫好的时候一样，那双灵活的眼睛，也对大家扫了一扫，我看了她脸上的得意的媚笑，心里同时起了一种满足的嫉妒的感情。

那一晚最叫座的戏，是小楼的《安天会》，可是不懂戏的上海的听者，看小楼和梅兰芳下台之后，就纷纷地散了。在这中间，因为花楼的客座里起了动摇，池子里的眼睛，一齐转向了上来，我觉得这许多眼睛，似乎多在凝视我们，在批评我和美丽的月英的相称不相称。一想到此我倒也觉得有点难以为情，觉得脸上仿佛也红了一红。

戏散之后，我们上酒馆去吃了一点酒菜点心，从寒冷空洞、有许多电灯照着的长街上背月走回旅馆来，路上也遇见了许多坐包车的高等妓女。我私下看看她们，又回头来和月英一比，觉得月英的风格要比她们高数倍。

到了旅馆里，我洗了手脸，觉得一天的疲倦，都积压上来了，所以不等着月英，就先上床睡去。后来月英进被来摇我醒来，已经是在我睡了一觉之后，我看了她的灵活的眼睛，知道她还没有睡过，“可怜你这乡下小丫头，初到城里来见了这繁华世界，就兴奋到这一个地步！”我一边这样地取笑她，一边就翻身转来，压上她的身去。

在上海住了三天，小楼等的戏接连听了两晚，到了第三天的早晨，我想催她回南京去了。可是她还似乎没有看足，硬要我再住几天。

我们就一天换一个舞台地更听了几天。决定明天一定要回南京去的前一夜,因为月色很好,我就和她走上了×世界的屋顶,去看上海的夜景。

灯塔似的S、W两公司的尖顶,照耀在中间,附近尽是些黑黝黝的屋瓦和几条纵横交错的长街。满月的银光,寒冷皎洁地散射在这些屋瓦长街之上。远远的黄浦滩头,有几处高而且黑的崛起的屋尖,像大海里的远岛,在指示黄浦江流的方向。

月英登了这样的高处,看了这样的夜景,又举起头来看看千家同照的月华,似乎想起了什么心事,在屋顶上动也不动,响也不响地立了许多时候。我虽则捏了她的手,站在她的边上,但从她的那双凝望远处的视线看来,她好像是已经把我的存在忘记了的样子。

一阵风来,从底下吹进了几声哀切的弦管声音到我们的耳里,她微微地抖了一抖,我就用一只手拍上她的肩头,一只手围抱着她说:

"月英!我们下去吧,这儿冷得很。底下还有坤戏哩,去听她们一听,好么?"

寻到了楼下的坤戏场里,她似乎是想起了从前在舞台上的时候的荣耀的样子,脸上的筋肉,又松懈欢笑了开来。本来我只想走一转就回旅馆去睡的,可是看了她的那种喜欢的样儿,又不便马上就走,所以就挨上台前头去拣了两个座位来坐下。

戏目上写在那里的,尽是些胡子的戏,我们坐下去的时候,一出半场的《别窑》刚下台,底下是《梅龙镇》了,扮正德的戏单上的名字是小月红。她看了这名字,用手向月字上一指,对我笑着说:

"这倒好像是我的师弟。"

等这小月红上台的时候,她用两手把我的手捏了一把,身子伏向前去,脱出了两只眼睛,看了个仔细,同时又很惊异地轻轻叫了一声:

"啊,还不是夏月仙么?"

她的这一种惊异的态度,触动了四边看戏的人的好奇心,大家都歪了头,朝她看起了,因而台上的小月红,也注意到了她。小月红的脸上,也一样地现了一种惊异的表情,向我们看了几眼,后来她们俩居然微微地点头招呼起来了。

她惊喜得同小孩子似的把上半身颠了几颠。一边笑着招呼着,一边也捏紧了我的两手尽在告诉我说:

"这夏月仙,是在天桥儿的时候,和我合过班的。真奇怪,真奇怪,她怎么会改了名上这儿来的呢?"

"噢! 和你合过班的? 真是他乡遇故知了,你可以去找她去。等她下台的时候,你去找她去吧!"

我也觉得奇怪起来,奇怪她们这一次的奇遇,所以又问她说:

"你说在天桥儿的时候是和她在一道的,那不已经是四五年前的事情了么?"

"可不是么? 怕还不止四五年来着。"

"倒难得你们都还认得!"

"她简直是一点儿也没有改,还是那么小个儿的。"

"那么你自己呢?"

"那我可不知道。"

"大约总也改不了多少吧? 她也还认得你。可是,月英,你和我的在一块儿,被她知道了,会不会有什么事情出来?"

"不碍,不碍,她从前和我是很要好的,教她不说,她决不会说出去的。"

这样地谈着笑着,她那出《梅龙镇》也竟演完了。我就和月英站了起来,从人丛中挤出,绕到后台房里去看夏月仙去。月英进后台房去的时候,我立在外面候着,听见几声她俩的惊异的叫声。候了不久,那卸妆的小月红,就穿着一件青布的罩袍,后面跟一个跟包的小女孩,和月英一道走出台房来了。

走到了我的面前,月英就嬉笑着为我们两个介绍了一下。我因为和月英的这一番结识的结果,胆子也很大了,所以就叫月英请小月红到我们的旅馆里去坐去。出了×世界的门,她就和小月红坐了一乘车,我也和那跟包的小孩合坐了一乘车,一道地回到旅馆里来。

十一

那本名夏月仙的小月红,相貌也并不坏,可是她那矮小的身材,和不大说话、老在笑着的习惯,使我感到了一种畏惧。匆匆在旅馆里的一夕谈话,我虽看不出她的品性思虑来,可是和月英高谈了一阵之后,又戚促戚促地咬耳朵私笑的那种行为,我终竟有点心疑。她坐了二十多分钟,我请她和那跟包的小孩吃了些点心,就告辞走了。月英因此奇遇,又要我在上海再住一天,说明天早晨,她要上夏月仙家去看她,中午更想约她来一道吃饭。

第二天午前,太阳刚晒上我们的那间朝东南的房间窗上,她就起来梳了一个头。梳洗完后,她因为我昨夜来的疲劳未复,还不容易起来,所以就告诉我说,她想一个人出去,上夏月仙家去。并且拿了一支笔过来,要我替她在纸上写一个地名,她叫人看了,教她的路。夏月仙的住址,是爱多亚路三多里的十八号。

她出去之后,房间里就静悄悄地死寂了下去。我被沉默的空气一压,心里就感到了一种莫名其妙的恐怖,“万一她出去了之后,就此不回来了,便怎么办呢?”因为我和她,在这将近一个月的当中,除上便所的时候分一分开外,行住坐卧,一刻也没有离开过。今朝被她这么一去,起初还带有几分游戏性质的这一种幻想,愈想愈觉得可能,愈觉得可怕了。本来想乘她出去的中间,安闲地睡它一觉的,然而被一个幻想来一搅,睡魔完全被打退了。

“不会的,不会的,哪里会有这样的事情呢?”像这样的自家的宽慰一番,自笑自地解一番嘲,回头那一个幻想又忽然会变一个形状,很切实地很具体地迫上心来。在被窝里躺着,像这样的被幻想扰恼,横竖是睡不着觉的,并且自月英起来以后,被窝也变得冰冷冰冷了,所以我就下了一个决心,走出床来,起来洗面刷牙。

洗刷完后,点心也不想吃,一个人踱着坐着,百无聊赖,不得已就叫茶房去买了一份报来读。把国内外的政治电报翻了一翻,眼睛就注意到了社会纪事的本埠新闻上去。拢总只有半页的这社会新闻里,“背夫私逃”“叔嫂通奸”“下堂妾又遇前夫”等关于男女奸情的记事,竟有四五处之多。我一条一条地看了之后,脑里的幻想,更受了事实的衬托,渐渐儿地带起现实味来了。把报纸一丢,我仿佛是遇了盗劫似的帽子也不戴便赶出了门来。出了旅馆的门,跳上门前停在那里兜卖的黄包车,我就一直地叫他拉上爱多亚路的三多里去,可是拉来拉去,拉了半天,他总寻不到那三多里的方向。我气得急了,就放大了喉咙骂了他几句,叫他快拉上×世界的近旁,向行人一问,果然知道了三多里就离此不远了。

到了三多里的那条狭小的弄堂门口,我从车上跳了下来。一边喘着气,按着心脏的跳跃,一边又寻来寻去地寻了半天第十八号的门牌。

在一间一楼一底的龌龊的小楼房门口,我才寻见了两个淡黑的数目18,字写在黄沙粉刷的墙上。急急地打门进去，拉住了一个开门出来的中老妇人，我就问她："这儿可有一个姓夏的人住着？"她坚说没有。我问了半天，告诉她这姓夏的是女戏子，是在×世界唱戏的，她才点头笑着说："你问的是小月红吧？她住在二楼上，可是我刚看见她同一位朋友走出去了。"我急得没法，就问她："楼上还有人么？"她说："她们是住在亭子间里的，和小月红同住的，还有一位她的师傅和一个小女孩的妹妹。"

我从黝黑的扶梯弄里摸了上去，向亭子间的朝扶梯开着的房门里一看，果然昨天那小女孩，还坐在对窗的一张小桌子边上吃大饼。这房里只有一张床，灰尘很多的一条白布帐子，还放落在那里。那小女孩听见了我的上楼来的脚步声音，就掉过头来，朝立在黑暗的扶梯跟前的我睇视了一回，认清了是我，她才立起来笑着说：

"姊姊和谢月英姊姊一道出去了，怕是上旅馆里去的，您请进来坐一忽儿吧！"

我听了这一句话，方才放下了心，向她点了一点头，旋转身就走下扶梯，奔回到旅馆里来。

跑进了旅馆门，跑上了扶梯，上我们的那间房门口去一看，房门还依然关在那里，很急促地对拿钥匙来开门的茶房问了一声："夫人回来了没有？"茶房很悠徐地回答说："太太还没有回来。"听了他这一句话，我的头上，好像被一块铁板击了一下。叫他仍复把房门锁上，我又跳跑下去，到马路上去无头无绪地奔走了半天。走到S公司的前面，看看那个塔上的大钟，长短针已经叠住在十二点钟的字上了，只好又同疯了似的走回到旅馆里来。跑上楼去一看，月英和夏月仙却好端端地坐在杯盘摆好的桌子面前，尽在那里高声地说笑。

"啊！你上什么地方去了？"

我见了月英的面，一种说不出来的喜欢和一种马上变不过来的激情，只冲出了这一句问话来，一边也在急喘着气。

她看了我这感情激发的表情，止不住地笑着问我说：

"你怎么着？为什么要跑了那么快？"

我喘了半天的气，拿出手帕来向头上脸上的汗擦了一擦，停了好一会，才回复了平时的态度，慢慢地问她道：

"你上什么地方去了？我怕你走失了路，出去找你来着。月英啊月英，这一回我可真上了你的当了。”

“又不是小孩子,会走错路走不回来的。你老爱干那些无聊的事情。”

说着她就斜嗔了我一眼,这分明是卖弄她的媚情的表示,到此我们三人才合笑起来了。

月英叫的菜是三块钱的和菜,也有一斤黄酒叫在那里,三个人倒喝了一个醉饱。夏月仙因为午后还要去上台,所以吃完饭后就匆匆地走了。我们告诉她搭明天的早车回南京去,她临走就说明儿一早就上北站来送我们。

下午上街去买了些香粉雪化膏之类的杂用品后,因为时间还早,又和月英上半淞园去了一趟。

半淞园的树木,都已凋落了,游人也绝了迹。我们进门去后,只看见了些坍败的茶棚桥梁,和无人住的空屋之类。在水亭里走了一圈,爬上最高的假山亭去的中间,月英因为着的是高底鞋的原因,在半路上绊跌了一次,结果要我背了似的扶她上去。

毕竟是高一点儿的地方多风,在这样阳和的日光照着的午后,高亭上也觉得有点冷气逼人,黄浦江的水色,金黄映着太阳,四边的芦草滩弯曲的地方,只有静寂的空气,浮在那里促人的午睡。西北面老远的空地里,也看得见一两个人影,可是地广人稀,仍复是一点儿影响也没有。黄浦江里,远远的更有几只大轮船停着,但这些似乎是在修理中的破船,烟囱里既没有烟,船身上也没有人在来往,仿佛是这天生的大物,也在寒冬的太阳光里躺着,在那里假寐的样子。

月英向周围看了一圈,听枯树林里的小鸟婉转啼叫了两三声,面上表现着一种枯寂的形容,忽儿靠上了我的身子,似乎是情不自禁地对我说:

“介成!这地方不好,还没有×世界的屋顶上那么有趣。看了这里的景致,好像一个人就要死下去的样子,我们走吧。”

我仍复扶背了她,走下那小土堆来。更在半淞园的上山北面走了一圈,看了些枯涸了的同沟儿似的泥河和几处不大清洁的水渚,就和她走出园来,坐电车回到了旅馆。

若打算明天坐早车回南京,照理晚上是应该早睡的,可是她对上海的热闹中枢,似乎还没有生厌,吃了晚饭之后,仍复要我陪她去看月亮,上×世界去。

我也晓得她的用意,大约她因为和夏月仙相遇匆匆,谈话还没有谈足,所以晚上还想再去见她一面,这本来是很容易的事情,我所以也马上答应了她,就和她买了两张门票进去。

晚上小月红唱的是《珠帘寨》里的配角，所以我们走走听听，直到十一点钟才听完了她那出戏。戏下台后，月英又上后台房去邀了她们来，我们就在×世界的饭店里坐谈了半点多钟，吃了一点酒菜，谈次并且劝小月红明天不必来送。

月亮仍旧是很好，我们和小月红她们走出了×世界叙了下次再会的约话，分手以后，就不坐黄包车，步行踏月走了回来。

月英俯下头走了一程，忽而举起头来，眼看着月亮，嘴里却轻轻地对我说：

"介成，我想……"

"你想怎么啦？"

"我想……我们，我们像这样的下去，也不是一个结局。"

"那怎么办呢？"

"我想若有机会，仍复上台去出演去。"

"你不是说那种卖艺的生活，是很苦的么？"

"那原是的，可是像现在那么地闲荡过去，也不是正经的路数。况且……"

我听到了此地，也有点心酸起来了。因为当我在 A 地于无意中积下来一点贮蓄，和临行时向 A 省公署里支来的几个薪水，也用得差不多了，若再这样的过去一月，那第二个月的生活要发生问题，所以听她讲到了这一个人生最切实的衣食问题，我也无话可说，两人都沉默着，默默地走了一段路。等将到旅馆门口的时候，我就靠上了她的身边，紧紧捏住了她的手，用了很沉闷的声气对她说：

"月英，这一句话，让我们到了南京之后，再去商量吧。"

第二天早晨我们虽则没有来时那么的兴致，但是上了火车，也很满足地回了南京，不过车过苏州，终究没有下车去玩。

十二

从上海新回到南京来的几日当中，因为那种烦剧的印象，还粘在脑底，并且月英也为了新买的衣裳用品及留声机器唱片等所惑乱，旁的思想，一点儿也没有生长的余地，所以我们又和上帝初创造我们的时候一样，过了几天任情的放纵的生活。

几天过后，月英更因为想满足她那一种女性特有的本能，在室内征服了我还不够，于和暖晴朗的午后，时时要我陪了她上热闹的大街上，或可以俯视钓鱼巷两岸的秦淮河上的茶楼去显示她的新制的外套、新制的高跟皮鞋和新学来的化妆技术。

她辫子不梳了，上海正在流行的那一种匀称不对、梳法奇特的所谓维奴斯——爱神——头，被她学会了。从前面看过去，左侧有一剪头发蓬松突起，自后面看去，也没有一个突出的圆球，只是稍为高一点的中间，有一条斜插过去的深纹的这一种头，看起来实在也很是好看。尤其是当外国女帽除下来后，那一剪左侧的头发，稍微下向，更有几丝乱发，从这里头拖散下来的一种风情，我只在法国的画集里，看见过一两次，以中国的形容词来说，大约只有“太液芙蓉未央柳”的一句古语，还比较得近些。

本来对东方人的皮肤是不大适合的一种叫“亚媲贡”的法国香粉，淡淡地扑上她的脸上，非但她本来的那种白色能够调活，连两颊的那种太娇艳的红晕，也受了这淡红带黄的粉末的辉映，会带起透明的情调来。

还有这一次新买来的黛螺，用了小毛刷上她的本来有点斜挂上去的眉毛上，和黑子很大的鼻底眼角上一点染，她的水晶晶的两只眼睛，只教转动一动，你就会从心底里感到一种要耸起肩骨来的凉意。

而她的本来是很曲很红的嘴唇哩，这一回又被她发见了一种同郁金香花的颜色相似的红中带黑的胭脂。这一种胭脂用在那里的时候，从她口角上流出来的笑意和语浪，仿佛都会带着这一种印度红的颜色似的。你听她讲话，只须看她的这两条嘴唇的波动，即使不听取语言的旋律，也可以了解她的真意。

我看了她这种种新发明的装饰，对她的肉体的要求，自然是日渐增高，还有一种从前所没有的即得患失的恐怖，更使我一刻也不愿意教她从我的怀抱里撕开，结果弄得她反而不能安居室内，要我跟着她日日地往外边热闹的地方去跑。

在人丛中看了她那种满足高扬、处处撩人的样子，我的嫉妒心又自然而然地会从肚皮里直沸起来，仿佛是被人家看一眼她身上的肉就要少一块似的。我老是上前落后地去打算遮掩她，并且对了那些饿狼似的道旁男子的眼光，也总装出很凶猛的敌对样子来反抗。而我的这一种嫉妒，旁人的那一种贪视，对她又仿佛是有很大的趣味似的，我愈是坐立不安地要催她回去，旁人愈是厚颜无耻地对她注视，她愈要装出那一种媚笑斜视和挑拨的举动来，增进她的得意。

我的身体,在这半个月中间,眼见得消瘦了下去,并且因为性欲亢进的结果,持久力也没有了。

有一次也是晴和可爱的一天午后,我和她上桃叶渡头的六朝揽胜楼去喝了半天茶回来。因为内心紧张,嫉妒激发的原因,我一到家就抱住了她,流了一脸眼泪,尽力地享受了一次我对她所有的权利。可是当我精力耗尽的时候,她却悠闲自在,毫不觉得似的用手向我的头里梳插着对我说:

“你这孩子,别那么疯,看你近来的样子,简直是一只疯狗。我出去走走有什么?谁教你心眼儿那么小?回头闹出病来,可不是好玩意儿。你怕我怎么样?我到现在还跑得了么?”

被她这样地慰抚一番,我的对她的所有欲,反而会更强起来,结果又弄得同每次一样,她反而发生了反感,又要起来梳洗,再装刷一番,再跑出去。

跑出去我当然是跟在她的后头,旁人当然又要来看她,我的嫉妒当然又不会止息的。于是晚上就在一家菜馆里吃晚饭,吃完晚饭回家,仍复是那一种激情的骤发和筋肉的虐使。

这一种状态,循环往复地日日继续了下去,我的神经系统,完全呈出一种怪现象来了。

晚上睡觉,非要紧紧地把她抱着,同怀胎的母亲似的把她整个儿地搂在怀中,不能合眼,一眼合上,就要梦见她的弃我而奔,或被奇怪的兽类,挟着在那里奸玩。平均起来,一天一晚,像这样的梦,总要做三个以上。

此外还有一件心事。

一年的岁月,也垂垂晚了,我的一点积贮和向 A 省署支来的几百块薪水,算起来,已经用去了一大半以上,若再这样地过去,非但月英的欲望,我不能够使她满足,就是食住,也要发生问题。去找事情哩,一时也没有眉目,况且在这一种心理状态之下,就是有了事情,又哪里能够安心地干下去?

这一件心事,在嫉妒完时,在乱梦觉后,也时时罩上我的心来,所以到了阴历十二月的底边,满城的爆竹,深夜里正放得热闹的时候,我忽然醒来,看了伏在我怀里睡着、和一只小肥羊似的月英的身体,又老要莫名其妙的扑落扑落地滚下眼泪来,神经的衰弱,到此已经达到了极点了。

一边看看月英,她的肉体,好像在嘲弄我的衰弱似的,自从离开 A 地以后,愈长愈觉得丰肥鲜艳起来了。她的从前因为熬夜不睡的原因,长得很干燥的皮肤,近来加上了一层油润,摸上去仿佛是将手浸在雪花膏缸里似的,滑溜溜的会把你的指头腻住。一头头发,也因为日夕的梳篦和油香水等的灌溉,晚上睡觉的时候,散乱在她的雪样的肩上背上,看起来像鸵背的鸟翎,弄得你止不住地想把它们含在嘴里,或抱在胸前。

年三十的那一天晚上,她说明朝一早,就要上庙里去烧香,不准我和她同睡。并且睡觉之前,她去要了一盆热水来,要我和她一道洗洗干净。这一晚,总算是我们出走以来,第一次的和她分被而卧,前半夜我翻来覆去,怎么也睡不安稳。向她说了半天,甚至用了暴力把她的被头掀起,我想挤进去,挤进她的被里去,但她拼死地抵住,怎么也不答应我,后来弄得我的气力耗尽,手脚也软了,才让她一个睡在外床,自己只好叹一口气,朝里床躺着,闷声不响,装作是生了气的神情。

我在睡不着装生气的中间,她倒嘶嘶地同小孩子似的睡着了。我朝转来本想乘其不备,就爬进被去的,可是看了她那脸和平的微笑,和半开半闭的眼睛,我的卑鄙的欲念,仿佛也受了一个打击。把头移将过去,只在她的嘴上轻轻地吻了一吻,我就为她把被盖了盖好,因而便好好地让她在做清净的梦。

我守着她的睡态,想着我的心事,在一盏黄灰灰的电灯底下,在一年将尽的这残夜明时,不知不觉,竟听它敲了四点,敲了五点,直到门外街上有人点放开门炮的早晨。

是几时睡着的,我当然不知道,睡了多少时候,我也没有清楚,可是眼睛打开来一看,我只觉得寂静的空气,围在我的四周,寂静,寂静,寂静,连门外的元日的太阳光,都似乎失掉了生命的样子。

我惊骇起来了,跳出床来一看,火盆里的炭,也已烧残了八九,只有许多雪白雪白的灰,还散积在盆的当中,一个铁杆的三脚架上,有一锅我天天早晨起来喜欢吃的莲子炖在那里。回头向四边更仔细地一看,桌子上也收拾得干干净净,和平时并没有什么分别。再把她的镜箱盒子的抽斗抽将开来一看,里面的梳子篦子和许多粉盒粉扑之类,都不见了,下层盒里,我只翻出了一张包莲子的黄皮纸来。我眼睛里生了火花,在看那几行粗细不匀,歪斜得同小孩子写的一样的字的时候,一声绝叫,在喉咙头咽住,我的全身的血液,都像是凝结住了。

介成,我想走,上什么地方,可还不知道,你不用来追我,我随身只带了你的那只小提包。衣服之类，全还没有动，钱也只拿了五十块。你爱吃的那碗莲子，我给你烤在火上，你自己的身体要小心保养。

月英

“啊啊！她走了，她果然走了！”

这样地想了一想，我的断绝了联络的知觉，又重新恢复了转来，一股同蒸气似的酸泪，直涌了出来。我踉跄往后退了几步，倒在外床她叠好在那里的那条被上。两手紧紧抱着了这一条被，我哭着哭着哭着，哭了一个尽情。

眼泪流干了，胸中也觉得宽畅了一点的时候，我又立了起来，把房里的东西检点了一检点，可是拿着她曾经用过的东西，把一场一场的细节回想起来，刚止住的眼泪又不自禁地流下来了。一边流着眼泪，一边我看出她当走的时候东西果真一点儿也没有拿去。

除了我和她这一回在上海买的一只手提皮箧，及二三件日用的衣服器具外，她的衣箱，她的铺盖，都还好好地放在原处。

一串钥匙，她为我挂在很容易看见的衣钩上，我的一只藏钞票洋钱的小皮箧，她开了之后，仍复为我放在箱子盖上，把内容一看，外层的十几块现洋和三四张十元的钞票她拿走了，里层的一个邮政储金的簿子和一张汇丰银行的五十元钞票，仍旧剩在那里。

我急忙开房门出去一看，看见院子里的太阳还是很高，放了渴竭的喉咙，我就拼命地叫茶房进来。

茶房听了我着急的叫声，跑将进来对我一看，也呆住了，问我有什么事情。我想提起声来问他，她是什么时候走的，可是眼泪却先湿了我的喉咙。茶房也看出我的意思，就也同情我似的柔声告我说：

“太太今天早晨出去的时候，就告诉我说：‘你好好地侍候老爷，我要上远处去一趟来。现在老爷还睡着哪，你别惊醒了他。若炭火熄了，再去添上一点。莲子也炖上了，小心别让它焦。’只这么几句话。我问她什么时候回来，她说没有准儿。有什么事情了么？”

“她，她，是什么时候走的？”

“很早哩！怕还没有到九点。”

“现在，现在是什么时候了？”

“三点还没有到吧！”

“好，好，你去倒一点洗脸水来给我。”

茶房出去之后，我就又哭着回到了房里，呆呆对她的箱子看了半天，我心上忽儿闪过了一道光明的闪电。

“她又不是死了，哭她干吗？赶紧追上去，追上去去寻着她回来，反正她总还走得不远的。去，马上去，去追吧。”

我想到了这里，心里倒宽起来了。收住了眼泪，把翻乱的衣箱等件叠回原处之后，我挺起身来，把衣服整了一整，一边捏紧了拳头向胸前敲了几下，一边自己就对自己起了一个誓：

“总之我在这世界上活着一天，我就要寻她一天。无论如何，我总要去寻着她来！”

十三

门外头是一派快晴的新年气象。

长街上的店门，都贴满了春联，也有半开的，有的完全关在那里。来往的行人，全穿了新制的马褂袍子，也有拱手在道贺的。

鼓乐声，爆竹声，小孩的狂噪声，扑面地飞来，绝似夏天的急雨。这中间还有抄牌喊赌的声音。毕竟行人比平时要少，清冷的街上，除了几个点缀春景的游人而外，满地只是烧残了的爆竹红尘。

我张了两只已经哭红了的倦眼，踉跄走出了旅馆的门，就上马车行去雇马车去。但是今天是正月初一，马夫大多在家休息着，没有人肯出来拖我去下关。最后就没有法子，只好以很昂的价，坐了一乘人力车出城。

太阳已经低斜下去了，出了街市的尽处，那条清冷的路上，竟半天遇不着一个行人，一辆车子。

将晚的时候，我的车到了下关车站，到卖票房去一看，门关得紧紧，站上的人员，都已去喝酒打牌去了。我以最谦恭的礼貌，对一位管杂役的站员，行了一个鞠躬礼，央求他告诉我今天上天津或上海去的火车有没有了。

他说今天是元旦，上上海和上天津的火车，都只有早晨的一班。

我又谦声和气，恨不得拜下去似的问他：

“今天早晨的车,是几点钟开的?”

“津浦是六点,沪宁是八点。”

说着他仿佛是很讨厌我的絮烦似的,将头朝向了别处。我又对他行了一个敬礼,用了最和气的声气问他说:

“对不起,真真对不起,劳你驾再告诉我一点,今天上上海去的车上,可有一位戴黑绒女帽,穿外国外套的女客?”

“那我哪儿知道,车上的人多得很哩!”

“对不起,真真对不起,我因为女人今天早晨跑了,——唉——跑了,所以……”

这些不必要的说话,我到此也同乡愚似的说了出来,并且底下就变成了泪声,说也说不下去了。那站员听了我的哭声,对我丢了一眼轻视的眼色,仿佛是把我当作了一个卖哀乞食的恶徒。这时候天已经有点黑了,站员便走了开去。我不得已也只得一边以手帕擦着鼻涕,一边走出站来。

车站外面,黄包车一乘也没有,我想明天若要乘早车的话,还是在下关过夜的好,所以一边哭着,一边就从锣鼓声里走向了有很多旅馆开着的江边。

江边已经是夜景了,从关闭在那里的门缝里一条一条的有几处露出了几条灯火的光来,我一想起初和月英从A地下来的时候的状况,心里更是伤心,可是为重新回忆的原因,就仍复寻到了瀛台大旅社去住。

宽广空洞的瀛台大旅社里,这时候在住的客人也很少。我住定之后,也不顾茶房的急于想出去打牌,就拉住了他,又问了些和问那男站员一样的话。结果又成了泪声,告诉他以女人出走的事情,并且明明知道是不会的,又禁不住地问他今天早晨有没有见到这样的一位女人上车。

这茶房同逃也似的出去了之后,我再想起了城里的茶房对我说的话来,今天早晨她若是于八九点钟走出中正街的说话,那她到下关起码要一个钟头,无论如何总也将近十点的时候,才能够到这里,那么津浦车她当然是搭不着的,沪宁车也是赶不上的。啊啊,或者她也还在这下关耽搁着,也说不定,天老爷呀天老爷,这一定是不错的了,我还是在这里寻她一晚吧。想到了这里,我的喜悦又涌上心来了,仿佛是确实知道她在下关的一样。

我饭也不吃,就跑了出去,打算上各家旅馆去,都一家一家地去走寻它遍来。

在黑暗不平的道上走了一段,打开了几家旅馆的门来去寻了一遍,问了一遍,他们都说像这样的女人并没有来投宿,他们教我看旅客一览表上的名姓,那当然是没有的,因为我知道她,就是来住,也一定不会写真实的姓名的。

从江边走上了后街,无论大的小的旅馆,我都卑躬屈节地将一样的话问了寻了,结果走了十六七家,仍复是一点儿影响也没有。

夜已经深了,店家大家上门的上门,开赌的开赌,敲年锣鼓的在敲年锣鼓了。我不怕人家的鄙视辱骂,硬的又去敲开门来询问了几家。有一处我去打门,那茶房非但不肯开门,并且在一个小门洞里简直骂猪骂狗地骂了我一阵。我又以和言善貌,赔了许多的不是,仍复将我要寻问的话,背了一遍给他听,他只说了一声:“没有!”啪哒的一响,很重地就把那小门关上了。

我又走了几处,问了几家,弄得元气也丧尽,头也同分裂了似的痛得不止,正想收住了这无谓的搜寻,走回瀛台旅社来休息的时候,前面忽而来了一辆很漂亮的包车。从车灯光里一看,我看见了同月英一样的一顶黑绒女帽,和一件周围有鸵鸟毛的外套,车上坐着的人的脸还没有看清,那车就跑过去了。我旋转了身,就追了上去,一边更放大了胆,举起我那带泪声的喉音,“月英! 月英!”地叫了几声。

前面的车果然停住了,我喜欢得同着了鬼似的跳了起来,马上跳上去一看,在车座里坐着的,是一个比月英年纪更小,也是很可爱的小姑娘。她分明是应了局回来的妓女,看了我的样子也惊了一跳,我又含泪地向她赔了许多不是,把月英的事情简单地向她说了一说。她面上虽则也像在向我表示同情,可是那不做好的车夫,却啐了我一声,又放开大步向前跑走了。

走回瀛台旅馆里来,已经是半夜了,我一个人翻来覆去,想月英的这回出去,愈想愈觉得奇怪。她若嫌我的没有钱哩,当初就不该跟我;她若嫌我的相儿丑哩,则一直到她出走的时候止,爱我之情是的确有的。况且当初当我和她相识的时候,看她的举动,听她的言语,都不像完全是被动的样子,若说她另外有了情人了哩,则在这一个多月中间,我和她还没有离开一夜过。那个A地的小白脸的陈君哩,从前是和她的确有过关系的,可是现在已经早不在她的心里了,又何至于因此而弃我哩?或者是想起了她在天津的娘了吧?或者是想起了李兰香和那姥姥了罢?但这也不会的,因为本来她对她们就没有什么很深的感情。那么是为了什么呢?为了什么呢?我想来想去,总想不出她的所以要出走的理由来。若硬的要说,或者是她对于那种放荡的女优生活,又眼热起来了,或者是因为我近来过于爱她了。但是不会的,也不会的,对于女优生活的不满意,是她自己亲口和我说的。我的过于爱她,她近来虽则时时有不满意的表示,但世上哪有对于溺爱自己者反加以憎恶的人?

我更想想和她过的这一个多月的性爱生活,想想她的种种热烈地强要我的时候的举动和脸色,想想昨晚上洗身的事情和她的最后的那一种和平的微笑的睡脸,一种不可名状的悲苦,从肚底里一步一步地压了上来,“啊啊,今后是怎么也见她不到了,见她不到了!”这么的一想,我的胸里的苦闷,就变了呜呜的哭声流露了出来。愈想止住发声不哭响来,悲苦愈是激昂,结果一声声的哭声,反而愈大。

这样地苦闷了一晚,天又白灰灰地亮了,车站上机关车回转的声音,也远远传了几声过来,到此我的头脑忽而清了一清。

“究竟怎么办呢?”

若昨晚上的推测是对的话,那说不定她今天许还在南京附近,我只须上车站去等着,等她今天上车的时候,去拉她回来就对了。若她已经是离开了南京的话,那她究竟是上北的呢?下南的呢?正想到了这里,江中的一只轮船,婆婆地放了一声汽笛。

我又昏乱了,因为昨晚上推想她走的时候,我只想到了火车,却没有想到从这里坐轮船,也是可以上汉口,下上海去的。

忽忙叫茶房起来,打水给我洗了一个脸,我账也不结,付了三块大洋,就匆匆跑下楼来,跑上江边的轮船码头去。

上码头船上去一问,舱房里只有一个老头儿躺在床上,在一盏洋油灯底下吸烟。我又千对不起万对不起地向他问了许多话。他说元旦起到初五上是封关的,可是昨天午后有一只因积货迟了的下水船,船上有没有搭客,他却没有留心。

我决定了她若是要走,一定是搭这一只船去的,就谢了那老头儿许多回数,离开了那只码头的在趸船。到岸上来静静地一想,觉得还是放心不下,就又和几个早起的工人旅客,走向了西,买票走上那只开赴浦口的联络船去,因为我想万一她昨天不走,那今天总逃不了那六点和八点的两班车的,我且先到浦口去候它一个钟头,再回来赶车去上海不迟。

船起了行,灰暗的天渐渐地带起晓色来了。东方的淡蓝空处,也涌出了几片桃红色的云来,是报告日出的光驱。天上的明星,也都已经收藏了影子,寒风吹到船中。船沿上的几个旅客,一例地咳了几声。我听到了几声从对岸传来的寒空里的汽笛,心里又着了急,只怕津浦车要先我而开,恨不得弃了那只迟迟前进的渡轮,一脚就跨到浦口车站去。

船到了浦口,太阳起来了,几个萧疏的旅客,拖了很长的影子,从跳板上慢慢走上了岸。我挤过了几组同方向走往车站去的行人,便很急地跑上卖票房前的那个空洞的大厅里去。

大厅上旅客很少,只有几个夫役在那里扫地打水。我抓住了一个穿制服的车上的役员,又很谦恭地问,他有没有看见这样的一个妇人。他把头弯了一弯,想了一想,又摇头说:"没有!"更把嘴巴一举,叫我自家上车厢里去寻寻看。

我一乘一乘,从后边寻到前边,又从前边寻到后面,妇人旅客,只看见了三个。一个是乡下老妇人,一个是和她男人在一道的中年的中产者,分明是坐车去拜年去的,还有一个是西洋人。

呆呆地立在月台上的寒风里,我看见和我同船来的旅客一组一组地进车去坐了,又过了几分钟,唧零零的一响,火车就开始动了。我含了两包眼泪,在月台上看车身去远了,才走出站来,又走上渡轮,搭回到下关来。

到下关车站,已经是七点多了。究竟是沪宁车,在车站上来往的人也拥挤得很。我买了一张车票进去,先在月台上看来看去地看了半天,有好几次看见了一个像月英的妇人,但赶将上去一看,又落了一个空。

进车之后,我又同在浦口车站上的时候一样,从前到后,从后到前地看了两遍,然而结果,仍旧是同在浦口的时候一样。

这一天车误了点,直到两点多钟才到苏州。在车座里闷坐着,我想的尽是些不吉的想头,因为我晓得她在上海只有一个小月红认识,所以我在我的幻想上,又如何的为月英介绍舞台的老板。又想到了那个和她在一张床上睡的所谓师傅的如何从中取利,更如何的和月英通奸,想到了这里几乎使我从车座里跳了起来。幸而正当我苦闷得最难受的时候,车也到了北站了,我就一直地坐车寻到三多里的小月红家里去。

十四

上海的马路上，也是一样的鼓乐喧天地泛流着一派新年的景象。不过电车汽车黄包车等多了几乘，行人的数目多了一点，其余的样子，店门都关上的街市上的样子，还是和南京一样。

我寻到了爱多亚路的三多里，打开了十八号的门，也忘记了说新年的贺话，一直地就跑上了那间我曾经来过一次的亭子间中。

进去一看，小月红和那小女孩都不在，只有一位相貌狞恶的四十来岁的北佬，穿了一件黑布的羊皮袍子，对窗坐着在拉胡琴。

我对他叙了礼，告诉他以前次来过的谢月英是我的女人。我话还没有说完，他却惊异地问我说：

"噢，你们还没有回南京去么？"

我又告诉她，回是回去了，可是她又于昨天早晨走了。接着我又问他，她到这里来过没有，并且问小月红有没有晓得，月英究竟是上哪里去的。

他摇摇头说：

"这儿可没有来过，或者小月红知道也未可知，等她回来了时候，让我问问她看。"

我问他小月红上哪里去了，他说她去唱戏，还没有回来。我为了他的这一句"或者小月红知道也未可知"就又充满了希望，笑对他说：

"她大约是在×世界吧？让我上那儿去寻她去。"

他说：

"快是快回来了，可是你去×世界玩玩也好。"他并不晓得我的如落火毛虫一样地焦急，还以为我想去逛×世界，我心里虽则在这么想，但嘴上却很恭敬地和他告了别，走了出来。

毕竟是新年的第二日，×世界的游人，真可以说是满坑满谷。我挤过了许多人，也顾不得面子不面子，竟直接地跑到了后台房里，和守门的人说，一定要见一见小月红。她唱的戏还没有上台，然而头面已经扮缚好了。台房里的许多女孩子，因为我直冲了过去，拉着了小月红在絮絮寻问，所以大家都在斜视着朝我们看。问了半天，她仍旧是莫名其妙，我看了她的那一种表情，和头回她师傅的那一种样子，也晓得再问是无益的了，所以只告诉她我仍复住在四马路的那家旅馆里，她以后万一听到或接到月英的消息，请她千万上旅馆里来告诉我一声。末了我的说话又变成了泪声，当临走的时候，并且添了一句说：

“我这一回若寻她不着，怕就不能活下去了。”

走出了×世界我仍复上四马路的那家旅馆去开了一个房间。又是和她曾经住过的这旅馆，这一回这样的只身来往，想起旧情，心里的难过，自然是可以不必说了。独坐在房间里细细地回想了一阵那一天早晨，因为她上小月红那里去而空着急的事情，又横空地浮上了心来。

“啊啊，这果然成了事实了，原来爱情的确是灵奇的，预感的确是有的。”

这样痴痴呆呆地想了半天，房里的电灯忽然亮了，我倒骇了一跳，原来我用两只手支住了头，坐在那里呆想，竟把时间的过去，日夜的分别都忘掉了。

茶房开进门来，问我要不要吃饭。我只摇摇头，朝他呆看看，一句话也不愿意说。等他带上门出去的时候，我又感到了一种无限的孤独，所以又叫他转来问他说：

“今天的报呢？请你去拿一份来给我。”

因为我想月英若到了上海，或者乘新年的热闹，马上去上了台也说不定，让我来看一看报上的戏目，究竟没有像她那样的名字和她所爱唱的戏目载在报上。可是茶房又笑了一笑回答我说：

“今天是没有报的，要正月初五起，才会有报。”

到此我又失了望。但这样的坐在房里过夜，终究是过不过去，所以我就又问茶房，上海现在有几处坤剧场。他想了一想，报了几处，但又报不完全，所以结果他就说：

“有几处坤剧场，我也不大晓得，不过你要调查这个，却很容易，我去把旧年的报，拿一张来给你看就是了。”

他把去年年底的旧报拿来之后，我就将戏目广告上凡有坤剧的戏院地点都抄了下来，打算一家一家地去看它完来。因为晓得月英若要去上台，她的真名字决不会登出来的，所以我想费去三四天工夫，把上海所有的坤角都去看它一遍。

从此白天晚上，我又只在坤角上演的戏院里过日子了，可是这一种看戏，实在是苦痛不过。有几次我看见一个身材年龄扮相和她相像的女伶上台，便脱出了眼睛，把身子靠在前去凝视。可是等她的台步一走，两三句戏一唱，我的失望的消沉的样子，反要比不看见以前更加一倍。

在台前头枯坐着，夹在许多很快乐的男女中间，我想想去年在安乐园的情节，想想和月英过的这将近两个月的生活，肚里的一腔热泪，正苦在无地可以发泄，哪里还有心思听戏看戏呢？可是因为想寻着她来的原因，想在这大海里捞着她来的原因，又不得自始至终地坐在那里，一个坤角也不敢漏去不看。

看戏的时候，因为眼睛要张得大，注意着一个个更番上来的女优，所以时间还可以支吾过去。但一到了戏散场后，我不得不拖了一双很重的脚和一颗出血的心一个人走回旅馆来的时候，心里头觉得比死刑囚走赴刑场去的状态，还要难受。

晚上睡是无论如何睡不着了，虽然我当午前戏院未开门的时候，也曾去买了许多她所用过的香油香水和亚媲贡香粉之类的化妆品来，倒在床上香着，可是愈闻到这一种香味，愈要想起月英，眼睛愈是闭不拢去。即有时勉强的把眼睛闭上了，而眼帘上面，在那里历历旋转的，仍复是她的笑脸，她的肉体，她的头发和她的嘴唇。

有时候，戏院还没有开门，我也常走到大马路北四川路口的外国铺子的样子间前头去立着。可是看了肉色的丝袜和高跟的皮鞋，我就会想到她的那双很白很软的肉脚上去，稍一放肆，简直要想到她的丝袜统上面的部分或她的只穿了鞋袜，立在那里的裸体才能满足。尤其是使我熬忍不住的，是当走过四马路的各洗衣作的玻璃窗口的时候，不得不看见的那些娇小弯曲的女人的春夏衣服。因为我曾经看见过她的亵衣，看见过她的把衬衫解了一半的胸部过的，所以见了那些曾亲过女人的芗泽的衣服，就不得不想到最猥亵的事情上去。

这样的日子，一天一天地过去了，我早晨起来，就跑到那些卖女人用品的店门前或洗衣作前头去呆立，午后晚上，便上一家一家的坤戏院去看转来。可是各处的坤戏院都看遍了，而月英的消息还是杳然。旧历的正月已经过了一个礼拜，各家报馆也在开始印行报纸了。我于初五那一天起，就上各家大小报馆去登了一个广告："月英呀，你回来，我快死了。你的介成仍复住在四马路××旅馆里候你！"可是登了三天报，仍复是音信也没有。

种种方法都想尽了，末了就只好学作了乡愚，去上城隍庙及红庙等处去虔诚祷告，请菩萨来保佑我。可是所求的各处的签文及所卜的各处的课，都说是会回来的，会回来的，你且耐心候着吧。同时我又想起了 A 地所求的那一张签，心里实在是疑惑不安，因为一样的菩萨，分明在那里作两样的预言。

我因为悲怀难遣，有时候就买了许多纸帛锭锞之类，跑到上海附近的郊外的墓田里去。寻到一块女人的墓碑，我就把她当作了月英的坟墓，拜下去很热烈地祝祷一番，痛哭一番。大约是这一种祷祝发生了效验了罢，我于一天在上海的西郊祭奠祷祝了回来，忽而在旅馆房门上接到了一封月英自南京的来信。信的内容很简单，只说："报上的广告看见，你回来！"我喜欢极了，以为上海的鬼神及卜课真有灵验，她果然回来了。

我于是马上再去买了许多她所爱用的香油香粉香水之类，包作了一大包，打算回去可以作礼物送她，就于当夜坐了夜车，赶回南京去，因为火车已经照常开车了。

在火车上当然是一夜没有睡着。我把她的那封信塞在衣裳底下的胸前，一面开了一瓶她最爱洒在被上的奥屈洛普的香水，摆在鼻子前头，闭上眼睛，闻闻香水，我只当是她睡在我的怀里一样，脑里尽是在想她当临睡前后的那种姿态言语。

天还没有亮足，车就到了下关，在马车里被摇进城的中间，我心里的跳跃欢欣，比上回和她一道进城去的时候，还要巨大数倍。

我一边在看朝阳晒着的路旁的枯树荒田，一边心里在默想见她之后，如何的和她说头一句话，如何的和她算还这几天的相思账来。

马车走得真慢，我连连地催促马夫，要他为我快加上鞭，到后好重重地谢他。中正街到了，我只想跳落车来，比马更快地跑上旅馆里去，因为愈是近了，心里倒反愈急。

终究是到了，到了旅馆门口，我没有下车，就从窗口里大声地问那立在门口接客的账房说：

"太太回来了么？"

那账房看见是我，就迎了过来说：

"太太来过了，箱子也搬去了，还有行李，她交我保存在那房里，说你是就要来的。"

我听了就又张大了眼睛，呆立了半天。账房看我发呆了，又注意到了我的惊恐失望的形容，所以就接着说：

"您且到房里去看看罢，太太还有信写在那里。"

我听了这一句话，就又和被魔术封锁住的人仍旧被解放时的情形一样，一直地就跑上里进的房里去。命茶房开进房门去一看，她的几只衣箱，果真全都拿走了，剩下来的只是我的一只皮箱、一只书橱和几张洋画及一叠画架。在我的箱子盖，她又留了一张字迹很粗很大的信在那里：

介成：

我走的时候，本教你不要追的，你何以又会追上上海去的呢？我想你的身体不好，和你住在一道，你将来一定会因我而死。我觉得近来你的身体，已大不如前了，所以才决定和你分开，你也何苦呢？

我把我的东西全拿去了，省得你再看见了心里难受。你的物事我一点儿也不拿，只拿了一张你为我画而没有画好的相去。

介成，我这一回上什么地方去是不一定的，请你再也不要来追我。

再见吧，你要保重你自己的身体。

月英

"啊啊，她的别我而去，原来是为了我的身体不强！"

我这样的一想，一种羞愤之情，和懊恼之感，同时冲上了心头。但回头一想，觉得同她这样的别去，终是不甘心的，所以马上就又决定了再去追寻的心思，我想无论如何总要寻她着来再和她见一面谈一谈，我收拾一收拾行李，就叫茶房来问说：

"太太是什么时候来的？"

"是三四天以前来的。"

"她在这儿住了一夜么？"

"嗳，住了一夜。"

"行李是谁送去的？"

"是我送去的。"

"送上了什么地方？"

"她是去搭上水船的。"

啊啊，到此我才晓得她是上 A 地去的，大约一定是仍复去寻那个小白脸的陈君去了吧。我一边在这样地想着，一边也起了一种恶意，想赶上 A 地去当了那小白脸的面再去辱骂她一场。

先问了问茶房,他说今天是有上水船的,我就不等第二句话,叫他开了账来,为我打叠行李,马上赶出城去。

船到A地的那天午后,天忽而下起微雪来了。北风异常地紧,A城的街市也特别地萧条。我坐车先到了省署前的大旅馆去住下,然后就冒雪坐车上大新旅馆去。

旅馆的老板一见我去,就很亲热地对我拱了拱手,先贺了我的新年,随后问我说:

"您老还住在公署里么?何以脸色这样的不好?敢不又病了么?"

我听他这一问,就知道他并不晓得我和月英的事情,他仿佛还当我是没有离开过A地的样子。我就也装着若无其事的面貌问他说:

"住在这儿的几个女戏子怎么样了?"

"啊啊,她们啊,她们去年年底就走了,大约已经有一个多月了吧?"

我和他谈了几句闲天,顺便就问了他那一位小白脸陈君的住址,他忽而惊异似的问我说:

"您老还不知道么?他在元旦那一天吐狂血死了。吓,这一位陈先生,真可惜,年纪还很轻哩!"

我突然听了这一句话,心口里忽而凉了一凉,一腔紧张着的嫉妒和怨愤,也忽而松了一松,结果几礼拜来的疲劳和不节制,就从潜隐处爬了出来,征服了我的身体。勉强踉跄走出了旅馆门,我自己也意识到了我的肉体的衰竭和心脏的急震。在微雪里叫了一乘黄包车,教他把我拉上圣保罗病院去的中间,我觉得我的眼睛黑了。

仰躺在车上,我只微微觉得有一股冷气,从脚尖渐渐直逼上了心头。我觉得危险,想叫一声又叫不出口来,舌头也硬结住了。我想动一动,然后肢体也不听我的命令。忽儿我觉得脑门上又飞来了一块很重很大的黑块,以后的事情,我就不晓得了。

后　叙

五六年前头,我在A地的一个专门学校里教书。这风气未开的A城里,闲来可以和他们谈谈天的,实在没有几个人。

在同一个学校里教英文的一位美国宣教师，似乎也在感到这一种苦痛，所以我在 A 城住不上两个月，他就和我变成了很好的朋友。

秋季始业后将近三个月的一天晴朗的午后，我在一间朝南的住房里煮咖啡吃，忽而他也闯了进来。他和我喝喝咖啡，谈谈闲天，不知不觉竟坐了一个多钟头。门房把新到的我的许多外国杂志送进来了，我就送了几份给他，教他拆开来看，同时我自家也拿起了一份英国印行的关于文学艺术的月刊，将封面拆了，打开来读。

翻了几页，我忽看见了一个批评本年巴黎沙隆画展的文章，中间有一段，是为一个入选的中国留学生的画名《失去的女人》捧场的，此画的作者，不晓是哪几个中国字，但外国名字是 C. C. Wang。我看了几行，就指给我的那位美国朋友看，并且对他说：

“我们中国留学生的画，居然也在巴黎的沙隆画展里入选了。”

他看见了那个名字，忽而吊起了眼睛想了一想，仿佛是在追想什么似的。想了两三分钟，他又忽而用手拍了一拍桌子，对我叫着说：“我想起了，这画家是我认识的。”

我听了也觉得奇怪起来，就问他是在美国认识的呢还是在欧洲认识的？因为我这位美国朋友，从前也曾到过欧洲的。他很喜欢地笑着说：“也不是在美国，也不是在欧洲，是在这儿遇见的。”

我倒愈加被他弄昏了，所以要他说说明白。他就张着嘴笑着说：

“这是我们医院里的一个患者。三四年前，他生了心脏病，昏倒在雪窠里，后来被人送到了我们的医院里来。他在医院里住了五个多月，因为我是每礼拜到医院里去传道的，所以后来也和他认识了。我看他仿佛老是愁眉不展，忧郁很深的样子，所以得空也特别和他谈些教义和圣经之类，想解解他的愁闷。有一次和他谈到了祈祷和忏悔，我说，我们的愁思，可以全部说出来全交给一个比我们更伟大的牧人的，因为我们都是迷了路的羊，在迷路上有危险，有恐惧，是免不了的。只有赤裸裸地把我们所负担不了的危险恐惧告诉给这一个牧人，使他为我们负担了去，我们才能够安身立命。教会里的祈祷和忏悔，意义就在这里。他听了我这一段话，好像是很感动的样子，后来过了几天，我于第二次去访他的时候，他先和我一道的祷告，祷告完后，他就在枕头底下拿出了一篇很长很长的忏悔录来给我看。这篇忏悔录，稿子还在我那里，我下次可以拿来给你看的，真写得明白详细。他出院之后，听说就到欧洲去了，我想这一定就是他，因为我记得我曾经在一本姓名录上写过这一个 C. C. Wang 的名字。”

过了几天，他果然把那篇忏悔录的稿子拿了来给我看，我当时读后，也感到了一点趣味，所以就问他要了来藏下了。

前面所发表的，是这一篇忏悔录的全文，题名的“迷羊”两字是我为他加上去的。

1927 年 12 月 19 日

（1928 年 1 月 10 日由上海北新书局初版）

张恨水

（1897—1967）

现代著名小说大家，“鸳鸯蝴蝶派”代表作家。原名心远，安庆潜山县人，出生于江西。张恨水被称为现代文学史上“通俗文学大师”第一人。1919 年来到北京，先后在《益世报》、上海《申报》北京办事处、《世界日报》副刊《夜光》供职，开始大量发表小说。作品情节曲折复杂，结构布局严谨完整，将中国传统的章回体小说与西洋小说的新技法融为一体。在他五十多年的写作生涯中，创作了一百多部通俗小说，其中绝大多数是中、长篇章回小说，总字数约三千万。20 世纪二三十年代，张恨水是中国最走红的作家之一。他的《春明外史》《金粉世家》《啼笑因缘》等小说风靡全国，积极推动了白话小说的发展。

“文革”期间，张恨水受到牵连。1967 年张恨水准备下床时，突然仰身倒下，告别了这个他曾无数次描绘过的冷暖人间，走完了自己的人生。

2012 年 10 月 12 日，张恨水的骨灰安葬于故乡安庆潜山县张恨水纪念馆并立铜像。

金粉世家(节选)

第七回　空弄娇嗔看山散游伴　故藏机巧赠婢戏青年

当时,秀珠哎哟了一声,燕西手忙脚乱,极力地关住机门。汽车嘎吱一声,突然停住。大家回头一看,路边一头驴子,撞倒在地,另外一个人倒在驴子下,地下鲜血淋漓,紫了一片。梅丽用手绢蒙着眼睛,不敢看,藏在秀珠怀里。秀珠也是面朝着前,不敢正眼儿一视。汽车夫德海口里叫着糟了,一翻身跳下车去。燕西也慢慢地走下车来,远远地站定,问道:"那人怎么样,伤很重吗?"德海看了一看说:"驴子压断了两条腿,没有用的了。人是没怎么样,似乎没有受伤。"燕西听说人没有受伤,心里就放宽了些,走上前来,叫德海把那人扶起。那人倒不要人扶,爬了起来,抖了一抖身上的土。他一看那驴子压死了,反而坐在地上,哭将起来。燕西道:"你身上受了伤没有?"那人道:"左胳膊还痛着呢。"燕西在身下一摸,只有两张五元的钞票,便问秀珠道:"你身上带了有钱吗?"秀珠道:"有,多给他几个钱罢,人家真是碰着了。"说着,在钱口袋里,抓了一把钞票给燕西。燕西拿着钞票在手上,便问那人道:"这头驴子是你的吗?"那人道:"不是我的,我借着人家的牲口,打算进城去一趟呢。"燕西道:"你说,这一头驴子,应该值多少钱?"那人道:"要值五十块钱。"德海听了,走上前,对那人就是一巴掌,说道:"你这小子,看见要赔你钱了,你就打算讹人。"说时,牵着他身上那件破夹袄的大襟,一直指到他脸上,又道:"你瞧!你这个样子。不是赶脚的,是做什么的?你说牲口不是你的,你好讹人,是不是?"说着,又把脚踢一踢倒在地下的驴子,口里说道:"这样东西,早就该下汤锅了,二十块钱,都没人要，哪值五十块钱？七爷，咱们赔他二十块钱得了，他爱要不要。”那人本是一个乡下人，看见德海的凶样子，先有三分害怕，哪里还敢说什么。燕西喝住德海道：“打人家做什么？谁让咱们碰了人家呢？”又对那人道：“也不能依你，也不能依他。现在给你三十块钱，赔你这一头牲口。你也跌痛了，不能让你白跌，给你十块钱，你去休养休养。这驴子已死过去了，你也不必再卖它的肉，把它埋了罢。”乡下人对一个钱当着磨子般看待的。他见燕西这样慷慨，喜出望外，给燕西连请了几个安。燕西对秀珠道：“开车真不是玩的，我们还坐到后面来罢。”于是依旧让德海去开车。德海坐上车，对那人骂道：“便宜了你这小子，今天你总算遇到财神爷了。”燕西听见汽车夫骂人，这是看惯了的，也就付之一笑。

车夫兜了一个圈子，一直开到西山旅馆脚下。只见亭子上的西崽，眼睛最尖，一看汽车的牌号，是金总理家里的，早是满脸堆上笑，走到亭子下来迎接。等燕西走到面前，闪在一旁，微微地一鞠躬，说道：“你来了。”燕西走进亭子去，只见男女合参，中西一贯，坐满了人。正因为今天天气好，所以出城来游的人很多。燕西便让梅丽、秀珠向前，走过了亭子去，在花边下摆了一张桌子坐下。只听后面有人喊道：“密斯脱金，密斯白，密斯金。”莺声呖呖，一大串地叫了出来。回头看时，乃是乌二小姐和两个西洋男子坐在那里喝啤酒，吃冰淇淋。一句话说完，她已走过来，和秀珠、梅丽握了一握手，然后再与燕西握手。乌二小姐道：“我和两个新从英国来的朋友，到这里玩玩，一会儿我就过来相陪。”秀珠笑道：“不要客气了，我们两便罢。”燕西在一边，只是微笑一下。三人在亭子外坐着，正和亭子

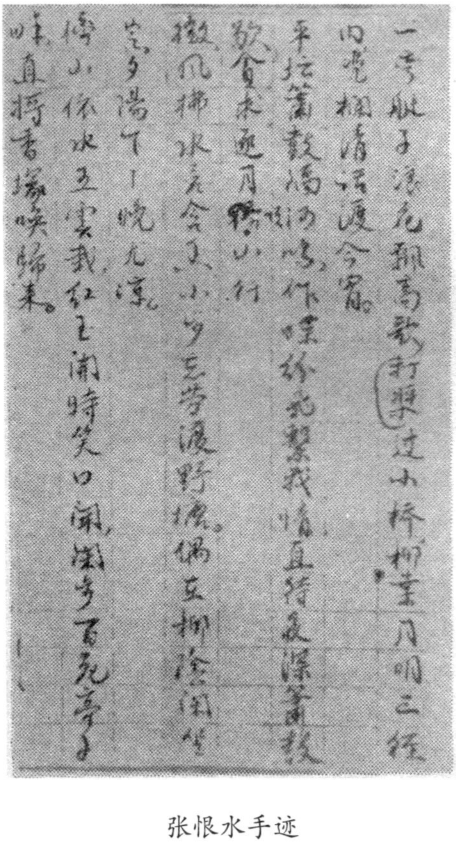

张恨水手迹

里，隔了一层芦帘子里，彼此都不看见。秀珠道："密斯乌真是知道讲究妆饰的。和中国朋友在一处，穿西装，和外国朋友在一处，又穿中国装。你不看她那件金丝绒单旗袍，滚着黑色的水钻辫，多么鲜艳夺目！"梅丽轻声道："妖精似的，我就讨厌她。"秀珠用手摸着梅丽的头发，笑道："小东西，说话要谨慎一点，不要乱说，仔细有人不高兴。"说毕，眼睛皮一撩，眼睛一转，望着燕西，问道："你说是不是？"燕西皱眉道："何必呢？人家就在这里。让人家听见，也没有什么意思。"秀珠道："我卫护着她，还不好吗？据我说，你那个心，可以收收了，你不看看，她爱的是外国朋友哩。外国朋友，有的是钱，可以供给她花。将来要到外国去玩，也有朋友招待，你怎样比得上人家？比不上，你就不配和人家做情敌。"燕西道："你这话，是损她，是损我？"说时，脸上未免放一点红色。秀珠把燕西为人，向是当他已被本人征服下看待，所以常常给他一点颜色看。燕西那时爱情专一，拜倒石榴裙下。秀珠怎样说，他就怎样好，决计不敢反抗。现在不然了，他吃饭穿衣以至梦寐间，他都是记念着冷清秋。而且冷清秋是刚刚假以辞色，他极力地往进一步路上做去。这白秀珠就不然了，耳鬓厮磨，已经是无所不至。最后的一着，不过是举行那形式上的结婚礼。在往日呢，燕西也未尝不想早点结婚，益发地可以甜蜜些。现在他忽然想到结婚是不可鲁莽的，一结了婚就如马套上了缰绳一般，一切要听别人的指挥。倘若自己要任意在情场中驰骋，乃是结婚越迟越好。既不望结婚，可以不必受白秀珠的挟制了。所以这天秀珠和他闹脾气，他竟不很太服调。这时秀珠又用那样刻薄的话，挖苦乌二小姐，心里实在忍不下去，所以反问了一声，问她是损哪个。谁知秀珠更是不让步，便道："也损她，也损你。"说时，脸上带着一点冷笑。燕西道："现在社交公开，男女交朋友，也很平常的。难道说，一个男子，只许认识一个女子，一个女子，只许认识一个男子吗？"秀珠道："笑话，我何尝说不许别人交朋友。你爱和哪个交朋友，就和哪个交朋友，关我什么事？"燕西道："本来不关你什么事。"燕西这一句话，似有意，似无意地说了出来。在白秀珠可涵容不了，鼻子里嘿了一声，接上一阵冷笑，把坐的藤椅一挪，脸朝着山上。在往日，决裂到了这种地步，燕西就应该赔小心了。今天不然，燕西端着一杯红茶，慢慢地呷，又把牙齿碰茶杯沿上，时时放出冷笑。旁边的梅丽，其初以为他们开玩笑，不但不理会，还愿意他两人斗嘴，自己看着很有趣。现在见他两人越闹越真，才有些着急，便问燕西道："七哥，你是怎么来？秀珠姐说两句笑话，你就认起真来。"燕西道："我不认真。什么事,我也当是假的。可是白小姐她要和我认真,我有什么法子呢?”秀珠将椅子又一移,忽地掉转身,说道:“什么都是假的?你这话里有话,当着你妹妹的面,你且说出来。”燕西道:“这是一句很平常的话,我随口就说出来下,没安着什么机巧。你要说我话里有话,就算话里有话罢。我不和你生气,让你去想想,究竟是谁有理?是谁没理?”说毕,离开座位,背着两只手慢慢地走上大路,要往山上去。

梅丽对秀珠道:“你两人说着好玩,怎么生起气来?”秀珠道:“他要和我生气,我有什么法子?你瞧瞧,是谁有理,是谁没理。”梅丽想着,今天,实在是秀珠没有理。但是燕西是自己的哥哥,总不能帮着哥哥来说人家的不是,便笑道:“他的脾气,就是这样,过一会子,你要问他说了些什么,我包他都会忘了。你和别人生气,那还有可说,你和我七哥生气,人家知道,不是笑话吗?虽然有句俗话,打是疼,骂是爱,可是你还没到咱们金家来,要执行威权,还似乎早了一点子哩。”秀珠忍不住笑了,说道:“这小东西,一点儿年纪,这些话,你又在哪里学来的?要不,给你找个小女婿罢,让你去打是疼,骂是爱。你看好不好?”梅丽道:“胡闹混扯,对我瞎说些什么?你两人今天那一场闹,没有我在里头转圜,我看你俩怎样好得起来?”秀珠把脖子一扭,说道:“不好,又打什么紧!”梅丽用一个食指,对着秀珠的鼻子,遥遥地点着笑道:“这话可要少说呀。”秀珠道:“为什么要少说?现在和他要好的人太多了。我要和他好,他不和我好,也是枉然。”正说话时只见由山上抬下两顶藤轿来,坐轿的一男一女,秀珠认得,是刘家四少奶奶和四少爷刘宝善。他两人看见,连忙叫轿夫将轿子停住,迎了上来。秀珠请他二人坐下,便问:“要吃什么?”刘四奶奶说:“不用了,我们刚在山上喝了茶下来,等着回去呢。”秀珠笑道:“你们的汽车很大,把我带进城去好不好?”刘宝善道:“白小姐,不是坐汽车来的吗?”秀珠指着梅丽道:“是坐她府上车子来的。她和她令兄,还要在这里玩一会儿。我想起一桩事来了,正要回去,又不好叫人家一来就送我走。现在你一回去,真再巧也没有了。”刘宝善夫妇,哪里知道内中情由,自然很欢迎的。梅丽又是孩子脾气,心想,你和七哥拌了两句嘴也不值得发气先走,你要走,就让你走,我不留你,看你怎么样?秀珠对梅丽说道:“我们过天见罢。”说毕,竟和刘氏夫妇走了。梅丽也没作声,只是笑着点下一点头。一会儿工夫,燕西自山边兜了一个圈子回来,只见梅丽一人坐在这里,便问:“秀珠哪里去了?”梅丽忍不住气,少不得又添上几句话,说她赌气坐刘家的车子走了，以后不要和你见面呢。燕西道："那要什么紧？"说毕，冷笑了一声道："扫兴极了，回去罢。"梅丽觉得也是没趣，赞成燕西的提议，就坐车回家。

一进门，只见许多卖花的，一挑一挑的尽是将开的芍药，往里面送。燕西道："家里几个花台子的芍药，都在开了，这还不够，又买这些。"旁边早有听差答应说："七爷，你是不很大问家事，不知道呢。总理就定了后天，在家里请客看芍药，总理请过之后，就是大爷大少奶请客。这些花都是预备请客用的。"燕西听说，很是欢喜，便问梅丽道："你怎样也不告诉我一声？"梅丽道："我猜你总知道了，所以没对你说。这个事你都会不知道，也就奇了。"燕西道："请的是些什么人？自然男客女客都有了。"梅丽道："这个我不晓得，你去问大哥。"燕西一头高兴，径直就到风举院子里来，偏是他夫妇二人都不在家。一走进院子门，里面静悄悄的，一个老妈子，手上拿着一片布鞋底，带着一道长麻线，坐在廊檐下打盹儿。小怜一掀门帘子，从里面刚冲出半截身子来，看见燕西，哟了一声，又缩进去了。燕西问道："小怜，大爷在家吗？"小怜在屋子里道："你别进来吧，大爷大少奶奶都不在家。"那老妈子被他两人说话的声音惊醒。赶紧站了起来，叫了一声七爷，说道："你好久也没上这边来了。"一面说着，一面替他掀帘子。燕西一面进来，一面说道："好香！好香！谁在屋子里洒上这些香水？"小怜在里面屋子里走出来，说道："你闻见香吗？"燕西道："怎样不闻见？我鼻子又没有塞住。"小怜道："糟了！大爷回来，一定要骂的。"燕西道："屋子里香，骂你做什么？"小怜笑道："告诉你也不要紧，是我偷着大少奶奶的香水，在手绢上洒了一点，不想不留神，把瓶子砸下，洒了满地。"燕西道："砸了的瓶子呢？"小怜道："破瓶子我扔了，外面的纸匣子，还在我那里。"燕西道："你拿来我瞧瞧。"小怜不知道他是什么用意，当真拿来了。燕西一看，乃是金黄色的，上面凸起绿色的堆花，满沿着金边。花下面，有一行花的法文金字。燕西道："我猜呢，就是这个，你这个乱子大了。这是六小姐的朋友在法国买来的，共是一百二十个法郎一瓶。六小姐共总只有三瓶，自己留下一瓶，送了一瓶给大少奶奶，那一瓶是我死乞白赖要了去了。你现在把这瓶东西全洒了，她回来要不骂你，那才怪呢。"小怜笑道："你又骇吓人，没有一瓶香水值那些钱的。"燕西道："法国值整千法郎的香水还有呢，你不信，就算了，等大少奶奶回来，看她说些什么。你洒了她别样香水，洒了就洒了。这个洒了，北京不见得有，她不心疼钱，也要心疼短了一样心爱的东西呀。你看我这话对不对？"小怜道："你这话倒是，怎么办呢?”燕西便对老妈子道:“你去看看六小姐在家里没有?”老妈子答应着去了。小怜道:“你叫她去看六小姐做什么?”燕西笑道:“让她走了,我有一句话,要和你说说。”小怜一顿脚,说道:“嘿!人家正在焦心,你还有工夫说笑话。”燕西笑道:“你自己先捣鬼,我还没说,你怎就知道我是说笑话呢?我告诉你吧,我那瓶香水,还没有动,我送给你,抵那瓶的缺,你看好不好?”小怜道:“好好!七爷明天有支使我的时候,一叫就到。”燕西道:“你总得谢谢我。”小怜合着巴掌,和燕西摇了两下,说道:“谢谢你。”燕西道:“我不要你这样谢,你送我一条手绢得了。”小怜道:“你还少了那个?我的手绢都是旧的。”燕西道:“旧的就好。你先把手绢拿来,一会儿你到我那里拿香水就是了。”小怜红着脸在插兜里掏出一条白绫手绢,交给燕西道:“你千万别对人说是我送给你的。”燕西道:“那自然,我哪有那样傻。”说时,隔着竹帘子,已见老妈子回来了。燕西道:“六小姐不在屋子里吧?我去找她去。”说着,便走下。

一会工夫,小怜当真到燕西这里来,取那瓶香水。燕西给了她香水之外,又给了她一条青湖绉手绢。小怜道:“我又没有和你要这个,你送给我做什么?我不要。”燕西道:“你为什么不要?你要说出一个缘故来,就让你不要。”小怜道:“我不要就不要,有什么缘故呢?”燕西就把手绢,乱塞她手上,非要她带去不可。小怜捏着手绢,就跑走了。燕西再要叫住她时,忽听得后面有人叫了一声老七。燕西回头看时,乃是大嫂吴佩芳从外面回来了。燕西道:“我正找你呢,你倒回来了。”佩芳道:“我刚才看见一个人走这里过去了,是不是小怜?”燕西道:“我刚从房里出来,没留神。”佩芳笑了一笑,也就不往下说,只问:“找我为什么事?”燕西道:“听说你们要大请客呢,请些什么人,怎样请法?”佩芳道:“这关乎你什么事?你要问它。”燕西笑道:“自然我也要加入,给你招待来宾。”佩芳道:“我们是双请的,招待员应该也要成双作对。秀珠妹妹能来吗?”燕西道:“她和我有什么关系?你千万别请她,你请了她,我就不到。”佩芳道:“这个样子,小两口儿又吵嘴了?人家没过门的小媳妇,比蜜也似的甜,没有看见你两个人,总是闹别扭。”燕西道:“不是闹别扭,人家本和我没有关系。”佩芳笑道:“这好像是真生了气呢。是怎样吵嘴的?你说给我听听,让我来评评这个理。”燕西道:“没有闹,也没有生气,我说什么呢。”佩芳道:“不能够,若是你两人没有生气,你不会说这个话。”燕西道:“你去问梅丽就知道了。”佩芳笑道:“可不是!我猜你两人,又打起吵子来了。”佩芳说时,见走廊上的电灯,已经亮着,便道："你别走，回头咱们一块儿吃晚饭，我有话和你说。"原来他们家里，上学的上学，上衙门的上衙门，头齐脚不齐，吃饭的时间，就不能一律。金太太就索性解放了，叫儿女媳妇们自己去酌定，愿意几个人一组的，就几个人组一个团体，也不用上饭厅了，愿意在哪里吃就在哪里吃。这样一来，要吃什么，可以私下叫厨子添菜，也不至于这个人要吃辣的，有人反对，那个要吃酸的，也有人反对，总是背地大骂厨子。所以他们家里，除了生日和年节而外，大家并不在一处吃饭的。结果，三个太太三组，金铨是三个太太的附属品，一处一餐，三对儿媳三组，三个小姐一组，七少爷一人一组。他们有时高兴起来，哥哥和妹妹，嫂嫂和小叔子，也互相请客。今天佩芳叫燕西吃饭，也就是小请客了。燕西皱眉道："照说大嫂吩咐，我不能不来，可是大哥那个碎嘴子，吃起饭来，不够受罪的。"佩芳笑道："我早就猜到你心眼里去了，你必定要推辞的。你大哥今天晚上公宴他们的总次长，不在家里吃饭了。"燕西道："那我一定来，请你赶快叫厨子添两样好吃的罢。"佩芳道："那自然，你一会儿就来罢。"

佩芳回到屋子里，只闻见一阵浓厚的香味，用鼻子着实嗅了一阵，便说道："这又是小怜这东西做出来的。我出去了，就偷我的香水使。这也不知道洒了多少，满屋子都香着呢。"小怜在屋里走出来答应道："香水倒是洒了，不是少奶奶的，是我自己的一瓶呢。"佩芳又嗅了一阵，说道："你别瞎说了。这种香味，我闻得出来，不是平常的香味，你不要把我那瓶法国香水洒了吧？"小怜道："没有没有，不信，少奶奶去看看，那瓶香水动了没有？"佩芳见她这样说，也就算了，便叫老妈子到厨房里去，招呼厨子添两样时新些的菜。

一会子工夫燕西来了。小怜却捏着一把汗，心想，不要他送我香水的事，少奶奶已经知道了。燕西进来，坐在中间屋里，隔着壁子问道："大嫂，你说有话和我说，请我吃饭，有什么差事要我当吧？"佩芳在里面道："照你这样说，我的东西，非有交换条件，是得不到吗？"燕西笑道："这又不是我说的，原是你言明有话说，请我吃饭呢。"佩芳道："话自然有话说，不见得就支使你当差事呀。"说时，佩芳换了一件短衣服出来，一面扣着肋下的纽扣，一面低着头望一望胸前。燕西道："大嫂也是那样小家子气象，回来就把衣服换了。其实时兴的衣服，不应该苦留。我看见许多人，看见时兴什么，就做什么，做了呢，以为是称心的东西，舍不得穿，老是搁着。将来动还没动呢，又不时兴，只好重改一回，留在家里随便穿，另外做时兴的。做了时兴的，还是照样办，这一辈子，也穿不了改做的衣服呢。”佩芳道：“我倒不是舍不得衣服，穿着长衣服，怪不方便的。我们的长袍，又不像你们的长衫，腰身和摆都要做得极小。走起路来，迈不开步。穿短衣服，就自由得多了。”燕西道：“这倒是实话。不过长衣服，在冬天里是很合宜。第一就是两只胳膊省得冻着。”佩芳笑道：“我看你很在这些事上面用功，一个年青青儿的人，不干些正经事，太没有出息。”燕西笑道：“这是大嫂自己引着人家说呢，这会子又说人家不正经了。”说时，厨子已经送着菜饭来，小怜就揭开提盒，一样一样，放在小圆桌上。面对面，放着两份杯筷。燕西道：“又要杯子做什么？”佩芳道：“我这里还有点子香槟酒，请你喝一杯。我也不能为你特意买这个，是你哥哥替部里买的，带了两瓶回来。”当时小怜拿着酒瓶子出来，斟上了一杯，放在左边，对燕西道：“七爷这儿坐。”燕西欠了一欠身子，笑道：“劳驾！”佩芳道：“老七这样客气。”燕西道：“到你这儿来了，我总是客，当然要客气些。”佩芳点头微笑，便和燕西对面坐着饮酒，对小怜道：“你去把我衣服叠起来，不用你在这里。”小怜答应着去了。佩芳问燕西道：“你看这丫头，还算机灵吗？”燕西道：“知臣莫若君。你的人，你自己应该知道，问我做什么？”佩芳道：“我自己自然知道，但是我也要问问人，究竟怎么样？”燕西笑道：“强将手下无弱兵，自然是好的。”佩芳端着酒杯，抿着嘴呷了一口，一个人微笑。燕西道：“大嫂什么事快活，由心里乐出来？”佩芳道：“我乐你呢！”燕西道：“我有什么可笑的？”佩芳回转头望一望，见老妈子也不在面前，便对燕西笑道：“你不是喜欢小怜吗？我说叫她伺候你，也不止一回了。她呢，那不必说，是你刚说的话，由心眼里乐出来。现在是两好并一好，我叫她去伺候你，你看好不好？”燕西笑道：“大嫂，是这样说笑话，真成了《红楼梦》的宝二爷，没结婚的人要丫头伺候着。恐怕只这一句话，我够父亲一顿骂了。其实你误会了，我不但对小怜是这样，对玉儿、秋香都是这样。因为他们都是可怜虫，不忍把他们当听差和老妈子一样支使。你就在这上面疑心我，不是冤枉吗？这个话，我原不肯说出来，因为你一再地挑眼，我不得不说了。”佩芳道：“你以为我请你吃饭，是和你讲理来了吗？你才是多心呢。我老实告诉你吧，我已经不愿留着她了，因为你心疼她，所以我说让你去支使。你若是不要，我就要把她送走的。”燕西心想，这为什么？莫非就为的那瓶香水吗？可是她一进门碰着我，就请我吃饭，并没有知道这回事啦，便笑道：“我看你主仆二人，感情怪好的，她有什么事不对，你说她两句就得了。她很调皮的，你一说，第二回就绝不会错了。”佩芳正伸着筷子，拣那凉拌笋里面的虾米吃。于是竖拿着筷子，对燕西指点着笑道："听你这口气，是怎样地卫护她？"燕西笑道："我这是老实话，怎么算是卫护着她？这个我也不要去多说，我来问你，你为什么一定要把她送走？"佩芳道："傻子！连女大不中留这句话，你都不知道吗？"燕西道："既然不中留，送到我那里去，就中留了吗？前两年呢，她是一个小孩子，说让她给我做做事，那还说得过去。现在她十六七岁了。"佩芳道："十六七岁要什么紧？我没来的时候，你大哥就爱使唤丫头。"燕西笑道："那倒是真的，那个时候，老人有些红楼迷，专门学贾宝玉。父亲又在广东，家里由他闹，母亲是不管的。"佩芳道："可不是！我就为他这种脾气，不敢让小怜在我这院子里待着。我本来想叫她去伺候母亲，她老人家有个小兰呢，或者不受。"燕西起先是把佩芳的话，当着开玩笑，现在听她的口音，明白了十成之八九，原来他们主仆，在那里实行演三角恋爱，她是故意做圈套气凤举的。从前对小怜有意无意之间，还可以怜惜怜惜她，而今明白了内幕，还应该避嫌才是呢。当时燕西，低头喝酒吃菜，没有作声。佩芳笑道："心里自然是愿意，只是不好意思答应罢了，其实只要你答应一句话，我给你保留着。等你结了婚，再让她伺候你也成。你不要以为你哥哥会怪你，这是我的人，我爱怎么办，就怎么办。"燕西一时是心里明白，口里苦说不出来，只得笑笑。恰好老妈子、小怜都来了，两人就把谈锋止住，只说些别的事。吃完了饭，燕西就说要找人，便溜出来了。心想，我最怕是和老大搅麻烦，我还敢惹他吗？因此两天之内，不敢上佩芳院子里去，也不敢找小怜做事了。

（选自《金粉世家》，北岳文艺出版社 2000 年 1 月 1 版）

啼笑因缘（节选）

第一回　豪语感风尘倾囊买醉
哀音动弦索满座悲秋

相传几百年下来的北京，而今改了北平，已失去那“首善之区”四个字的尊称。但是这里留下许多伟大的建筑和很久的文化成绩，依然值得留恋。尤其是气候之佳，是别的都市，花钱所买不到的。这里不像塞外那样苦寒，也不像江南那样苦热，三百六十日，除了少数日子刮风刮土而外，都是晴朗的天气。论到下雨，街道泥泞，房屋霉湿，日久不能出门一步，是南方人最苦恼的一件事。北平人遇到下雨，倒是一喜。这就因为一二十天，遇不到一场雨，一雨之后，马上就晴，云净天空，尘土不扬，满城的空气，格外新鲜。北平人家，和南方人是反比例，屋子尽管小，院子必定大。天井二字，是不通用的。因为家家院子大，就到处有树木。你在雨霁之后，到西山去向下一看旧京，楼台宫阙，都半藏半隐，夹在绿树丛里，就觉得北方下雨，是可欢迎的了。南方怕雨，又最怕的是黄梅天气，由旧历四月初以至五月中几乎天天是雨。可是北平呢，依然是天晴，而且这边的温度低。那个时候，刚刚是海棠开后，杨柳浓时，正是黄金时代，不喜游历的人，此时也未免要看看三海，上上公园了。因为如此，别处的人，都等到四月里，北平各处的树木绿遍了，然后前来游览。就在这个时候，有个很会游历来的青年，他由上海到北京游历来了。

这是北京未改北平的前三年，约莫是四月的下旬，他住在一个很精致的上房里。那屋子是朱漆漆的，一带走廊，四根红柱落地；走廊外，是一个很大的院子，凭空架上了一盘紫藤花。那花像绒球一般，一串一串，在嫩黄的叶丛里下垂着。阶上沿走廊摆了许多盆夹竹桃,那花也开的是成团地拥在枝上。这位青年樊家树,靠住了一根红柱,眼看着架上的紫藤花,被风吹得摆动起来,把站在花上的蜜蜂,甩了开去,又飞转来,很是有趣。他手上拿了一本打开而又卷起来的书,却背了手放在身后。院子里静沉沉的,只有蜜蜂翅膀震动的声音,嗡嗡直响。太阳穿过紫藤花架,满地起了花纹,风吹来,满地花纹移动,却有一种清香,沾人衣袂。家树觉得很适意,老是站了不动。

这时过来一个听差道:"表少爷!今天是礼拜,怎样您一个人在家里?"家树道:"北京的名胜,我都玩遍了。你家大爷大奶奶昨天下午就要我到西山去,我是前天去过的,不愿去,所以留下来了。刘福!你能不能带我到什么地方去玩?"刘福笑道:"我们大爷要去西山,是有规矩的,礼拜六下午去,礼拜一早上回来。这一次您不去,下次他还是邀您。外国人是这样办的,不懂我们大爷也怎么学上了!其实,到了礼拜六、礼拜日戏园子里名角儿露了;电影院也换片子,正是好玩。"家树道:"我们在上海租界上住惯了那洋房子,觉得没有中国房子雅致。这样好的院子,你瞧,红窗户配着白纱窗,对着这满架的花,像图画一样,在家里看看书也不坏。"刘福道:"我知道表少爷是爱玩风景的。天桥有个水心亭,倒可以去去。"家树道:"天桥不是下层社会里人去的地方吗?"刘福道:"不,那里四围是水,中间有花有亭子,还有很漂亮的女孩子在那里清唱。"家树道:"我怎样从没听到说有这样一个地方?"刘福笑道:"我决不能冤你。那里也有花棚,也有树木,我就爱去。"家树听他说得这样好,便道:"在家里也很无聊,你给我雇一辆车,我马上就去。现在去,还来得及吗?"刘福道:"来得及,那里有茶馆,有饭馆,渴了饿了,都有地方休息。"说时他走出大门给樊家树雇了一辆人力车,就让他一人上天桥去。樊家树平常出去游览,都是这里的主人翁表兄陶伯和相伴,到底有些拘束。今天自己能自由自在地去游玩一番,比较地痛快,也就不嫌寂寞,坐着车子,直向天桥而去。到了那里,车子停住。四周乱哄哄的,全是些梆子胡琴及锣鼓之声。在自己面前,一路就是三四家木板支的高楼,楼面前挂了许多红纸牌,上面用金字或黑字标着:什么狗肉缸,娃娃生;又是什么水仙花、小牡丹合演《锯砂锅》。给了车钱,走过去一看,门楼边牵牵连连,摆了许多摊子。就以自己面前而论,一个大平头独轮车,车板上堆了许多黑块,都有饭碗来大小,成千成百的苍蝇,只在那里乱飞。黑块中放了二把雪白的刀,车边站着一个人,拿了黑块,提刀在一块木板上一顿乱切,切了许多紫色的薄片,将一小张污烂旧报纸托着给人,大概是卖酱牛肉或熟驴肉的了。又一个摊子,是平地放了一口大铁锅,锅里有许多漆黑绵长一条条的东西,活像是剥了鳞的死蛇,盘满在锅里,一股又腥又臭的气味,在锅里直腾出来,原来那是北方人喜欢吃的煮羊肠子。家树皱一皱眉头,转过身去一看,却是几条土巷,巷子两边,全是芦棚,前面两条巷,远远望见,芦棚里挂了许多红红绿绿的衣服,大概那是最出名的估衣街了。这边一个小巷,来来往往的人极多,巷口上,就是在灰地上摆了一堆的旧鞋子;也有几处是零货摊,满地是煤油灯、洋瓷盆、铜铁器。由此过去,南边是芦棚店,北方一条大宽沟,沟里一片黑泥浆,流着蓝色的水,臭气熏人。家树一想:水心亭既然有花木之胜,当然不在这里。又回转身来,走上大街,去问一个警察。警察告诉他,由此往南,路西便是水心亭。

北京城是个四四方方的地方,街巷都是由北而南,由东而西。人家的住房,也是四方的四合院。所以到此的人,无论老少,都知道四方,谈起来不论上下左右,只论东西南北。家树听了他的话,向前直走,将许多芦棚地摊走完,便是一片旷野之地。马路的西边有一道水沟,虽然不清,倒也不臭。在水沟那边,稀稀的有几棵丈来长的柳树。再由沟这边到向那边,不能过去,南北两头,有两架子板木桥。桥头上有个小芦棚子,那里摆了一张小桌,两个警察守住。过去的人,都在桥这边掏四个铜子,买一张小红纸进去。这样子,就是买票了。家树到了此地,不能不去看看,也就掏了四个子买票过桥。到了桥那边,平地上挖了一些水坑,里面种了水芋之属,并没有花园。过了水坑,有五六处大芦棚,里面倒有不少的茶座。一个棚子里都有一台杂耍。穿过这些芦棚,又过一道水沟;这里倒有一所浅塘,里面新出了些荷叶。荷塘那边,有一片木屋,屋外斜生着四五棵绿树,树下一个倭瓜架子,牵着一些瓜豆蔓子。那木屋是用蓝漆漆的,垂着两副湘帘,顺了风,远远地就听到一阵管弦丝索之声。家树一想:这地方多少还有点意思,且过去看看,顺着一条路走去。那木屋向南敞开,对了先农坛一带红墙,有一丛古柏,屋子里摆了几十副座头,正北有一座矮台,有七八个花枝招展的大鼓娘,在那里坐着,依次唱大鼓书。家树本想坐下休息片刻,无奈所有的座位人都满了,于是折转身就走回来。所谓"水心亭",不过如此。这种风景,似乎也不值留恋。先是由东边进来的,这且由西边出去。到了这里,一排都是茶棚,穿过茶棚,人声喧嚷,远远一看,有唱大鼓书的,有卖解的,有摔跤的,有弄口技的,有说相声的。左一个布棚,外面围住一圈人,右一个木棚,也围住一圈人。这倒是真正的下层社会俱乐部。北方一个土墩，围了一圈人，笑声最烈。家树走上前一看，只见一根竹竿子，挑了一块破蓝布，脏得像小孩子用的尿布一般。蓝布下一张小桌子，有三四个小孩子围着打锣鼓拉胡琴，蓝布一掀，出来一个四十多岁的黑汉子，穿一件半截灰布长衫，拦腰虚束了一根草绳，头上戴了一个烟卷纸盒子制的帽子，嘴上也挂了一挂黑胡须。其实不过四五十根马尾，他走到桌子边一瞪眼，看的人就叫好，他一伸手摘下胡子道："我还没唱，怎么样就叫起好来？胡琴赶来了，我来不及说话。"说着马上挂起胡子又唱起来。大家看见，自是一阵笑，家树觉得有趣，尽管站了看下去。站了半天，觉得有些乏。回头一看，有一家茶馆，倒还干净，就踏了进去，找个座位坐下。那柱子上贴了一张红纸条，上面大书一行字："每位水钱一枚。"家树觉得很便宜。是有生以来所不曾经过的茶馆了。走过来一个伙计，送一把白瓷壶在桌上，问道："先生！带了叶子没有？"家树答没有。伙计道："给你沏钱四百一包的吧！香片？龙井？"这是北京人喝茶叶，不是论斤两，乃是论包的。一包茶叶，大概有一钱重。平常是论几个铜子一包，又简称几百一包。一百就是一个铜板，茶不分名目，泡过的茶叶，加上茉莉花，名为香片；不曾泡过，不加花的，统名之为龙井。家树虽然是浙江人，来此多日，很知道这层缘故，当时答应了龙井两个字，因道："你们水钱只要一个铜子，怎样倒花了四个铜子卖茶叶给人喝？"伙计笑道："你是南边人，不明白，你自己带叶子来，我们只要一枚。你要是吃我们的茶叶，我们还只收一个子儿水钱，那就非卖老娘不可了。"家树听他这话，笑道："要是客人都带叶子来，你们全只收一个子儿水钱，岂不要大赔钱？"伙计听了，将手向后方院子一指，笑道："你瞧我们这儿是不靠卖水的。"家树向后院看去，那里有两个木架子，插着许多样武器，胡乱摆了一些石墩石锁，还有一副千斤担，院子里另外有重屋子，有一群人在那里品茗闲谈。屋子门上，写了一幅横额贴在那里，乃是"以武会友"。就在这时候，有人走了出来，取架子上的武器，在院子里舞练。家树知道了，这是一般武术家的俱乐部。家树在学校里，本有一个武术教员，教练武术，想来对此感到有些趣味，现在遇到这样的俱乐部，有不少的武术，可以参观，很是欢喜。索性将座位挪了一挪，靠近后院的扶栏，先是看见有几个壮年人在院子里，练了一会儿刀棍，最后走出来一个五十上下的老者，身上穿一件紫花布汗衫，横腰系了一根大板带。板带上，挂了烟荷包小褡裢；下面是青布裤，裹腿布系靠了膝盖，远远地就一摸胳膊，精神抖擞。走近来，见他长长的脸，一个高鼻子，嘴上只微微留几根须，他一走到院子里，将袖子一阵卷，先站稳了脚步，一手提着一只石锁，颠了几颠，然后向空中一举，举起来之后，往下一落，一落之后，又往上一举。看那石锁，大概有七八十斤一只，两只就一百几十斤。这向上一举，还不怎么出奇，只见他双手向下一落，右手又向上一起，那石锁飞了出去，直冲过屋脊。家树看见，先自一惊，不料那石锁刚过屋脊，照着那老人的头顶，直落下来，老人脚步动也不曾一动，只是头微微向左一偏，那石锁平平稳稳落在他右肩上；同时，他把左手的石锁抛出，也把左肩来承住。家树看了，不由暗地称奇。看那老人，倒行所无事，轻轻地将两只石锁向地下一扔。

在场的一班少年，于是吆喝一阵，还有两个叫好的。老人见人家称赞他，只是微微一笑。有一壮年汉子，坐在那千斤担的木杠上笑道："大叔！今天你很高兴，玩一玩大家伙吧。"老人道："你先玩着给我瞧瞧。"那汉子果然一转身双手拿了木杠，将千斤担拿起，慢慢提起，平齐了双肩，咬着牙，脸就红了，他赶紧弯腰，将担子放下，笑道："今天乏了，更是不成。"老人道："瞧我的吧。"走上前，先平了手将担子提着平了腹，顿了一顿，反这手向上一举，平了下颏，又顿了一顿，两手伸直，高举过顶。这担子两头是两个大石盘，仿佛像两片磨石，木杠有茶杯来粗细，插在石盘的中心。一个磨石，看上去总有二百斤重，加上安在木杠的两头，更是吃力。这一举起来，总有四五百斤气力，才可以对付。家树不由自主地拍着桌子叫了一声："好！"那老人放下千斤担，一看家树，穿了一件蓝湖绉夹袍，在大襟上挂了一个自来水笔的笔插，白净的面孔，架了一副玳瑁边圆框眼镜，头上的头发虽然分齐，却又卷起有些蓬乱，这分明是个贵族式的大学生，何以会到此地来？不免又看家树两眼。家树以为人家是要招呼他，就站起来笑脸相迎。那老人笑道："先生！你也爱这个吗？"家树笑道："爱是爱，可没有这种力气，这个千斤担，亏你举得起。贵庚过了五十吗？"那老人微笑道："五十几，望来生了！"家树道："这样说过六十了。六十岁的人，有这样大力气，真是少见！贵姓是？"那人说是姓关。家树便斟了一杯茶，和他坐下来谈话，才知道他名关寿峰，是山东人，在京中做外科大夫为生。便问家树姓名，怎样会到这种茶馆里来？家树告诉了他姓名，又道："家住在杭州。因为要到北京来考大学，现在补习功课。住在东四三条胡同表兄家里。"寿峰道："樊先生！这很巧，我们还是街坊啦。我也住在那胡同里，你是多少号门牌？"家树道："我表兄姓陶。"寿峰道："是那红门陶宅吗？那是大宅门啦！听说他们老爷太太都在外洋。"家树道："是，那是我舅舅。他是一个总领事，带我舅母去了。我的表兄陶伯和，现在也在外交部有差事。不过家里还可过，也不算什么大宅门。你府上在哪里？"寿峰哈哈大笑道："我们这种人家，哪里去谈府上啦！我住的地方，就是个大杂院，你是南方人，大概不明白什么叫大杂院，这就是说一家院子里，住上十几家人家，做什么的都有。你想这样的地方，哪里安得上府上两个字？"家树道："那也不要紧，人品高低，并不分在住的房子上。我也很喜欢谈武术的，既然同住在一个胡同，过一天一定过去奉看大叔。"

寿峰听他这样称呼，站了起来，伸着手将头发一顿乱搔，然后抱着拳连拱几下，说道："我的先生！你是怎样称呼啊？我真不敢当，你要是不嫌弃，哪一天我就去拜访你去。"又道，"说到练把式，你要爱听，那有的是……"说时，一拍肚腰带道，"可千万别这样称呼。"家树道："你老人家，不过少几个钱，不能穿好的，吃好的，办不起大事，难道为了穷，把年岁都丢了不成？我今年只二十岁，你老人家有六十多岁，大我四十岁，跟着你老人家叫一句大叔，那不算客气！"寿峰将桌子一拍，回头对在座喝茶的人道："这位先生爽快，我没有看见过这样的少爷们。"家树也觉着这老头子很爽直，又和他谈了一阵，因已日落西山，就给了茶钱回家。到了陶家，那个听差刘福进来伺候茶水，便问道："表少爷！水心亭好不好？"家树道："水心亭倒也罢了，不过我在小茶馆里认识了一个练武的老人家谈得很好，我想和他学点本事，也许他明后天要来见我。"刘福道："唉！表少爷！你初到此地来，不懂这里的情形。天桥这地方，九流三教，什么样子的人都有，怎样和他们谈起交情来了？"家树道："那要什么紧？天桥那地方，我看虽是下层社会的人聚合之所，其中好人可也不少，这老头子人就极爽快，说话很懂情理。"刘福微笑道："走江湖的人，有个不会说话的吗？"家树道："你没有看见那人，你哪里知道那人的好坏？我知道，你们一定要看见坐汽车带马弁的，那才是好人。"刘福不敢多事辩驳，只得笑着去了。

到了次日上午，这里的主人陶伯和夫妇，已经由西山回来。陶伯和在上房休息了一会，赶着上衙门；陶太太又因为上午有个约会，出门去了。家树一个人在家里，也觉得很是无聊，心想既然约会了那个老头子要去看看他，不如就趁今天无事，了却这一句话，管他是好是坏，总不可失信于他，免得他说我瞧不起人。昨天关寿峰也曾说到，他家就住在这胡同东口，一个破门楼子里，门口有两棵槐树，是很容易找的。于是随身带了些零碎钱，出门而去。走到胡同东口，果然有这样一个所在。他知道北京的规矩，无论人家大门是否开着，先要敲门才能进去的。因为门上并没有什么铁环之类，只啪啪地将门敲了两下。这时出来一个姑娘，约莫有十八九岁，挽了辫子在后面梳着一字横髻，前面只有一些很短的刘海，一张圆圆的脸儿，穿了一身的青布衣服，衬着手脸倒还白净，头发上拖了一根红线，手上拿了一块白十字布，走将出来。她见家树穿得这样华丽，便问道："你找谁？这里是大杂院，不是住宅。"家树道："我知道是大杂院，我是来找一个姓关的。不知道在家没有？"那姑娘对家树浑身上下打量了一番，笑道："我就姓关，你先生姓樊吗？"家树道："对极了。那关大叔……"姑娘连忙接住道："是我父亲。他昨天晚上一回来就提起了。现在家里，请进来坐。"姑娘在前面引导，引到一所南屋子门口就叫道："爸爸快来，那位樊先生来了。"寿峰一推门出来了，连连拱手道："哎哟！这还了得。实在没有地方可坐。"家树笑道："不要紧的。我昨天已经说了，大家不要拘形迹。"关寿峰听了，便只好将客向里引。家树一看屋子里面，正中供了一幅画的关羽神像。一张旧神桌，摆了一副洋铁五供，壁上随挂弓箭刀棍，还有两张獾子皮，下边一路壁上，挂了许多一束一束的干药草，还有两个干葫芦。靠西又一张四方旧木桌，摆下许多碗罐，下面紧靠放了一个泥炉子。靠东边陈设了一张铺位，被褥虽是布的，却还洁净。东边一间房，挂了一个红布门帘子，那红色也半成灰色了。这样子，父女二人，就是这两间屋了。寿峰让家树坐在铺上，姑娘就进屋去捧了一把茶壶出来。笑道："真是不巧，炉子灭了，到对过小茶馆里找水去。"家树道："不必费事了。"寿峰笑道："贵人下降贱地，难道茶都不肯喝一口？"家树道："不是那样说，我们交朋友，并不在乎吃喝，只要彼此相处得来，喝茶不喝茶，那是没有关系的。不客气一句话，要找吃找喝，我不会到这大杂院里来了。没有水，就不必张罗了。"寿峰道："也好，就不必张罗了。"那姑娘捧了一把茶壶，倒弄得进退两难。她究竟觉得人家来了，一杯茶水都没有，太不成话。还是到小茶馆里沏了一壶水来了。找了一阵子，找出一只茶杯，一只小饭碗，斟了茶放在桌上，然后轻轻地对家树道："请喝茶！"自进那西边屋里去了。寿峰笑道："这茶可不必喝了。我们这里，不但没有自来水，连甜井水都没有的。这是苦井的水，可带些咸味。"姑娘就在屋子里答道："不，这是在胡同口上茶馆里沏来的，是自来水呢。"寿峰笑道："是自来水也不成。我们这茶叶太坏呢！"当他说时，家树已经捧起茶杯喝了一口，笑道："人要到哪里说哪里话。遇到喝咸水的时候，自然要喝咸水；在喝甜水的时候,练习练习咸水也好。像关大叔是没有遇到机会罢了,若是早生五十年,这样大的本领,不要说做官,就是到镖局里走镖,也可顾全衣食。像我们后生,一点能力没有,靠着祖上留下几个钱,就是穿好的,吃好的,也没有大叔靠了本事,喝一碗咸水的心安。"说到这里,只听见扑通一下响,寿峰伸开大手掌,只在桌上一拍,把桌上的茶碗都震倒了,昂头一笑道:"痛快死我了。我的小兄弟!我没遇到人说我说得这样中肯的。秀姑!你把我那钱口袋拿来,我要请这位樊先生去喝两盅,攀这么一个好朋友。"姑娘在屋子里答应了一声,便拿出一个蓝布小口袋来,笑道:"您可别请人家樊先生上那山东二荤铺,我这里今天接来做活的一块钱,您也带了去。"寿峰笑道:"樊先生你听,连我闺女都愿意请您,您千万别客气。"家树笑道:"好,我就叨扰了。"关寿峰将钱口袋向身上一揣,就引家树出门而去。走到胡同口,有一家小店,是窄小的门面,进门是煤灶,煤灶上放了一口大锅,热气腾腾,一望里面像一条黑巷。寿峰向里一指道:"这是山东人开的二荤铺,只卖一点面条馒头的,我闺女怕我请你上这儿哩。"家树点了头笑笑。上了大街,寿峰找了一家四川小饭馆,二人一同进去。落座之后,寿峰先道:"先来一斤花雕。"又对家树道,"南方菜我不懂,请你要,多了吃不下,也不必,可是少了不够吃,为客气,心里不痛快,也没意思。"家树因这人脾气是豪爽的,果然就照他的话办。一会酒菜上来,各人面前放着一只酒杯。寿峰道:"樊先生!你会喝不会喝,会喝,敬您三大杯;不会喝,敬您一杯。可是要说实话。"家树道:"三大杯可以奉陪。"寿峰道:"好!大家尽量喝,我要客气,是个老混账。"家树笑着,陪他先喝了三大杯。老头子喝了几杯酒,一高兴,就无话不谈。他自道年壮的时候,在口外当了十几年的绿林豪客,因为被官兵追剿,妇人和两个儿子,都杀死了。自己只带得这个女儿秀姑,逃到北京来,洗手不干了。自己当年在绿林做强盗,也未曾杀过一个人,还落个家败人亡。杀人的事,更是不能干,所以在北京改做外科医生,做救人的事,以补自己的过。秀姑是两岁到北京来的,现在有二十一岁,自己洗手已二十年了。好在他们喝酒的时候,不是上座之际,楼上无人,让寿峰谈了一个痛快,话谈完了,他那一张脸直像家里供的关神一样了。家树道:"关大叔!你不是说喝醉为止吗?我要醉了,你怎么样?"寿峰突然站起来,身子晃了两晃,两手按住桌子笑道:"三斤了,该醉了。喝酒本来只应够量就好,若是喝了酒又去乱吐,那是作孽了,什么意思,得!我们回去,有钱下次再喝。"当时伙计一算账,寿峰掏出口袋里钱,还多京钱十吊(注:铜圆一百枚),都倒在桌上,算了伙计的小费了。家树陪他下了楼,在街上要给他雇车。寿峰将胳膊一扬,笑道:“小兄弟!你以为我醉了?笑话。”昂着头自去了。从这天起,家树和他常有往来,又请他喝过几回酒,并且买了些布匹送秀姑做衣服。只是一层,家树常去看寿峰,寿峰并不来看他。其中三天的光景家树和他不曾见面,再去看他时,父女两个,已经搬走了。问那院子里的邻居他们都说不知道。他姑娘说,是要回山东去。家树本以为这老人是风尘中不可多得的人物,现在忽然隐去,尤其是可怪,心里倒恋恋不舍。

有一天,天气很好,又没有风沙,因就到天桥那家老茶馆里去探关寿峰的踪迹。据茶馆里说:有一天到这里坐了一会,只是唉声叹气,以后就不见他来了。家树听说,心里更是奇怪。慢慢地走出茶馆,顺着这小茶馆门口的杂耍场走去,由这里向南走便是先农坛的外坛。四月里天气,坛里的芦苇,长有一尺来高,一片青郁之色,直抵那远处城墙。青芦里面,路面画出几条黄色大界线,那正是由坛外而去的。坛内两条大路,路的那边,横三右四的有些古柏;古柏中间,直立着一座伸入半空的钟塔。在那钟塔下面,有一片敞地,零零碎碎,有些人作了几堆,在那里团聚。家树一见,就慢慢地走了过去。走到那里看时,也是些杂耍,南边钟塔的台基上,坐下一个四十多岁的人,抱着一把三弦子在那里弹。看他是黄黝黝的小面孔,又长满了一腮短桩胡子,加上浓眉毛深眼眶,那样子是脏得厉害。他身上穿的黑布夹袍,反而显出一条一条的焦黄之色。因为如此,他尽管抱着三弦弹,却没有一个人过去听的。家树见他很着急的样子,那只按弦的左手,上起下落,忙个不了,调子倒是很入耳。心想弹得这样好,没有人理会,实在替他叫屈,不免走上前去,看他如何。那人弹了一会,不见有人向前,就把三弦放下,叹了一口气道:“这个年头儿……”话还没有往下讲,家树过意不去,在身上掏一把铜子给他,笑道:“我给你开开张吧。”那人接了钱,放出苦笑来,对家树道:“先生!你真是好人,不瞒你说,天天不是这样,我有个侄女儿今天还没来……”说到这里,他将右掌平伸,比着眉毛,向远处一看道:“来了,来了!先生你别走,你听她唱一段儿,准不会错。”说话时,来了一个十六七岁的姑娘,面孔略尖,却是白里泛出红来,显得清秀,梳着复发,长齐眉边,由稀稀的发网里,露出白皮肤来。身上穿的旧蓝竹布长衫,倒也干净齐整;手上提着面小鼓和一个竹条鼓架子。她走近前对那人道:“二叔!开张了没有?”那人将嘴向家树一努道:“不是这位先生给我两吊钱,就算一个子儿也投有捞着。”那姑娘对家树点了点头，她一面支起鼓架子，把鼓放在上面，一面却不住地向家树浑身上下打量。看她面上，不免有惊破之色。以为这种地方，何以有这种人前来光顾。那个弹三弦子的，在身边的一个蓝布袋里，抽出两根鼓棍，一副拍板，交给那姑娘。姑娘接了鼓棍，还未曾打鼓一下，早就有七八个人围将上来观看。家树想看这姑娘，究竟唱得怎样，也就站着没有动。

一会儿工夫，那姑娘打起鼓板将三弦子弹了一个过门，然后那个弹三弦子的站了起来笑道："我这位姑娘是初学的几套书，唱得不好，大家包涵一点。我们这是凑付劲儿，诸位就请也上台阶上坐坐吧。现在先让她唱一段《黛玉悲秋》。这是《红楼梦》上的故事，不敢说好，姑娘唱着，倒是对劲。"说毕，他又坐在石阶上弹起三弦子来，重复打起鼓板。她那一双眼睛，不知不觉之间，就在家树身上溜了几回。一见她，先就猜她是个聪明女郎。虽然十分寒素，自有一种清媚态度，可以引动看的人。现在她不住地用目光溜过来，似乎她也知道自己怜惜她的意思，就更不愿走。四周有一二十个听书的，果然分在草地和台阶上坐下。家树究竟不好意思坐，看见身边有一棵歪倒树干的古柏，就踏了一只脚在上面，手撑着脑袋，看了姑娘唱。

这个弹三弦子的，先得了家树两吊钱，这时陪姑娘唱着，更是努力。弦子一个字一个字，弹得十分凄楚，那姑娘垂下了她的目光，慢慢地向下唱。其中有两句是："清清冷冷潇湘院，一阵阵的西风吹动了绿纱窗；孤孤单单的林姑娘，她在窗下暗心想：有谁知道女儿家这时候的心肠？"她唱到末了一句，很长的尾音，目光却在那深深的睫毛里又向家树一转。家树先还不曾料到这对自己有什么意思，现在由她这一句唱上看来，好像对自己说话一般，不由得心里一动。

这种大鼓词，本来是通俗的，那姑娘唱得既然婉转，加上那三弦音调又弹得凄楚，四围听的人，都低了头，一声不响地向下听去。唱完之后几个人站起来扑着身上的土，搭讪着走开，那弹三弦子的，放下乐器，在阶上拿了一个小柳条盘子分向大家要钱。有给一个大子的，有给二个子的，收完之后，也不过十多个子儿。他因为家树站得远一点，刚才又给了两吊钱，原不好意思过来再要，现在将柳条盘子一摇，觉得钱太少，又遥遥对着他一笑，跟着就走上前来。家树知道他是来要钱的，于是伸手就在身上去一掏。不料身上的钱，都已花光，只有几块整的洋钱，人家既然来要钱，不给又不好意思，就毫不踌躇地拿了一块现洋，向柳条盘子里一抛，银圆落在铜板上，当的一声，打了下响。

那弹三弦子的，见家树这样慷慨，喜出望外，忘其所以的，把柳条盘交到左手，蹲了一蹲，垂着右手，就和家树请了一个安。

那个姑娘也露出十分诧异的样子，手扶了鼓架，目不转睛地只向家树望着。家树出这一块钱，原不是示惠，现在姑娘这样看自己，一定是误会了，倒不好意思再看。那弹三弦子的，把一片络腮胡桩子，几乎要笑得竖起来，只管向家树道谢。他拿了钱去，姑娘却迎上前一步，侧眼珠看了家树，低低地和弹三弦子的说了几句。他连点了几下头，却问家树道："你贵姓?"家树道："我姓樊。"家树答这话时，看那姑娘已背转身去，收那鼓板，似乎不好意思，而且听书的人还未散开。自己丢了一块钱，已经够人注意的了，再加以和他们谈话，更不好。说完这句话，就走开了。

由这钟塔到外坛大门，大概有一里之遥，就缓缓地跟着走去。快到外坛门的时候，忽然又人在后面叫道："樊先生!"家树回头看，却是一个大胖子中年妇人追上前来，抬起一只胳膊，遥遥的只管在日影里招手。家树并不认识她，不知道她何以知道自己姓樊？心里好生奇怪，就停住了脚，看她说些什么。要知道她是谁，下回交代。

（选自《啼笑因缘》，北京出版社 1981 年 7 月 1 版）

苏雪林

（1897—1999）

现代著名作家。原名苏小梅，乳名瑞奴、小妹，学名小梅，字雪林，笔名瑞奴、瑞庐、小妹、绿漪、灵芬、老梅等，出生于浙江省瑞安县县丞衙门里。少年时代的苏雪林，有很长一段时间是在安庆度过的。1914 年，父亲为工作方便而迁居安庆。1915 年，苏雪林考入安庆省立初级女子师范，先后就读于安庆的培媛女学、宜城第一女子师范，苏雪林在校期间能诗善画，很引人注目。1919 年，苏雪林毕业后即留在母校附小教书。在这段极短的教书生涯中与庐隐女士相识。

这一年，苏雪林与庐隐结伴同行，离开安庆，考入北京女子高等师范学校国文系。后因升入北京高等女子师范，将名字中的“小”字省去，改为苏梅。1921 年秋前往法国留学。由法回国后，又以字为名，改名苏雪林。她一生从事教育事业，先后在沪江大学、省立安徽大学（安庆）、武汉大学任教，后到台湾师范大学、成功大学任教。她笔耕不辍，一生著述颇丰，被喻为中国文坛的常青树。

棘心（节选）

醒秋在丹乡住了一个多月，曾应她朋友陆芳树女士之召，到郭霍诺波城玩了三四日，领略了多少云容水态，游览了多少古迹名胜，回来之后心旷体轻，精神一爽。暑假后她想到里昂省立女子中学读书，但由圣蒂爱纳天天搭电车进城，未免过于辛苦，便想在城里找个适当的宿所。

她的法文补习教员白朗女士对她说，别墅主人伯克莱小姐在城里开着一个女子补习学校，又有一座寄宿舍，离那中学只有五分钟的路，里面寄寓的中学生甚多，膳宿费并不多。但伯小姐取人，甚为严格，非有人担保不收。如果她愿意去住的话，白朗情愿保证她，因为她原是补习学校的教员，有说话的资格。

醒秋答应了，暑假后便搬进了那个寄宿所。居停深居简出，宿舍中一切的事务都由舍监亚克塞女士招呼。宿舍还有几个修女，有些在厨房里执炊爨之役，有些收拾房间，一个老修女做她们的领袖。马沙修女也由丹乡回来，在厨房里帮忙。

醒秋进了宿舍之后，才知道这地方带点宗教性质。饭厅隔壁，即醒秋寝室的对面，有一个小小的经堂。里面祭台灯烛，设备亦极庄严，信教的寄宿生每晚进去祈祷。

“宗教也罢，非宗教也罢，反正同我不相干，只要我住在这里安适罢了。”醒秋这样想。

白朗在丹乡时对于醒秋的爱，已一天比一天深切，她常说醒秋是一个坦白朴实的孩子，她虽然没有信仰，然而她有一个极纯洁的灵魂，现在又屡次对居停和舍监赞美她。宿舍中上下众人都和醒秋要好。不久醒秋便有了一个好徽号：“一朵中华的小小玫瑰花”。

修女们对于醒秋，人人喜爱，有事便帮她的忙。醒秋室中书籍衣服常常乱七八糟地抛着，马沙屡次劝她注意秩序，她不大理会，马女士只好常替她收拾。居停主人又命令修女们隔几天替她室中擦一次地板，这都是他人享不到的权利。醒秋想私下弄点东西吃，只要买了材料，厨娘便替她烹调得香喷喷的送上来。

103 岁的苏雪林重回安庆时与石楠(右)合影

她在中学报了名，选了十几课文学和历史。白朗见她甚闲，强邀她到伯克莱补习学校听她的课。这补习学校的学生都是工人子女，虽有几个教员，学问和教授法比之中学教员相差自远。但白朗在那里，不能不算是出类拔萃的人物。她对于文学有高深的造就，口齿尤为清晰，无论什么艰深的句法，她都能用极浅显的话，解释出来。她爱学生像自己的子女，学生也没有一个不爱她。

久之，醒秋知道白朗也是一位宗教家了。白朗讲书，讲到“神”“耶稣”字样，便很感动，声调微颤，脸上显出一片精诚的颜色。醒秋和她谈到马沙女士，白朗说：自己将来也要出家的，不过现在老母在堂，不得不尽孝养之责。母氏一终天年，她就到远处去传教了。

醒秋在丹乡往了几时，本已恢复了些康健，更加宿舍中饮食得宜，那同她纠缠不清的病好了许多，精神比较宁静，对于功课，颇能用功，到法国以来只有这几个月，她读书有进步。

有一回，白朗讲陆蒂的《渔海泪波》，讲到青年水手起程到中国去打仗，和他衰年祖母分别一段，出了一个拟题“……的起程”，叫学生们做。

醒秋想起在北京和母亲分别的情形，到法国后家庭发生的不幸，和自己想念母亲的痛苦，觉得有一述的价值。她便费了几天工夫做了一篇小说式的文章，一共八大张。文法上虽有不少的错误，但思想自比那些十六七岁的法国女郎不同。白朗读了不胜赏识。她将那篇文字带去给居停主人，以及一切朋友看。她说这篇作品里，充满了感人的情绪，精细的描写，可见作者天性之真挚。不过醒秋所谓母亲临别时不幸的预兆，已由爱子的死别、娇儿的生离而证实云云，白朗不大相信，而且也不以为然，因为这话带有异端迷信的色彩，基督教对于这种迷信，是素所反对的。

白朗自读了醒秋作品之后，对于她更青眼相看。她每星期五原在伯克莱宿舍中寄宿一宵，定要邀醒秋到她房中谈话。醒秋在补习学校并非天天有课，白朗一天不见她，便像失了一件心爱的东西，无论风雨，必定赶来和她相聚几分钟。她若和学生作郊游，或参观什么会，也必邀醒秋加入。不过遇她到教堂，醒秋却不大肯去。

一天，白朗请了一大群学生和醒秋到她家茶会。她家住香本尼乡，离里昂有半小时的火车路程。上了火车后，大家坐的坐，站的站，团团围住白朗，如众星之拱北斗，如一群雏鸡绕着母鸡。白朗一一加以爱抚，教她们唱歌，分糖果给她们吃，又猜谜，又讲故事，车厢中弥漫了爱的空气，和欢乐的声音。

醒秋又见着她在丹乡时的老朋友了。一个叫作蜜蜜，不过十一岁，脸黄肌瘦，像患了什么病，但一种老成气度，虽五十岁的人也不过如此。说话锋利，惯能刺人的心。在丹乡时，她喊醒秋，居然老声老气的："我的女儿"，所以醒秋很讨厌她，觉得这孩子简直是个小怪物。一个叫作佛朗赛特，却和蜜蜜不同，淡黄色的头发，粉红的脸，衬着一双蔚蓝色大眼。加之一身白绸衣，腰间束着一条红缎带，秀美得真像一个小天使。她趴在白朗怀里，叽叽呱呱，笑语不绝，白朗时时抚摩她的脸，和她亲吻。又将蜜蜜拉在身边，同她说话。这两个女孩子由醒秋看来，不免有一爱一憎的心思，但白朗一视同仁，待遇毫无差别，最奇怪的，那蜜蜜永远哭丧着脸，和人说话总没有好声气，见了白朗却有说有笑，恢复了小儿娇憨的常态了。白朗的慈爱，真能融化一切的心啊！

白朗是一位奇人，她无论什么小孩都爱，她是一切小孩的母亲。她在里昂各校授课，据说有八百余学生，但八百学生个个得了白朗完全的爱情。她对于她们的爱抚、温柔、亲密、扶助，不是世间数字可以计尽，世间尺度可以测量的。她的一颗心，括尽了普天下母亲的爱。

她有绝人的记忆力，她不但能够将八百学生的姓名、年龄、容貌、性情、通信地址，一齐记在心里，连学生家族，都清清楚楚像写了一本账似的记住。她自己说每晚祈祷，往往要到十二点钟，她认识的人实在太多了，单拣重要的求神的福佑，也够消磨她小半夜的光阴了。

夏天时有些工人的儿女，居住在仄隘蒸郁的屋中，往往生病，白朗便组织夏令营将那些孩子带在乡村避暑，每年多则三四十人，少则十五六人，膳宿均由她担负。圣诞前她又要捐集许多恩物，分赠那些孩子。至于平时对于学生之问暖嘘寒，慰病赠药，要说也说不得许多。总之她一天到晚，年头到腊底，忙忙碌碌，无非为了这群小孩子。

白朗一星期要教授英法文四十几点钟。里昂各私立学校都有她的课，连星期日都不得闲。醒秋初见她这样忙，以为家里很穷，非多得薪俸不足自瞻。但替她算算每小时功课，平均以七佛郎计，一个月也有千余佛郎进款了。看她穿得还是那样朴陋，消费在哪里？可见她竟是一个要钱不要命的财奴。一个预备出家修道的人这样贪婪，醒秋觉得有些好笑，她对于白朗的信仰竟减退了许多。后来她渐渐知道白朗钱的用途了，她将进款完全用在那班穷苦孩子身上，自己一文都不享受。醒秋第一次看见基督教徒积极服务的精神，爱人的道德，不禁引起无穷钦羡和惊异。

白朗对于自己还有许多苦行。她的身体同马沙女士一般不强健，而日夕劳碌过之，所以天天惨白着脸，像有贫血症，但每天饮食却极菲薄，每星期五她在伯克莱宿舍吃饭，享用一个鸡蛋、一撮素菜和几片面包而已。有时醒秋看不过，买了些火腿香肠请她，她一点不肯入口。城里功课虽然这样多，为了安慰老母的缘故，却住在乡下家里，宁可天天奔波，跑得气喘色变，没有听见她喊一声辛苦。

醒秋所见德行高尚之士也不少，白朗却是一个最可亲可爱可钦敬的人。她爱她的心思，遂与日俱进。白朗也很爱醒秋，她虽有八百学生要爱，仍能将醒秋完全置之心坎。她既爱了她，便要同她的灵魂发生交涉，她常常同她谈论天道，劝她信仰耶稣。

醒秋从前喜以新学家自命，一年前她写信给叔健，还反对过宗教，自于丹乡见了马沙女士，现在又到伯克莱宿舍，她完全置身于宗教氛围中，耳濡目染，宗教的仪式，已经看惯了，信徒高尚的人格，也教她受了不少的感动。再者她正在青年烦闷时期，又生于 20 世纪思想最混乱的时代，不能寻得一个正确的人生观，便常感到人生之无意义和价值。既没有勇气自杀，又不愿陶醉于颓唐放纵的生涯，她于是乎想寻得一个信仰，以为生活的标准。

她是一个理性颇强，而感情又极丰富的女青年。她赞成唯物派哲学，同时又要求精神生活，倾向科学原理，同时又富有文艺的情感，几种矛盾的思潮，常在她脑海中冲突，正不知趋向哪方面好。而且她自到法国以来，心灵上不断受刺激，身体在疾病之中，也想求一种精神的慰安。前一种思想是积极的，后一种思想是消极的，两种相反的思想，都是引她走上研究宗教的一条路。那时候她的日记有这样的几段话，可以看出她思想的变迁：

青年时代，是人生最烦闷的时代吧，我的朋友陆芳树女士是个哲学家，但她近来对于人生也有怀疑。她说："人到这世界上来，忙忙碌碌，无非为解决穿衣吃饭问题，上焉者则进而求文艺之陶情，名誉和事业的满足。然而所谓文学，古人久喻之如好鸟之鸣春，飘风之过耳；希腊优美的雕刻和建筑，只剩下些断址颓垣，供后人的凭吊，圣贤豪杰，终归黄土一抔；造福苍生，流芳百世，结果也归于消灭。这样一想，人生的意义，究竟在哪里呢？我们既觉人生之无谓，又不能脱离人生，我们还要生存，然而我们没有生存的目的，所以我精神上觉得不安和烦闷。"芳树的思想就是我的思想，芳树的烦闷，也就是我的烦闷，我想青年像我们一样的还多着呢。芳树近来想从宗教中寻得人生的究竟，所以她常和有信仰的某女友往还，又借了些哲学和宗教书来研究。我希望她能够寻出些真理来。

8月4日

今天又想起叔健的信来，烦恼了半天。但人生本是痛苦的，在短促的生命历程上欢笑的时日少，忧患的时日多，玫瑰花叶下藏着毒蛇，蜜甜的美酒中掺和着胆汁，我觉悟了，我不想再在爱情上寻求慰安了。但在宗教里求慰安可以吗？不见得吧。

什么叫作人生观？世界上的一切，都是虚幻的，何况人生？莹然可爱的柔波，你正看得耀眼，但不知它已在青萍下一日一日悄然逝去了；强烈的阳光下，草木畅茂，万物欣欣向荣，但一两片枯叶，已预告秋风的萧杀了；青年口角边口含着微笑，睡在沉酣的梦里，光阴先生却已用他的利斧，将忧患的皱纹，镌刻在他额上了。一切由盛而衰，由有而无，一切在变动，一切在消灭，当春尽花飞，人亡琴碎，地球化为微尘，太阳系变为星气，终古的宇宙，只剩有漫漫的黑暗和空虚！

黑暗中能探出光明？空虚中能觉得真理？这是宗教家的梦想吧。

8月7日

我原反对宗教的存在的，但看见我的朋友马沙和白朗女士积极服务的精神又使我觉悟宗教信仰的好处，而基督教（指基督教正宗，即旧教，以后仿此）的信仰更有三种特色，第一是虔洁，第二是热忱，第三是神乐。

基督教永远不讲妥协与调和，善与恶不并立，不是服从上帝，便服从魔鬼。为“爱上帝在一切之上”一句话，信徒可以牺牲一切，甚至牺牲自己的生命。历来有许多宗教战争，中国人指为基督教的污点，不知其中原有许多政治作用，不是基督教本身的罪恶。即说是它本身的原因，那不妥协的精神，也是可钦佩的。而且基督教徒之虔洁，即由此种精神而来。喜讲中庸之道的中国人，混儒释道为一家，佞佛的人一面吃斋念佛，一面作恶犯罪，以为菩萨未必计较，何足语此？

讲到热忱，那更使我们惊异了。世界有千万献身于基督的人，割舍骨肉的恩情，远离自己的乡里，到别处去传教，航海梯山，无远不届。在毒日如焚、鳄龟猛虎出没的非洲，在冰天雪地的寒国，在卑污潮湿、瘟疫流行的半开化地方，都有他们的踪迹。他们到了一处，则拯灾赈饥，济贫救病，如穷谷之回春霁，如久旱之沛甘霖。但像这样的赔尽小心，受尽艰苦，有时还不能得人谅解，还不时被人辱骂攻击，一日遇着仇教运动，他们便不声不响，像柔驯的羔羊般在五毒千灾中死去。他们的忍耐和勇敢，表现信德的伟大，鲜红的热血，化为朵朵爱之花，点缀着这残酷无情的世界。

他们的热忱都是由信仰激发的。信仰确是一件不可思议的东西，人的本性是自私，能使它变为利他，人的本性是怯弱的，能使它变为神勇。罗马尼罗皇那样的淫威，斗兽场中那样千奇百怪的惨刑，曾不能夺去数百万原始基督教徒的信仰。白发的老翁，红颈的少妇，以及成年和小儿，投向沸汤，奔赴烈火，宛转撑拒于狮吻之间，谈笑就死于刀锯之下，还是念念心心地归向他们的救主。试想吧，这一段段惨悲的故事，是何等地壮烈动人呀！

再想那连亘一百七十年，兴兵八次的十字军，在历史上也不是留下许多如火如荼的壮举吗？一声“保护圣陵”，帝王跳下宝座，公侯离开采邑，教士走出教堂，农夫抛下耒耜，数十万大军跃马横刀，于飞扬十字宝纛下，浩浩荡荡，杀向耶路撒冷。途中犯死海的洪涛，冒小亚细亚的炎威，穿渡万里的沙漠，死于饥渴，死于劳顿，死于瘟疫者不计其数，但他们只凭着一念热忱，百折不挠，万死无惧，誓非达到目的地不止，他们这种壮烈坚忍的行为，又是何等地教人感动，教人钦仰！

有人说信仰是一种变态心理，等于疯狂，这话我不能承认。我以为信仰是人类最高精神力之活动，是生命的火焰，是灵性的泉源，它是由感情的激发，而也经过理智的考查的。即以疯狂二字而论，也不足以辱没了信仰，普通人每谓天才为疯狂，天才果然是疯人院中的角色吗？谁也知道是不然的。不过天才的理智比人高，精神的活动比人飞跃，普通人不能了解，便奉送他以疯狂两字的批评罢了。

基督信徒性情最愉快，尤其是出家人，肉体刻苦，而精神安宁，他们谓此为神乐。神乐之来源亦有数端，虔诚祈祷精神与上帝契合，热忱洋溢，如光返照，如火内燃，自有无穷之乐，此其一。仰不愧于天，俯不怍于人，安贫乐道，视富贵如浮云，精神上脱然无累；更日读圣贤之书，聆道义之言，孟子所谓“理义之悦我心，如刍豢之悦我口”。道德之美，原是世界上最高之美，领略了这个美自然心满意足，不思其他，此其二。马沙本是某煤矿主的女公子，家财数千万，她抛却锦衣玉食的生涯，来当贫苦的修女。我每天见她满头灰尘，满脸热汗扫除各室，或洗臭秽熏人的厕所，辄代她难堪，她却欢天喜地，视之为乐事。白朗每星期担任那许多功课，干那许多善功，虽然累得面青气喘，而笑靥常开，心里像有藏掩不得的欢乐。基督徒自言到这世界上来为的攻打罪恶，发扬神的光荣，他们是天天置身战场上的，但难得的是临阵时如此欢欣鼓舞，踊跃直前。斯巴达战士之临敌，长歌奏乐，如赴盛宴，如归洞房，历史传为佳话，我以为基督徒的精神比他的更勇壮百倍，因为他们是去杀人，这却是去救人的缘故。

8 月 29 日

有人说人类的本性是自私的，为恶固自私，行善亦未尝非自私，基督徒之博爱与牺牲，无非为自己天国赏赉之地，其用心甚为可鄙。我以前也作此想，自和白朗等接触以来，始知我前此之推测，直大错而特错。他们之行善，固然为的想立功德，但语其实际，则为爱神一念而来；他们认神为人类的宗向，敬之爱之，攻克其仇敌，发扬其光荣，引一人皈依于神，即他们对神多尽一份义务。如孝子之爱亲，只要能博亲之喜悦，无论如何牺牲，他都不辞。孝子之行孝，不望亲给他报酬，基督徒之爱神，也非由完全谋自己身后的利益。再者耶稣为爱人而钉死十字架，信徒爱人，是模仿耶稣的榜样，是为耶稣伟大人格所感化，其动机尤其高尚纯洁。

说人类的行善，为出于自私，最不满人意。我以为动机与行为，须分别清楚。善的动机未必出于自私，我已说过了，即说出于自私，而行为已变成道德的了。一把刀可以杀人也可以救人，杀人和救人的功用绝不是一样。水是氢氧二元素合成，经过化学分析之后，便不能更名之为水。明乎此，则自私的动机，经道德观念陶冶后，自然不能更名之为自私了。

日本小泉八云说："一般人类的生活中，每个人的爱的情热，都有两方面：一面是自私的，一面是更坚强的——不自私的。换句话说，能够对于旁的人类有真实的爱，他的结果，便是愿为爱人而牺牲自己，为爱人的幸福，而打破一切的困难，忍受一切的痛苦……这种爱的表现，不限于一方面，如忠实的信仰，爱国的热忱……都属于此。"这段话，可为我的主张作注脚。

8月19日

我也承认人类的肉体和情神，不过是物质的集合和运动，人生或是没有意义和价值的，然而我又不能承认物质生活为人生的究竟，因为这是人类进化的障碍，而且过于拘泥于物质生活，到头会不见得能享到物质生活的快乐。中国人是全世界最讲物质的民族，他们生在世界上，除满足物质生活外，不求其他，所以"得过且过""及时行乐""不如饮美酒，披服纨与素""今朝有酒今朝醉，明日无花明日愁"，都是我们行乐的格言。读书是为将来做官，发财是为将来享福，道德不过是口头禅，礼教也不过是欺骗弱者的工具。宋子京于上元夜张灯饮宴，其兄宋郊令人语之云："寄语学士，闻昨夕烧灯设宴，穷极奢丽，不知还记得那年上元夜，同在州学吃斋饭否？"子京答曰："寄语相公，不知那年在学里吃斋煮饭，却是为着甚的？"哈！这几句痛快绝伦的话，真是中国民族心理的写实了。中国人抱着这样的人生观，若民族能永久繁荣，国家能永久强盛，我还说什么？然而海禁开了，同白种民族一比，便相形见绌了。要想享乐，也享不成了。

我们见白种民族物质之发达,便以为他们只注重物质。其实不然,他们有宗教信仰,注意精神生活,每牺牲小我而成其大我。他们有无数志士仁人抛头颅,流热血,才建筑了今天庄严灿烂的文明。他们有无数学者发明家,终身埋首于试验室中才造成今日科学的世界。物质不过是他们精神生活的结果,不是它的原因。

8月25日

前两日看见白朗博爱和服务的精神,我不胜其感触,所以写了那一篇日记。欧洲人民,已经人人克尽道德的本分和对于社会上的义务了,却还有一班宗教家,在他们中间,补罅苴漏,汲汲然犹恐不足。我们中国已经是这样穷,这样的千疮百孔,这样的灭亡无日,然而军阀、政客、奸商、工蠹,还在那里宰割的宰割,抢掠的抢掠,只顾自己享乐,不管同胞的痛苦。如此,国安得不灭,民族安得不亡!要救中国,提倡科学固是急务,然而先要讲究心灵的改造,讲究心灵的改造,第一须得打破传统的自私自利人生观,注意道德的生活。

9月29日

我已经知道宗教的好处,但恨不能信仰,因为我的理性,不能信耶稣是神和一切超自然的灵迹。前日寄宿请来一位神学博士演说,马沙再三要我去听,我却不过她的情分,只得去枯坐了个把钟头。神学博士讲的是耶稣人神两性,他说耶稣是一个有血有肉能受痛苦能死亡的人,然而同时含有天主性,所以又是一个神。他说的时候,声色俨然,听者也穆然不动,没有一个以为疑者。我初次听到这样的奇谈,只觉满肚暗笑,想不到号称文明的法国人,竟荒谬至此。讲完之后,我摇摇头走出讲堂,嘴里念着赫克尔书里的话:“文明民族之虚诳,文明民族之虚诳!”

造物主当然是存在的,所谓宇宙的神秘,我也承认有的,但我不能承认耶稣是神。

9月10日

以上几段日记,可以看出醒秋对于宗教思想之一斑了。她现在已经欢喜宗教，但因为不信耶稣是神，所以她不能皈依。马沙屡次同她辩论，引种种灵迹，证明耶稣之为神，醒秋道：

“你能使耶稣显一个灵迹我看，我便立刻相信。”

“灵迹不是随意可以叫他显示的，神哪能受你的支配？”马沙说。

“那么，耶稣还不算神，我不能信他。”醒秋回答。

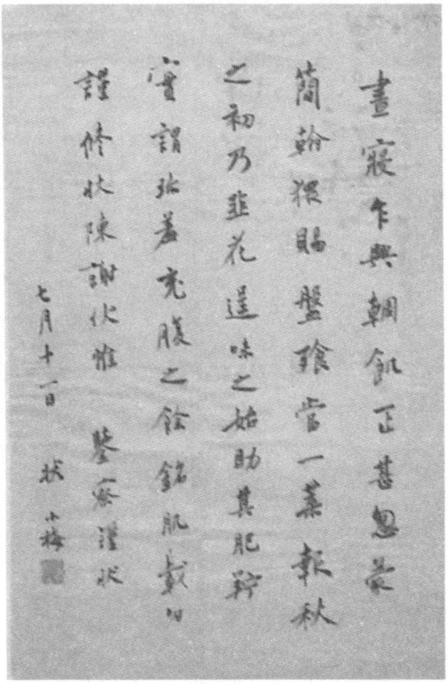

苏雪林手迹

醒秋在火车中间想这些时的经过，火车已于不觉间到了香本尼乡。白朗带她们下了车。她的家离车站不远，走了一刻钟便到了。她家的屋子是自己的，收拾颇为雅洁。马丹·白朗是一个六十上下的老妇人，容色慈祥，但颇有忧郁之态。她有一个儿子，大战时阵亡了，所以将全副情感贯注在白朗身上。醒秋平时见白朗每日之必回家，以及说她母亲如何不要她在外服务，每日倚阁望她之如何焦灼，便知道她的母女的爱情很深厚。现在见马丹·白朗对女儿的爱，果然热烈，虽在人前也不自禁流露。她一双忧愁慈爱的眼光，只注定她的女儿，有时，眶中且隐有泪痕。白朗才到厨房去打一转，她便立刻沉默了。白朗一回到她的跟前，她精神便又活泼起来。女儿是她甜蜜的生命，是她快乐的世界，女儿在身边，她便一切满足。然而白朗为热心宗教之故，却偏要整天在外奔波。听说马丹·白朗是耶稣教徒，白朗小时也随着母亲信奉耶稣，后以听人辩论教理，改奉了天主教。信教之后异常热心，她母亲很不以为然，但也没法阻止她。上帝夺了她女儿的爱，她不敢怨上帝，但她又没法阻止女儿的虔修，所以她的精神颇为痛苦。

“为实行博爱主义，不得已而暂时割绝母子的爱，还说得过去，我却为的是什么呢？咳，我的求学的野心呀，你夺去我们的母子的爱，我恨你！”

醒秋那天从白朗家里回来，想起她可怜的母亲，又难过了几日。

（选自《苏雪林选集》，安徽文艺出版社 1989 年 6 月 1 版）

庐隐

（1898—1934）

现代著名作家。原名黄淑仪，又名黄英，祖籍福建省闽侯县南屿乡。1917、1918 年，曾两度到安庆执教。

五四时期，庐隐与冰心、林徽因称为“福州三大才女”。

1917 年，19 岁的她应安庆实验小学校长舒畹芬之邀，到安庆实验小学任教，分教体操、国文、习字、历史、地理等课程，深得学生及家长“心悦诚服的赞叹”。在安庆任教期间，庐隐开始酝酿并写作中篇小说《海滨故人》。据当时“暴风雨中七女性”之一的苏雪林《关于庐隐的回忆》，安庆实验小学校长舒畹芬就是《海滨故人》中兰馨的原型。可见庐隐在安庆的时间虽不长，但安庆的社会现实已经投射到她的创作中而放出光彩。

茅盾先生在《新文学大系小说集·导言》中说：“《海滨故人》及其姊妹篇《或人的悲哀》和《丽石的日记》是应该给予较高的评价。”

海 滨 故 人

一

呵！多美丽的图画！斜阳红得像血般，照在碧绿的海波上，露出紫蔷薇般的颜色来，那白杨和苍松的荫影之下，她们的旅行队正停在那里，五个青年的女郎，要算是此地的熟客了，她们住在靠海的村子里；只要早晨披白绡的安琪儿，在天空微笑时，她们便各拿着书跳舞般跑了来。黄昏红裳的哥儿回去时，她们也必定要到。

她们倒是什么来历呢？有一个名字叫露沙，她在她们五人里，是最活泼的一个。她总喜欢穿白纱的裙子，用云母石作枕头，仰面睡在草地上默默凝思。她在城里念书，现在正是暑假期中，约了她的好朋友——玲玉、莲裳、云青、宗莹住在海边避暑，每天两次来赏鉴海景。她们五个人的相貌和脾气都有极显著的区别。露沙是个很消瘦的面庞和体格，但却十分刚强，她们给她的赞语是“短小精悍”。她的脾气很爽快，但心思极深，对于世界的谜仿佛已经识破，对人们交接，总是诙谐的。玲玉是富于情感，而体格极瘦弱，她常常喜欢人们的赞美和温存。她认定世界的伟大和神秘，只是爱的作用，她喜欢笑，更喜欢哭，她和云青最要好。云青是个智理比感情更强的人。有时她不耐烦了，不能十分温慰玲玉，玲玉一定要背人偷拭泪，有时竟至放声痛哭了。莲裳为人最周到，无论和什么人都交际得来，而且到处都被人欢迎，她和云青很好。宗莹在她们里头，是最娇艳的一个，她极喜欢艳妆，也喜欢向人夸耀她的美和她的学识，她常常说过分的话。露沙和她很好，但露沙也极反对她思想的近俗，不过觉得她人很温和，待人很好，时时地牺牲了自己的偏见，来附和她。她们样样不同的朋友，而能比一切同学亲热，就在她们都是很有抱负的人，和那醉生梦死的不同。所以她们就在一切同学的中间，筑起高垒来隔绝了。

有一天，朝霞罩在白云上的时候，她们五个人又来了。露沙睡在海崖上，宗莹蹲在她的身旁，莲裳、玲玉、云青站在海边听怒涛狂歌，看碧波闪映，宗莹和露沙低低地谈笑，远远忽见一缕白烟从海里腾起。玲玉说："船来了！"大家因都站起来观看，渐渐看见烟筒了，看见船身了，不到五分钟整个的船都可以看得清楚。船上许多水手都对她们望着，直到走到极远才止。她们因又团团坐下，说海上的故事。

开始露沙述她幼年时，随她的父母到外省做官去，也是坐的这样的海船，有一天因为心里烦闷极了，不住声地啼哭，哥哥拿许多糖果哄她，也止不住哭声，妈妈用责罚来禁止她的哭声，也是无效。这时她父亲正在作公文被她搅得急起来，因把她抱起来要往海里抛。她这时惧怕那油碧碧的海水，才止住哭声。

宗莹插言道："露沙小时的历史，多着呢，我都知道。因我妈妈和她家认识，露沙生的那天，我妈妈也在那里。"玲玉说："你既知道，讲给我们听听好不好？"宗莹看着露沙微笑，意思是探她许可与否。露沙说："小时的事情我一概不记得，你说说也好，叫我也知道知道。"

于是宗莹开始说了："露沙出世的时候，亲友们都庆贺她的命运，因为露沙的母亲已经生过四个哥儿了。当孕着露沙的时候，只盼望是个女儿。这时露沙正好出世。她母亲对这嫩弱的花蕊，十分爱护，但同时意外的事情发生了，不免妨碍露沙的幸运，就是生露沙的那一天，她的外祖母死了，并且曾经派人来接她的母亲。为了露沙的出世，终没去成，事后每每思量，当露沙闭目恬适睡在她臂膀上时，她便想到母亲的死，晶莹的泪点往往滴在露沙的颊上。后来她忽感到露沙的出世有些不祥，把思量母亲的热情，变成憎厌露沙的心了！

"还有不幸的，是她母亲因悲抑的结果，使露沙没有乳汁吃，稚嫩的哀哭声，便从此不断了。有一天夜里，露沙哭得最凶，连她的小哥哥都吵醒了。她母亲又急又痛，止不住倚着床沿垂泪，她父亲也叹息道：'这孩子真讨厌！明天雇个奶妈，把她打发远点，免得你这么受罪！'她母亲点点头，但没说什么。

"过了几天，露沙已不在她母亲怀抱里了，那个新奶妈，是乡下来的，她梳着奇异像蝉翼的头，两道细缝的小眼，上唇噘起来，露着牙齿。露沙初次见她，似乎很惊怕，只躲在娘怀里不肯仰起头来。后来那奶妈拿了许多糖果和玩物，才勉强把她哄去。但到了夜里，她依旧要找娘去。奶妈只把她搂在怀里，轻轻拍着，唱催眠歌儿，才把她哄睡了。

“露沙因为小时吃了母亲忧抑的乳汁，身体十分孱弱，况且那奶妈又非常地粗心，她有时哭了，奶妈竟不理她，这时她的小灵魂，感到世界的孤寂和冷刻了。她身体健康更一天不如一天。到三岁了她还不能走路和说话，并且头上还生了许多疮疥。这可怜的小生命，更没有人注意她了。

“在那一年的春天，鸟儿全都轻唱着，花儿全都含笑着，露沙的小哥哥都在绿草地上玩耍，那时露沙得了极重的热病，关闭在一间厢房里。当她病势沉重的时候，她母亲绝望了，又恐怕传染，她走到露沙的小床前，看着她瘦弱的面庞说：‘唉！怎变成这样了！……奶妈！我这里孩子多，不如把她抱到你家里去治吧！能好再抱回来，不好就算了！’奶妈也正想回去看看她的小黑，当时就收拾起来，到第二天早晨，奶妈抱着露沙走了。她母亲不免伤心流泪。露沙搬到奶妈家里的第二天，她母亲又生了个小妹妹，从此露沙不但不在她母亲的怀里，并且也不在她母亲的心里了。

“奶妈的家，离城有二十里路，是个环山绕水的村落，她的屋子，是用茅草和黄泥筑成的，一共四间，屋子前面有一座竹篱笆，篱笆外有一道小溪，溪的隔岸，是一片田地，碧绿的麦秀，被风吹着如波纹般涌。奶妈的丈夫是个农夫，天天都在田地里做工；家里有一个纺车，奶妈的大女儿银姊，天天用它纺线；奶妈的小女儿小黑和露沙同岁。露沙到了奶妈家里，病渐渐减轻，不到半个月已经完全好了，便是头上的疮也结了痂，从前那黄瘦的面孔，现在变成红黑了。

“露沙住在奶妈家里，整整过了半年，她忘了她的父母，以为奶妈便是她的亲娘，银姊和小黑是她的亲姊姊。朝霞幻成的画景，成了她灵魂的安慰者，斜阳影里唱歌的牧童是她的良友，她这时精神身体都十分焕发。

“露沙回家的时候，已经四岁了。到六岁的时候，就随着她的父母做官去，以后的事情我就不知道了。”

宗莹说到这里止住了。露沙只是怔怔地回想，云青忽喊道：“你看那海水都放金光了，太阳已经到了正午，我们回去吃饭吧！”她们随着松荫走了一程便到家了。

在这一个暑假里，寂寞的松林和无言的海流，被这五个女孩子点染得十分热闹，她们对着白浪低吟，对着激潮高歌，对着朝霞微笑，有时竟对着海月垂泪。

不久暑假将尽了，那天夜里正是月望的时候，她们黄昏时拿着箫笛等来了。露沙说："明天我们就要进城去，这海上的风景，只有这一次的赏受了。今晚我们一定要看日落和月出……这海边上虽有几家人家，但和我们也混熟了，纵晚点回去也不要紧，今天总要尽兴才是。"大家都极同意。

西方红灼灼的光闪烁着，海水染成紫色，太阳足有一个脸盆大，起初盖着黄红色的云，有时露出两道红来，仿佛大神怒睁两眼，向人间狠视般，但没有几分钟那两道红线化成一道，那彩霞如彗星般散在西北角上，那火盆般的太阳已到了水平线上，一眨眼那太阳已如狮子滚绣球般，打个转身沉向海底去了。天上立刻露出淡灰色来，只在西方还有些五彩余晖闪烁着。

海风吹拂在宗莹的散发上，如柳丝轻舞，她倚着松柯低声唱道：

> 我欲登芙蓉之高峰兮，
> 白云阻其去路。
> 我欲攀绿萝之俊藤兮，
> 惧颓岩而踟蹰蹰。
> 伤烟波之荡荡兮，
> 伊人何处？
> 叩海神久不应兮，
> 唯漫歌以代哭！

接着歌声，又是一阵箫韵，其声嘤嘤似蜂鸣群芳丛里，其韵溶溶似落花轻逐流水，渐提渐高激起有如孤鸿哀唳碧空，但一折之后又渐转和缓，恰似水渗滩底呜咽不绝，最后音响渐杳，歌声又起道：

> 临碧海对寒素兮，
> 何烦纡之萦心！
> 浪滔滔波荡荡兮，
> 伤孤舟之无依！
> 伤孤舟之无依兮，
> 愁绵绵而永系！

大家都受了歌声的催眠，沉思无言，便是那作歌的宗莹，也只有微叹的余音，还在空中荡漾罢了。

二

她们搬进学校了。暑假里浪漫的生活，只能在梦里梦见，在回想中想见。这几天她们都是无精打采的。露沙每天只在图书馆，一张长方桌前坐着，拿着一支笔，痴痴地出神，看见同学走过来时，她便将人家慢慢分析起来。同学中有一个叫松文的从她面前走过，手里正拿着信，含笑地看着，露沙等她走后，便把她从印象中提出，层层地分析，过了半点钟，便抽去笔套，在一册小本子上写道：

"一个很体面的女郎，她时时向人微笑，多美丽呵！只有含露的荼东方红蘼能比拟她。但是最真诚和甜美的笑容，必定当她读到情人来信时才可以看见！这时不止像含露的荼蘼了，并且像斜阳薰醉的玫瑰，又柔媚又艳丽呢！"她写到这里又有一个同学从她面前走过。她放下她的小本子，换了宗旨不写那美丽含笑的松文了！她将那个后来的同学照样分析起来。这个同学姓郦，在她一级中年纪最大——大约将近四十岁了——她拿着一堆书，皱着眉走过去。露沙望着她的背影出神，不禁长叹一声，又拿起笔来写道："她是四十岁的母亲了——她的儿已经十岁——当她拿着先生发的讲义——二百余页的讲义，细细地理解时，她不由得想起她的儿来了。她那时皱紧眉头，合上两眼，任那眼泪把讲义湿透，也仍不能止住她的伤心。

"先生们常说：'她是最可佩服的学生。'我也只得这么想，不然她那紧皱的眉峰，便不时惹起我的悲哀，我必定要想到：'人多么傻呵！因为不相干什么知识——甚至于一张破纸文凭，把精神的快活完全牺牲了……'"当当一阵吃饭钟响，她才放下笔，从图书馆出来，她一天的生活大约如是，同学们都说她有神经病，有几个刻薄的同学给她起个绰号，叫"著作家"，她每逢听见人们嘲笑她的时候，只是微笑说："算了吧！著作家谈何容易？"说完这话，便头也不回地跑到图书馆去了。

宗莹最喜欢和同学谈情！她每天除上课之外，便坐在讲堂里，和同学们说："人生的乐趣，就是情。"她们同级里有两个人，一个叫作兰香，一个叫作孤云，她们两人最要好，然而也最爱打架。她们好的时候，手挽着手，头偎着头，低低地谈笑。或商量两个人做一样衣服，用什么样花边，或者做一样的鞋，打一样的别针，使无论什么人一见她们，就知道她们是顶要好的朋友，有时预算星期六回家，谁到谁家去，她们说到快意的时候，竟手舞足蹈，合唱起来。这时宗莹必定要拉着玲玉说："你看她们多快乐呵！真是人若没有感情，就不能生活了。情是滋润草木的甘露，要想开美丽的花，必定要用情汁来灌溉。"玲玉也悄悄地谈论着，我们级里谁最有情，谁有真情。宗莹笑着答她道："我看你最多情——最没情就是露沙了。她永远不相信人，我们对她说情，她便要笑我们。其实她的见地实在不对。"玲玉便怀疑着笑说道："真的吗？……我不相信露沙无情，你看她多喜欢笑，多喜欢哭呀。没情的人感情就不应当这么易动。"宗莹听了这话，沉思一回，又道："露沙这人真奇怪呀！……有时候她闹起来，比谁都活泼，及至静起来，便谁也不理地躲起来了。"

她们一天到晚，只要有闲的时候，便如此地谈论，同学们给她们起了绰号，叫"情迷"，她们也笑纳不拒。

云青整天理讲义，记日记。云青的姊妹最多，她们家庭里因组织了一个娱乐会。云青全份的精神都集中在这里，下课的时候，除理讲义、抄笔录和记日记外，就是作简章和写信。她性情极圆和，无论对于什么事，都不肯吃亏，而且是出名的拘谨。同级里每回开级友会，或是爱国运动，她虽热心帮忙，但叫她出头露面，她一定不答应。她唯一的推辞只说："家里不肯。"同学们能原谅她的，就说她家庭太顽固，她太可怜；不能原谅她，就冷笑着说："真正是个薛宝钗。"她有时听见这种的嘲笑，便呆呆坐在那里。露沙若问她出什么神？她便悲抑着说："我只想求人了解真不容易！"露沙早听惯看惯她这种语调态度，也只冷冷地答道："何必求人了解？老实说便是自己有时也不了解自己呢！"云青听了露沙的话，就立刻安适了，仍旧埋头做她的工作。

莲裳和她们四人不同级，她学的是音乐。她每日除了练琴室里弹琴，便是操场上唱歌。她无忧无虑，好像不解人间有烦恼事，她每逢听见云青、露沙谈人无味一类的话，她必插嘴截住她们的话说："哎呀！你们真讨厌。竟说这些没意思的话，有什么用处呢？来吧！来吧！操场玩去吧！"她跑到操场里，跳上秋千架，随风上下翻舞，必弄得一身汗她才下来，她的目的，只是快乐。她最憎厌学哲理的人，所以她和露沙她们不能常常在一处，只有假期中，她们偶然聚会几次罢了。

她们在学校里的生活很平淡，差不多没有什么意外的事情发现。到了第三个年头，学校里因为爱国运动，常常罢课。露沙打算到上海读书。开学的时候，同学们都来了，只短一个露沙，云青、玲玉、宗莹都感到十分怅惘，云青更抑抑不能耐，当日就写了一封信给露沙道：

露沙：

赐书及宗莹书，读悉，一是离愁别恨，思之痛，言之更痛，露沙！千丝万缕，从何诉说？知惜别之不免，悔欢聚之多事矣！悠悠不绝之学潮，至兹告一结束，今日已始行补课，同堂相见，问及露沙，上海去也。局外人已不胜为吾四人憾，况身受者乎？吾不欲听其问，更不忍笔之于此以增露沙愁也！所幸吾侪之以志行相契，他日共事社会，不难旧雨重逢，再作昔日之游，话别情，倾积愫，且喜所欺不负，则理想中乐趣，正今日离愁别恨有以成之；又何惜今日之一别，以致永久之乐乎？云素欲作积极语，以是自慰，亦勉以是为露沙慰，知露沙离群之痛，总难恝然于心。姑以是作无聊之极想，当耐味之榆柑可也。

今日校中之开学式，一种萧条气象，令人难受，露沙！所谓“别时容易见时难”。吾终不能如太上之忘情，奈何！得暇多来信，余言续详，顺颂康健！

云青

云青写完信，意绪兀自懒散，在这学潮后，杂乱无章的生活里，只有沉闷烦纡，那守时刻司打钟的仆人，一天照样打十二回钟，但课堂里零零落落，只有三四个人上堂。教员走上来，四面找人，但窗外一个人影都没有。院子里只有垂杨对那孤寂的学生教员，微微点头。玲玉、宗莹和云青三个人只是在操场里闲谈。这时正是秋凉时候，天空如洗，黄花满地，西风爽棘。一群群雁子都往南飞，更觉生趣索然。她们起初不过谈些解决学潮的方法，已觉前途的可怕，后来她们又谈到露沙，玲玉说：“露沙走了，与她的前途未始不好。只是想到人生聚散，如此易易，太没意思了，现在我们都是做学生的时代，肩上没有重大的责任，尚且要受种种环境支配，将来投身社会，岂不更成了机械吗？……”云青说：

“人生有限的精力，消磨完了就结束了，看透了倒不值得愁前虑后呢！”宗莹这时正在葡萄架下，看累累酸子，忽接言道：“人生都是苦恼，但能不想就可以不苦了！”云青说：“也只有作如此想。”她们说着都觉倦了，因一齐回到讲堂去。宗莹的桌上忽放着一封信，是露沙寄来的，她忙忙撕开念道：

> 人寿究竟有几何？穷愁潦倒过一生，未免不值得！我已决定日内北上，以后的事情还讲不到，且把眼前的快乐享受了再说。
>
> 宗莹！云青！玲玉！从此不必求那永不开口的月姊——传我们心弦之音了！呵！再见！

宗莹喜欢得跳起来。玲玉、云青也尽展愁眉，她们并且忙跑去通知莲裳，预备欢迎露沙。

露沙到的那天，她们都到火车站接她，把她的东西交给底下人拿回去。她们五个人一齐走到公园里。在公园里吃过晚饭，便在社稷坛散步，她们谈到暑假分别时曾叮嘱到月望时，两地看月传心曲，谁想不到三个月，依旧同地赏月了！在这种极乐的环境里，她们依旧恢复她们天真活泼的本性了。

她们谈到人生聚散的无定。露沙感触极深，因述说她小时的朋友的一段故事：

“我从九岁开始念书，启蒙的先生是我姑母，我的书房，就在她寝室的套间里。我的书桌是红漆的，上面只有一个墨盒，一管笔，一本书，桌子面前一张木头椅子。姑母每天早晨教我一课书，教完之后，她便把书房的门倒锁起来，在门后头放着一把水壶，念渴了就喝白开水，她走了以后，我把我的书打开。忽听见院子里妹妹唱歌，哥哥学猫叫，我就慢慢爬到桌上站在那里，从窗跟往外看，妹妹笑，我也由不得要笑。哥哥追猫，我心里也像帮忙一块追似的，我这样站着两点钟也不觉倦，但只听见姑母的脚步声，就赶紧爬下来，很规矩地坐在那里。姑母一进门，正颜厉色地向我道：‘过来背书。’我哪里背得出。便认也不曾认得。姑母怒极，喝道：‘过来！’我不禁哀哀地哭了，她拿着皮鞭抽了几鞭。然后狠狠地说：‘十二点再背不出，不用想吃饭呵！’我这时恨极这本破书了。但为要吃午饭，也不能不拼命地念，侥幸背出来了，混了一顿午饭吃。但是念了一年，一本《三字经》还不曾念完。姑母恨极了，告诉了母亲把我狠狠责罚了一顿，从此不教我念书了。我好像被赦的死囚,高兴极了。

“有一天我正在同妹妹做小衣服玩,忽听见母亲叫我说:‘露沙!你一天在家里不念书,净顽皮,把妹妹都引坏了。我现在送你上学校去,你若不改,被人赶出来,我就不要你了。’我听了这话,又怕又伤心,不禁放声大哭。后来哥哥把我抱上车,送我到东城一个教会学堂里。我才迈进校长室,心里便狂跳起来。在我的小生命里,是第一次看见蓝眼睛、高鼻子的外国人,况且这校长满脸威严。我哥哥和她说:‘这小孩是我的妹妹,她很顽皮,请你不用客气地管束她。那是我们全家所感激的。’那校长对我看了半天说:‘哦!小孩子!你应当听话,在我的学校里,要守规矩,不然我这里有皮鞭,它能责罚你。’她说着话,把手向墙上一捺。就听见‘琅琅’一阵铃响,不久就走进一个中国女人来,年纪二十八九。这个人比校长温和得多,她走进来和校长鞠了个躬,并不说话,只听见校长叫她道:‘魏教习!这个女孩是到这里读书的,你把她带去安置了吧!’那个魏教习就拉着我的手说:‘小孩子!跟我来!’我站着不动,两眼望着我的哥哥,好似求救似的,我哥哥也似了解我的意思,因安慰我说:‘你好好在这里念书,我过几天来看你。’我知道无望了,只得勉勉强强跟着魏教习到里边去。

“这学校的学生,都是些乡下孩子,她们有的穿着打补丁的蓝布褂子,有的头上扎着红头绳,见了我都不住眼地打量,我心里又彷徨,又凄楚。在这满眼生疏的新环境里,觉得好似不系之舟,前途命运真不可定呵。迷糊中不知走了多少路,只见魏教习领我走到楼下东边一所房子前站住了,用手轻轻敲了几下门,那门便‘呀’的一声开了。一个女郎戴着蔚蓝眼镜,两颊娇红,眉长入鬓,身上穿着一件月白色的长衫,微笑着对魏教习鞠了躬说:‘这就是那新来的小学生吗?’魏教习点点头说:‘我把她交给你,一切的事情都要你留心照应。’说完又回头对我说,‘这里的规矩,小学生初到学校,应受大学生的保护和管束。她的名字叫秦美玉,你应当叫她姐姐,好好听她的话,不知道的事情都可以请教她。’说完站起身走了。那秦美玉拉着我的手说:‘你多大了?你姓什么?叫什么?……这学校的规矩很厉害,外国人是不容情的,你应当事事小心。’她正说着,已有人将我的铺盖和衣物拿进来了。我这时忽觉得诧异,怎么这屋子里面没有床铺呵?后来又看她把墙壁上的木门推开了。里头放着许多被褥,另外还有一个墙橱,便是放衣服的地方,她告诉我这屋里住五个人都在这木板上睡觉,此外,有一张长方桌子,也是五个人公用的地方,我从来没看见过这种简鄙的生活，仿佛到了一个特别的所在，事事都觉得不惯。并且那些大学生，又都正颜厉色地指挥我打水扫地，我在家从来没做过，况且年龄又太幼弱，怎么能做得来？不过又不敢不做，到烦难的时候，只有痛哭，那些同学只都来看我，有的说：‘这孩子真没出息！’有的说：‘管管她就好了。’那些没有同情的刺心话，真使我又羞又急，后来还是秦美玉有些不过意，抚着我的头说：‘好孩子！别想家，跟我玩去。’我擦干了眼泪跟她走出来，院子里有秋千架，有荡木，许多学生在那里玩耍，其中有一个学生，和我差不多，穿着藕荷色的洋纱长衫，对我含笑地望，我也觉得她和别的同学不同，很和气可近的，我不知不觉和她熟识了，我就别过秦美玉和她牵着手，走到后院来。那里有一棵白杨树，底下放着一块捣衣石，我们并肩坐在那里。这时正是黄昏的时候，柔媚的晚霞，缀成幔天红罩，金光闪射，正映在我们两人的头上。她忽然问我道：‘你会唱圣诗吗？’我摇头说：‘不会。’她低头沉思半晌说：‘我会唱好几首，我教你一首好不好？’我点头道：‘好。’她便轻轻柔柔地唱了一首，歌词我已记不得了。只是那爽脆的声韵，恰似娇莺低吟、春燕轻歌，到如今还深刻脑海，我们正在玩得有味，忽听一阵铃响，她告诉我吃晚饭了。我们依着次序，走进膳堂。那膳堂在地窖里，很大的一间房子，两旁都开着窗户，从窗户外望，平地上所种的鹃花正开得灿烂娇艳，迎着残阳，真觉爽心动目。屋子中间排着十几张长方桌，桌的两旁放着木头板凳，桌上当中放着一个绿盆，盛着白木头筷子和黑色粗碗，此外排着八碗茄子煮白水，每两人共吃一碗，在桌子东头，放着一笸箩棒子面的窝窝头，黄澄澄好似金子的颜色，这又是我从来没吃过的，秦美玉替我拿了两块放在面前。我拿起来咬了一口，有点甜味，但是嚼在嘴里，粗糙非常，至于那碗茄子，更不知道是什么味道，又涩又苦。想来既没有油，盐又放多了，我肚子其实很饿，但我拿起筷子勉强吃了两口，实在咽不下，心里一急，那眼泪点点滴滴都洒在窝窝头上了。那些同学见我这种情形，有的诽笑我，有的谈论我，我仿佛听见她们说：‘姐的派头倒十足，但为什么不吃小厨房的饭呢？’我那时不知道这学校的饭是分等第的，有钱的吃小厨房饭，没钱就吃大厨房的饭，我只疑疑惑惑不知道她们说什么，只怔怔地看着饭菜垂泪，直等大家都吃完，才一齐散了出来。我自从这一顿饭后，心里更觉得难受了，这一夜翻来覆去，无论如何睡不着。看那清碧的月光，从树杪上移到我屋子的窗棂上，又移到我的枕上，直至月光充满了全屋，我还不曾入梦，只听见那四个同学呼声雷动，更感焦躁，那眼泪又不由自主地流下来了。直到天快亮，我才迷迷糊糊睡了一觉。

“第二天的饭菜，依旧是不能下箸。那个小朋友知道这消息，到吃饭的时候，特把她家里送来的菜，拨了一半给我，我才得吃了一顿饱饭。这种苦楚直挨了两个星期，才略觉习惯些，我因为这个小朋友待我极好，因此更加亲热，直到光复那一年，我家里搬到天津去，我才离开这学校，我的小朋友也回通州去了。到光复以后我已经十三岁了，我的小朋友十二岁，我们一齐都进公立某小学校，后来她因为想学医到别处去，我们五六年不见，想不到前年她又到北京来，我们因又得欢聚，不过现在她又走了——听说她已和人结婚——很不得志，得了肺病，将来能否再见就说不定了。”

“你们说人生聚散有一定吗？”露沙说完，兀自不住声地叹息，这时公园游人已渐渐散尽，大家都有倦意。因趁着光慢慢步出园来，一同雇车回学校去。

露沙自从上海回来后，宗莹和云青、玲玉，都觉格外高兴，这时候她们下课后，工作的时候很少，总是四个人拉着手，在芳草地上，轻歌快谈。说到快意时，便哈天扑地狂笑，说到凄楚时便长吁短叹，其实都脱不了孩子气。什么是人生？什么是究竟？不过嘴里说说，真的苦趣还一点没尝到呢！

三

光阴快极了，不觉又过了半年，真不解事的露沙、玲玉、云青、宗莹、莲裳，不幸接二连三都卷入愁海了。

第一个不幸的便是露沙，当她幼年时饱受冷刻环境的熏染，养成孤僻倔强的脾气，而她天性又极富于感情，所以她竟是个智情不调和的人。当她认识那青年梓青时，正在学潮激烈的当儿。天上飘着鹅毛片般的白雪，空中风声凛冽，她奔波道途，一心只顾怎么开会，怎么发宣言，和那些青年聚在一起，讨论这一项，解决那一层，她初不曾预料到这一点的，因而生出绝大的果来。

梓青是个沉默孤高的青年，他的议论最彻底，在会议的席上，他不大喜欢说话，但他的论文极多，露沙最喜欢读他的作品，在心流的沟里，她和他不知不觉已打通了，因此不断地通信，从泛泛的交谊，变为同道的深契。这时露沙的生趣勃勃，把从前的冷淡态度，融化许多，她每天除上课外，便是到图书馆看书，看到有心得，她或者作短文，和梓青讨论；或者写信去探梓青的见解。在这个时期里，她的思想最有进步，并且她又开始研究哲学，把从前懵懵懂懂的态度都改了。

有一天正上哲学课，她拿着一支铅笔记先生口述的话。那时先生正讲人生观的问题，中间有一句说："人生到底作什么？"她听了这话，忽然思潮激涌，停了手里的笔，更听不见先生继续讲些什么，只怔怔地盘算。"人生到底作什么？……牵来牵去，忽想到恋爱的问题上去——青年男女，好像是一朵含苞未放的玫瑰花，美丽的颜色足以安慰自己，诱惑别人，芬芳的气息，足以满足自己，迷恋别人。但是等到花残了，叶枯了，人家弃置，自己憎厌，花木不能躲时间空间的支配，人类也是如此，那么人生到底作什么？……其实又有什么可作？恋爱不也是一样吗？青春时互相爱恋，爱恋，以后怎么样？……不是和演剧般，到结局无论悲喜，总是空的呵！并且爱恋的花，常常衬着苦恼的叶子，如何跳出这可怕的圈套，清静一辈子呢？……她越想越玄，后来弄得不得主意，吃饭也不正经吃，有时只端着饭碗拿着筷子出神，睡觉也不正经睡，半夜三更坐了起来发怔，甚至于痛哭了。

这一天下午，露沙又正犯着这哲学病，忽然梓青来了一封信，里头有几句话说："枯寂的人生真未免太单调了！……唉！什么时候才得甘露的润泽，在我空漠的心田，开朵灿烂的花呢？……恐怕只有膜拜'爱神'，求她的怜悯?!"这话和她的思想，正犯了冲突。交战了一天，仍无结果，到了这一天夜里，她勉勉强强写了梓青的回信，那话处处露着彷徨矛盾的痕迹。到第二天早起重新看看，自己觉得不妥，因又撕了，结果只写几个字道："来信收到了，人生不过尔尔，苦也罢，乐也罢，几十年全都完了，管他呢！且随遇而安罢！"

活泼泼的露沙，从此憔悴了！消沉了！对于人间时而信，时而疑，神经越加敏锐，闲步到中央公园，看见鸭子在铁栏里游泳，她便想到，人生和鸭子一样的不自由，一样的愚钝，人生到底作什么？听见鹦鹉叫，她便想到人们和鹦鹉一样，刻板地说那几句话，一样的不能跳出那笼子的束缚。看见花落叶残便想到人的末路——死——仿佛天地间只有愁云满布，悲雾迷漫，无一不足引起她对世界的悲观，弄得精神衰颓。

露沙的命运是如此。云青的悲剧同时开演了，云青向来对于世界是极乐观的，她目的想做一个完美的教育家，她愿意到乡村的地方——绿山碧水——的所在，召集些乡村的孩子，好好地培植他们，完成甜美的果树，对于露沙那种自寻苦恼的态度,每每表示反对。

这天下午她们都在学校园葡萄架下闲谈,同级张君,拿了一封信来,递给露沙,她们都围拢来问:“这是谁的信,我们看得吗?”露沙说:“这是蔚然的信,有什么看不得的?”她说着因把信撕开,抽出来念道:

露沙君:

不见数月了!我近来很忙。没有写信给你,抱歉得很!你近状如何?念书有得吗?我最近心绪十分恶劣,事事都感到无聊的痛苦,一身一心都觉无所着落,好像黑夜中,独驾扁舟,漂泊于四无涯际,深不见底的大海汪洋里,彷徨到底点了啊!日前所云事,曾否进行,有效否,极盼望早得结果,慰我不定的心。别的再谈。

蔚然

宗莹说:“这个人不就是我们上次在公园遇见的吗?……他真有趣,抱着一大捆讲义,睡在椅子上看……他托你什么事?……露沙!”

露沙沉吟不语,宗莹又追问了一句,露沙说:“不相干的事,我们说我们的吧!时候不早,我们也得看点书才对。”这时玲玉和云青正在那唧唧哝哝商量星期六照相的事。宗莹招呼了她们,一齐来到讲堂。玲玉到图书室找书预备作论文,她本要云青陪她去,被露沙拦住说:“宗莹也要找书,你们俩何不同去?”玲玉才舍了云青,和宗莹去了。

露沙叫云青道:“你来,我有话和你讲。”云青答应着一同出来,她们就在柳荫,一张凳子上坐下了。露沙说:“蔚然的信你看了觉得怎样?”云青怀疑着道:“什么怎么样?我不懂你的意思?”露沙说:“其实也没有什么!……我说了想你也不至于恼我吧?”云青说:“什么事?你快说就是了。”露沙说:“他信里说他十分苦闷,你猜为什么?……就是精神无处寄托,打算找个志同道合的女朋友,安慰他灵魂的枯寂!他对于你十分信任,从前和我说过好几次,要我先说,我怕碰钉子,直到如今不曾说过,今天他又来信,苦苦追问,我才说了,我想他的人格,你总信得过,做个朋友,当然不是大问题是不是?”云青听了这话,一时没说什么,沉思了半天说:“朋友原来不成问题……但是不知道我父亲的意思怎样。

等我回去问问再说吧！”……露沙想了想答道：“也好吧！但希望快点！”她们谈到这里，听见玲玉在讲堂叫她们，便不再往下说，就回到讲堂去。

露沙帮着玲玉找出《汉书·艺文志》来，读了些时，玲玉和宗莹都伏案做文章，云青拿着一本《唐诗》，怔怔凝思，露沙叉着手站在玻璃窗口，听柳树上的夏蝉不住声地嘶叫，心里只觉闷闷的，无精打采地坐在书案前，书也懒看，字也懒写。孤云正从外头进来，抚着露沙的肩说：“怎么又犯了毛病啦？眼泪汪汪是什么意思呵？”露沙满腔烦闷悲凉，经她一语道破，更禁不住，爽性伏在桌上呜咽起来，玲玉、宗莹和云青都急忙围拢来，安慰她。玲玉再三问她为什么难受，她只是摇头，她实在说不出具体的事情来。这一下午她们四个人都沉闷无言，各人叹息各人的，这种的情形，绝不是头一次了。

冬天到了，操场里和校园中没有她们四人的影子了，这时她们的生活只在图书馆或讲堂里，但是图书馆是看书的地方，她们不能谈心，讲堂人又太多，到不得已时，她们就躲在栉沐室里，那里有顶大的洋炉子，她们围炉而谈，毫无妨碍。

最近两个星期，露沙对于宗莹的态度，很觉怀疑。宗莹向来是笑容满面，喜欢谈说的，现在却不然了，镇日坐在讲堂，手里拿着笔在一张破纸上，画来画去，有时忽向玲玉说：“做人真苦啊！”露沙觉得她这种形态，绝对不是无因。这一天的第二课正好教员请假，露沙因约了宗莹到栉沐室谈心，露沙说：“你有什么为难的事吗？”她沉吟了半天说：“你怎么知道？”露沙说：“自然知道……你自己不觉得其实诚于中形于外，无论谁都瞒不了呢！”宗莹低头无言，过了些时，她才对露沙说：“我告诉你，但请你守秘密。”露沙说：“那自然啦！你说吧！”

“我前几个星期回家我母亲对我说有个青年，要向我求婚。据父亲和母亲的意思，都很欢喜他，他的相貌很漂亮，学问也很好，但只一件他是个官僚，我的志趣你是知道的，和官僚结婚多讨厌呵！而且他的交际极广，难保没有不规则的行动，所以我始终不能决定。我父亲似乎很生气，他说：‘现在的女孩，眼里哪有父母呵，好吧！我也不能强迫你，不过我觉得这是个好机会，我做父亲的有对你留意的责任，你若自己错过了，那就不能怨人……据我看那个青年，真实在是不可多得的人才，将来至少也有科长的希望……’我被他这一番话说得真觉难堪，我当时一夜不曾合眼，我心里只恨为什么这么倒霉？若果始终要为父母牺牲，我何必念书进学校？只过我六七年前小姐式的生活，早晨睡到十一二点起来，看看不相干的闲书，作两首滥调的诗，满肚皮佳人才子的思想，三从四德的观念，那么父母之命，媒妁之言，我自然遵守，也没有什么苦恼了！现在既然进了学校，有了知识，叫我屈服在这种顽固不化的威势下，怎么办得到？我牺牲一个人不要紧，其奈良心上过不去，你说难不难？……”宗莹说到伤心时，泪珠儿便不断地滴下来，露沙倒弄得没有主意了，只得想法安慰她说：“你不用着急，天下没有不爱子女的父母，她绝不忍十分难为你……”

宗莹垂泪说：“为难的事还多呢！岂止这一件。你知道师旭常常写信给我吗？”露沙诧异道：“师旭！是不是那个很胖的青年？”宗莹道：“是的……”“他头一封信怎么写的？”露沙如此地问。宗莹道：“他提出一个问题和我讨论，叫我一定答复，而且还寄来一篇论文叫我看完交回，这是使我不能不回信的原因。”露沙听完，点头叹道：“现在的社交，第一步就是以讨论学问为名，那招牌实在是堂皇得很，等你真真和他讨论学问时，他便再进一层，和你讨论人生问题，从人生问题里便渲染上许多愤慨悲抑的感情话，打动了你，然后恋爱问题就可以应运而生了。……简直是做戏，所幸当局的人总是一往情深。不然岂不味同嚼蜡！”宗莹说：“什么事不是如此？……做人只得模糊些罢了。”

她们正谈着，玲玉来了，她对她们做出娇痴的样子来，似笑似恼地说：“啊哟！两个人像煞有介事……也不理人家。”说着歪着头看她们笑。宗莹说：“来！来！……我顶爱你！”一边说，一边走，过来拉着她的手，她就坐在宗莹的旁边，将头靠在她的胸前说：“你真爱我吗？……真的吗？”“怎么不真？”宗莹应着便轻轻在她手上吻了一吻。露沙冷冷地笑道：“果然名不虚传，情迷碰到一起就有这么些做作！”玲玉插嘴道：“咦！世界上你顶没有爱，一点都不爱人家。”露沙现出很悲凉的形状道：“自爱还来不及，说得爱人家吗？”玲玉有些恼了，两颊绯红说：“露沙顶忍心，我要哭了！我要哭了！”说着当真眼圈红了。露沙说：“得啦！得啦！和你闹着玩呵！真……我纵无情，但对于你总是爱的，好不好？”玲玉虽是哈哈地笑，跟泪却随着笑声滚了下来。正好云青找到她们处来，玲玉不容她开口，拉着她就走说：“走吧！去吧！露沙一点不爱人家，还是你好，你永远爱我！”云青只迟疑地说：“走吗？……真是的！”又回头对她们笑道，“这是怎么回事？……你们不走吗？……”宗莹说：“你先走好了，我们等等就来。”玲玉走后，宗莹说：“玲玉真多情……我那亲戚若果能娶她，真是福气！”露沙道：“真的！你那亲戚现在怎么样？你这话已对玲玉说过吗？”宗莹说：“我那亲戚不久就从美国回来了，玲玉方面我约略说过，大约很有希望吧！”“哦！听说你那亲戚从前曾和另外一个女子订婚，有这事吗？”露沙又接着问。宗莹叹道：“可不是吗？现在正在离婚，那边执意不肯，将来麻烦的日子有呢！”露沙说：“这恐怕还不成大问题……只是玲玉和你的亲戚有否发生感情的可能，倒是个大问题呢！……听说现在玲玉家里正在介绍一个姓胡的，到底也不知什么结果。”宗莹道：“慢慢地再说吧！现在已经下堂了。底下一课文学史，我们去听听吧！”她们就走向讲堂去。

她们四个人先后走到成人的世界去了。从前的无忧无愁的环境，一天一天消失。感情的花，已如荼如火地开着，灿烂温馨的色香，使她们迷恋，使她们尝到甜蜜的爱的滋味，同时使她们了解苦恼的意义。

这一年暑假，露沙回到上海去，玲玉回到苏州去。云青和宗莹仍留在北京，她们临别的末一天晚上，约齐了住在学校里，把两张木床合并起来，预备四个人联床谈心，在傍晚的时候，她们在残阳的余晖下，唱着离别的歌儿道：

潭木桃花，故人千里，
离歧默默情深悬，
两地思量共此心！
何时重与联襟？
愿化春波送君来去，
天涯海角相寻。

歌调苍凉，她们的声音越来越低，直至无声。露沙叹道：“十年读书，得来只是烦恼与悲愁，究竟知识误我？我误知识？”云青道：“真是无聊！记得我小的时候，看见别人读书，十分羡慕，心想我若能有了知识，不知怎样地快乐，若果知道越有知识，越与世不相容，我就不当读书自苦了。”宗莹说：“谁说不是呢？就拿我个人的生活说吧！我幼年的时候，没有兄弟姊妹，父母十分溺爱，也不许进学校，只请了一位老学究，教我读《毛诗》《左传》，闲时学作几首诗。一天也不出门，什么是世界我也不知道，觉得除依赖父母过我无忧无虑的生活外，没有一点别的思想，那时在别人或者看我很可惜甚至于觉得我很可怜，其实我自己倒一点不觉得。后来我有一个亲戚，时常讲些学校的生活及各种常识给我听，不知不觉中把我引到烦恼的路上去，从此觉得自己的生活，样样不对不舒服，千方百计和父母要求进学校。进了学校，人生观完全变了，不容于亲戚，不容于父母，一天一天觉得自己孤独，什么悲愁，什么无聊，逐渐发明了。……岂不是知识误我吗？”她们三人的谈话，使玲玉受了极深的刺激，呆呆地站在秋千架旁，一语不发。云青无意中望见，因撇了露沙、宗莹走过来，拊在她的肩上说：“你怎样了？……有什么不舒服吗？”玲玉仍是默默无言，摇摇头回过脸去，那眼泪便扑簌簌滚了下来，她们三人打断了话头，拉着她到栉沐室里，替她拭干了泪痕，谈些诙谐的话，才渐渐恢复了原状。

到了晚上她们四人睡在床上，不住地讲这样说那样，弄到四点多钟才睡着了。第二天下午露沙和玲玉乘京浦的晚车离开北京，宗莹和云青送到车站。当火车头转动时，玲玉已忍不住呜咽起来；露沙生性古怪，她遇到伤心的时候，总是先笑，笑够了，事情过了，她又慢慢回想着独自垂泪；宗莹虽喜言情，但她却不好哭；云青对于什么事，好像都不足动心的样子，这时对着渐去渐远的露沙玲玉，只是怔怔呆望，直到火车出了正阳门，连影子都不见了，她才微微叹着气回去了。

在这分别的期中，云青有一天接到露沙的一封信说：

云青：

人间譬如一个荷花缸，人类譬如缸里的小虫，无论怎样聪明，也逃不出人间的束缚。回想临别的那天晚上，我们所说的理想生活——海边修一座精致的房子，我和宗莹开了对海的窗户，写伟大的作品；你和玲玉到临海的村里，教那天真的孩子念书，晚上回来，便在海边的草地上吃饭，谈故事，多少快乐——但是我恐怕这话，永久是理想的呵！你知道宗莹已深陷于爱情的漩涡里，玲玉也有爱剑卿的趋势。虽然这都是她们俩的事，至于我们呢？蔚然对于你陷溺极深，我到上海后，见过他几次，觉得他比从前沉闷多了，每每仰天长叹，好像有无限隐忧似的。我屡次问他，虽不曾明说什么，但对于你的渴慕仍不时流露出来。云青！你究竟怎么对付他呢？你向来是理智胜于感情的，其实这也是她们不到的观察，对于蔚然的诚挚，能始终不为所动吗？况且你对于蔚然的人格曾表示相信，那么你所以拒绝他的，岂另有苦衷吗？……

按说我的为人，在学校里，同学都批评我极冷淡寡情，其实人间的虫子，要想作太上的忘情，只是矫情罢了！不过有的人喜欢用情——即世上所谓的多情——有的不喜欢用情，一旦若是用了，更要比多情的深挚得多呢！我相信你不是无情，只是深情，你说是不是？

你前封信曾问我梓青的事，在事实上我没有和他发生爱情的可能，但爱情是没有条件的。外来的桎梏，正未必能防范得住呢！以后的结果，实不可预料，只看上帝的意旨如何罢了。

露沙

云青接到这封信，受了极大的刺激，用了两天两夜的思维，仍不能决定，她只得打电话叫宗莹来商量。宗莹问她对于蔚然本身有无问题，云青答道："我向来没有和男子们交接，我觉得男子可以相信的很少。至于蔚然的人格，我始终信仰，不过我向来理智强于感情，这事的结果，若是很顺当的，那么倒也没什么，若果我父母以为不应当……或者亲戚们有闲话，那我宁可自苦一辈，报答他的情义，叫我勉强屈就是做不到的。"

宗莹听完这话，沉想些时说："我想你本身若是没有问题，那么就可以示意蔚然，叫他托人对你父母提出，岂不妥当吗？"云青懒懒道："大约也只有这么办了……唉！真无聊……"她们商量妥当，宗莹也就回去了。

傍晚的时候，兰馨来找云青，谈话之间，便提到露沙。兰馨说："我前几天听见人说，露沙和梓青已发生恋爱了，但梓青已经结婚了，这事将来怎么办呢？"

云青怔怔地看着墙上的风景画出神，歇了半天说："这或者是人们的谣传吧！……我看露沙不至于这么糊涂！"

"咦！你也不要说这话……固然露沙是极明白，不至于上当，但梓青的婚姻是父母强迫的，本没有爱情可言，他纵对于露沙要求情爱，按真理说并不算大不道，不过社会上一般人，未免要说闲话罢了。……露沙最近有信吗？"

"有信，对于这事，她也曾说过，但她的主张，怕不至于就会随随便便和梓青结婚吧？她向来主张精神生活的，就是将来发生结婚的事情，也总得有相当的机会。"

"其实她近年来，在社会上已很有发展的机会，还是不结婚好，不然埋没了未免可惜……你写信还是劝她努力吧!”

她们正谈着,一阵电话铃响,原来是孤云找兰馨说话,因打断了她们的话头,兰馨接了电话。孤云要约她公园玩去,她于是辞了云青到公园去。

云青等她走后,便独自坐在廊子底下,默默沉思:“觉得人生真是有限,像露沙那种看得破的人,也不能自拔?宗莹更不用说了……便是自己也不免婉转因物!”云青正在遐想的时候,只见听差走进来说有客来找老爷,云青因急急回避了,到屋里看了几页书,倦上来就收拾睡下。

第二天早晨,云青才起来,她的父亲就叫她去说话。她走进父亲的书房,只见她父亲皱着眉道:“你认得赵蔚然吗?”云青听了这话,顿时心跳血涨,嗫嚅半天说:“听见过这人的名字。”她父亲点头道:“昨天伊秋先生来,还提起他,我觉得这个人太懦弱了,而且相貌也不魁梧。”一边说着,一边看着云青,云青只是低头无言,后来她父亲又道:“我对于你的希望很大,你应当努力预备些英文,将来有机会,到外国走走才是。”说到这里才慢慢站起来走了。

云青怔怔望着窗外柳丝出神,觉有无限怅惘的情绪,萦绕心田,因到书案前,伸纸染毫写信给露沙道:

露沙:

前信甫发,接书一慰,因连日心绪无聊,未能即复,抱歉之至!来书以处世多磨,苦海无涯为言,知露沙感喟之深,子固生性豪爽者,读到“雄心壮志早随流水去”之句,令人不忍为设地深思也。“不享物质之幸福,亦不愿受物质之支配。”诚然!但求精神之愉快,闭门读书,固亦云唯一之希望,然岂易言乎?

宗莹与师旭订婚有期矣,闻宗莹因此事,与家庭冲突,曾陪却不少眼泪。究竟何苦来?所谓“有情人都成眷属”亦不过霎时之幻影耳,百年容易,眼见白杨萧萧,荒冢累累,谁能逃此大限?此诚“天下本无事庸人自扰之”也。渠结婚佳期闻在中秋,来知确否,果确,则一时之兴尚望露沙能北来,共与其盛,未知如愿否?

玲玉事仍未能解决,而西方爱情则与日俱增,可怜!有限之精神,怎经如许消磨,玲玉为此事殊苦,不知冥冥之运命将何以处之也!嗟!嗟!造化弄人!

最后一段，欲不言而不得不言，此即蔚然之事，云自幼即受礼教之熏染。及长已成习惯，纵新文化之狂浪，汩没吾顶，亦难洗前此之遗毒，况父母对云又非恶意，云又安忍与抗乎？乃近闻外来传言，又多误会，以为家庭强制，实则云之自身愿为家庭牺牲，何能委责家庭，愿露沙有以正之！至于蔚然处，亦望露沙随时开导，云诚不愿陷入滋深，且愿终始以友谊相重，其他问题都非所愿闻，否则只得从此休矣！

思绪不宁，言失其序，不幸！不幸！不知无常之天道。

伊于胡底也，此祝健康！

云青

云青写完信后，就到姑妈家找表姊妹们谈话去了。

四

露沙由京回到上海以后，和玲玉虽隔得不远，仍是相见苦稀，每天除陪了母亲兄嫂姊妹谈话，就是独坐书斋看书念诗。这一天十时左右，邮差送信来，一共有五六封，有一封是梓青的信，内中道：

露沙吾友：

又一星期不接你的信了！我到家以来，只觉无聊，回想前些日子在京时，我到学校去找你，虽没有一次不是相对无言，但精神上已觉有无限的安慰，现在并此而不能，怅惘何极！

上次你的信说，有时想到将来离开了学校生活，而踏进恶浊的社会生活，不禁万事灰心，我现虽未出校，已无事不灰心了！平时有说有笑，只是把灰心的事搁起，什么读书，什么事业，只是于无可奈何中聊以自遣，何尝有真乐趣！——我心的苦，知者无人——然亦未始非不幸中之幸，免得他们更和我格格不入了。

我于无意中得交着你，又无意于短时间中交情深刻这步田地！这是我最满意的事，唉！露沙！这是我们一线的生机！有无上的价值！

说到“人生不幸”，我是以为然而不敢深思的，我们所想望的生活，并不是乌托邦，不可能的生活，都是人生应得的生活；若使我们能够得到应得的生活，虽不能使我们完全满意，聊且满意，于不幸的人生中，我们也就勉强自足了！露沙！我连这一层都不敢想到，更何敢提及根本的“人生不幸”！

你近来身体怎样？务望自重，有工夫多来信吧！此祝快乐！

梓青书

露沙接到信后，只感到万种凄伤，把那信翻来覆去，看了无数遍，直到能背诵了，她还是不忍收起——这实在是她的常态，她生平喜思量，每逢接到朋友们的来信，总是这种情形——她闷闷不语，最后竟滴下泪来。本想即刻写回信，恰巧蔚然来找，露沙才勉强拭干眼泪，出来相见。

这时已是黄昏了，西方的艳阳余晖，正射在玻璃窗上，由玻璃窗反折过来，正照在蔚然的脸上，微红而黑的两颊边，似有泪痕。露沙很奇异地问道：“现在怎么样？”蔚然凄然悦：“不知道为什么？这几天心绪恶劣，想到西湖，或苏州跑一趟，又苦于走不开，人生真是枯燥极了！”露沙只叹了一声，彼此缄默约有五分钟，蔚然才问露沙道：“云青有信吗？……我写了三封信去，她都没有回我，不知道怎样，你若写信时，替我问问吧！”露沙说：“云青前几天有信来，她曾叫我劝你另外打主意，她恐怕终究叫你失望……她那个人做事十分慎重，很可佩服，不过太把自己牺牲了！……你对她到底怎样呢？”蔚然道：“我对于她当然是始终如一，不过这事也并不是勉强得来的，她若不肯，当然作罢，但请她不要以此介介，始终保持从前的友谊好了。”露沙说：“是呀！这话我也和她谈过，但是她说为避嫌疑起见，她只得暂时和你疏远，便是书信也拟暂时隔绝，等到你婚事已定后，再和你继续前此友谊……我想云青的心也算苦了。她对于你绝非无情，不过她为了父母的意见，宁可牺牲她的一生幸福……说到这里，我又想起今年春假云青、玲玉、宗莹、莲裳，我们五个人在天津住着，有一天夜里，正是月色花影子，互相厮并，红浪碧波，掩映斗媚。那时候我们坐在日本的神坛的草地上密谈衷心，也曾提起这话，云青曾说对于你无论如何，终觉抱歉，因为她固执的缘故，真不知使你精神上受多少创痕，……但是她也绝非木石，所以如此的原因，不愿受人訾议罢了。后来玲玉就说：‘这也没有什么訾议，现在比不得从前，婚姻自由本是正理，有什么忌讳呢？’云青当时似乎很受了感动，说道：‘好吧！我现在也不多管了。叫他去进行，能成也罢，不成也罢！我只能顺事之自然，至于最后的奋斗，我没有如此大魄力——而且闹起来，与家庭及个人都觉得说来不好听……'当日我们的谈话虽仅此而止，但她的态度可算得很明了。我想你如果有决心非她不可，你便可稍缓以待时机。"蔚然点头道："暂且不提好了。"

蔚然走后，玲玉恰好从苏州来，邀露沙明天陪她列吴淞去接剑卿去。露沙就留她住在家里，晚饭后闲谈些时，便睡下了。第二天早晨才五点多钟玲玉就从睡中惊醒，悄悄下了床，梳好了头。这时露沙也起来了，她们都收拾好了，已经到六点半，因乘车到火车站，距开车才有十分钟，忙忙买了车票，幸喜车上还有座位。玲玉脸向车窗坐着，早晨艳阳射在她那淡紫色的衣裙上，娇美无比，衬着她那似笑非笑的双靥，好像浓绿丛中的紫罗兰。露沙对她怔怔望着，好像在那里猜谜似的。玲玉回头问道："你想什么？你这种神情，衬着一身雪般的罗衣，直像那宝塔上的女石像呢！"露沙笑道："算了吧！知道你今天兴头十足，何必打趣我呢？"玲玉被露沙说得不好意思了，仍回过头去，佯为不理。

半点钟过去了，火车已停在吴淞车站。她们下了车，到泊船码头打听，那只美国来的船，还有两三个钟头才进口。她们便在海边的长堤上坐下，那堤上长满了碧绿的青草。海涛怒啸，绿浪澎湃，但四面寂寥，除了草底的鸣蛩，抑抑悲歌外，再没有其他的音响和怒浪骇涛相应和了。

两点多钟以后，她们又回到码头上。只见许多接客的人，已挤满了，再往海面一看，远远的一只海船，开着慢车冉冉而来。玲玉叫道："船到了！船到了！"她们往前挤了半天，才站了一个地位，又等半天，那船才拢了岸。鼓掌的欢声和呼唤的笑声，立刻充溢空际。玲玉只怔怔向船上望着，望来望去终不见剑卿的影子，十分彷徨。只等到许多人都下了船，才见剑卿提着小皮包，急急下船来。玲玉走向前去，轻轻叫道："陈先生！"剑卿忙放下提包握着玲玉的手道："哦！玲玉！我真快活极了！你几时来的？那一位是你的朋友吗？……"玲玉说："是的！让我给你介绍介绍。"因回过头对她道，"这位是陈剑卿先生。"又向陈先生道，"这位是露沙女士。"彼此相见过，便到火车站上等车。玲玉问道："陈先生的行李都安置了吗？"剑卿道："已都托付一个朋友了，我们便可一直到上海畅谈竟日呢！"玲玉默默无言，低头含笑把一块绢帕叠来叠去。露沙只听剑卿缕述欧美的风俗人情。不久到了上海，露沙托故走了，玲玉和剑卿到半淞园去，到了晚上玲玉仍回到露沙家里，住了一夜，第二天早上就回苏州。

过了几天玲玉寄来一封信，邀露沙北上，这时候已经是八月的天气，风凉露冲，黄花遍地，她们乘八月初三早车北上。在路上玲玉告诉露沙，这次剑卿向她求婚，已经不能再坚执了。现在已双方求家庭的通过，露沙因问她剑卿离婚的手续已办没有？玲玉说："据剑卿说，已不成问题，因为那个女子已经有信应允他。不过她的家人故意为难，但婚姻本是两方同意的结合，岂容第三者出来勉强，并且那个女子已经到英国留学去了。……不过我总觉得有些对不住那个女子罢了！"露沙沉吟道："你倒没什么对不住她。不过剑卿据什么条件一定要和这女子离婚呢？"玲玉道："因为他们订婚的时候，并不是直接的，其间曾经第三者的介绍，而那个介绍人又不忠实，后来被剑卿知道了，当时气得要死，立刻写信回家，要求家里替他离婚，而他的家庭很顽固，去信责备了他一顿。他想来想去没有办法，只有自己出马，当时写了一封信给那个女子，陈说利害。那个女子倒也明白，很爽快就答应了他并且写了一封信给她的家人，意思是说，婚姻大事，本应由两个男女自己做主，父母所不能强逼，现在剑卿既觉得和她不对，当然由他离异，等语。不过她的家人，十分不快，一定不肯把订婚的凭证退还，所以前此剑卿向我求婚，我都不肯答应。……但是这次他再三地哀求，我真无法了，只得答应了他。好在我们都有事业的安慰对于这些事都可随便。"露沙点头道："人世的祸福正不可定，能游戏人间也未尝不是上策呢？"

玲玉同露沙到北京之后，就在中学里担任些钟点，这时她们已经都毕业了。云青、宗莹、露沙、玲玉都在北京，只有莲裳到天津女学校教书去了。莲裳在天津认识了一个姓张的青年，不久她们便发生了恋爱，在今年十月十号结婚，她们因约齐一同到天津去参与盛典。

莲裳随遇而安的天性，所以无论处什么环境，她都觉得很快活，结婚这一天她穿着天边彩霞织就的裙衫，披着秋天白云网成的软绡，手里捧着满蓄着爱情的玫瑰花，低眉凝容，站在礼堂的中间。男女来宾有的啧啧赞好，有的批评她的衣饰，只有玲玉、宗莹、云青、露沙四个人站在莲裳的身傍，默默无言，仿佛莲裳是胜利者的所有品，现在已被胜利者从她们手里夺去一般，从此以后，往事便都不堪回忆！海滨的联袂倩影，现在已少了一个。月夜的花魂不能再听见她们五个人一齐的歌声。她们越思量越伤心，露沙更觉不能支持，不到礼完她便悄悄地走了。回到旅馆里伤感了半天，直至玲玉她们回来了，她兀自泪痕不干，到第二天清早便都回到北京了。

从天津回来以后，露沙的态度，更见消沉了。终日闷闷不语，玲玉和云青常常劝她到公园散心去，露沙只是摇头拒绝。人们每提到宗莹，她便泪盈眼帘凄楚万状！有一天晚上，月色如水，幽景绝胜，云青打电话邀她家里谈话，她勉强打起精神，坐了车子，不到一刻钟就到了。这时云青正在她家土山上一块云母石上坐着，露沙因也上了山，并肩坐在那块长方石上。云青说："今夜月色真好，本打算约玲玉、宗莹我们四个人，清谈竟夜，可恨剑卿和师旭把她们俩绊住了不能来——想想朋友真没交头，起初情感浓挚，真是相依为命，到了结果，一个一个都风流云散了，回想往事，只恨多余！怪不得我妹妹常笑我傻。我真是太相信人了！"露沙说："世界上的事情，本来不过尔尔，相信人，结果固然不免孤零之苦，就是不相信人，何尝不是依然感到世界的孤寂呢？总而言之，求安慰于善变化的人类，终是不可靠的，我们还是早些觉悟，求慰于自己吧！"露沙说完不禁心酸，对月怔望，云青也觉得十分凄楚，歇了半天，才叹道："从前玲玉老对我说：同性的爱和异性的爱是没有分别的，那时我曾驳她这话不对，她还气得哭了，现在怎么样呢？"露沙说："何止玲玉如此？便是宗莹最近还有信对我说：'十年以后同退隐于西子湖畔呢！'那一句是可能的话，若果都相信她们的话，我们的后路只有失望而自杀罢了！"

她们直谈到夜深更静，仍不想睡。后来云青的母亲出来招呼她们去睡，她们才勉强进去睡了。

露沙从失望的经验里，得到更孤僻的念头，便是对于最信仰的梓青，也觉淡漠多了。这一天正是星期六，七点多钟的时候，梓青打电话来邀她看电影，她竟拒绝不去，梓青觉得她的态度变得很奇怪。当时没说什么，第二天来了一封信道：

露沙！

我在世界上永远是孤零的呵！人类真正太惨刻了！任我流涸了泪泉，任我粉碎了肝，也没有一个人肯为我叫一声可怜！更没有人为我洒一滴半滴的同情之泪！便是我向日视为一线的光明，眼见也是暗淡无光了！唉！露沙！若果你肯明明白白告诉我说："前头没有路了！"那么我决不再向前多走一步，任这一钱不值的躯壳，随万丈飞瀑而去也好，并颓岩而同堕千仞之深渊也好，到那时我一切顾不得了。就是残苛的人类，打着得胜鼓宣布凯旋，我也只得任它了……唉！心乱不能更续，顺祝康健！

梓青

露沙看完这封信，心里就像万弩齐发，痛不可忍，伏在枕上呜咽悲哭，一面自恨自己太怯弱了！人世的迷始终打不破，一面又觉得对不住梓青，使他伤感到这步田地，知情交战，苦苦不休，但她天性本富于感情，至于平日故为旷达的主张，只不过一种无可如何的呻吟。到了这种关头，自然仍要为情所胜了，况她生平主张精神的生活，她有一次给莲裳一封信，里头有一段说：

“许多聪明儿都劝我说：‘以你的地位和能力，在社会上很有发展的机会，为什么作茧自束呢？’这话出于好意者的口里，我当然是感激他。但是一方我却不能不怪他，太不谅人了！……若果人类生活在世界上，只有吃饭穿衣服两件事，那么我早就葬身狂浪怒涛里了，岂有今日？……我觉得婉转因物，为世所称，倒不如行我所适，永垂骂名呢？干枯的世界，除了精神上，不可制止情的慰安外，还有别的可滋生趣吗？……”

露沙的志趣，既然是如此，那末对于梓青十二分恳挚的态度，能不动心吗？当时拭干了泪痕，忙写了一封信，安慰梓青道：

梓青！

你的信来，使我不忍卒读，我自己已是世界上最不幸的人了！何忍再拉你同入漩涡？所以我几次三番，想使你觉悟，舍了这九死一生的前途，另找生路，谁知你竟误会我的意思，说出那些痛心话来！哎！我真无以对你呵！

我也知道最可宝贵，就是能彼此谅解的知己，我在世上混了二十余年，不遇见你，固然是遗憾千古，既遇见你，也未尝不是夙孽呢？……其实我生平是讲精神生活的，形迹的关系有无，都不成问题，不过世人太苛毒了！对于我们这种的行径，排斥不遗余力，以为这便是大逆不道，含沙射影，使人难堪，而我们又都是好强的人，谁能忍此？因而我的态度常常若离若即，并非对你信不过，谁知竟使你增无限苦楚。唉！我除向你诚恳的求恕外，还有什么话可说？愿你自己保重吧！何苦自戕过甚呢？祝你精神愉快！

露沙

梓青接到信后，又到学校去会露沙，见面时，露沙忽触起前情，不禁心酸，泪水几乎滴了下来，但怕梓青看见，故意转过脸去，忍了半天，才慢慢抬起头来。梓青见了这种神情，也觉十分凄楚，因此相对默默，一刻钟里一句话也没有。后来还是露沙问道："你才从家里来吗？这几天蔚然有信没有？"梓青答道："我今天一早就出门找人去了，此刻从于农那里来，蔚然有信给于农，我这里有两三个礼拜没接到他的信了。"露沙又问道："蔚然的信说些什么？"梓青道："听于农说，蔚然前两个星期，接到云青的信，拒绝他的要求后，苦闷到极点了，每天只是拼命地喝酒。醉后必痛哭，事情更是不能做，而他的家里，因为只有他一个独子，很希望早些结婚，因催促他向他方面进行，究竟怎么样还说不定呢！不过他精神的创伤也就够了。……云青那方面，你不能再想法疏通吗？"

"这事真有些难办，云青又何尝不苦痛？但她宁愿眼泪向里流，也绝不肯和父母说一句硬话。至于她的父母又不曾十分了解她，以为她既不提起，自然并不是非蔚然不嫁。那么拿一般的眼光，来衡量蔚然这种没有权术的人，自难入他们的眼，又怎么知道云青对他的人格十分信仰呢？我见这事，蔚然能放下，仍是放下吧！人寿几何？容得多少磨折？"

梓青听见露沙的一席话，点头道："其实云青也太懦弱了！她若肯稍微奋斗一点，这事自可成功……若果她是坚持不肯，我想还是劝蔚然另外想法子吧！不然怎么了呢？"说到这里，便停顿住了。后来梓青又向露沙说："……你的信我还没复你，……都是我对不住你，请你不要再想吧！"说到这里眼圈又红了。露沙说："不必再提了，总之不是冤家不对头！……你明天若有工夫，打电话给我，我们或者出去玩，免得闷着难受。"梓青道："好！我明天打电话给你，现在不早了，我就走吧。"说着站起来走了。露沙送他到门口，又回学校看书去了。

宗莹本来打算在中秋节结婚，因为预备来不及，现在改在年底了。而师旭仿佛是急不可待，每日下午都在宗莹家里直谈到晚上十点，才肯回去，有时和宗莹携手于公园的苍松荫下，有时联舞于北京饭店跳舞场里，早把露沙和云青诸人丢在脑后了。有时遇到宗莹必缕缕述说某某夫人请宴会，某某先生请看电影，简直忙极了，把昔日所谈的求学著书的话，一概收起。露沙见了她这种情形,更觉格格不入。有时觉得实在忍不住了,因苦笑对宗莹说:“我希望你在快乐的时候,不要忘了你的前途吧!”宗莹听了这话,似乎很能感动她。但她确不肯认她自己的行动是改了前态,她必定说:“我每天下午还要念两点钟英文呢!”露沙不愿多说,不过对于宗莹的情感,一天淡似一天,从前一刻不离的态度,现在竟弄到两三个星期不见面,纵见了面也是相对默默,甚至于更引起露沙的伤感。

宗莹结婚的上一天晚上,露沙在她家里住下。宗莹自己绣了一对枕头,还差一点不曾完工,露沙本不喜欢做这种琐碎的事,但因为宗莹的缘故,努力替她绣了两个玫瑰花瓣。这一夜她们家里的人忙极了,并且还来了许多亲戚,来看她试妆的。露沙嫌烦,一个人坐在她父亲的书房,替她做枕头。后来她父亲走了进来,和她谈话之间,曾叹道:“宗莹真没福气呵!我替她找一个很好的丈夫她不要,唉!若果你们学校的人,有和那个姓祝的结婚,真是幸福!不但学问好,而且手腕极灵敏,将来一定可以大阔的。……他待宗莹也不算薄了,谁知宗莹竟看不上他!”露沙不好回答什么,只是含笑唯诺而已。等了些时她父亲出去了,宗莹打发老妈子来请露沙吃饭,露沙放下针线,随老妈子到了堂屋,许多艳装丽服的女客,早都坐在那里。露沙对大家微微点头招呼了,便和宗莹坐在一处。这时宗莹收拾得额覆卷发,凸凹如水上波纹;耳垂明珰,灿烂与灯光争耀。身上穿着玫瑰紫的缎袍,手上戴着订婚的钻石戒指,锐光四射。露沙对她不住地端详,觉得宗莹变了一个人。从前在学校时,仿佛是水上沙鸥,活泼清爽。今天却像笼里鹦鹉,毫无生气,板板地坐在那里,任人凝视,任人取笑,她只低眉默默,陪着那些钗光鬓影的女客们吃完饭。她母亲来替她把结婚时要穿的礼服一齐换上。祖宗神位前面点起香烛,铺上一块大红毡子,叫人扶着宗莹向上叩了三个头。后来她的姑母们,又把她父母请出来,宗莹也照样叩了三个头。其余别的亲戚们也都依次拜过,又把她扶到屋里坐着。露沙看了这种情形,好像宗莹明天就是另外一个人了,从前的宗莹已经告一结束。又见她的父母都凄凄悲伤,更禁不住心酸。但人前不好落泪,仍旧独自跑到书房去,痛痛快快流了半天眼泪,后来客人都散了,宗莹来找她去睡觉。她走进屋子,一言不发,忙忙脱了外头衣服,上床脸向里睡下。宗莹此时也觉得有些凄惶,也是一言不发地睡下,其实各有各的心事,这一夜何曾睡得着。第二天天才朦胧,露沙回过脸来,看见宗莹已醒,她似醉非醉,似哭非哭地道:“宗莹!从此大事定了!”说着涕泪交流,宗莹也觉得从此大事定了的一句话,十分伤心,不免伏枕呜咽。后来还是露沙怕宗莹的母亲忌讳,忙忙劝住宗莹。到七点钟大家全都起来了,忙忙地收拾这个,寻找那个,乱个不休,到十二点钟,迎亲的军乐已经来了,那种悲壮的声调,更搅得人肝肠裂碎。露沙等宗莹都装饰好了,握着她的手说:“宗莹!愿你前途如意!我现在回去了,礼堂上没什么意思,我打算不去,等过两天我再来看你吧!”宗莹只低低应了一声,眼圈已经红润了,露沙不敢回头,一直走了。

露沙回到家里,恹恹似病,饮食不进,闷闷睡了两天。有一天早起家里忽来一纸电报,她母亲病重,叫她即刻回去。露沙拿着电报,又急又怕,全身的血脉,差不多都凝注了,只觉寒战难禁,打算立刻就走,但火车已开过了,只得等第二天的早车,但这一下半天的光阴,真比一年还难挨。盼来盼去,太阳总不离树梢头,再一想这两天一夜的旅程,不独凄寂难当,更怕赶不上与慈母一面,疑怕到这里,心头阵阵酸楚,早知如此,今年就不当北来?

好容易到了黄昏。宗莹和云青都闻信来安慰她,不过人到真正忧伤的时候,安慰绝不生效果,并且相形之下,更触起自己的伤心来。

夜深了,她们都回去,露沙独自睡在床上,思前想后,记得她这次离家时,母亲十分不愿意,临走的那天早起,还亲自替她收拾东西,叮嘱她早些回来,——如果有意外之变,将怎样?她越思量越凄楚!整整哭了一夜,第二天早起,匆匆上了火车,莲裳这时也在北京,她到车站送她,莲裳黯然的神情,使露沙陡怀起,距此两年前,那天正是夜月如水的时候,她到莲裳家里,问候她母亲的病,谁知那时她母亲正断了气,莲裳投在她怀里,哀哀地哭道:“我从今以后没有母亲了!”呵!那时的凄苦,已足使她泪落声咽。今若不幸,也遭此境遇,将怎么办?觉得自己的身世真是可怜,七岁时死了父亲,全靠阿母保育教养,有缺憾的生命树,才能长成到如今,现在不幸的消息,又临到头上。……若果再没有母亲,伶仃的身世,还有什么勇气和生命的阻碍争斗呢?她越想越可怕,禁不住握着莲裳的手,呜咽痛哭。莲裳见景伤情,也不免怀母陪泪,但她还极诚挚地安慰她说:“你不要伤心,伯母的病或者等你到家已经好了,也说不定……并且这一路上,你独自一个,更须自己保重,倘若急出病来,岂不更使伯母悬心吗?”露沙这时却不过莲裳的情,遂极力忍住悲声。

后来云青和永诚表妹都来了。露沙见了她们,更由不得伤心,想每回南旋的时候,虽说和她们总不免有惜别的意思,但因抱着极大的希望——依依于阿母肘下，同兄嫂妹妹等围绕于阿母膝前如何地快活？自然便把离愁淡忘了，旅程也不觉凄苦了。但这一次回去，她总觉得前途极可怕，恨不得立时飞到阿母面前。而那可恨的火车，偏偏迟迟不开，等了好久，才听钟响，送客的人纷纷下车，宗莹、莲裳她们也都和她握手言别，她更觉自己伶仃得可怜，不免又流下泪来。

在车上只是昏昏恹恹，好容易盼到天黑，又盼天亮，念到阿母病重，就如堕身深渊，浑身起栗，泪落不止。

不久车子到了江边，她独自下了车，只觉浑身疲软，飘飘忽忽上了渡船。在江里时，江风尖利，她的神志略觉清爽，但望着那奔腾的江浪，只觉到自己前途的孤零和惊怕，唉！上帝！若果这时明白指示她母亲已经不在人间了，她一定要借着这海浪缀成的天梯，去寻她母亲去……

过了江上了沪宁车，再有六七个钟头到家了，心里似乎有些希望，但是惊惧的程度，更加甚了，她想她到家时，或者阿母已经不能说话了，她心里要怎样地难受？……但她又想上帝或不至如此绝人——病是很平常的事，何至于一病不起呢？

那天的车偏偏又误点了，到上海已经十二点半钟，她急急坐上车奔回家去，离家门不远了，而急迫和忧疑的程度，也逐层加增，只有极力嘘气，使她的呼吸不至壅塞。车子将转弯了，家门可以遥遥望见，母亲所住的屋子，楼窗紧闭，灯火全熄，再一看那两扇黑门上，糊着雪白的丧纸。她这时一惊，只见跟前一黑，便昏晕在车上了，过了五分钟才清醒过来，等不得开门，她已失声痛哭了，等到哥哥出来开门时，麻衣如雪，涕泪交下。她无力地扑在灵前，哀哀唤母，但是桐棺三寸，已隔天人。露沙在灵前哭了一夜，第二天更不支，竟寒热交作卧病一星期，才渐渐好了。

露沙在母亲的灵前守了一个月，每天对着阿母的遗照痛哭，朋友们来函劝慰，更提起她的伤心。她想她自己现在更没牵挂了，把从前朋友们写的信，都从书箱里拿出来，一封封看过，然后点起一把火烧了，觉得眼前空明，心底干净。并且决心任造物的播弄，对于身体毫不保重，生死的关头，已经打破。有一天夜里她梦见她的母亲来了，仿佛记起她母亲已死，痛哭起来，自己从梦中惊醒，掀开帐子一看星月依稀，四境凄寂，悄悄下了床把电灯燃着，对着母亲的照相又痛哭了一场。然后含泪写了一封信给梓青道：

梓青！

可怜无父之儿复抱丧母之恨，苍天何极，绝人至此——清夜挑灯，血泪沾襟矣！

人生朝露，而忧患偏多，自念身世，怆怀无限！阿母死后，益少生趣。沙非敢与造物者抗，似雨后梨花，不禁摧残，后此作何结局，殊不可知耳！

目下丧事已楚，友辈频速北上，沙亦不愿久居此地，盖触景伤情，悲愁益不胜也。梓青来函，责以大义，高谊可感。唯沙经此折磨，灰冷之心，有无复燃之望，实不敢必。此后惟漂泊天涯，消沉以终身，谁复有心与利禄征逐，随世俗浮沉哉，望梓青勿复念我，好自努力可也。

沙已决明旦矣。申江云树，不堪回首，嗟乎？冥冥天道，安可论哉？……

露沙

露沙写完信后，天已发亮，因把行李略略检楚，她的哥哥妹妹都到车站送她。临行凄凉，较昔更甚，大家洒泪而别。露沙到京时，云青曾到车站接她，并且告诉她，宗莹结婚后不到一个月，便患重病，现在住在医院里。露沙觉得人生真太无聊了！黄金时代已过，现在好像秋后草木，只有飘零罢了！

玲玉这时在上海，来信说半年以内就要结婚，露沙接信后，不像前此对于宗莹、莲裳那种动心了，只是淡淡写了一封贺她成功的信。这时露沙昔日的朋友，一个个都星散了。北京只剩了一个云青和久病的宗莹，至于孤云和兰馨，虽也在北京，但露沙轻易不和她们见面，所以她最近的生活，除了每天到学校里上课外，回来只有昏睡。她这时住在舅舅家里，表妹们看见她这样，都觉得很可忧的，想尽种种方法，来安慰她，不但不能止她的愁，而且每一提起，她更要痛哭。她的表妹知道她和梓青极好，恐怕能安慰她的只是他了，因给梓青写了一封信道：

梓青先生：

我很冒昧给你写信，你一定很奇怪吧？你知道我表姊近来的状况怎样吗？她自从我姑母死后，更比从前沉默了！每天的枕头上的泪痕，总是不干的，我们再三地劝慰，终无益于事，而她的身体本来不好，哪经得起此种的殷忧呢？你是她很好的朋友，能不能想个法子安慰她？我盼望你早些北来，或者可稍煞她的悲怀！

我们一家人，都为她担忧，因为她向来对于人世，多抱悲观，今更经此大故，难保没有意外的事情发生……要说起她，也实在可怜，她自幼所遇见的事，已经很使她感觉世界的冷苛，现在母亲又弃她而去，一个人四海漂泊，再有勇气的人，也不禁要志馁心灰呵！你有方法转移她的人生观吗？盼望得很，再谈吧！此祝康乐！

露沙的表妹上

露沙这一天早起，觉得头脑十分沉闷，因走到院子里站了半晌，才要到屋里去梳头，听差的忽进来告诉她说，有一个姓朱的来访。她想了半天，不知道是谁，走到客厅，看见一个女子，面上微麻，但神情眼熟得很，好像见过似的，凝视了半天，才骇然问道："你是心悟吗？我们三年多不见了！……你从哪里来？前些日子竹荪有信来，说你去年出天花，很危险，现在都康全了？"心悟惜然道："人事真不可料，我想不到活到二十几岁，还免不了出这场天灾。我早想写信给你，但我自病后心情灰冷，每逢提笔写信，就要触动我的伤感。人们都以我病好了，来称贺我！其实能在那时死了，比这样活着强得多呢？"露沙说："灾病是人生难免的，好了自然值得称贺，你为什么说出这种短气的话来？"心悟被露沙这么一问，仿佛受了极大的刺激般，低头哽咽。歇了半天，她才说："我这病已经断送了我梦想的前途，还有什么生趣？"露沙不明白她的意思，只为不过她一时的感触，不愿多说，因用别的话岔开，谈了些江浙的风俗，心悟也就走了。

过了几天，兰馨来谈，忽问露沙说："你知道你那朋友朱心悟已经解除婚约了吗？"露沙惊道："这是怎么一回事，怪道那天她那样情形呢？"兰馨因问什么情形，露沙把当日的谈话告诉她。兰馨叹道："做人真是苦多乐少，像心悟那样好的人，竟落到这步田地！真算可怜！心悟前年和一个青年叫王文义的订婚，两个人感情极好，已经结婚有期，不幸心悟忽然出起天花来，病势十分沉重，直病了四个多月才好。好了之后脸上便落了许多麻点，其实这也算不得什么，偏偏心悟古怪心肠，她说：'男子娶妻，没一个不讲究容貌的，王文义当日再三向她求婚，也不过因爱她的貌，现在貌既残缺，还有什么可说，王文义纵不好意思，提出退婚的话，而他的家人已经有闲话了。与其结婚后使王文义不满意，倒不如先自己退婚呢！’心悟这种的主张发表后，她的哥哥曾劝止她，无奈她执意不肯，无法只得照她的话办了。王文义起初也不肯答应，后来经不起家人的劝告，也就答应了。退婚之后心悟虽然达到目的，但从此她便存心逃世，现在她哥哥姊妹们都极力劝她。将来怎么样，还说不定呢？”兰馨说完了，露沙道：“怎么年来竟是这些使人伤心的消息呵！心悟从前和我在中学同校时，是个极活泼勇进的人，现在只落得这种结果，唉！前途茫茫，怎能不使人望而生畏！”不久兰馨走了。露沙正要去看心悟，邮差忽送来一封信，是梓青寄的。她拆开看道：

露沙！露沙！

你真忍决心自戕吗？固然世界上的人都是残忍的，但是你要想到被造物所播弄的，不止你一个人呵，你纵不爱惜自己，也当为那同病的人，稍留余地！你若决绝而去，那同病者岂不更感孤零吗？

露沙！我唯有自恨自伤，没有能力使你减少悲怀，但是你曾应许我作你唯一的知己，那么你到极悲痛的时候，也当为我设想，若果你竟自绝其生略，我的良心当受何种酷责？唉！露沙！在形式上，我固没有资格来把你孤寂的生活，变热闹了。而在精神上，我极诚恳地求你容纳我，把我火热的心魂，伴着你萧条空漠的心田，使她开出灿烂生趣的花，我纵因此而受任何苦楚，都不觉悔的。露沙！你应允我吧！

我到京已两日，但事忙不能立时来会你，明天下午我一定到你家里来，请你不要出去。别的面谈，祝你快活！

梓青

露沙看过信后，不免又伤感了一番，但觉得梓青待她十分诚恳，心里安慰许多。第二天梓青来看她，又劝她好些话，并拉她到公园散步，露沙十分感激他，因对梓青道：“我此后的岁月，只是为你而生！”梓青极受感动，一方面觉得露沙引自己为知己，是极荣幸的，但一方面想到那不如意的婚姻，又万感丛集，明知若无这层阻碍，向露沙求婚，一定可操左券，现在竟不能。有一次他曾向露沙微露要和他妻子离婚的意思，露沙凄然劝道：“身为女子，已经不幸！若再被人离弃，还有生路吗？况且因为我的缘故，我更何心？所谓我虽不杀伯仁，伯仁由我而死，不但我自己的良心无以自容，就是你也有些过不去，……不过我们相知相谅，到这步田地，申言绝交，自然是矫情。好在我生平主张精神生活，我们虽无形式的结合，而两心相印，已可得到不少安慰，况且我是劫后余灰，绝无心情，因结婚而委身他人，若果天不绝我们，能因相爱之故，在人类海里，翻起一堆巨浪，也就足以自豪！”梓青听了这话，虽极相信露沙是出于真诚，但总觉得是美中不足，仍不免时时怅惘。

过了几个月，蔚然从上海寄来一张红帖，说他已与某女士订婚了，这帖子一共是两张，一张是请她转寄给云青的。云青接到帖子以后，曾作了一首诗贺蔚然道：

燕话莺歌，
不是赞美春光娇好，
是贺你们好事成功了！
祝你们前途如花之灿烂！
谢你们释了我的重担！

云青自得到蔚然订婚消息后，转比从前觉得安适了，每天努力读书，闲的时候，就陪着母亲谈话，或教弟妹识字，一切的交游都谢绝了，便是露沙也不常见，有时到医院看看宗莹的病，宗莹病后，不但身体孱弱，精神更加萎靡。她曾对露沙说：“我病若好了，一定极力行乐，人寿几何？并且像我这场大病，不死也是侥幸！还有什么心和世奋斗呢！”露沙见她这种消沉，只有凄楚，也没什么话可说。

过了半年宗莹病虽好了，但已生了一个小孩，更不能出来服务了。这时云青全家要回南，云青在北京教书，本可不回去，但因她的弟妹都在外国求学，母亲在家无人侍奉，所以她决计回去。当临走的前一天，露沙约她在公园话别，她们到公园时才七点钟，露沙拣了海棠荫下的一个茶座，邀云青坐下。这时园里游人稀少，晨气清新，一个小女娃，披着满肩柔发，穿着一件洋式水红色的衣服，露出两个雪白的膝盖，沿着荷池，跑来跑去，后来蹲在草地上，采了一大堆狗尾巴草，随身坐在碧绿的草上，低头凝神编玩意。露沙对着她怔怔出神，云青也仰头向天上之行云望着，如此静默了好久，云青才说：“今天兰馨原也说来的，怎么还不见到?”露沙说:“时候还早,再等些时大概就来了。……我们先谈我们的吧!”云青道:“我这次回去以后,不知我们什么时候再见呢?”露沙说:“我总希望你暑假后再来!不然你一个人回到孤僻的家乡,固然可以远世虑,但生气未免太消沉了!”云青凄然道:“反正做人是消磨岁月,北京的政局如此,学校的生活也是不安定,而且世途多难,我们又不惯与人争逐,倒不如回到乡下,还可以享一点清闲之福。闭门读书也未尝不是人生乐事!”她说到这里,忽然顿住,想了一想又问露沙道:“你此后的计划怎样?”露沙道:“我想这一年以内,大约还是不离北京,一方面仍理我教员的生涯,一方面还想念点书,一年以后若有机会,打算到瑞士走走,总而言之,我现在是赤条条无牵挂了。做得好呢,无妨继续下去;不好呢,到无路可走的时候,碧玉宫中,就是我的归局了。”云青听了这话,露出很悲凉的神气叹道:“真想不到人事变幻到如此地步,两年前我们都是活泼极的小孩子,现在嫁的嫁,走的走,再想一同在海边上游乐,真是做梦,现在莲裳、玲玉、宗莹都已有结果,我们前途茫茫,还不知如何呢?……我大约总是为家庭牺牲了。”露沙插言道:“还不至如是吧!你纵有这心,你家人也未必容你如此。”云青道:“那倒不成问题,只要我不点头,他们也不能把我怎样。”露沙道:“人生行乐罢了,也何必过于自苦?”云青道:“我并不是自苦……不过我既已经过一番磨折,对于情爱的路途,已觉可怕,还有什么兴趣再另外作起?……昨天我到叔叔家里,他曾劝我研究佛经,我觉得很好,将来回家乡后,一切交游都把它谢绝,只一心一意读书自娱,至于外面的事,一概不愿闻问。若果你们到南方的时候,有兴来找我,我们便可在堤边垂钓,月下吹箫,享受清雅的乐趣,若有兴致,作些诗歌,不求人知,只图自娱。至于对社会的贡献,也只看机会许我否,一时尚且不能决定。”

她们正谈到这里,兰馨来了,大家又重新入座。兰馨说:“我今天早起有些头昏,所以来迟!你们谈些什么?”云青说:“反正不过说些牢骚悲抑的话。”兰馨道:“本来世界上就没有不牢骚的人,何怪人们爱说牢骚话!……但是我比你们更牢骚呢!你知道吗?我昨天又和孤云生了一大场气。孤云的脾气真可算古怪透了。幸亏是我的性子,能处处俯就她,才能维持这三年半的交谊,若是遇见露沙,恐怕早就和她绝交了!”云青道:“你们昨天到底为什么事生气呢?”兰馨叹道:“提起来又可笑又可气,昨天我有一个亲戚,从南边来,我请他到馆子吃饭,我就打电话邀孤云来,因为我这亲戚和孤云家里也有来往,并且孤云上次回南时也曾会过他，所以我就邀她来，谁知她在电话里冷冷地道：‘我一个人不高兴跑那么远去。其实她家住在东城，到西城来也并不远，不过半点钟就到了！——我就说：‘那么我来找你一同去吧！’她也就答应了，后来我巴巴从西城跑到东城，陪她一齐来，我待她也就没什么对不住她了。谁知我到了她家，她仍是做出十分不耐烦的样子说：‘这怪热的天我真懒出去。’我说：‘今天还不大热，好在路并不十分远，一刻就到了。’她听了这话才和我一同走了。到了饭馆，她只低头看她的小说，问她吃什么菜？她皱着眉头道：‘随便你们挑吧。’那么我就挑了。吃完饭后，我们约好一齐到公园去。到了公园我们正在谈笑，她忽然板起脸来说：‘我不耐烦在这里老坐着，我要回去，你们在这里畅谈吧。说完就立刻嚷着：‘洋车！洋车！’我那亲戚看见她这副神气，很不好过，就说：‘时候也不早了，我们一齐回去吧。’孤云说：‘不必！你们谈得这么高兴，何必也回去呢？’我当时心里十分难过，觉得很对不住我那亲戚，使人家如此地难堪！……一面又觉得我真不值！我自和她交往以来，不知赔却多少小心！在我不过觉得朋友要好，就当全始全终……并且我的脾气，和人好了，就不愿和人坏，她一点不肯原谅我，我想想真是痛心！当时我不好发作，只得忍气吞声，把她招呼上车，别了我那亲戚，回学校去，这一夜我简直不曾睡觉，想起来就觉伤心。”她说到这里，又对露沙说，“我真信你说的话，求人谅解是不容易的事！我为她不知精神受多少痛楚呢！”

云青道：“想不到孤云竟怪僻到这步田地？”露沙道：“其实这种朋友绝交了也罢！……一个人最难堪的是强不合而为合，你们这种的勉强维持，两方都感苦痛，究竟何苦来？”

兰馨沉思半天道：“我从此也要学露沙了！……不管人们怎么样，我只求我心之所适，再不轻易交朋友了。云青走后可谈的人，除了你（向露沙说）也没有别人，我倒要关起门来，求慰安于文字中。与人们交接，真是苦多乐少呢！”云青说：“世事本来是如此，无论什么事，想到究竟都是没意思的。”

她们说到这里，看看时候已不早，因一齐到来今雨轩吃饭，饭后云青回家，收拾行装。露沙、兰馨和她约好了，第二天下午三点钟车站见面，也就回去了。

云青走后，露沙更觉得无聊，幸喜这时梓青尚在北京，到苦闷时，或者打电话约他来谈，或者一同出去看电影。这时学校已放了暑假，露沙更闲了，和梓青见面的机会很多，外面好造谣言的人，就说她和梓青不久要结婚，并且说露沙的前途很危险，这话传到露沙耳里，十分不快，因写一封信给梓青说：

梓青！

吾辈夙以坦白自勉，结果竟为人所疑，黑白倒置，能无怅怅！其实此未始非我辈自苦，何必过尊重不负责任之人言，使彼喜含毒喷人者，得逞其伎俩，弄其狡狯哉？

沙履世未久，而怀惧已深！觉人心险恶，甚于蛇蝎！地球虽大，竟无我辈容身之地，欲求自全，只有去此浊世，同归于极乐世界耳！唉！伤哉！

沙连日心绪恶劣，盖人言啧啧，受之难堪！不知梓青亦有所闻否？世途多艰，吾辈将奈何？沙怯懦胜人，何况刺激频仍，脆弱之心房，有不堪更受惊震之忧矣！梓青其何以慰我？临楮凄惶，不尽欲言，顺祝康健！

露沙上

梓青接到信后，除了极力安慰露沙外，亦无法制止人言。过了几个月，梓青因友人之约，将要离开北京，但是他不愿抛下露沙一个人，所以当未曾应召之前，和露沙商量了好几次。露沙最初听见他要走，不免觉得怅怅，当时和梓青默对至半点钟之久，也不曾说出一句话来。后来回到家里，独自沉沉想了一夜，觉得若不叫梓青去，与她将来发展的机会，未免有碍，而且也对不起社会，想到这里，一种激壮之情潮涌于心，第二天梓青来，露沙对他说："你到南边去的事情，你就决定了吧！我觉得这个机会，很可以施展你生平的抱负，……至于我们暂时的分别，很算不了什么！况我们的爱情也当有所寄托，若徒徒相守，不但日久生厌，而且也不是我们的夙心。"梓青听了这话，仍是犹疑不决道："再说吧！能不去我还是不去。"露沙道："你若不去，你就未免太不谅解我了！"说着凄然欲泣，梓青这才说"我去就是了！你不要难受吧！"露沙这才转悲为喜，和他谈些别后怎样消遣，并约年假时梓青到北京来。她们直谈到日暮才别。

云青回家以后曾来信告诉露沙，她近来生活十分清静，并且已开始研究佛经了，出世之想较前更甚，将来当买田造庐于山清水秀的地方，侍奉老母，教导弟妹，十分快乐。露沙听见这个消息，也很觉得喜慰，不过想到云青所以能达到这种的目的，因为她有母亲，得把全副的心情，都寄托在母亲的爱里，若果也像自己这样飘零的身世，……便怎么样？她想到这里不禁又伤感起来。

有一天露沙正在书房，看《茶花女遗事》，忽接到云青的来信，里头附着一篇小说。露沙打开一看，见题目是《消沉的夜》，其内容是：

只见惨绿色的光华，充满着寂寞的小园，西北角的榕树上，宿着啼血的杜鹃，凄凄哀鸣，树荫下坐着个年约二十三四的女郎，凝神仰首。那时正是暮春时节，落花乱瓣，在清光下飞舞，微风吹皱了一池的碧水。那女郎沉默了半晌，忽轻轻叹了一口气，把身上的花瓣轻轻拂拭了，走到池旁，照见自己消瘦的容颜，不觉吃了一惊，暗暗叹道："原来已憔悴到这步田地！"她如悲如怨，倚着池旁的树干出神，迷忽间，仿佛看见一个似曾相识的青年，对她苦笑，似乎说："我赤裸裸的心，已经被你拿去了，现在你竟要弃了我！唉！"那女郎这时心里一痛，睁眼一看，原来不是什么青年，只是那两竿翠竹，临风摇摆罢了。

这时月色已到中天，春寒兀自威凌逼人，她便慢慢踱进屋去了。屋里的月光，一样的清凉如水，她便拥衾睡下，朦胧之间，只见一个女子，身披白绢，含笑对她招手，她便跟了去。走到一所楼房前，楼下屋窗内，灯光亮极，她细看屋里，有一个应年的女子，背灯而坐，手里正拿着一本书，侧首凝神，好像听她旁边坐着的男子讲什么似的。她看那男子面容极熟，就是那个瘦削身材的青年，她不免将耳头靠在窗上细听，只听那男子说："……我早应当告诉你，我和那个女子交情的始末。她行止很端庄，性情很温和，若果不是因为她家庭的固执，我们一定可以结婚了。……不过现在已是过去的事，我述说爱她的事实，你当不至怒我吧！"那青年说到这里，回头望着那女子，只见那女子含笑无言……歇了半晌那女子才说："我倒不怒你向我述说爱她的事实，我只怒你为什么不始终爱她呢？"那青年似露着悲凉的神情说："事实上我固然不能永远爱她，但在我的心里，却始终没有忘了她呢！……"她听到这里，忽然想起那人，便是从前向她求婚的人，他所说女子，就是自己，不觉想起往事，心里不免凄楚。因掩面悲泣，忽见刚才引她来的白衣女郎，又来叫她道："已往的事，悲伤无益，但你要知道许多青年男女的幸福，都被这戴紫金冠的魔鬼剥夺了！你看那不是他又来了！"她忙忙向那白衣女郎手指的地方看去，果见有一个青面獠牙的恶鬼，鼓着金碧辉煌的紫金冠。那金冠上有四个大字是："礼教胜利"。她看到这里，心里一惊就醒了，原来是个梦，而自己正睡在床上，那消沉的夜已经将要完结了，东方已经发出青白色了。

露沙看完云青这篇小说，知道她对蔚然仍未能忘情，不禁为她伤感，闷闷枯坐无心读书。后来兰馨来了，才把这事忘掉。兰馨告诉她年假要回南，问露沙去不去？露沙本和梓青约好叫梓青年假北来，最近梓青有一封信说他事情太忙，一时放不下，希望露沙南来，因此露沙就答应兰馨，和她一同南去。

到南方后，露沙回家，到父母的坟上祭扫一番，和兄妹盘桓几天，就到苏州看玲玉。玲玉的小家庭收拾得很好，露沙在她家里住了一星期，后来梓青来找她，因又回到上海。

有一天下午，露沙和梓青在静安寺路一带散步。梓青对露沙说："我有一件事要和你商量，不知肯答应我不？"露沙说："你先说来再商量好了。"梓青说："我们的事业，正在发轫之始，必要每个同志全力去做，才有成熟的希望，而我这半年试验的结果，觉得能实心蹋地做事的时候很少，这最大的原因，就是因为悬怀于你……所以我想，我们总得想一个解决我们根本问题的方法，然后才能谈到前途的事业。"露沙听了这话，呻吟无语，……最后只说了一句："我们从长计议罢！"梓青也不往下说去，不久他们回去了。

过了几个月，云青忽接到露沙一封信道：

云青！

别后音书苦稀，只缘心绪无聊，握管益增怅惘耳。前接来函，借悉青云乡居清适，欣慰无状！沙自客腊南旋，依旧愁怨日多，欢乐时少，盖漂萍无根，正未知来日作何结局也！时晤梓青，亦郁悒不胜；唯沙生性爽宕，明知世路险峻，前途多难，而不甘踯躅歧路，抑郁瘦死。前与梓青计划竟日，幸已得解决之策，今为云青陈之。

曩在京华沙不曾与云青言乎？梓青与沙之情爱，成熟已久，若环境顺适，早赋于飞矣，乃终因世俗之梗，夙愿莫遂！沙与梓青非不能铲除礼教之束缚，树神圣情爱之旗帜，特人类残苛已极，其毒焰足逼人至死！是可惧耳！

日前曾与梓青，同至吾辈营游之地，碧浪滔滔，风啸凄凄，景色犹是，而

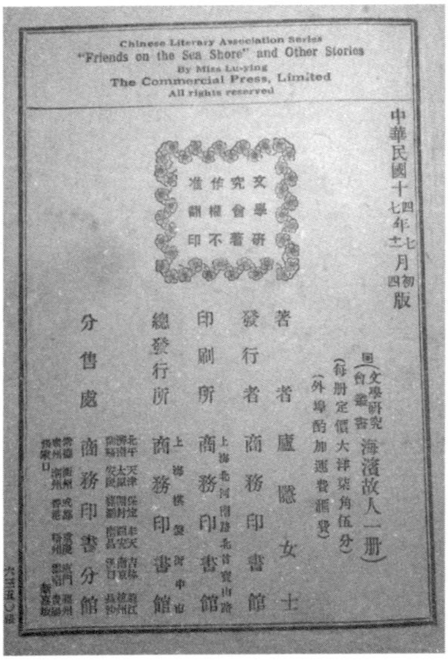
Chinese Literary Association Series
"Friends on the Sea Shore" and Other Stories
By Miss Lu-ying
The Commercial Press, Limited
All rights reserved

中華民國十四年七月初版
中華民國十七年十二月四版

文學研究會著作權不准翻印

（文學研究會叢書）海濱故人一冊
（每冊定價大洋柒角伍分）
（外埠酌加運費匯費）

著者 廬隱女士
發行者 商務印書館
印刷所 上海北河南路北首寶山路 商務印書館
總發行所 上海棋盤街中市 商務印書館
分售處 商務印書分館

《海滨故人》

人事已非，怅望旧游，都作雨后梨花之飘零，不禁酸泪沾襟矣！

吾辈于海滨徘徊竟日，终相得一佳地，左绕白玉之洞，右临清溪之流，中构小屋数间，足为吾辈退休之所，目下已备价购妥，只待鸠工造庐，建成之日，即吾辈努力事业之始。以年来国事蜩螗，固为有心人所同悲。但吾辈则志不在斯，唯欲于此中留一爱情之纪念品，以慰此干枯之人生。如果克成，当携手言旋，同逍遥于海滨精庐；如终失败，则于月光临照之夜，同赴碧流，随三闾大夫游耳。今行有期矣，悠悠之命运，诚难预期，设吾辈卒不归，则当留此庐以飨故人中之失意者。

宗莹、玲玉、莲裳诸友，不另作书，幸云青为我达之。此牍或即沙之绝笔，盖事若不成，沙亦无心更劳楮墨以伤子之心也！临书凄楚，不知所云，诸维珍重不宣！

露沙书

云青接到信后，不知是悲是愁，但觉世界上事情的结局，都极惨淡，那眼泪便不禁夺眶而出。当时就把露沙的信，抄了三份，寄给玲玉、宗莹、莲裳。过了一年，玲玉邀云青到西湖避暑。秋天的时候，她们便绕道，到从前旧游的海滨，果然看见有一所很精致的房子，门额上写着“海滨故人”四个字，不禁触景伤情，想起露沙已一年不通音信了，到底也不知道是成是败，屋迩人远，徒深驰想，若果竟不归来，留下这所房子，任人凭吊，也就太觉多事了！

她们在屋前屋后徘徊了半天，直到海上云雾罩满，天空星光闪烁，才洒泪而归。临去的一霎，云青兀自叹道：“海滨故人！也不知何时才复归来啊？”

（选自《海滨故人》，人民文学出版社 1985 年 12 月 1 版）

潘伯鹰

（1904—1966）

现代著名书法家、诗人、小说家，安庆怀宁县人。原名式，字伯鹰，号凫公、有发翁，别署孤云，以字行。国共和谈时，曾担任国方代表章士钊的秘书。新中国成立后，曾任上海中国书法篆刻研究会副主任委员、同济大学教授。

早在20世纪30年代，天津《大公报》曾连载过一部作者署名为“凫公”的小说《人海微澜》，多叙都市男女恋情和知识分子的情感。风靡一时，影响甚巨，时清华大学教授吴宓推为当世说部第一，并列为学生必读书目。

新中国成立后潘伯鹰任教于同济大学和上海音乐学院，在上海市文物管理委员会和鉴定名家谢稚柳共事。因得陈毅赏擢，在上海市政府任参事，与学者、书法家沈尹默等共同筹创上海中国书法篆刻研究会。后潜心于诗词及书法，是中国近代书坛“二王”书风的积极追崇者之一。书法论著有《书法杂论》《中国的书法》《中国书法简论》，书法作品有《潘伯鹰行草墨迹》等。

人海微澜（节选）

第十回　望外佳音灾官颁俸
命中奇厄文丐焚书

且说秋圃一径回到家来，孟迟夫妇早已就寝。秋圃走进院子，黑洞洞的好生冷静。到自己房里捻开灯，只见当差的已把被铺好，便解衣睡下。次日起来正好吃午饭。孟迟笑道："你昨日怎么回来了？难道那绣户绮窗会反不如这……"秋圃知道孟迟错想了，忙截住道："你误会了。我昨夜陪唐春卿到我们同乡的李渭臣家里，谈了一夜的大烟。"于是把昨宵之事，略略说了一些。孟迟听了皱眉道："真的，你们有钱在手，淘在一起昏天黑地地玩儿，讲究甚么烟味烟趣。哪知我们那儿还有一位穷朋友，短了烟灰正要命呢。"秋圃忙问何事。孟迟道："还是先前我在湖南的时候，认识一个军界朋友名叫夏云帆。他现在也在京里当个小穷部员。我上一个月在路上碰见他，接连就会了好儿回面。我知道他从前也玩两口烟，问起来他此刻窘得要死。他口里动了几次要问我借钱，只是没有出口。昨天又遇见他，还是穿一件破大衫子，向我开口借钱盘夹衣，我身边恰好只剩下几毛钱了，答应今天送几个钱到他家里去。等一歇我拜了一个朋友就上衙门，下了衙门就到他那里去。"当下饭毕各散不提。

看官，如今这个世界，穷的越穷，阔的越阔。穷的与阔的，原来都生存在一个社会里，彼此都属息息相关的一体，不是天然的有何等界限。所以这边肥了几个，那边就要瘦了几个。要不是把那边给闹瘦了，这边也不会凭空地肥起来。这种情形，在年头儿好的时候还不大显得出。越是像现在这样坏年头儿，越来得利害。因为大家都存了个朝不保夕的恐惧，又夹上侥幸成功的心理，一面为物欲所引诱,一面又为成例所激刺。眼看着现在的阔人,都是前一二年的穷光蛋、兔崽子,不过碰上机会马上抖起来了,哪有不被掀动的道理?这么一来,普通的人都知道正路不可靠,安分循规,反没饭吃。所以但凡有法子可以达得意的目的,便无论甚么混账的手段都不惜采取。在这种情状之下,那有机会的便竭力利用机会,恣意所为,骄奢淫逸;那没有机会的,便活该沦入九幽,熬那刀山油锅的地狱苦刑了。我们现在满耳所听见的,一面是啼饥号寒的悲音,一面却是荡魄销魂的艳史。若非人民在朝不保夕的社会里,为偷安侥幸的心理所支配,哪里会有这么利害反常惨酷的现象?原来这些都是互为因果互成正比例的呀。即如韦秋圃唐春卿这班人过的生活不为不浪漫,不为不骄奢,试问他们每用一个钱的时候哪一次不是增加贫人的痛苦,才换得他们片时的快意?然而韦唐独不过是附属特殊阶级,还不是直接负责者。呜呼,那直接负责者,又待怎样呢?

闲话说过。再表这位夏云帆,原是一个不文不武亦文亦武的人。在张督管辖湖南的时候,他因为是某旅长的表弟,所以在军营里也当了武差事。又因那旅长和他很是说得来,很帮助他,所以他那时很能赚几个钱。皮帽子,缎袍儿,看去也俨然是个人了。那时稷孟迟在省署当秘书,和那旅长及旅长的军需官吴某,一道玩过几次。后来孟迟衔着省座的使命,交结这班人,所以更往来得亲些。那夏云帆便是这样和孟迟认识的。后来时局转移,经了一次战争,那旅长带着一个护兵逃到山路僻静地方,被那护兵冷不防给结果了,搜得他的身边财物而去。夏云帆经此一次沧桑,靠山已倒,万分无聊。所幸北京还有一个朋友,替他在陆军部弄了一个差事,他才到北京来,亏他运气渐好,又在财政部兼了一个事,就把家小接来。哪晓得接到家眷不久,财政总长换了新人,把他给裁去了。云帆本来在军界里学上了两口瘾,事情一坏心里越发牢骚,便成日地躲在家里躺着拿烧烟解闷。可怜他到了这等地步,还有甚么好膏子,无非拿烟灰翻了又翻,翻到无可翻之时,将剩下的残灰,和口黄茶吞下过瘾罢了。孟迟见他之时,看他一次比一次憔悴,虽是自己境况也不见得好,但总有点余力稍为助一点。所以那天下了衙门,便要到云帆家去。车夫拉进一个小胡同,依着孟迟吩咐,在第十二号一个门口停下。孟迟一看,是个黑灰矮小门面,下半截已是颓败,露出麻筋来了。那两扇大门上的黑油漆,大约前五六年已经褪尽,只剩下破裂的灰色粗板。那门上新年里也贴过纸对子,不过下截已被小孩子撕去了,上截也变了颜色。孟迟因为门牌号数记不清楚，想看看门上有没有姓氏牌子。一看却是没有。但两边门框却有一副红纸长条对子，字迹粗劣，所幸居然未损。那文是："事起人为，总要长存忠厚。命由天定，何须巧渡难关。"孟迟由不得笑了起来。再看那门里一座影壁墙，墙角却有一堆垃圾，甚么煤渣子、白菜根、大蒜皮全有。却看不见一个人在院子里。只得在那破门上敲了几下，才见一个满脸鼻涕油黑的小孩子跑到门口，翻着两个晶亮的小乌眼珠，大声问道："找谁的呀？"孟迟告诉他找姓夏的，那孩子却跑开了，用一种另外吩咐人的口气说道："不是找我们的。找姓夏的！"这时候孟迟早抬眼看见夏云帆闻声跑了出来。一身破短衣，拖了一双鞋，一面极力道歉，一面弓着身子请孟迟进去。孟迟一看那院子，横七竖八，各个屋门前全有煤灰，大约一共住了五六家。墙边土地上，不知道哪位雅人还栽了些牵牛花向日葵一类的东西，零零落落，一堆黄叶断蔓睡在地下。等得云帆被让进那屋子里，统算只有一间，就叫一张破木床占了一半面积。云帆就请孟迟在床上坐，口里说道："内人方才出去买菜，请老哥坐一会，我去泡茶来。"孟迟连说不要客气，云帆却走出门外了。孟迟这才赏鉴他这间卧室式的公馆。只见床上铺了一层灰色垫被，也没有被单。床头一张锯了一只腿的方凳，用半块砖垫稳了，上面放一只大福建皮箱，皮箱上却放着一副烟具。箱子这面，安一张长桌，放些女人梳头匣子、酱油瓶、饭碗、没有盖的胰子盒儿、钉了钢补丁的杯之类。对面乃是一张方桌，也是乱七八糟放着些砂锅、菜碟子。所幸正中靠墙的一架单铃镀镍小闹钟和旁边两个绿色东洋玻璃花瓶，还勉强在这纷扰的环境中巍然中立，要竭力维持中央的威信。那正中墙上，还挂了一幅英美烟公司印赠的洋纸山水画，更配上一副泥金对联，上款是"云帆老哥大人三旬双庆"，下款写了一大串，却是甚么陆军第几师第几旅第几团团长蔡金标，孟迟也不暇细辨。

夏云帆从门外煤炉上倒下开水，泡了茶进来，觅了一个杯子，替孟迟斟好，双手奉上。然后在方桌边一个椅子上坐下，对孟迟道："这里太仄太脏，还劳稷先生驾跑过来，真是对不起！"言下由不得叹口气道，"这几年来我兄弟的景况，竟闹到这样，真是做梦也想不到。"孟迟道："可不是，这都是你我朋友运气不好。也不止一两家如此，我们在京城里靠衙门差事过活的，哪个不艰难？"云帆道："咳，我兄弟要是早知道这样，从前好好地攒下几个钱，也不至于这样着急。"又低声道，"现在不瞒你老哥说，人家顶穷的吃窝窝头，我们就有时连买窝窝头的钱也没有，只好饿着。又怕让邻居看见越发难为情，只好出去在马路上绕几个弯儿，回来还向人说在外面吃了。你老哥想想，连饿肚子都不容易……”云帆说到此地，声音不觉有些硬了，便哽住了不说。孟迟自觉恻然，便劝他道：“你老兄也不要过于着急。慢说从前没有余下钱来的人，就是从前积下几文的，到了此时，衙门拖得太久，据兄弟所知的，有许多也赔干净了。即如我兄弟何尝不是苦鬼中之一。所以见着你老兄为难的情形，虽然早就想帮帮忙，总是因为自己闹得一身疮，顾全不过来，心有余而力不足，所以也就无法子。昨天兄弟回家之后，勉强对付了几块钱，今天带过来了……”说着便在身边取出一小卷纸票，点过是五张一元的钞票，交与云帆，口里接着说道，“兄弟力量太小，只能稍为帮助老兄一时之急，聊尽一点心思。”那夏云帆从前虽然也是花过钱的人，可是彼一时此一时，这半年来简直就没有从人家手里接过这么大注子的钱。一见孟迟居然拿出五块现大洋钞票，那种感激的神情，任是吴道子也画不出来。伸手接过之时，觉得稷孟迟竟是一个货真价实比孔夫子还高十倍的圣人，心里想说几句客气话，可是口里竟结结巴巴地吐不出个字儿来。孟迟也不便多坐，随即告辞而去。恰好云帆的太太王氏回来，手里提着一个小篮，里面盛着一浅碗芝麻酱，半个盐萝卜。进了门来，一看桌上碗里泡的竟是好茶，登时不乐，发话埋怨道：“穷到这个样儿了，还讲究甚么？我辛辛苦苦将这点好叶子留了半年，你就……”云帆不等王氏说完，将肚皮一挺，扬着脖子大声道：“嘿，我是特意拿好叶子泡了给客喝的。你知道今天我们家里来了甚么人！也不打听打听就瞎骂我！”王氏经他一嚷，怔怔问道：“谁呀？除了你的破同事的，难道还有甚么阔人找你？”云帆嘻嘻笑道：“今天偏偏出你意料之外！”说着摸出钞票向桌上一掼道：“你看！要没有阔朋友，这钱怎么来的？”王氏一见果然是钱，忙取过数了一数，回过脸来柔声笑着问道：“是你昨天说的那位稷先生吗？”云帆道：“自然是他，除了他还有谁！”王氏道：“咳，怎么我也糊涂了，我应该先把屋子收拾干净些再出去。人家来了，瞧着多么不顾眼。幸亏你心眼儿快，泡了好茶，要不然我们这个样子，怎么对得起人。”云帆道：“算了吧，人家已走了，说了给谁听呢？我们还是预备做饭吃要紧。”夫妇两人便欢欢喜喜的，将饭吃了。

次日云帆替王氏赎了两件衣服，还买了些米。不到几日，五块钱只剩了一块了。云帆终日焦灼也无办法，再过两天，这仅有的一块钱又已告罄。急得云帆毫无主意，只有盼望住在北城的一个亲戚稍为接济。原来他这亲戚是一个开小纸烟铺带换钱的，论窘迫也差不多。不过为人十分义气，看见云帆难到这步田地，每天结账若有赚的，总叫小孩子送一两角钱给云帆暂为吃一餐。不料这两天竟自没有送来，云帆只是垂头丧气。亏得还是王氏聪明，对云帆道："明日他们总要送钱来。今天我们也不好再饿了，不如今天先将你那袍子当几毛钱吃饭。明日他们钱来了，便赎出来，你穿了上衙门。万一他们还不送来，你就到他们那里随便拿一件袍子穿半天。等下了衙门，再到他们那里脱下还他们。有这两次机会，你也可以带催催了。"云帆听了，不觉破涕为笑，无可奈何，只得依她。如此鬼混，又过了几时。云帆日日愁闷，想到如此终非了局，要换个别的事情干干。无奈做生意要本钱，做笨工要气力，皆非云帆所能胜任。无聊至极，每每和同院儿住的老郝瞎说解闷。这老郝是个拉洋车的。因为他皮肤粗黑，身长而瘦，他们胶皮界同人便送上尊号叫他作"铁条"，家中一妻两女，还有一个将周岁的小男孩。每日拉一辆极新洋车出去，回来时夫妻儿女大吃大笑。招得云帆羡慕不已。每逢闷在屋里听见铁条的小孩子有说有笑，此一来彼一往，小嘴儿将"爸爸"两字叫得清脆震耳，便愈加勾起云帆满心烦闷，相形之下好不凄凉。真不明白铁条的钱怎么这样容易来，便打听铁条日常生活。那铁条却很朴质地说道："我每天生意，至不济也可以挣个七八毛钱。好的时候，可以赚两三块，可不像头几年了。头几年我拉的是一个破车，人家都不爱坐，亏我拉得麻利，才挣几个钱。我攒下二十几块钱，买了胡宅的一辆旧车，自拉自赚，更容易攒钱。头年儿我就把我的车赁给别人，我自个儿赁好车拉。见天儿早上我不出去，因为早上没甚么阔角儿出门，尽是苦买卖儿，拉了没劲。一到十二点，我才拉车出去，在那胡同口儿上等着那胡同儿里的刘三爷，或是许四太太。上车就走，不讲价儿。出趟前门，不是两毛，就是三毛。拉趟俱乐部，或是王广福料街，那不用提，准是四毛。最好是晚上八九点钟，咱们那街坊吴老爷，常常儿地出去打牌，推牌九甚么的。我一拉上他，撒腿就跑，到那儿不要钱，就在那儿等着。两点就两点见，天亮就天亮见。拉回来了，准给个块儿八毛的。有一回，嘿，他真肯给呀！一摸兜儿，摸出一张五块的交通票儿。他一瞧拿错啦，要想换一换。我赶紧给他请了一个安，说：'得啦，您就赏给我做个大棉袄穿吧。'您猜怎么？他一乐，就给我啦！"铁条说到平生得意的地方，不觉哈哈大笑起来。接着手之舞之地大嗓子说道："现在我自个儿有两辆车赁出去了。上个月，咱们那王掌柜的，又打了一辆新车，车厢满是好滚，全副铜活儿，一对大玻璃灯，带喇叭脚铃儿,老人儿头的里外带,那钢硼子,是上了电的。他开口要一百二十块,我使八十块钱,打印子打了来了。现在我就拉那辆车。反正我车是硬阔的车,跑是跑得顶快,少了钱我就不拉,爱要不要,好座儿多着咧。”云帆听了,不觉神往。那铁条说得痛快,更滑下去道:“现在我见天儿早上睡觉,那早上的车,让那拉苦座儿的拉去!”这几句粗笨的话里,含着一种骄傲的仁慈,刺到云帆耳里,如同烧红了的烟签子扎在心头,看着铁条竟是高不可攀的富户,想到自己寒酸的境况,不由得鼻端一阵酸楚,那穷途之泪竟要夺眶而出,无精打采地,仰着头回到自己家里,和王氏凄然相对。

夜里夫妻两人,早早睡下。可怜天气已冷,那床夹被,怎能盖得暖?云帆便将王氏搂到怀里。王氏冷得身上正要打寒战,便也忙弯着膀子,将云帆颈子钩住。忽又想起将手伸出被子拿那脱下来的旧衣服,一齐加盖在被上,然后往里一缩,并起两只腿来,往云帆身边一挤,紧紧僵了起来取暖。一觉睡去,直至次日早晨醒来,王氏依然小猫儿似的缩在云帆臂圈儿里面,也睁开眼睛对面瞧着。云帆此时,不觉自己感着点儿意外的味道,对着王氏黄瘦的脸儿,苦笑道:“我们两人,穷也有穷的好处。从前我成夜在外打牌,你总疑心我住在包的外家里,见面就吵吵闹闹。两人轻易也不在一被里睡。就是偶尔同床,也是犯别扭。哪儿像现在这么亲热?”说着将手隔着小衣,拍拍王氏的臀部道,“我们这个样子,那不像年轻的小两口儿么?要是让甚么人偷着瞧见了,还以为我们昨儿夜里,真是怎样的轻狂呢。”云帆到此,触动心头哀感,由不得诚诚实实地叹了一口气道,“唉,其实我们年纪也不算很大,不过境遇一坏,还不到老的年纪,人就先老了,成日的心里不成心思。这些事也就毫不起兴致了。”王氏听他叽叽咕咕,说了这些不三不四的话,虽说是夫妻也羞得个臊而通红,赶忙推他起来道:“你还不赶快起来?昨天你说的话难道就忘了?衙门里不是说今天发薪水吗,你还不赶快去?尽自这样瞎说八道算是干吗的!”云帆道:“那是当然,好容易等了三个月,才有这点望头。不去?怎么不去哇?”于是云帆便收拾起来。王氏见他挂了一腔的泪痕,在那儿点烟灯,知道他早瘾已到,不觉地自己也打了一个呵欠。却听云帆独自道:“咦!昨夜只剩下三个泡儿了,怎么今天会出了四个?必是你这女人瞒着我藏起一个,塞在这里,让我搜出来了。”王氏道:“你快吃了去吧!”云帆便端起那白洋铁的油脏烟盘,挨着王氏脚边躺下,抽了半个泡儿。将余下来的一半,留在斗上,送到王氏口边,王氏便在被筒里,伸出颈子,就着云帆手中抽得干干净净。云帆又郑重其事地将烟具收起，谁知一不留神，竟将一个烟泡儿落在地下。云帆好不心痛，忙放下烟家伙，低头便向地下寻找。找来找去，看见那一个小泡儿竟在床底下。云帆也不顾尘埃，便伏下身子钻进床下拾去。只听嘶的一声，那条旧布小裤，早已从尾股沟儿上绷裂开来。云帆赶快一回头，不料脑袋又碰在木床横挡上，又痛又气。谁知等得退出身子来，一眼又看见个冤家站在面前，只见那人笑嘻嘻地对云帆道："妹婿你好？"原来此人名唤王三，是一个闲住在会馆里的人。不知怎的同王氏叙起来，是本家兄妹。王三本来无赖，便常常光顾云帆这一对精穷的两口儿。云帆见是他来，早已没好气，只管拍身上的土，也不大搭理。那王三却精明得很，一眼瞧见烟盘子，伸手忙拈一个泡儿，往嘴里一放，便端起一杯冷茶，骨碌送了下去。云帆这一来正应了俗话说的"无名业火三千丈"，心头一阵刺痛，便大声说道："他妈的，这是倒了哪一辈子的霉！要你这样儿的混蛋舅子……"说着便随手打了过去。那王三早已拔腿如飞地跑出，口里还笑着嚷道："三哥我明天就还你的！你别生气。"云帆哪里肯依，便一直追了出去。忽然想起自己后面裤破了，太不雅相，只得依旧回来，口里还是王八日的乱骂。走进房来，王氏已经气得卷起桩筒睡着流泪。云帆只得把裤子脱下掉过来将那破的面折在前面穿了，外加上一件空心长棉袍，料不会叫人看出破绽。又从枕头底下摸出那唯一的家私包儿，一数还有四十个铜圆，便拿起二十个，揣在袋里，把剩下的仍旧包好，塞在枕下，方才出门，一径往衙门走去。

走到大街上，恰好马路旁卖零碎吃食的正热热闹闹地彼此叫唤着。云帆看见一个卖烧饼的摊子和一个卖开锅豆腐的挑子，连摆在一处。有几个拉洋车的正坐在车旁吃吃喝喝。猛然觉出自己肚皮也是很饿，那烧饼的芝麻香和热气腾腾的豆腐香，搅在一起钻进鼻子里，越发叫他肚里的馋虫闹得厉害。他一想身边今日带了钱，衙门又是今日发薪水，用几个也不妨事，便也蹲到豆腐挑子边下，要了一碗豆腐，又要了一个刚出炉的热烧饼。一边吃着，一边喝那乳酪似的豆腐，满口芬芳好不痛快。只可恨那烧饼个儿太小，不到几口早已吃得干干净净，便站起来给了十个铜子，仍往衙门去。走不到几步，忽然想起一件事来，云帆由不得立时不快。哎呀，今天不是个礼拜日吗？我跑到衙门里去干甚么呢？全衙门都不办事，会计科自然也关了门，我向谁去要钱呢？云帆一念及此，不免双腿无力，想起方才烟泡之事，愤恨复起。要不是那个混蛋来捣乱，也不至于糊糊涂涂地跑出门来。又深悔方才一时嘴馋，万不该无缘无故地假充阔佬，吃了十个铜子的烧饼豆腐。现在连家里一共只剩了三十个铜子了，夫妻两个这一天可怎么过呢？满心以为钱可以立刻拿到手，所以才放胆用去几个，谁知偏偏又出这个意外的事。谁还不知道天下只有已经拿到手的才算是自己的钱，为甚么自己偏偏又想不到呢？真是荒唐至极。云帆一人正在街上惨惨惶惶自怨自艾，一抬头却见本科里一个同事高高兴兴地从对面走来。云帆一看他那神气与往常大不相同，不由得心中暗喜，忙问道："你老哥领了钱了吗？"那人道："刚才领到。呵！好麻烦，非本人亲自签名盖章，一概不许代领。"云帆猛然听得"领到"两字，心花怒放，如在梦中。犹恐那人所说不准，赶忙又问道："今天不是礼拜日吗？怎么居然会发了呢？"那人道："是呵，部里同人都以为好容易才弄到这一笔现款……"云帆连连用力点头道："对！对！"那人并不停止道："不要把弄到手的钱，再给弄飞了。今天是礼拜日，大家都不到衙门。钱存在部里，万一在这个空儿中间，来了个有力者，一个电话吩咐了总长，他总长敢不给拿出来吗？那么我们岂不就糟了？"云帆瞪着两眼，拍手道："对呀！"那人道："所以厅里司里大家赶快地会议了一下，总长也以为然，叫会计科偏劳，趁礼拜日就发放。完了是一件事，不要出了意外，进了嘴的肥肉，反落到地下去叫狗吃了。"云帆不由得哈哈大笑道："好极了，好极了，出这个主意的人，他的阴德真真不小。"当下两人分手，云帆抖擞精神，一径跑到部里。只见一班破落同事俱欣欣然有喜色，一个个地走起那新式小方步儿来，很像那么回事。云帆也顾不得注意，便到会计科里，在簿子上签了名，盖了章，领下薪水来一数是十一块零五角。云帆心中暗暗计算，果然不错，薪水的数目是八十块钱。这一回发二成是十六块钱，扣去次长老太太七十岁寿份子四块，还有衙里公赙庶务科同事因穷自缢的捐款，摊到自己名下是五毛钱，下剩的不是十一块零五毛却是多少？云帆又一想到今日发了薪水，关于节下茶房赏钱，无论如何还要给一块，自己只能实收十块零五毛了。这十块零五毛的钱够作甚么用呢？转又一想，这一回薪水本来是无望的了，亏得后来情形变好，现在居然能发了二成。设使一厘也不发，又将如之何？无论如何，总不能不算是时来运到发了一注横财呀！有此一念，云帆立刻欣然地叹了一口气，不觉欢眉喜脸地也走起小方步儿出了衙门。唉，自从"灾官"这个名词出世以来，巍巍国都，堂堂大部里的大小老爷们，愁眉苦脸，鹑衣菜色，只见其灾而不知其为官。可是否极泰来，当一线陌回之际，大家分得几个钱到手，便也容易昭苏，臭架子立刻端了出来，又令人觉得他们依然是官，而暂忘其灾了。闲话休提，且说夏云帆出了衙门，腿肚子里都灌满了劲，一气跑回家来，看见妻子王氏仍然未起，知道王氏心中愁思无钱，起来也是无益，索性在床上躺着，不由得怜惜起来，便想把她逗笑了解解闷儿。于是故意假作愁容道："顶高兴地跑到衙门里，谁知却是个大礼拜……"云帆说到这里拖长了声音。看着王氏缩在被里，睁着眼沉着脸也不发语，便轻轻地掏出两块现洋，用大指和中指捏紧了，猛然拿到王氏眼前一晃，同时两指连动，将那洋钱撩得怪响，高声道："谁知他妈的也给了老子了！"王氏只觉眼前一闪，不由得笑了出来，便随即起床买米做饭不提。

单说孟迟那天回家之后，将云帆困难情形说与太太知道。一眼看见桌上有封信便拆开看了，直皱眉毛。晚间秋圃回来，在餐台上又谈了起来。孟迟笑向秋圃道："像夏云帆这样的日子他也不能不过，那么我们这样境遇不能不说是天堂了。仔细想起来，我们总也该知足，无论如何，大白米饭吃着，皮袍子穿着，平白无事还要看看电影，听听戏，还要发牢骚骂骂。我们眼看着混蛋王八羔子大阔特阔，固然不忿，显得我们受了委屈似的。眼看夏云帆这样无用的人，还要带上嗜好，也可以说他应该吃苦。可是现在偌大的中国里头，知识能力比我们高上十倍百倍的人，怀才不遇，受夏云帆一样的罪的，难道又少了？我们只要稍为到破旅馆破会馆里调查一下，我们就晓得我们的运气已经是好得过分了。"秋圃听了这一番话，不由得连连点头。孟迟又道："我这番话也不是随便说的，刚才从夏云帆那里回家，心里很是舒畅。不料回家来马上就又不痛快……"说着将看过的那封信拿到秋圃面前道："你且看看，不知你可有甚么法子帮帮忙？"此时秋圃已经吃完饭，一手接过当差的送上的面巾，一手摊开那信看道："孟迟仁兄学长赐鉴！弟之窘状，兄所熟知，本不待弟晓晓屡渎。奈日来天气渐冷，逆旅积欠未能稍为敷衍，势将迫于寒饥，无以为继矣。前承惠我十金，已早告罄，弟知兄处境不丰，难中救我，亦不欲常累故人。惟请兄无论在何处为弟觅一谈饭地，感同再生。长安独处，形影相吊。扶桑文酒之乐，真不堪为今日忆也！临楮无任主臣，伏敬俪福，弟湛肃上。"秋圃看到后几行，蹙着眉心摇头道："这信凄恻得很，你到我屋里来谈谈好不好？"说着两人走进秋圃房内，各自在大椅上坐下。孟迟道："这人名叫倪湛恩号鹤汀，是日本的旧同学。此人才气很好，而且肯用功。那时大家胡闹胡玩，拿着官费孝敬下女。连我有时候都被他们搅得有些把持不定。而这位倪鹤汀,却始终规行矩步。不料他的运气如此之坏,回国以后简直没有路走。他告诉我前年刘小胡子在南边,曾经打个电报请他襄助军务。他刚要起程,不料刘胡子忽然倒了。去年王茂枝入了阁,他不好意思求茂枝,托人向茂枝说说窘况。谁知王茂枝那个混账东西,竟还记起在日本托鹤汀替作卷子鹤汀作迟了的旧恨,说道:'当日在日本同学的时候,他不认识我王某,不肯帮忙,现在我也管不了许多。'那人也不便再说了。鹤汀呢,这几年全仗卖文过日子。普通的稿子卖到书局里去,麻烦得很。要人介绍不用说,还得经书局里审查好几次,打打销路利钱,才板起面孔来讲价儿。顶多拿人家心血变出来的东西,出上四块洋钱一千字,就不得了了。你想一部书至少要五万字才得二百块钱。鹤汀人又懒散,花钱又随便,脾气又蛮大的,如何不窘?近来书局的生意坏透了,更不愿收这些东西。鹤汀托我设法,却叫我怎么设呢?他新近脱稿的一部政府组织论,是他参考所得半著半译的,大约有一二十万言……"秋圃听了一晌无语,到此忽然触动一个念头,忙道:"你说这些话都不能救急。我倒知道有个机会可以小小地帮他一个忙。"孟迟大喜,忙问何事。秋圃道:"再过十一天,便是通裕银行总理邹芝田的五十大寿,他们同人要公送一堂寿屏,托春卿的朋友刘伯珩包办。时期已促,连作带写还要装裱,很费时候。写字的人有了,只作文的一时找不出好手。伯珩不好意思逼我作,却托我找人。大约可以送四十块钱润笔。我看这事举荐这位办吧。"孟迟道"好好",随即打了一个电话到鹤汀的公寓里,征求了同意,便托秋圃仗着面子先把润笔要来。次日秋圃果然将钱交与孟迟,随着说道:"刘伯珩说这堂屏预备写八尺长的十六条,文章总要千言左右。这是他的话托我表明一句。"孟迟答道:"鹤汀晚上就来,我当面告诉他好了。"晚间鹤汀到来,孟迟便将钱交过,并将秋圃吩咐的话说了。

这倪鹤汀是个长瘦身材,穿一件旧库缎棉袍,套一件呢马褂子,袖口半破,领子扣儿也懒得扣上。灯光之下,映得他那副清癯面孔,虽在没说话之时,那落拓文人的招牌已是不可掩藏。听得孟迟说完,便将手中纸烟吸了一口,慢慢地嘘出口内余烟,从那没有甚么血色的脸上,露出一些枯淡的笑容,半眯着那副寒星似的眼睛,对孟迟说道:"一说起做文章来,可笑的事情多极了。要我作一两千字倒没有甚么费事的地方,最难为情的是文章作好了他们瞎说八道,好像唯恐怕自己不得丢脸似的,一劲儿只管胡挑不懂腔的眼。我想这个苦头你也尝够了……”孟迟笑道:“不用提了。”鹤汀看纸烟已快烧到根儿了,便投到痰盂里。只听嘶的一声,同时一缕轻烟向上飞开,早已寂静。回过头来对孟迟道:“上半年有一件事令我又气又笑。有个无聊的人,他父亲死了要我作篇墓志。我作成给他,他说我作得太简。又说他是他父亲第三个儿子,他父亲平日最欢喜他,只有他最孝顺。但是有一次他父亲吃饭刚完,同他商议一件事,他以为不可行,婉劝他父亲不要做,他父亲就没有言语了。歇了三四天,他父亲感冒风寒病了,不过他心中总以为父亲是气病了的。虽躬侍汤药至七天之久,而尚以为不足。后来他父亲活到七十多,他还追悔。这是他平生第一件抱恨之事。他说他一生就只这一件事对不起父亲,要我用特笔写进去。又说某一句底下,据他的意思还要加上'者耶'两字,就像归震川的某一篇文章的某一句了。我听了他这一套,几乎没把肚皮气破,我就告诉他:'你要多,你就该找油盐铺记账的先生去记,不该来找我,你的大德大孝,等我作你的墓志的时候再写上去不迟,用不着在你父亲墓志里头夹着。你要加'者耶',你就去请教归震川好了。'他竟因此恨上了我。所以想起来,我若是替人家当门房挣几个钱,都比这卖文章挣钱舒服万倍。从来生起,立誓万劫不为文人,也免得受些冤枉气。”鹤汀说了一大段,孟迟笑得直摇头。鹤汀也不管,更将手在桌上拍了一下道:“最坏事的是一班外行之至而自以为内行的人!因为真正内行的人绝不至于瞎说,真正外行的人绝不敢瞎说。惟有念了一天半天书的不通先生,偏偏爱胡挑瞎别,自恃懂得。天下这种人最多。我们的虚声,又不像甚么臭老头儿足以唬得住他们。所以他们才敢于横议狂吠,真是无理可讲。其实文章这种东西也不过是一种空虚的玩意儿。漫说假充内行闹得丢脸很不值得,就令露脸,又值得甚么!也要这样下死劲地来讨人厌?真是可怜可恨极了。”鹤汀说得起劲,那破袖笼儿里的一只瘦瘦的手,便也随着语声挥舞起来。孟迟笑着说道:“老鹤,我们十四年前在箱根玩的时候,那种高谈快笑的狂气,差不多有一大半久都消磨尽了。可是你的狂放故态还始终保留着,也就难能可贵了。”鹤汀道:“唉,说甚么狂放故态,我一身之外别无长物,只剩了这点儿残缺的狂气。可是现在饥寒交迫,我只愁有一日五脏神饿极了,把我这点仅余的狂气拿去吞了当点心。那我这个人也就不成人了!”孟迟知道他牢骚又动了起来,说道:“我们谈点儿别的吧。”鹤汀忽然站起道:“不谈了,我还是从外边来的。现在公寓里的饭也开过了,我要出去买几个烧饼填肚子。”孟迟惊道:“你怎么还没有吃饭?赶快在我这里下点面吃吃吧。”鹤汀道:“不必费事,还是我的办法简捷了当。”一面说一面早已挣脱孟迟的手,大踏步地迈出门外。走到西单牌楼,买了两个芝麻酱的烧饼,放在嘴里就嚼。又顺便到西单市场玉壶春,要了一碗馄饨,几片麻糕,连汤带水,吃得十分痛快。回到公寓已是十点多钟了。

那伙计将房门的锁开了,捻开电灯,便提了茶壶去倒开水。鹤汀等他将壶提来,对他说道:“前天你替我垫的那车钱是六吊钱不是?”那伙计道:“是的。”鹤汀道:“那一天我没有钱,柜上就那么小气。我让他们代开,他们全不干,还是你全了我一个面子……”说着拿出两张票子道,“这一块钱还你,这一块钱算是给你打酒喝的。”又点二十块钱道,“这二十块钱交给柜上。”那伙计看见鹤汀这么一来,真是喜从天降。心里一迷糊,那两条腿早已弯了下去给鹤汀请了一个安,口里却没命地说道:“倪先生您先使着吧。”鹤汀道:“你拿去就完了。”那伙计才欢天喜地地收了,笑滋滋地道了谢,把二十块钱也交给柜上。又忙着替鹤汀打洗脸水,又问孟迟吃了晚饭没有,要是没吃,就请鹤汀吩咐他买去。鹤汀看了也觉好笑,不料这两块钱,倒招出麻烦来了。又想到人情势利,金钱的魔力如此之大,他们小人维持衣食眼光短浅,也无怪其然。自己不能得意,也是活该受苦,不觉又微微地嘘了一口气,便挥去那伙计,关上门斟了一杯茶,双手捧着坐下。看了茶杯里腾起来的热气,发了一晌呆,取出孟迟交来的征文启看了一看,蹙着眉细细地想了想那篇寿序的立意结构。又写了一封家信,方才睡下。次日起来,梳洗已毕,便启开那半干的墨盒儿,倒进几清残茶,蘸着秃笔往下写。写了几行又抽几口纸烟,放下纸烟又写几行。有时在屋内踱来踱去,歇一歇复坐下写。到得午饭时候已是脱稿。饭后少息,又看了一遍,改了几处的句子,才另取一张纸誊清了,大约有一千二三百字,便到孟迟家来交卷。孟迟恰好刚下衙门,一见稿子便道:“好快呀。”一面摊开看了下去,那文章的大意论银行业与经济政治上的关系,又论中国银行业现在的情形之艰难与责任之重大,而归其意于操持的人的才识与经验。很痛快地发挥了一气,才转入题面去恭维这位总理是如何的为经济界名宿。他的寿命他的健康便是社会的寿命健康。孟迟看了连连称赞,说道:“这篇立意冠冕堂皇得很,必定这样才不算是一味地瞎捧瞎拍。中间发挥的道理也切实得很,简直可以说是你对于银行界与平民经济发展的意见书了。”鹤汀随便答应着,一边说道:“这四十块用完以后的问题,你还得替我设法,别的文章好恶也不用提了。”孟迟答应着,鹤汀便即告辞回寓。

不料次日晚上一人独在公寓之时，孟迟忽然走进来道："唉唉，我今天可是麻烦着你了。我未说之前我自己都怪难受的。你那篇寿序他们说是议论太多，事实太少，要求你加点儿进去。我知道这篇文章布局线索都已安排妥帖，一有增减势必牵动全文，无奈同他们是讲不清这道理的，无论如何，你敷衍一下吧。"说着将那祝寿文章拿了出来。鹤汀一听之下满腹牢骚，立时怒涛似的卷起，决意不卖这文章了，把那四十块臭洋钱摔回去还了他完事。可是钱已经用出去了，一时哪里立刻找得出四十块来。况且孟迟待自己又是这番情义，站在面前又这样地替自己委愧说着。世上哪有这样赔小心帮忙的朋友，便只好将一腔落拓不逢的悲愤，扭了千百个弯儿，从咽喉里咽了又咽忍了又忍，倒吞到胃肠里去。淡淡地接回稿子，苦笑着说道："好了，我改一改吧。"孟迟欢喜连忙道："我本来想不通知你的，打算我就胡乱加上去就完了，可是偏偏这两天我又忙得要死。"当下孟迟便辞出，还说道，"你的事情我天天在留心，若是你那部书能马上卖出去也好些了。"鹤汀答应着，送了孟迟出门。回进房来，余恨犹在。坐在桌子前面呆呆地不语，心想我倪鹤汀今日竟到如此地步，人家只要拿四十块钱就可以支配我的思想，卖猪肉的遇着拣瘦择肥的主顾，有个不愿意，就可以不卖，我竟被逼到连不卖都不能了。想到此处不由得懒懒地叹了一口气。暂又想起横直这篇文章不是自己出名字，无论甚么牛溲马勃，只要他们爱吃，就捏起鼻子给他们灌进去再说吧。甚么文法修辞全说不上，姑且昧起良心给他胡写，于是决然地一手提起笔来，一手摊开那个征文事略，嗖嗖嗖风卷残云似的照着他所述的，连编带塞地塞进去一大段，然后将笔摔开，自己看了实在不高妙，忍不住都要笑了起来。便封好叫伙计送到稷家，顺便打一斤酒买些花生酱油干子来。当天晚上他自己一人自斟自饮，借酒遮羞。果然这酒是好东西，一连倾了下去，便把这灯影前寥落感伤的倪鹤汀，弄得酩酊大醉，一睡蒙腾，把甚么文章得失身世荣枯的妄念，驱除得干干净净。次日醒来已是十点多钟，只觉脑里昏沉沉，有些支持不住，便没有出门。白天只拿本书解闷，夜里不到九点就睡了。

第三天早上孟迟跑来笑道："天下事跑到哪里讲道理去？你改的那东西他们满意极了。并且说道，想是这位作者必以为我们不懂，所以起先不肯卖力气。经我们指出弱点来了，他才改了，这一改多好，多么详细……"这时鹤汀睡着还没起床，一听此言，便也只好笑了一笑。意欲起来，但是头痛依然不止，一抬头竟重得厉害。孟迟看他形状有异，用手一摸鹤汀太阳穴，讶道："怪道你脸上飞红的，原来竟有些发烧。你不要起来吧。”于是把鹤汀捺下去，仍复睡了。自在对面椅上坐下道：“你的事情太好了。前回替你想法子卖文的韦秋圃，很是佩服你。为你那篇文章他也很不平，说是太委屈你了。然而秋圃却是善于处世的人，对于他们却一字不提，只很热心地替你想法子。最近张子衡得了江苏财政厅。他所以运动这个事情，本是得了当地督军帮忙的，可是他却非督军的至近的嫡派，生怕别个挤他，所以他一心想双管齐下，一面极力唯命是从，一面却还想联结省座，想厚积些授力，好给那些左右看看……”说着将手指在空中画了个甚么字道，“他知道省长是这老头子的亲信，又是苟老的门生，所以找唐春卿和秋圃求几封切实的信。春卿秋圃很出了不少气力，还替他请了多次客。所以秋圃便想把你荐给他。现在已经说好了，包你有个小局子，秋圃希望你日内趁子衡未出京时，同他见一面，就跟他一道南下。”孟迟说到此处，喜动颜色，便插入几句闲话道，“秋圃此番诚心要来交你这个朋友，才如此无条件地自告奋勇呢……你现在又忽然有些病征，我看今天立刻找个大夫吃一剂药发发汗，明天必定好了，随即就办那事吧。而且你的书稿子，那书局大概也要买了，可谓双喜。”孟迟一气说到此时才完。鹤汀穷愁之中听也觉欣然，便侧点身子，将脸贴着枕头对孟迟道：“秋圃与我素昧平生，竟如此出力。这样看来，我倪某还不算在穷途……”又叹道，“孟迟兄，我们两人在日本的时候，并不天天在一起。以日本的交情看起来，并不算是顶密的同学好友，不过彼此很敬重罢了。时到如今那些常来往的朋友哪里去了？真心拉我的却是你，现在秋圃更复为甚，足见得人生遇合知己是不一定的。气类相感乃至如此……可是还有许多比我还穷却还是一个知己也遇不着的，可又怎样？”孟迟知他又激动了感情，便劝他道：“你歇歇吧，我去给你打电话请伍伯升伍大夫去。他医道很好的。”当下便辞了鹤汀出来，便回家去。

且说鹤汀等到下午四点多钟，伍伯升果然来了，说是酒后受寒，开了个单子而去。当夜将药服下，盖好被子，出了一身大汗。次日果觉霍然，便起来到孟迟家里，会着秋圃，很恳挚地道了谢，秋圃谦让一阵，便打电话约好了子衡，同鹤汀一道去见过了他。子衡亦甚高兴，并说：“鹤兄来得很好。兄弟已定于明日早车出京，就请今日收检便好同行。”鹤汀便答应了，回到公寓刚把行李收拾好了，不料自己又觉着有些支持不住，一摸脑袋竟又热将起来，自己心想不好，莫是病儿又复犯了。赶忙一面又叫把铺盖打开，忍着头痛躺了下去，一面打电话依旧请伍伯升来诊治。这时鹤汀只觉身上忽冷忽热，脑袋好像裂开缝儿似的痛。睡在床上，想着这个情形，明天早上定是走不成的了，便又哼着叫伙计打电话给孟迟。下午孟迟来了，正值伍伯升在给鹤汀看脉，才知鹤汀感冒刚好的第二天就跑出门，不巧天气又陡然刮风，变得更冷，竟招了个复感。伯升说："新病旧病缠在一起，身上寒热往来，邪气直上阳明，来势很不轻的。先疏解疏解再说吧。"鹤汀这时瘦削的两颧上，全泛起红色，扶着头对孟迟道："这一来明天不能走了，请你替我向张、韦两公说明一下吧。"孟迟忙道："你不要着急，那边我自然会替你说好，两三天你病好了再去吧。你只管养病不要想着别的。"再坐一歇，伍伯升药单子已经写好。孟迟吩咐伙计去买药，以后也便回去了，说是明天再来看他。谁知不巧，孟迟的夫人也恰是那天受了病，一连几天竟不得来。其间只有秋圃来过一回。

鹤汀头一天服下药去，大热大烧，自己起先糊糊涂涂，便像同人家打架吵嘴一样，眼花缭乱，也不知有多少人合起来缚他。以后清醒过来，大约是夜里一点多钟了。因为鹤汀看见电灯已灭，知道那公寓里到了十二点便不供给灯光。口里非常之渴，要想叫伙计，一则无气力，二则知道他们已睡，也绝不会来，只好让嗓子干着过了一夜。次日便叫伙计买了两支洋蜡烛，预备夜间自己好用。白天里幸喜还容易叫人，又加上那个伙计因鹤汀前次赏了他一块钱，很是尽力照应。虽是事情忙，可是对于鹤汀的呼唤倒十分留意。所以鹤汀的汤药，只熬焦了两次。要不是这伙计关心优待，那就不可知了。

鹤汀这病一直闹了两礼拜，还不见好，孟迟夫人的病却早好了，孟迟歇一两天总来看一次。鹤汀那部稿子，书局原说可以收下，可是不知怎的，却又不要了。孟迟无可奈何，又怕鹤汀病中知道越发不痛快，只好忍着不告诉他，却巧一天鹤汀自己问了起来，才委婉地说了。鹤汀也只好叹了一口气道："好了，我知道我的运气坏透了。那书一定卖不脱，所以你的话倒在我意料之中。我听了毫不觉得怎样失望，因为我是失望惯了的人了——你明天劳驾将稿子拿给我吧。"孟迟又极力安慰了一回才回去了。当天夜里鹤汀睡在铺上，因为嫌电灯刺眼只点了一支洋烛。那烛光闪闪不定，鹤汀的眼睛也一时闭不起。只瞧着那房间的四面白墙忽明忽暗，那一种空虚凄淡的景象，不由得不使鹤汀又勾起了心事。因想到病了这些时候，连镜子都没有照一照，便顺手在茶几上取过一看，不觉吃了一吓。那镜子里哪里是个人？只见那里面是一张灰黑色的鬼脸，上面头发已经叫枕头揉成一团又干又乱的草球。两只眼睛凹了下去,也没多少光了。两边腮上本来没有多少肉,这一下更只剩了一对高颧骨,嘴边的胡子一根根地站着简直和刺猬一样。越看越不像,看到后来自己竟害怕起来,赶快放下镜子。又想起,自己从前是何等的抱负,何曾把自己的境遇放在心里。不料居然到处受辱受穷。人家总说自己脾气高傲了,可是上回去找吴兰甫,一连去了四次。头一次当差的说不在家,二一次说出了门,三一次说还没有起来,自己都忍着没有言语,直到第四次骂了门上,反倒见着了。可是像吴兰甫那样子拍马屁,拍上了赵三爷,果然阔气。但是现在人也被枪毙了,家私也散了,姨太太也跟人逃了,又落了甚么好结果?看来看去还是命定的不可逃,全不关本领不本领,脾气不脾气。要说脾气好,会献媚就得好处,那当吴兰甫被老马捕去的时候,说的话柔媚可怜也算到了极点了,何以到底还保不了性命呢?又想到自己一人南北奔走,弄得现在病倒公寓,闹成这样一副皮骨,家里老小知道该是如何地心痛?母亲已是望七的人了。彪儿近来的书念得如何也不知道。还有自己的黄脸婆儿,从小是享福的,这后半世却为持家吃了不少的辛苦。自己堂堂一个男子,到了此时竟毫无施展的能力……鹤汀想到此处,酸楚已极,两行苦泪再也忍不住,便流了一枕。次日孟迟过来,鹤汀便将思家之意告诉了孟迟。孟迟道:"江苏你不去了吗?"鹤汀叹道:"唉,我这人是不祥之人,无论到哪里,好的也被我带坏了。你要不信,我们两个就打个赌。只要我一到江苏,那里一定出岔子。那我又何苦跑去反而带累了张君?"孟迟知道鹤汀牢骚又来了,又加他脾气孤拗,也不便说些甚么。只心中盘算着鹤汀回去自己预备怎样帮忙,也不久坐,就辞去了。

这里鹤汀的病竟拖延到二十几天,才算完全复原。恰好有个姓陈的是鹤汀表兄,从哈尔滨到京,便要回南,鹤汀同他商量了同归的方法。孟迟也量力送了点赆仪。那天正值收检行李,叫那伙计打铺盖卷儿,那伙计一面答应着,一面却看见他涨红了个脖子走过来骂道:"别他骂的装孙子玩儿啦!人家劈柴不够,找你要点儿破报纸,你全不给。我瞧你攒下来干甚么?横竖擦你他妈的那媳妇儿骚水使不了那么些!"又向鹤汀道:"倪先生您评评这理。我升一个洋炉子,是二十三号周先生的。今日少了点儿劈柴引火,这小子就这么不义气。"鹤汀听了笑道:"你不用闹了。"说着用手一指那铺板底下一大堆白纸本子道:"你把那个拿去引火吧。"那伙计一看笑起来了道:"哪儿使得了这么多?这足够使好几十回啦，我谢谢您了。”说着将铺盖卷儿忙打好了，自去抱了那一堆钞本子扔到自己破煤车里，撕了几十张下来，往炉子一塞，划了一根洋火便烧起来。等一歇孟迟到车站上送鹤汀，看见网篮里包胰子盒儿茶碗的全是那政府组织论的清稿，不觉诧异道：“你的稿子有两份吗？怎么拿来包零碎东西了？”鹤汀笑道：“哪里来的两份？我不过随便撕下几张包包东西，其余的都给店里伙计引火了。”孟迟顿足道：“唉，你这个人怎么这么荒唐！你辛辛苦苦把这书作成，单说抄一遍也就够费事的了，现在这么一来，又何必当初？这也未免太量之不广了……”说着又皱眉叹道，“你这人愤激到这步田地，无怪要生病。我劝你还是多宽慰多保重身体要紧。”鹤汀将衔在嘴里的烟取下来，慢条斯理地答道：“你说我量之不广，我要笑你识之不透呢。名不名，功不功，与书本子毫无关系，单说我们的大圣人孔夫子，煊赫到这步田地，也不是他老人家书本子本身的力量。若不是历代大皇帝要利用他，他哪里就这么抖？人家圣人贤人多着呢，当真全不行？偏只他老人家该出风头？连孔夫子都是运气赶的，我还要书本子干甚么？我现在是大彻大悟，把读书讲学问只当作逛胡同一样。我回家去恨不能叫我儿子去学唱花旦呢——”孟迟见他如此讲法，一时也无法再说，只道：“鹤汀！你多……保重……”鹤汀也觉凄然，便握了握孟迟的手强笑道：“孟哥！我一定遵照你的话……”这当儿那车站上警号已起，孟迟只得下车来，立在月台上看着那车蠕蠕而动，随着汽笛数声，车窗里鹤汀清瘦的身影早已失去。站着送客的男女都向站台里面散了，孟迟怅望一响，便也在众人后面跟着回家。

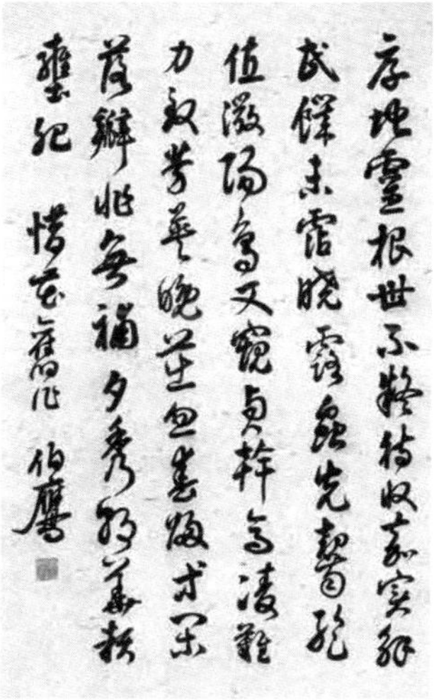

潘伯鹰手迹

正是：

平生叹风嗟肆意，政恐千言未足伸！

（选自《人海微澜》，文汇出版社 2014 年 5 月 1 版）

许杰

（1901—1993）

现代著名作家、学者、文学评论家。原名许世杰，字士仁，祖籍浙江天台县。1932年8月，曾任教于安庆省立安徽大学。

1921年春，许杰进入浙江省立第五师范就读。1925年，许杰在上海加入文学研究会。1932年8月，许杰应聘为安徽大学教授，其间又被郑振铎聘为上海暨南大学文学院兼职教授。在担任大学教授后的近5年中，因忙于教务，直到民国二十四年（1935）才重新执笔，写了近10篇小说，收入《许杰短篇小说集》，列入“文学研究会丛书”，交商务印书馆出版。

1949年6月，许杰赴京参加中华全国文学艺术工作者代表大会。不久任复旦大学中文教授，并兼任震旦大学、大夏大学等校教授。1952年当选为华东作协（后改为中国作协上海分会）副主席。1957年秋，许杰被错划为右派分子。“文化大革命”结束后，他曾担任上海市作家协会顾问、上海市写作学会会长等职。

出嫁的前夜

室内充满着新的油漆的气味,与新的箱橱等器皿的闪光。

灯光是黯然的,空气非常之静默。是深秋的二更时分,秋意萧然得如一潭冷水般浸润着人们的灵魂。窗外时有落叶的声音,着地重又飘起,索索的,如怪物的指爪在地上搔爬。

这室中的女主人还没有睡,她有满腔心事,无处诉说,在背着灯光默想。

她明天要出阁了。

她的脑筋似乎昏迷了的,坐着只是发呆。在她的脑中闪过的都是一团团的黑影,轮廓与形状完全是不分明的。

她本来是富于理智的,但情感亦非常热烈。她的坐着发呆,不能有分明的悲喜的轮廓与色彩,正是因为她具有冷淡的客观的理智性,而又富有火热的主观的情感之故。她不晓得对于眼前就要发生的不良的运命将如何处置,她实在已堕入理智与情感激战的深沟中了。她觉得人生都是奇怪的把戏,而她所玩的把戏,尤其奇怪。她实在不晓得将如何对付她的运命。她只有听天,听着未来的新发生的事情来支配她的全心身;她只能让黑团团的阴影在她的脯中翻腾。

在静寂中,她似乎听得她的情人呼唤她的怪热的声音,她的精神便振了一振,但同时她又十二分地害怕,正如一个亡命者恐怕在狭路中遇见他的凶狠的仇人。她对于她的情人,有两种矛盾的心理交战着,一面想他来救她,但一面又想避免他的侵害;一面想尽情地向他诉说自己无可诉说的隐衷,但一面又想努力把自己的疮疤隐住,恐怕引起他的讨厌。

她的情人有许多时候没有到她家里来夜会了,她也并没有想到事情会转变得这样迅速。他这一次的来,在她当然十分心愿的。但她明天就要出嫁了,她将对他怎么说呢?想到这上边,她又踌躇了。

房门呀然地推进来，她抬起头来看，那立在门前的却是她的母亲。

母亲为了她的事情，运思，忙碌，奔跑，憔悴得不堪言状了。慈母毕竟具有普天下最仁慈的心肠，对于她女儿的出阁的事情，她是这样地担心啊！

“你在发呆，有什么相干呢？不要这样半痴不疯了。这许多箱橱中的东西也要你亲自过目一番，新的锁与锁匙，你也须试一试，而且也应该自己整理整理。”

她还是背着灯光坐着没有响，只是发呆。

跟着后面走进来两个人。一个是前年出嫁的她的表姊，还有一个是时常在她家里帮忙的中年妇人。那中年妇人一手拿着一盏“手照台”，烛火燃烧得很起劲，室中顿时添上有生意的春的气象。在她的另外一只手里，挟了许多新的嫁衣。那些嫁衣是刚才做好的，裁缝们现在还在下面吃点心。她的出阁时期的临时决定以及这样的匆促，便在这种地方可以想象得到八九分了。

原来她早已许给她的名义上的未婚夫陈老六的了，但出阁的时期还没有定。命运要这样恶作剧，闻说她的未婚夫的年纪是这么幼稚而身材又这么渺小；而她虽则说比他仅大两岁，但她的身体与灵魂却这样发达得长大与灵通。

有人说她这样聪明俊俏的女人，哪里肯把美妙的青春坐等她的不成器的未婚夫而虚度了呢？这话或许是真的。倘使在春夜，她一个人陶醉于春气中不能入睡，前后左右，连肚倒底的心事都翻腾起来在脑中回思，这哪里能按捺得住呢？倘使在第二天，正是神志不甚清明的，一双媚眼迷离着，表明她因春色恼人而眠睡不足与对于异性的渴求的时候，她独倚楼头，忽然看见楼下窗外有一个青年男子在棱眉飞眼对她调情，她哪里能不心动呢？

事情便这样地发生了。

她的家在枫溪村的西边角上。她的住宅外面是个枫林。枫林中有一座古庙，庙前有一座高耸入云的宝塔，宝塔下面，又有一座四角高翘的戏台。这古庙的墙垣、宝塔与戏台的飞角等，都在那里幻成美的幽会的境界，呈现在她的前面，而频频向倚在正对着这幽会的境界的楼窗上的她相引诱。

这是偶然的偶然，在一个深秋的傍晚，一切的景色都转成衰老的情调，她正倚在楼头，对着这夕阳红叶、古庙颓垣，以及如沉默的头陀的高塔，叹息青春已过，美人迟暮时，她便发现她的生命，几年来发掘不到的灵魂——她的情人。他是粗勇的男子，他所表现的除了结实的筋肉以外，便是爽直而强毅的性灵。他是毫无虚饰的,没有弯曲的与柔软的心肠。他的思想,他的决定是非,便是不可更改分毫的铁律。他有这样的英雄气概,粗野无文的行为,照例就不应该懂得柔和的女人的爱的生活了;但他却又十二分地了解爱。在那天晚上,他耕作归来,全心身露着工作后的弛缓、舒适与成功的自得,以及筋肉的光润等各种特征,从她窗下走过。偶然间,她咳嗽了一声,他抬头把她看了一眼,他们便钟了情。

钟情以后,他们便在这圣洁的枫林里的古庙中幽会,而高耸的宝塔,便是永久沉默着抚摩这一对爱人的心的老牧师。

他俩是这样地相爱呵:在秋月如镜、树影疏疏的塔下,在繁星满天、钟声悠然的林中,在冻云密合、北风摇撼的阶前,在雨雪纷飞、四境萧然的台上,他们俩是每夜每夜都密接地拥抱着,度过了深秋,度过了残冬,转到风和日丽,花香鸟语,大自然都在含笑的春天。——又从春天转入最适合于夜的幽会的初夏的。在最初的时候,他俩的幽会地点总在这处林中,但以后,却大胆地改在她的楼上。

爱神是顶会恶作剧的东西,它一面教人类爱得秘密,但一面又在告发人类。在去年残冬的时候,隐隐中已经有关于他俩的暗语了,及到了今年的暮春,便什么人都晓得了他俩的秘密,除了陈家的陈老六那乳臭未干的小孩子。但是事情变化得还要快呢,爱神的告发,岂只在他人的口头上宣布就算完事,它还要在她自己的身上给她指出真凭实据来。在今年的中秋节,她每日只是昏昏迷迷,心里要发呕,实在不要吃什么东西,但又是想东想西地要吃。于是被她母亲发觉着,她已经有了身孕了。啊!这一个大大的打击,教母亲,为旧礼教所笼罩、以名誉为生命的母亲,将如何处置呢!

这一个发现,距现在还不上半月。事有凑巧,忽然陈老六的母亲,她的阿姑,病得十分厉害。这样,事情就可依着风俗的先例转圜了。

议定之后,她须即日过门,这叫作"冲喜"。"冲喜"的意思,便是说叫新人去冲一冲,使病人能转凶为喜。但其实呢,是做父母的人心事重,眼不见自己的儿子娶媳,便死去,未免遗憾,所以想在未死之前看看儿子完婚。至于有的说女子有了身孕叫有"喜",那对于冲喜的话,说来更滑稽了点——冲了一冲,这个"喜"就冲出来。于是"命来运来,讨个媳妇带胎来"的歌语真咏得着了。

总之,她因为有了"喜",须得借"冲喜"为名,即日送到陈家去,无论那汗毛阿六能不能够对她肚里的胎儿负责任，而她的母亲总算把这个责任推到阿六肩上了。

那时跟着她母亲走进房间的她的表姊与帮忙的中年妇人也都劝她不要发呆，要她快点检点东西。表姊把新做好的衣裳一件一件地点给她，她也只是看看。

“心怀放开一点，我们女子，总有离开‘娘门’的一天的，何必难过。”表姊本来是知道她的事情的，但她的说话只能说到这里为止。

她们把没有锁的一只只箱子开了，当着她的面，把一切衣服都装进去。并告诉她夏衣放在哪箱，是哪一个钥匙；冬衣放在哪箱，是哪一个钥匙。她们又开了橱子，橱子里放了各种瓶子、糖食盒、瓷器坛等。因为橱子是新的，开关起门来十分地生硬，发出讨厌的噪音。橱子的油漆还不十分干燥，铜铰钮是才钉上去的，油漆的气味一阵阵地喷涌。

“心志须得提一提，神气也该清醒点，到了他人的家里的确不如娘家的随便。——而且事已至此，你有什么心事，总可不用瞒娘；娘跟前，你有什么心事都可说得。——你说出来，或者可以由娘给你补救，事情已经至此，日脚又这么逼近，你须得自己知晓。”

她还是默然，室内一时没有声音。

“你还忘不了那人吗？那人是一个赃，他现在倘使来，我恨不去要咬他一口。他害你到这步田地。……”

她默然到要哭出来。表姊似乎因为比较年轻，更能贴近青春的女子的心，便劝出了她的母亲。

“姨母，现在不要再说到这些罢！我想我们须得叫表妹到下面去看各种嫁奁，使她亲自过过目，可以放心，免得摸头不着。”表姊说了之后，又向她说，要她下楼去检点检点。但她也没有回答。表姊又催她说：

“下去看看吧！”

“我不晓得！”她勉强地回答。

“不晓得？——你又不是三岁小孩子。”

她又默然了，大家也只得暂时静默。

“你有什么意思，你总得表白表白。去还是不去？一个女子会痴到这步田地。”她的母亲发怒似的说。

“我又没有说不去。”她似乎有满腔难言之隐,几乎要哽咽出来。

她们对于她的事情,万事都没有头绪。她本来是不爱说话的,而这一次的事情发生,更不能使她自己说话。她实在不晓得如何是好,实在不晓得应该怎么说。对于社会上的一切,道德与风俗,她是不能反抗的,即是对于关于她的言论,她也不能不表示服从。她虽然晓得人们已经窥破她的破绽,但她自己总不得不希求万一的隐瞒。对于那人,在理智上,换句话说,合于道德与风俗上,她是应该即日抛开他的,但她的感情又似乎不答应。而且,她自己想,这还不仅是感情,并且还含有正当的理智成分的。她想,要有勇气毁弃了这虚伪的婚姻,才是真正的理智。但是,这点又怎么出口呢!沉默吧,沉默吧!命运的力量,强于一切的力;听它吧,到了临时,它总给我一条出路。

“时候已经不早了,你们先去睡吧,明日还要绝早起来,一天的忙碌呢!我在此陪表妹,你们可以下去了。”表姊把下楼的提议取消了,重作这样提议。

她的母亲答应了,她们领会表姊话中的意思,知道她想留在这里同睡,总有许多话来劝她的。

她的母亲动身走了。但是她说:“不劳表姊陪我。”

“为什么呢?”

“我想独自一人清静一点。”她答。

“明晚就要两个人睡了呢!”表姊想说这一句趣语,但因为想到她已经有了那人的关系,恐怕她疑是讽刺,便缩住了,改口说:

“我恐怕你一人太静,太寂寞了,所以想陪伴你。”

“不,我恳求你,我并不寂寞,我正要细细地尝这一夜的寂寞呢。”

她的母亲立着默然。

“我恳求,我恳求,让我一个睡在这里。”

她们没精打采地下楼去了。

她默默地坐着,疑心在做梦。她反悔而且咒诅,咒诅社会,咒诅“他”,甚至咒诅她自己,以及那初会时偶然的好像被神所驱使的一幕。

室内的光线与气氛,仍旧沉入阴惨与静默中。

往事一重重地兜上心头,即又模模糊糊地过去,终于转成一团团在眼前蠢动的黑影,她想起她与她情人初会的情景。她是怎样的若有意若无意,半迎就半推拒,心头又惊跳又好奇的在自己决断不定如何的时候,他却何等勇毅与爽直啊！这是男性独有的美德吧。从此以后一直到现在，他俩也不知起了几次的冲突。在美的一方面说，他是爽直勇毅，但在另一方面说，他却是蛮横粗野。他如果有什么些微的间隙的时候，他是老实不客气地只有恶狠狠地动打。但是这于她算不得什么粗野蛮横，因为她除了柔顺之外，似乎另外还有一种说不出原因的心情，对于这种举动，非但无碍，而且有点近于欢迎。因为她知道，他的恨她，他的打她，都是他的真情，都是他爱她过于她爱他自己的一种报复。这是每次都可以证明的，便是他发了一次脾气之后，及到恢复感情时，他是更其缠绵，更其柔腻，更其黏贴了。倘使是另外一个人，真不会想到，刚才发脾气时鲁莽固执的他，便是这时柔情婉转的他。但她很了解这些。因此，她对于他的发脾气，甚至于是无理的，也没有不乐得依从而细腻地体贴他的。

在他俩的已往的经历中，这样地留下了不少的痕迹。她忽然想起他凶狠的情形，忽然又想起他的体贴，……这一切的心象，在这一生一世，她如何能把它消灭得干净呢！“如今是事已至此了，时间是这样急迫，我知道他是一定不了解我的苦衷的，我有什么方法呢？要我反抗吗？肚里的这一点东西该由谁来负责任？……一切都是命运，……唉！”

“唉！”她想着想着，不禁叹了一口气。

“啊咳！”窗外一声干咳，似乎与她的叹声相应和。那声音是怪熟的，那便是她的情人，粗勇的情人。他在窗外等了许多时候了。

这声音是怪熟的，她惘然地做那习惯了的反应动作。

她轻轻地开了窗门，只见屋外有点月影，枫林经了秋风，已经是疏疏的，塔影沉静地高耸着，四围是一片静寂。她无心看这片秋夜的景致，又轻轻地把窗门关上。她只要表示她在楼上，表示她还没有睡，他是勇敢而走熟了路道的，他当即会意，自会跳过矮墙，依着菜园，走进那猪圈旁边的小门，再从那里，踅着上楼；于是她便走到楼梯头去接他了。幽会的第一个礼节是握手，第二个是拥抱，第三个亲嘴，香面孔。以下是相将走入房中，自然有许多错综变化与奇幻的情景了。

进来之后，本来是雄赳赳的他，如今更罩上一层气恨。他这一次似乎来复仇的。他身上穿的是短夹衫，脚下缚起虎腿，腰间直挺挺地围着阔带，衣袖高高地卷起，臂上的筋肉十二分的紧张。他眉眼棱棱的，面上流走着愤怒的气概——那气概是不能随便触它的锋芒的。这一切便是他蛮野的表征，而今夜尤其来得过火。

照例，他的发怒，她只有默坐不响的。何况是今夜呢？她除了饮泣之外还有什么？

“你明天出嫁了吗？我已经晓得了，我呢，丢着我不要吧！”他雄赳赳地自己坐下，两手插在腰际，用审判般的口气问。

“我呢，你把我丢开了吧？好！”

她只是发抖。

“你说，我有什么对你不起，你要这样地负心！我告诉你，我是很干脆的，说一句做一句，弯弯曲曲的心肠也没有，说到哪里做到哪里，我是不能放松你的。……你听好了。”怒气充满了楼头。

这于她将怎么办呢？她实在是太难了。在这茫茫世界中，除了向自己诉苦，还有什么人呢？哭吧，哭吧，用眼泪来安慰自己罢。

“流眼泪有什么相干呢？女人的眼泪是不值钱的，这是下贱，我不欢喜看这个。——而且哭也是无用的，你总该给我句话——你是怎样的主张，说——忸忸怩怩，怪讨厌的。——说哟！”

“我的心碎了，请你不要说，你让我去吧！”

“让你去？你这无良心的东西！”

“我终究还是你的，我不能丢开你！”

“你如今要去了呢！”

“那还是你的。”

“你骗什么人哟！我又不是三岁小孩！”

“我并不骗你。”

“不骗我骗谁？你明天不是要去同那毛头小鬼同罗帐了吗？”

“……”

“告诉你，当心你的一切！”

“请你原谅我，请你宽宥我！”

“你要我怎样呢？”

“放我去了，去去再转来，……我不能抵挡一切，我不能离开你，……我到那里不久必当回家，你我还是一样。……”

“你再要说这些骗神骗鬼的话，谁听你呢？你到了那边还会归来，还会想着我!”

“我怎能不想着你,……除非要我死!”

“赌什么誓呢。我现在要你死便怎样呢!”他说了,掣出腰间插着的一把皮壳花柄的小尖刀。

这一把小尖刀的闪光真讨厌,一时间竟有酸酸的意味钻到她的鼻子里去。同时,他也在这闪光里看见四周新的嫁奁的闪光,他的鼻子里蠢动着一种油漆的气味。

他把小尖刀在新漆的橱子上一顿,便插定在上边。

她不敢抬头再看了,舞台上杀人的幻影蓦上心头。

“我现在要你死便怎样呢!”

“你能够说出……这句话,……我也听凭你,……但是,我总请求你,……啊,掩饰一点,……我们的烂脚疤的臭气一定要扬遍天下吗? ……”

“什么烂脚疤不烂脚疤,你是我的人了! 我不能为了你戴绿帽子受辱,……总之,你明天不许去。”

“为什么呢?”她婉言问。

“不许去,我说不许去!”

“去去就来不好吗? 我始终忘不了你的!”

“不好,不好,你不要骗我!”

“我求你原谅我!”

“什么原谅?”

“我们须得卸一卸我肚里的责任。”

“我忍不住你这些话了呢,你这忘恩负义的贱妇!”

“我可以起一个誓,我可以用生命起誓。”她含泪走去,在箱子中取出一枚戒指,再在头上拔下一支银簪。“你收藏着,你可以知道我的心。”她又说,“你让我去一去,其余什么都依你。”

他把金戒指与簪子接了,撒在地上:“我要这些作什么用,活着的,立在眼前的人,也要去了,何况这些!”

她投入他的怀中啊啊地哭起来,她的大声,几乎忘了一切。但他还是用力地把她推开。她柔情地说:

“心肝哟,你试探我肚里的东西哟,我倘使这次不去,我将怎么处置呢?”

“那自然是我的!”

“你又不来娶我,你有什么办法?”

“我管得这么许多!”

他把她推开,在橱上拔起那柄小刀,又死命地在橱上斫了两下,便好像杀死了仇人,雪了仇恨的样子,丢下小刀,回头往楼窗门跳了下去。

许久许久之后,她如死尸一般地走到窗口。明月已经隐入团团的黑云中,秋风凄厉得可怕,塔影摇晃震荡,似乎在向她狞笑。大概是半夜以后了吧,再不要多少时候,事情便要发生了。这将如何呢!她回头看那橱上的新的刀痕,便好比她心上的刀痕一样地难过。

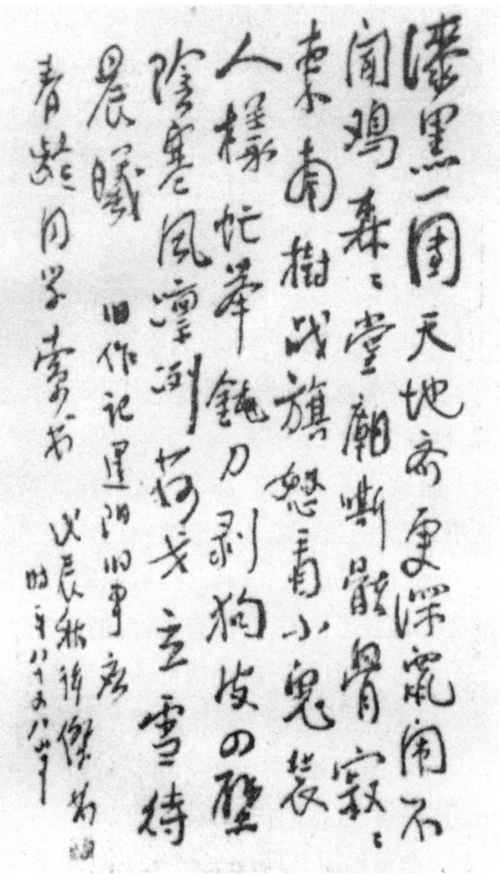

许杰手迹

便是对于这新的刀痕,她将怎样的处置呢?啊,困难的问题接二连三地飞来,她真心痛欲裂了!

她从前相信的是命运,现在,似乎连命运都靠不住了。因为命运如靠得住,便应该只有唯一的路可走。而现在,而现在她的前面竟有这样多的路途排列着,有许多的难题阻碍着,她将怎么采择呢!

小刀的闪光,忽然在她眼里一闪,死的念头在隐隐约约中涌上心头。

她拿起一把小刀,左右看了一周,又轻轻地放下,心头在隐隐作痛。

她颓然地坐下,眼前火花四溅,黑团团的阴影到处飞舞;她一时堕入昏迷状态中了。

她醒来的时候,窗外已经有些白光了。小刀还在她的手中,她毫没有决断的能力。她此时既无所谓感情，更无所谓理智。她好像觉得理智与感情是混合成一个，分不开来了；她只觉无处诉说的悲哀与苦痛，只觉模糊与昏迷。

她拿起刀来看看，又把它放下去。说自杀，似乎是有理，但又似乎说可以不必。说让家人们排布，今日也去应应景，但又似乎不可能，于心不安。

感情于她是极冷淡的了，毫不能有一种兴奋的表情，但亦不能说她没有感情。

看看天就要亮了，她若心愿有什么作为，不趁此时做了，还待何时呢？

"出走吧，我至少可以脱离了这一次的罪孽。"

她兴奋地立到窗上。她想往下跳时，心头颤抖了，一切心中的苦痛又旋回着，她昏沉地跌了下去。

她跌伤了一只腿，许久许久时候，还不觉得什么。她在墙下渐渐地醒转来，觉悟自己还是存在，才渐渐地发现各部受伤的疼痛。

那时天已经大亮，她已经被她们扶上床上调养了。她是受伤了，但她腹中的婴儿偏会恶作剧，并没有受害，仍是安然地伏着。

吃过早饭以后，各种帮忙的人都来了。他们带着绳索与杠子，来抬她的妆奁。再等一歇，她的花轿也来了，乐声是这样地悠扬。

伤了腿的她，终于在无可奈何中，听着灰色的定命的指使，带着肚里的胎儿，扶着病，被她们扶入花轿中了。

"命运仍旧是只有一条路的，这便是不得不上道的那条灰色的路。"

在路上轿中，她瞻前顾后，陈家的与刚才分别的，……对于以后的命运，终免不了还是有些怀疑。

"这叫作什么生活呢！"

（选自《许杰短篇小说集》，上海商务印书馆 1946 年 1 月 1 版）

张友鸾

（1904—1990）

现代著名报人、作家，安庆市人。字悠然，笔名悠悠、牛布衣、草厂、傅逵。1922年考入北京平民大学新闻系。在校期间曾在邵飘萍所办《京报》主编《文学周刊》。毕业后，于1925年受聘于《世界日报》，任总编辑。1926—1933年先后担任国民晚报社社长、南京《民生报》《新民报》总编辑。1934年自办《南京早报》，次年任上海《立报》总编辑。1936年，与张恨水合办《南京人报》，任副社长兼总编辑。

抗日战争时期，担任重庆《新民报》主笔。抗日战争胜利后回南京，重新开办《南京人报》，不遗余力地呼吁和平、民主，反对内战、独裁。南京解放后，继任《南京人报》总经理。他不仅编出高质量的报纸，而且写了许多脍炙人口的作品，与张恨水、张慧剑、赵超构并称为“三张一赵”，名重报界、文坛。

秦淮粉墨图（节选）

第十回　变出非常行车遭狙击
情生无奈投票作莺迁

话说那些被迫做选民去尽投票的义务的，手里捏着一张选民证，踏进了投票场，尽都头昏眼花，心惊肉跳。他们想道："投李四的票得罪张三，投张三的票又得罪王五，不投却又不行。看来这场祸事，竟是在劫难逃的了，这真是'神仙打仗，百姓遭殃'啊！"

等候在场的候选人宣传队，一见选民们进来，便似猛虎擒羊一般，扑将上去，七嘴八舌，装作向导的样子，却叮咛嘱咐，教他不要忘记要选的人的名姓。本来预备来投萧一彪的票的，这时除了遇着的是杨三这一帮人，还照样在他头上打个圈圈之外；其余的人，听说萧一彪也和王建人一样，退出竞选了，这就无可无不可地改选了米尚昆或者南霸天。一个投票场，乱哄哄的，竟成了"临时证券交易所"了。

且说应仲爵因为城里交通队久久未来，疑心真的有什么变卦，只得守在茶馆里。一直快到十点钟了，这才见三五辆自行车，飞奔到达。那些骑车的，汗流浃背，且不必说；却只见他们之中，有的用纱布包着头，有的用纱布扎在手腕脚腿上。应仲爵见到便问："你们这是怎么的？"那些人只顾摇手道："这时来不及闲谈，先把号外发出去吧！"好几个车上都解下了一卷一卷的传单，应仲爵接过手来，连忙一面读，一面教人分散张贴。那传单只是更正的话，说："萧一彪参加竞选，并未被任专员。外间造谣，切不可听。从造谣者采取非法手段之中，更可看出，萧一彪是民望所归，因而受人嫉妒。凡我选民，务须坚持，投萧一彪之票。”

发过了传单，那些交通队，才把来迟的原因告诉应仲爵。原来昨天夜晚一两点钟，他们回城之后，不多时，就接到南乡的报告，有人在那边散发号外。当时把号外带进城，萧一彪一见，大呼：“不好！狗急跳墙，竟然不顾王法、丧尽天良干出这样的事来！”荀立说：“现在不是发脾气骂人的时候，赶快想个对策吧！”两人一商量，起草了一个更正的传单，用几部油印机同时油印，三点钟左右印好了，恰好各路交通队都已回城，急命携带传单，再行分头出发。那天正是丁亥年阴历十月初十，夜里天象微昙，却自有好几分月色，路上行人，遥遥可见。去到东乡的，出城来才走得一二里路，对面遇上了一个进城的车队。为了避免相撞，他们尽量把自行车挨着路边骑行。谁知来的车队，不但不靠外面，偏生迎着他们，挤向一边。

这时萧一彪的交通车队，让无可让，再让就要摔到路边田沟里去了。要想刹车，也万分来不及。带头一辆，和迎面来车，撞个正着。骑车的跌倒在地，天旋地转，自行车扯撇得老远，一只前轮竟被撞得歪了。后面一辆接着一辆，赶快都停下。要说自行车在路上相撞，原是常事，彼此下得车来，说句“对不起”，唱个无礼喏，再自上车，各走各的清秋大道，也就是了。加之萧一彪的交通队出发之时，都听了荀立言语：“及早把号外送到，便是一功。路上不论遇着什么事情，都不要理睬。”那个带头的虽然人已撞伤，车已撞坏，从地上爬将起来，只顾指挥后队先行。又谁知迎面的车队，一辆辆横排在那里，大路虽宽，竟被堵塞得水泄不通。他正待上前交涉，不料对面来车，却自骂开了：“瞎了你的乌珠！这样好月色，如何撞上我的车子？”他不愿生事，便低声下气地说：“我们靠边走的，方向没有错；我的车子又被撞坏了，有话好说嘛，何必骂人哩！先把路让让，大家都不要妨碍交通可好？”

萧一彪的交通队虽然一股劲儿在讲理，迎面撞人的车队偏是蛮横，只听他说：“有什么话好讲？你赔我的车子，骂人？骂人算什么？老子就是这样！”这个人说了不算，后面那些骑车的接着直嚷嚷：“揍！揍！”萧家带头的还待说话哩，冷不防早有一拳飞来，正打在鼻梁上，鲜血直流，酸疼无比。这时候，即便有佛菩萨耐性的人，也禁受不了。这边在叫着：“不要打人呀！”那边却说：“老子连你也一齐揍！”如此光景之下，登时打作一团。带在车上的传单，大半被人扯了。

时当深夜，他们这样打闹，嚷成一片，惹得四面的村犬，也都狂吠起来，好像给他们帮腔。附近人家，闻声惊惶不定，先还以为什么地方有火警，看看不是的，却又疑着是发生土匪盗劫。有那好事之徒，赶到大路边来，才知道是打群架。当时便上前拉开，问明原因，逐一相劝。依着萧家的人，自认倒霉，还想把剩下的那几份传单，送下乡去。怎奈进城的那个车队，偏不答应，说是人被打伤了，车被撞坏了，非到城里打官司不可。每一个人都有他的对手，走掉一个都不行。别人无法调解，眼看他们互相一手封着对方的衣领，一手推着自行车，走着骂着，进城去了。

这场打闹，足有一两小时。到了城里警察局时，差不多快五点钟了。还不曾进门，先听见门口守卫的说："这一夜怎么了，净出车祸？"及至到了候审室，萧家的人大吃一惊，原来他们去南乡、去西乡的交通队，已经"阖队光临"，也都鼻塌嘴歪、头破血流，早在那里"恭候"了。这叫作"人生何处不相逢"，萧一彪的几个交通队，想不到竟然一时在警察局里聚齐。彼此交谈，各队出事的情形，大同小异，全都是遇上了蛮不讲理的浑人。对方是谁，黑夜里看他不清；进城之后，渐渐辨认出来，其中有好几个，乃是"三民主义青年团"的团员。这时候，连傻子也都明白了，敌人八面埋伏，只为的切断联络。官司怎么能打下去呢？越拖时间，于敌人越有利。即便官司打赢，也还是输，那会再中缓兵之计的。只是对方咬得很紧，脱身不得。所幸他们却有熟识的警察，就咬个耳朵，托请打个电话通知萧一彪。

却说萧一彪派遣各路交通队去后，和苟立一直在谈论着，有时愤怒狂骂，有时直搓着双手。隔不了十分钟、八分钟，就撸起袖子看看手表，估量着东乡那一队快到哪里了，南乡那一队快到哪里了。天快亮了，忽然接警察局里来的电话，才知各处人马，全被打退回城。不但萧一彪这一惊非同小可，连苟立也都呆住了。好半晌，萧一彪凄婉地说了一句："他们也就太毒辣了！"苟立道："眼前要紧的是先把人保释，让他们辛苦辛苦，再跑一趟。到乡下去，晚是晚了一点，能补救几分是几分。别的我们再想主意罢！"

萧一彪立时捉笔，写了一封信给警察局长，信里只是说："今天是替选之日，有某某等人，因撞车斗殴，被押在局。兹为保证彼等能享受公民投票选举之权利，本人自愿予以保释。将来传讯之时，本人负责督其归案。"警察局长一读来信，"国大代表候选人"的言语岂可不遵，当下按着信中名单，先放了一批人。

放了被告,没有仍然留下原告之理,接着又把那另外一批人也放了。这些人得着“自由”,又继续行使他们那个“民主”去了。这个案子,也就这么结束。被告固然没有再来投案,原告也竟杳如黄鹤,不复追究了。

只说萧家的交通队,回来之后,方待详细报告,荀立急道:“那些话留着以后再说。你们伤重的留下来养伤;伤轻的赶快上药包扎,把车子拾掇好,立刻再走。”那些人,说是伤重到不能走动的倒也没有,好在萧一彪家里囤的西药多,打开箱子,一一取用,甚为方便。荀立事先已经关照,把那传单重印了千来份。大家上药已毕,传单也印好了,整队重新出发。萧一彪鉴于前失,意欲加派鲁华、张胜等人,随车保护。荀立却道:“刚才没有派他们,这是失招,现在倒不必多此一举了。”

《秦淮粉墨图》

这样往复地折腾,萧一彪的交通队再下乡时,自然晚了一步。乡间投票投得早,都拥在八九点钟,到了十点,十停中有七八停投过了,就显得零零落落起来。萧一彪那张更正的传单送到,用处就不大了。在东乡,杨三等人一天到晚守在投票场上,虽然看不到每张票选的是谁,大谱子有个估计,萧一彪得的票,总超过不了五成去。如果另外一半,米尚昆和南霸天,“二一添作五”平均分了,优势自然也还属于萧一彪。只因国民党罪孽深重,提起了它的什么县党部书记长,谁不恨得牙痒痒的！更兼米尚昆的宣传队在乡间宣传,农民一听,都说:“他是代表着我么？抽我的丁,抢我的粮,打我骂我,把我关牢房,闹得我没吃没穿,家破人亡。我要这样人来代表吗?”起初答应选王建人,是因为眼前有个承佃关系。萧一彪哩,大家不知道他是何许人也,选选无所谓。要他们选米尚昆,他们就一定不肯了。至于南霸天干坏事,在城里时候多,乡间时候少,农民们并非完全不知道他，“两害相权取其轻”，听说萧一彪退出竞选，很多人就宁愿去投他的票了。选票上原印好了三个候选人的名字，在上面圈个圈就行。投票的时候，大家知道头一个名字是米尚昆，因而偏偏去圈那第二个。这样一来，米尚昆拆了萧一彪的台，无意间倒给南霸天煮了现成的饭了。南霸天在乡间得的票，比他自己原先估计大大超过，和萧一彪竟然不分上下，即便有些出入，也是相差无几。

再说城厢的情形，因为王建人带头捧萧一彪的场，得的票也还算热闹。怎奈南霸天原来的势力既大，这回又毫不在乎地着实花了好多个亿；那些得着好处的、讲江湖上义气的、怕他要流氓无赖在选后找麻烦的，一伙一伙地选他。这就把萧一彪压了下去，望尘莫及了。

到了投票这天下午，只剩了些微散票，不生作用了。萧一彪一天接得的战报，全是不利的消息，处处告急，却又无法增援。他在屋里踱来踱去，一时咬咬手指甲，一时唉声叹气，一时喃喃地诅咒。急着要找苟立商量，可是下午苟立在选场上转了一转，随后却不见了。好容易等到天快黑的时候，苟立来了，不慌不忙，不喜不忧。萧一彪一见他那副若无其事的样子，不由得不气往上撞。

诗曰：

从来晴俯最难防，伏甲潜埋在田乡。
坐待收功出意表，为他人作嫁衣裳。

第十一回　起死回生临危施法术
转败为胜决战靠神偷

话说萧一彪因为竞选投票时，被人作弄，功败垂成，心中怒恼，急待和苟立商量报复之计，不料却寻他不着。等了好久，苟立来了，只是那么不大在乎的样子，萧一彪不免有些火上加油，当时说道：“看来我是惨败了！‘七十二战，战无不利，垓下一战，一败涂地。’（此四句是‘牙牌课’上上、下下之课。彼时竞选者朝占鹊、暮卜灯花，于‘牙牌课’莫不熟极入只流）只怪自己不孚众望，倒拖累老兄们背个抬不起这顶轿子的声名，真是歉然之至！”

荀立且不理会轿子抬不抬得起的话，先问了一句："票还没有开，怎么就一定说是'惨败'呢？"萧一彪道："难道你还认为票匭里装着我的票多吗？"荀立道："也许不够理想吧。请问老兄这下一着棋怎么走呢？"萧一彪道："棋已经走完了，我想不认输也不行呀！早晓得这样劳民伤财，真悔不该多此一举了。"荀立道："如此说来，一切都完了，老兄懊悔一番，就宣告竞选结束，是不是呢？"萧一彪道："南霸天得的票多，他当选做代表，是他的办法比我高明，我不怨他。我恨的是米尚昆，他不该用非法行为破坏我。我现在决定到法院去告他，他是刑事犯！"荀立道："这话说起来原也不错。老兄竞选已经水到渠成，如果不是米尚昆捏造谣言，票子是不会散的。你告他，可以有个最好的结果，就是将来宣布这次选举无效。但是打官司，一审再审，经年累月，即使你打赢了，南霸天已去开过了会，总统也由他选出来了，你还不是朝他干瞪眼？"萧一彪道："我的目标是米尚昆不是南霸天。南霸天当选活该是他走运，票都投过，我有他什么办法？"荀立道："这像孩子话了。当选的当选去了，落选的却彼此揪着厮打，有什么意思呢？"萧一彪道："我为的要出这口气！"荀立道："不计利害，只要出气，办法也多得很。最快，最容易办到的，见到他的面，啐他两口吐沫，打他两个耳光，岂不省事得多吗？"荀立的言语，竟是以玩笑态度出之，萧一彪听了更不舒服。以萧一彪的为人，岂能不懂那些道理？他说几句气话，原不过因为大势已去，怨恨难平罢了，真的要他那样做时，他才不干哩。荀立给他一批驳，他就默默无言了。

这时，荀立却笑了起来，说道："老兄！现在才真正到了最后关头，你要打点精神办事，怎么可以这样灰心短气呢？"萧一彪道："你有什么起死回生的灵药？要不然，我又怎么能够兴高采烈呢？"荀立道："起死回生的药自然是有的。如果没有这一点小办法，那就辜负别人说我足智多谋了！"萧一彪见荀立说出那样拍胸脯的满话，登时提神补气，觉得眼前一亮，赶忙问道："但不知老兄还有什么妙计？"荀立反而叹了一口气道："这条计，我早就想好了的，当初只为想替老兄省几文，所以没有办，却留了一条活路在那里。如果米尚昆、南霸天他们先办了，老兄这边也就算完了。所幸他们都没有办。话还得说回来，我其实在密切注意联系之中，只要他们朝这方面动手，我们就去抢帽子；否则按兵不动。米尚昆为了要装架子，这条路他不能走，南霸天是邪魔歪道，这条路他走不通。简直可以说，这条路天造地设，是给老兄留着的。"

萧一彪急道:“你不要跟我打哑谜分析这些道理罢,有办法快说。”苟立道:“办法自然要说,道理却不能不预先交代清楚。我所以没有早施这条计,只因拉票的形势好,老兄稳占鳌头,不消多事。如今米尚昆不择手段,在那三十六计之外,干出了三关口上心虚手软,失去了机会,那就要陷入万劫不复之地了。”萧一彪件件都是老行家,“等、忍、狠”三字诀,他最善于运用的是那个“狠”字。目前情形,正是要用这个字的时候,岂能犹豫不决?当下一口就答应了:“行!”他这样地痛快,苟立却很少见到,自然深表满意,点点头道:“好吧,你这就开支票吧!”

萧一彪回到自己的转椅上坐下,掏出支票簿,拔下自来水笔,待要写时,忽然又停住问道:“多的变少,少的变多,究竟是怎样的变法呢?难道专员真能呼风唤雨、撒豆成兵吗?只有孙行者,才能把柜里面的道士变作和尚,专员也有孙行者的本领吗?”苟立道:“本来这是属于专员负责包干的事,老兄大可坐享其成,不必过问。只是,眼见将要全军覆没,孤注一掷,图个翻梢,这时候教你不闻不问,听别人盖着盒子摇,也未免不近人情。可惜的内幕许多花样,都是专员行政业务上的秘密,既不便去问他,问他他也不会告诉你的。现在我所能够奉告的,就是请专员给你加一些选票,暗地里塞进票匦,再从票匦里,抽掉南霸天一些票。”萧一彪迟疑一下道:“票匦封得那么严密,怎么打得开?如果揭下封条,露出痕迹,岂不要惹起麻烦吗?”苟立道:“老兄何必给他操这个心,人家是吃什么,干什么的?他不兴撬开票匦后面的木板,为什么非要去揭前面的封皮呢?”萧一彪又问:“票匦散在四方,动这样‘大手术’,想把人全瞒住,恐怕很难吧?”苟立道:“投票的时候是分散的,开票的时候却是集中的。只在今天晚上,投票结束,票匦就一齐运到专员公署,由专员严加防护,静候明天开票。更深夜静,票匦又不是会说话的,这时候,专员‘想如何便如何’了!”

苟立说的这些话,萧一彪原也想象到十之八九,不过是要听他亲口说出,才觉得更牢靠些。及至说到这里,可又真的发生疑问了,萧一彪说:“你打算要专员给我加多少票呢?”苟立道:“一万。”萧一彪道:“一万吗?一万怎么够呢?中午我们不是算过账吗?南霸天得的票,比我要多两万哩!”苟立直摇头道:“老兄也过于精细了!只要他保证当选,你管他给你加多少票哩!我说想跟他要一万,他只加个七千八千,也是可能的。反正这是他的事,他自然有办法。”萧一彪有些不信道:“打开票匦,南霸天的票硬是比我得的多,他到那时候还有什么办法?”苟立道:“怎么没有? 唱票的把‘南霸天’唱作‘萧一彪’,写票的把‘南霸天’,写作‘萧一彪’,计票的把南霸天一百票数作五十、把萧一彪五十票数作一百:这不都是办法吗?”萧一彪道:“米尚昆、南霸天一定有人到场,他们看见了,不会捣乱吗?”苟立笑道:“如果现出底来给别人看见,那还变什么魔术? 真的有个万一,也不要紧,监票员打头一关,证明没有错,再要闹,兼选举监督的专员出来,说他一时疏忽,教他们更正,也就完了。米尚昆票子显然得的少,他不至于怎么大捣乱。南霸天哩,在刚刚开票的时候,和老兄一定是此起彼落,他抱着希望,准是很安静的,必须到了后来,相差远了,才会躁动。那时候,只要问他一句:‘你为什么先不说舞弊,现在却说舞弊呢?’他就没法答复了。”

萧一彪想了一想,却又问道:“选票有额定的印数,专员手里又怎么会有那么多的空白票呢?”苟立道:“你这又是小学生出的题目了。在额定票数之外,多印个几万张,备而不用,原是合法的。哪一个选区,也只能让选票有余,岂能让选票不足。”萧一彪道:“选票上都编了号码。空白票上没有号码,或者号码超过额定之外,不会成为废票吗?”苟立道:“真的这样,自然是废票了。加的票,张张有号码,张张号码都会在额定票数之内。拆穿来说,就是不怕重号。”萧一彪道:“重号被人发现了,那还了得!”苟立道:“有什么人注意记住每张票上的号码呢? 几十万张票,你想在里面找重号,也是不容易的事。每个票匦有一定的选区,每个选区的选票号码有一定的起讫范围,专员公署里是有一本账的。把一万号起的重票,塞到一号起的票匦里,把一号起的重票,塞到一万号起的票匦里:分匦开票,谁能在那里面挑出重号来呢?”

这时候,萧一彪总算是恍然大悟了,偏还有一个问题不大明白,他说:“每张选票上都要有选民的名字,专员一时哪里能找出那么多的选民来呢?”苟立道:“这更好办了。《百家姓》加《千字文》,要编多少是多少,何难之有!”

诗曰:

行来水尽与山穷,伫看人财要两空。
变化翻新魔术在,待从票匦弄神通。

第十二回　剖析入微高谈解疙瘩
索求未履盛宴做文章

话说苟立把那票匭里的魔术,一一拆穿了说与萧一彪听,萧一彪果然大大放心。只是谈到假造选民名字时,他却又疑惑起来道:“如果被人查了出来,这可又是一件该砍头的事。”苟立道:“怎么你今天忽然如此顽固不化?试问一县之中,好几十万人,谁能把这几十万人的名字都记住?既然记不住,就无从知道票上的选民是真是假。开了票之后,所有选票,都封存起来,由专员保管,外面人再想看也看不到了,请问又如何查起?真的流落一张两张假票在外,也不要紧,户籍簿在专员公署里,添个把名字,是一点也不费事的。”萧一彪道:“只怕有那些死硬的家伙盯着不放呢?”苟立道:“这还是我说过的话,真的要打官司,控告呀,查办呀,时间得多久?现在选举,明年三月间就开会,只有四个来月的工夫,要在这个期间之内,把这些案子都弄清楚,万万来不及的。除非把会期延迟,等所有诉讼案件彻底解决,然后再开,或许合理一些。但是,另办一次选举,谈何容易?谁又能担保下次选举就没有人舞弊、没有人打官司呢?从空间而论,各地皆然;从时间而论,古今一律:中央早就知道这一些了。真的接受那些诉讼,会就会开不成,总统就会选不出,蒋总裁头一个就不会答应的!”

萧一彪又道:“你所说的是一般情形,难道就没有一两处例外的吗?”苟立道:“一言抄百总,这是个在时间上争胜的事情,只要做得干净稳当,谁也不至于成为例外的。譬如说吧,米尚昆和南霸天不满意你当选,还要和你为难,你总给他个躲开不应战,尽量地拖,拖到开会的日子,你是‘神圣不可侵犯’的国民代表,他们能有什么作为?开完了会,还怕个什么,顶多下一届让他们去当代表吧,知道这个会再开不再开哩!”萧一彪笑道:“我花好几亿,难道就为的开这一回会?”苟立道:“只要有本有利,开一回会也够了,多开做什么?你不要说花好几亿开一回会,很多人照花好几亿,还连一回会都捞不着开哩!”向来萧一彪佩服苟立主意多,今天这样有问必答,处处迎刃而解,更教萧一彪五体投地,交口称赞道:“真是‘与君一席话,胜读十年书’。”苟立道:“因为你心里老有个疙瘩,我只好尽其所知地奉告。可是我们谈的时间未免太长了一点。”

萧一彪听了这话,猛然一惊道:“哟!迟了,迟了!”说着,缩起袖子直盯住手表看。苟立明知萧一彪说这句话的意思,却偏偏装着不懂道:“什么迟了?”萧一彪道:“你想,上万张票,打圈圈倒还不费事,写选举人的名字总要花上一些时间的。现在已经六七点钟了,你要先去和专员接洽。听你的口风,似乎能给专员做一点主。但是,专员总要等你的回话,然后才肯下命令教手下人办事。往返一折腾,怕的是时间来不及了!”苟立道:“是呀! 时间上报本来不及了。专员公署早已下了班了,我现在去,征求得了专员的同意,由他把职员召集拢来,这就要很长一段时间了。大家动手写选票,编造一些选举人的名字,的确也是很伤脑筋的。取三五个名字,倒还可以信手拈来,取得多了,又要像个真名真姓,又不许重复,说是连想都不用想,摇笔就是,那是办不到的。不信,你试试看,只要你造一百个假名字,你都会觉得为难的。名字要一个一个地取,票要一张一张地写,他们又不是千手观音,从现在起,一个夜晚的时间,无论如何都嫌不够用的! 怨只怨你,开一张支票那么困难,问了我这么多的口供,支票还是开不出来。你把时间都耽搁了,教我有什么办法呢?”

萧一彪一面听苟立滔滔不绝地在说话,一面却也留神在察言观色。苟立话刚说完,萧一彪就笑了起来道:“你这个鬼! 想必你和专员一切都谈好了,却又故意来怄我?”苟立也笑道:“现在是千金一刻的时候,如果我没有和专员谈好,哪里有工夫和老兄闲聊? 你以为我这一下午都闲耍去了吗? 我是陪专员陪了半天,等着他把人手布置齐全,开始写票,这才回来向你取款。专员和我约好了,请我吃晚饭。你快把支票开出来吧,否则我的肚皮要不愿意了。”

萧一彪要问的话还多着哩,首先是想知道苟立和专员洽谈的经过。但因时间实在太紧,只得留到以后再谈了。他心里不再有什么顾虑,赶着把支票开好,递给苟立。谁知苟立接过手一看,却说:“不行! 这张票子要重开。”萧一彪道:“这又为什么? 既没有写错,又没有涂改,一亿元分文不少,何以要重开?”苟立道:“你不应该开明天的日子,今天开的票子只能写今天。”萧一彪道:“此刻银行老早打烊了,反正明天才能取钱,开今天,开明天,全都是一样。这个时候开明天的日子,总不能说是期票吧?”苟立道:“这在别人诚然不是期票。对于你们双方这笔交易说起来,今天是开票之前,明天是开票之后,开明天的日子,就不能不算作期票了。银行打烊不打烊,老兄尽可不必去管,你只改开今天的日子就是了。不要以为别人不信任你,只因这是你求别人的事,这么大的数目你都舍得了,难道倒舍不得这一天的利钱吗?”

因为苟立那样一说，萧一彪无可奈何，只得换了当天的日子，重开一张支票。苟立接过，起身待要走了，忽然又站住叮嘱道："今天投票的结果，谁的票多，谁的票少，不但一般人不知道，就是内场人也摸不出准数。许多人看出，南霸天占了优势，老兄屈居下风，事实可能真是这样。但是，彼此相差，毕竟不太远，说谁一定能被选出来，还是很难的。听说南霸天那边，自认胜利在握，已经准备了爆竹、纸花，正在张灯结彩，安排明天的庆祝。我们这边呢，老兄愁眉苦脸，大家冷屁清秋，好似告诉别人全没有了指望。这种情形不好！明天老兄竟然出笼了，岂不会引起一些揣测议论？虽然不在乎，然而那又何必呢？"萧一彪笑道："台端高见，合情合理！我即刻派人去采办那些东西，保管有多无少一样不缺。再还订一二十桌酒席，明天晚上先来个庆功家宴！"说着，拍拍苟立肩膀，又道："首席，首席！"苟立道："我不贪图坐这个首席。只是在开票之前，时间虽然有限，宣传得总要越热闹越好，免得被别人看作是冷门。还要特别关照应仲爵他们，大家注意，不许有一个人泄气！"

交代已毕，苟立一径去到专员公馆。他是常来常往的人，摇着膀子就进了客室。却见专员只身在那间大屋里，背着手走来走去踱方步哩。跨进门，他先说了一句："对不起，来晚了，专员久等了吧？"专员一面让座，一面说："晚倒不晚。我只怕你们商量不妥，有什么变化，我这里发动的那些人，倒难得打发哩！"苟立笑道："那怎么会！今天实在有些紧张，我一回到那边，就走不开了。若不是萧县长催我，还不知道会拖到什么时候哩！"专员道："我教你和老萧说，有我在这里，他用不着过分紧张，你难道没有把这句话带到吗？"苟立道："话当然早已带到。不过竞选的人，在开票前夕，要他一点不紧张，却是很难办到的。"专员笑着点点头道："那倒也是！"这时，苟立把折叠成名片大小的支票从茶几下侧递给了专员，口中低低说道："萧县长说的，一切费专员的心，过两天再来登门道谢。"专员用两个指头把支票展开，看了一眼，塞进袋里，然后说道："这回便宜了老萧了！不是你筹办外交，我不会这样贱卖的。"苟立听了专员那样的话，忙道："专员的盛情，萧县长以后一定会补报的。"专员道："将来我们是'一殿之臣'，这些话说不上了。先头我和你说，华南有位专员，帮人竞选，拿到三四个亿，你还不信。刚才有位朋友来谈，四川的代表，代价竟在五亿之上哩！我们已经交割，自然不用再提了。不过这些也要让老萧知道知道，既看出我的交情，也显得你的能干。"

荀立正要回话时，忽然听见外面有个妇人的声音，一路笑着，一路说着："烫热了的酒都冷了，冷了的酒又烫热了，怎么你们还没有说完？"话刚落音，人已进屋。荀立慌忙起身道："又来叨扰了，累了专员夫人啦！"那专员太太掠一掠头发道："我们专员说的，要请荀先生来家里吃饭，要我亲自监厨。累倒不累，只是他没有早说，临时哪里添补出什么菜来，荀先生不要见怪就是了。"说到这里，掉过头向专员道："反正你们就只两个人，有话搬到饭桌上去谈吧！"

三个人来到餐厅。荀立一进门就愣住了，只见圆台面白台布上，整整齐齐地摆了许多全套的白银家什，中间是四大四小八个冷盘，旁边一把鸭嘴壶，一望而知是陈绍酒，另外又还有白兰地和茅台酒，都是新开了瓶的。东西两旁各站了一个年轻娘姨，一色的蓝褂黑裤白围裙。屋顶上倒垂九子莲电灯，盏盏通明，照得雪亮。这是个大宴宾客的架势，哪里像三个人的家常便饭。荀立受宠若惊，不免说道："专员夫人太费事了！"专员太太却笑道："今天是接财神的日子，总不能让你吃一菜一汤呀！"专员觉得这话有些刺耳，横了她一眼，不知是有意是无意，她正好掉过头去，没有看见。

吃了一两杯酒，冷盘也不过动了三五箸，热菜就一只接着一只上来了。说起烹调技术，似乎并不十分高明；但是所用原料，很多是市面上少见的精品。只因经常有人给专员送礼，山珍海味，一应俱全，所以吃啥有啥，咄嗟即来。荀立正在赞赏，却又见专员笑着向太太说："你请客，把我的老底子可都掏光了！"专员太太回道："办少了，你嫌我寒碜；如今，你又舍不得你那点老底子了！"他那两夫妻只顾那么说，听到荀立的耳里，却不免放下筷子，琢磨专员要让太太承担主人名义的原因。正当此时，一名勤务兵在餐厅外面大声叫着："报告！"专员唤入问话。那勤务兵说："有位国民大会代表前来请见。"一时大家全都诧异起来。

诗曰：

便饭如何永陆陈？只缘今夕接财神。
戋戋苞苴难填壑，让与夫人做主人。

（选自《秦淮粉墨图》，金陵书画社 1982 年 5 月 1 版）

丁易

（1913—1954）

现代史学家、文学家。名鼎彝，笔名孙怡、访竹、光隼之等，安庆桐城市人。

丁易出身于官僚知识分子家庭，少时在家攻读古文。1935 年在北师大中文系读书时，曾参加“一二·九”学生运动，后开始在报刊发表作品。1945 年加入中国民主同盟，与叶圣陶、陈白尘等共同领导了文协成都分会工作。抗日战争期间，他在《华西日报》《华西晚报》《新民报》用各种笔名发表文章，为坚持团结抗日呐喊。1951 年，参加中国人民赴朝慰问团去朝鲜。1952 年后，任中苏友好协会理事、中缅友好协会理事、民盟中央文教委员会委员、九三学社中央常务理事兼副秘书长。

丁易著作和作品有《明代特务政治》《中国文学与中国社会》《战斗的朝鲜后方》《中国现代文学史略》《丁易杂文》《过渡》《雏莺》等。1953 年，由高教部派往莫斯科大学讲学，次年 6 月 27 日因突发脑溢血病逝于莫斯科大学讲坛。他逝世后，被授予“革命烈士”称号。

择　婿

危经理囤积粮食的事,因为分赃不匀,被他的雇员告发了。虽然上头派来的调查专员还没有到,但这事却已经闹得满城风雨。

危经理虽是个经过大风大浪的角色,但对这性命交关的事,却也不能不发剩(焦急),面子上虽然是不动声色,但暗地里可就各方面钻墙打缝奔走设法了。这一向,一大清早,他就坐上自用车,叮叮当当地踏着脚铃,车夫飞似的把他拖了出去,总要到深更半夜才回来。回来的时候,从没有一丝丝高兴的颜色,老是铁青着脸,没好气地从门上当差的骂起,一直骂到上房丫头,甚至于对他的姨太太也不像从前那么恭顺了。

可是今天下午在飞机场迎接江经理的公子回来以后,情形就完全不同了。这,第一个感觉到的是车夫王贵,三四里的路程,他的背脊居然没有挨过一下脚踢,这是近来从不曾有过的事。

他走进上房,丫头赶紧跑过来接过帽子和手杖,捧上一杯浓浓的龙井茶。

他一屁股坐在丝绒沙发里,那双带着威凛的目光在丫头脸上一闪,随口问了一声:“姨太太呢?”

“吴处长太太接去打牌去了。”丫头吞吞吐吐地说,显得有些慌张,根据她这几天的经验,她已经在准备着承受一顿臭骂。

可是出乎意外的,他只挥一挥手说了声:“出去!”

看着丫头退出以后,他慢条斯理地呷了一口茶,从银烟匣里取出一支前门牌香烟,火柴嚓的一声燃着了。

屋子里一阵惑人的香气向他鼻端扑来,他贪婪地深深吸进肚里,眯着眼睛,一丝笑意,轻轻地掀动着那两撇浓黑的小胡须,这香气他好几天来不曾这样舒舒服服地闻过了。

今天他的确是很高兴,意料不到的,江总经理公子竟还这么年轻,才二十七岁。雪白粉嫩的脸蛋,长得又蛮漂亮。而且,更妙的是居然没有订婚——这消息是他刚才得到的,在飞机场,他亲热地和江公子的私人秘书拉着手,装出一副不经意的样子问公子太太一同来了没有?那个秘书向他挤眉弄眼地扮了个鬼脸:“呵哈,老兄,公子还没有订婚哩!”说着就狡猾地笑了。

这么一个重要无比的消息,竟被他丝毫不露痕迹地从公子私人秘书的口中探了出来,这简直是个奇迹!从昨天下午接到报告江公子行期的那个朋友的急电时候起,就像悬在他心中的一块石头,一下子被这奇迹轻轻敲落了。

他悠然地吸了口烟,烟味混合着屋中的香气,变成另一种说不出的迷人气味,他又出劲地嗅了一嗅,心里暗想,昨天真白扭了一阵心!现在江公子那方面,他所认为的问题都不存在了,问题倒是落在自己这一边。

于是他就扭着小黑胡子思索起来。

他想女儿珍瑛今年已经十九岁了,是不是已经有了爱人呢?他以前根本就不曾想过这些事,姨太太只晓得成天地打牌,怕也不会知道的。要是真有了的话,那可麻烦了!

他蹙拢浓黑的眉毛,胖嘟嘟的脸上立刻打起几条皱纹,但是像微云掠月似的,一转眼间,皱纹就消失了,脸上又泛起一层愉快的光彩来。他仔细地从他女儿环境方面考察,便断定她还没有爱人。因为她所接触的青年男子,都是她住的那个大学的同学,而那个大学的男生,他是知道得很清楚的,尽是些穷人,有的还是从沦陷区来的,去年春天没的棉衣,还向他募捐过,他女儿怎么会爱上这些穷光蛋呢?纵或其中有少数有钱的,但无论如何也抵不上他危经理,当然也没有诱惑经理女儿的力量了。再说,就退一万步想,女儿有这么一两个男朋友,一定也不过是聊解寂寞地玩玩而已,绝不会当真的。于是他就微微一笑,把这念头抛开,当然也就同时有把握地预料到女儿会对江公子满意了。

“一定满意!”他自己先满意地笑起来,仿佛女儿已经亲口告诉他了。渐渐地他就幻想着女儿将怎样和江公子相识,而来往,而恋爱,而结婚。而他那个囤积案件,自然也就因了这“结婚”而取消了。

“告发我囤积去吧!”他傲岸地仿佛对那些告发的人们说,“我和总经理合伙儿囤积去了,像现在这样的小玩意儿,还不来呢!”

当然,女儿和江公子一结婚,他和总经理就是两亲家了,既是骨肉至亲,自然就该有福同享。

但是刹那间另一问题又浮上他的脑际，而且紧紧把缠着他，使他为难了。江公子在这里是只预备玩一个星期的，短暂的七天工夫，女儿有没有魅力就能把这一个年轻人钓上哩？

他先从女儿的相貌上推敲起来，他觉得她的相貌虽说不上怎么美丽，可却也没有什么缺陷。而那双水汪汪的眼睛，对人斜瞟一下，也就够叫人飘飘然好半天。但打情骂俏卖弄风流这套本领如何呢？这就不是他做父亲的所能知道的了。而这套本领在目前却是必须，不然的话，在七天之内，是难以奏效的，又何况江公子并不是个没有见过漂亮女人的人！

"真糟！"

他那圆滚滚的肥壮手指在沙发扶手上敲了一下，轻轻地这么说。

一支烟吸完了，又换上一支，但仍没有想出解决的办法。他甚至有些后悔了，后悔以前没有叫姨太太传授女儿这套本领。想当初七年前，就凭着姨太太这套本领，在前任总经理跟前博得这个经理的位置，而今想靠女儿来维持这个位置，而女儿没有这套本领！想着想着就由悔而急，由急而恨，恨女儿不中用了。

门外一阵熟悉的高跟鞋声，他抬头一看，姨太太飘然走进。

"咦，今天怎回来这么早？"修细的眉毛向上一挑，对他掷了一个媚眼。

他脑中电似的一闪——珍瑛要像这样就好了！

他目送着姨太太走进里间屋子，就慢吞吞地站了起来，拖着沉重的脚步，向女儿房中走去，他心里计划着一番话，打算做说客去了。

危珍瑛小姐是危经理家里的大太太生的，现在正坐在寝室妆台前，对着镜子入神地描着眉毛。她的模样儿诚如她爸爸所说的"虽说不上怎么美丽，却也没有什么缺陷"，椭圆的粉脸上，很合适地安排着一对水汪汪的眼睛，两个隐隐约约的笑窝儿，两片殷红的嘴唇。只是额头微微凸出一点，但梳下一排刘海，密密地遮着，也就不怎么显眼了。

当她刚刚将左边那条眉毛画好的时候，忽然从镜子里看到父亲从背后出现。她怔了一怔，却并不回身，只一扭颈项，侧转脸，斜溜着眼睛，向父亲微微地媚笑着。

这一下，也将危经理弄得一怔，但转瞬间一团欢喜就从心眼儿里冒出来，他觉得这副媚态并不比姨太太差多少,刚才的担心,竟是多余。

“爸爸,”女儿一扭身站了起来,小手指点一点那条没有画的眉毛说,“你坐一坐,让我把这眉画好,我还有事呀!”

危经理就坐在床前一张靠椅上,也没有问她是什么事,只一个劲儿点头说:“好好好,你画你画。”这回她没有坐下了,弯着腰凑近镜子,聚精会神地继续画眉,爸爸却从侧面眯着眼睛欣赏起来。

站在他面前的是一个轻盈的少女:隆起的胸脯,随着呼吸微微地颤动着,纤细的腰肢下面是圆圆的臀部,异常丰满的几乎要绽破紧裹住的绸袍。这些全表明这少女已经成熟透了,蕴藏在她身体里的一股年轻女人特有的诱惑人的魅力,饱满得遏抑不住地洋溢出来,像五月里盛开的鲜红石榴花的热烈,又像秋夜澄碧天空的皎月,把自己的光辉无止境地散射出来。

危经理像一个收藏家鉴赏一件心爱的古董一样,满足地点着光亮的秃脑袋,目光仍锐利地在女儿浑身上下搜索着,像是要从那里面搜出一点什么秘密来。

女儿一回头,看见爸爸目不转睛地盯着她,这目光她是很熟悉的,平日在马路上走的时候,那些油滑少年也是这么样看她的。她的心微微一跳,立刻也就有点不好意思,两只手将脸一蒙,但目光却从指缝里妩媚地向爸爸闪着,接着就一串娇滴滴的声音:

“爸爸,你干吗老看着我呀!”

“好好,不看,不看。”危经理不自觉地笑着,心里想,这就行了,就凭这两下,不愁江公子不上钩。

女儿又转过身去化妆去了,她涂胭脂,抹口红,样子特别认真,一会儿嫌浓,一会儿嫌淡;擦掉又涂,涂上又擦!……

这回危经理却没有再看她了,这时他心中的担心为难都已消失,当前的问题,就是这番话怎样对女儿说出。

话是准备好了的,可是怎样说出口呢?这可又有点使危经理踌躇了。本来父亲关心女儿婚事,原是正大光明,要在平时,他是绝不考虑的。但这回却有点例外,凭良心说,这回他并不是关心女儿婚事呀,这回只不过是为了他的位置,来利用女儿婚事,实际上还是为了自己,和女儿有什么相干?

他想到这里,脸上满是油汗,倏地飞上一层红晕,耳朵根也有点热烘烘的了，平时的那副果决狠辣的手段，谈笑风生的唇舌，此刻全无法施展，他在女儿面前竟成了一个笨拙木讷的人。

他焦急地搔了搔头皮，神情有点惶惑，耳边仿佛跳跃着轻微的声音：“这是你亲生的女儿呀！”他心头一紧，一阵羞愧统御着他的神经，头渐渐地垂向胸前，手指捻着胡须，捻上好儿道劲，心里说不出是什么味道，他不敢抬头看女儿了，他甚至想逃出这屋子。

可是女儿已经装扮好了，一转身，一股照人的光彩，焕然四射，又把危经理吸住了。他不得不抬起头来——眼前浮动着一片艳丽的云霞。

他一咬牙，一狠心，鼓着勇气，声音颤抖着：“珍儿，我跟你谈件正经事。”

女儿立刻愣住了，神情也突然板滞起来，父亲从来没有跟她谈过什么正经事的，现在竟然这么严重地要和她谈谈，她实在猜不透闹的是什么把戏，只睁大着眼睛，望着父亲，父亲仍是那么一本正经的面孔。于是她也不得不扮出一副近于滑稽的正经模样，恭敬地听着。

看女儿这副可笑的神态，危经理觉得空气未免太严重一点，于是微微一笑，这笑，当然是缓和空气的，但底下却想不出什么话来。忽然灵机一动，就问：“珍儿，呃，你今年，呃，是不是十九岁？”

女儿扑哧一声笑了，心里想，原来就是这么个正经事呀！于是立刻恢复撒娇的神情，头一扭。“怎么，爸爸，你都忘啦？”

“没有忘，没有忘。”爸爸像是抱歉似的，再鼓起勇气说下去，“呃，十九岁，对了。呃，对了，可不是，十九岁，也应该，应该啦——”底下的话就被拖长的声音代替了。

女儿双颊忽然一红，她明白爸爸谈这些，她目前就有件要紧的事，必须立刻出去，她看一看腕间的表。

“爸爸，我还有要紧的事，这就得出去了。”

显然，这句话使危经理不太高兴。什么要紧的事，还能比他现在谈的还要紧？他微微板起面孔，摆出一副做父亲的样子，带有点斥责的语气道：

“你有什么要紧的事？还不是和同学们胡闹！”

“今天可不是了，”女儿挺一挺突起的胸脯，理直气壮地说，“今天是同学会请江公子演讲，我做招待。”

“什么？”

这回可临到危经理愣住了,天下竟有这么凑巧的事! 他半惊半喜地看着女儿,一时忘情,就冲口而出——

"你觉得那个江公子怎样?"

刚才,女儿心里就有点奇怪,江公子有什么魔力,竟会使爸爸这么吃惊,现在爸爸这样一问,她禁不住笑了,但心里也就跟着一亮,含羞地说道:"爸爸,人家还没有见过面呀!"

"呵呵呵。"危经理也觉得有点难为情,自己这么个老练的人,怎么在女儿面前竟一时忘情到如此地步呢? 但一看女儿的神情,却反而认为这是得意之笔了。他想幸亏有这一句忘情的话,简直代替了许多言语,现在她一定全部明白了。于是为了要女儿更明白自己的意思起见,索性再说得露骨一些。

"珍儿,刚才我说的,呃,应该呃,就是江公子!"

女儿绯红着脸默默地低下头,无论怎样不在乎的女孩子,在父亲面前谈这些事,总不免有点害羞的,她捻弄着腋下一条红花手帕,眉眼之间,流露出无限的风情。

危经理感到这局面有点尴尬,就搭讪地说:"就这样吧,赶快去吧!"

他迈开脚步,急急地走出房门。

第二天,在危经理的一间华丽的会客厅里,一个小小的宴会正在举行,客人就只江公子一位,危经理和他的女儿珍瑛小姐陪着这位贵宾在娓娓地谈笑着。

江公子一个月前刚从美国飞回,这次便是上这儿来考察什么的,今天他穿着一身笔挺的西装,头发梳得油光水滑,不时伸出细白的女人般的手指摸一摸刚刮过的尖下巴,周旋于危氏父女之间。他的谈吐风度都非常高贵优雅,显然是个有教养人家的子弟。尤其是对女性的礼貌更特别周到,老是谦恭地说着"请原谅",或是"劳你驾""谢谢"这一类的话。说得是那么恰当和蔼,一点不觉得他是虚伪的客气。在必要的地方,一定点缀一两句俏皮话,但都是一种所谓欧美的幽默,丝毫不俗,逗人喜爱。总之在女人面前,他的一举一动都似乎按照一定的计划进行着。

这一切都使危珍瑛小姐特别满意,"多么有趣的人呵!"她心里暗暗地叫着。

这"有趣"虽是她今天才发现,但昨天在同学会听他讲演时已经就一见倾心了。那雍容尔雅的体态,近乎外交家的动人辞令,每一细微之处,都震撼着这少女的心弦。讲完以后，她在休息室殷勤地招待他，他也和悦有礼地和她攀谈，虽然说话不多，但这位高贵公子似乎带有点什么魔力，在她的脑中就轻轻地抹上了一个影子，那时她就不禁佩服爸爸的眼力高强了。但是同时她想起爸爸和她谈的时候那副尴尬神情，却有些不解，她虽年轻，但也觉得谈她的婚事，这神情应该是属于她，而不是爸爸。不过这念头也只像她平日对功课有什么不懂之处一样，不假思索地就在心中滑过去。当今天在这酬酢里她又发现江公子不仅是风度言辞超越寻常，而且还是个温柔多情的男子的时候，她对爸爸又五体投地地佩服了，于是便向爸爸的脸上投过一个感激的眼波。

爸爸正在扮着一个恭顺的脸和江公子讨论农村合作问题。

江公子潇洒地坐在沙发上，一只手支着腮，缓缓地说："是呀，兄弟在美国的时候，那篇博士论文——那是用法文写的，就是讨论这方面的问题。"他和人谈话，无论涉及哪一方面，都要显示出自己是个内行，不是有著作，便是有论文，而且全是用外国文写的。

"那，好极了。"危经理不胜赞叹地说，"这篇论文一定是渊博之至了，什么时候倒要拜读拜读，不过，翻成了中文没有？"

"我那秘书已经翻过来了。"江公子带有点轻蔑的笑意这么说，"前天和家严谈起，家严的意思还想按照这计划来实行呢。"

"那真是惠及苍生了！"危经理不住地点着脑壳，眼睛半开半闭地，脸上露出一副虔诚的神情，仿佛自己也是这"苍生"的一员，已经感受到公子的恩惠。

江公子正打算将那计划择要说一两点，可是一眼看到珍瑛小姐一人默默地坐着，按照他的规矩冷淡了小姐是极不礼貌的，于是立刻巧妙地将话题和小姐们的生活联结起来说道：

"其实呢，就拿化妆品来说吧，现在来路货缺乏，也得要用合作方法才行。"他略微侧着脸向危小姐，谦虚地问，"原谅，让我征求您的意见，您看对不对呢？"

老实说，什么"合作"事业，危小姐完全是一团漆黑，不过提到化妆品的来路货缺乏，倒是她的切肤之痛。别的不说，就拿那最普通的雪花膏来讲吧，以前常用的三花牌，现在早已拿蝶霜代替了。于是她深深感到江公子真能体贴入微，唇边就闪过一丝媚笑，露出两列白玉般的牙齿。

"对极了，你的话。"水汪汪的眼睛向江公子闪着脉脉含情的光辉。

危经理暗暗地好笑,心里想:这两个宝贝倒真的是一对。于是为了好教这对宝贝痛痛快快地谈一下,就站起来向江公子笑着说是他还有点事要办,现在就叫他的“小女”奉陪公子谈谈——

“对不起,对不起,一会儿就来!”

说完就向女儿含蓄地看了一眼,欠身退了出去。

女儿当然是明白爸爸意思的。江公子呢,也模糊地猜到一点。在他看来,危经理今天的一切布置,竟和他对待女人的手法一样——都是按照一定的步骤在进行。他心头会意地一笑,就向危小姐端详起来。

危小姐的风姿韵致,在他这“曾经沧海”的法眼看来,当然算不得上选,不过他对女人一向就抱着“玩玩儿”的态度,“多多益善”,自然也就无所谓了。

于是他开始用着心机和危小姐谈论起来,他问她的学校里的情形,课程的内容,平日的娱乐等等。问得是那样恰如其分,不多也不少,而且每一问题的提出,都使得危小姐有畅所欲言的机会。就比如课程吧,这是危小姐最不感觉兴趣的,可是他所问到的,凑巧得很,恰就是她所愿意谈的那一点。

谈着谈着,危小姐就渐渐被这年轻人所迷惑了,她忘情地倾吐着一切,甚至毫无顾忌地谈到学校里男女同学的恋爱故事来。而他呢,“每当她谈到一个关节或是一个段落时候,他总是给安排一个幽默的解释”,或是一句俏皮的结论逗得她咯咯地笑着,这样,她就更尽量地在她的能力范围之内将她的魅力发挥出来,媚眼,娇笑,微嗔……一齐毫无吝惜地抛掷给他,他也温柔地相称地予以报答。

他们谈到了音乐,恰好会客厅里就有一架钢琴。

“你会弹么?”江公子斜靠在沙发上,放肆地伸开两腿,显然他已经不拘形迹了。

“弹不好呀。”危小姐含笑地低下头。目光却偷偷地从眼角边斜飞到他的脸上,电似的和他的目光一碰,她身躯稍微一震,赶紧缩回目光看着自己的手。

“可不可以赏我一点儿光?”他走近她身边,弯下腰鞠了个躬。

危小姐羞涩地站起来,她心里是极其愿意在他面前显示一番的。

她优美地坐在琴凳上,手指迅速地扫过键盘,然后弹着一支练习曲。

琴声悠扬地在空气中振动。

他手肘靠在琴台上,俯下头,目光跟着她的手指在键盘上移动。她弹完了,一抬头,水汪汪的眼睛向他闪动着。他立刻用一种几乎是崇拜的声调赞扬起来。

“美极了,美极了——可是,你可以允许我也献献丑么?”

“他也会弹?”危小姐心里惊异地说,就笑吟吟地向他微微点头。

他飞快地冷不防地一转身就坐在琴凳上,危小姐想站起来让他,可是衣角已经被压在他的腿下了。

也是一支练习曲在他手指下进行着。

可是这曲子在危小姐听来,只是一些零乱的声音震动着她的耳膜,听不清楚了。一阵阵的香气混合着男人身上所特有的气味,诱惑地向她鼻端扑来,她觉得心跳动得很厉害,呼吸也有点急促。

渐渐地她觉出他的身躯一点点地向她这边移过来,她窘迫地想让开,可是琴凳上像是有个什么东西吸住了她,她缺乏移动的力量。慢慢地两个身躯接拢了,紧紧地接拢了,于是一团热气像电流似的通过她的全身,微微地一阵战栗,像一朵在风中的小白花……她支持不住了。

当她稍微清醒了一点的时候,她发现自己躺在别人的怀中,而琴声不知什么时候已经停止了。

一阵红霞直泛到她的耳根,她挣扎着站立起来,清楚地看见江公子向她微笑——一副得意的面孔。

就在这万分微妙的时候,危经理推开门走进。

“哈哈,对不起,对不起!”他抱歉地向江公子哈着腰。

江公子极其自然地和他周旋着,仿佛刚才并没有发生那件事。

“那么,现在就请吧,饭开在那一边。”危经理伸手向门外指了一指。

当江公子走出门,危经理回头看了一眼,女儿的异样神情,在他那双老于此道的眼中,是瞒不过去的,他立刻明白过来,于是心头一朵含苞未放的花,就如获甘露似的怒放了。

宴会后的三天之内,危小姐就有两天夜晚没有在家住。

每当女儿深夜还没有回来的时候,危经理心中的高兴就如同囤积粮食一旦赚了几百万元一样,心里想着——行了——行了!

于是他就摇晃着脑袋向他的姨太太夸耀自己的妙计:

“怎样,这计策?”

“唷，还不是你的老法子。”姨太太看了他一眼，红嘴唇向下一撇，样子像是生气，又像是撒娇。“嗳嗳嗳，这怎么是老法子呢！”他有点难为情地叫着。接着偏了身子，把嘴唇凑近姨太太的耳边，压低声音：“这回和你那次不同了，这是择婿，懂不懂，正大光明——可不是正大光明！”

“得了得了，别和我来这套！”姨太太扬起一串晶琅琅的艳笑，扭着腰肢闪进里间屋子去了。

危经理身子瘫在软软的沙发里，脑筋沉在飘飘的幻想中，以前的担心为难全都解决了，都不成问题了，安排好的一切计划，都按着预定一步一步地实现了，别人告发他的囤积事件，只消江公子在总经理那儿说一句话，就可以烟消云散，说不定还可以借此机缘弄一个副总经理做哩。

得意的胜利的笑意挂在嘴唇边，不知怎的，他脑中一闪，竟然幻想着女儿和江公子调情的场面来：在本市唯一的大旅馆中，江公子住的华丽的房间里，金光耀睛的铜床，闪光的白绫帐幔，柔软的清洁被枕，对了，就在这雪白的枕头上面，洒散着女儿的蓬松黑发，而在这黑发旁边就有一个油光水滑的男人的头……

他想到这里，心头一紧，同时又有点难堪，就责备自己：“怎么想到这一些呢，真是，真是！”

他霍地站了起来，衔上一支纸卷烟，就走出去，命令车夫拖到江公子住的那个旅馆。在车中，他准备好一番软中带硬的话，打算就在今天要把江公子紧紧捏在自己掌握之中。

车子在旅馆门前停下了。出乎意外地，侍役迎上来并不照例地接过他的帽子手杖，却垂着手恭敬地报告他：江公子已经在今天早晨搭飞机回去了！

这简直是个晴天霹雳，做梦也想不到的，就凭他这么一个老练镇定的人，也一下子摸不着头脑，好像堕入一团浓雾之中，分辨不出方向。他茫然再坐上车子，心想女儿该知道这详情的。

走进上房，丫头就递上一封电报，这是上次报告江公子行期的那个朋友拍来的。

他心里似乎有点不吉的预感，抖着手指，急急拆开，上面赫然两行字——

“江总经理因囤积案撤职查办，兄事上峰决从严处理，望速做准备！”

他的脸突然苍白了，刹那间又突然红赤起来。血液倒涌上头脑，好像无数的铁锥在里面敲击着，然后又像一股熔化的铁汁流到心里，地面在脚底下旋转

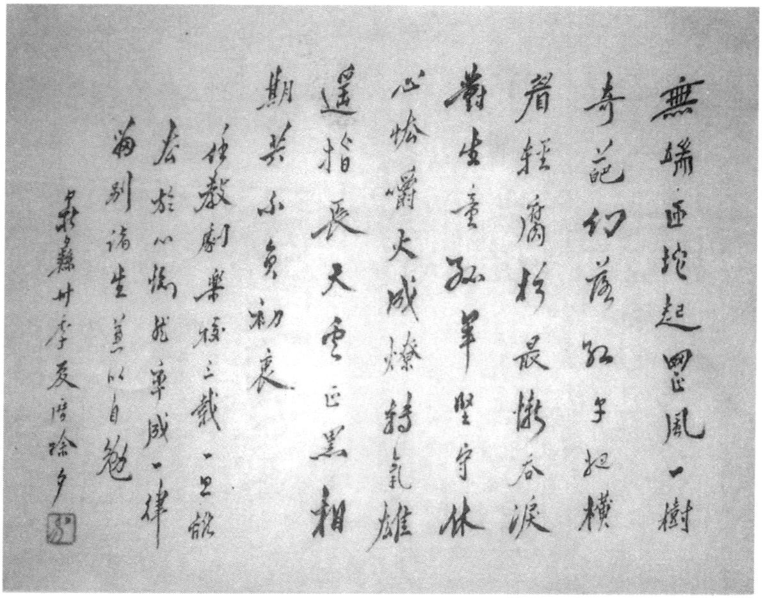

丁易手迹

了，眼前跳跃着无数的金花。

电报在他手中紧紧地捏成一团，他勉强移动两步，将身躯掷进沙发，闭上了眼睛，他晕了！

当醒来的时候，女儿珍瑛泪流满面地站在他身旁，抽咽着声音：

“爸爸，他……骗……骗子……”

他凄然看着女儿的两颗黄豆大的泪珠落在衣襟上，断续地说：

“啊……骗子……”

（选自《丁易选集》，中国社会科学出版社 2007 年 9 月版 1）

彭品光

（1926—　）

台湾著名作家。笔名澎湃，安庆望江县人。先后毕业于安徽政治学院、国防部政治干部训练班、政工干部学校政训班，历任记者、编辑、采访主任、编辑主任、副总编辑、总编辑、代社长等职。

彭品光从事写作三十余年，他的小说创作多以本名发表。而他所写散文、杂文、论评等作品，则分别用澎湃、雷阳、邮鸿、映雪红、雷阳客等不同笔名发表。其结集出版的有短篇小说集《黄海之战》《浪花曲》《慈母泪》；中篇小说集《黄岛梦回》《碧海情深》《木屋里的春天》《画梦十年间》《喋血寒江》；长篇小说《龙争虎斗》《赤子悲歌》；散文杂文集《焚馀集》《生命的散章》《澎湃杂文集》；传记文学《中国历代女杰》；文史资料《中国文艺年鉴》；新闻史料《中华日报报史》等共计 16 本。

木屋里的春天(节选)

彭品光著作

前奏曲

不管南北西东,我们是一群弟兄!

历春夏秋冬,
喜海阔天空;
同舟共济,
万里破长风!

衣同，
食同；
住同，
作息同；
甘苦同，
生死同；
为中华民族奋斗效忠！

一群英雄，
似虎如龙；
海洋上，
大江中；
一往无前立大功！

也谈恋爱，
也吐私衷！

不管南北西东，
我们是一群弟兄！

这是一个真实的故事，这个故事发生在1961年的春天。

一

候诊室中人潮滚滚，像是台北西门市区的电影街一样，熙熙攘攘，显得非常拥挤。

赵国强来得很早，在挂号处等了一个多钟头，好容易才领到一枚七号候诊号码牌。当护士小姐已将第五号候诊病人唤进诊断室里去了以后，赵国强心里想：离自己诊断的时间很快就要到了。赵国强这些月来全是无事忙，他希望快点看完病回去多多赶写几份自传和详历表。

不料正在这时，忽然两个青年汉子用担架抬进来一位白发老妇，她的左臂受了火灼重伤，血肉模糊，痛极昏厥！青年汉子没有挂急诊，却在挂号窗外一条长龙似的队伍尾巴上排了队。老妇痛苦难忍，挂号候诊，缓不济急。

赵国强看到这种情况，心有不忍。于是，一种爱民敬老扶危济困的军人本色，不禁就从他的内心里发挥出来了！赵国强没有一点吝色，让开候诊室的座位，走到挂号窗外的人群中，将七号候诊牌递给那个青年汉子，让他快点诊断老妇的火伤，自己却补上了这个青年汉子的排队行列，重新等候挂号。

青年汉子对他表示万分感谢，他没有觉得什么，只对他笑了笑，便耐着性子等候挂号队伍逐渐接近窗口。

三十分钟过后，赵国强终于又重新挂上了号，一看候诊号码牌，是五十六号。心想，还早得很，便索性独个儿走到候诊室的走廊上去，似寂寞又非寂寞，似悲凉又非悲凉地，看着这家医院里的挂号处、候诊室和各科诊断室内熙熙攘攘拥挤不堪的人潮。

这些日子的天气真是变化莫测，连日闷热得像夏天。

赵国强自从离开海军以后，便一直住在老友叶海帆的木屋里。几个月来，他感到简直是无事忙，每天早出晚归，东跑西奔，道道地地地成了台北街头的马路行辕使，但却没有跑出一个什么名堂来。

这些日子，赵国强改变策略，他懒得跑，索性待在木屋里下苦功，看征求人才的经济广告，用毛笔正楷书写自传详历表和应征人才的函件。以静制动，较之成天东跑西奔好得多。但是写毛笔正楷这滋味可不好受，十多年没有用过毛笔，一旦正襟危坐写起来，可真比他当年在青岛投考海军军官学校还要困难几百倍，正因连日天气闷热，木屋无窗，闷得他简直透不过气，迫使他不得不写几行便跑出去迎风站一会儿。没想到迎风次数一多，便使他受凉了——一早起来，发冷，发热，头昏，脑涨，接连打着喷嚏，弄得浑身上下都有些不对劲。

叶海帆从铁路旁边的小摊上买了几套烧饼油条回来，赵国强的胃口不好，加上心绪不佳，不想吃。叶海帆一面慢慢啃着烧饼油条，一面将赵国强费了几天心血所写成的自传详历表看了好几遍，不禁拍桌笑着说：

“赵老弟，没想到你还有这一手，真不错，文情并茂，着实感人肺腑！就凭你这一笔蝇头小楷，我想再也不会有第二者能够拼得过你了。等下我带到西门汉中街邮局去发限时信。对了，你感冒了不是玩的，拖不得，身体要紧，快去医院看一看，打一针，也许一两天就好了。每月二千八百元供膳供宿的好差事，这机会不容易，看看书，静待好消息，准备面试吧！我想准定是你中选的了。”

赵国强对叶海帆咧开嘴巴苦笑了一下，然后说：

“老船长，我的老大哥，谢谢你给我打气，给我精神鼓励。其实，我早已像只泄了气的橡皮艇——鼓不起勇气，无法乘风破浪了。在四顾茫茫的人海里，失望再失望，触礁再触礁，我的心版上已被创成一个大窟窿了。早知道找份工作也会这样困难，我真后悔不该下来了。”

“既已下来了，后悔也没有用处。快看病去，一阵发热一阵寒，我看一定是重感冒。天气突然变凉了，把我的羊毛衫穿去吧！”

赵国强又是一连几个喷嚏，正准备去拿叶海帆的羊毛衫出门看病。他看了看手腕表，忽然停住了没动，不觉问：

“对了，已经快八点了，你怎么还不打算上班去？”

“上班不上班，根本无所谓。”叶海帆对赵国强微微感叹了一句，接着说，“老弟，如果我不对你说，也许你还不太清楚，如果说穿了，就一文钱不值。——五个月没有发薪饷，如果不是有五千块钱的保证金在老板手里，我早就不干这种劳什子的外勤经理了。嗨！什么叫作外勤经理，说实在话，还不就是兜售货品的推销员。这种买空卖空的生意，真不知道坑死了多少人！许多不知内幕真实情况的人，还人上托人，争着往里面攒呢。你说有什么意思！”

“进出口贸易公司的业务，当然不能比百货公司的生意天天都有进益的。这个行当，本来就是：三年不开张，开张吃三年。叶大哥，别烦恼，也许是公司的招牌还没打响。”赵国强温言安慰着叶海帆。说到这里，不觉接下去笑着说：“有朝一日公司里赚了钱，你这个外勤经理，没有功劳有苦劳，至少也就是有了一幢小洋房和一部自用三轮车了。到那时，我就用不着再住在这间木屋里，和你挤在一床夜夜闻你的脚臭；到那时，我就可以在你的客厅里的沙发上开客铺；到那时，即使是我给你踏三轮，也总算是有了一份正当的职业了。叶大哥，你说是不是？”

“不要挖苦我了，老弟。身上这套西服，还欠了人家八百五。——社会不像军中，军中是发给什么穿什么，因为那是国家规定的制服，即使质料差一点，也是一种荣誉。可是，在这个只重衣冠不重人的现实社会上，就不得不硬起头皮来做一两套来充充面子。卖烧饼油条的，摆香烟摊子的，卖馄饨面的，还不是多亏这些老乡朋友们来帮忙么？可是，账欠多了，欠久了，实在是：前账未清，后账免言啦！如果再一两个月不发薪饷，我就只好卖掉这幢违章建筑的木屋，来偿还债务。到那时，老弟，我就只好陪你一道去住不必花钱的‘铁路饭店’，睡候车室里的西萝丝沙发床了。”叶海帆说到这里，不觉也笑了起来！霎时，像一条船航行在茫茫的大海中，忽然叫出舵令，转了一个一百八十度的大转弯，对赵国强很关切地说：“别再扯淡扯远了吧！老弟，身体要紧，还是快点出门看病吧！”

叶海帆和赵国强是在海军里十多年同生死共患难的老朋友。过去，他们一道战斗在海上；如今，他们先后退了役。叶海帆比赵国强大十二岁，对赵国强照顾周详，无微不至；过去是战斗与事业的伙伴，如今是生活与精神的支援。叶海帆因见气候骤然转凉，颇有冬意，所以逼着赵国强将他的防寒羊毛衫穿出门；同时，又开开箱子取出了一件晴雨两用的大衣披在赵国强的肩上。

“等你到差的时候，我把全部的行头借给你，让你衣冠楚楚地去走马上任，给你那家公司的董事长、总经理和同事们一个好的印象。好让他们对你这位到差的英文秘书刮目相看，表示失业找工作的人并不完全都是穷措大。”

赵国强对叶海帆这样周详的安排没有说什么，只是打从心里感到叶海帆给予他太多的情感道义，太多的友情温暖。

赵国强要取钥匙准备出门，叶海帆对他摇摇手，顺势从枕头底下拿出一本武侠小说，随手一翻，却说：

“你先出门看病去吧。我还要等一下，等我把这段人兽相斗最紧张的一节看完了再出去。”

正在这时，突然门外响起了一阵车铃声，接着，一个洪亮爽朗的声音，像一个巨大的浪涛似的泼了进来！

“叶先生，该到公司里上班去了吧，专门来接你啦！我的经理先生！”

两人听出这是三轮车工友老牛的声音。

老牛也是他们在海军里同生死共患难的老伙伴。1949 年初，才从山东日照家乡出来，跑到上海高昌庙海军来当亲兵的。脱下二尺五转业，已经有五年多历史了。辛辛苦苦积蓄了一点钱，买了一部破旧三轮车，修理修理，还是很管用的。他姓牛，踏着这部破车子，正好是“老牛破车”了。老牛有个牛脾气，不愿接受三轮车班头的管制，属于流动三轮车，每早从淡水河边踏车出来，如果没有生意，便顺路来接叶海帆到公司上班。

经过老牛这么一喊，赵国强便停住在门口没有动。等到老牛三轮车滑驶到木屋门口时，叶海帆在床上，望着老牛说：

“老牛，我欠你的人情债欠得太多了，再不好意思坐你的车子了。”

“什么话？在军中，你是我的老长官，十多年来，生死相依，患难与共，肝胆相照。现在既然大家都退下来了，可是，我不相信我们就消失了这份情感道义！我老牛虽然是个大老粗，可是，我非常重视‘忠’与‘义’这两个字——对长官尽忠，对朋友尽义。叶先生，快莫这么想，我们都是同过生死共过患难的呀！赵先生哪儿去？一道上车吧！”

“老牛，社会上难得有你这样忠心耿耿义气凛然的人，可是，你的人情债已经变成我的一种负担了。……赵老弟看病去，最好能送他一段路。我呀，情绪不好，懒得上这个穷班了。”

老牛看到他的老长官这样打不起精神，心里一急，便一骨碌子跨下了他的破车，迈着大步从赵国强身边挤进木屋去，硬将叶海帆从木板床上拖了起来，嘴里还不断地念念有词地说：

“一分精神，一分事业，世间上的事，哪能件件那么得心应手，总得耐住性子慢慢来呀！在这小小鸽子笼似的木屋里闷上半天，身上不发霉也会发酵。走，一道出门吧……我没有什么奢望，但愿哪一天老长官走运了，发达了，买了自用三轮车，雇我老牛，保险伺候得你们称心满意。现在，我要乘你们正在失意的时候来烧冷灶，表现出我们过去十多年生死相依，患难与共，肝胆相照的感情道义。……哇！八点多了，该走啦！”

叶海帆对于老牛这份情感，真是莫可奈何，只好放下武侠小说，将赵国强的应征人才信拿在手里。

赵国强看到大家都准备出门，便伸手去拿桌子上的香烟盒准备塞进口袋，一看，空空如也，下意识地顺手一捏，捏成个纸团子抛到门外。老牛取出双喜香烟来，递给赵国强、叶海帆各一支，自己也抽出一支，不觉笑着问赵国强：

“怎么？你们都降级了？——新乐园？”

“如果再找不着工作，连新乐园都要抽不起了！”赵国强点燃了香烟，朝着老牛的发亮的红秃的顶门上喷出了一圈大烟雾，接着说，“老牛，收我做徒弟好不好？我真想练点力气去踏三轮车了。”

“赵副长，我现在禁不住真要唤你的官职了。我的老长官，别把我老牛折损死了吧！”

“真的，不是说笑话，踏三轮车不也是一种正当职业么？”

“别再扯淡啦！要出门就快走吧！”

说完，三人一道出门。叶海帆锁了木屋的门，将钥匙交给赵国强，两人坐了老牛的破车。从衡阳街过了铁路平交道，忽然下起了一阵毛毛雨。老牛拉起雨篷，加紧踏了几脚，一下子就到了衡阳街与怀宁街大交叉路口。赵国强单独下了车，踏着湿漉漉的道路走进新公园，不多久，便走进了这间建筑宏伟设备最好的台大医院。……

二

赵国强的思潮一直暗想到这里为止。

毛毛雨不知什么时候停息，云缝里射出了一些阳光，从窗外射进到候诊室里的走廊上来，照沐在赵国强的身上，他只是觉得周身上下有些微微烧热了。

于是，赵国强再次地怀着似寂寞又非寂寞，似悲凉又非悲凉的心情，从熙熙攘攘拥挤不堪的人潮中踱进候诊室。然而，心里却仍在不断地想：

“人，真是一个怪物。在船上时，终年累月生活在惊涛骇浪的大海中，偏偏不生病；下来之后，就变成多事之秋了！不是伤风，就是感冒……”

想着想着，突然，一位两鬓斑白满面皱纹的老人，抱着一个面色如纸的病童，气急败坏地走了过来，向赵国强求助。

“先生，拜托你，帮帮忙，请你先生接一下！”

赵国强看到这老人疲乏不堪，上气不接下气，便抢着向老人动上几步，把病童接了过来，然后走向候诊室。这时，老人才像如释重负地喘了一口气，一面紧跟在赵国强后面走着，一面喃喃地说：

“先生，谢谢你……哎！人一上了点年纪，连一个小孩子抱起来，都感到很吃力了！……”

赵国强没有答话，他抱着病童在候诊室里找座位。然而候诊室里所有的长椅上都坐满了人，没有一点空隙。忽然，在长椅尽头坐着的一位高个子年轻人，看到赵国强这种情况，便马上站起来让出座位。赵国强对这位年轻人道了一声谢,便将病童放在长椅的空位上。

老人向赵国强和这位年轻人道谢后,便径直去办挂号候诊手续,等到老人在挂号处办妥挂号时,一摸口袋,抽出一双空手。这一下,可把老人急出满头大汗!急急虎虎地走向候诊室来问病童:

“继华,我们下车时,那车夫找给我们的五块钱和那准备看病的三十块钱呢?我记得这些钱都放在派司套里的,派司套不是你一直拿着的吗?”

病童急急地摸着衣袋裤袋,可是没有摸出派司套。目瞪口呆,回答不出一句话。幼小的脸蛋上,顿时给加盖了一层惶恐和惊急。

年轻人看在眼里,不觉对老人动口说:

“这孩子病得很厉害,不要再增加他幼小心灵上的不安了吧!老先生,钱掉在马路上,往来人多,要回去找也找不着了。”

年轻人说完,便从身上摸出零钱来,代老人付了挂号费,顺手接过老人的候诊号码牌。一看,已是七十七号了。他自己的是十八号,便和老人的号码牌换掉了。老人非常不好意思,对年轻人千恩万谢。年轻人却笑着说:

“不要紧,我不是看病,只是检查身体,不急,反正我没有什么事,多等一会儿也没有关系的。”

赵国强看到年轻人这种侠义行为,靠在候诊室的窗户旁边,心里就不禁在不断暗暗地想:

“又是一位换掉候诊号码牌的,而且让座老弱,而且代付挂号费,如此急公好义,如此人间温暖。可是,这样好的人群,这样好的社会,那么,为什么自己却找不到一份理想的工作呢?……”

赵国强想着想着,不禁对这位侠义的年轻人多看了几眼。——这位年轻人的外表长得确实很帅,红红的面颊,宽阔的肩膀,胸脯挺得高高的,加上个子很高,站在候诊室中简直像一座铁塔!使人一见,很有一份壮健如牛的感觉。他上身穿了一件大花格子的两用衫,下身是一条银灰色的西装裤,黑色的尖头皮鞋,擦得亮晶晶的,更显出了他的年轻英俊潇洒豪迈的气质。赵国强觉得这个年轻人很面善,可是,却一时想不起在什么地方见过。

年轻人发觉赵国强在不断打量自己,不觉对赵国强笑了笑,连续点了点头,接着便踱到赵国强身边说:

“老兄,我们好面善,好像在什么地方见过?”

“是啊!”赵国强伸出手来,握着年轻人的手,说,“我也一直这么想,可是,却又一时想不起在什么地方见过面。……”

赵国强正待与年轻人继续寒暄下去,不久,蓦地发现老人已将病童诊断过了病,从诊断室里走了出来。这一次是赵国强抢着为老人付了医药费。老人怀着感激的心去取了药,赵国强又将病童抱着送出了医院大门。

赵国强代老人喊了一部三轮车过来,付了一张十元钞票给三轮车工友。老人执意不肯坐车,连声迭迭地说:

“谢谢你,谢谢你,先生,承你帮助我们太多了,实在使我过意不去。据大夫说,继华这孩子是受了凉,没有什么大病,已经打了一针退烧药,不要紧,也许很快就会好了。住的地方离这儿不远,不需要坐车了,我们会当着散步一样地慢慢走回去的。”

“老先生,孩子刚打过针,不能太劳动。人生何处不相逢。——车钱已经付过了,请坐车子回去吧。”

三轮车工友舍不得放弃这笔生意,等到赵国强说完了这几句话之后,便帮着赵国强将病童抱上了三轮车。老人情不可却,也只好坐上车子。

“先生,你贵姓,住在什么地方?……”

赵国强没有答老人的问话,却挥手叫三轮车工友赶紧踏车送老人和病童回去。

赵国强站在医院的大门口看着一老一小随着三轮车消失在马路尽头之后,才欣欣然地返身慢慢走回候诊室。

这时,候诊室的长椅上有了空位,年轻人已经坐在病童刚刚让出的那个空位上。年轻人看到赵国强走回候诊室,将身子往旁边略微一挪,赵国强便在年轻人身边坐了下来。

赵国强身体魁梧,坐姿沉重,与年轻人的体格不相上下。正因为年轻人的身子一挪,赵国强的身子一坐,把这条年久失修的长椅子摇动了一下。这一摇动,忽然从椅缝中落下了一个派司套。年轻人捡起来一看,里面有一张公共汽车学生月票、一张国民身份证和一张红色五元、三张蓝色十元的钞票。月票上的姓名是鲁继华,读西门国校;身份证是老人的,姓名鲁海波,山东日照人。

赵国强看到这个姓名和籍贯,不禁对着年轻人,又似乎是在对自己失声喊道:

“哎呀，原来那老人就是鲁老伯？真没想到，鲁老伯怎么会变得这样苍老，这样落魄的？老兄，给我，让我赶上去还给他。”

赵国强一阵旋风似的冲出医院大门，跳上一部三轮车，转了几条街道去赶鲁海波。街上行人熙攘，车辆众多，加上接连碰到十字路口的几次红灯，没有赶得上。等到赵国强再次回到医院时，已经消磨掉他半个钟头的时间了。

这时，挂号处已经停止了挂号，走廊上的人很少，候诊室里的人却更多了起来。赵国强的座位没有了，年轻人的座位也让开来给一位孕妇坐。只见年轻人在走廊上踱来踱去，双手插在裤袋里，嘴里不断地轻吹着口哨。年轻人见赵国强走了过来，不禁笑着问：

“怎么样？你赶到那位老先生了吗？”

“没有。不过，今天我要看病，没有时间去找。好在身份证上有住址，我想改天我会找到他的。”

“真是：人生何处不相逢！”

“可不是：人生何处不相逢啊！……”

看样子，年轻人似乎有些心事重重，没有接下赵国强的话再答话，便独个儿傍着窗户看云缝里的蓝天，然后又轻轻地吹起口哨。

这以后，赵国强不断地默察着这位年轻人的动静。心想：

“这家伙怕也是一位退役的军人吧？”

接着，赵国强自己对自己说：

“对，这家伙一定是一位退役军人。我想：只有经过严格教育训练的军人，才有处处表现急公好义扶危济困的习惯。说不定，这家伙还是我们的同行，一位心胸开阔的水手哩！要不然，我怎么会对他那么面善呢？”

想着，想着，这位年轻人却不知在什么时候离开了候诊室。

赵国强在候诊室里等得无聊，不觉跑到贩卖部去买了一份报纸、一包双喜香烟。赵国强燃着香烟，然后回到候诊室来靠在窗户旁边看报纸。他看的是第二张经济广告栏，上面有一则广告的题目是：“征求人才”，内容说：“某公馆急需领孩养鸡兼管清洁杂役一名，供膳宿，月薪四百元。”

赵国强看完一笑，不禁替“人才”这两个字嘘了一口蒙冤受屈的怨气！他猛吸了几口烟卷，喷出一圈一圈大烟雾，心想：

“领孩，养鸡，清洁，都算是人才；那么，像我赵国强大学读了三年，再加上海军军官学校毕业，受过如此优良的学校教育，那该算是什么呢？……”

三

赵国强和年轻人先后进了诊断室。

赵国强坐在大夫桌旁的圆凳上，嘴里咬着温度计。小胡子大夫用听筒替他检查心脏过后，然后在他的胸前敲敲打打。护士小姐请那位年轻人宽衣，他脱去两用衫，露出来一件印着一个大铁锚标志的白汗衫。这是海军独家的“注册商标”，使得赵国强看起来眼睛格外明亮。赵国强想：自己的猜想并没有错，这家伙果然是个曾经戴过白帽子的战斗伙伴——一个大家庭里出来的弟兄，如今却在这儿碰面了。真是：人生何处不相逢！

赵国强在小胡子大夫桌子旁，信手翻开那位年轻人的病历表，一看，上面清楚写着：郭铭新，江苏无锡，三十一岁。赵国强不禁朝着那位年轻人认真地看了几眼，笑着问：

“你就是郭铭禹的弟弟郭铭新吗？”

郭铭新也走过来看看赵国强的病历表，不觉失声说：

“哎呀！原来是赵副长。赵大哥，真的久违了。怪不得我总觉得你是那么面善哩！”

“可不是，我也一直觉得你很面善。”赵国强坐在圆凳上伸出手去握郭铭新的手，接着说，“你在PC上当轮机长不是挺得意吗？怎么，你几时下来的？”

“前年。”郭铭新答道，“前年八二三台海战役以后，我负了重伤，心脏受了震动。伤，在总医院算是完全养好了。可是，我却因此退下来了。我的退役理由是：‘重伤甄退’。”郭铭新说到这里，看看小胡子大夫，看看护士小姐，又看看赵国强，不觉笑着接下去说，“八二三台海战役，我负了重伤，荣获政府颁授忠勇勋章和海光奖章各一座，以个人有限的生命，为海军创造了‘台海精神’，我退下来，也可以说得上是‘功成身退’了。”

“铭新老弟，多年不见，你还是这个老样子，还是这么会讲笑话，会幽默，会为自己找堂而皇之的理由站住脚步。只是你长得比以前更发福，更结实了，难怪我一时想你不起哩。看样子，你混得挺不坏吧？我真想快点知道你的近况哩！”

"赵副长,说来话长,不过一句话也可以表达,我托福混得还不坏。你呢?你还在'美'字号当副长吗?"

"我嘛,真的是说来话长啦!可是,却不是一句话可以表达的!……"

赵国强说到这里停了停,正待继续说下去,被小胡子大夫笑着用指甲将赵国强的嘴唇一按,然后笑着对他说:

"老兄是到这里来看病呢,还是到这里来叙旧?嘴唇咬了一支温度计,亏你能够说上这么多话。别误会,我绝不是给你钉子碰的,等看完了病,你们再继续畅谈吧!"

赵国强对小胡子大夫友善地笑了笑,看了郭铭新一眼之后,便正襟危坐平心静气地咬着温度计,不敢再开口说话了。

郭铭新向小胡子大夫点了一下头,离开赵国强的身边,跨着大步到护士小姐所划定的界线之外,拿起铝制遮掩,盖起一只眼睛来测视力。郭铭新一面测视力,一面禁不住问赵国强说:

"赵副长,听你口气,你阁下也解甲归田了?"

赵国强不好意思再开口说话,只是在喉管里应了一声。

郭铭新测完视力,随着护士小姐走到赵国强坐的附近窗口量血压。郭铭新看着赵国强,不禁对他继续说:

"赵副长,古人说得对:在家千日好,出外时时难。这话说得一点不错,我算是一个亲身经历者了。不瞒你赵大哥说,我要收拾行李打算回'家'了。真的,我要仍然回到海军里去了。"

郭铭新的体格检查完全完毕之后,结果是:全部健康正常,样样列为甲等。

小胡子大夫听完他这几句话,不禁笑着打趣说:

"郭老弟,你在航业公司待遇不错,一个月跑几趟香港,生活够惬意,人家想都想不到,怎么,你又干腻了?前年十月间,你总记得吧?你要我替你出有心脏跳动症的证明,当时很对不起,没有照你的意思遵办,幸好你没有见怪。今天,你如果要回海军,我给你出证明,证明你的体格顶呱呱,经得住到大海中去乘风破浪!"小胡子大夫说到这里停下来,不觉又转对赵国强笑着说,"老兄今年不过三十七岁,身体长得这样魁梧,这样结实,为什么也退下来了?"

郭铭新和赵国强不约而同地笑了笑,没有回答。

小胡子大夫一连看了五十几个病人,没有停止过一分钟,显得相当地疲乏。

在赵国强诊断完毕之后，正好是上午的下班时间已到。小胡子大夫看到已经下班，便将身子朝着橡皮沙发围椅背上一靠，先是吁了一口气，然后伸了一个懒腰。当双手落下时，就手拉开抽屉，取出一份报来，上面有一段新闻，用红墨水圈着点着，看样子是有关小胡子大夫自己的杰作。

正当这时，护士小姐给小胡子大夫拿来一杯开水。小胡子大夫喝了一口水，招呼护士小姐先下班，然后对赵国强和郭铭新两人，似乎一见如故，不禁得意地笑着说：

“不知道我年龄的人，见我蓄着小胡子，笑我充老，以为我只有四十多岁。其实呢？我今年已经五十八岁啦！二位会看不出吧？远在北伐时，我就参加了部队，那时我真算是一个二十多岁的娃娃兵啦！这以后，江西剿匪，对日抗战，我都在部队里当军医，尤其是抗战初期，我加入海军，参加封锁长江的马当战役，那真是干得有声有色！抗战胜利后，政府办理复员，我被整编才离开了部队。过去那批战斗老伙伴，如今差不多都是海军中的高级将领了。老伙伴们不知来过多少信，欢迎我回到海军里去，欢迎我回去主持一个医院的行政。二位想想，我已是一个快近六十岁的老头了。不错，游子离家，倦游思家。可是我回去的意思，绝不是要想搞个什么医院院长；我回去的目的，是要为我们海军的同胞服务，照顾我们海军官兵的健康。所以，我决定回到海军，以聘用军医的名义，奉派到前线战地去服务。……”

小胡子大夫一口气说到这里，赵国强和郭铭新两人不约而同地面面相觑了好一会儿，久久没有说话。

两人看报纸上的记载，大意是说：“名医娄子静先生，为响应海军忠义运动，志愿放弃现在多处行医每月六千元的优厚收入，请求恢复抗战胜利复员退伍时的上尉军衔，重新回到海军阵营，派往前线为海军官兵服务，荣获海军最高当局核准云云。……”

两人看完报，又是一阵不约而同地面面相觑。

小胡子大夫似乎没有注意到两人面部的表情，他用一支铅笔得意地敲着桌沿，面露笑容，继续着说：

“我起初还以为自己没有把握，但我并没有托人情，图侥幸，利用任何关系。我是一板一眼，正正堂堂地，经过临床考试，体格检查，证明我的身体好，精神足，医术精良，上面才批准的。”

小胡子大夫的话刚说完，郭铭新就忍不住情感的激动，对他动口说：

“娄大夫，你老先生这种光明磊落的行为，实在使我太感动了！也使我太惭愧死了！你离开海军十五六年，时时刻刻都想回到海军里去。我离海军不过两年多，我还有什么可说呢？我已决定要尽快地回到海军，回到这个充满着忠义之气的革命大家庭去了。”

赵国强脸上毫无表情，他十分严肃地看着娄大夫的两撇小胡子，又看看郭铭新胸口露出的一颗大铁锚，一种内疚之情，夹杂着一份向往之情，不禁油然从他的神色之间流露出来！心里却在不断地想：

“……娄子静，是当代的名医，收入丰富；郭铭新，是航业公司台港班轮的轮机长，生活优裕：两人都已决定回海军。我，离开海军一直在失业，生活像浮萍，始终不得安定，而今而后，我将何去何从呢？……”

四

赵国强和郭铭新两人离开医院以后，信步逛到西门町。连日气候转凉，颇有冬意，现在，阴雨过后的阳光，洒在大地上，显得相当温暖。于是，赵国强和郭铭新两人，便一同坐在西门町圆环中的标准钟前的喷水池边晒太阳，谈着郭铭新的哥哥郭铭禹的事。

回溯当年，赵国强考进海军军官学校，是郭铭禹在青岛时鼎力介绍报名的。郭铭禹在赵国强读高中的时候，是他的体育老师，对于赵国强的事业前途期望很高，赵国强升入大学之后，郭铭禹投效了海军。这以后，东北、华北、平津一带的局势，相继动荡不安，郭铭禹为了鼓动优秀青年从军报国，所以，赵国强在郭铭禹的鼎力介绍下，考进了海军军官学校。在北平和平起义之后不久，赵国强已随海军军官学校自青岛撤退到了厦门。时间像一支箭一样地奔驰，不久，紧接着淞沪保卫战起。最令赵国强感到痛心的，是郭铭禹在这次淞沪战争中不幸壮烈成仁了。赵国强投效海军十多年，既未成功，又未成仁，而且现在变成了海军中的一名逃兵，无缘无故地退了役，真是辜负了郭铭禹当年对他的一片热望。赵国强和郭铭新谈起了这段往事，真有说不出的惭愧与遗憾！

“郭老弟，如果令兄还活着的话，我想我就不会退下来的了——即使我要想退下来，令兄也不会允许的。可是，不幸令兄作战阵亡了，从此，我就好像是失去了罗盘的一条船，在茫茫的大海中没有人来指引我的航向了。因此，我一时情感冲动便退了下来。”赵国强说到这里停了停，不觉抬起头来把郭铭新望了一下，然后显得很急切地问，“郭老弟，你不是在航业公司里干得挺不坏吗？那么，你为什么又忽然想起要打算回‘家’呢？”

郭铭新对赵国强露出了一下笑意，说：

“我离开海洋，并不是为了追求物质享受，动机并不坏。我今年三十刚出头，在海军里干了十四年，这时间也不算短了。赵大哥，我不像你，在文学校里，你受过大学教育，在军事学校里，你完成了正规的养成教育；可是，我只有初中的程度考入海军士校的。一个行伍出身的海军军官，连海军军官班的教育都没有受过，总觉得自己的根底太差了，我时时总感觉到我自己赶不上这个日新月异的新时代。我在 PC 上当了一名上尉轮机长，科学知识和外国语文，都不及一个士官甚至一名战士。我想：我又何必占了一个高阶，占了这样一个重要的位置，而挡住了人家上进的出路呢？所以，我决定要腾出一个空额来，让海军里许多优秀的人员晋升上进。……”

郭铭新的话还没有说完，赵国强便抢着插嘴说：

“郭老弟，我很惭愧！我没有你这份高洁的情操。我不瞒你说，我的动机是想转业改行，是想摆脱十多年来的弹雨硝烟和惊涛骇浪的紧张生活，改变一下生活环境，更换一下生活调子。可是，我万万没有料想到，人一离开军队到了社会，就好像是走进了一个陌生的世界，人生地不熟，想要找一个职业好难啊！”

“找个混饭吃的职业倒也不难，好在我们这个社会还够富庶，工商业也还够繁荣。难的是：这职业合不合我们的志趣？够不够我们的口味？将来的事业前途有没有希望？”郭铭新对赵国强诚恳地说，“就拿我来说吧，哥哥的一位老长官将我介绍到航业公司去服务，待遇很不错，一个月跑几趟香港，起初我也感到很惬意。可是，日子一长，我就感到我很寂寞孤单了！因为到了这时，我才感觉我在海军干了十四年的历史全部一笔勾销；从此，我又必须重新来创造新的人生历史了。我不会应酬，不惯于赌博，不愿意上酒家。可是，我却生活和工作在这样一个花花世界的环境里，如果我不随波逐流，便是不合群；不合群，便只有孤立，便只有寂寞孤单了！我常常想：一个人活着，难道就是为了追求物质享受吗？难道就是终年到头活在牌桌上、酒杯里和一些酒女之间吗？我们中途离开了海军，就是没有忠于职守，没有忠于长官，没有忠于领袖；我们中途离开了十多年同生共死共患难的许多战斗伙伴，我们真是太不够义气了！……”

听完郭铭新胸中积愫，赵国强深深地叹了一口气！

“我也时常感到：在海军推行忠义运动如火如荼的今天，我们竟然置身于忠义运动之外，实在是变成了忠义运动中的一个大罪人了！”

“赵大哥，一想起忠义这两个字，我就不由得常常怀念着海军，想到战船甲板上看着白云海燕时的情景，想到那大铁锚起落之时，震动着我的心弦，那轮机节奏的声响，就似乎奏起了海洋的恋歌……我离开海军，实在不智。因此，我现在决定回‘家’了。”

赵国强又是深深地叹了一口气，说：

“郭老弟，我不像你，你决定回‘家’算是衣锦荣归，值得老伙伴们的表扬。在我，情况完全不同——我是有‘家’归不得了。我是人生如下棋，一着走错，满盘皆输。如今，我只是希望早日找到一份合适的工作，一切都要从头做起了。”

“既然这般说，那么，我们为什么要做海军忠义运动的罪人？我们为什么不打算一道回‘家’做个好子弟呢？”郭铭新看到赵国强颇有思“家”之意，不觉接着补充地说，“赵大哥，我们之间的关系总比别人深一层，有什么话都可以说。我想，与其离‘家’在外流浪，我奉劝你赵大哥倒不如还是决定回‘家’吧！”

“古人说：‘好马不吃回头草。’对于回去的事，我是这一辈子也休想了。”赵国强望着喷水池边的标准钟，又望望成都路口“新世界”大戏院门前的往来行人，不觉感慨系之地说，“我当时办好手续离开海军时，有几个好朋友凑份子打牙祭，在左营‘四海一家’餐厅替我饯行，我多喝了几杯酒，不免借着酒意发了几句牢骚，其中有几句话，给几位好朋友很是一个大刺激，我深悔失言！如今，我回想起来，对于回去的事，别说我没有这份想法，就是有，我也真的鼓不起这样大的勇气了！”

“赵大哥说过什么话的？”郭铭新发急地问。

“……”赵国强久乐不答，顿时感到面孔发烫，满面羞惭！

“真的，赵大哥，你说过怎么样的话，这样让你鼓不起回去的勇气呢？快点讲给我听听吧！”郭铭新再次地追问着。

“你实在逼着我说，我就说吧！”赵国强表情严肃地说，“我当时曾经说过这么几句话，我说：从此苦海超生，从此我与弹雨硝烟和惊涛骇浪的紧张生活永别了！有志气有办法的人，从此永远不回头！有志气有办法的人，应该从海上走到陆上，从港口走向都市，从吊铺舱房走进高楼大厦，为个人的生活环境与生活调子创造另一个新天地。待我打下江山，奠定新的基础，你们都下来，跟我干！住好的，吃好的，穿好的。……”

“赵大哥，不怕你见怪，我批评你这些话说得实在太过火了！”

“是的，我是说得太过火了！我深悔失言！如今，我下来这么久，别说没有打下了什么江山，就是连一个吃饭的工作也都没有找到。你想，我还有脸回去再见这班老伙伴吗？所以，我说对于回去的事，我是一辈子都休想了。”

赵国强说到这里，忽然，听到对面远远的地方有三轮车的铃响声，慢慢由远而近，一看，是老牛踏着三轮车过来了。老牛将三轮车停在圆圆喷水池马路边，跨在坐垫上对赵国强扬手高叫：

“赵先生，怎么，你在这儿晒太阳？……打过针了吗？我现在正没有事，我送你回去吧！”

就在这个同一时间之内，赵国强没有来得及答复老牛的高声喊叫，却看到鲁海波牵着鲁继华沿着中华路的街边径往成都路那方面缓缓走去。这个不期而遇，使得赵国强没有来得及答复老牛的高声喊叫，使得赵国强和郭铭新两人同时赶快迎上去，忙将派司套交还给鲁海波，说：

“鲁老伯，派司套掉在医院候诊室，幸亏给我们捡到了。看到身份证，我才知道是你老人家。你老人家真是比以前苍老得多了。我是赵国强呀！你老人家也许不认得我了吧？”

鲁海波把赵国强打量了好一会，然后笑着说：

“啊呀！如果不是你说，我真的认识不出来了。赵老弟，难得你这般对人热心肠……”

“对了，鲁老伯，你怎么没有坐车子回去呢？我不是请你坐上了那部三轮车吗？”

“哎呀！别提啦！那位三轮车工友简直糟透了。他连环河南路都搞不清楚，一直把我们祖孙两人拉到台北桥。等到我发现错误叫他回转来时，不想在延平北路人多车众的地方，横冲直撞，撞上了一部吉普车，几乎闹出了一次大车祸。三轮车被带进了派出所，于是，我们祖孙两人就只好慢慢散步走着回来了。”

“啊！原来还有这么回事，真是让你老人家受惊了。难怪我们捡到派司套之后就去追你一直都追不上哩！”赵国强说完，转过身来招呼老牛的三轮车踏过去，接着说，“鲁老伯，我今天没有时间，改天再去看你，谈谈我们别后的情况吧！”

老牛的三轮车很快滑到身旁，赵国强对老牛说：

“老牛，这位老人家是我们的老乡亲，既然你现在没有生意，就累你把他祖孙两人送回家吧，不要收他的车钱……这孩子刚看过病，身体虚弱，车子踏慢一点。”

老牛遵照赵国强的吩咐踏着车子走了。

郭铭新看到时间不早，请赵国强在中华路一家饭馆里吃了一顿水饺，然后问明赵国强的住址，两人便在西门市场门前分手了。

（选自《木屋里的春天》，台湾水牛出版社1973年4月1版）

张漱菡

（1930—2000）

台湾著名作家，安庆桐城市人。张漱菡出身名门，清代名臣张英、张廷玉为其九世祖、十世祖。

张漱菡寓居北平，幼随父母远游日本、英国，先后就读于上海天主教启明女校、震旦大学文理学院。1948 年暑假随母亲赴台湾旅游。抵台后因水土不服，患上严重痁疾，且呕吐不止，遂居停诊治，竟由此留居台湾。养病期间，张漱菡以写作自娱，不料文思泉涌，佳作迭出，就此步入职业作家行列。1956 年，她的首部长篇小说《意难忘》在《畅流》杂志上连载后，产生了轰动效应，结集出版后连续再版七次，成为 20 世纪 50 年代台湾岛内最畅销小说，在台湾青年写作协会主办的"我最爱的一本小说"读者投票活动中高居榜首。此后她相继创作出版了《江山万里心》《七孔笛》《喘息的小巷》《碧云秋梦》《愤怒的鉴湖》《翡翠田园》《绿窗小札》《云桥飞絮》《归雁》《师恩》《胡秋原传》等 50 多部小说、散文集，从而奠定了她在台湾文坛不可动摇的重要地位，被称为著名作家琼瑶之前最负盛名的女作家。

意难忘（节选）

一

炽热的一天过去了，金红色的落日，像一个艳妆的少妇，娇慵地伸着懒腰，一直伸展到地平线上，抖动着白云霞彩的舞衫，摆出一个妩媚的姿态；衬着东半边如水的碧穹，和淡淡的一钩纤月，交织成一幅色彩浓艳的画面，调和出一种既柔和，又泼辣的成熟美。

这是一个撩人的灿烂的夏夜，一阵阵诱惑性的软风吹过后，带来一点海洋的气息，使得那辛苦工作了整日的乏力的人们，感到一些舒松的慵倦，一些纯情的温柔的充实感，愉快得是会忘记白天曾经是赤日炎炎过。如果环境更幽美些，那就简直适宜于诗人去做梦了！

沪郊S大学便是这样一处理想的幽美所在，有夹道的树木，葱翠的草坪，精致的小桥，淙淙的流水和那耸立的宫殿一般巍峨的建筑物。这时整个宏壮的校园校舍，都浸浴在绚烂的晚霞之中，庄严而伟丽！尤其是那座住有整百青春少女的女生宿舍，好像更多一种温馨绮丽的神秘风光。

女生李明珊这时正独自斜倚在宿舍中自己的床上，读着一封由她故乡江西某城寄来的慈母的手札。

明珊吾女见字，来书收阅，知汝本学期即将毕业，且有人为汝介绍职业，余心甚慰。吾女素有壮志，誓要出人头地，并以奉养老母抚育弱弟为己责，要为我二房争气，孝思可嘉。惟吾女已届于归之龄，我素抱定宗旨，对于儿女之婚姻一任其自由选择，汝如有适当对象，尽可自行决定。想汝秉性聪慧,眼光过人,谅不致有误也,余无不同意。一则可了我向平之愿,二则汝父泉下有知,亦当可瞑目矣。里中一切如常,惟汝弟腿疾仍未见好,年已十四尚不能行走,将来不知有治愈希望否,思之忧虑极矣。暑期中吾女能返家一聚否,速来信告一切,恐汝需款,兹再汇汝一百元整。即问
近好!

母字　×月×日

李明珊读完这封信后,脑子里非常纷乱,有些甜也有些酸,一幕一幕的往事,清晰地涌现眼前。四年前的夏天,她刚从省城里一个天主教办的女子中学毕业,还没有回家,便接着父亲中风不治的噩耗。回家后,母亲整日悲惨而绝望地坐在房中流泪发呆;不幸的小弟弟先天既不足,出世不久双腿又受了伤,医药设备不全的故乡并未把他医好,以致一年年长大,两腿竟不能举步。母亲常用发抖的手轻抚着小弟弟残废的病腿,悄悄地流着泪。明珊的心被这些景象刺痛得片片如割:她了解母亲的痛苦,她想,她应该坚强起来,她这一房这一家是要靠自己来撑持了那表面和睦而实际却处处欺凌她们的大房三房,对她们这一房的虎视眈眈,常在有意无意间显露出来,还有母亲的委曲求全,这些都使明珊愤怒伤感。她日夜为自己的前途计划,最后决定不去找职业,而到上海升学去。她知道一个高中毕业生是不易找到较好工作的。她和母亲商量,通达明理的母亲是受过良好旧教育的,思想却很合潮流,她当然赞成了女儿的意见,于是在暑期中她拼命预备了一下投考大学所必需的各项课目,便动身到上海来,幸运的她,竟考取了上海北郊一个有名的S大学外文系。

于是,她开始了新的生活。

第一个学期她沉默地做着新学生,小心观察着生疏的一切,苦苦地用功,读着超过自己程度的艰深课程。她朴实害羞,不会交际,穿着不合身的蓝布旗袍,说着一口低低的江西土话,是一个十足内地型的看上去不过十七八岁的少女,而实际上,那时她已十足二十一岁了。

一个人的转变该不是命运,而是时间和本身环境的熏陶。在第二个学期以后,渐渐地,李明珊有了显著的变化。她可以清脆婉转地说着一口流利的沪语和纯正的英语,经常爽朗地笑着,她也烫了头发,而且会自己卷成最漂亮的发

《意难忘》

型，更时常调换着质料不很好，而色彩却文雅美丽的旗袍，剪裁得正好合着她那丰满而曲线纤美的身段。她也会随着音乐的旋律跳着纯熟的舞步。总之，李明珊已是一个十足都市化的漂亮女郎了。她也知道自己那维纳斯女神般的体格固然充满了诱惑美，而那蛋形的脸儿和一双长而亮的秀目，配在高高的鼻子上，更是极其妩媚动人；然而也有使她不满的，便是那两片过薄的嘴唇，使她觉得有点像一个洞似的，这感觉常常苦恼着她。但是，聪明的李明珊是有办法的，她只要用鲜红的唇膏描画一下，那丰满玲珑的红唇，便显得柔艳香润而动人了。此外还有一点小小的缺憾，便是颊上那微微的一些雀斑，可是经过一番巧妙的化妆，那不算多的淡褐色斑点便没有被人发觉的危险了。总之，李明珊已是S大学有名的校花。她成绩好，口才好，聪明活泼会交际，最令人倾倒的是她那美秀的脸儿、苗条的身段和许多可爱的小动作，还有她那独特的微笑，那扬起长眉，微昂着头的一丝倩笑，那神态真是既妩媚又高贵，简直像一个女神。

成群的男同学为她心醉神迷，成群的男同学在用尽心机向她献殷勤，但是李明珊绝看不上他们的。她谦和而大方地和他们周旋，一视同仁，她珍视自己的青春和内心与外形的美，这些人不过和她一样的是个大学生，哪儿能得到她的青睐呢。

但，在这一群追求她的人们之外，有一个并未向她追求而对她很注意的，比她高一年级的湖南同学杨克农，却有时会令她不安而且心跳。那是一个高大的青年，长形的脸上有一只高而直的鼻子和一对明亮深黑的大眼睛，在那双眼睛里仿佛有一种火般的热力，喷射着逼人的光芒，白眼球微带蓝色，仿佛有种海洋一般深不可测的情感，强烈而逼人。这个人每周有两堂课和明珊同教室，总是坐在她左侧后面一个位子上，常是静静地对她注视。当她偶然回过头来（其实是有意的，而她却装得那么无心)，他便微微地笑了，害得她心慌而局促。不错，这个姓杨的是个漂亮家伙，他的高个子，阔肩膀，淡褐色的健康皮肤，潇洒的风度，都是够耐看的。还有那张时时抿得很紧，充分表现出他坚强性的嘴，高而直的鼻子，粗长而扬起的眉，都是与众不同的，尤其是那双眼睛，深潭般的黑眼睛，是怎样的一双令人战栗的眼睛啊！

晚上睡觉时。李明珊时常伏在枕上回忆一天的经过。许多校里校外，那班追逐者的可笑姿态，常是她和同寝室而比她高一级的老大姐吴君强两人的谈笑资料，她们常会高声地狂笑着。但是，每逢谈到杨克农，她便笑不出了，往往会把狂笑变成沉思，老大姐吴君强一遇到这种情形，便拿她开玩笑。

“美丽的小蛇儿。我知道你这次可逃不出那个湖南叫花子的手掌了，你敢不承认？你在偷偷地爱他，瞒不了老大姐我的，快乖乖地送上一盒沙利文巧克力来，不然我可要去宣传了。”吴君强怪声怪气地说着，还扮了一个鬼脸。

“胡说，谁爱他，看我挠不挠你。”明珊又笑又恼，跳过来呵这位最怕痒的老大姐的痒处，两个人笑着嚷着闹成一团。

美丽的日子好像过得特别快，一下子四年就已过去。吴君强早在一年前毕了业，回到北平故乡教书去了。S大学现在轮到了这位娇艳的校花李明珊的毕业典礼。距最后一个学期的终了，只剩半个月，她一面忙着应付毕业考试和结束那一篇冗长的毕业论文，一面得意地写信报告母亲。这一天她接着母亲的复书，独自倚在被褥上回忆这些年来的过程，神经似已麻木，自己也说不出是什么滋味，她想起四年前自己向母亲所说的一番话来。

“妈，你何必这么悲痛呢？弟弟的病医好更好，要是医不好您也不要太难受，还有我呢！我绝不让你受人欺负，我要挑起这个担子，现在我决定到上海去读大学，等到大学毕业，我就可以找到一个职业奉养妈和弟弟。女孩子也是一样的，你就当我是大儿子好了，你让我去受完高等教育，我一定好好用功，将来在社会上立住脚，替你和爸爸争口气，让人家知道我们李宜德堂的二房不是没有人！”

这些话还清晰地句句记得，现在，大学已经毕业，不但成绩优良，而且林教授和三四个男同学都不负所托地代为介绍工作，自己正在踌躇莫决不知选择哪一个好。母亲的来信更令她旧虑新愁一齐涌上心头。想起自己对家中所负的重任，母亲历年为她筹措学费的一番苦心，目前这些追求者正在大费脑筋以博取她的青睐。除了林教授替她介绍的杭州一个教会学校宏德女中的英文教员之职,是纯粹坦白的帮忙外,其余那些男同学所介绍的工作,都是含有某种企图与野心的,而且都与介绍者本身有着关系。明珊深知这些,但是不利用这些关系,又到哪儿去找寻职业呢?这问题深深苦恼着她,而且这些追求者的殷勤痴态也不无扰乱她的心。譬如上个星期六,男同学黄杰那个大个,为了她已允许他下午去看电影的邀请而兴奋得上午便请假先出外理发整容,换上一套雪白笔挺的西服,刷白了皮鞋,焦急地等待约会时间的到来,当他伴着这一朵美丽而骄傲的校花,由无数欣慕的眼光中经过,步出校门时,那志得意满的神情,真令明珊好笑;在电影院中,黄杰简直对影片不知所云,只顾东扯西拉地巴结。他买了冰淇淋又买糖果,买了糖果又买牛肉干,还买了好几本电影杂志,恨不得把整个电影院买下来,献与明珊;散场后还在新雅酒楼大大破费了他一顿,明珊才坚决地婉拒了晚上跳舞的节目,让黄杰陶醉在美丽的幻想里护送她返校。还有那次在星期日的早上,男同学周尚文托校工送来短笺说,如果他还有资格陪她去听当日上午阑心戏院一个音乐会,正如黄杰能享有请她去看电影吃晚饭的荣幸一样,希望她不要推却这一个诚敬的约会。明珊觉得好气又好笑,想了一想,她慨然答应下来。正在她化妆完毕步出宿舍走到校园时,那结壮的体育家汪易德已等在她必经之路,粗鲁地要请她去参加佘山的 Picnic。一件黄白相间的横条运动衫,紧紧地贴在汪易德壮阔的胸部,他急促的呼吸将黄白横条花纹鼓动得一起一伏,他那多纹的双眼满含着希望的神色。

"密司李,上早期你不是答应我今天到佘山去 Picnic 的么,我什么都准备好了。老金和阿郭都去,你愿意上午去还是下午去?"汪易德劈头就这样说道。

"我上星期答应你的?谁说的?恐怕根本没有这回事吧。"明珊扬起长眉说道。她知道这是汪易德的惯技,老是造出些子虚乌有的事来,想与自己亲近。她忍不住抿着嘴,现出一个隐约的微笑,妩媚而骄矜,像一个女神。

"可是,我们已经买了许多水果、汽水、三明治和罐头了,汽车也已经借好。密司李,你就赏光一次吧,你看,我们这一毕业,大家就要分手,这也是一次临别纪念嘛!"汪易德几乎哭丧着脸说。

"可是我上午没有空呢。"

"OK,那就决定下午,现在你到哪儿去?我开车子送你去。"汪易德高兴得跳了起来。"不必,我们还是下午三点钟在光明戏院楼上碰头吧,免得我再回学校。"明珊微笑地说,她忽然慷慨起来,摆一摆手便走过去。当她走出好远,还听见汪易德的高声怪叫。

李明珊被周尚文请到阑心戏院去，坐在第三排两个位子上。这天音乐会的节目很多，却并不精彩，但丝毫未使周尚文感到失望。他瘦长的身体，穿一套灰色西服，灰黄两色有花纹的领带，白皮鞋，头发梳得光可鉴人；他庄严而极有礼貌地小心照顾着明珊，俨然是一个英国绅士，他的尖鼻上和突出的额部，时时冒出汗珠。天气很热，那一身新西装和领带，显然使他不大舒服。他不时取出雪白的折得方方正正的手帕来，轻轻揩拭面部的汗珠，并不断用节目单替旁边的明珊扇着，当台上正在演奏的时候，他常常寻出些有关于音乐的话题，低声和李明珊说着。于是他的身子就此一侧，歪过头来，几乎挨着明珊的耳朵了。一阵阵好闻的脂粉香令他陶醉，他感到自己飘飘然已变成一个皇帝，正在和他的皇后絮语，于是，他禁不住傲然环视一下四周的听众。

终场了。周尚文的手帕大概已经湿透，那只扇着的手也大概是酸了，他用另一只手去捏着。

“密司李，我们到哪里去吃午饭？拣一处风凉的地方，吃过饭，我希望你能赏光到我家去坐一会儿，我们好好谈谈，唔，谈谈我们毕业后的工作问题之类。哦，我父亲自从上次我家开 Party 之后，就常常问起你，为什么密司李不来玩，他赞美你得不得了！”周尚文高兴地说。他挽着明珊穿过拥挤的人群，去寻他家的自备汽车。司机正在蒲石路十三层楼下面向他们招手。两人走了过去，周尚文见李明珊微笑了一下，并未回答什么，他便殷勤地搀她进了汽车，温和地问道：

“你喜欢到哪里去呢？明珊，中菜还是西菜？”他第一次叫着她的名字，显得非常亲热。司机正开了电门，足踏油门，回过头来等着他的命令。周尚文得意极了，当了司机的面，他更是格外装出与这位漂亮小姐的交情之深，居然亲眼地拉起明珊的左手来看表，而就此握着不再放下了。对于周尚文的突然亲热，李明珊有些生气，把被握在他掌握中的左手，非常自然地缩回来，掠着发角。她本想发作两句，不和他去吃饭。随一转念，周的父亲是上海有名的汉威贸易公司董事长兼总经理，周尚文曾一再说要替自己安插一个好位置，这又何妨利用一下呢。她打开白皮包，取出小镜子照着，又抽出一条与她旗袍一样淡绿的小手绢来轻轻按了按鼻子，随随便便地说道：

“随便吧，今天你既诚心请客，还是由主人好了。”

“好极了，那么就到国际饭店的云楼吧，那儿地方高，风大，比冷气还要好，请示我们的皇后陛下，同意不同意？”周尚文喜得搓着两手，一变英国绅士风度为美国轻松派，得意扬扬地问着，却又不等李明珊回答，便催司机快开车。

吃饭间，周尚文呆望着李明珊被窗口吹进来的风所拂乱的鬓发和那两只清明妩媚的大眼睛，因风而微迷的神态，不禁有些心神荡漾。他真想凑上去吻她一下，但是李明珊那凛然不可侵犯的态度震慑住他，到底不敢造次。

“明珊。”他温柔地唤道，声音里有些颤抖。她立刻停着刀叉，用疑问的眼光等着下文，心中却很好笑。

“允许我叫你的名字吧？其实我们两个早就该互相叫名字了，是不是？从今天起，你也叫我尚文，不许再喊密司特周了，好不好？明珊。”周尚文的声音软得简直要溶化了。

“这平常得很，有什么不好？”李明珊说道。那高贵女神般的微笑又出现在她的嘴角，她在想，这个人开始肉麻起来了，倒要看看他还有什么花样。

“你答应了，明珊。”他那双弯眼睛更弯得垂了下来，挤出三条长长的鱼尾纹，尖鼻子冒着汗，突出的前额泛出红色，微微有点下垂的嘴角扯开来，露出白牙齿。李明珊忍不住对他的怪样注视了一会，觉得这种陶醉于爱情的表现，出现在这张极难看的面孔上，真有点滑稽，她不禁微笑起来。

“明珊，你不讨厌我吧？我希望你不会，从现在起，我们的友谊更进一步了。唔，对了，我想我们离开学校之后，应当马上携手合作起来，以你的聪明才智，一定可以对我的前途有极大的帮助，你是愿意帮助我的，是不是？唔，我们应该携手合作！”

“携手合作？我有点不懂，恐怕我帮不了你什么忙吧？而且，如果上海找不到适当的工作，我就要到南京去了。”李明珊说道。对于周尚文的一番怪论，她非常有气，先是淡淡地说，后来却有心加重了语气。

“一定有适当工作，一定有，我不是早和你说过，我父亲的汉威贸易公司就需要一位英文秘书之类的人才。或者别的地方也行，我父亲的办法多，等吃过饭，我们就可以去谈。”周尚文急忙说道。

“恐怕，这不过是你的意思吧？尚文！”她有意温柔地唤了一声他的名字，也不等他回答，便站起来用小手帕掩着嘴，清脆地一笑，然后拿起皮包走到女盥洗室中去，走了两步，还回过头来轻轻说了一句，“请等一等，我去洗洗手。”

这里却呆住了周尚文，她那一声低唤，和那一番少女的娇羞动作，弄得他心醉神迷，呆若木鸡，半晌说不出话。等到李明珊已关了盥洗室的门，他才自言自语地说出话来："好的，好的，我等你。"当他发觉自己的傻相时，也忍不住失笑，然而他心里已甜甜地充满了幸福的快感！美丽的幻想开始在他脑中涌现，他兴奋地搓着手，来回踱着方步，又在壁上一面大镜中端详了一会，整理了一下领带，然后对自己肯定地说："无论如何要爸爸给她安插一个位置，而且，我得和她在一个办公室。"

经过了一番仔细的修饰，明珊从盥洗室出来时，愈显娇艳，那件淡绿绸衫裹在她那维纳斯女神般丰美的腰身上，配着脸上嫩红的胭脂与唇，真是光彩四射，有一种炫目的美。

"啊！美丽的皇后，我真想作一首最好的诗来赞美你！可恨我不是一个诗人。"周尚文几乎屏住呼吸，幽幽地说。

"好了，希望你不要再恭维下去，我们似乎可以离开这里了。"明珊嫣然一笑。

"好的，我们要不要先去看一场电影再到我家去找我爸爸谈谈？他今天不出去，所以我把车子坐了出来，晚一点去也一样，南京大戏院今天新换了片子呢。"

"不要看电影了，我三点钟还有约会。"

"是什么约会，我可以知道吗？"他心神不宁地追问，两只弯弯的小眼睛睁得很大。

"有什么不能知道，是汪易德和老金他们约我到佘山野餐。"她很坦然地回答。

"哦，是汪易德约了你，这样热天拖你去野餐？你答应他了？"一股醋意把周尚文的脸都浸白了。

"唔，我答应了，三点钟在大光明碰头。"

"明珊，我看你还是不去的好，我早就看出汪易德那家伙对你有着非分之想，你何必去敷衍他？"

"咦！奇怪！大家都是一样的同学，他请我去玩就是存有非分之想，那么你请我出来呢？"李明珊爽朗地笑着，歪着头一脸的调皮相。

周尚文的脸由白而红，尖鼻子和突出的额上，又渗出汗来，勉强地笑了笑，便伸手在刚穿上的上衣口袋里去掏手帕,掏摸了半天没有掏出,又在另一只口袋里乱抓一阵,还是没有,结果在裤子袋中,寻出了那块皱成一团的手帕来揩着汗。这时侍者将账单送来,空气倒因此缓和了些,周尚文付了账,从容站起来。

"希望你不要这么想,明珊,我完全是好意,一番好意,你知道,我没有一点恶意……"他说。

"我知道你没有一点恶意。好了,不要说这些了,我们走吧。我想如果没有什么不便的话,先到你府上去谈谈也好。"李明珊离座而起,一笑说道。她在大镜中看见自己的苗条倩影,也感到几分骄傲。

汽车由缓而快,开到巨泼来斯路时,行人车辆很少,车子就差不多疾驰而行,终于在麦尼尼路一座灰色有小花园的洋房前停住。

李明珊被招待在楼下那宽畅有平台的会客室中,周尚文引她坐在靠近平台的一张双人皮沙发上,他把天花板上的四叶大风扇旋开了,男仆送上烟和茶来,周尚文挥挥手道:

"都不要,去拿两瓶柠檬汽水来,要冰过的,再拿点荔枝来吧。"他说着话就脱了上衣,坐在明珊所坐的长沙发的另一端,一只手搁在沙发背上,身子横了过来,面对着李明珊愉快地微笑着。明珊偏过脸去看了看壁上的字画,又浏览一下这间富丽的客厅陈设,她说:

"好像又换过样子了,你们对于布置房间倒很有艺术头脑。"

"是吗?请你批评,还有哪里需要改善,我们一定遵从你的命令。"周尚文凑上去,靠近她些,他得意起来,有些忘乎所以。那只放在椅背上的手转移了阵地,渐渐挪下来,一条屈在沙发上的腿也已碰着明珊的左膝了。她厌恶他这种姿势和动作,便用那两只灵活的黑眸子,在屋里扫视了一遍,看见右角平台处放着一个朱红漆高架子,架上挂着一只精致的朱红鸟笼,一只小翠鸟在笼子里跳上跳下。她像发现了新大陆似的,倏然地站起来跑了过去,一面欢呼着:

"多漂亮的小东西!我刚才怎么没有看见。"

"你这样喜欢它?"周尚文跟过来,有点扫兴。他对这头小翠鸟忽然憎恨起来,觉得它打破了爱情进行曲,忍不住恨恨地推了一下鸟笼,那笼子便来回地荡得老高,吓得小翠鸟尖叫一声,上下乱跳一阵,然后扑在一角,张大嘴,半闭着小眼睛,一起一伏地喘着气。

"明珊,来吃荔枝吧,这是人家从广州由飞机带来送给我父亲的,肉多核小,甜极了,你尝尝看。”周尚文拉了明珊的胳臂说道。

“怎么一跑来就先吃呢? 还没有拜见周老伯跟伯母呢。”

“先吃点凉的再说,我母亲到苏州外婆家去了,我父亲大概午觉还没有睡醒。”周尚文边剥荔枝边说。他剥好一个荔枝,尝试着递给李明珊,又温存地说:“我来替你剥好不好,免得你的手弄脏。”

“不敢当,我自己来。”李明珊忙拿起一个荔枝剥好送进嘴里。

“明珊,我,我想问你几件事,希望你坦白地回答我!”周尚文吃了几个荔枝后,忽然一本正经地说。李明珊倒是一怔,但她却仍旧大方从容地剥着荔枝,表示毫不在意。“我向来很坦白的,不是吗?”她说。

“明珊,请你告诉我,第一,你对于我这个人的观感如何?”

“你这个人吗? 很不错呀!”李明珊爽朗地笑起来。

“不要顽皮,明珊,你告诉我!”

“说真话,你是一个好人。”她忍住笑说。

“谢谢你,明珊。那么第二,你觉得黄杰、汪易德和我,这三个人与你之间的友谊,哪一个较为密切?”

“都是天天碰面的同学,也都是朋友,有什么密切不密切之分,我不懂你的意思。”李明珊泰然地说,耸了耸肩。

“明珊,请你不要装佯,求求你说实话,难道就没有一点轻重之分?”周尚文急巴巴地哀求了。

李明珊迟疑了一下,偷偷地瞥视了对方一眼,立刻就将眼光回到荔枝壳上,装出非常诚恳的声调说道:

“我可以坦白地告诉你,尚文,校内的同学和校外的一些偶然认识的人,想和我做朋友的实在很多。可是我不愿意随便交际,我讨厌那些只会献殷勤,而又缺少诚意,不知道尊重女性的人。所以我从来不大肯接受那些人单独的邀请。你说起黄杰,这个人虽然有些神经质,可是我发现他心眼儿很不错,而且很有爱国思想,也还知道尊重我。汪易德呢,诚然很粗鲁,可是相当天真,虽然很浮夸,但并没有对我有不敬的态度。总而言之,这两个人究竟还没有使我认为应该立刻和他们绝交的行为。也许有一天我发觉了有绝交理由的时候,我会立刻与他们绝交。至于你呢……”李明珊说到这里,故意顿了一顿,飞快地瞥了周尚文一眼,他正睁大着眼,紧张地等待着。一个看不出的微笑在李明珊的脸上掠过，她的面容立刻又回复了平静诚恳的神气。

“你是一个有教养的人，你有足够的诚恳，当然，这与每个人的人格修养有关。我知道你最懂得尊重女性，尤其是我，我以为，一个能尊重别人的人，他自己也就值得受人尊重……所以，我也很尊重你！”

紧张的肌肉从周尚文的脸上舒服地松弛下来。他舒了一口气，得意的笑容，把他略为下垂的嘴角拉上来，但是他的态度也就立刻庄重起来。“她觉得我是个有教养的人，她尊重我呢。”他想，这一个感觉充满了他的头脑。而且李明珊那一番话显然三个人之间，自己是绝对占优势的，他受宠若惊，感激涕零，他将是最有希望的一个幸运儿呢，可不是吗？但是，目前他也不敢那么快地向她进行爱的表示了。他得要处处地方做得尊重她，也要受她尊重。

“明珊，你真是了不起，我佩服你的眼力！”他一本正经地说，满脸的严肃，又恢复了刚才听音乐会时那英国绅士的风度了，使得李明珊又忍不住一个笑。

“我有时很欣赏我自己的坦白，也有时候又很厌恶我这样坦白，人与人之间也不能一味这么坦白，是不是？”她轻婉地像是自语一般。那声调非常之美，脸儿微微侧着，乌黑的两只眼珠由她手中抚玩着的一杯汽水转到周尚文的脸上。那两道眼光中蕴蓄了无限的温柔，无限的爱娇，周尚文感动得几乎发晕。他镇定了一下，便正色说道：

“的确如此，不过你今天的坦白，却用得恰恰适当，明珊。”

明珊拿起一条毛巾揩拭着两手，又看看手表，非常随便地说：

“周老伯如果还没有起来，我想不必吵他吧，现在已经两点五分了。”

“起来了，一定起来了，我去喊他，你千万不要走，我们的工作问题还没有谈呢。”周尚文急急奔上楼去。明珊的嘴角浮上一个隐约的胜利的微笑，她打开皮包，取出唇膏和小镜来。

下午两点五十五分时，李明珊向周氏父子告辞，走出那间富丽的会客室时，她向那有两撇八字须的胖胖老绅士微笑地说：“周老伯，你真太使人敬仰了！等我忙完了毕业，一定来向您和伯母请安。”

“请安不敢当，可是一定要常来玩啊！我们都欢迎你，至于刚才所说的那个位置，李小姐如不嫌弃，我一定在几天之内把聘书送过去。”那位年近六十的周老伯由衷地高兴和十分诚意地说。

“谢谢您，周老伯，只怕我初出茅庐，做不来什么事呢。”李明珊说道。

“哪里哪里，像你这样的聪明人，真不用客气。”

李明珊踏进周家的汽车，周尚文也坐进去送她，一个胜利的微笑再次浮上她的嘴角。

在佘山野餐后踏上归途，已是残阳欲坠的时候，嫣红一片，染红了远树归鸦。李明珊感到相当疲倦，懒散地倚在汽车的一角。这是一部敞篷的“别克”，坐在里面很舒服。微风吹乱了李明珊两鬓的短发，在脸上拂来拂去，她也不去管它，只半合着眼支颐沉思，那姿态真是非常可爱。汪易德有些陶醉了，他上车时就抢着挤在李明珊和老金当中，让阿郭坐在司机旁边，他轻轻地，几乎是温柔地问道：

“累了吗？密司李，需不需要再喝点汽水？”

“汽水？有，有，还有两瓶，密司李，我替你开瓶盖。”老金在一旁嚷起来，他一面弯下腰在脚底下乱摸，差一点把他那一千多度的近视眼镜碰掉下来。

“喂，开瓶盖的玩意儿，在我这里，让我来开，嘘！”阿郭叫道。他从前座上回过身来，嘴里还尖声吹了一个口哨，一只手在老金俯下了的头上乱敲，敲得老金怪声大叫起来。阿郭却哼起一支英文歌，那只手就重重地在老金头上打拍子，两个人吵成一片。明珊皱了皱眉。

“谢谢你们，我不要喝汽水，现在我迫切需要的，是安安静静休息一会儿，谁也别来理我，可以吗？”她说。

“喂，喂，喂，瞧你们闹成什么样子，造反了？可不可以安静下来，密司李已经受不了啦！”汪易德不耐烦地说，他觉得自己负有保护这朵美丽的校花之责；而且这次的出游，他感到她很给他面子，有许多小地方显得她对他的交情比别人深些。自己的美梦大有希望，正该竭力博得她的好感才对。

“Yes sir！”阿郭一声大叫，“不许吵，老金，有人提出抗议了。”于是他们都安静下来。

回到学校时，天已黑了。一路上大家果然没有说什么话，让明珊在这冗长的路途上休息了半天。在说着一连串的再会声中，大家分手，汪易德随着老金和阿郭走向他们的宿舍，但当他走了一段路时，便托故转了回来，飞一般奔向女生宿舍的路上来，赶上了缓缓走着的李明珊，她诧异地看了他一眼。

“密司李，我陪你走一会儿，天黑了也许你会害怕。”他对于自己气喘如牛地跑了来的样子也有些难为情，眨着眼只是傻笑。

李明珊没有作声，两个人就沿着一条煤屑路，走在靠树木的一边，这时除了远处支路上有几个人影走过外，附近并没有什么人。

“密司李，毕业后你不会离开上海吧?”

“那也说不定，如果上海没有适当的机会，我当然走。”

“我想，要是你愿意接受的话，目前就有个机会。”

“什么机会?”李明珊淡淡地问道。

“文华书局正需要人才，你可以去当一位秘书或是编辑。我舅舅是总经理，我可以向他介绍，而且，他们的待遇是非常高的。”

“如果你要真有这样的面子介绍，我倒是乐于接受的，只怕没有那么简单吧?”

“不是吹牛，我有八分把握。”

“那么你自己呢? 打算在哪儿工作?”

“我吗? 海关有个机会，是外勤，我倒很有兴趣。可是我爸爸要我做官，你想，我哪儿会做官呢!”他说着笑起来。见李明珊只是微笑，并未说什么，他忽然压低了声音问道：“密司李，你不会讨厌我吧?”

“各人有各人的典型，我为什么要讨厌你呢?”李明珊轻盈地一笑。她用右脚踢着一块小石头，踢了两下便不再去踢了，汪易德却马上接着踢起来，他踢得很起劲，几乎用起踢足球的姿态，把那块不幸的小石子一脚踢得老远，他自己还随着踢的姿势跳了两跳，把一绺头发跳得抖到额上来，他就把头用力往后面一摇，那绺头发倒又恢复了原状。

“我一直担心你讨厌我的粗鲁呢。”

“你真滑稽!”她笑着说，“人家没有理由讨厌你。”

“那么我放心了。”

两个人都笑了，走到近宿舍的小路时，李明珊立定了脚，温和地伸出右手来。

“明天见吧。”

“明天见。”他抢着握住她的手，紧紧地。

“你的事我马上去进行。”他兴奋地说。

“Thank you. Good night!”

“Good night!”

二

日子真快，一转眼又是几天过去。果然那有名的汉威贸易公司和文华书局最先寄了聘书来。接着黄杰也来报告，他已替明珊接洽好了一家火油公司的位置，担任一点翻译工作。林老教授也告诉她，所介绍的某女中聘书，不日也将寄来了。李明珊一高兴，立刻写信告诉了母亲。这一天，接着母亲的回信，她倚在床上思前想后，脑子里很昏乱。想想自己的学生时代，其中虽因病耽误了几年，以后就总算是一帆风顺；由小学而中学，而大学，靠了自己天赋的聪明和努力用功，总是名列前茅；尤其是大学的四年，更是出足了风头，无数的青年拜倒在她的高跟鞋下。还未踏出校门，聘书便接二连三送来，不能不说是人生得意事了；而一想到母亲信上叫她择偶结婚一节，却不免令她烦恼。是的，已经二十五岁了，确已到了结婚年龄，若是愿意的话，尽可环顾四周，倒也不乏雀屏人选，可是这些人都不够资格啊！李明珊是立志非要嫁给一个有学问，有资望，有地位，有财富，而且忠实爱她的英俊青年不可的，断不能委委屈屈地嫁一个不够资格的人。不能，决不能！母亲的向平之愿，绝没有自己的前途幸福重要。她要利用这批求爱者，来创立自己前途的基石，决不轻易自坠情网，毁了真正的幸福。李明珊将是个不平凡的女性！而且她还负了光耀那可怜的李氏门庭之责呢！她想到这儿，双眉扬起来，眼光由空间收回，集中于床前小桌上一面大镜中自己的面影，嘴角弯上来，现出一个神秘的微笑，妩媚，骄傲，高贵得像一个女皇，不，像一个女神！于是她满意地耸耸肩，双手交叉着托住头往床上一躺，吁了一口气，一翻身滚到床里边去，预备静静地小睡一会儿。不料无意间一肘触着枕畔一件硬硬的纸片，她诧异起来，摸了摸，好像是一封信，急忙抽出来，果然是一封淡湖色的信。多熟悉的字迹，这样的信，一年来每星期从无间断地由汉口寄来，那是杨克农的信，这封一定又是同房间的冯华放的了。

那杨克农自从一年前毕业后，就到汉口一家建筑公司做了几个月的事，现在又到建设厅当一名科员，一方面还在原先那建筑公司兼差。他与李明珊分别后，便不断与她通信。他的信写得很美，这个人中英文程度都非常好，而且还有许多其他的优点。他爱她，明珊知道这一切，她也承认这个人是可爱的，然而，她能嫁他吗？他不过是建设厅一个小科员，而且，他穷，还要负担一个有母亲、寡嫂和侄儿侄女，连他自己一家五口的重担。不行，条件太不够了，她不愿想下去。但是，杨克农近来的信，竟越来越露骨地表示爱意，尽管自己的复书仍是一贯冷冷淡淡的，而他偏一封比一封热烈起来。这一封又不知说些什么。她急于想看，却又怯怯地不敢很快打开，延宕了好一会儿，才镇定心神，慢慢拆开信封，抽出信来。

明珊：已整整三星期未接来信，如果不是我天赋体力顽健，够我支持这过度的焦急和忧虑的话，我应该老实告诉你，我简直要病倒，或竟是疯了！我几乎夜夜失眠，每天不断地设想你所以不回信的原因，你在赶着结束毕业论文？你在忙着毕业时许多要办的事？你在进行工作？你在应酬许多追求你的群众？你忘记我了？唉！我不敢再想下去，我怕得很！明珊，请恕我不能再沉默下去了，我要大胆告诉你：我爱你！自从你和我同教室上那一点课的第一天，我便开始对你发生了异样的感觉，我一遇机会就禁不住自己专心一志地暗暗注意你；你为我创造了一个神秘而又鲜明的诗的世界。此后，一天一天，一年一年那异样的感觉日益加深，使我不安，心跳。我多傻啊！我竟一点不知道那原来就是“爱”！多神秘的人类，那时我常常把自己甜睡于你所赐予的诗的天地中，做着无数次美的、神奇的梦。我陶醉在幻想的天国中，享受了童话里“幸运的王子”般的幸福。可是，你在校中是人人崇拜的尊贵的皇后；我只是一个什么也不够资格高攀的穷小子，这悬殊太远了。我终于沉默地忍耐下来，不敢有所表示。明珊，一个人的耐性原来是有限度的，我已忍耐了三年，现在我的耐性已突破范围，不再听命令了。它膨胀着我的胸怀，已阻塞了呼吸，我迫切需要一吐为快。明珊，我求你，让我尽情倾诉，我要把这使我灵魂升华，使我人格高尚，也使我精神受苦的爱的力量告诉你。明珊，这力量着实可惊啊！以前我并不亲近我的老母与家人，我也不以事业为重。我除了欢喜看看书之外，只是耽于游乐，我抱着游戏人生的态度，毫无进取心和责任感，我什么也不愿干，不屑干。然而，自从受了爱力的感化后，我竟完全变了一个人。除了我认真爱我的家人以外，我并且热爱着全人类。我埋头工作，努力修养性灵，我有了坚决的进取心，我时时警惕着自己的责任感。明珊，请你不要笑我，我要真诚地向你诉说这广大无涯的爱之力量！明珊，你知道吗？你知道吗？人间最纯真的“爱”是远超出我们感觉的视野之外，不是你我的锤线所能测量得到的。每当我想到你那天使般的圣洁明亮的美目和那可睥睨一切的微笑时，我便感到无比地愉快，每天我从无间断地默想你那极端高雅的品性和你绝顶妙曼的仙姿。无论你的一颦一笑，都是我用来培养我全部生之活力的无上芳醇。明珊，有了这些，我便可生活得相当辉煌与丰富。我并不鄙夷自己不过是一个建设厅的小科员，与另一建筑师的助手。我时刻记着我的责任。我要一步一步迈上去，只要那培养我的力量一天不消失，我便绝对有把握在学问与事业方面，有飞快的进展，我会对社会有所贡献，我决不致长此默默无闻，你知道我的自信力是很强的。

然而，明珊，我却无法否认，这一切，都是靠你无形的助力。这些年来，我把一切伟大的计划和前途的发展都依赖于你！如果你不愿助我一臂，如果你讨厌我，上帝，我真害怕，我简直不敢想象，在生活领域中失去了你时的情景，那将是何等残酷与难堪！我不敢去想，该不会吧！明珊，你竟三星期没有来信了。为什么呢？明珊，为什么呢！我整日为这问题穷思极虑。一个可怕的猜想，燃烧得我的胸口直要爆炸，我只有忍受着失望的鞭笞。生平强硬的我，竟常常被泪水浸赤了双眼。明珊，我心里多难过，求你慈悲，老实告诉我，你胸中蕴藏着一些什么？不管那对我的判决，是生，是死，请坦白痛快地告诉我吧！我忍受不住了！亲爱的，我已几乎把你的每一封信和那张时刻带在身边的小影吻得破烂了。我急等你的好音，明珊，亲爱的，我爱你，让我再告诉你一遍，我爱你！祝幸福！

克农　×月×日

李明珊一口气读完这封热情洋溢的长信，一股热流从心田深处涌上来，染红了她的双颊，仿佛听见自己心扉的跳动。她捏着信的手，揿着跳动的心，一个强烈的感动，使她战栗起来。她呆望着墙壁上的一幅图画，而其实什么也看不见。一滴泪珠流下来，视线立刻模糊了。她也并未觉得，瞠视着空间，只觉心神纷乱。杨克农的真诚，是不容怀疑的；而且，他的相貌又是多么好看啊！高身阔肩，昂藏伟岸，深潭似的乌黑大眼睛，含蕴着海洋般深不可测的情感。那一个直而高的鼻子，配在长形的面孔上，一脸的英气和一脸的智慧。这样一个英俊挺拔的人物，又这么真诚地热爱着她，她也觉得确堪与自己相配。明珊幻想着自已穿上白纱的新娘礼服，美丽有如仙子，在群众欣羡的目光中，步入礼堂，缓缓走到杨克农的身旁；庄严悦耳的《婚礼进行曲》悠扬地奏着，完成了隆重的婚礼。然后她被挽在杨克农的壮臂中，接受了他爱抚的微笑和来宾的喝彩，那情景，是多么动人！她沉醉在幸福的幻觉中不禁微笑了。

“他多可爱啊！我应该爱他。”她自语着。母亲信上所提关于自己婚姻的话又提醒她，自己确乎已到结婚年龄了。校内校外向自己求爱的人虽很多，也不乏真诚的。而除了财富和地位有的可以够条件外，哪一个又比得上杨克农十分之一的可爱呢。明珊拿起信来又看了一遍，突然一个意念使她下意识地一翻身爬起床，抽开桌子抽屉，翻了一阵，找出一张放大六寸照片，又躺上床去，举起那张照片来仔细地看。那是杨克农不久前寄来的，在一处花园里小池边一株大树下所摄。他一脚踏在低低弯在地下的树干上，另一只脚立在地下，身子微俯着，一臂随便地搁在那踏在树干下的腿上，两眼凝神地注视着池水，嘴抿着似在沉思，那态度之潇洒，面部表情之深刻，真是极其动人。明珊呆呆看了半天，不自觉地把照片放在唇上轻轻地吻了又吻，爱情的火焰烧得她心里滚烫，她觉得自己不应该再周旋于一班自己所绝对不会去爱的人们之中，应该赶快接受杨克农的爱，与他合力建立一个美满幸福的，鲜花样的人生。想着她立刻便从床上跳起来，坐在桌前将信和照片靠着一些化妆品的瓶子竖立起来对着自己，然后拿出信纸和笔疾书下去。

克农：来信收到，请相信我读后是怎样深切地感动和自责吧。这三星期来我确是在忙着毕业论文和一些必要的事情，始迟迟未作复书，实未想到竟会使你如此痛苦，原谅我吧！

克农，你确是世间用情最专一最诚挚的人，我深信你信中的每一句话。当然，我一向对你的印象极佳，可是愚昧的我，直到读了你这封信之后，才发觉我也是如何深刻地爱着你！克农，不要胆怯，放胆去爱你所要爱的吧，可怜的克农，无须再沉默下去了，因为你所爱的人现在懂得了爱情的真谛，她会毫不遗漏地接受你全部的感情……

写到这里，无意间一眼瞥到枕上斜放着的母亲的信，已被压得稀皱；她忽然想到信中几句话，“吾女素有壮志，誓要出人头地，并以奉养老母抚育幼弟为己责，要为我二房争气，孝思可嘉……”她停住笔写不下去了。自己的志向，对家庭所负的责任，一一插上心头，好似兜头浇了一瓢冷水。她闭上了眼睛在想，她能放下一切，去嫁一个既无地位，又无资望与财富的小科员吗？如果接受了杨克农的爱，就得委委屈屈地做一个贫家妇，至多自己也去找一个小事共维生计；何况杨克农的家累又重，自己又还有母弟要供养。即使他有学问有志向，而一个科员要到哪年始能爬到科长厅长的位置，大房三房又将如何窃笑她，这值得吗？自己还有出国的愿望，将来的事业和婚姻前途，正未可限量；如果嫁了杨克农，除了得到真挚的爱情外，别的一切都断送了。不能，决不能，李明珊的心仿佛被抽了一鞭，隐隐作痛，鼻子一酸，泪水又充满了眼眶。她几乎颤抖地撕下那张未写完的信纸，想了一想，又重新写起来，她把刚才所写的第一段仍抄下来，只更改了几个字，第二段改写下去。

克农：来书收到，读后深觉抱歉和不安。这三星期来，我确是忙着结束毕业论文和一些必须办的事，始迟迟未作复书，实未想到竟会使你如此痛苦，请你原谅。

承你坦白吐述一切，我除了感谢你的一番盛情外，似乎应该说些使你安慰的话。但是，克农，请你原谅，我实有不得不缓一步考虑给你满意答复的许多原因。你不知道我的家庭，以及我在家中所负的责任，实在还不能容许我目前就谈到爱情与婚姻。现在我大学毕业了，却也正是我肩负重任的开始。克农，如果你愿意再让我有几年的时间来考虑的话，或许我可以不使你失望，不过，我决不愿意你为了等待我而耽误你绝对可能碰到的其他的幸福。祝你健康！

明珊手上　×月×日

她将写好的信看了两遍，封入信封，忍不住一声长叹，心里酸酸的，有些万念俱灰的悲凉感觉。

“克农克农，对不住你，我使你失望了。你的爱情虽然深刻，然而在我的人生中，却不能占一重要地位，我还得拿出全副精神去追求理想呢。我要为了母弟去争取我的完全的幸福，不得不拒你于千里之外啊！”她对着杨克农的照片轻轻说道。

她仿佛做了一件痛快的勇敢的大事，很想轻松地唱一支小歌。但，不知怎么回事，她的喉咙哽住，心里有点酸溜溜的，一种不寻常的空虚而失意的暗流，由她封好的那封信上倾泻到她全身。她看看那张英俊的照片，照照镜中自己美秀的面庞，回忆一下杨克农的种种言行，预想一会自己美梦的实现。这些那些，势如怒马奔腾，一下一下，把她的心搅得生痛。她把桌上一杯冷茶一口气喝下去，急忙收起杨克农的来信和照片，就动手收拾起房间中的凌乱事物来，俾可借此集合起散乱的思绪，让心情倾向于愉快。她吹着口哨，尝试轻快地来一个微笑。

然而，她没有做到，一缕酸意冲上鼻梁，手背上便掉下了两滴晶莹的泪珠。

她颓唐地倒上床去。

三

S大学的毕业典礼真是庄严而又轻松，各系毕业生们，戴上方帽子，披上宽大的学士服，拍完了团体照散开时，校园中便东一组，西一组，集合成许多小团体，祝贺的声浪，热烈洋溢着。李明珊被围在一大群同学之间，她这天因为由衷的喜悦，兴奋得脸上红红的，两只灵活的眸子特别光亮；温和的笑靥，使得她更觉美丽了。同学们抢着和她握手，向她道贺。有的人在左一张右一张替她摄影。这朵漂亮的校花，将与母校告别，互相都有无限的依恋。这一天李明珊的脸上，一直保持着温柔的笑容，愈加衬托出她的美丽和万种可爱。

晚上回宿舍时，她已是非常疲乏，来不及地往床上一躺。同房间的同学比她低一级的冯华，这时正坐在桌前凑着灯光，仔细对着一面镜子拔眉毛。

“我看哪，你今天简直应接不暇了，明珊！”冯华瞟了明珊一眼。

“唔，教授们和同学们都那么好，真叫人感动！”

“诚然很好，不过恐怕只对你这个高才生的校花特别好吧。”

“小冯，废话少说。我问你，你以为我选择哪一个工作比较好？你看，我到现在还没有决定，事实上已经不能再缓了，各处都在等我的回音，怎么办？而且一决定了我还得先回家一趟呢。”李明珊皱起双眉说。她这些日来一直是踌躇莫决，不知究竟接受哪一处聘书的好；而这个问题也曾和冯华商量过，却没有商量出一个结果，这时引起心事，不禁又烦恼起来。

“这个问题，我倒替你研究过。总之，除了林教授介绍的杭州教书的事是没有其他意义外,别的都是有所企图。这也没有什么难解决,还不是看你自己的意思和手段。第一,问你自己,对哪一个介绍人的印象好些,或者你有点喜欢他,那么你当然就接受他那方面的聘书,将来也许会变成你的金龟婿哪,你妈的坦腹东床哪,什么的……"冯华故意一本正经地说到这里,又轻轻唱道,"丈母娘看女婿呀,越看越欢喜呀!"她唱着,眼睛还向天花板上翻了翻,气得李明珊赶过来捏她的鼻子,笑道:

"简直狗放屁,亏你想得出;不许胡闹,说正经的。"

"谁和你胡闹,人家本来是说正经的嘛。"冯华推拒着,她也笑了。这个四川姑娘说国语时,常常带着四川尾音,"真的,第一,你要研究哪件事有前途些,而且介绍人好对付点,你有把握左右他,而他却不能左右你。第二,哪件事名义好,待遇高,把这两样看清了,你去决定就是,有什么大不了?"

房间里暂时沉默下来,冯华又专心去拔她的眉毛了。明珊仍倒在床上双手托着头,凝视着天花板沉思。歇了半晌,她忽然坐起来,竖起了身子说:

"小冯,现在我决定了。"

"怎么样?是决定去当汉威贸易公司的秘书吧?"

"不,我决定接受宏德女中的聘书。"她坚决地说。

冯华惊愕地放下了拔眉毛工作,偏过头去看李明珊,有些不相信这话的真实性。她的两只圆圆的眼睛,在明珊脸上用力地搜寻一番,当她看见明珊满面肯定的严肃神色,确是没有一点开玩笑的样子,她奇怪极了!

"这是怎么回事呢?明珊,其他任何一件事的待遇,都比宏德女中高呀,而且名义也都相当好,你偏去当杭州那小地方的穷教员,简直有点莫明其妙!"冯华大不以为然地说。

"我觉得事情不能只看眼前,虽然那些名义好听的事情好像很好。可是,正如你所说的,要研究这事有没有前途。请问去那些公司、书局,当一个秘书或是编辑,又有什么前途呢?"

"那么一个初中教员就有了不起的前途?"

"不,我有我的想法。你知道,林教授不但在中国的学术界有地位,就是在国际上也有相当声望的,而且现在政府许多要人之中,就有不少是他的学生。他很喜欢我,常常说将来可以帮助我出国深造。我认为这一位有名望的老教授的一句话,要比那些大书局、大公司的总经理之流有力量得多。我又为什么不做得使林教授更加赏识我，而快一点出国去呢？机会不可失，我暂时还是牺牲一点儿的好。”李明珊有条有理地说。

“原来如此，你倒是见识高人一等。”冯华说道，“不过林教授是著名的老书呆子，你要去博他的好感，要得拼命往书堆里钻呢。”

“当然啰，反正我是学文学的。”明珊说，她谛视着天花板上一只蚊子，“而且，你想，其他的位置，既然你也知道那些介绍者都有所企图，那么我答应哪一个为是？将来还麻烦不尽呢，谁又高兴去和他们鬼混，索性一处都不接受，那就谁也不会误会我有什么意思了，你说是不是？”

“理由充足，要得嘛！”冯华耸了耸臂，顽皮地打起四川腔来。李明珊并不去理她，只是出神地计划着安排自己前途的步骤。她颇满意这一个新决定，便专心地在预备明天去见林教授时，应该说的一篇既得体，又漂亮的话，务必要使林教授明白自己的志向，还得让林教授知道她不是找不着职业，相反的还另有五份既有好名义，待遇又高的聘书在等着她去呢！而她却一概拒绝，只接受了林教授的提拔，无非是尊重林教授之意。她拟好这篇话的腹稿，准备了半天，自己觉得很得意。

“明珊，你毕业之喜，我应该请请你。明天我们到哪里大吃一镬，痛快地去玩一下好不好？”冯华说。

“你又来了，你送我的毛线衫是我收到的礼物之中最漂亮的一件，我已经感谢不尽，还要请什么呢？千万别再花钱了。”“不要愁我的钱不够用，现在我不怕了，告诉你吧！我略施小技，家里就汇了三百块大洋来，这还是外快，每月的伙食零用费还是照旧，暑假里我可以痛快一下了，哈哈！”冯华说着打了一个哈哈。她那白白嫩嫩的圆脸上，有两只骨溜溜的圆眼睛，一张小圆嘴，笑起来那张脸更觉得滚圆得非常有趣。

“你这小鬼，又在捣什么鬼了？这三百块钱是怎么骗来的？”李明珊好笑起来。

“我写信回去说学校里暑期不能住，我已经和三个要好的女同学合租了一间房，自己开伙食，一面读暑期班，这都得要钱呀。反正我爸爸是个土财主，土得很，他绝对深信不疑，马上汇了三百块来。你想，学校里哪儿用得了这些，而且一切费用我都已经缴过了。还剩下八九十，加上这三百块，还不够我阔一下子？”冯华得意扬扬地说。

“随你自己阔去吧，我不忍心用你这心血钱。”明珊笑道，“而且时间的确没有了，明天我去见林教授，也不知道得多少时间，后天起我就不断有约会了，而且多半有你的份，人家早就预约在先，不好意思拒绝任何一处，连着一个多星期呢。这之后，我想到杭州宏德女中去把宿舍弄好，接个头然后回江西去安安静静过一个夏天，准备准备所教的课程，也陪陪我妈，快开学的时候再出来。”

“爱赏光不赏光，随你的便吧。”冯华假装生气地嘟起了嘴。李明珊笑着从床上爬起来，走到冯华身后，两臂从她肩下抄过去，面孔搁在冯华左肩上，镜子里那只白嫩的圆脸旁就多了一个温柔娇美的俏脸儿来。

“好太太，别生气了，瞧你丈夫来向你赔不是了。”李明珊温存地说着，做出一个滑稽的调皮表情。冯华呸了一下，笑骂道：“坏丫头，老想讨人便宜，看我收拾你！”冯华两只手两面夹攻，准备从背后来呵李明珊的痒，不料李明珊眼明手快，一抽手转身就跑，反在冯华腋下抓了两下。

“不和你闹，去洗个澡睡觉了。”李明珊躲开冯华，随手抓起凳上的毛巾、肥皂和睡衣，一溜烟跑出去了。

次日李明珊醒来时，已八点多钟，对面床上的冯华仍睡得很甜，明珊伸伸懒腰想起来，却被一个呵欠打得又疲倦起来，便又闭上了眼睛，这时，忽然听见外面有人喊她：

“李明珊，你的电报。”

明珊急急跳起来，心里倒吃了一惊，不要是家里出了什么事吧。她来不及穿上拖鞋，开了门奔出去。同学何又珍正走过来，手里拿着一份电报。

“李明珊，是你的。”

明珊怀着鬼胎，抢过来道了谢，一面走回寝室，一面拆开电报，一颗心已吓得扑通扑通直跳。等到看了电文，她吐出一口气来。原来是杨克农寄来的贺电，祝贺她毕业的。

“倒骇了我一跳，这个神经病。”她自言自语地说，进了房，随手把那份电报往桌上一丢。梳洗后，李明珊穿了一件镶了一条淡蓝色滚边的暗蓝薄绸旗袍，脸上薄施脂粉，柔润光艳，越显得一尘不染，仙姿绝俗。早点后，她拿了皮包和一把小花伞，从容走到距学校不远的一幢黄色小洋房前，按了两下电铃。不一会儿，便有一个男仆开了门，请她走进一间精致而高雅的会客室。

“请你告诉教授，她的学生李明珊请见。”李明珊温和地向那彬彬有礼的男仆说。

“我认得你，李小姐，我常到学校去，看见你多次哪。”那男仆含笑地说，一口纯粹的北平话，“请你坐一会儿，我去请教授，他刚吃了早饭上楼去的。”

男仆刚上去一会儿，便听一阵脚步声，林教授已来到会客室。他花白的头发往后梳着，长长的脸上，红润而光彩，架着一副金边眼镜，没有留胡须，嘴上含一只烟斗，穿着件短袖空网衬衫，白哔叽西装裤，高高的身材，仍然很挺直，气度高雅，脸上有种哲学家的风度，一望便知是一位学贯中西的饱学之士。他高兴地走进来，伸出了右手，李明珊忙走上去，恭敬地和他互握了一下。

“早哇，密司李，恭喜恭喜，你毕业了。”

“您早，林教授，谢谢您。”

“请坐请坐，靠窗口有风。”林教授把李明珊让到南窗下，让她在一把式样很别致的藤椅上坐下，自己才坐在斜对面的一张皮垫椅上。窗外绿油油一片树木，隔着碧绿纱窗望过去，更觉阴沉沉的很凉爽。

男仆送上两杯冰水，便恭谨地退下。

“怎么？工作问题解决了吗？”林教授靠着皮椅背，左腿架在右腿上，做出一个舒适的姿势。

“林教授，我今天来看您，就是求您给我一个指示的。”李明珊婉转地说。她眼中放射出恳切求教的光辉，非常动人。

“有什么问题，你说吧！”老教授慈和地问道。

“林教授，我同时接到四五份聘书，您看，我简直不知道怎么办才好。”李明珊从容地由皮包中取出那一叠聘书，递过去，锁着两条长眉，一面孔迷惘的神气。林教授弯一弯身子接过来逐一看过。

“啊，你真幸运！许多人想找一个工作而不可得，你却有这许多，让我看，唔，汉威贸易公司，这是有名的公司哦……这个是，文华书局，哦，立穗火油公司，万利银行，啊！都是有名望的，密司李，你运气很好。”老教授将一叠聘书仍递给李明珊，高兴地连连摇着腿。“那么，你究竟到哪里去呢？”

“林教授，你替我决定一下，去就哪一个工作好？”

“这都是很好的机会，你可以依着自己的兴趣选择一个，这些工作的名义既好，而且我知道他们的待遇也高，都比杭州宏德女中强。”

“林教授，我选是已经选定了一处，不过我要征求您的意见。”

“唔,你说说看。”

“我决定到杭州宏德女中教书。”

“是吗,为什么呢?”老教授也诧异起来。他微笑了,觉得颇堪玩味,两道探索的眼光从眼镜中射到李明珊的脸上。

“林教授,我并不算幸运,虽然毕了业马上就有职业,可是,这并不是我的志愿。我很难过我自己没有能力,像那些真正幸运的同学一样,大学毕了业,马上就可以出国再去深造。现在政府偏偏没有了公费,我这个穷学生,就不得不先做一个时期的事情,再想办法了。您想,这几张聘书说起来虽然还不错,可是我要去了,那就每天只能做些商务上的事情,一点自由都没有了,更不是用功的环境。所以我想来想去,还是您介绍的工作最好,一方面教书,一方面读书,自己用用功。而且这是您介绍的,您的指示总是最正确的,我相信!”李明珊委婉动听地说,声调非常悦耳,有如一道溪流,在清风中荡漾。

“志向很好,密司李,你真是一个好学生,既然你的求知欲这么高,一心想出国多读书,我一定帮你忙;不过目前不容易,你好好用功吧,明年我想法给你请求公费。宏德女中也是很不错的教会学校,那儿有两三个教员都很有学问,校舍也很好,距西湖不远,环境幽静得很,你很可以一面教书,一面读书,明年我一定替你想法子。”林教授非常同情,非常赞赏地说,态度是认真的。李明珊的双眉开展起来,终于现出一个兴奋的笑靥,纯洁而美丽。

“林教授,您太好了,我真感谢您,那么我决定了,一切依从您的指示,一定会好好用功的,我永远记着您今天对我说的每一句话,林教授,我真太高兴了。”李明珊天真地加重语气这样说。林教授也很高兴,他大声儿打着哈哈。

“林教授,不知道我今天有没有面子请您和您府上各位一块去吃饭?”李明珊顺着这一片愉悦的空气欣然恳求地问。

“你毕业,我应该请请你才对,怎么倒要你请起我来?”

“不,您替我的前途这么善意地计划和安排,明年还要帮助我出国去,我跟您叩头都来不及哩,请您吃顿饭算什么。”

“哈哈哈,调皮的孩子,你倒要挟住我了,哈……”老教授大笑起来。明珊也娇憨地笑了。

“你还是在我家吃便饭吧,今天正好有几样好菜,我家里也并没有什么人,两个儿子都在美国,就是一个小女儿和她姑母在家。”老教授笑了一阵,很开心地说，“你不要客气，就在这里吃饭吧。我先带你到我书房去看看，有许多英美新寄来的杂志。”他站起来，引明珊上楼，明珊也就跟了上去。

“那么我恭敬不如从命，在您这儿吃中饭，晚上我再来请您到新雅去吃晚饭，您不是说过喜欢吃广东菜吗？”

“那也好，不吃你一顿，我看你也不舒服。”林教授又笑了起来。谈笑声中，两人上了楼，楼上和楼下一样，一前一后，两间房，两房之间，挂着咖啡色的呢帘，往两边拉开了，后房摆着一张床，一只衣橱一张五屉柜和两把椅子，很简单。前面是书房，面南一张大书桌，桌子左侧一张安乐椅，旁边还放着一只小几，上面有香烟缸火柴之类。一盏落地大罩灯，放在椅旁，另有三把式样不同的矮椅，随便而非常得体地，搁置在房间中央，此外便是琳琅满目的四壁图书了。老教授从一格书架上取出几本厚而大的欧美杂志，放在小茶几上，叫李明珊坐在安乐椅上看，并开了书桌上的摇头小电扇。李明珊看了一会儿，听见有皮鞋声一跳一跳地上了楼，接着一个十三四岁的女孩子，跳进屋来。她梳着两条粗粗的辫子，穿件白底蓝花的洋装，赤足白皮鞋，长形的小脸儿，天然红润，尖尖下颌，翘翘鼻子，乌溜溜的大眼睛，柳叶形的长眉，非常可爱。

“白蒂，来，我给你介绍，这是我的学生密司李，是个非常优秀的好学生。”老教授招着手说。等女孩子走近身，他便拍着她的小肩膀又对明珊说：

“这是我女儿白蒂，顽皮得很。”

“啊！她真可爱极了！”李明珊欣然注视着女孩说。天真娇憨的笑容，一直逗留在女孩子的脸上，她也谛视着李明珊。

“不，你真美！”女孩子坦然地说，引得大家都笑了。

“已经十四岁了，还一点不懂事，自从她母亲去世，一直就没有人管她，家里弄得一团糟。这两年我把她姑母接了来，一切才有了秩序。她姑母快五十了，是个独身主义者，人很好，等一会儿我替你介绍。”老教授抚弄着女孩的粗辫子亲切而悠闲地说。

“好的！”李明珊欣然说道，又去问女孩子，“小妹妹，你在哪儿读书？”

“在中西女塾读初三。”女孩子的笑容更深了些，甜甜的。

“已经初三了？真聪明！”李明珊由衷地赞美起来。

“聪明倒很聪明，就是太贪玩了，这孩子野起来，就像个顽皮的男孩子。”老教授慈爱地说，他轻轻在女儿头上打了一下，“她生在美国的呢，六岁才回国。”

“哦！是吗？”李明珊说道，她很有兴趣地看看女孩子。

“我给你看我小时候的照片，滑稽得要命！”女孩子说着，一跳就跳到一个书架的旁边，拿起两本照片簿，送到李明珊膝上，自己蹲在旁边，一页一页地翻。这都是些她的家庭在美国时的照片，有许多是她单人的，哭的笑的，穿游泳衣的，裸体的，趴在地下的，的确非常有趣。其中不少是一位中年的美妇人小影，模样与女孩子很相似，态度很雍容娴雅，李明珊不由得多看了两眼。

“这是妈妈，你看，她多美呀，真是一个美人！”女孩子天真地赞叹道。

“真是一个美人！你长得好像她。”李明珊说。

“真的吗？我愿意我多像她一点，爸爸虽然也好看，可是总不能比妈妈。”女孩子一张一张解说着，两人忘形地笑着，老教授非常高兴。等到那两本全都看完，女孩子还要到书架上再去拿，却被老教授阻止了。

“白蒂，不要再吵密司李了，也该让我们的客人休息一会了。你去告诉Aunt，我们今天有客吃饭，请她先下来介绍一下。”

“好的，好的！”白蒂高兴地答应了，跑上三楼。五分钟后她又蹦跳着下来，走进屋子就来拉明珊的手。

“我的Aunt就来见你了，我想她会喜欢你的！”

接着一个四十多岁的、戴眼镜的文雅女性走进来。她有着瘦瘦的中等身材，穿着淡灰麻纱旗袍，素淡而清秀，也是一脸的红润光彩，眉目口鼻与老教授相似得几乎是一个模型铸出来的。李明珊立了起来，很感兴趣，微笑着看看她，又看看老教授。

“这就是密司李，喏，我不骗你吧？Aunt！”女孩子白蒂抢着说。那位姑母含笑和李明珊打过招呼，请明珊就座，一面对她凝视了一下。

“白蒂这孩子上去对我说，爸爸的一个女学生来了，是个美人，叫我快下来看看。”姑母笑着说，“小孩子眼光不错，果然美极了！”

“哪儿谈得到美，真使我受宠若惊，Aunt和小妹妹才真又大方又漂亮呢！”李明珊谦逊地说。

“密司李，真会说话，我老都老了，还漂亮得出，白蒂倒有希望将来长成一个美人。”

“Aunt，我将来有没有密司李好看吗？”白蒂认真地问，她扳着姑母的肘膀直摇撼。

“你将来要比我好看十倍呢!”李明珊说道。她觉得这女孩子天真得太可爱了。

“好了好了,你们都不漂亮,就算我是个老美人好吧?”老教授说着,便大笑起来,大家也跟着笑了。这时男仆又送上茶来,大家坐着闲谈一会儿。姑母问起李明珊的家庭,明珊蔼然地一一回答着。话题由家庭谈到各地风土人情,又转向社会、电影、戏剧、音乐,然后林教授又纵谈起哲学和文学来。聪明的李明珊无不对答如流,谈得娓娓动听,恰到好处,给人家一个极好的深刻印象。姑母坐了一会儿,便先下楼去帮助仆人准备待客的午餐去了。这里,屋子里的人仍是起劲谈着。

“林教授,您说,写作必要预先想好一个具体的腹稿,可是近代有许多英美作家,只是随口念出来,由打字员随手打出来,根本没有先拟好腹稿,连一个大概的轮廓,都未见得先想好,他们还说像这种 Formlessness 才是真正艺术,这怎样会成功一个作家的?”李明珊问道。

“这些人根本不能算是真正的作家,你想,一件有价值的文学作品,岂是这样随口乱念可以完成的?你千万不要上当,宁可学克罗齐派美学家的主张,把全部作品完全想好了再记录下来,要稳当得多,不过这也不容易做到就是。其次就是一篇作品,必须要有它独特的风格,这是与作者本身的人格修养有连带关系的,Flaubert 说:‘应该在字的正确上用功夫。’就是我们中国的文豪桐城派姚姬传也说过:‘文章之精妙,不出字句声色之间,合此便无可窟寻。’总之,我们研究文学,总不外乎刚才我所说的几个条件。”林教授精神抖擞地说道。

李明珊恭谨地点点头。

“你看过哪些哲学书?”老教授又热忱地问。

“我看过庄子、老子、斯宾塞的心理学原理、爱默生的人生的行为和叔本华的意志与观念的世界,还有康德的二元论。”李明珊说道,“不过我对于这些哲学书,总不能看得很深入,自己也没有一个固定的观念,有时候同情纯主观的唯心论,很欣赏叔本华,尼采的厌世主义;可是有时候,我又觉得宇宙间一切的事情,好像总不能脱离物质,那唯物论的说法也有真理,我们究竟不能否定这现实的人生!是不是?”

“一个青年的思想,不能这么矛盾,尤其是研究哲学,一不小心,思想就会受伤,你看尼采不就是死于疯狂?这个要格外当心。”林教授说。

“也许是我修养不够，不能理解这些深奥的学问，我应该多看些书。”李明珊诚恳地说，“那些自然科学、自然哲学、宇宙论、灵魂学、逻辑、玄学等，常常把我弄糊涂了。林教授，您指示我应该怎样用功，好不好？”

“好的，你暑假里就可以开始多看一些书，我可以介绍一些有益的伟大著作给你。我这里就有很多的中西名著，无论是文学或是哲学的都有，你可以拿回家去看。我已经把精确的地方，都画下红线，你记起来就方便得多了。”林教授见李明珊聪明好学，非常高兴，便这样热切地说道。

“爸爸不要谈文学哲学了，您老是这一套。”林白蒂嘟着嘴温柔地撒娇，她在一旁翻阅着一本杂志，又听不懂他们所谈的话，有些不耐烦起来，“吃过饭，您不要睡午觉，咱们请密司李去看大光明的电影好不好？”

“看电影？”老教授瞠视了他的爱女好一会儿，始觉悟看电影是怎么回事，于是他慧和地说道，“第一场太热吧？”

“这样吧，”李明珊接口道，“吃过饭我先回学校一趟，您还是午睡一下，五点前我再来跟您三位去看五点半一场，看完电影顺路就到新雅去吃饭了，您看可好？”

她的主张倒是面面俱到了，既不耽误老教授的午觉，又不令白蒂失望，而且大光明戏院距离新雅酒楼很近，时间的安排也好，大家都有休息的余裕。老教授觉得无话可说，也就表示同意。

这天的晚上九点半钟，李明珊和林教授一家人从新雅出来。归途中，几个人的心中都很愉快。李明珊是成功了，她给予林教授的印象更深刻良好了些，那位姑母和天真的林白蒂也都对她抱着十分的好感，李明珊自己也满意得脸上现出照人的光辉。

一切算是决定了，李明珊应酬了几天，婉转辞谢了其他几处的聘约，就持着杭州宏德女中的聘书与林教授的特别介绍信，到杭州去与宏德女中的校长接了一个头，并选好房间，参观了全校。这是一个非常完备的学校，校舍整洁，校园宽大，在楼上还可以欣赏到湖光山色，环境极其幽美。加之有林教授的关系，她受到热烈的欢迎。小住了两天之后，她才带着愉快的心情，满意地回到江西故乡去了。

（选自《意难忘》，中国社会科学出版社 1995 年 3 月 1 版）

紫色的雾(节选)

二十

台湾的八月是一个多难的八月，每年在这个时期，都免不了台风、洪水和地震的侵袭。

白洁和扬帆的婚期便决定在这年八月中的一天。

那一天，气象所正发出台风警报，强劲的风，就像一头发怒的猛兽，以石破天惊的威势，挟着跳跃的雨点，由海上向陆地扑来。白太太一早起床，就为这日的天气发愁了。女儿的喜期，原该高兴，但不知何故，她心中却压了一块无形的巨石，沉甸甸的竟轻松不起来。为了排除这种不祥的感觉，她强作欢颜，为女儿做了一份丰富而又讨吉利的早餐，然后帮同着收拾一些应用的东西，准备到新房里去。

早晨九点钟时，陈静慧便来了，她穿着新衣新鞋，衬托着她那鲜艳甜美的面庞，真好似一朵初开的牡丹，着实美得诱人！当白凯开门，迎她入内时，也忍不住地吹一声口哨，赞道：

“啊！陈姐姐好漂亮，是不是你今天也当新娘子？”

陈静慧笑着瞪了白凯一眼，说：

“小鬼，你贫嘴啊！”说着她迈上作势要呵痒。白凯连忙往里逃，一面笑道：

“你要对付我，等一会儿我就对付张大哥。”

“不跟你闹了，今天是白洁的好日子，饶了你。”陈静慧一面笑着往白洁的房里走，一面喊，“嘿，新娘子，打扮好了没有？”

白洁正在梳头，她从镜子里和陈静慧打着招呼，见到对方那艳如春花的姿色，她赞叹了：

“真的，静慧，你真美！张智光不知多么着急呢！”

“他急什么？”

“急着当你的新郎呀！”

“去，少拿人开胃，你今天是新娘子，准备人家闹你哟！”静慧甜甜地笑了。

“说真格的，我觉得我倒不像新娘，你倒像！”

“什么话！别胡说了，快换衣服吧。”

“我不是换好了吗？”

白洁穿的是一件极淡极淡的湖色旗袍，白色的耳环，白色的扣花和白色的高跟鞋，她那白玉的面孔上也仅薄施膏泽，看来真像一枝亭亭绽放的出水白莲，素淡极了。

“什么话！你就穿这件衣服去结婚？”

“不好吗？我向来不大习惯穿旗袍，可是，这件旗袍我很喜欢。”白洁说着，从椅子上站起来，摆起姿态，缓缓地转了一个身。“你看，不是很合身吗？”

“虽然合身，而且美极了，可是太素了呀！你又不穿礼服行仪式，这哪儿像个新娘子！”

“怎么？新娘子就非得穿大红大绿的？我才不呢，我喜欢这件衣服。”

“你这人真固执！”陈静慧瞅着她大不赞成地说。

这时正好白太太走进房来，陈静慧忙喊道：“伯母，您看，她穿这件旗袍去结婚，这么素净，多不像话嘛！”

“是啊，昨天晚上我就讲她了，结婚不穿礼服，也得穿件鲜艳点的衣服嘛。这孩子，一点都不听话，说什么也要穿这件。这么素淡，简直……”白太太要说“简直像穿孝似的”。话到口边，她忽然惊觉到这话太不祥了，便改口说：“简直不像个新娘子。”

“有什么关系呢？当新娘子又何必一定要打扮得红红绿绿？多别扭！”白洁轻松地笑着。

“那么你戴上一朵花吧，点缀一下总不会反对吧？”静慧无可奈何地建议。

“对了。”白太太被提醒，忙接着说，“好在你衣襟上还要配上一朵大红的绸花挂上新娘的红绸条子，那倒比较鲜艳些。”

“妈说什么？你叫我在胸前别上一个写着新娘两个字的红绸条子，上面还有一朵大红绸花？那才滑稽呢！哈……”白洁大笑起来。

陈静慧也忍俊不禁地笑了。白太太望着她们，茫然地问：

“这有什么好笑的？人家结婚，不都挂上个新郎新娘的红绸条子吗？”

“伯母，那种红绸条子，怪俗气的，白洁怎么肯挂呢。这样吧，你头上戴点装饰品，胸前配上两朵红玫瑰，白耳环和白扣花也拿掉，挂上一副项链，戴上手镯，这不好多了吗？”陈静慧热忱地建议，“蒋云珍她们合送的那一套项链和手镯呢？快拿出来，我帮你戴上。”

白洁照着镜子，犹豫了一下，才很不情愿地说：

“明明这样最大方最好看，你们偏不欣赏。好吧，依你。”她开了抽屉，取出一个长形的丝绒盒子，里面是一副紫色的亮铮的项链手镯和耳环，十分精美华丽，是蒋云珍和另外四个女同学合送的礼物。白洁由着陈静慧替她佩戴好，并且乖乖地让静慧为她加浓了面部的化妆，这一来，果然容光耀目，艳丽得多了。

陈静慧呆呆地凝视着她，衷心赞叹道：“白洁，你简直不像个凡人，太美了！扬帆大概敲了三辈子木鱼，不然他就不能消受你！”

“少恭维我吧，他才敲了三辈子的木鱼哩！”

“我不同你扯了，你们不是十点钟到法院公证的吗？现在走了吧！”

“急什么，扬帆还没有来呢。”

正说着话，一阵悦耳的口哨声由远而近，扬帆吹着《春之声》的曲子急匆匆赶来。他这天穿一套浅灰色的新西装，黑领花，白硬领，见到陈静慧和白太太，他愉快地道着早安。白太太也要换衣服，回房去了。扬帆并不避讳陈静慧，当着她的面就趋前在白洁的颊上吻了一下，然后上下端详着她。

“白，让我看，你有多美？”他凝视着她，梦幻般地说，“啊！你多可爱！我的小新娘。”

“你别溜，静慧。”

陈静慧在旁不禁抿嘴微笑，她缩着脖子就往外溜，却被白洁喊住。

“我去看伯母换好衣服没有。”

陈静慧一面说一面快捷地跑了出去，白洁还待拦阻，却被扬帆挡住，他把她拉进怀抱，深情地用热吻堵住了她的口。于是，白洁软化了，她温驯地伏在他的臂抱中闭上了眼睛。

“白，让我多看看你，明天你就会和今天不同了。”扬帆忽然推开她一点，凝睇睇视着。

“胡扯,怎么会不同的?”

“当然不同,明天你就要变成一个小妇人了。”

“嗯——没有的事,我才不会变呢,不许你胡说。”她用手指按住了他的嘴唇,他乘势频频吻着她的每个手指,温存地说:

“不要害羞,宝贝,走,咱们走好了。”

“等一下,你看把人家的口红都吃光了。”

他微笑着看她对镜涂脂,他自己也拿起她的毛巾擦净嘴唇,然后与她一同外出。

台风天气是恶劣的,骤风阵雨,像个疟疾病患者,紧一阵松一阵,在天空呼啸呻吟。当白洁、扬帆等乘着计程车,还没有到达法院的中途,风雨的威势就已逐渐增强。待车抵目的地时,那怒吼着的风,已夹着巨大的雨点,正以疯狂的姿态扑来。顷刻间,低洼的马路上便积水盈尺,急得白太太不住地念佛。总算司机敏捷,及时赶到法院公证处的门口,没有在途中受阻。

虽然白太太携带了雨伞,但上车时,正值倾盆大雨,众人依然淋湿了衣服,白洁更甚,几乎浑身都湿透了。白太太心里忌讳,不免埋怨天气太坏。但白洁自己却并不在意,她和扬帆一样,幸福感已把他们涨满了,天气的恶劣,根本不去介意。

公证结婚的仪式是简单而庄严的,然而白太太却不满意这种结婚式。在法院中,她第一次见到了扬帆的家人——他的父亲、继母和弟弟。白太太觉得扬帆的家人对他有着很明显的虚伪和淡漠,根本毫无感情,这也是她对女儿的婚姻不称心的因素之一。

这天中午,男女两家在一家餐馆里共同摆了四桌酒小宴亲朋,偏偏碰到一个台风天气,扬帆父亲的客人多半缺席,倒是一对新人的同学们个个都冒着大雨到场,年轻人在一起,闹起来时特别起劲,笑语声充斥了整个酒楼。大家敬酒、鼓掌,开着玩笑。

金绍炜这天喝了不少酒,他满腹醋意,借酒装疯,吵着要吻新娘。这个提议立刻博得一片掌声,几乎所有的男同学一致赞同。大家闹着便不待散席,就开始行动。

这是喜事中的插曲,也是年轻人所乐于效法的西洋礼节,新娘是不能拒绝的。于是，白洁在无可奈何中，忍受一群顽皮的男孩子的吻颊礼。

陈志雄也是来宾之一，他沉默地坐在席上，沉默地饮着酒。两大瓶清酒像两条火龙一般窜进了他的肠胃，刺激得他那白净的面孔仿佛涂了一层胭脂，连眼球都染成赤红。他显然是饮过量了，然而，他依然不肯罢休，又从侍役的手上接过一瓶高粱酒。不料他的举动被在另一桌的陈静慧发觉了，于是，他走了过来，一把将酒瓶夺去，劝道：

“大哥，你不能再喝了。”

“不，我要喝，这是喜酒。我要多喝几杯。”陈志雄大着舌头，企图夺回酒瓶。

“不要这样，当心别人笑话你，你已经喝醉了。”

“我没有醉，一点也没有醉，你让我喝。”陈志雄醉醺醺地笑着。

“我不许你喝了，大哥。”陈静慧着急了，她紧紧按住对方的手。这时那些男同学们轮流地在吻新娘，掌声如雷，啸声四起，正闹得起劲。静慧也推了志雄一下说：“大哥，你也去呀，去吻一下新娘。”

“我？”志雄停止夺酒，用食指指着自己的鼻子问，“她肯吗？”

“去吻她的脸，今天她不会拒绝。”静慧有心以这方法来安慰一下因爱情而痛苦的志雄。

也许是酒精的刺激和鼓舞，陈志雄忽然勇敢起来，他站起身，便大步朝白洁走去。

很奇怪，当那些男同学争着亲吻新娘的时候，四边充斥着笑声与掌声；但陈志雄立在新娘的面前，全场却一齐肃静无声。也许是因为他的神情太怪异了，人们竟忘记了噪闹，大家静静地观望着，似乎谁都在等待着，要看看这个满身酒气、神情激动的青年将有怎样的举动。

这情形，却令陈静慧着急了，她深悔不该叫志雄去凑热闹，看来志雄可能因酒醉而做出超越常规的热情动作，那岂不糟透了。但是，众目睽睽之下，她除了暗暗焦急外，简直无计可施。

陈志雄凝望着白洁，似乎完全忘记了这是在大庭广众之前，他缓缓地举起手来，竟欲捧起对方的面孔亲吻了，他自己紧张着，陈静慧紧张着，所有的来宾也莫名其妙地紧张着，连白洁也在他的眼神下紧张了。不料，当陈志雄的手在轻微的颤动中靠近白洁的面庞时，突然的，那只手停顿在半空，他像一尊石像般地凝定着不动了。这样地足足维持了一分钟之久，他竟然放下了手，一转身，迈着快而大的步子，逃避似的走出了餐馆。

他的神情和举动太奇特了，当全堂的人仍惘惘然滞留在静默中的当儿，金绍炜却一个箭步迈向白洁，以极其快捷的动作拥抱住白洁，便狠狠地吻着她的红唇。

白洁猝然间遭此袭击，竟挣脱不掉。于是，全堂哗然，几个男同学突然怪声大叫起来。

这个意外，是扬帆所不能忍受的，他愤怒了，一跃上前，用力拉开了金绍炜，白洁在窘怒交迸下，伸手掴去，便在金绍炜的脸上打了一个清脆的耳光。扬帆气红了脸，脱下上装，便拟挥拳。此时，白太太和扬帆的父亲及时赶到，一边一个，拉住了扬帆，白太太并劝他：

“好孩子，不要动火，今天是你的好日子，忍耐点算了。”

扬帆在岳母的抚慰下只得忍住一口气作罢，白洁也由陈静慧和蒋云珍等女同学陪伴着，躲进一间小房去了。那侮辱了新娘的金绍炜，也被几个男同学拉着走了。这一来全场骚动，议论纷纷。白太太耳闻目睹，深觉难堪。她虽劝止了女婿的冲动，却阻不住自己的气愤，她觉得金绍炜欺人太甚，实在是不能原谅的事。由于金绍炜，她又联想到陈志雄，看他方才的神情，不曾侵犯白洁，比起金绍炜来，就高尚得多了。

白太太心中感慨气恼着，情绪不免低落，客人们也在尴尬中纷纷告辞。客人一去，这顿喜酒也就在中途结束，不欢而散。

二十一

台风、水灾、恶劣的天气和不愉快的婚礼都已过去了。这一切酝酿成一团阴影，终日笼罩着白太太的心房。在人前，她从不在面色上表现出来，但无人时她却忍不住紧皱眉峰，耿耿于怀，总像有着不祥的预感。

在白洁结婚的那天，台风豪雨，所租的新房因地势较高，室内没有进水，但屋子外面却已一片汪洋，连汽车都不能通行。那天喜筵散后，他们乘车到新房去，竟无法入内，连那条小路都被淹在洪流中找不到了，不得已又折回白太太家住了一夜，直到次日水退才到新屋去。新夫妇商量好，婚后次日即到淡水海边旅馆去小住三天欢度蜜月的。这计划也被台风所阻，延迟了一周，两人才携带着简单的行囊出发。

淡水海边的旅馆，建筑在海滨浴场附近，里面具备了最新式的设备和西餐冷饮，豪华而又舒适，是夏季休憩之所。扬帆与白洁并非不知道那里的房间是昂贵的，但他们不考虑这些。新婚宴尔，又在蜜月假期，享受一下似乎是应该的事。于是，他们要了一间套房。两扇大窗户，正面临着大海，望出去万顷碧波，在早晨的阳光反射下闪着粼粼异彩，极为壮观。

白洁进了房间，脸上便展开了欣喜的笑容，她像个幼童似的，刚刚把自己抛进一只深深的大沙发，立刻又跳起来在另一只软椅上坐下了。然后，忽又起身往床上扑去。那整洁而柔软的大床经这一压，立即把她弹得老高，她却又一个翻身，打一个滚从床的另一边跳下地，嘴里愉快地"啊""啊"轻呼着，再雀跃到窗前，极目四望，喊道：

"啊！扬帆，这里太美了！我要住在这里，永远也不走了！"

扬帆一直在欣赏着妻子娇憨活泼的举动，他爱怜地笑了。于是，他走过去，双手从她后面包抄过去，揽抱着她的纤腰，吻着她的颈项耳朵，温存地说：

"什么都依你，白，只要你和我两个人静静地守在一起，一天也等于永恒！何况我们还准备住三天哩。尽情地陶醉吧。白，这时间，这地方，是你的，我的，完全属于我们两个人的！"

他的温语，像符咒似的有着催眠作用，她真的陶醉了，两只美丽的大眼睛，渐渐地垂下合拢。两人就这样依偎着一动不动地伫立在窗前，享受那略带咸味的海风，轻轻吹拂着面颊和发丝。

午前，他们没有到海边，中午到餐厅里吃了两客大菜，然后回房间去睡了个午觉。起身后，精神饱满，换上了泳装，来到海水浴场，拉着手投身于碧波中载浮载沉，玩了个尽兴。待到斜日西沉的时候，两人都感到疲乏了，才嬉笑着回到旅馆去。

三天，这奢华享受的三天蜜月假期，在扬帆和白洁的心灵上将是永恒，但，在他们的感觉上却像是一瞬。他们流连到第四天的上午，才付出一笔巨额的代价，恋恋不舍地回到新居。

新居是简陋而寒碜的，泥泞的小路，难看的房舍，粗劣的泥墙，虽摆着新的家具，也仍难掩饰那一份穷酸。白洁由那华丽的旅馆乍返新居，进屋后，四边看了一下，禁不住叹息道：

“啊！这小屋子真丑得可怜！”

“不要灰心，白，让我来把这丑陋的小屋变成一间宫殿。”

“别吹牛了，我并不嫌这小屋。再不好，也是我们自己的家。在感情上，那海滨旅馆虽然好，可是我还是偏爱这间小屋。”

“我倒宁愿你现在嫌它两天，等我的魔术变好了再让你惊喜一下。”扬帆含笑地说，他转动着那两只澄明的眼眸，似乎一切都已有腹稿。

“好吧，瞧你的。”白洁并不太相信他的话。她以为这间屋子太粗糙了，无论怎样布置都不会使它变为华美，因此她并未因他的话而提起兴致来。“你坐在这里准备你的魔术吧，我到后面厨房去烧开水，还得去买菜烧饭呢。”

“好，你去忙你的，我也要出去买材料，下午开始工作。”扬帆观察着这间大约十二坪的房间，预算着所需的各项材料，便找出一张纸，一样一样开列出来，然后愉快地吹起了口哨。

二十二

改造新居的计划，果如扬帆所言，顺利地实现了。连着忙碌了一星期，他们的寓处已大改旧观，仿佛真的经过魔术师的神奇变幻，那间平凡而丑陋的狭长形房间已完全变了样。原来扬帆找了两个竹工，由他自己设计指挥，用细竹竿编了一具花纹别致、顶天立地的竹屏间隔起来。外大内小，竹屏正中有个圆形的月洞门，悬挂着蓝色的纱幔。竹屏上也用粉蓝色的油漆髹漆过，显得洁净异常，悦目极了。里面后半间作为卧室，墙壁和天花板都刷成了粉荷色，地上也铺了同色的塑料板。那粉荷色的墙上，还用彩色画了一些美丽的图案，房里摆着几件简单的卧室家具，床上铺了陈静慧手织的镂空床罩。床旁放置一架竹制的座灯，形式玲珑可爱，梳妆台上也有个类似的竹制小壁灯。外面的半间要大得多，墙壁、天花板和塑料地砖一律都是粉蓝色，也有五彩的图案，几件家具安放得错落有致，美而优雅。另外他们征得房东的同意，用矮竹篱把他们的屋子间隔起来，围成一个单独的小院落，以免房东家的孩子们随意闯入新房。

这天，他们挂好两盆兰草，摆好最后一件摆设，白洁长长地吁了一口气，四下打量着这两间房，忍不住赞叹道：

“扬帆，你真有办法，这一打扮，那么丑的一间房，真的变成神仙的宫殿了！”

“你喜欢?”

“当然!”

“那你该好好酬谢我一下。”扬帆微笑着伸开两臂。

“唔——”白洁快乐地奔向前,投入他的双臂间,白洁热烈地吻着他。于是,夫妇俩紧紧地拥抱在一起,陶醉在长长的甜吻里。

不知何故,扬帆突然松开拥抱,以手按住胸部,白洁立刻惊觉地退后一步注视着他。

“怎么了? ……”

“我! 我忽然胃痛。”扬帆皱起了眉峰,指着胸口说。

“痛得厉害吧? 瞧你,嘴唇都白了。”白洁着急地埋怨着,“叫你慢慢来,不必那么赶,你偏要不眠不休地日夜赶工,何苦呢! 累病了多不合算!”

“自己动手也是一件乐事呀! 为了你,我死都不在乎,何况累一点。大概是胃痛,并不严重,你别担心。”扬帆倒笑了。他由白洁挽着到里间去躺在床上休息,白洁又服侍他吞下一片散利痛药片,然后在他的唇上轻轻一吻说:

“你乖乖地睡一下,我去准备晚餐,晚上吃煨面,胃病应该吃面食。”

扬帆目送爱妻的倩影走出了房间,他才不再掩饰地轻声呻吟起来。这一次的胃痛发作得突然,而且比以往严重。他想,大概真的是太累乏之故,现在屋子已经布置好了,该静静地休息两天,然后把那张未完成的白洁画像拿出来,好好地完成它。

正如所料,在静静休息了两三天之后,扬帆已恢复精神,胃部也不痛了。他把那张未完成的油画找出来,放在画架上,地上铺一条旧被单以防弄污地砖。他自己也穿上一件布满颜料的白色画服,准备好新购的一批颜料,便开始作画。

那张油画,就是根据他们前次淡水之游白洁在草坪上小睡的素描,加上他的想象构图的,画面上的远景是一片浸浴在日光下的金碧辉煌的大海,还有衔接着海的远天云影,以及渔帆夕照;近景是一片绵亘的山坡,山坡上丰草绿褥,一个长发纱裳的美女,双手撑着后脑,仰卧在一处倾斜的草坪上香梦正甜。

这张画他已画了很久,本来早就画好了,但他觉得不满意,涂涂改改,始终不曾完成。这次他下了个决心,一定要在这个暑期把它画好,献给白洁。于是,他以全副心灵贯注在这张画上,虔诚地专一地工作。

当他用心作画时,除了白洁的声音和笑貌,偶然使他分神外,周遭的一切似都与他远离,他已完全置身于现实圈外,进入一种忘人忘我的境界。

很奇怪,过去他画这张画时,总是心神不属,灵思枯竭,画一笔改一笔,结果仍不满意,因此一直不能完工。这回他却全然不同,竟觉内心丰满,仿佛有汲取不尽的灵感供他运用,落笔如神。那浓郁的晚霞,那缥缈的云彩,那青苍如翠的山坡草坪,以及那画中的焦点——仰卧着飘逸如仙的白洁肖像,都似涓涓灵泉,从他的画笔流播于画布之上,每一笔都蕴藏着丰富的青春力和光芒,每一种色彩都表现了高度的和谐,使这幅画充满了跃动生命和强烈的感情。

他穿着溅满了各色颜料的白色工作服,一手持调色板,一手执画笔,日以继夜,如醉如迷地立在窗前画着画着,忘了饥饿,忘了疲劳,也忘了其他一切。

白洁起先是反对他这样专心凝神到这地步的。但当她看见了他作画时,那微蓝而澄清的眼眸中流露着婴儿一般清纯圣洁的光芒,和他那无视外物,浑忘一切的神情时,她不忍阻止他了。并且,她不久也的确被他那张接近完成的画所吸引与敬佩,也不愿打扰他。于是,她只静静地做做家事,看看画,好让他倾全神于他的工作上。有时,她为他烧好一些美味的饭食,自己便索性回娘家去探视母亲,留下他一人在家作画。

这样地持续一星期之久,那张画终于大功告成,扬帆的头发蓬乱,面色苍白,人也消瘦了不少,好似从一场激烈的战争中凯旋。虽感精疲力竭,但心情上却有着无比的亢奋。

那天,白洁正好被蒋云珍邀出未返,扬帆收拾好因作画而凌乱多日的房间,然后把那张油画装好画框,悬挂在外室的墙上,他自己也理发整容,沐浴更衣,买了一束玫瑰,又到菜馆里买了两菜一汤和一瓶酒,便回到新居,吹着口哨,等待白洁归来。

下午五时许,白洁回来了,她一踏入房间,便因室内那整洁美好的气氛而赞叹地"啊"了一声,然后她看见了那油画已高悬在墙头,上面用一块薄绸罩住,绸上有一张绿色的小笺纸,上写"扬帆献给爱妻——白洁"几个字。

"白,现在可以举行揭幕典礼了。来,你把那块绸子拿下来吧。"扬帆含笑地说。

白洁依言上前,揭下了那块薄绸。

于是,白洁发出了由衷的欢呼!

她惊喜地退后两步,欣赏着那张画。本来,她每天都看他画的,但现在这张画已配了有着古典图案的阔边画框。悬挂在墙上，与在画架上时，观感就不同了。好像一种神异的魔力，使人的眼光为之吸引，心弦为之震动！

白洁凝望着那张画，又惊又喜，忍不住叫道：

“扬帆，这是一幅杰作，你成功了！你完成了一幅惊人的杰作，你成功了！”

“是吗？那么我们今天晚上庆祝一下好不好？”

“对了，该庆祝一下，我去买菜，好好儿慰劳慰劳你。”白洁兴奋得像只小鸟，她趋前抱住了丈夫的脖子，重重地吻了他几下，便准备外出。

“别忙，白。”扬帆拉住她，“我不愿意你到厨房去劳累，已经好几天没有和你亲热了，我不要你离开我。”

“你是说我们出去吃晚饭？”

“不，当然不出去。我已经准备好了，等一会儿菜馆会送酒菜来，让我们静静地享受一下。”

“真的，那太好了。”白洁又投入他的怀抱。扬帆搂着妻子，在一只椅上坐下，便把她安置在自己的腿上，两人安详地拥抱着一同欣赏那张画。

白洁看看画，又看看扬帆。她忍不住伸手抚着他的面颊，怜惜地说：

“这张画是成功了，可是，你也瘦多了。你自己摸摸看，身上尽是骨头，脸色这么苍白！”

“别愁，睡两天大觉，保证就恢复了。”扬帆捉住白洁的手，放在唇上吻着，毫不在意。

“我明天去买维他命，再炖一只鸡，给你补一补好吧？”

“好，谢谢你，我的小妻子，你真贤惠！”

两人甜蜜地享受着生命中最温馨浓郁的闺房之爱，幸福感充溢在彼此的心房中。时间好像过得特别快，醇酒一般醉人的蜜月，弹指间即已过去，暑假亦告结束。各学校先后开学，新夫妇一个教书，一个上课，又恢复了过去的规律生活。

（选自《紫色的雾》，京华出版社 1995 年 8 月 1 版）

耿龙祥
（1930—2007）

当代作家。原籍江苏沭阳。原中共安庆市委宣传部副部长、安庆市文联主席。

1946 年 4 月加入中国共产党，历任排字工人、译电员、译电股长、记者、编辑、《安庆报》主编；怀宁县圣埠区委书记，县委宣传部部长；安徽省文联专业作家，社教工作队队长；安庆市文学艺术界联合会副主席，安庆肉联厂党委副书记、副主任，中共安庆市委宣传部副部长，安庆市文联主席等职。

1957 年 1 月号《人民文学》以显著位置发表耿龙祥的小说《明镜台》，引起热烈反响。此后写作甚少，似乎从文学界消失了。直到粉碎“四人帮”后，耿龙祥又将较多的精力集中于文艺创作，继续深入生活访察民情，写出了《反腐败纪实》等报告文学。耿龙祥一生创作小说不多，以《明镜台》为代表作。

明　镜　台

我们厂里的墙报，是党委书记题的名字，叫作“明镜台”。

去年春节前几天，我们几个过去打过游击的老干部接受了一项任务，每人要为“明镜台”写一篇文章，总题目叫作“想当年”。

当年的经历虽然丰富，有些经历因为日子隔得久了，生活变化太大，印象也都淡薄了；有一些虽然记得比较清楚，情节又太复杂，很不容易写。只有“妈妈”送我出大别山的一幕情景还比较好写，我就决定写它。

这里所说的“妈妈”，其实是与我素不相识的穷苦老大娘。

我受了伤，部队把我安插在她的家里。按当年的说法，叫作“打埋伏”。我在她家里住了三个月，她把我当作亲生的儿子看待。我伤口一好，她送我出山归队，以后就再没见过。事隔十年了。我用了三个晚上的时间，才大体写成。结尾一段是这样的：

“下大雪，刮北风。一路上，妈妈总让我走南边。她用自己的身体，替我遮着风雪。到了小河边，一只小船在等着我。

妈妈把我紧紧抱住，从怀里掏出三个窝窝头，塞进我的口袋。

她流着眼泪对我说：‘希望你……’”

妈妈希望我怎么样呢？她当时仿佛说了很多话，可是我再也记不起来了。要用三两句话传达出那大意来，更是困难。

我的写作的“灵感”，不知到哪里去了。

墙报星期一就要出报，星期天我还在盘算这最后两句话。

正好也是个大雪天。我约定墙报干事三点钟来拿稿。吃过中饭，我关起门，坐在自己房里的沙发椅上，苦苦地深思起来。

我的妻坐在我身边，替我们刚满周岁的宝宝打着第四件毛衣。

保姆刘雁红,抱着宝宝,在我们身后来回走动。

我们这个小宝宝,有一副怪脾气,睡觉非要保姆抱着,不停地走动;不停地走动还不算,还非要不断地唱着什么。要是不抱,不走,不唱,他就哭。一哭就能憋得大半天换不过气来。幸好这位保姆是农村里来的,身强力壮,最能劳动,最有耐性,又有一个和软的喉咙,又会随口编出歌来。她走得那么轻巧,唱得那么自然,一点不扰乱我的思考。她走着,唱着:

北风阵阵紧,
白雪满天飞,
阿姨怀中暖,
宝宝睡觉喽。

她的歌声使我想到了当年妈妈送我到小河边的情形。刚刚想出点眉目,她忽然停住了,对我的妻说:"唐同志,请你抱一小会儿。阿早去拿牛奶,到这晚还不回来,我去迎迎她。"

妻说:"你等一等,我把这针打起来。"

阿早,是刘雁红的六岁的小女儿,也跟她住在我们家里。

住在这个城市里真别扭,牛奶厂不管送牛奶。因此我们每天要打发阿早去给宝宝取牛奶——来回要走二里路。我曾感觉到这样不大好。妻却说:"她在乡下也要做事的。多给她们两块钱就是了。"可是在这大风大雪的天气,让她出去跑路,而且是泥泞的路,实在有点不对。所以这时我说:"把宝宝给我,你迎她去。"妻说:"你快点写你的吧。等会儿还要上街给宝宝买热水袋呢。"说着她向刘雁红瞪瞪眼。刘雁红也说:"你写吧。你的工作要紧。她不要紧的。"她继续走着,继续唱着:

北风吹倒树,
白雪盖大路,
阿姨望阿早,
宝宝睡得好。

我看看手表，已经过两点了。

妈妈说了些什么希望呢？将才想出的眉目，又紊乱了。房里的煤炉呼呼地响；房外的寒风也呼呼地响。雪花纷纷飘落在窗玻璃的外面，化成水珠，向下淌去。不知过了多少时间，保姆又停住了脚步和歌声，对妻说："唐同志，请你抱一小会儿。阿早还不回来，我实在不放心。她只穿一件小棉袄。"

妻说："你等一等，还有几针，打起来，宝宝明早要换。"

刘雁红叹了一口气，继续走着，唱着：

北风绞白雪，
白雪结成冰，
阿姨心发冷，
宝宝睡得稳。

也不知因为煤炉的火太大，也不知因为心里烦恼，我感到热，热得浑身发毛，就把大衣和呢制服全脱掉了，单穿着毛线衣，还要不时摇晃两条膀子，像拉钻一样。"阿早还不回来。"雁红的这句话使我很不舒服。当年风雪中的老母亲，和现在风雪中的小女孩，两个形象老是在我脑子里纠缠在一起。

刘雁红第三次停下来，对妻说："唐同志，就请你抱一小会儿。阿早走了三个钟头了。"妻也不耐烦地说："叫你等一等等一等的，就剩这几针。你吵得妨碍他的写作。"

刘雁红更长地叹一口气，继续走着，唱着。可是她已经编不出歌词，只是哼着："宝宝睡觉喽，宝宝睡觉喽。"

约定完稿的时间已经过了三刻。我拿笔在纸上乱画，画了好多个老母亲的模样，也画了好多个小女孩的模样。幸好墙报干事还没来。我想，也许不要我这篇了吧，那正好。我为什么非到"明镜台"上去露露脸面呢？

可是，就在这时，门把手咔咔一响，忽地冲进一个大汉，正是墙报干事——"明镜台"的主编人。只见他从头发到棉鞋全部结上了一层冰冻，全身直抖，话也说不清楚，只叫：

"烤火，烤火……阿得得得……"我以为是厂里失火了，钢笔一丢，就想往

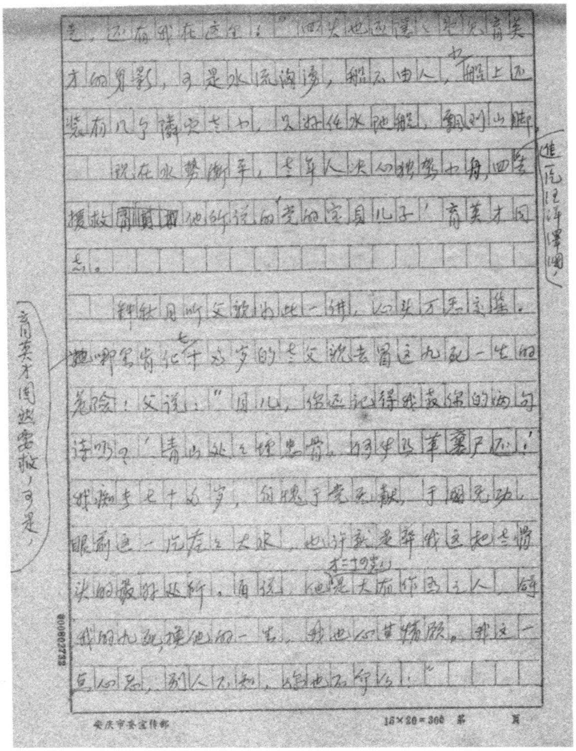

耿龙祥手稿

厂里跑。只听他又说：“一个小姑娘，掉，掉，掉下河沟……”我全身颤动了一下，只听宝宝也哇的一声大哭起来，仿佛也受了惊吓似的。妻连忙问道：“淹死了吗？在哪儿？”墙报干事跑到煤炉跟前，又喘又抖，哆哆嗦嗦地说：

“没有。在工人……医院。”

这时我才看见，刘雁红脸色铁青，抖战得比墙报干事还要厉害。她把宝宝塞在妻怀里，替他将包被裹紧了，一声不响地冲出门去。

妻一面哄着毛毛，一面向干事说：“那个小姑娘手里拿没拿奶瓶？这要真是阿早，我们宝宝明早上吃什么呢？”

等到墙报干事的衣服烘干，刘雁红抱着脸色苍白的阿早回来，天时早已经黑了。我再也想不下去了。拿起钢笔，在“希望你”下面加了几个虚点，另起一行写道：“妈妈的希望，我一点也记不起了。但是，我是绝对不应该忘记的，我心里很难受，很难受……”

从此我就对我自己，对我妻子，都有了意见。我们都是国家的干部，而且是在工厂里工作，然而我们把不应该忘记的事情忘记了！我要找时间跟她好好儿谈一谈。

（原载《人民文学》1957 年 1 月号）

包柏漪

（1938— ）

美籍华裔作家、人权活动家。祖籍安庆桐城市。包柏漪出生于上海。母亲方婉华为清代文学家方苞之后。

1946 年包柏漪随父赴美国定居。1960 年包柏漪在马萨诸塞州的塔夫特大学弗莱彻法律与外交学院攻读硕士学位，与同班同学温斯顿·洛德交往相爱。他同包柏漪结婚后，曾一度被禁止接触有关中国的事务。洛德在美国国务院工作多年，经历了肯尼迪、约翰逊、尼克松、福特、卡特、里根等几任总统。曾担任过对外关系委员会主席和国务卿亨利·基辛格的远东事务特别助理。1971 年，他曾随同基辛格从巴基斯坦秘密飞来北京，促成了尼克松总统的首次访华。1985 年，洛德被任命为美国驻华大使。包柏漪随夫驻华期间积极推动中美友好关系，与中国文学界人士交往密切，每对人言则依母籍，自称桐城人。

1981 年，包柏漪代表作《春月》曾成为《纽约时报》最佳畅销书并获美国图书奖提名，还被《出版家周刊》誉为“中国的《乱世佳人》”，后来被译成 18 种语言。

春　月（节选）

新娘

喓喓草虫，
趯趯阜螽。
未见君子，
忧心忡忡，
亦既见止，
亦既觏止，
我心则降。

——《诗经》

从苏州去北京是十天的路程。春月起程的那天，张府大院里唢呐、锣鼓、笙箫齐奏，乐声盈耳。她头戴凤冠，脸蒙红巾，大红花轿的门窗都贴上封条。女人们说在新郎官揭开盖头之前，新娘子是不许外人看见的。

因此不管在去上海的摇橹船上，在向北开的海轮专用舱里，还是在天津到北京的火车包厢中，窗帘都拉得严丝合缝。每次换车换船时，春月又得重新蒙上盖头，还得封上轿门。所以她一路上一无所见，只听到城市的喧嚣声，汩汩的流水声，轧轧的车轮声，和像巨人的心跳般震耳的机器声。

开头她央告守在房门外的胖妈和老郝，让她只张一眼。但他们不答应，她只得作罢，兴致倒又好不起来。

她并不常去想即将到来的一切，她想的还是她的老家。送亲的喜宴样样顺当。奶奶自从掉了牙以后没有这样放怀大笑过，母亲不住嘴地谈她未来的外孙们。连父亲都赋了两首诗，一首赠允愉，一首赠她。这两首诗将挂在她的新家里。赠她的一首开句是："未及赏春春已去……"这是她平生第一次感受到父亲对她的眷爱之情。小叔叔来信为未能亲来致歉，并送她一匹陶俑唐马为贺。她想，小叔叔选这马大概不是看中它的美，而是取"为园驰驱"之义吧。不管吧，反正他的礼物一定要珍重收藏。

唯独没有听到六伯伯的笑声，她纳闷在她大喜的日子他为什么心事重重。

火车在北京站停下后，她最后一次锦妆缎裹地一层层披挂起来，风冠压顶，红巾蒙面，封进了轿子。接着轿子一斜抬了起来，摇摇晃晃在陌生的胡同里没完没了地走。终于轿子停住了，在令人窒息的黑暗中传进来音乐声。她已经在夫家的院子里了。

她盼着赶快打开轿门，好痛快地呼吸，好看见点东西，哪怕只看到被盖头染红了的天光也好。但是照规矩必须奏乐三通压压新娘子的性子，然后才许开轿门。她宁可憋死也不能显出着急。

奏乐停止。片刻的静默。然后——她所等待的那三下叩轿声！她听见撕封条纸的声音，轻风掀动她盖头的下角。空中满是香烛的气味。

如她所料，看热闹的人群拍手呼叫："新娘子！新娘子！"她想要瞥一眼这些人，但她只能朝下看到自己大红吉服上绣的凤凰牡丹和纤纤的红鞋尖。女人们温柔的手搀她下轿，扶她立定。一时之间她不知自己双腿发麻站不站得住。要是跌倒就太出丑了，万万不能让人觉得张家送来的新娘子弱不禁风。但是搀她的手一直扶着她等她站稳。然后，这些素不相识而即将和她成为姑嫂妯娌的女人们引着她缓缓行走起来。

一道上红毡铺地。行礼的大厅是木头地板，瘢痕很深。当她跨过门槛时，瞥见前面几步远处的男人粉底鞋和蓝缎袍子下摆。

一个低沉洪亮的声音宣告婚礼开始，音乐奏起，只听见鼓和钹的敲击声——也许是她自己心的搏跳声？看不见，又不许说话，她被人牵来牵去，一次又一次地向她新家族的亲眷和来宾们跪拜磕头。

她心神恍惚地想，他们怎么知道她确是他们选定的新娘，而不是另一个红衣女郎上错了花轿呢？或者，她弄错了，上了别人家的花轿？奇怪的是，想到这些她也不真的担心。她觉得仿佛身在梦中，这一切她好像都经历过，在前世。

老太爷是怎么说的?"……顺从,孩子,要顺从。"

音乐突然停止,人群中爆发出震雷般的鼓掌和喝彩。她现在已经成为和她并肩行走磕头的这个男人的妻子了。炮仗和鼓乐声再次震耳喧天。

在不绝的喝彩鼓掌声中,她由喜娘仆妇们簇拥着出了大厅,走过花园,跨过陌生院落的重重门槛。咫尺之前,她总看到她丈夫的宝蓝长袍和粉底鞋。终于,他们进了一个房间。人家叫她在一张桌子旁坐下。四周有一阵阵轻柔的笑声,低低的语声和金莲小脚来往不停的足步声。然后门关上了,一切归于沉寂。

她等待着,不明白为什么人都走了,什么时候再回来。她命令自己镇静勿慌,一面竖耳谛听。忽然间她感到凤冠重不可耐,便伸手去按摩自己的头颈。

有人嗽了嗽嗓子,吓了她一跳。原来允愉一直在房中。

春月红晕上颊,赶快坐下。"饭菜快要凉了。"

她忽然觉得饿极了。允愉张口想说什么,又顿住了。她举起筷子去夹一只虾,但记起了规矩,便赶快把筷子放回筷架上。她朝允愉瞥去,两人眼光相遇。允愉显得有点窘,心不在焉地转动着他右手中指上戴的戒指。春月贪馋地望望饭菜。最后允愉总算走到桌子对面坐下了。饭菜看上去真美味!

两人都不动手。他根本不准备吃吗?要是他不吃,她可要吃了?不约而同地,两人都举起筷子去截同一只鹌鹑蛋。

"你请用。"她说。

"不,你请,你是客。"

"是吗?"她停了一下,"好吧,你一定要让,我就吃了。"她吃得津津有味。他却默默地夹了一点菜,堆在盘子里也不吃。他看着她吃了四张烤鸭卷饼,五只虾,两个饺子,两枚松花蛋,三筷子辣牛肉,六个酿香菇和一整盘古老肉。

"你一向吃得这么多吗?"他问道。

"你一向吃得这么少吗?"

允愉脸红了。

门上一声轻叩,丫鬟仆妇们来撤饭桌了。其中一个仆妇飞跑出去嚷道:"新娘子可俊啦!可俊啦!"新娘新郎都局促地坐着,一声不响,直到最老的那个女仆招呼新郎出去。

女人们替春月重新点唇,把一绺松开的头发梳好别上。春月自己则四面环顾,才第一次看清了这房间。这屋子真的是比睿心院的客厅小得多呢,还是因为家界太多了？也许等她生下头生子以后，婆婆会准许她把房间稍为改个样子。

仆妇们退下时，当中最俊俏的那个在门口停住脚叫允愉。“走运的新郎官，”她声调悠扬地说，“您该和新娘子并排坐下了。亲眷和客人们马上就来闹洞房了。”

允愉听话地走过来，一面咕哝道：“又一项陋俗。”

春月悄声问：“会闹得很不堪吗？”

“但愿不至于。我看咱们只能顺着他们点。叫做什么就做，要不然愈闹愈凶，真会闹上整整三天三夜。”

新郎的双亲先到。正严和爱莲都华装盛服，但春月觉得她的婆婆衣饰入时，而公公的像借来的。婆婆高挑身材，风度不凡，比丈夫年轻得多。公公体态虽不算胖，但圆滚滚的，胡须发黄，一脸麻子，却和善可亲。

爱莲先开口。“嗬，嗬，嗬，我真没料到她有这么俊。你呢，老爷？”

“没有。呃，当然没有。儿子，你爸爸虽丑，幸亏我的朋友长得周正。”春月对这话感到纳闷。胖妈说过，大伯伯把在义倡池边柳树下替她照的那张相片寄给了翰林，显然她公公没有拿给太太看。

婆婆脸上带笑，声音里可不带笑：“咱们要看看你周正的朋友是不是养了孝顺的孙女儿。”

也许还是等生了第二个儿子再提房里的布置更妥当，春月暗想。

等公公婆婆一走，吴家的女眷就把她围上了。这时她觉得自己活像一只拔光了毛，即将被下到锅里的鸭子。

“喝，你这全部是自己的头发吗？”

“让我们细瞧瞧你这双金莲。”

“太瘦了点，你说呢？”

“嗬，照我看，倒嫌肥了点。”

“南边人都滑头，你看她会不会也是？”

“也许是个绣花枕头，一包草！没准连喝茶的规矩都不懂，不知该从杯子哪边喝呢。”

随她们去嚼舌头。她是张家小姐！

太太们指指点点，评头论足之际，男人们站在一旁盯着她看，高声大笑着向允愉道贺。

不过年纪大的来宾们没有待很久。他们一走，就轮到尚未成亲的年轻人了。他们呼啸闹嚷着一拥而进，其中有些人抬来桌子和椅子，立刻坐下来打开麻将，其他人就照闹房的惯例来刁难、嘲弄、戏谑新人。他们一而再，再而三地出花样来为难春月，想惹她起急、失笑、哭出来或者发脾气。但是她始终仪态安详，心情平静。他们的招数和胖妈的相比，真是小巫见大巫了。

有个人说了个猥亵的笑话，允愉气得直咬牙，春月却只是轻声说："记住你刚才对我说的话，我们不要他们在这里赖三天三夜。"

不到一个钟头，连闹得最凶的那些人也闹不下去了。有一个人退场，大家随着也都散了。

接着仆妇们进来为他们铺喜床，床安在相连的套间里，绛帐低垂。允愉又到花园里去等着，春月端坐不动，心中微笑，对允愉感到中意。

仆妇们走后，胖妈进来打开衣箱，帮她卸下吉服。春月抓紧时机问："快！快告诉我！你在下房里打听到什么了？"

胖妈一面答话一面在箱子和柜子之间来回忙个不停："你婆婆脾气不好。当心点，要好好应付她。"

春月不耐烦地摇头："不，不。你听说他怎么样？"

"翰林是好人，不过怕太太。"

"不，不，笨蛋，你气死人，不是他！我的丈夫怎么样？"

"噢"胖妈吞吞吐吐，"你不是亲眼看见了吗？再说，他有什么要紧？"

她转身去把梳子放在梳妆台上，但春月一把拽住她的袖子。"你听见什么了，一定要告诉我！"

"没什么要紧的。"

"是什么？"

"没什么。说它做什么，你已经嫁给他了。"

"如果人家都知道的事只有我蒙在鼓里，我怎么能做一个贤内助呢？"

胖妈心软了。"下头人说，他们少爷不愿意成亲。"

"他们说了为什么吗？"

"同你不相干，宝贝。他们说他传上了洋脾气，不情愿照老法结亲。他要讨亲眼看见过，脾气合得拢，自己挑中的新娘子。"

“她是谁?”

“谁也不是。没有这么个人。所以翰林就做主了。来吧,好换衣裳了。”

春月没再说话。她脱下一层又一层的大红锦袄罗裙,换上粉红绸旗袍,显得纤细苗条。不过她愈想胖妈说的话,就愈不担心了。大伯伯不会把她嫁给一个不知疼爱她的人。

胖妈看一切都妥帖之后,亲热地抱住姑娘耳语道:“记住我对你说的话。不要忘了那方白丝帕!”春月满脸飞红。阿弥陀佛!幸亏这老女仆教给她。要不是胖妈,她到现在也不明白她母亲说的花朵蜜蜂的那些话。

过了一会儿,只剩下新娘子独自孑立在房中了。

她面前是一张花梨木雕花的喜床,挂着精致的绣花床檐和绛红罗帐。红锦被上撒满蔷薇花瓣和各种颜色的小儿鞋。旁边有一张几子,上面放着一只托盘,盛着那方白丝帕。明天早晨她必须用它来证明自己的童贞,吴家才会真正认她为媳。

她听见脚步声,转身一看,允愉已站在门口。似乎他首先四下打量这房间,那张撒满象征多子的吉祥物的床,那放着白丝帕的托盘,最后才看到站在房中央的自己。她看不出允愉心里在想什么。

他半天一动不动。然后,他胸有成竹地走到几子前,一脚把它踢翻。他拾起那方白丝帕,用尽全力把它扔出去。白丝帕轻轻地飘落在他的脚边地上。他怒冲冲地拾起来,再扔,再拾,再扔……直到气喘吁吁,还不解心头之气。

开头春月弄不清他是否生自己的气。不,不是。他的举动像个孩子。胖妈说得不错。他不愿意和一个陌生人成亲。

母亲和胖妈都没说到过碰上这种情形该怎么办。两人在沉默中僵立,只听见他粗重的喘息声。终于她灵机一动,想出办法来了。她也像他一样胸有成竹地走到床边,拿起一只小红鞋,不管不顾地往身后扔去。一只,又一只,又一只。

事后,两人都记不清是谁先笑起来的了。他们笑呀笑,直至笑得跌倒。最后,他问道:“你为什么这么干?”

“你为什么呢?”

“我先问的。”

“我觉得你不喜欢陈规旧习。”

“你呢,妹妹?”

她不知道怎么回答。

允愉接着说:“你说对了。我不喜欢陈规旧习……和陌生人成亲。”

春月伸出手去好像要碰他的嘴唇。“哥哥,我们已经成亲了。父母做主,木已成舟,我们已经无法挽回。不过我们不见得永远是陌生人。陌生人也可以亲近起来。”

“那得要时间。”

“我们一生的时间,哥哥。”

“你不怕等?”

她红了脸,摇摇头。初次见面,已经有了如许交往。她能等,高高兴兴地等,如今她已见到了他,而且知道了自己能够使他微笑。

“妹妹,你真的听懂了我的话吗?”

她深深地看他的眼睛。他的眼比她的圆,是北方人的眼睛。这双眼睛不同于任何别人,是她丈夫的眼睛。她记起来他问她的话,便轻声说:“我懂。”有片刻时间,两人都不言语,不动,甚至不出气。然后这中魔似的片刻过去了,春月开始到扔得满地小鞋当中去翻找,她爬来爬去,把小鞋朝左右扔。

“你在干什么?”

她把手指举到唇边:“嘘——”

最后她找到了想找的东西:那方白丝帕。不等他拦,她已经咬破了腮肉,把血吐出来染红了那块丝帕。

做完这事后,她忍着疼微笑,把丝帕扔给他:“这算是我们的第一个闺房秘密吧,我的夫君。”

等他们把卧房收拾得稍微像点样子,天已快亮了,但新郎新娘都不肯说累。允愉建议吃早点。她赞成。他便去吩咐仆人,不一会儿早点就开上来了。

桌子摆好,仆人退出去后,他们立刻坐下来。她吃得很当心,只用右半边嘴咀嚼。

“这些点心真好吃。我从来没吃过这么好的。”她说着又夹了一个。

“你会做饭吗?”

她沮丧地叹气摇头。一阵沉默之后,她问道:“要是鱼烧出来不太完整,你看婆婆会不会骂我?”

“你说什么呢?”

“他们什么都没跟你说?”

“没有呀。”

“你我现要关在房里三天三夜不见人。第四天早晨,我一定要从刮鳞破肚做起,烧出一条鲤鱼请全家尝。”

“为什么?”

她脸发红。她怎么能告诉他这是为了考她的手艺,也是多子之兆呢?她轻描淡写地说:“还是陈规旧习。”她愁眉不展地放下筷子。“你肯不肯多吃点?哪怕很难吃。”

“那为什么?……”

“哎呀,求求你,务必多吃点。我就告诉婆婆这是苏州的特别烧法,头一回不一定喜欢,不过你能不能假装说喜欢?多吃几筷子,别人不会要吃的。”她做个鬼脸。

“怎么,你要我对自己的母亲撒谎?”

“唉,当然不能!你什么都不用说,只顾吃就够了!”她笑眯眯的,“好不好?”

他点点头,忍住笑。“这算是我们的第二个闺房秘密吧?”

他们齐笑起来,但她避开他的眼睛。

她此刻的感觉是从来没有过的。不是一种不愉快的感觉。绝对不是不愉快的。她又吃起来。他凝神看着她,筷子停在半空中。

“妹妹,你的针线活儿一定很好。”

“我做针线笨得像熊。”

“我看出来你是过谦。”

“不,并不是。”春月再次叹息,“是实话。我不喜欢做针线。”

“那么你会画扇面——花卉,云雾山水?”

“我也不喜欢画画。”

“那你一定是爱养花。”

“不。”她喝豆浆。

“那你也许会唱,会弹琵琶吧?”

她放下碗,垂着头。“我一无所长。”

他瞠目看着她。

哎呀，我说得过头了，她想。他一定以为我是个饭桶！她突如其来地反问道：“你呢？”

“我什么？”

“会烧饭，做针线，画画，养花，唱歌弹琵琶吗？”

“不会。”

“好！”她拍手道，“我们很志趣相投。”

他犹豫地点头。沉默。

“要不要我派人拿一副麻将牌来？”

“不要。我不打麻将。”

“哦。”他说，不知如何是好了。

“你下棋吗？”春月故作天真地抬眼看他。

《春月》

“我？当然，下的。”

“啊！”她弹弹额角，“下棋很难。”

“不容易。”

“你这里有棋盘子儿吗？”

“有。”

“那么，摆上棋盘吧。”

“你会下？”

“略知一二。”

他唤仆妇们来收拾桌子，然后他到书桌边去取出一盒古老的象牙棋子。她看着他在棋盘上布好了子儿，然后，一语不发，先下了第一步。

当她针锋相对，反守为攻的时候，她假装没看到他惊讶的神情。最后等她一炮猛轰，奠定胜局时，允愉停止了看棋盘，往椅背上一靠，双臂抱在胸前，转而注目看她。她仍旧垂着眼睛。忽然他问道:“你识字吗?”

“略知一二。”

“略知一二,跟你下棋一样?”

她本想不答复,却忍不住掩口而笑,便点点头。

到巡夜的更夫报戌时的时候,他们都已呵欠连天,眼皮打架了。但谁也不肯先提出上床。两人便坐在椅子上打盹儿。报亥时的梆子声惊醒了他们,都感到浑身又酸又累。他说:“我们不能老在椅子上过夜。还是上床吧,你说呢?”

她点点头,然后手扶膝,眼观手地问:“能不能让我一个人先进去?等我叫你再进来。”

“请便。丝毫不用着急,妹妹。”

她走进他们的卧房去卸妆。等换好后,她用一床被卷成一个筒,爬上床去,把它隔在他们两人中间。她一动不动地躺了片刻,然后,拉上被,喊道:“哥哥,你可以进来了。”

(选自《春月》,中国友谊出版公司 1988 年 10 月 1 版)

石楠
（1938— ）

当代著名作家。女，安庆太湖县人。中国作家协会名誉委员、安徽散文家协会名誉主席、安庆作家协会名誉主席。主要著作有：长篇传记文学《画魂·潘玉良传》《美神·刘苇传》《寒柳·柳如是传》《舒绣文传》《从尼姑庵走上红地毯》《刘海粟传》《亚明传》《陈圆圆·红颜恨》《张恨水传》《中国第一女兵：谢冰莹全传》等18部；长篇小说《真相》《生为女人》《漂亮妹妹》《一边奋斗一边爱》；《石楠文集》（14卷），曾获省级以上文学奖10余项，《中国第一女兵·谢冰莹传》获中国传记文学第四届优秀作品（长篇）提名奖，《海粟大传》获第三届中国传记文学优秀作品（长篇）奖，曾获第三届全国院校美术大赛组委会授予特殊贡献奖。2005年石楠被评为“当代十大优秀传记文学作家”之一。

潘玉良传(节选)

四、留学欧洲

轻柔的海风带着丝丝缕缕的咸腥味,从窗口飘了进来。玉良正聚精会神地注视着小几上的一张八开世界地图,左手肘撑在小几拐上,右手握着一支红蓝铅笔,在地图上延续着虚线。虚线的起点是上海的吴淞口,它经东海、南海、孟加拉湾、印度洋、红海,过苏伊士运河,直抵地中海的彼岸——马赛。虚线继之沿马赛的罗尼河逆水上行到里昂(可以看到在标志着里昂城市的红圈旁注有红字1921—1922年字样),这条红色虚线从此处转向西北的巴黎(巴黎的边上注有1923—1924),突然它又掉头向南,伸向罗马(罗马城边上注有1925—1929)。经罗马西南行至那不勒斯,又回到地中海,与原来的红线在苏伊士运河上重合,缓缓伸到新加坡的外海,红铅笔在地图上的南中国海上停住了。

玉良放下铅笔,长长地舒了口气。这条漫长的逶迤的虚线,就是她九年来的足迹。现在,她正在沿着她来时的足迹回去。祖国的海岸线既已在望,她就要回到赞化的身边,可以肯定地说,他自接到她启程的电报,就天天在翘首巴望,或许一天要去一趟码头,拿着手杖,站在江边,眺望着吴淞口,捕捉远洋邮轮的踪影,他肯定尝够了"误几回,天际识归舟"的滋味,拂去了愁容,如今满地万紫千红。人生的理想,并非虚空。美的收获要靠播种。幸福的舵在我手中,抱定志向朝前进攻,人生伟大的理想不是虚空。

八年前,赞化陪她从十六铺乘小轮到吴淞口,送她乘上加拿大皇后号邮轮。他的眼睛里罩着厚重的阴云,这两片云至今还飘浮在她的心里。他把她送到她的舱房里,微黑的脸沉落落的,眼帘低低垂下,滚下了泪水。他们面对面久久站着,默默无语,他只是做着重复的动作,轻轻地搓揉她的手,说着:小心,保重,我等着你。话语简短得叫人难以相信。然后,还是痴痴地注视着她,持续了很久很久,好像要将她的影像永远嵌在他的心里。

玉良深深地被感染了,低垂的睫毛盖住了眼睛。自从考取了留学津贴,她就沉浸在欢乐中,想的都是未来的艺术天地,刚才在路上,她还取笑赞化儿女情长呢!但当他们一踏上远洋轮的甲板,她就意识到分别的痛苦竟像这海水样漫涌开来,仿佛是朗朗晴空突然飞来了阴云。她不忍就这样同赞化分别,那会给赞化留下长久的不安。她强作欢乐宽慰赞化说,今天可算是值得我们纪念的日子啊!你应该高兴呀!

是呀,我只是放心不下你啊!赞化把她的手攥得更紧了。你放心吧!当年你出国留学时,比我现在还小得多呢,我会照看自己的。

催促送客离船的铃声响了,赞化不得不向她告别。提着手杖,缓缓地走下船舷,他的背影,怎么有些弓了起来呢?邮船慢慢驶离了码头,她俯在舷栏上,向他挥手。他摘下礼帽,在空中摆动着。送行的人们陆续离开了,他还像钉子样站在那里。

码头越来越远了,海岸渐渐模糊起来,最后只在地平线上留下一些轮廓的剪影,她才突然意识到失掉了什么,一缕内疚萦回在心头。她对不住他,多少天来只顾自己高兴,没有体谅到他的心情。几年来,他为她做出过许多牺牲,能考上官费留学,成绩固然重要,但更重要的还是赞化的支持。且不说扼杀了就要出世的孩子,还运用他的影响为她在安徽省争取到一个官费留学名额,使她实现了梦寐以求的愿望。能这样做的男子汉,当今能有几人呢?怎么能只顾自己的欢乐而无视他的一片深情呢?她怏怏地走进舱房。

海,湛蓝湛蓝,无边无际,远处闪射出鱼鳞般细碎折光,炫眼耀目。她站在窗前眺望着它,品味着它的博大。九年了,岁月的流水仍不能冲洗掉她心中的愧疚。面前的大海多么宽阔、深厚而富有啊!你给它任何东西它都能容忍,海多可爱啊!人们常说的海涵就指的是它的心胸伟大吧!再过两天,她就要见到他了,同他说些什么呢?先讲哪些?九年的话,在心中积存得太多了,就像小口瓶子装满了油,要倒出来,争先恐后,一齐挤塞在瓶口,欲语无头。啊,先说里昂中法大学吧:那是吴稚晖先生主持的,它的实质是海外补习学院,是为留学生预习外国语和某种专业知识的,她虽算是开办后第一期的学生,却只在那里待了一个月，就以素描成绩优秀考进了国立里昂美专，以后又转插到巴黎国立美专……

哗！哗！邮轮碰上了巨大的浪头，船身轻微地抖了下，她不自觉地扶住窗棂。海上起了小风，俗谚说，海上无风三尺浪，何况有风呢？刚才平静的海激动起来，海水翻滚着泡沫，追逐着，一直追到船边，嘭的一声，溅起雾样的水花，玉良赶紧摇上窗子。她有些失去重心地躺在床上，她的目光与挂在床对面的那张油画碰上了，这是她上船后从画捆里拣出来的习作，也是她到巴黎后的第一张作品。

1923 年她从里昂美专转插巴黎国立美专不久，先期在巴黎美专攻读的同班同学徐悲鸿，带她外出写生和熟悉街市。他们步行在香榭丽舍田园大街林荫道上，这是条迷人的路。希腊神话中，香榭丽舍是守法的教徒、鞑靼人和罪犯们居住、逗留、散步的地方，被描绘成神话中的仙境。用它来为巴黎这条中心街命名，更富有奇异色彩。它被称为欧罗巴生活的橱窗，是巴黎最繁华的商业区。她随着他走在参天的栗子树林下，犹如乡下人进城，被五光十色的镜头撩拨得眼花缭乱、东张西望，不知不觉中，就到了凯旋门。这是纪念拿破仑战功的宏伟建筑，门下燃着一盏长明灯。最吸引他们的是饰在它东西两个立面上的雕像。一件是法军同欧洲联军作战的壮阔画卷——玛尔逊将军的葬式，另一件是著名雕塑家吕德创作的《马赛曲》。她深深地被那些栩栩如生的艺术形象感动了。展翅飞翔的自由之神，高举左臂，呼唤着一群武装公民，勇猛的高卢人，挥舞着帽子向女神致意，他的孩子握着短剑柄，要求投入武斗；一个全副武装的老兵，弓身奋力前进；一个弓弩手，拉起满弓，号角声声，红旗涌动。玉良如醉如狂，撑开画架，展开画夹……

《马赛曲》的群像移进了她的画夹，画上女神的呼号，似乎还能隐约听到。

玉良坐了起来，从皮箱里取出另一幅画，摊放在床上，慢慢地展开来，用两本书压住画的两头。背景是埃菲尔铁塔，一个年轻的女画家一手执调色板，一手握着画笔，在凝神观望什么，这是徐先生在她忘情地速写塞纳河时悄悄画下的，后来送给了她。

漫长的旅途生活，枯燥乏味，唯一的乐趣是看画。她又打开一捆作品，品味每一幅作品的经历。她抽出了一张达·芬奇的《蒙娜丽莎》，是她在卢浮宫临摹的作品。

卢浮宫,多么令人神往而流连的地方啊!它在巴黎的中心,塞纳河畔,北界利物路,东邻卢浮路,西接推勒利斯路,南面码头。规模虽然较凡尔赛宫小,却比它历史悠久,人称老皇宫。它在中世纪时,还是个城堡,亨利第二时代建造了西南部分,后经亨利四世、路易十三、路易十四,改造、扩建为一个完整的建筑物。它庄严、优美,富丽堂皇,出自著名建筑设计师彼尔·雷斯科之手。1793年辟为博物馆以来,陆续收藏了人类艺术的精华,成为举世闻名的世界艺术品的宝库。法朗西斯一世为它的艺术珍藏起过奠基人的作用。他重视文化艺术,曾在侵占意大利时,将达·芬奇邀请到法国,以优厚的待遇奉养在宫中,对他的艺术倍加关怀和扶持,达·芬奇为他留下了举世艳羡的四件珍宝,奠定了这艺术之宫的炬赫。它的形式是那么完美,它的内容又是那么丰富,是巴黎人心中的一颗闪光的明珠,一种自豪和骄傲。几个世纪以来,它一直像磁一样吸引着全世界的艺术追求者,也时刻牵系着玉良爱美的心。

为了多临些大师们的作品,她极少在星期天休息。天还没亮,她就起来,带上画具,往卢浮宫美术馆去。

暮春的晨风,轻柔中藏着温馨,空气中弥漫着花都特有的芳香,林荫道和高大的建筑物的上空,萦绕着蒙蒙晨雾,东方一片青白。巴黎夜的喧闹带来了晨的静谧。她乘坐的电车上,乘客寥寥。她一心想着美术馆画廊里那些杰作,仿佛它们是矗立在街道两边,向她迎面扑来,她感觉眼前飞旋的是彩色的云涛,她被裹挟在其中,她的耳畔也传来了文艺复兴巨匠们呼喊自己的声音,她多么想把这些大师们的杰作全部临下来啊!她已经连续几周在那里画了许多个下午,今天就打算在那里干上一整天。

达·芬奇的《蒙娜丽莎》叫她夜不成寐,她一闭上眼睛就看见那富有女性魅力的手和那能溶解灵魂的笑。她要把她那永恒的微笑带回祖国去。多少天了,她总觉得不能体现原作的意境,心里躁动不安,但愿在天之灵的大师们今天赐给她灵感。她跳下车,低头踏上了卢浮宫的台阶。森严的大门还紧关着。她这才意识到来得太早。抬头看看天际,晨曦才开始涂抹朱唇,晨霭变成了浅浅的玫瑰色。她就势坐在门槛上,拿出速写本,画起了稀落的人群。

时间在宇宙色彩的变化中漫步。

轰!轰!大门在庄严的钟声中启开了。等待在门口的人们依次而进。

玉良来到绘画馆的中央大厅,在《蒙娜丽莎》前停了下来,她支好画架,却无法开始工作。原来这件使观者魂牵梦绕的神秘微笑的杰作,1911 年曾不翼而飞,一年后才找回来,相传是一位在卢浮宫做工的意大利木工偷去的。此后,就对它采取了特别监护措施,它被嵌进墙中,外面加了防护玻璃,要临下它,很不容易。若是临摹别的作品,只要按照事先的登记序号,付了费,就可以从上午十点到下午三点到专门的画室去临,可是,要临它,既不可能把它搬到专门的画室,也不可能叫熙来攘往的参观者不来影响你,在这样的环境里临画,很难集中注意力。玉良为此非常苦恼,但她的决心早定,非临好不可,她摆好未完成的画,祈祷着参观者很快稀落下来。说也奇怪,她很快就沉浸到艺术的湖底去了。

巴黎圣母院的午祷钟敲响了,参观、临摹的人们也随着钟声稀落起来,玉良好像没听到,管理人员来到她身边,很有礼貌地向她鞠着躬说,小姐,绘画厅要关门了,两点钟再来吧!

先生,我想完成这幅画再走,能通融一下吗?你的门可以照关。玉良微笑着向他要求。

“这……”管理员大叔的下巴微微一扬,他愣住了,经过片刻的沉默,当他意识到这个要求的出格又不可能给予满足时,便回答说,“小姐,这个要求太突然了,我们还没有先例,还是请吧!”

玉良贪恋地望了一眼未完成的画,失望地叹了口气,收起画具跟着管理员沿着一条长廊,向出口走去。玉良的脚步缓下来了,廊柱间那些精美的、粗犷的雕塑占据了她的心房,留住了她的目光,牵住了她的双脚,她不自觉地停下来了。

管理员走出好远,发现身后已没有声息,回首一看,见玉良站在维纳斯雕像前如痴如醉,管理员只好站住等她。等呀等,等了许久,见她还没有移步之意,老人又习惯地摊开双手,无可奈何地微笑着摇摇头,扬了下长满灰白胡须的下巴,又回身向玉良走来。艺术真是个魔鬼,使你们中国人也着了魔。前不久,有个徐先生像个疯子在这里醉了几个月,现在又换上了你。好吧,看在上帝的面上,今天为你破个例。你就留下吧!

谢谢先生,上帝保佑您!玉良向老人深深一躬,兴奋地返身回到原来的杰作前,继续临摹,一直到下午四点。眼看画就要完成了,突然觉得心里不好受起来,胃里直冒清水,还伴有叽叽咕咕的叫唤。她这才想起来未吃午餐。她忙打开提包寻找昨夜准备好的面包,分明记得是放在包里,现在却找不到。啊!想起来了，昨晚睡前怕老鼠咬包，临时又拿出放在橱里了。早晨又起得早，忘记再装进去。怎么办呢？本想到街上去买点吃的，但时间紧迫，必须抓紧，再过一个钟头，卢浮宫就要在巴黎圣母院的晚祷钟声中关门。她想抽根烟转移下注意力，艺术宫内是不允许吸烟的，咬咬牙，又继续工作下去。“小姐，你忘了用午餐吧？喏，请用点这个吧！”

玉良回首一看，是管理员老人用盘子托了一杯咖啡和两块面包，散发出诱人的香味。这对饥肠辘辘的玉良来说，无疑是美酒佳肴。但她没有接受，对这位异国老人的友谊报以深情的微笑和感谢：“尊敬的大叔，我已吃过了，谢谢您。”

“嗯！你骗不了我！你刚才在包里找什么？我一直在注意着你，知道吗？姑娘，我被你们这些艺术的圣徒感动了。吃了吧！”

“我真的吃了面包，肚子还饱饱的呢！”

玉良刚一说过，就感到很不妥，这不但会使老人难堪，也有负老人的一片心意。她连忙放下画笔，从老人盘子里端起已经有些凉了的咖啡，一饮而尽。还回空杯时，她深情地说：“可以了吧？大叔。不喝下大叔不高兴，对吧？真是好心的大叔。谢谢。”

老人笑眯眯地摇摇头说：“唉！你们中国人啦！真不可思议，只要有艺术，就不怕累，不怕饿，我佩服！我真希望能有机会去你们中国，我要好好看看容易着魔的坚强民族。姑娘，你不要以为巴黎到处都是艺术品，人们就酷爱艺术。不！那些多半都是为了装潢门面，显示风雅。真正热爱艺术、懂得艺术的，不可多得！”他那空着的右手做了个无可奈何的姿势，又继续说，“我在这里服务多年，我懂得，爱能产生不朽的作品，祝你成功。”

他端着空杯子和面包走了。玉良目送着他消失在画廊的尽头。她虽然只喝了一杯咖啡，却仿佛吃下了许多美好的食品，老人的心意使她顿觉精神振奋，挥舞彩笔，还不到关门时间，就完成了这一杰作的摹制工作。一朵浮自心灵深处喜悦的云彩飘上了她的嘴角。

晚上，她饥不择食地啃了一大块冷面包。几天紧张兴奋的劳动，当时感觉不到疲劳，一旦完成了预定的任务，就感到累得慌，浑身像散了架子。开水没有了，她也懒得烧，就着自来水喝了个饱，就上床休息了。

很快她进入了迷迷糊糊的境界，又回到了卢浮宫。她忘情地徜徉在雕塑馆内,一向膜拜的《胜利女神》,载着阿波罗和达芙莱朝着她飞来,向她伸出友谊之手,邀请她一道遨游太空。她一纵身就跨上了她的另一只翅膀。说也奇怪,胜利女神似窥透了她的内心,载着她很快回到了自己的祖国上空,又很稳地降落到母校的讲坛上。雷动的掌声,陌生而又热烈期待的面孔,请她讲演古罗马艺术。听众的目光流露出崇敬和爱慕,她仿佛获得了一种潜在的力量,昂首挺胸,侃侃而谈。往日的自卑和怯懦飘逝得无影无踪。她好像是一个被人尊敬的艺术女神。当她正想向听众介绍阿波罗和达芙莱时,胜利女神摇晃起来,一只秃鹫伸出利爪,向女神扑来,女神被抓走了,她也从高空坠落下来。一声惊叫,她醒了。

玉良口干舌焦,腹痛恶心,冷得浑身发抖,不能继续入睡,躺在床上辗转反侧,木板床发出吱吱声响。她想起好多好多的往事。

人工流产后,赞化要女仆专门照料她,还常常自己把桂圆汤、银耳粥捧到她床边,劝她多吃一点。她吃腻了,不想吃。赞化端过碗,一匙一匙喂她。那汤碗里溢出来的香味儿,后来常常在她饥肠辘辘的梦中飘浮。此刻那诱人的香味远逝了,她只想喝口清凉的水,熄熄燃烧的火焰,却难求得。她不由得又想起她的远在祖国的赞化兄来了。

"潘女士,你怎么啦?"房东米斯太太叩着玉良的门,焦急地问着。

玉良有气无力地回答说:"我没什么,有点不舒服。""你能起来开下门吗?让我看看要不要送医院找医生!"深更半夜,惊动了房东太太,玉良已感到了内疚了,再要麻烦她,她就更感到不好意思了,便佯装着无事的口气说:"谢谢你,不用啦! 躺躺就好了。"

"没关系,你还是开开门,不看看你我这心也放不下!"玉良挣扎着下了床,一手按着前额,一手扶着墙,打开了门。

米斯太太一眼看出她支持不住的样子,忙把她扶到床上,让她重新躺下,用手摸摸她的前额,看看她的嘴唇,说:"可怜的孩子! 病成这样,还讲不碍事呢!"她拎起水瓶,摇摇,是空的;看看食橱,只有两片干面包。她不禁连声叹息,不住地摇头,自言自语:"只有中国人能这样! 只有中国人能这样!"就快步回到隔壁她自己的房间去了。

玉良久久凝视着米斯太太背影消逝的地方,心里升起一种异样亲切的感情。

米斯太太的父亲是早年的华工，母亲是里昂山峰人。靠着他们的勤劳和节俭，积攒了一点资金，曾在巴黎开过饭馆。她是独养女，年轻时候也不乏追求者。后来，嫁给了米斯先生，他是个浪荡子弟，婚后不久，就抛弃她而远去。不久，父母破了产，忧愤而死。米斯太太不怨天尤人，靠着父母留下的这点房产过日子，生活不富裕，也不穷困。她喜欢招留中国房客，愿意方便中国留学生，也许是华人的血统使她对他们有种特别的感情吧！玉良不但同情她的命运，还尊敬她的为人。她对玉良的关照，带有一丝母爱的成分，能遇上这么个好房东真教人庆幸呢！

门口传来了米斯太太的脚步声，端着个热气腾腾的碗过来了，坐在玉良床边，一面帮玉良坐起来，一面说："这可是我们中国有名的舒姜熬的汤啊，驱寒有特效作用。一位老房客回国后带来的，我一直舍不得用。姑娘，你是受了凉，喝了发身汗就好了！"

玉良顺从地双手捧起碗。这哪只是一碗驱寒的姜汤啊！这是一掬使玉良浑身温暖的爱，她仿佛回到了自己的家里，想起了自己的童年和慈祥的妈妈。

米斯太太看她喝完姜汤，安稳地躺下了，又给玉良掖了掖被窝，并叮咛明天好好休息一天，不要去上课了。这才轻轻走开了。

清晨醒来，玉良觉得心里好受多了，但仍感头重脚轻。一想到上午有著名的绘画大师大仰·布凡脱老师讲课，精神为之一振，连忙穿衣起床，匆匆收拾，准备去听课。米斯太太听到玉良房间有响动，匆忙走过来，看到玉良已做好了去上课的准备，也就没有再阻止，只是做了个无可奈何的手势说："我还是不放心，让我送送你吧！"

玉良想到这里，觉得眼角痒痒的，才发现自己不知在什么时候流泪了。

她收起《蒙娜丽莎》，又看了同它放在一起的另外几张画，那是她画的罗丹和布尔代尔的几座雕塑的素描，它们是巴黎现代美术馆的藏品。只要一忆起这个现代艺术家所追求、向往进入的最高艺术圣殿和珍藏在里面的现代艺术杰作，玉良就激动不已。因为她就是在那里，置身在艺术品之间时，第一次萌动了一个奢望——她想在未来的一天，她的作品也能进入这个艺术圣殿，为中国现代艺术占一席位置。她永远感谢大师们的作品给她的启迪和力量，使她有勇气、有魄力给自己定下这个追求目标；虽说离这个目标还非常遥远，但她并不因之惶惑、气馁，她相信只要不知疲倦地追求下去，世界上没有实现不了的目标。

就在那里，她知道了在法国只有法国人才有资格得到罗马奖金，她痛恨那种褊狭的种族歧视，又羡慕那些能够得到奖金的法国人，才决定远走罗马去求学。终于，她作为一个中国人也得到了过去只有法国人才能得到的荣誉。

海上的风已小了，海面又变得宁静安详起来，听不到碰击船帮的浪啸了，只有细碎的喁喁情语。她已感不到是漂浮在海上，而是行进在亘古不息的台伯河中。

1925 年，她结束了巴黎国立美专的学业，来到了艺术之都罗马，台伯河像一个多情少女，永远依恋着它。罗马以规模宏大的古代建筑和丰富的艺术珍藏称著于世界，文艺复兴的三杰就崛起在这里。达·芬奇、米开朗琪罗、拉斐尔，这些名字对于艺术的追求者，无疑是太阳对于追求光明的人。这次带回的几大捆画，是她九年留下的足迹，也是艺术对求爱者的恩赐。她眺望着烟波渺渺的海面。海，多么辽阔、深邃，叫人眼花缭乱的闪光，把她带回到四年前的罗马。

罗马的这段岁月，是她求艺道路上值得回忆的岁月，是浸溶着友情和辛酸的岁月，她永远不会忘怀。

她记得，是一张米黄色的招租广告，把她引到了台伯河畔一家收费低廉的小旅馆，它有些破旧，可是，站在窗边门前，就能欣赏台伯河的点点白帆。玉良决定在这里下榻。接待她的是位须发蓬松，两眼含着悲凉而善良微笑的看门人。他用他那阅尽人间风雨秋色的双目，打量了一下玉良，和善而又恳切地说："小姐，若想少花几个钱，就跟我的干女儿同住吧！你们也好彼此做个伴。"

人们常常赞叹画家眼睛厉害，大概是说一眼就能看准事物的内涵吧！玉良对于自己的眼力向来是自信的。面前的老人素昧平生，但她相信他是个好人，她已从他那笑纹里看到了慈祥和善意。她感激地向老人致谢说："这太好了，大爷，谢谢您。"

老人把她带到临河面的一间阁楼上，尽管比较低矮，却能一览台伯河旖旎的风光。她高兴极了。

随着老人一声喊，一个黑姑娘拿着一块抹布跑上来了，她不解地看看老人，又看看玉良，眯眯地笑着。

老人用意大利语同黑姑娘交谈了几句，就转向玉良介绍说："这就是我干女儿安尼丝，是从阿比西尼亚来的。她不懂法语，可人很聪明，有什么事，可以叫她。"

他们就这样相识了，玉良生活在这些下层人们中间。

玉良到罗马来，不是为观光，也不是为考察，是古罗马的艺术在召唤她。为了开阔眼界，继续研究油画艺术，前来投考罗马国立美专。考试与开学这中间还有一段时间，她便利用这个空隙去礼拜罗马城。

罗马城有数不清的古代建筑，收藏着丰富的艺术品，玉良简直是醉倒在里边。她恨不能一天有两个、三个24小时，恨不能将整个罗马搬进她的画夹。

她算是命运的宠儿，生活也给了她特殊的恩宠，一踏进罗马，就找到个满意的落脚处，又结识了那么几个善良的人。白天她没命地画，晚上回到旅馆，安尼丝已为她准备好了晚餐，安东尼大爷教她意语。她的意语学得很快，借用表情和手势已能和安尼丝交谈，赢得了他们的信任。

一天晚上，玉良把她的画拿出来叫安尼丝看。她俩并排坐在床上，像姐妹一样，安尼丝对玉良的画，直点头称好，后来她又连说带比画向玉良倾吐了他们的不幸身世。

原来安尼丝是个女奴，父亲被繁重的劳动夺去了生命，还是个孩子的她，被转卖到那不勒斯妓院，因为不愿忍受非人的蹂躏，跑了出来，流落到这里，门房安东尼大爷收留了她。安东尼今年七十岁，年轻时是法国一家剧院小有名气的歌星，生性刚直害了他，多次冲犯了主角，主角怀恨在心，精心策划让安东尼的妻子跟着一个丑角跑了。他从此跟酒交上了朋友，喝倒了嗓子，终于被老板辞退了。不得已，安东尼又当了搬运工，一次码头货堆倒塌，砸伤了老人的腰，只得在这里谋了个看门的差事。

玉良听着听着，脸色不由得阴沉下来。他们的不幸，触痛了她心灵上的瘢痕。她默默地抓起了安尼丝的手，握得紧紧的。室内静静的，仿佛世界已经睡去。她觉得心里有股泉水在向外翻涌，发出淙淙的流淌声。她又觉得这声音是从安尼丝的手上传来的，她仿佛突然领悟了什么，这原是存在的，只是喧哗的人世、烦乱的生活掩盖了它，这是安尼丝心底的泉流给她的感应。

"好妹妹！"玉良疯也似的把安尼丝搂在怀里，"你听听我这里，它在狂暴地跳动！在抗击人生的不平！"安尼丝嘤嘤地哭了起来。

玉良又一下放开了安尼丝，说："不要悲伤，去洗洗脸，把你最好的节日服饰穿戴起来，我要为美丽的安尼丝画像！"她在画板上挤上了银灰、淡黄、菜绿、红黑和棕色多种颜料，给安尼丝的身体和装饰罩上了一层古铜色的光环。画像收到了铜雕样的效果,别具一格,体现了安尼丝朴实而强悍的性格。安东尼大爷看了题为《黑女》的安尼丝画像,感动得像孩子样地哭了。

画像未干,不幸就降临到安尼丝父女的身上。那不勒斯妓馆的老板又探得了安尼丝的下落,知道安大爷是她的保护人,他们绑架了老人当人质。幸好那天玉良没有上美术馆,她站在自己房间的窗口,画台伯河上风光。安尼丝痛哭流涕地跑进来,抱住玉良哭诉说:"不好了,大爷被抓走了,老板丢下话,如果不放我回去,又付不出2000里拉的赎身费,就要把大爷害死!我是回来向你告别的,中国姐姐,我去换回大爷,就纵身往台伯河一跳,人总要死一回的!"

玉良的心尖像是被虫子咬了一口样地抽痛,她丢下画笔,一把拉住安尼丝说:"那不行,我们再想办法。"说着,就从手上捋下结婚时赞化送给她的金镯子,又从箱子里搜罗出一些里拉,交给安尼丝。

安尼丝连连摇手往后退着说:"不,不,中国姐姐,你要上学,还要吃饭!我不能让你受累。你为我画的像,就请你转交给大爷做个纪念吧!感谢他养我一场!我走了!"

玉良急中生智,往门口一站,正色地说:"听话,拿着!我们有难同当,有饭同吃,画像也拿去卖了,凑足款子赎身要紧。"她伸手摘下画像,"我们一道走!"

安尼丝悲哀地站在原地,嘴唇哆嗦着说:"不、不!"

玉良把画像递到她手上,背起画具说:"总会有办法的,中国有句俗话叫'天无绝人之路'。"她硬拉着泪眼模糊的安尼丝,一同去到法迪坎宫门口。

希望有时隐藏在绝望之中。油画《黑女》竟使玉良得到意想不到的好运气。

法迪坎宫是珍藏文艺复兴大师作品的宝库,来往于这里的人,不是画家也是绘画爱好者,很少有人敢到这里来叫卖画。玉良摆好画具,选了个角度画宫殿;安尼丝捧着标价500里拉的肖像在门口叫卖,这倒引起了不少路人的好奇。

一位身材轩昂、头发灰白、须胡满腮的老人走到安尼丝面前,欣赏着肖像,兴奋地问道:"你画的吗?"

"不,是那位中国姐姐画的。"安尼丝向玉良那边指指。"啊!"老人不无惊奇,伸手从衣袋里抓出一把里拉,对安尼丝说:"画,我买了。"说着接过画像,往玉良那边走去。安尼丝紧紧尾随着,不知他去找中国姐姐做什么。

此时的玉良,完全和这座古老宫殿的特殊建筑形式融为一体了,这边卖画的事，她一点也不知道。老人静静地站在玉良身后看着她用笔，只见画笔在画布上不停地飞舞，色彩古朴，显示出法迪坎宫的质感和壮伟，在一片深沉肃穆的气氛中，她在屋檐边的雕饰上，添了一笔亮色。“好！”老人竟忘情地叫起好来。这一声才把玉良从色彩中唤醒，她朝老人微笑着点点头。

“中国女士，你的笔下奔腾着才气，你将来在艺术上一定会取得很大的成就。”

玉良看到老人手里拿着她的《黑女》，心里已明白了几分，不由得高兴得眼睛放亮。这是一位爱艺术的老人。

老人微笑着问玉良：“你怎么不去读美术学校？”

玉良的心里立时飘来一丝阴云，她讷讷地说：“先生，谢谢你的关心，我已报考了国立美专。不过，我暂时还不上！”“先生，她上！中国姐姐，你上学的钱，我都还给你，你上学吧！”安尼丝把钱往玉良手里塞。

玉良瞪了安尼丝一眼，很不高兴地说：“听话！”“这是怎么回事呢？”老人困惑不解。

安尼丝马上接上说：“她的学费都送给我赎身了！”

老人点点头，啊了一声，便慢慢转过身走了。没走几步，他又转过身问：“你们住在哪里？中国女士，你叫什么名字？”

安尼丝抢先作答了。

老人走了，玉良这才回过神来，记起迫在眉睫的事。三下两下收起画具，拉起安尼丝说：“还磨蹭什么，快走哪！”三天后，一位陌生的先生来访玉良，他自我介绍说：“我是国立美专绘画系主任康洛马蒂教授的助手，教授请你去一趟。”

玉良扬起眉眼，想了想说：“先生，我不认识教授呀！”来人说：“女士，他见过你，请吧！”

玉良跟着来人走进一座带花园的小楼，来人把她让进了客厅，请她在客厅稍事等候。

客厅里非常静，脚稍移动一下，都能听到声音。玉良环视了一下客厅，心不由己地狂跳起来。这哪里是什么客厅？这是一间杰出绘画作品的陈列室！满目琳琅，多是当代显赫名家之作，一个多么神奇的世界啊！她看到的是色彩的长河、缤纷的落英，忘记了身在何处。突然，她惶惑了，她的《黑女》怎么也跻身其间呢？她眨了眨眼睛，再仔细看，千真万确。难道买画的老人就是康洛马蒂教授吗？她一阵慌乱，不知所措。

“孩子，你还认识我吗？”玉良转过身，站在她身旁的正是前天买画的老人。不过他今天穿的是礼服，更显得有精神，有气度些，像个教授的派头。

玉良彬彬有礼地向他鞠了一躬，说：“教授，用我们中国的话说，我这叫‘有眼不识泰山，到圣人门前卖书了’，请您原谅。我求您把这张《黑女》拿下来，它不配挂在您的墙上，有污慧眼。”

“不不，不！它别具一格，虽说技法嫩点，但有个性，有才气。你将来会成为大艺术家的！”

玉良羞怯地低下了头。康洛马蒂教授请玉良在沙发上坐下，非常愉快地说：“今天找你来，是告诉你好消息，你是我们录取的第一名中国女学生。你的实际成绩已达到三年级水平，我和校长商谈，他已同意你插在三年级。学费嘛，你不用考虑，我可以帮你解决一些，学校还有奖学金，我相信你能得到的。”

玉良激动得一时口笨语塞，半晌才想起应该向教授道谢。她再次向教授鞠了个九十度的躬，说：“谢谢教授的关心，学费国内很快就会寄来，我自己还是能解决的。”

教授也跟着站了起来说：“那很好，有困难就来找我，不会让你这样有才华的求学者留在校门外的。”

就这样，玉良她每周去美专听几节康洛马蒂教授的油画课，其余时间就去法迪坎宫——古代美术品的宝库。她节衣缩食，不去做工而把一切时间和精力都用在绘画上。在法迪坎宫，她临下了拉斐尔的许多珍品，领略了米开朗琪罗豪放的罗马风格。西斯廷教堂的壁画《最后的审判》和穹顶画《创世纪》对她发出无声的呼唤。一种强大而猛烈的艺术力量长久地震颤着她的心灵，她膜拜在它们脚下：这才是真正的艺术！她的面前翻过一张张画页。罗马郊外的颓垣断柱，大角斗场的西风残照，翡冷翠古桥下梦幻似的波影。这些都激动过她的心，她凭吊过古建筑的精灵，祝愿过历史深处不再吹来血腥的风，也怀念过诗人但丁，她着意将古罗马的美溶进色彩，收入画中。

画夹里那张题名《酒仙》的安东尼大爷的肖像，把她又引向了一条新径。只要望画夹，她就怀念起那位永远带着善良微笑的房东老人。两年的时间，飞一般逝去，玉良就要从绘画专业毕业了。那天，她完成了毕业答辩，回到旅栈，未进房门，就闻到了一股诱人的香气。推开门，嗬！矮桌上摆了许多菜肴，安尼丝还在不停地忙活。像这样丰盛的食品，对他们来说，除非是过圣诞节才能享受。玉良想不起今天是什么节日，她从食盘里叉起一块咖喱鸡，美美地咀嚼着，一面问阿比西尼亚妹妹："今天是给大爷祝贺生日吗？"

安东尼大爷提着一罐酒笑眯眯地走了进来，接着话头说："不！不！大爷从来不过生日！姑娘，这桌菜是为你准备的。""为我？"

"对，为你！你很快要毕业了，就要回到中国去，我叫安尼丝准备了点菜，为我们的友谊和离别喝个痛快！也许我们再也不能相见了！"

"大爷，你可不能再无克制地喝酒了！"玉良欲夺下他的酒罐。

"是呀！姑娘，为感激你的善良和关怀。自从安尼丝成为自由人那天起，我就发誓再也不酗酒。今天，你就让我喝个够吧！你俩也陪我喝一点，以后我永远不喝了！好吗？"

老人尽情地喝着，喝得浑身燥热，满面红光。他不介意地脱去了上衣，把喝空了的酒罐抱放在膝上，用他那沙哑而带点甜润的男低音轻轻地唱起一支墨西哥民歌："把你的小板凳，放在我身旁，我在你眼睛里，看见了太阳！"玉良被深深地感动了，她悄悄拿来画具，画下了老人浓密的头发，雄伟的体格；画下了老人生动直率的面部，表情里蕴藏着玩世不恭的微笑。这幅《酒仙》以其实感强烈，显示了作者深厚的素描功力而震动了罗马画坛。罗马美专师生联合画展，玉良的展品除了一张少女裸体素描外，就是这张油画。画展开幕那天，雕塑系的琼斯教授派助教叫她。她有些着慌，不知这位雕塑名家为何找她。她怀着不安和忐忑的心情跟在来人后面，走进了琼斯教授的工作室。

琼斯教授见她进来，忙站起身，微笑着打量着她："啊，你就是潘张玉良，学油画的？"

玉良大着胆子应着："是，教授！"

"你的素描基础很好，为什么不学雕塑？"琼斯教授微微仰起头，双手交叉在胸前，再次上下打量着她说，"不喜欢？还是怕苦？"

"都不是，教授！我是怕学不好。还有……"机灵的玉良回答了一半就停下了。"还有什么。有什么困难？说吧！"琼斯真诚地说。"投师无门。还有……我学油画，再学雕塑，学费就有困难了。"

"啊！"教授好像突然明白了什么，他的眼瞳转了一下。"潘女士，这不是困难,我愿意帮你解决。从现在开始,无课时间你到我们画室学雕塑,至于学费,你无须考虑,我免费教授,好吗?”

又一个免费教学!玉良高兴得一句话都说不出来,只是笑着点点头,又给教授深深一鞠躬后,才告辞而去。

她沿着两条艺术途径走了下去,1928年,油画专业毕业,正式考入雕塑班,成为琼斯教授在校的正班生了。

那时,国内虽然取得了北伐战争的胜利,但许多军阀却摇身一变,成了民国的新贵,引起了人民和同盟会员的不满。赞化的老友柏烈武几乎为此罹罪自杀,赞化也受到牵连,丢掉了海关监督,只在南京政府实业部被安排了个专员闲职。本来就很少的留学津贴,早就时断时续,近来赞化心里不快,也很少给玉良写信。即使节衣缩食,她的生活还是受到威胁。她常常饿着肚子去上课,脸颊渐渐消瘦下去,变得灰黄清癯起来。那是1929年的春天吧,她一连四个月没有接到家信和津贴,生活陷入了困境。她每天只得吃一点干面包,很长一段时间没有见到蔬菜和肉食了。身体慢慢虚弱了,雕塑时往往感到头昏眼花,体力不济,但她没有动摇,咬咬牙休息片刻,又继续学习下去。一个晴天响雷,爆炸在她的头上,她发现自己的视力不行了,离她不太远的模特儿,她分不清鼻子眼睛的位置了,连塑架上的泥坯也模模糊糊。手中的泥土,辨不清颜色。她一下子吓呆了,睁着一双无光的大眼,望着琼斯教授。

教授以为她的作业碰到了困难,走到她的工作架前,指着她正在雕塑的老人头像说:“你今天是怎么啦?怎么这脸上的细部雕得这么乱七八糟。”显然教授对她今天的作业很不满意。

玉良悲哀地低下头说:“教授,我的眼睛看不清了。”

啊!教授一惊,当他证实了玉良的眼睛快要失明的时候,就劝她暂时放弃学业,去治疗休息一个时期。玉良摇摇头说:“不要紧,过些时候就会好的。”她心里有数,这是因为缺乏营养引起的假失明,她恳求着:“让我继续留在画室吧!”

教授坚决地说:“你一定要去治疗,画家怎么能没有眼睛?你爱艺术,就要爱护眼睛。为艺术!艺术!知道吗?”

教授的激动话语,惊动了工作室的所有人。强烈的民族自尊心,使玉良本不想把困难告诉他人。现在事态的发展,逼得她不能再隐瞒下去了。她难过地低下头,耳语般地说:“教授,这不是病,是缺乏营养引起的。我已四个月没有接到国内津贴了。教授,不要赶我走,让我留下吧!”

室内听不到声音,只有两位女同学轻轻地抽泣。同学们不约而同地从口袋里掏出仅有的里拉,送往琼斯教授的手里。教授捧着这些里拉,自己也添上了些,走近玉良,轻轻地说,“潘女士,收下这些吧!先把眼睛治好!”

玉良摇摇头说:“不用,国内一定会汇款来的,谢谢大家。”

琼斯教授叹了口气说:“这不是募捐,也不是可怜。这是抢救艺术,抢救为艺术而工作的眼睛。快收下吧!”

玉良正要伸出颤抖的双手,忽听外边一声喊:“中国的潘张玉良女士,你的汇票。”玉良收回伸出一半的手,转身奔向室外。同学们都围了上来,“中国的汇票吗?”

“是欧亚现代画展评选委员会的。你看这里有附言:潘张玉良女士,你的油画《裸女》获三等奖,奖金五千里拉。”“啊!啊!”不同国籍的同学将玉良抬了起来,画室内洋溢着真诚的祝贺。琼斯教授也走过来祝贺她,他举起同学们的里拉说:“看来这些捐赠,潘女士是不会接受的了,还是物归原主吧!来,你们自己知道是多少,自己拿吧!”他把钱放到工作台上。良久,没有一个人向钱走去。教授无奈,摊开双手,笑着说,既然大家都不愿收回自己的心意,我提议,大家今年就要毕业了,潘女士当了我们班两年班长,就用这些里拉,给她买样纪念品。室内响起了一片掌声。

玉良的心激动得咚咚乱跳。邮轮在继续前进,已进入了东海领域,站在左舷已能遥望祖国的海岸线了。玉良觉得眼睑鼻沟有些湿润,她举起手绢,擦干泪水,不自觉地转过身来,看到在海与天相接的地方,有些细碎朦胧的闪光。人的思想真怪,在远离祖国的异国里,时时想念着祖国和亲人,但当即将踏上祖国土地的时候,怎么一下又怀念起异国中的老师、同学和那些地位卑微的朋友来了?归乡的喜悦变成离别的情思。

毕业考试和答辩都已进行过了,即将举行毕业仪式,她就要离开艺术的摇篮了,她最后一次到法迪坎宫,向大师们的不朽作品告别。在拿破仑妹妹的石雕前,与在欧洲游历的母校校长刘海粟不期而遇。异国重逢,喜悦使她忘记了他们的年龄,她一把抱住校长,一句话也说不出来,只是流泪。第二天,玉良邀集了全班同学,欢迎刘校长来参观他们的画室,观看他们的习作。刘校长赞赏

石楠(左)与铁凝合影

了他们取得的成绩。琼斯教授特地在刘校长面前赞扬了玉良,并邀请他参加即将举行的雕塑班毕业典礼。

毕业典礼仪式进行到最后一项,琼期教授代表全班同学向他们的班长潘张玉良赠送纪念品。那是一本意大利提花缎面烫金图案的纪念册和一套精制的雕塑工具。纪念册上有同学们的题词和通讯处。第一页上是琼斯教授流利的题字:是你的永不满足和坚韧顽强的精神,才使你成为绘画、雕塑两艺称著的艺术家。

刘海粟亲眼见到异国教授和同学如此推崇他的学生,感到非常快慰和自豪。当下,他就给玉良写了聘书,请她回国后任上海美专绘画研究所主任兼导师。

西天已收起了最后一片晚霞,大海变得浑浑蒙蒙,与天空融合在一起了,她、船和海面上一星半点的星火,像是海天拥抱,犹如热吻怀揣的幼儿。

“潘夫人,外面起风了,你还不进舱休息?”玉良不回头也知道是同船而归的留法画家邱代明。刘校长给玉良下聘书时,她就向校长推荐了他,还有高乐宜、李丹、张弦等到美专任教。

玉良倚着船舷转过身,面对代明说:“还要多长时间啊?”

“这不就到了吗? 你真是回乡心切呀!”

“八年多了,恨不得有双翅膀,一抖就到了家。进舱休息吧! 听到汽笛一声长鸣,就是到家啦! 好! 你也休息吧!”

寒　柳(节选)

——柳如是传

淀山湖像一只无边无沿的摇篮，摇着，晃着。灰绿色的水一抖一颤。西天有几抹云彩，灰暗里渗浸着殷红，镶着金黄的亮边，一轮失去光芒的橘红色太阳，很圆很圆，有如一只镏金的铜盘。就在那晚霞飞升、水天相接的地方，隐约出现了个不甚明晰的黑点。黑点愈近愈显，愈近愈大，慢慢遮挡住了太阳、晚霞。霞光在它的背后拱衬出了它的轮廓，可以看清是条船。

这是条大船，有前舱、中舱、后舱和尾舱。前舱是客厅，尾舱和后舱兼作厨房和婢女、船主的卧室。用来做主人书房兼卧室的中舱，布置得简洁、雅致。一张画桌占了中舱的四分之一，舱壁的一方挂有琴、笛、箫，另一方挂着张还未裱装的书坛名家李待问的墨宝，是他书赠给主人的曹植那首“仆夫早严驾……闲居非吾志，甘心赴国忧”的杂诗。一个身着儒服方巾，乔装成少年的美貌女子坐在画桌前，正在读一本《陈思王集》。她就是船主——不久前才从被称作江南小秦淮河的吴江盛泽归家院赎身出来的名妓杨爱。她生于万历四十五年，刚刚二八芳龄。

风越来越大，浪越涌越高。他们的船一会儿被推上浪尖，一会儿被抛下波谷，太湖的水仿佛要把他们吞没。她紧紧抓住船帮，“大伯！这风浪……”一个浪头把她打了个踉跄。船家大伯大声地说：“就近躲躲吧?”“附近有什么地方?”“同里。”

他们寄舟同里的东河湾。她早就从一本风物志上了解到一点这个水乡古镇的风情，说这儿勤学苦读蔚然成风，是个孕育才华人士的温馨摇篮，诞生过诗人叶茵、画家王宠、文学家朱鹤龄……还寓居过像倪云林、姚广孝、董其昌那样的古今名流，她向往久矣！

可是，刚从魔穴出来，初着男装，担心被人识破，心里游离着忐忑不安情绪，只好待在舱中,关紧舱门船窗,练习着男子步态,等待着夜色。

风息了,浪平了,月亮勇敢地迎着越来越浓重的夜色,在天空开拓出一片蓝色地方,像一只银梭,置在透明的海水中,晶亮晶亮。她和背了文房四宝、俨然像一个称职书童的阿娟上了驳岸,往镇里走去。月色再明,也不会有人注意到她俩的小脚。

果然名不虚传,古镇港汊交错,川字形的市河把它割成七个小岛,石板小桥又把它们结成一体,犹似一条水上不沉的大船。她俩逛过夜市,从鞋铺买了最小的男鞋,装模作样地往回走。过了街拐一条小石桥,面前却神奇地出现了个开阔地方。

小溪像一条闪光的玉带,连接着两边村寨。黑黢黢的大门楼,接衔着起伏的雉堞,一看便知是阀阅之家。明晃晃的月亮沉在溪底,满溪闪烁着碎银似的光辉,世界好像已经睡去。她俩伫立在溪桥上,在这寂阒统治着的镇郊,突然听到一阵接一阵类似合唱那样整齐而抑扬的声音。循声倾听,原来是从最近的一座宅院内传出的夜读声,这声音好像给这寂寥的一隅注入了生命。她的视野里仿佛又出现了黄昏时分景象,渔舟归晚的画面,高亢的渔歌和这琅琅的读书声……她被这梦幻似的意境激动了,忘记了自己的身份、处境,脱口吟出了一联:

一泓月色含规影,两岸书声接榜歌。

吟罢,她仍不能自已,从阿娟手里索过笔,放在墨盒里顿了顿,朝着石板,如锥划沙,如钻入石,两行诗就像刻就在桥板上似的。她刚把笔一扔,背后就有人击掌称赞:"好书法!"

适才还未发现有人,此刻哪来的叫好声,她尽力控制着内心的慌乱,慢慢地转过身,把脚挪到桥栏投下的暗影里,掠了喝彩人一眼。

这人好像见过!那脸形,那眉毛,那闪射着光泽的微黑肤色,略厚的双唇,都似曾见过!她心里像有面小鼓在咚咚敲,不敢继续去追索记忆,现在至关重要的是保护自己,不能让别人认出她来!首先她得在气势上压倒对方。她故意带着一种傲慢不逊的口吻对他说:"过奖了吧!请教仁兄它好在哪里?"

好在哪里?他还真的一下说不清呢!这个"好",只不过是凭着一种感触脱口而发的,他不是书家,又没有仔细研究,然而对方问话也太不客气了,而且有些咄咄逼人的气势，莫非面前是个狂徒不成？他抬起头，也不客气地打量着对方。

月光下的他，面颊上好似笼罩了一层淡淡晨雾，犹似一朵初绽在雾雨中的春花，身材娇巧，玲珑可人！啊，原来是一美少年！他立即喜欢上了他。少年气盛嘛！一见他那傲慢不羁的神态，他想逗逗他，装出一副书坛里手的模样，借着月光，指指点点品评着："嗽！它好在如春蚕吐丝，像蝶戏花间……"

他刚刚说到这里，美少年就阴沉着脸说："哼哼！没想到一篱外汉也谈植艺之术。我看是否先去临三年帖，写完三担纸再谈书艺吧！"说完，拂袖转身下桥，头也不回。她所追求的是瘦劲、清奇，力透纸背的气势，最忌柔媚。他的评语辱没了她的书艺，她不能忍受；再者，此评语是否有暗示她是女性之意呢？为了不被他窥破，她要在气势上更进一步战胜他，继之，走为上策。

他却没有一点气恼，还憨笑着追上她说："请等等！仁兄所言极是，弟实乃书坛外汉，评书实属班门弄斧，多有冒犯！"向她深施一礼，又说，"仁兄年少，书气确实清奇，将来前途无量！我友李存我系当今书坛名家，他亦在此间，千古难遇之机，仁兄何不一见，求得指导！"

她喜出望外，即刻转身还礼："小弟出言不恭，多有得罪，请仁兄见谅。若得仁兄引荐，面聆存我大师教诲，乃小弟三生之幸耳！请问仁兄尊姓大名？"

"在下陈子龙，草字卧子，号大樽。"

她吃了一惊。世间哪有这种巧遇？怪道初照面即有似曾相识之感。这也许要怪那多情的月光，是它在他脸上抚了一层变幻莫测的光华，使她没能一眼就认出他？他为何也在这儿？难道他认出了她——垂虹亭上奏曲子的杨爱吗？不会，她现在是一个风流少年！她慢慢地镇定下来，回答说："久仰名士大名，渴思一见，不想在此巧遇，幸甚幸甚！"陈子龙朝她抱抱拳，友善地问道："仁兄尊姓大名？"

她没有准备，一时无以答对。阿娟抢着说："我家公子没得姓名！""世间万物皆有名属，岂有堂堂男儿无姓名之理！"她转对子龙说："小童无礼，先生恕罪！"人们常说急中生智，这个成语言简意赅地概括了人在危急时候智慧突生这一思维现象。只见杨爱从容不迫回答说："学生姓柳名隐，小字如是，别号河东君！"杨柳同属，隐去爱字，如是而已，今舟寄河东，不就是河东的主人吗？

她还叫过另一个名字。那是崇祯二年的事。

初夏的午后，她习完了字，佛娘说："到后院花畦中摘两枝石竹花来，我教你画画。"不料阿奶正跟邻家的阿奶坐在花架下拉呱。

"……一匹光耗草料不肯拉车的马，还不如把她卖掉的好！"那声音很低。她顿然紧张起来，把谁卖掉？她躲到水阁花窗下，竖起耳朵听着。"难啦！她六岁到我家，为我挣下了这份家业。我又没儿没女，卖掉嘛，总有点于心不忍。唉！谁知她突然鬼迷心窍，决心要从那个人！"

"我们这种人家，讲不得忍不忍的，两年没给你拉套了，白吃饭，还怕对不起她？"

阿奶迟迟没有回答。

"怎么不吱声？我可是为了你好啊！听不听还得由你！"那声音有点怏怏不快。

"现在还有她徐佛这块金字牌牌挂着，卖掉了，徐家的门庭不就冷落了？"

"哎呀！看你这个木头脑瓜！那个小的不是快出落了？下半年就可以物色个有名气的相公来当你的'孙女婿'。那时就由不得她了！你这门上不又火红起来了！"

"下半年？就怕早了点，那孩子还没到破瓜之年呢！"

"你呀，真是木讷！刚打苞的花朵儿，相公们才肯花本钱。宜早不宜迟，我家那个不是十二岁就接客吗！请的是吴江周相公，听说后来还做过宰相呢！"花架那边沉默了，杨爱咬牙切齿，恨不能跳出去把那个出馊主意的老鸨撕碎！她刚伸手攀上花窗，就看见阿奶重重地点了下头说："老姐姐说的也是！"

杨爱吓得魂飞魄散，身子不由得往下一滑，僵立在墙跟。

让她也做烟花女！她仿佛突然间坠入了冰的深渊，浑身冷得抖个不停。假若她不代佛娘去见客，她们就不会生出这个念头吧？当时，她一心只想为佛娘解围，成全她和公子的心愿。她已学会了佛娘的技艺，唯有她才能把佛娘从困境里解脱出来，这是她义不容辞的事。不曾想到……她宁可终身为仆，宁愿去死，也不愿干这个行当！她是公子买给佛娘的丫头，她是婢女，不是妓女！怎么办？只有马上将这个阴谋告知佛娘，让佛娘想个主意。她悄悄离开水阁的花窗，飞也似地奔进佛娘房里。突然间，她又惶惑了。

此举不仅仅关系到她，更严重的是关系到佛娘。她抬头看了佛娘一眼，佛娘双颊清瘦，眼睑灰暗，公子久无音讯，痛苦像影子一样纠缠着她。她那纤弱的身体，再也承受不了新的苦难。杨爱暗暗发狠：决不能让她们卖掉佛娘！佛娘深爱着公子，他们有盟誓为约，得帮助她，成全她的幸福！倏然间，她眼前出现了一纸文告。

终慕桥头老柳树上，贴着吴江周相府选购婢女的告示。

……十至十三岁，未曾婚配。聪明、活泼、貌美，善招老太太欢心……凡挑中者，身价从惠。……

这纸文告，突然给她心中带来了一束微弱的光亮。倘若她能被周府挑中，不仅她可以在一个正派人家当侍婢，不致沦落为烟花。她走了，阿奶也就会打消卖掉佛娘的念头。这也算报答了佛娘为她葬母之恩和收留她之德了。她克制着心的慌乱，把嘴凑到佛娘耳边，悄声说："阿奶在，不敢摘花。"就离开佛娘，跑走了。她果然被周府挑中了。

她们排成一行站在周老夫人的面前。周老夫人对炳嫂抬了下眼皮，不无威严地说："炳嫂，祖宗传下的家规礼节都教给她们了吗？"

"回老夫人，奴婢已将祖宗立下的家训家规和不守家法的利害都向她们一一做了交待。"

老夫人没有说话，只轻轻点了下头，就逐个审视起这些新来的小丫头。老夫人的目光挪到了她的身上。

杨爱穿的是相府发给的第一套新衣，藕色的上衣更衬托出她肤色的白净娇嫩，有如一枝含苞待放的带露红杏，娇小的身材，使她浑身都溢透出活泼机灵和敏捷。在这一溜的女孩子中，给人一种鹤立鸡群之感。

美丽动人的女孩子，不仅老爷、公子喜欢，老妇人同样喜爱。一直板着面孔的老夫人脸上出现了一丝不易觉察的笑容，就好像冲不出云层的阳光，能感觉出它的亮度，却看不见它的耀目的光针。

老夫人向杨爱抬了下手，示意她走近前。她立刻机灵地走到老太太面前跪了下去："给老夫人请安！"

老夫人向她抬了下手说："起来！"她款款站起身，微笑着立在老夫人跟前。

老夫人再次审视了她一会儿，说："你留下吧！"又转身向炳嫂，"炳嫂辛苦了，教得不错。传话给夫人，让她赏赐你。""是！"炳嫂应着。

杨爱牢记着炳嫂的教导,再次跪下说:“谢老夫人。”“几岁啦?”“十三。”

“起来吧。你叫什么名字?”“杨爱。”

老夫人那白皙得近乎半透明的面孔,没有一丝表情。几颗褐色的大小不等的寿斑,散落在她那松弛的失去了弹性的腮颊间。她沉吟了一会说:“杨爱?这名字不好,改叫杨朝,小名阿云!”她那语气有着不可辩驳的威力,“早晨的云,红彤彤,图个吉祥!”杨爱突然想起了父母亲,她的名字是他们留给她的唯一纪念,要改掉它,她不由得一阵酸楚。可是,她是人家花钱买来的婢子,不敢违背老夫人的旨意,她惧怕老夫人看出她的迟疑,只得赶快跪下去,再次向老夫人谢恩。

在周府,她深得老夫人的怜爱。后来又被主人看中,成了下野尚书周道登的宠姬。她的得宠,被群妾妒恨,她们串通一气,设计陷阱,诬告她与仆人阿根私通,激怒了的主人,不由分说,要处死她。亏得老夫人念她服侍一场,救下性命,卖到民间。命运残酷地捉弄着她,让她在人生道路上兜了个可怕的圈子,两年前又回到了原地——盛泽归家院,恢复了杨爱的名字。

人们习称盛泽是江南的小秦淮河。这儿盛产丝绸,水上交通方便,商业发达,是江南贸易的又一繁华港口;也是江南又一浮华绮靡、酒色征逐的销金窟。

莺湖和它那些交错纵横的水巷相通。水巷两岸,筑有精致的水阁、河房,雅洁的酒楼,独具吴江特色的戏班,舒适的住宅。中外商贾、文人雅士、地主政客、退归林下的官僚,往来这里洽谈生意、会友、论诗作文、纵酒、豪赌、狎妓。寻找快乐,纸醉金迷地消磨日月,成了名不虚传的小秦淮河。

但它又有别于六朝金粉之地的最浮靡奢华的秦淮河,有它水乡独特的色彩和神韵。装点着它的是驳岸、拱桥、水巷、粉墙、蠡窗、水阁。坐在扁舟、画舫里,抬手可得粉墙内伸出的花枝,弯腰就能买到渔夫船上的香脆可口的菱藕,活蹦乱跳的鱼虾,嫩得滴汁的莼菜。这儿开门见水,出门乘船。每当夜幕降临,夜雾会给它披上蝉翼似的晚装,桃红色的纱灯在水阁上晃悠着,把它那玫瑰色的光影映到水上,随着水波的涌动,古镇仿佛也飘逸起来,那别具一格的神韵,把那些诗的、画的、丑的、脏的都掩没了,一切都显得飘忽朦胧了。

大明朝经过天启一代的阉党之灾,国家早已丧失了元气,崇祯帝虽然急于振兴,怎奈痼疾难治,加之用人不当,“索虏”继续侵扰东部疆土;四方灾民,揭竿而起,“流寇”已成为威胁国家安全的大患,国力日益衰败,更多的人对朝政不满，对前途感到渺茫，愈来愈多的人沉醉于声色犬马，只想在那些没有人身自由的弱女子身上寻找安慰和寄托。

秋娘以重金买下了杨爱，又花了她所有的积蓄，装饰门庭、书斋、客厅和卧室，揭下了“秋娘寓”的粉红小牌，换上了“爱娘寓”的镏金竖匾。秋娘宅邸，顿时火红起来。爱娘开始周旋在官僚、地主、名士、阔少之间，和他们唱酬游乐，为他们侍酒、弹琴、度曲。好事者为她们归家院十间楼编了支歌：

柳荫深处十间楼，
玉管金樽春复秋。
只有可人杨爱爱，
家家团扇写风流。

随着这支可诅咒的歌的传扬，商贾、纨绔、土财主、轻薄儿，像苍蝇似的嗡上门来。虽说秋娘还算爱护她的，可是，这种生活却叫她难以忍受。她感到自己就像一棵生长在棘丛中的小树，要活活被藤蔓缠死了。她希冀改变自己的命运，曾有过在风尘中寻夫婿为归宿的一闪念，倒也有不少人愿以重金聘她出去。可是，她又觉得他们不会理解她，也不会真正爱她，只不过他们有钱，想把她当作一件物品占为己有，一旦玩腻了，下场就会像浔阳江头的商人妇，或者干脆被弃敝屣样丢弃路旁。周府的屈辱，像刀刻般镂在她心上，她再也不愿重蹈小妾的旧路。垂虹之行，在她迷彷徨的心中掀起了狂澜，使她的思求有了转折。这得感谢被称为黄衫豪客的徽商汪汝谦然明先生。

那天，他专程来看她。他们一边品茶，一边闲聊。他喜欢广交天下名士，向她谈起了他的许多友人，还向她推荐了被士子称之为当今李杜的钱谦益，说他如何如何有才，如何如何仕途不济，后来他像突然想起了什么似地问她：“爱娘，想见见当今大名士张天如吗？”

她立刻联想起她读过的、至今仍如刻如镂在心里的张先生编纂刊刻的《汉魏六朝百三名家集》，她曾经抄摘过集中那些丹心照日月、气可吞山河的壮丽诗篇，她曾经试着把抄录的诗汇成一册华夏正气歌。她久就崇拜他，向往结识他，她的心不由得激动起来，说了她的愿望。他又说张溥先生力主改革，思求振兴国家，正在串联全国文社，准备复合成一个全国性的大文社——复社，动员全体文士来关心国家兴亡。他就要到垂虹亭来会见诸文社领袖，磋商文社联合事宜。最后他说："天如先生托话于汝谦，欲请爱娘去一见，届时，你可千万别错失良机呀！"她在焦虑和急切中等来了那次会见。

她在垂虹亭畔上了岸。那日她着意地打扮了一番。

杏红色的薄绸女衣，紫花绒衬里，下着八幅紫绒绣花湘裙，湘裙里面是半指大小的桃红绣鞋，乌亮的秀发轻轻往上一挽，流荡着春光，梳成了一个流行的雅式堕马髻，款款地垂在脑后，没饰过多的珠翠，只在髻边斜插着一枝金嵌红宝石的杏花簪，淡雅端丽。细长的柳叶眉儿微微颤动，长长的凤眼，有似两泓甘洌的清泉，流溢着波光，俊俏的面庞，荡漾着青春的异彩，仿佛有一缕淡淡的雨雾，袅绕着她的面庞。

"……'建虏猖獗，民不聊生，无处不见鬻儿卖女，导致'流寇蜂起，我大明江山形同沙丘上之楼阁，朝政势在变革！我辈国士丈夫，为国分忧，义不容辞。天如兄忧国虑民，倡导文社联合，几社社友聚议多次，全力拥护。只要广大士子戮力同心，大明中兴有望，国民乐业平安有望也！"

她静静地伫立在细竹帘外。她除了在诗中读到过如此热烈的文句，这还是第一次亲耳听到的慷慨激昂之言，她那年轻人的青春血液荡起了波澜，搅动了她潭水般的心脏，感到有股新鲜的血液注进她心中。她希望再听一会，多听一点。书童欲上前去掀帘子给她通报，她却轻轻地拽住了他。

透过细如薄纱的竹帘，她偷看了一眼刚才说话的人。一个英俊青年，二十五六岁年纪。海蓝色方巾，湖蓝提花茧绸直裰，斜倚着湖窗，面对着众人。他浓眉方脸，微黑的肤色，略厚的双唇，洋溢着一股青春神采，又兼之有淡淡郁悒流荡在脸上。只要看上一眼，就能给人留下笃厚和可信赖的印象。

"华亭才子陈子龙！"书童悄声地对她说。

"卧子兄所见极是，文社联合势在必然，联则合，合则势，质社赞同合诸文社为复社。"

"庄社全力赞同！"

"……"

"既然诸位文社领袖一致赞同张溥陋见，复社成立大会定于明年今日如何？"

"我家相公。"书童又悄悄对她说。有人带头击起掌来。

“承蒙诸位鼎力支持。明年三月二十八日在虎丘召开复社成立大会。请诸位转告社友,届时出席。”

“明年的大会,该给钱虞山发个请柬吧?他乃东林仅存的领袖,在士子中颇有号召力。”有谁提议。

“当然!”张溥答道。

大家又七嘴八舌地议论起来。不少人同情这位钱公的屡遭失败,希望他再度出山,辅佐朝廷。

杨爱会神地听着,他们说的那个钱虞山就是钱谦益,因他世居常熟虞山,人们惯常这样敬称他。她听汪汝谦说过,他们是朋友。

她意识到他们的正事已经议完,此刻进去不会打扰他们了。她示意书童去通报。“爱娘请进!”

书童打起帘子,张溥站在门里,朝她抱了下拳。“杨爱拜见张大人!”

她向张溥施了一礼。就像那刚刚绽蕾的春花,充溢着青春的魅力。她的脸俊美得令人惊叹,瓜子形,白净细嫩,新月似的蛾眉下,一双顾盼流情的眼睛,高雅的前额,小巧含笑的双唇。厅内仿佛突然为之一亮,吸引了所有的目光,他们被美镇住了,厅内出现了个突然的宁静,仅仅片刻,随之就热烈雀跃起来。大凡男子都有一种本能,喜欢在标致的女人面前表现自己吧。

张溥击了下掌,说:“爱娘不辞辛劳,远道赶来给诸君助兴,诸位看看如何乐法?”

厅内又热烈争论起来,有如暮鸦噪林。唯有子龙低头不语,不时向杨爱偷瞥一眼。在她进门的一瞬,他只觉得心里突然一阵悸动,不敢正眼去看她,他自己也闹不清,这是为什么。

“卧子兄!”张溥走到陈子龙身边,拍了下他的肩膀,“你出题呀!”“

呵……好好。”子龙微微一震,他的脸泛起了微红,以为张溥窥见他的慌乱,尴尬地笑了笑,“垂虹名胜天下闻,我等有幸欢聚于此,且宜开怀畅饮。依子龙陋见,今朝所言所议,所歌所笑,一应题目,皆与垂虹有因。言之有脱,歌之有舛,罚酒三杯,兄意如何?”张溥告诉书童,传话酒保,摆席上菜。

酒菜立即上了桌面,书童将七弦古琴安放在琴几上。杨爱轻拨琴弦,低声伴唱着:“旧时月色,算几番照我,梅边吹笛?……江国,正寂寂。叹寄与路遥,夜雪初积……”

乐声有如雪中笙鹤，飘飘仙逸。公子相公们未饮先醉，擎起的酒樽，不觉放了下来。他们在这清婉的旋律和淡淡忧悒中，不觉产生了一种时空倒置的错觉，忘情地弓起食指在餐桌上击着节拍，仿佛座中的歌者就是四百年前吹奏《暗香》《疏影》的小红。

音符消散在梁柱间，空气里，水面上，花丛中……

好久好久，他们仿佛才从四百年前那个雪夜醒来，睁开朦胧的眼睛，望着阿爱，怎么也难以相信，妙乐仙音是从面前这个娇小女孩子的指尖和声带中震颤而出的！刚才他们惊叹于她的艳，现在又惊服于她的才艺了。

“请！”子龙离开了座位，过来邀她入席。她竟一点不怯场，落落大方地坐到他让给她的座位上。

家童给她筛了满满的一杯酒。她端起酒杯，依次给他们敬着酒。几杯酒下肚，他们又耐不住寂寞了。有位相公说：“我有一联，求配下联。”“以何为题？”另一个问道，“有悖章程，可要受罚的哟！”

“不会不会！我以这有来酒馆为题。上联是：‘有酒有酒’，”他得意地捋着八字短须，问，“如何？”随即将目光移向杨爱说，“爱娘，你对好吗？”杨爱抿嘴笑了笑，不假思索随口对道：“来尝来尝。”“妙哉！妙哉！”公子相公一齐欢呼起来。

漪窗外，是金黄的菜花，柔嫩的柳丝，淡蓝的湖水，垂虹桥像它的名字那样，有如一条彩虹，临架在吴江上。

她仿佛看到了一种冀望！漫漫长夜后的曙光，她混沌的思绪明晰了，她应该到广阔的天地间去求索、闯荡、寻觅，寻觅一个理解她、真正爱她的知己，忧国忧君，思求报效国家的当今志士。

回来后，她清点了卖笑积攒的财物和汪汝谦的慷慨馈赠。她估计了一下，除了付清身价，还有些多余。她决定自赎自身。有了自由之身，或许能掌握自己的命运。她趁秋娘高兴，提了出来。

秋娘心里一咯噔，阿爱正走红，哪有在桂子飘香季节砍掉桂树的道理？她沉思了会回答说：“阿娘是愿意成全你的心愿的，这也是我的愿望！记得你来我家的那天，我就许诺过。”她把自己坐着的椅子往杨爱身边靠了靠，牵起她的手说，“不知你的心上人是哪位？”杨爱调皮地一笑，指着自己的鼻子说：“她！”

秋娘伸出手指，划了下她的粉腮，笑骂着：“也不害羞，哪有自己嫁给自己的！”

杨爱就势靠到秋娘肩头，撒娇似地说：“阿爱不要嫁给哪个人，只要属于我自己！”

“什么疯话！”秋娘轻轻地推了下依在怀中的杨爱，嗔怪地说，“莫忘了，我答应将来让你出去，是有先决条件的！”说着又搂紧了杨爱，“傻囡囡，你想得太天真了，没有一个我秋娘信得过的人来赎你，我怎么也不敢放你出去！”她放开杨爱，拍拍胸，“你想，我能放得下这颗心吗？”

不放心？这恐怕是个借口吧？杨爱抿嘴一笑，又大胆地向她直抒胸臆：“阿娘的心意我是知道的，也是永远不会忘记的，我也不是不知情理的人。放我走吧！阿娘，只要我能闯出一个好归宿，我会记得来孝敬你的。”

秋娘抚摸着杨爱的双肩，有点儿动情地说：“不是我不放你出去，也不是我贪得无厌，我曾有个打算，等再过几年，给你找个可意的女婿，就关门跟随你们一道去过点清静生活！”她叹了口气又说，“没有一个可靠的人接你出去，你一个弱女子，怎么生活？你不会误解我吧？我是真的放心不下。等等吧，我们来物色。”

杨爱经她这么一说，反倒不好意思执意坚持了，她回答说：“我再也不愿见那些可恶的人！”

秋娘一见她松了口，便高兴地满口应承下来：“这个依你！”阿爱赎身的事也就暂时搁了下来。

崇祯六年的春天，乍暖还寒。一位在外省就职回盛泽祭祖的尤总兵，遣人给杨爱送来份请帖，邀她在三月初三陪他去石湖看桃花。杨爱不乐意去，但经不住秋娘劝导和要求，答应了。可是，却在初一这天，发生了一件震惊了归家院的事。尤总兵肆意羞辱她们的手帕姐妹月娘，致使月娘投湖自尽了。

这件事，激怒了归家院的姊妹们，她们相约发誓，宁愿一死，也不去侍候这个姓尤的畜生。杨爱愤怒地撕毁了那张请帖，她们虽身陷平康，但也是人哪！她再次乞求秋娘：“你就成全我的心愿吧！不瞒你说，我已积攒了一点私蓄，按你过去的许诺，以原身价赎身。放我走吧！阿娘！”说着向秋娘跪下了。

杨爱的要求，秋娘也曾有过，她们有共同的命运，可现在秋娘已熬到老鸨的地位了，金钱的诱惑，使她总有点舍不得放掉杨爱这棵摇钱树。

她伸手去扶她，杨爱任凭她怎么拉，也不起来，而是重复着自己的要求：

“阿娘,你不答应,我就不起来!”

秋娘说:“你起来说话,这不是一件小事,要好好商量一下。”

杨爱刚刚站起来,阿娟就从门外捧进一个礼盒递给秋娘说:“那个该死的总兵,派人送来了定金呢!”她蔑视地撇了撇嘴,望着杨爱,“爱娘!可别去呀!”

这定金虽说是预料之中的事,她们仍然非常恐慌。杨爱早就铁了心,有誓言在先,宁死不屈!可不去的后果呢?秋娘急得不知所措。她们谁也没有作声,只是怔怔地站在原地。

阿娟见她们都不答理她,便说:“送礼的人问是他们来轿接,还是自己坐轿过去?”

杨爱的话回得硬邦邦:“你去对来人讲,我不去!”

“慢!”秋娘连忙向转身出去的阿娟招呼道,“就说谢谢总兵大人,不用来轿接。”

阿娟讷讷地点了下头出去了。

杨爱走到秋娘身边,坚决地说:“阿娘,我早就说过了,宁可立地就死,也不去的!”

“让我想想吧,你先去歇着!”

秋娘回到自己房里,掩上门,和衣伏在枕上。不觉间,泪水从眼里奔了出来。她想起了自己的不幸身世,这世间,唯有阿爱可算是她唯一的亲人了!突然间,她心里产生了一种比任何时候都宠怜她的情感,她应该助她以偿夙愿!可是,迫在眉睫的是如何躲过那个凶残恶魔纠缠的一关!

她苦苦思索着。俄顷,她心里出现了道微光,她坐起来,揩揩泪,就找杨爱去了。

杨爱闷闷不乐地坐在椅上。

秋娘走进门就对她说:“阿爱,我答应你的要求。”

杨爱以为是自己忧思过度产生的幻听。她惊异地看着秋娘。秋娘的严肃表情使她相信确实这么说了,她一步步向秋娘走去,投进了她的怀抱。她激动得半句话都说不出,热辣辣的泪水,滴洒在秋娘的肩上。她们久久地搂抱着。

她慢慢地放开了秋娘,走到自己的衣箱边,打开箱子,从箱底拿出一只描金漆盒,双手把它捧到秋娘面前说:“我的身价钱。阿娘,你收下吧!”

秋娘接过小盒,端详了会,就把它放到桌子上说:“等我找出了那张契约再来拿吧！”说着，就起身走出去了。

杨爱感到室内突然亮了，从明瓦上投下了一柱金黄阳光，她的心因突然而至的喜悦在“咚咚”地跳着，她仿佛是个失足跌进深渊的樵夫，在绝望之后，又在绝壁处发现了一根伸下来的葛藤，这是救命的绳索啊！若能攀上去，就是生；反之，只有坐以待毙！她不顾一切扑上去，紧紧抓住不放。她忘了世间的忧患，也忘了那纸撕毁的请帖和礼金，只想着那张卖身契，恨不能立即拿到手。

她不停地抚摸着那只描金漆盒，这是花朝那日，汪汝谦先生托人避过秋娘送给她的，至今她仍不明白汪先生为何送这样的重礼给她。后来，她几次问他，他也只是笑而不答。有次他隐约地说了句，“你将来会用得着的！”难道他已预料到这一天吗？她心驰神往起来，仿佛有一双绚丽的羽翼，把她带到了广阔的天地里，像国士那样追求自己的所爱所想。她简直是想入非非了！

她一边收拾散落枕边、桌上、几上的书籍，一边慨叹在阴霾的日子里，在屈辱的生活中，就是它们，给了她生活下来的力量！因为在这个世界上，她还有所爱所依！现在，她终于就要得到自由了，她就要带着它们——患难中的知己，阴霾岁月中的伴侣，去闯荡人生了！自由，多么可爱的东西！她就要不属于任何人了！只属于生她育她的自然、天地！她深信，只要自己孜孜以求，她自信不会逊于男子！在某些地方，或许还要叫男人们汗颜的。

她想着想着，那块阳光已变成了玫瑰色，爬上了西墙。可是，秋娘没有回来！她焦虑了，那纸契约还未到手，心里还是不踏实。她像那抓着葛藤，缘壁而上的樵夫，还未到达山巅，假若藤条突然间断了呢？她的一切不都要成为泡影？她捧起首饰盒子，去寻找秋娘。

（选自《寒柳》，人民出版社1988年7月1版）

方兆祥

（1942— ）

当代作家、原安徽省政协主席。安庆市人。曾创作和发表过书法及多种文艺作品，包括中篇小说、诗歌和杂文等等。也发表过一些理论文章，并获得中国新闻奖和华东新闻奖。自2001年起，先后出版了长篇小说《罂粟果》《龙头老太》，个人文集《落地有声》《精神力量》《我说政协》，散文随笔《老M神侃》等。

罂粟果(节选)

第二章　似曾相识

一

却说马驷格外高兴。这次在关键时刻,他亲自去海州一晚破了两个案子,海州市公安局还报告公安部,为马驷请功。这给马驷撑足了面子,觉得还是自己科班出身本事大,令贺坚不得不高看自己一眼,在表彰大会上还着实被表扬了一番。

给这个案件定性和提出处理意见,也是以马驷的意见为主的。他知道贺坚是想定得严些、处理得重些,好向老百姓有个交代。而自己觉得在关键时刻,华媛媛和过江龙出手帮过自己,可以放他们一马。由于他的坚持,贺坚和别人也都同意了他的意见,所以觉得心情舒畅。

马驷准备在家休息,回味回味这一切,享受享受这胜利果实给自己带来的心理满足。但不到十点钟,电话铃响了,是市政副秘书长兼信访办主任钱云龙打来的,十万火急,说是无线电二厂的三百多名职工上访,围困了市政府,大门开不了,道路也堵塞了。下午省长还要来检查工作,市里正在紧锣密鼓地准备,大门堵住了那不出洋相吗?所以,让他赶快去现场救急,想办法疏散群众。

马驷一听,所有的快乐劲一扫而光。他知道上访的事非同小可,处理不好,谁也没好果子吃。市委常书记早就发过话,对这类问题要发现得了,控制得住,解决得好。现在麻烦了,上访的人已经“兵临城下”,自己还蒙在鼓里,优哉游哉的,一点信息都不知道,追究起来不是失职吗?想到这里披上衣服就往外跑,泡好的龙井茶也没喝上一口，开了车子直奔市政府。

来到市政府，只见大门紧闭，门外有上百人静坐着，男男女女都有，看样子是退休工人，年龄都比较大。大门外的胜利大道，是本市最宽最长的一条主干道，两百多工人手牵手，拉了一条绳子，上面挂了一条白布，白布上写着八个大字，“还我工资，买我住房”。两百多人一字排开，把马路堵死。交警在五百公尺以外就疏散了车流，使这条车水马龙的主干道变成了一条死街。十多名警察在马路中间晃来晃去，随时准备应付不测。不过看这阵势，一旦闹出事来，别说十名警察，就是再加十名也无济于事。

马驷找个地方停好车，从市政府的侧门进入市府大院，只见大院两侧已经预备了几十名武警，他们已经进入岗位，就地待命，随时准备行动。院里还调来了几辆警车，以备急用。马驷来到大门口，见到了秘书长钱云龙，以及信访局长、保卫处长等等一堆机关干部和工作人员，他们正在紧张地议论着，步话机不停地响着，人员来回穿梭着，一副如临大敌的样子。

一见到马驷，钱云龙就招呼他过去。钱云龙是信访领导小组的副组长，马驷是领导小组的成员，其他几位成员也都在现场。钱云龙简单介绍了情况，说无线电二厂的职工在上午上班之前，突然到了市府门前，封锁了交通，造成这种被动局面。

据了解，他们要求补发拖欠的工资。打电话找他们单位负责人，一个也找不到，要不躲起来了，要不就是他们本身策划了这次行动。让上访群众派代表来谈，他们说派不出代表，要谈就和三百人一起谈。看来他们做了充分准备，不达目的不罢休。但是今天情况特殊，省长下午要来视察。上访的人也许是专门看准这个日子采取行动的。

钱云龙说：“刚才我们几人都出面做过工作了，没有什么效果，马局你来了，是不是从维护社会治安的角度去做做工作，劝他们顾全大局，先把道路疏通，有问题派代表来谈，我们协助解决。”

马驷想，你信访办主任都解决不了，我还有什么办法？我一没钱，二没权，人家凭什么听我的？但想归想，还是硬着头皮走近上访人群：“你们这是干什么？有话好说，堵马路算什么？”

有人认出他是公安局的，戏谑地说：“大檐帽来了，只知道吓唬人，不跟他谈！”

“大檐帽怎么了？大檐帽不也是为人民服务的嘛！”

“说得好听，是让群众为你们服务吧！”

“大家别闹，你、你、你，别起哄！起哄能解决什么问题？有什么事派代表谈行吗？信访条例上规定，每次可以派五个人谈。”

“那条例净哄人，派五个人还不是肉包子打狗？要谈就一道谈！”

“你们这样固执，又不谈，又不撤，影响交通，影响上班，是一种违反社会治安管理条例的行为，懂吗？”

“那你们呢？上班不发工资违反什么？是违反《劳动法》，懂吗？”

“发工资不归我管，我管社会治安，咱们是铁路警察，各管一段。”

“既然不管工资，跑来谈什么？冒充大头鬼，回家抱孩子去！”

“你没有金刚钻，来揽什么瓷器活？一边歇着去！”

“大檐帽，两头翘，吃了原告吃被告，见人先敬礼，皮笑肉不笑！”

大家七嘴八舌，越说越不像话，马驷听了很窝火，发作不是，不发作也不是。

一位年龄稍长的工人看了出来，劝导式地说：“警察兄弟莫怪，大伙有两年没发工资了，厂长又不管，实在没办法才来找政府的。你大人有大量，别跟我们一般见识。我们也知道警察解决不了吃饭问题，所以我们也不难为你，你也别难为我们。你的责任也尽到了，请回吧，让管事的来，我们不会不讲理。”

马驷是聪明人，听到人家给自己找台阶，当然顺势往下走。“那好，我给你们找领导去，你们别乱来，遵守秩序啊！”说着，马驷回到市府大院，对着秘书长两手一摊，表明自己无能为力。

这种状态一直坚持到午饭以后。钱云龙原以为拖到中午，工人们撑不住就会自动撤了，但这次看来他们铁了心，人不但没减少，反而在增加了。钱云龙召集领导小组的几个成员，紧急磋商起来。眼看省长们的车队快到了，工人们也许知道这个情况，所以坚持不撤，看来劝是劝不走了。怎么办？

马驷说，那只有强行带离了，上防暴警察，两个带一个，架上车带走，送到他们单位去。

其他人有些犹豫，但也确实想不出好办法，大家都挨着饿，也有点撑不住了。

钱云龙咬咬牙说，还是第一次碰到这么厉害的集体上访，一点劝也不听，那就只好使用非常手段了，二十分钟之内，再调一百名特警来，准备三辆大客车，装满一辆走一辆。

马驷和交通厅长奉命行动起来，叫人的叫人，叫车的叫车，市府大院内乱成一锅粥。好在市府还有一个后门，人员和车辆都从后门进入，然后运作到大门院墙内。墙外上访的工人们倒是一无所知，还在三三两两地吃着干粮、喝着矿泉水。

钱云龙正准备发出行动的命令，突然间脑子一转，觉得这么大的事不报告不妥，自己一个人也扛不了这个担子，万一上级怪罪下来，事情可大可小，弄不好还得兜着走。

他想到了副市长李洪保，他是分管机关工作的，还兼着经济开发区主任，又是信访领导小组的组长。他昨天还在省里开会，听说今天下午省长要来检查工作，所以上午赶了回来，估计这会儿已经吃过饭在午睡呢。钱云龙觉得，无论如何得向他报告一下，求得他的支持。

于是他拨通了李副市长家的电话，过了一会儿，那边才响起慵懒的声音："谁呀?"看样子的确在午睡。

"我是云龙啊，对不起，李市长，打扰您午睡了，有个紧急的事情要向您报告一下。"

"说吧，什么事呀?"

"就是今天上午群众上访的事……"

"还没解决呀？都大半天了吧？过一会儿省长要来，得赶紧处理呀!"

"就是呀，我这正着急呢，大家说没别的办法，只好强行带离啦，我都准备好了……"

李洪保原来是躺着接电话的，一听到这里，一屁股坐了起来，睡意也一扫而空，思想高度紧张起来，他没想到是这样的电话，大街上抓人，要让他点头!

李洪保也是个绝顶聪明的人，他想我能点这个头吗？大白天的，在市府大门口防暴警察当街抓人，往汽车上架，那样子多难看哪！围观的群众肯定不会少，肯定会同情弱者，要是闹起来怎么收场呀?

他一边想，一边冲着电话说："你们别慌，我马上就来!"

放下电话，他赶快穿好衣服，一路小跑，从宿舍区赶到市府大门口。

钱云龙和马驷一行，看见李洪保来了，赶紧迎过去。钱云龙又简要地报告了一下情况。大门院墙内,聚集着两百多名武警,一部分特警手上还拿着盾牌,三辆大客车点火待发,正是箭在弦上之势。

李洪保伸出两只手,往下一压,“都别动,我出去看看再说。”说着,径直向大门外走去。

钱云龙连忙阻止,“李市长,别出去,外面净是人,不安全。”

李洪保说:“那怕什么?不看清楚怎么下决心?”

李洪保走出大门,看见一群工人席地而坐,把市政府的进出通道堵得严严实实,人数虽然不多,但车辆已无法进出,谁也不愿意和上访人员较劲。人行道倒是畅通的,虽然有些围观者,但行人还是川流不息。再看快车道上,车辆已经绝迹,一大群工人排在马路中间,就像一堵人墙,交通就此中断,本城的一条大动脉发生了严重堵塞,估计也引起了其他道路的拥堵。

李洪保一看就知道形势是严峻的,别说省长要来检查工作,就是不来,这种僵持局面也要赶快解决,怪不得钱云龙他们要决心硬干。李洪保毫不犹豫地走近人群,一边走一边想着对策。

李洪保走到上访队伍前,很客气地叫了一声:“大家好!”

一开始大家没注意,这一叫多数人都认出来了,是李洪保啊!于是有人应道:是李副市长!李市长来了!市长好!人群顿时活跃起来,一部分人围到李洪保周围,但大部分仍然警惕地坚持在原地,没有号令,寸步不让。

李洪保采取的是亲和战术,摆出一副老熟人的姿态,以朋友式的口吻说:“大家干什么呀?听说一大早就来了,这不,现在两点,都大半天了,不累吗?吃饭了没有?”

工人们见李副市长没有批评他们,说话还很亲切,一下子就消除了不少怨愤和对立的情绪,纷纷回答李洪保的问话。

“谁愿意吃这个苦啊,都站了六个小时了!”

“家里还有老母亲病着,饭还没吃哪!”

“我们也是没办法,两年没发工资了,喝西北风呀!”

“厂长又不见面,活不见人、死不见尸,没人管啊!”

“就这样还贴布告,五时三刻让我们交购房款,不交就算放弃!”

“我们要见市长!”

“市政府要给我们做主!”

李洪保伸出两只手，往下一压，说道：“大家安静点！这么多人一齐说话，我也听不清，你们也讲不明白。我有个建议，咱们把谈话地点换一换，不能在大街上说，你们也站了六个小时了，全市的交通还堵塞着呢！咱们去市府大院去谈，好不好？”

这个建议已经涉及实质性问题，大家一下安静下来，许多人你看看我，我看看你，似乎在交换着意见。李洪保知道，队伍里有头儿，头儿没发话，大家不好吭气，但是大家的目光一定在头儿身上转来转去。

李洪保见时机已到，又采取了以退为进的办法：“大家要是相信我，就跟我走，把标语、横幅收起来，到市府大院去谈。如果不相信我，我也没办法，只好爱莫能助了。”说完，他也不等反映，转身就走。他知道，这个釜底抽薪的办法一定有效。上访的人已经熬了六个小时，好不容易盼来一个副市长，绝不会放过这个机会的。

果然，他没走几步，后面就有人叫了：“李副市长，我们跟你去谈，你得帮帮我们啊！”

“那你们都跟我来吧！”不一会儿，二三百人全进了市府大院，街头上一个上访的人都没了。李洪保出马，前后就几分钟时间，马上给全市的交通解了围。

钱云龙由衷地对李洪保竖了竖大拇指，“高，实在是高！”

等上访人员都进了大院，李洪保指了指院里的草坪，两只手再往下一压，“大家都坐下！”于是几百人齐刷刷坐到草地上，而且很自觉、很安静。

李洪保接着说：“既然大家来了，我们就把问题谈清楚。今天来的人多，几百人怎么说话？按照规定，你们可以选五个代表，我和代表们在屋里谈，其他人坐在这里等候，有结果让代表告诉你们。这样速度可能快点，大家说好不好？”

人群里再一次迅速交换着眼色，李洪保知道，他们又是在征求头儿的意见。不一会，有五个人自动站起来，变成了代表。

钱云龙感到纳闷，也没看见谁提名，也没看见谁举手，居然很快就把代表决定出来，而且没有任何人表示反对，这种组织性和纪律性真不简单，怨不得赶也赶不走。要是真的用起防暴警察来，还不知能不能奏效呢！他非常庆幸自己向李副市长作了汇报，把一场即将激化的矛盾缓和了下来。

随后，李洪保一班人就和五个工人代表在值班室进行了交谈。五个代表又推荐了一个戴眼镜的中年人主诉。李洪保想，这大概就是他们的头儿了。由于人少，话题比较集中，会议的气氛也比较宽松，因此很快就把上访的缘由搞清了。

无线电二厂是生产电视机的厂家，建厂三十年了。头十年生产非常红火，产品供不应求，想买一台电视机，还得人托人开个后门什么的才能弄到。后来市场变化了，卖方市场变成了买方市场，竞争的对手多了，二厂开始走下坡路，再加上技改资金不足，研发能力弱，市场占有的份额越来越少。近十年在艰难中度日，但日子难过年年过，步子不大年年走，贡献不大年年有，生产照维持着，产品主要销往农村，库存积压也不多，主要是货款收不回来，生产周转不灵，工人工资不能及时兑现。厂长也组织了不小的讨债队伍，去找销售商讨钱。但如今讨债的是孙子，欠债的是大爷，一些代销商胡搅蛮缠，说要么你们把电视机撤回去，要么你们再降价让利，否则要钱没有，要命一条。如此这般地拖了一年又一年，二厂的生产已经岌岌可危，人心涣散，怨声载道，本来就像一堆干柴烈火，最近又出了一桩火上浇油的事。市房改办正在推进住房改革，对职工住房采取一次性买断的方法，按照房改的价格，一次交齐购房款，就对现有的公房享有了所有权。于是厂办在布告栏里贴出一张告示，通知各住户在一星期内交齐购房款，否则作为自动放弃处理，不再享有房改优惠。

这一下炸了锅！两年没发工资，吃饭都有问题，哪有钱再交购房款？大家三番几次地去找厂长，厂长神龙见首不见尾，逮也逮不着。眼看购买期限已到，大家伙商量来商量去，厂长找不着找市长去！

职工代表提的要求很简单：要么补发拖欠的工资，我们用工资去交购房款；要不将拖欠的工资转账给房改办，抵扣购房款，多退少补。

李洪保算是听明白了，钱云龙和马驷等等也听明白了，工人们说得有道理呀！问题出在领导身上，工作不负责任，处理问题简单化，逼着工人上访嘛！况且工人们的要求合情合理，解决的办法不是不可行。我们的一些同志呀，就是不敢面对矛盾，遇到问题绕着走，能绕得掉吗？

钱云龙还想，一上午也没搞清什么问题，像这种情况用防暴警察来解决，恐怕又是火上加油呢，以后得细心点了。

李洪保当即办了两件事：一是让钱云龙通知厂长、书记立即赶到现场，过时不到就地免职；二是亲自给房改办主任打了个电话，通报了这边的情况，提出由无线电二厂的主管局出具公函，建议用欠款转账的办法暂时抵交购房款，一旦有了货款往来，立即补交，请房改办通融通融。

房改办主任立即作了答复，说市长这样关心群众，对我们也是个教育，这种事变通一下当然是可以的。房改工作总体上是有要求的，但具体情况具体处理也是常有的嘛。像无线电二厂的情况本来可以商量，但我们不知道情况，厂里也没人来反映，今天李市长亲自把情况告诉我们，我们当然同意了！

李洪保说："谢谢你们啦，你们的原则性和灵活性都掌握得很好，如果我们的部门都能像你们这样关心群众，体恤下情，什么问题不好解决呀，我们的投资环境不就更好吗？"

李洪保放下电话不一会儿，无线电二厂的厂长满头大汗地赶来了。在本厂的职工面前，又是在市府大院，面对着副市长，厂长感到无地自容，汗流浃背。李洪保逼视着他，足足有三分钟不说话。他感到巨大压力，恨不得挖个地洞钻下去。

李洪保问："此时此地，你有什么话说？"

厂长回答："都是我的错，我辜负了领导的信任和职工的希望，我检讨。"

"那张关于购房的布告是怎么回事？"

"是我让贴的，房改办限期交钱，我没办法，只好让大家交钱办证。"

"你也不看看工人交不交得起？"

"是是是，我有责任，形式主义，简单化，没做协调工作，也怕房改办不答应。"

"欠工资怎么办？"

"我亲自带队，组织厂办的干部分头去催货款，尽快补发工人的工资。"

李洪保接着厂长的话说："你看，办法不就出来了吗？我们的一些同志，当太平官当惯了，只知道过五关，不懂得走麦城。哪有那么多顺风船好坐呀？碰到一点矛盾就回避，往哪儿躲呀，还得自己想办法！党把这么大个厂交给我们，千把人的身家性命都在我们手上，我们要负责任！"

厂长点头如捣蒜，"是是是，我有责任，我没干好。"

李洪保缓了缓口气："你们的书记呢？怎么没有来？"

那个戴眼镜的工人代表说："陆书记有癌症，住在医院里，他是个好人。"

"啊！"李洪保对钱云龙说，"找个时间，你代表我去看看他，有病好好治，工作上的事让他放心。"

谈话谈到这种程度，李洪保估计工人们的情绪已经稳定了。他最后归纳了三条：一是由主管局出函给市房改办担保，用转账的办法，以工人欠发的工资抵交购房款，等补发工资后由二厂直接和房改办结算，职工个人多退少补。二是由厂长负责组织人员追讨货款，由市政府法制局出面协助，以法律的形式对追款提供帮助，追回的货款首先补发工资。三是另找生存办法。李洪保说："你们厂有过自己的辉煌，也做过不小的贡献，现在的老产品、老技术，已经不适应了，我想办法给你们找一个合作伙伴，在技术和资金上帮助你们，让你们厂再创辉煌。大家说，这样行不行？"

李洪保的话还没说完，五个职工代表就站起来鼓掌，在值班室谈话的所有人也都热烈鼓掌，厂长还一边鼓掌一边抹了眼泪。

李洪保又伸出两只手，往下一压，掌声停了。

李洪保看着戴眼镜的那位中年职工问道："你在厂里是干什么的？"

那人说："我是政工师。"

李洪保："哦，是政工师，难怪看着就有学问，讲问题条理清楚，简明扼要，有水平哪！但是政工师是懂法懂政策的，国家对上访有规定，集体上访只限于五人，五个人能说清问题了，你看你们五个人不是谈得很好吗？政府不支持大规模集体上访，你看你们几百人堵了大半天，机关不能正常上班，交通被迫中断，这是一种违反治安管理条例的行为。如果大家都这么干，我们这个城市怎么管理？老百姓怎么议论我们？你们希望看见一种乱哄哄的场面吗？"

这个时候，五个代表被问得哑口无言。当他们在义愤填膺的时候，觉得自己的行为是仗义执言。当他们在心理平衡的时候，知道自己带头做了错事。他们懂得，是自己的局部利益干扰了全局工作，他们面现愧色，讪讪地笑着，不知怎么言语。

还是那个政工师表了态："市长这么关心我们，我们知道错了，我们这种过激行为也是迫不得已，今后我们不会这样做了。"

李洪保笑笑说："那就只此一次，下不为例。我可认识你们五个人了，如果下次再搞这么大规模行动，那我就找你们五个人说话！"

政工师说："李市长放心，下次我们决不搞这种事，有什么情况，我们个别向市里反映。大家看怎么样？"

五个代表一边说好，一边鼓起掌来，然后李洪保和其他人也都鼓起掌来。

听到屋里一阵掌声,坐在外面草地上的工人知道尘埃落定,也都鼓起掌来。

掌声结束,值班室的门打开了,政工师冲着二三百人一挥手,“赶快走,不要影响市政府工作!”几百人笑嘻嘻地站起来,拍拍屁股,几分钟就散尽了,市府大院又恢复了宁静。

钱云龙长长地舒了口气,只觉得已经是饥肠辘辘了。

马驷拍拍李洪保的肩膀,跷起大拇指说:“姐夫,还是你行!”

李洪保戳了戳马驷的脑袋,“你个小舅子,只知道动武,差点给我捅出大娄子!”

二

下午,省长一行风尘仆仆来到东江市视察,对市委、市政府的工作表示满意。市委书记常明华坦诚地说,我们这里矛盾还不少,不稳定的因素还很多。今天上午还发生了群众集体上访问题,在你到来之前,才由副市长李洪保化解了。接着他把李洪保怎么处理上访事件的大致情况汇报了一下。

省长听了很高兴,说我们的干部就是要这样,不回避矛盾,靠前指挥,问题就迎刃而解。如果遇到矛盾绕着走,问题就越拖越大,积重难返。

李洪保谦虚地说:“那是省委、省政府领导得好,我们都是按常书记的要求去做的。”

回到家里,李洪保嘴里还哼着小曲。妻子马茹一见,感到十分稀罕,说:“今天才知道李大市长也有点音乐细胞呢,原来不是五音不全,一听音乐就头痛吗?今天我可算找到知音了,有什么喜事吗?”

马茹是演员出身,曾经是京剧团当家花旦,年轻时演样板戏曾经红极一时,她扮演的阿庆嫂倾倒过无数观众。现在虽然年过半百,但风韵犹存,加上会保养,看上去比实际年龄小得多。自从电视普及以来,戏曲就走下坡路了,京剧团早已名存实亡,当年的阿庆嫂也闲置多年了。

自打嫁给李洪保之后,总算有了出头之日,工作换了又换,现在换成市招商局副局长了。平时有事没事,无论在家还是在单位,总爱哼个戏呀唱个曲儿什么的,李洪保一听就躲到书房去了。今天听李洪保居然哼着小曲回家,知道一准有喜事。

于是李洪保就把自己怎么处理上访事件的经过,绘声绘色地向马茹说了一遍,特别把市委书记怎么汇报和省长怎么表扬的情况着重强调了一番,言辞之间充满了炫耀和自豪。

马茹一边听一边想:人哪,不论是平头百姓还是头戴乌纱,不论是三品五品还是七品八品,都是爱吹不爱批的,不论哪个级别的官儿,只要上级一表扬,就乐不可支,好像捡了个金元宝似的。像李洪保这样,是当过厂长、局长的人,又当了多年的开发区主任,现在是正经八百的副市长,也都是知天命的人了,挨了省长表扬一下,就如此受宠若惊!唉,人人都是血肉之躯,都是吃五谷杂粮长大的,谁不想衣食无忧?谁不想领导垂青?谁没有七情六欲?

就拿李洪保来说,和自己是半路夫妻,未结婚前,看见他真是高山仰止,但自从李洪保拜倒在她的石榴裙下,这个很尊贵的男人和那些比较尊贵,甚至很不尊贵的男人一样,都变成了自己石榴裙下的宠物,只会围着自己汪汪叫,摇尾乞怜。

她一时也数不清自己究竟有过多少宠物,只不过她清楚李洪保是她最重要的几个男人中的一个。所以,她得好好宠着他。

马茹温柔地摸着李洪保的头,还在他的脸上亲了一下,"老公,你永远是最棒的,你是全东江最棒最棒的男人!有你这样的男人做我老公,是我马茹的福气!"

李洪保看见女人对自己如此臣服,心里当然高兴,也搂了搂马茹的腰肢,"好啦,别给我灌迷魂汤啦,老公还让你办事呢!"

"怎么,也想让我分享你的幸福呀?"

"幸福不幸福,主要看你啦。我答应给无线电二厂找个合作伙伴,带资金、带技术帮他们搞技改,给他们找一条出路。不然,千把人吃饭的问题还是解决不了。你是招商局副局长,得帮我想想办法。"

马茹沉吟半晌,回答说:"招商局嘛,本职工作就是招商。我手上倒是有几个客商,内商、外商都有,但一时说不好他们的投资意向。你宽限几日,我接触接触再说。不过有一条要先说好啊……"

李洪保说:"有什么先决条件?你讲。"

"市政府发过文件,谁能成功地招商引资,按实际到位的资金额奖励0.5%给中介人,这个政策对我也适用哦!"

"你这个大财迷,就知道要钱,咱家的钱还不够用吗?"

“桥归桥，路归路。政府是政府，咱家是咱家。政府说话要算数，不然怎么取信于民?”

“好好好，反正这政策也不是我定的，也不是只对你一个人的。大家都这样，一视同仁。重赏之下必有勇夫嘛，你试试看吧，最好抓紧点，不然工人还是要上访的。”

三

俗话说“钱能通神”，又说是“有钱能使鬼推磨”。概言之，钱都能调动鬼神，何况人乎？一位伟人曾经说过，等什么时候取消货币了，他要用黄金打造一个厕所，让人们看看，这种世界通行的货币曾经是怎样驱使着世人，又是怎样地沾染着铜臭的。只可惜目前货币还在通行，黄金还在涨价，我们一下子还难以达到那个高尚的境界。所以，马茹倒是积极地物色起客商来了。

有个意大利华侨成了她的首选对象。此人叫徐敬孟，一个五十来岁的商人，高高的个子，健朗的身材，不胖不瘦的脸上架着一副金丝眼镜，眼镜的后面闪烁着深邃的目光，这种目光往往使人感受到一种很强的穿透力。他说着流利的英语，又能说标准的普通话，再加上儒雅的外表，留给人一种贾而好儒的印象。他显然是个大款，在国内有几处生意，也常来东江谋求发展。市委统战部已经把他列为对外友协的会员，市政协也在考虑吸收他为政协委员。他很活跃，但不张扬，在外商队伍里也颇有人缘。对这样一个优秀男人，马茹早就注意到了，总想用招商的方式把他拉得更近一点。

在一次酒会上，她看见了徐敬孟，端着酒杯走到徐的身边，笑盈盈地问：“徐先生近来在哪里得意呀?”

徐敬孟赶紧站起身来，与马茹碰碰杯，“谢谢市长夫人关心，徐某说不上得意，浮生劳碌而已。”

“徐先生客气了，能如徐先生这般劳碌，人生恐怕也就满足了。”

“哪里哪里，你看贵市发展多快，工厂一个连着一个，商场一家连着一家，高朋满座，客商云集，这才叫人感到满足呢！”

“那徐先生看，我们市的投资环境怎么样?”

“依我看，这是一片适宜人居、适合投资的热土。”

“那徐先生愿意在我们这里投资吗？我这里有一个好项目。”

“你说的是无线电二厂的项目吧?”

马茹惊讶极了,“你真神哪,一猜一个准! 怎么回事?”

徐敬孟笑笑说:“前几天李市长亲自出马,化解了一场围困市政府的危机,全市都在议论,佩服李市长的勇气。这一点我当然有所耳闻。再一了解,李市长答应给工人做主,找一个合作伙伴,你是搞招商的,主动来找我,可能与这件事有联系吧? 我也是瞎猜猜。”

“徐先生了解无线电二厂吗?”

“这个厂建厂三十年,头十年上升,中间十年维持,后十年下滑。全厂职工一千二百人,年产东江牌电视机五万台,年销售收入一个亿,最好的年份利润率达到8%,现在因为原材料涨价,成本上升,已经亏损,再加上货款回笼不及时,流动资金匮乏,已经到了停产半停产地步。大概情况就这样,我也只是略知一二,略知一二。”

马茹又一次惊讶起来,“徐先生经商的本领真不简单,这么快就把二厂的情况摸得一清二楚。你说得不错,这个厂成了市里的包袱,积重难返。看样子徐先生是不会对这样的厂感兴趣了!”

“不,市长夫人,我只说了解了一些情况,并没说对这个厂不感兴趣,也没说不愿意合作。”

“那为什么呢?”

“这个厂的基础是比较好的,技术工人比较多,有生产电视机的成熟经验。目前之所以亏损,有原材料涨价的原因,这一点并不特殊,因为全球都在涨,所有电视机厂家都有这个压力,大家都在同一条起跑线上,所以这一条并不算什么。这个厂的关键,还是管理不善,机型落后,市场占有率低。如果在这方面有所加强,生产新品种,改变营销策略,扭亏为盈不是没有可能的。”

马茹试探地问:“这么说,徐先生是有意加盟啰?”

徐敬孟回答:“那还不一定,市长夫人,这种事是要经过多次磋商才能决定的。我还想知道市政府能支持到什么程度。”

马茹明白了,她的试探已经完成。徐敬孟愿意合作,但要看条件优惠到什么程度。商人嘛,唯利是图,可以理解。

听了马茹的报告,李洪保倒是很高兴。他觉得只要有人投资合作,把无线电二厂救活,就是他的胜利,就可以为他处理集体上访事件画上一个圆满的句号。这就是政绩，别说可以邀功请赏，至少可以让人对他刮目相看。

于是李洪保派经贸委主任、电子工业局局长以及招商局局长，组成一个谈判班子，与徐敬孟进行了多轮谈判。谈判虽然比较艰苦，因为李洪保急于解决无线电二厂的问题，所以徐敬孟要价比较高，但最终还是达成了协议。市政府一方急于求成，徐敬孟一方也算是怀有诚意，最后瓜熟蒂落，皆大欢喜。

无线电二厂以厂房和土地入股，原有的生产线继续保留，面向农村生产比较实用的电视机。徐敬孟投资一亿人民币，再上几条新的生产线，生产液晶和等离子电视机，面向国际市场。徐敬孟控股，占51%，无线电二厂占股49%。从投产之日起，在税收问题上，实行“三免两减”。徐敬孟表示，自己所得的利润并不拿走，继续投入，扩大股份。在管理体制上，徐敬孟任董事长，聘用了一个外籍华人当总经理。无线电二厂的原党委书记任副董事长、副总经理。原厂长因经营管理不善，退出领导层，聘为质检部主任。

在如何对待二厂职工的问题上，徐敬孟来了个大手笔。凡五十岁以下的职工，全员培训，集体上岗，全部聘用，生产新型电视机。五十岁以上职工，除本人愿意自谋职业的以外，也一个都不辞退，在总公司之下成立一个劳动服务公司，由原党委书记兼任总经理，组织大家为总厂生产零配件或从事第三产业，独立核算，自负盈亏。如果真正收支倒挂，总公司适当考虑平衡，予以照顾。

这一举措显示了徐敬孟的魄力和爱心，受到全厂职工的欢迎，也使社会各界人士大感意外，市政府十分满意。因为这次合作，获得了资金和技术，职工没有一个下岗。该优化组合的优化了组合，优化以外的成员也各得其所，没有把包袱推向社会，没有引起任何震荡。这是一次成功的改革，从源头上解决了职工上访的问题。

李洪保大喜过望，处理无线电二厂事件，他自始至终出足了风头。报纸、电台、电视台也进行了充分宣传，市委书记也以二厂为例，多次强调改革要考虑群众的接受程度，要让群众共享改革发展的成果。

马茹呢，则多次催促，要兑现奖励政策。

李洪保一开始有点犹豫。这个项目应该说是由马茹引进的，应该奖励马茹，但马茹是自己老婆，奖励马茹不是等于奖励自己吗？总不能让人说闲话呀！但奖励引进，又是市委、市政府的政策，按政策办事也说得过去，这钱不拿白不拿,只是怎么拿得巧妙一点。

马茹说这好办,咱们俩不出面就是了,我也不做中介人,中介人让一个可靠的人去做。

李洪保问:“谁呀?”

马茹说:“冯国宝呀!”

冯国宝是谁呢?是李洪保的小车司机,也是市政府车队副队长。多年给李洪保开车,平时也为马茹贴心办事,果然是个心腹之人。让他去顶替中介人领取奖励,当然和自家领奖差不多。对内很实惠,对外又可以掩人耳目。所以李洪保说:“这办法好!”

在合作项目投产之日,市政府下令兑现奖励政策,冯国宝作为引进项目的有功人员,到财政局领取了50万奖金。奖金到手之后,冯国宝给马茹打了个电话:“钱已到手,送到哪里?”马茹说:“送到家里来吧。”

冯国宝把车停在马茹的宿舍前。这是一幢别墅式的住宅,上下两层,欧式风格,门前有个院落,鲜花四季常开。

冯国宝按了按门铃,只听见马茹应声:“来啦。”冯国宝推开大门一看,只见马茹穿着睡衣站在屋里。那睡衣颜色粉红,薄如蝉翼,半隐半现地露着胴体。冯国宝一见,一股血直冲脑门,他连忙关上大门,双手一把搂住马茹,重重地在她的嘴上亲了一口,又一使劲,将她平地托起,一直抱到客厅。冯国宝本打算把马茹放到沙发上,但马茹双手钩住他的脖子,嘴里说:“嗯,不要放,不要放嘛!”

“好好好,不放不放。”冯国宝再一次托起马茹的胴体,一步步上楼,把她抱进卧室,放在宽大的席梦思床上,然后自己也迫不及待地压上去……

冯国宝哪来的这么大胆子,敢对市长夫人如此下手?说来话长。在“文化大革命”的那个非正常年代,好像什么都颠倒过来了。工人不在工厂做工,却要组织什么“工宣队”,去占领上层建筑。

冯国宝当时是锅炉厂的一个翻砂工,长得五大三粗,是造反派的一个不大不小的头头。当时的革委会派他当工宣队队长,带着一班工人进驻京剧团去搞斗、批、改。上个世纪五六十年代的京剧舞台,演的都是帝王将相和才子佳人。工宣队去了一斗一批一改,把那些老演员、名演员都赶下台了,扫进了历史的垃圾堆。

那个时候的马茹,只有十六七岁,赶上了好时光,脱颖而出,变成了唱样板戏的台柱子。冯国宝大权在握，对马茹关爱有加，八个样板戏的“女一号”都让马茹去演，还亲自给她端茶送水，保养嗓子，每天晚上演出结束还陪她吃夜宵，乐得小马茹直往他的怀里钻。几来几往，没多长时间二人就勾搭上了。冯国宝觉得拣了个大便宜，家里红旗不倒，外面彩旗飘飘。马茹觉得背靠大树，腰杆子硬，见人高三分。就这样两个人在那个畸形的年代，拉扯起了畸形的关系。

但是好景不长，“四人帮”倒台之后，这种反常规的领导体制也随之坍塌，工宣队宣布解散了，那些不可一世的冯国宝们又回到原单位，该干啥干啥去了，冯国宝一干又是十年翻砂工。

马茹也还是有情有义的小女子，虽然冯国宝已经风光不再，自己也转了一圈回到普通演员的行列。但她对冯国宝一直旧情不断，藕断丝还连，时不时地还幽会一番。一直到马茹经过两次失败的婚姻，冯国宝依然是她坚强的后盾，不嫌不弃。一直到后来马茹傍上了大官李洪保，二人才有所收敛。

再后来，情况又有变化。锅炉厂倒闭，冯国宝下了岗。眼看自己的老情人衣食无着，马茹要了要手腕，力荐冯国宝给李洪保开车，说老司机开车稳，靠得住。像这种事情老公总是听老婆的，李洪保也没多想，就让冯国宝给自己当司机，没多久，还提拔冯国宝当了政府车队的副队长。这一下倒好，冯国宝下岗因祸得福，不仅工作有了保障，会情人也更加方便。这一对怪胎经常是明修栈道，暗度陈仓，两个人互相捏着把柄，又互相加以利用，结成了一个利益共同体。在马茹看来，冯国宝才是真正可靠的男人，而李洪保只是个不可多得的同路人而已。

事毕之后，冯国宝掏出支票，交给马茹。马茹看着50万元这个数字眉开眼笑，说人要是撞上财运，躲都躲不掉。她把支票锁进保险柜，同时拿出5万元现金，塞在冯国宝的兜里，“这是你的辛苦钱。”

冯国宝连忙说：“不要不要，我又不缺钱。”

马茹亲热地说：“别客气了，有我的就有你的。人你要了，钱你也得要，这就叫财色双收！千万不要像周瑜那样，赔了夫人又折兵啊！”

冯国宝说：“我是刘备，福气好，有你这美人做伴，赚老鼻子了！”

四

因为是技改项目，再加上投资及时，进口设备很快到了位，聘用的总经理经验丰富，主辅分离、职工培训、竞争上岗顺利结束，仅仅花了八个月的时间，合作项目就完全竣工，无线电二厂面貌一新，职工们喜上眉梢。

正式投产那天，工厂里张灯结彩，锣鼓喧天，一个简朴而热烈的仪式在厂区举行。徐敬孟率厂领导班子等候副市长李洪保的光临。兄弟厂家的负责人陆续到会，人人佩戴鲜花，坐在贵宾席上，高兴地谈论着无线电二厂的新生。

上午八点，一列车队缓缓驶进会场，徐敬孟知道李洪保来了。秘书打开车门，李洪保不急不忙地跨了出来，整整笔挺的西服，紧紧领带，这才向欢迎的人群伸出手去，等候记者的拍照。

徐敬孟看见李洪保养尊处优的样子，一股反感情绪油然而生。这种情绪撕咬着自己的心，他的心在流血，血管在膨胀，神经绷得紧紧！他差一点失态，要与这个人当场较劲！但是他知道，此时此刻，他做不到这一点，他不但要强忍怒火，而且还必须小心谨慎，甚至要赔着笑脸，才能应付眼前的一切，才能让自己的计划按部就班地施行下去。

想到这里，徐敬孟的嘴角挤出微笑，握住李洪保的手，语气正常地说："李市长大驾光临，本公司荣幸之至！"

与此同时，市经贸委主任上前一步，向李洪保介绍："这就是董事长徐敬孟先生。"

就在这一刻，李洪保忽然觉得眼前的这个人在哪见过，这个头，这笑容，举手投足，似乎有点熟悉，一时又想不起在哪打过交道。

徐敬孟虽然看起来很客气，但和李洪保握起手来，却软似无骨。

李洪保以市长之尊，也不知与多少人握过手，哪个不是把他的手握得紧紧的，有的人还用两只手握着，不停地抖动，以表示对他的尊重与感激。而徐敬孟的这只手柔软无力，与他的表面热情很不相称，似有敷衍之感。

大凡有能力的人，都是极敏感的，往往能从细枝末节感受到内心深处的东西。李洪保与徐敬孟初次见面，就有了一种不平常的感觉。

但也就是一瞬间，李洪保马上调整好自己的心态，既热情又不失身份地说："徐先生是大手笔，东江市欢迎你！"

投产仪式按部就班地进行。鞭炮足足炸了十来分钟，充分表达了职工的喜悦心情。二厂的原党委书记先致辞，他说无线电二厂之所以能够枯木逢春，是改革开放的结果，是市委、市政府亲切关怀的结果，是徐先生精诚合作、大力支持的结果。他代表全厂一千二百名职工表示衷心感谢。

徐敬孟在讲话中表示，愿意为东江市的发展，为全厂职工的幸福，多尽一点绵薄之力。

李洪保再一次观察徐敬孟，觉得他说话的声音很耳熟，扶眼镜的动作也似乎在哪见过，只是一张脸不大熟悉。如果只看他的背影，听他的声音，就觉得像是自己身边的人。他感到奇怪，大千世界，浮浮众生，人与人不可能、但又的确是如此相像，真是不可思议。但想来想去，仍然得不出一个答案，因此感到有点郁闷。

李洪保侧过身子去问经贸委主任："你了解徐先生吗？"

经贸委主任说："了解呀，他不是意大利华侨吗？是意大利远洋公司的大老板，实力很强呢！"

"这我知道。他的祖籍在哪？是什么地方人呢？"

"这我就不知道了，他没说过，我也没问过。这重要吗？"

"我是问，他可能是我们东江人吗？"

经贸委主任惊讶地说："这怎么可能？要是东江人，他还不挂在嘴上到处说呀？"

"啊，明白了。"李洪保觉得言之有理。

接下来主持人宣布，请李市长讲话。

李洪保在热烈的掌声中，盛赞无线电二厂改革的成功，盛赞全厂职工的责任感和创造性，盛赞爱国华侨徐敬孟董事长的精诚合作。他说徐先生投资的企业，虽然不是全市最大的合资企业，但却是合作最成功的企业，有典型性和代表性。所以他宣布，经市政府研究，授予徐敬孟先生"东江市荣誉市民"的称号。

这个决定一宣布，全场响起热烈的掌声，充分显示出这个荣誉称号的民意基础。

徐敬孟再一次走到主席台前，李洪保把荣誉证书和一把象征市府大门的钥匙赠送给他，然后李洪保热情地向徐敬孟伸出手去。

徐敬孟想，又是这只肮脏的手！这只手毁了一个人的生命，毁了一个人的荣誉，毁了一个家庭！这只手沾满了女人的脂粉和铜臭的气息，闻起来让人恶心！还是这只手，曾经斩断了领导和群众、同志和同志的血肉联系，这是一只应该斩断的魔爪！你让我握手？好，我姑且把它握住，我今天握住它，就是要有朝一日斩断它！

徐敬孟礼貌性地弯着腰握住李洪保的手。李洪保的心里又一咯噔，那只手还是软绵绵的！如此崇高的荣誉，如此热烈的气氛，仍然不能唤起徐敬孟内心的共鸣。李洪保明显地感到，徐敬孟是在应付！

徐敬孟返回自己的座位，经过马茹的座位时，她站起来表示祝贺，热情地说："欢迎徐先生成为我们的荣誉市民，今后咱们就是一家人了。"

徐敬孟想了想，低声说了一句话："狸猫换太子。"

什么荣誉市民啊？应该是市民的荣誉！谁和谁是一家人啊？根本就是不共戴天之人！

徐敬孟走回自己的座位，让马茹一头雾水地愣了好一会儿。

这个微小的细节没有逃过李洪保的眼睛。投产仪式结束后，来宾们参观彩电生产线，李洪保瞅准一个机会问马茹："刚才徐先生和你说了什么？"

马茹回答："没听明白，好像他说了一句'狸猫换太子'，啥意思？"

"别说了，参观吧。"话虽如此，在参观的过程中，李洪保的脑子里始终没有赶走"狸猫换太子"这句话。

临别时，李洪保例行公事地问徐敬孟："徐先生下一步还有什么打算吗？"

没想到徐敬孟胸有成竹地说："我倒是真有点打算，既然李市长垂问，那我就简要汇报一下。我想在东江市再上两个项目，一是想在开发区建一个'外商投资休闲中心'，二是想在东江市建一个高尔夫球场。"

李洪保一听来了精神，觉得招商引资的机会又来了。他说："很好哇，开发区倒也需要有个外商投资休闲中心，使大家有个交流的场所。徐先生说的高尔夫球场，打算建哪儿呢？有什么建议吗？"

徐敬孟又胸有成竹地说："我考察了一下，想建在江边的那块休闲地上，农民把它称作'老龙滩'。"

李洪保："为什么建在老龙滩呢？有什么讲究吗？"

徐敬孟："建球场不好占用耕地，老龙滩那个地方基本上是一块荒草地，开发利用一下可以节省成本，保护耕地，还可以改善生态环境。"

李洪保点头赞许："徐先生倒是把我们东江的环境研究透了。"

徐敬孟说："商人嘛，在商言商，但商人也不应该唯利是图，要讲文化。所以我建议在高尔夫球场建一个功德亭，树一块功德碑，弘扬一下我们的民族文化。"

"啊！"李洪保又一次感到兴趣，"建什么功德亭？树什么功德碑呢？"

徐敬孟说:“建一个风雨同舟功德亭,树一块抗洪英雄纪念碑。”

李洪保一下子由感兴趣变成感到惊讶:“为什么呢?”

徐敬孟回答:“听说东江市十几年前发生了一次百年不遇的大洪水,广大军民风雨同舟、顽强拼搏,高奏了一曲可歌可泣的抗天歌。这种中华民族的传统美德,不仅在国内,而且在海外华人中都产生了广泛影响。因此我想建一个功德亭,纪念那场功德无量的抗洪斗争,为在这场斗争中壮烈牺牲的英雄们建个纪念碑,让后人永远景仰他们。”

徐敬孟说了这么多,忽然停住。他敏感地意识到,这些话有点多了,有点喧宾夺主了。所以,他马上话锋一转,又回到原处:“当然啰,我是商人,总想创造利润最大化。如果能建功德亭,人气就会旺起来,利用这个民族文化,可以把高尔夫球场的生意搞红火一点,我也可以多得点利益啊!”

听了徐敬孟的建议,李洪保的随行局长们热烈响应起来。

开发区副主任说:“建个外商投资休闲中心好,现在开发区人气很旺,但休闲的地方没有,吃顿饭还要跑到市区去,不方便。”

经贸委主任说:“外地建高尔夫球场的多了去了,我们市也该有一个,不然那些企业家谈生意只能在饭桌上了。”

招商局局长说:“那个功德亭也很好,把文化、旅游、运动结合起来,也是一条路子。”云云。

李洪保若有所思,也觉得这个想法很好,但也觉得这里有点什么不对头,一下子也不知是赞成好还是不赞成好。

马茹见自己的丈夫在众人面前犹豫起来,面对这样的好事优柔寡断,觉得不够水平,马上提醒李洪保说:“把握商机啊!”

李洪保白了马茹一眼,觉得她在众人面前有点夫人干政之嫌。为了掩饰这一点,他旋即露出笑容,“既然大家都这么热情,那我们就试试看。这两个项目都要用地,我们先看看哪块地比较合适。徐先生,你觉得先看什么地方好?”

徐敬孟毫不犹豫地说:“那就先看老龙滩吧!”

徐敬孟心里想着:李洪保呀李洪保,老龙滩是悬在你头上的一把刀子,看你如何受得了!

(选自《罂粟果》,安徽文艺出版社 2009 年 1 月 1 版)

章诒和

（1942— ）

当代著名作家、戏曲研究学者、博士生导师，获得2015年诺贝尔文学奖提名。安庆桐城市（今枞阳县）人，出生于重庆。为中国民主同盟创办人、中国农工民主党第六届主席章伯钧二女。现居北京守愚斋。

章诒和儿时曾居于香港三年，新中国成立前随家迁到北京定居；1954年起就读于北京师范大学附属女子中学。大学时期（1963年）被下放到四川川剧团艺术室工作。1979年起在中国艺术研究院戏曲研究所工作。2001年退休并开始写作，2004年《往事并不如烟》出版。

著有《中国戏曲》（章诒和主编，文化艺术出版社1999年1月初版）、《往事并不如烟》、《最后的贵族》、《一阵风，留下了千古绝唱》、《雪山几盘 江流几湾》、《顺长江 水流残月》、《这样事和谁细讲》、《四手联弹》等。

刘氏女(节选)

冬季渐渐地来了。

天黑得早,收工回到监狱,天空已是深深的蓝色。一盏低瓦数的灯,孤零零地亮着,模糊又朦胧。电灯没把房间照亮,倒显得整个监狱十分阴暗。赶快吃饭,稍有迟缓就是饭冷菜凉。每个监舍都有一个火盆,犯人的自制品。学习会前,同改把先前在山里烧好的木炭点燃。大家围拢而坐,有了火盆的光亮,人才恢复了精神。

接近年底时的一件大事,就是每个犯人必须以书面形式总结一年的改造情况。这个一年一度的犯人年终总结,不单是个人小结,还要工区评议,干部鉴定,一个一个地过关。顺利的,一天通过;不顺的,一周,外加拳脚。把小结、评议、鉴定汇总起来,呈报上去,层层审批。到了第二年的春天,劳改队就有大规模的“宽严大会”召开,表现好的,减刑;改造差的,加刑。由于有了这样一个“年终节目”,到了年底,会提笔写字的人就因稀缺而珍贵起来。中队里的绝大多数是农村犯法分子,属于文盲或半文盲,我大学文化,又是来自省城,顿成“抢手货”。非但本工区的人,其他工区的人也向干事请示,希望今年的小结,让张雨荷来帮着写。

关押、囚禁自是对罪犯的惩罚,但还不足以达到严惩,于是,衙门就制定出许多极其具体细微的监规做强化、延伸及补充。进得牢门的第一件事,就是学习监规。依我多年体会,监规的实质就是在监狱内部实施最严酷的监控之策。其中,重要的一条就是集体沉默制度,即禁止犯人之间的一切交谈和往来。对我来说,监规中不许逃跑,不许打架,不许斗殴,不许偷盗,不许高声喧哗,凡事请示报告等等我都能承受,唯有不许和别人说话这一条,真是太难受,也太难做到。你想啊,人长个嘴,不就是说和吃嘛!把本能的东西人为地消灭掉,该有多残酷。

我愿意帮人家写小结,因为只有这个机会能和别人交谈,感到活得像个正常人。

我还喜欢打听别人的案情!我入狱前是个搞戏的,而案情就是戏。凡社会矛盾冲突、家庭生计问题、个人情感风波到了非常尖锐、无法调和的时候,人所采取的极端手段就是犯罪。“极端”二字就是戏剧性之所在,犯罪情节就是戏剧情节,犯罪技巧就是难得的细节。像我这样的反革命罪犯,案情没什么“戏”;那些刑事犯罪,可就太有“戏”了!每人都是一出戏,有的还是“双出”:狱外一出,牢里一出。所以,我太感兴趣了!这个犯人,犯啥罪了?那个犯人,原来是干啥的?老想方设法打听。被干事训了无数次,苏润葭也骂我无数回,说我啥都好,就是话太多,管不住嘴。我告诉她,自己的犯罪有一半是因为嘴,这辈子大概没救了。

其实,全中队有文化的人也还不少。我的文化程度不是最高的,最高的是留美博士,姓李,名学珍,疯疯癫癫的,被捕前在一个科学研究机关工作,丈夫也是留美的,科学家。我问过苏润葭:“李学珍是美国哪个大学毕业的?”

她拍了拍脑门,说:“好像叫什么麻绳学院。”

笑死了,我说:“应该是麻省理工学院,名牌大学啊!可了不得,世界一流。她学的专业是什么?”

“不是物理,就是数学。”

“一个顶级脑袋瓜,怎么就疯了?”

苏润葭说:“她就是拒不认罪。挨了不少打,受了许多罚,后来不断加刑,孩子病死,丈夫离婚,她就疯了。”

我叹了口气,说:“不认罪就该挨打、该加刑吗?”

“不认罪,别说挨打、加刑,重的还可以枪毙。”苏润葭神情严肃起来,对我说,“你真要当心了。犯人疯了的,百分之八十以上是有文化的。”又把嘴朝着我身边的巫丽雪一努,说,“她是高中文化,别看现在正常,开春就是个疯子。”

我大惊:“既然是疯子,为什么睡觉要给她戴手铐?”

“把自己管好,你给我少瞎说!”苏组长真的生气了。

见她生气,我就不敢再问了,扳起指头把全中队女疯子的情况算了算,她说得一点不错。这样,通过汪杨氏之死,我在发誓自己不能死在劳改队之后,我又发誓——自己在劳改队也不能疯。

管理我所在二工区的干事姓邓，叫梅。邓干事是从一所农业专科学校毕业分配到劳改队的。年纪轻轻，身材修长，天生的黄头发，梳成一双辫子；爱笑，一笑两个酒窝。她未经沧海，不谙世事，精通的是作物，而非罪犯。她认为被关押的人和草木一样，也需要阳光和水。所以，对工区的管理特点是——除非你闹得过分了，否则一律“睁只眼、闭只眼”。

其他工区的暗羡二工区的犯人，说：“你们多有福气啊。”

好笑又荒唐！人在班房坐，还要说有福？但此后数年间发生在我身上的许多事情，还得承认：靠了邓干事，自己是有些福气的。

邓干事在晚点名之后，对我说：“菜园组的刘月影向我提出多次，要求由你来帮她写，我答应下来。伙房的犯人说了，每次杀猪都是她动手，你根本没摸过刀。是不是？”

“是。”心想：肯定是小妖精背地汇报的，可她见我总是笑嘻嘻的啊！

邓干事又道：“张雨荷，写年终小结，犯人在深挖犯罪根源之前，要把全部犯罪过程陈述一遍，你当然也就知道了案底。监狱有规定，犯人不许互通案情。所以你要保密，遵守监规。知道你爱讲话，我才特别叮嘱。”

我回到房间，对苏组长说：“这个星期六的晚上，邓干事让我帮刘月影写小结。”

她说：“这次你该满意了吧？”

我说：“好奇就是求知欲嘛。”

周六，吃过晚饭，我与刘月影在晾晒作物的凉棚里，开始了谈话。她真有本事，单独搞到一个炭盆。盆内的木炭都是上等青冈木烧的，木质紧结，特别经烧，炭也多，堆成了小山。幽幽的火苗经她几口气一吹，慢慢地升腾起来。那探身吹气的姿势，让我再次欣赏到她那柔美的脖颈。披着大棉袄、内穿暗红色敞口套头衫的刘月影，在火与光的映衬下，平素飘忽不定的目光，也柔和起来。她真像刚卸了妆的模特，这模样和一桩凶杀案怎么也联系不起来。

我先开口：“我是第一次写小结，好赖你多包涵啊！我不会锦上添花，按你的意思，只要说出来的或说出来却表达不够好的，我都会仔仔细细地写下，争取写好。这样行吗？”

“行啊，我文化低，你要帮我多写几句《犯罪认识》。”

《刘氏女》

“我尽量做好，你也别抱太大希望。那么，我们先从陈述犯罪事实说起吧。”

她不回答，从怀里掏出个小纸包，纸有两层，外面是旧报纸，里面是信笺纸。摊开一看是深褐色的茶叶，多为碎末。刘月影说：“赶快回监舍拿自己的搪瓷缸子。借这个好火，我给你煮红茶。”

我一时语塞。红茶？一个久违了的概念，一种淡忘了的体验。自从离开了母亲，就再没有人为我煮过红茶。

不敢相信：家里最温暖的一瞬，搬演在监狱。不禁问道：“你怎么知道我有喝红茶的习惯？”

“我不知道你的习惯，就是问过苏润葭，她说你胃寒，我就想偷着给你烧点红茶喝。”

“你从哪里弄来红茶？”

她眨了眨眼皮：“这就别问了，反正不是偷的。”

我端起红茶，轻呷一口。顿时热气扑面，眼睛和镜片一片迷蒙。深深地感动，只为关押在这里的人都生活在寒冷里太久，太久。

（选自《刘氏女》，广西师范大学出版社2011年5月1版）

陈所巨
（1947—2005）

著名诗人，安庆桐城市人。毕业于武汉大学中文系。中国作家协会会员，安徽省作家协会副主席，一级编剧职称，享受国务院"政府特殊津贴"专家。曾任安徽桐城县文化局创作员、创作股长、副局长，桐城县文联副主席、主席。发表、出版作品千余万字，多次获奖。著有长篇历史小说《父子宰相》（合作）、《明宫奇冤》（合作），诗歌《乡村诗集》（合作）、《在阳光下》、《玫瑰海》、《阳光·土地·人》、《回声与岸》，散文集《陈所巨旅行散文选》，长篇报告文学《痛苦与冲决》、《一个年青的市长和一个古老的城市》、《丰碑昆仑》、《跨越地狱之门》、《川藏雄风》（合作）等。其作品曾多次获奖。其中《父子宰相》荣获第二届安徽省社科文艺奖（文学类）二等奖。

父子宰相(节选)

第四回　除夕夜张英试幼子
元旦日康熙宴群臣

康熙十七年腊月三十午后，北京街头家家关门闭户，就连平日不到夜半不关门的商家客栈，也都将铺门早早关了。除了在胡同里疯进疯出放炮仗的孩子们，大人们都在家里忙着做年夜饭哩。

朝中自吴三桂作乱以来就没有认真放过假。经过五年征战，吴三桂的兵力始终也没有越过长江。今年八月，吴三桂已病死在衡阳，虽然其孙吴世藩即位做了那个什么大周皇帝，其实叛贼情势已日暮途穷。康熙皇帝和朝臣们终于松了一口气。

大局已定，康熙颁旨，恢复以往的休假制度。凡大小衙门，自腊月二十八日起封印十日。也就是说，自腊月二十八日起，凡食朝廷俸禄者，均放假十天。张英因康熙在战乱时为能及时处理事务，设立了南书房，被选为贴身秘书，时称入值南书房。所以事无巨细，特别忙乱。直到今天，临近除夕了，他才得以忙完事务，回家歇息。

吃过午饭，张英想起姚文然已生病多时，不知现下身体如何，遂抽空去姚府探望。是时，姚文然已任刑部尚书之职，但由于他性情耿介，清廉自守，加上家中人口众多，自己又长年生病吃药，经济非常拮据。今年吴贼患除，康熙高兴，特命给六部九卿大小官员发放年赏，虽然像姚文然这样的二品大员，也不过五十两银子，但张英知道这五十两银子对于姚家来说，非常重要。他知道姚文然因病在家，多日未来刑部，便早早将姚的年赏代领了，今日一并送来。他自己也是清贫官员，无甚接济，但今天上午在南书房帮康熙写字赏人，临走时，康熙赏了自己一筐金华火腿、两篓福建蜜橘，便拎了一条火腿、一篓福橘作为年礼，前往姚家。

因难得有此空闲，张英便没坐轿，有意走动走动，活络活络筋骨，顺便也看看街景。路上家家户户都已贴上了窗花春联。窗花无非是些“喜鹊登梅”“和合万年”“鱼鳞锦”“云气饰”“豹脚纹”等，春联也不外乎是些“生意兴隆通四海，财源茂盛达三江”“吉星高照平安宅，福泽常临积善家”“春风化雨艳桃李，瑞霭盈屋旺子孙”之类的俗联儿，字也多是古朴厚重的魏碑或颜柳体的行楷。张英寻常也对书法颇有心得，在家当秀才时就经常给左邻右舍写春联，行、草、楷、隶都练过，自打当了起居注官之后，日日用的都是行草，为的是快，再没工夫练书法了。看着这满街喜气洋洋的春联，想想自家的春联竟还没有写哩。好在姚大人也是书法好手，待会儿就请他写一副吧。

来到姚家，却见大门紧闭，门上竟也光光的没贴春联。张英举手轻叩门环，候了半天，里面竟无人应声，不禁心里一紧。侧耳凝神，细细一听，里面似乎隐隐传来哭声，难道姚大人他……张英一急，顾不得斯文，“砰砰砰”将大门拍得山响，里面这才有人匆匆跑来，边跑边喊“来了来了”。门打开，却见开门者竟是吴友季，张英道：“怎么你也在……”不待他说完，那吴友季道：“张大人来得正好，姚大人怕是不行了，刚刚咯了好多血。”

张英大惊，几步抢入内房，就见姚文然躺在床上，双眼紧闭，脸色白蜡一般。夫人儿女团团围在床边，呜呜咽咽地哭着，只是不敢放声。见张大人来到，夫人退到一边。张英便到床前，哽声呼唤：“舅公，舅公，听见么，敦复看您来了。”

姚文然听到张英的声音，那紧闭着的眼睛竟遽然睁开，挣扎着喘息道：“敦复，你……终于来了。”

吴友季赶紧过来：“姚大人，您歇一歇，喝口参汤，提提气。”说罢，用小勺喂了几口参汤。

姚文然勉强咽下几口，摇摇头，表示不喝了，又目视吴友季，轻声道：“吴兄，有劳你了。”

吴友季作为医者，他无力回天，只有叹息。

姚文然缓了口气，对张英道：“敦复，你来了正好，我挨不过几个时辰了。自掌刑部以来，蒙圣上恩宠，着修改刑律，所奏请者，无不允准，知遇之恩，难报万一。我是事过两朝之人，又曾为世祖皇帝的臣子，我观当今圣上，乃千年不遇的圣君，可惜我天不假年，无法再为圣上效命了。这几年，所审理的案件，凡奇异诡谲者，我都写有心得，只是来不及整理，敦复，此事拜托你了。”

张英道：“舅公您安心养病，您这是操心太过之症，现下是冬天，北方天冷，我们南来之人身体不适应，等过了冬天就会好的。”

姚文然说了一阵子话，更感体力不支，笑道：“不用安慰我了，君子知命。我还有一事相求，这些年积下来的手稿、奏疏、诗文等，原想老了回家，整理出来，留给儿孙，现也只好托付你了。《大清律》中还有两款，我思要修改，你记下来，呈给圣上吧。一条是我朝中有些王公大臣，尚在施行夫死妻殉，此虽是满人旧制，然好生恶死，人之常情，捐躯轻生，亦非盛世所宜有，更恐汉人效法，竟成常例，应明令禁止。再一条是洋教入侵，此非幸事，我朝以儒教治国，民间有佛教劝化，自明朝末年，各地乱党以邪教惑众，至今余殃未绝，若洋教再入，恐愚民生事，应未雨绸缪，立法禁止。此二事，存我心中久矣，一直放心不下，今将去也，请你务必代奏圣上。”

张英道：“舅公安心，敦复记住了。”

“我心安矣。”姚文然说完此话，又忍不住吐起血来。吴友季拿了一条大毛巾，一边为他接在口边，一边在他背上轻轻抚拍，家人复又哭成一团，那最小的女儿哭着哭着，竟也咳喘起来。姚文然听到女儿的咳声，像想起了什么，吃力地说：“珊儿，你来。”那小女儿哭着上前，才只五岁，黄黄瘦瘦的。姚文然握着小女儿的手，对张英道：“珊儿与玉儿曾有婚约，可是我看她这身体，恐是受我连累了，这婚约不如解除了吧……”

张英道：“舅公说哪里话，我们诗书世家，哪能做出这样违礼之事。吴兄还是媒证哩！舅公放心，珊儿的事，全在我身上。家中诸事，也都有我哩。您就放心养病吧。”吴友季也道：“姚大人放心，珊儿的病是有个根儿，包在我身上，定会给她治好的。”

“拜托了，敦复，我原想回老家的，谁知要做个异乡之鬼了。这一家老小，还望你照顾，我的灵柩还是要回家葬的。”说完此话，又狂呕出几口鲜血，竟自一头栽倒在吴友季怀里。吴友季伸指一按，脉息全无。遂将姚大人身子放倒在床上，退后一步，对着姚大人深深鞠了一躬，说：“姚大人这是用心太过，呕心沥血而亡啊！”

家人见此，遂大哭着扑上来。

张英和吴友季帮着张罗家人烧纸钱，燃放送魂鞭炮，安置灵堂。一切停当，已是酉时了。

张英和吴友季又安慰了文然夫人一番，这才告辞回家。吴友季独身在京，身边只有一个仆从，乃是京兆顺义县人，春节已经告假回家了。张英遂邀他一同到自己家中过年，并商议办理姚大人后事。吴友季也不推辞。

张英和吴友季到家时，天已黑尽，考虑到今日是大年三十，怕家里人知道凶讯，心情难过，两人便对姚大人的死讯绝口不提。夫人正在张罗年夜饭哩，也没心思细究他们的表情，只顺口问了问姚大人身体，两人含糊应了声“还那样”，便搪塞过去。

年夜饭很快便摆上了八仙桌。

寻常张家饮食已按北方习惯，不太讲究精细，主食是馒头、窝头、大米粥、小米粥。菜蔬也简单，无非是大白菜、萝卜、咸菜、泡菜等；鱼肉除了逢年过节之外，只每月初一才上桌一次。这固然因为张英是清官，靠俸禄吃饭。但这些年在皇帝身边，常有赏赐，经济已比初来京时大为宽裕，可张英却与姚夫人商议，恪守勤俭持家的古训，寻常不暴饮暴食，不穿绫着缎，布衣蔬食，养性怡情。

今日的年夜饭却大不相同，全是家乡菜谱：鸡、鱼、圆、肉四个大盘，那鸡用的是红烧，加了糖色，酱红酱红的，色香味俱全；那鱼乃是一条尺把长的白鲢鱼，此鱼放在桌上是不准动筷的，一直要等到正月十五过完年之后再吃，称作年年有余（鱼）；那圆子是精肉加入了葛粉、豆腐、姜末，团成鸭梨般大的四只，放在一只大盘子里隔水蒸熟，称作四喜圆子，四色材料做成四只，取四四如意之意……

一共十二个菜，摆了一大桌。上首张英和吴友季坐了，廷瓒、廷玉兄弟坐一方，姚夫人带着两个女儿坐一方，刘福贵夫妇坐在下首。张家习惯，逢年过节无分主仆，同桌吃饭。其时张英三子廷璐尚在襁褓中，躺在摇床里，也被抬到了堂屋桌旁，算是和众人一起吃年夜团圆饭。

众人坐定，斟上酒来。张英平日不善饮酒，便与夫人和孩子们一起喝糯米酒，刘福贵陪着吴友季喝二锅头。

张英端起酒杯，对众人道：“今日除夕，这第一杯，大家同干了吧！”“好，干!”众人纷纷站起,却只吴友季、刘福贵和张英干了杯中酒,其他人只是做做样子陪饮。

接着张英又斟上一杯酒,对吴友季道:“一年来,家中老小病病灾灾都仰仗吴兄妙手了。这一杯,我敬吴兄。”吴友季的空杯自有刘福贵替他斟上了,赶忙站起来与张英碰杯:“张兄客气了。一年之中,上门来只是叨扰吃喝,何曾看过什么病。这杯酒我先干了,先干为敬。干了这杯酒,我祝您一家子明年旺旺健健。我来了还只是喝酒吃肉。”

再接下来的一杯酒,张英却是敬刘福贵的:“福贵,一年通头难为你天天为我送饭,今天不必送饭了,让我敬你一杯吧!”慌得刘福贵手足无措,两手捧起酒杯,道:“能给五爷送饭是我刘福贵的福气。天天进出西华门,这要在家乡,说出去谁会相信?”原来张英自担任起居注官起,就天天由刘福贵送中饭去吃,以免回家路途太远,误了公事。后来三藩作乱,入值南书房,更是公务繁忙,每日晨入暮出,虽然康熙赐居西安门内,毕竟离皇宫还有八九里路,他在南书房,康熙召见,就可随叫随到了。每日中餐仍是由刘福贵送了去,他每天经西华门进入皇宫,直到乾清门,才将饭盒交给侍卫,乾清门内是天子重地,他是不得其入的。饶是这样,在家乡人眼里,一定也是羡慕死了,所以刘福贵有此一说。说罢,他双手捧杯,一饮而尽。

至此,主人三杯酒喝过,按家乡风俗,众人可以随饮了。姚夫人赶紧劝众人吃菜。吴友季看着一桌子菜赞道:“都是家乡菜!能在这千里之外的京城吃到这么地道的家乡菜,真叫人‘每逢佳节倍思亲’啦!”

姚夫人一边为他夹菜,一边说:“这山粉、蕨菜、木耳、笋干,还有这凤凰鱼、沙鳅,都是大爷托人带来的,就连这糯米、粉丝、红白萝卜丝也是大爷送来的。”

吴友季道:“那也是该当的。五爷的田还由大爷经管着吧?”他口中的五爷即是张英,张英排行老五,在家乡便叫五爷。

张英道:“这些年在京里已经很宽裕了。我跟大哥说了,田租不用带来,由他掌管着,多接济接济大伯房头下的。”

张英的大伯张秉文,乃是前明的官员,崇祯十一年冬,在任山东布政使时,由于朝廷用兵不当,调济南兵将移守德州,致使济南城内空虚,遭清兵围困。张秉文手下兵士不足两千人,只得招募民众,共同守城,一面紧急向朝廷求援。谁知附近将官均拥兵自守,无人来救。济南城苦守十余日,终于被清兵攻破。破城之后，张秉文犹自带领民众，与清兵展开巷战，最后身受重伤，死于巷中。其妻妾多人均投大明湖而死。因了这层缘故，张秉文的三个儿子便立志不食清朝俸禄，均在家务农，又因不善农事，日子过得甚是清贫。张英的父亲张秉彝，在大哥死后，就担当起了抚孤重任，临死又嘱子孙后代都要关照长房一脉。张英为官后，经济稍微宽裕，便叫大哥将自己名下田租经常接济长房。因此有以上话说。

吴友季道："秉彝老大人平生淡泊，性情和蔼，孝悌之名传颂乡里，这在桐城是人人皆知的。"

张英道："是啊，先父一生未仕，在家侍奉双亲，修祖祠，祭茔墓，辑族谱，先祖父母殁后，父亲均结庐墓侧，守茔三年，这份至纯至孝现今谁能做到？嗣后，大伯父被难，遗下三子二女，都是先父一手栽培，男婚女嫁，分田析产，都是先父一手操持。我每做官在外，想起先父，就觉着大哥在家中持家不易，有先父之风。唉，以往在家时，大年三十都要到祠堂祭祖的，现在是子欲养而亲不待啊。曾记得当年我刚刚取中进士，父亲从邸报上得知，立刻传书于我，说：'敬者德之基，俭者廉之本，祖宗积德累世，以及于汝，循理安命，毋妄求也！'此话真让我终生受用不尽。"

"大哥，什么叫'毋妄求'？"廷玉小小年纪，今年刚入私塾，学了一些《三字经》《百家姓》《千字文》之类，但这些他早已在家中跟着母亲和哥哥学过，这时便不再满足于学中所教，回家来已将《幼学琼林》《龙文鞭影》《论语》自学得差不多了。时常碰到不懂的便问大哥。大哥廷瓒已中了乡试，明年就要参加会试了。他比廷玉年长十多岁，从小就教廷玉读书写字，俨然是廷玉的启蒙老师。这时，见廷玉问话，便说："大人说话，小孩子不能随便插嘴。"

张英道："不碍。瓒儿，你就给玉儿解说解说。"

"是。"廷瓒道，"'毋妄求'就是不要做非分之想，不要行非分之事，不要取非分之物。父亲，这么理解可对？"

"对。人生在世，最忌的是'贪'，贪欲一起，什么非礼非法非情之事都可做得出来，毋妄求就是治贪的根本。"张英说到这，忽然想起："整日地穷忙，家里事都顾不上了。瓒儿，亏得你关心弟弟了。玉儿进学一年了，功课如何？"

"回父亲，二弟敏而好学，功课极好，师傅常常夸奖。除功课之外，我和母亲也教他吟诗作对，很能举一反三，聪敏得很。"

张英听了廷瓒的话，不由得认真看了看二儿子廷玉，这孩子今年虚龄才只七岁，生得眉清目朗，脸白肤净，已不像小时候那样胖嘟嘟地见人就笑，而是清清秀秀斯斯文文的。此时见他稳稳重重地坐在那里，因为人小，手儿短，远处的菜够不着，也不起身夹菜，碗里的菜都是大哥廷瓒替他夹的。张英满意地点点头，替他夹了一块鸡脯肉，廷玉煞有介事地道声："谢父亲。"

吴友季叹道："真是孝悌之家。个个知书达礼啊！"

姚夫人笑道："不怕吴先生笑话，他这做父亲的平常起早暮晚，中午又不回家，难得和孩子们同桌吃一顿饭，还有不拘谨的？"

一顿饭，没有吆五喝六的劝酒声，倒是这样斯斯文文地谈讲着，吃了约莫多半个时辰便结束了。吴友季是熟客，知道张大人不胜酒力，便也不拘礼，自和刘福贵将一斤二锅头喝得罄尽。

饭后，刘嫂沏上一壶家乡茶，又特为张英和吴友季两人单独用盖碗沏了两碗，大家坐着喝茶。桌上饭菜撤下去，换上了四色茶点，乃是花生、瓜子、糖姜和云片糕。

吴友季品着盖碗茶，道："是家乡的小花茶吧？"

张英道："是。我这人对酒是一点不行，对茶却情有独钟。还偏偏只爱喝绿茶，每年大爷必要托人带来十斤桐城小花。"

吴友季道："饮茶好，茶能养性，还能提神、消食、解毒。茶在医家来说，是一味很好的养生汤啊。我看家乡的小花茶，比那西湖龙井、太湖碧螺春、君山银针也不差什么。"

"我也是习惯了喝家乡茶，喝着心里甜啊！"

两人闲聊着，姚夫人已经张罗着给孩子们换上了新衣。张英治家严谨，寻常时日，不着绫罗，只有每年新年，做一套新衣，可用绸缎面料，除了新年之外，这套新衣只能在出门做客时穿穿。孩子们对新衣总是充满期望的，等不得明天，吃过年夜饭，守岁的时候就穿上了。

张英看着儿女们个个鲜衣亮服，人品出众，心里颇感欣慰。廷瓒穿着一件浅灰色宁绸长衫，外套一件香灰色软缎坎肩，头上扣着六合一统瓜皮帽，一条辫子已是又粗又长，俨然一副翩翩公子模样。张英不由得想起自己年轻的时候，叮嘱儿子："瓒儿，功课还要抓紧。开了春，三月就要会试，为父也没有什么可帮你的，只是你入了场，一定不要心慌，把功名放在一边，只像平常一样去做文章。圣人曰：‘君子居易以俟命’，科举之事，切不可太过急切，以平常心待之，反能出奇制胜。”

“是。父亲此是经验之谈，儿子记住了。”廷瓒恭恭敬敬地答道。

女儿令维、令仪穿着一色的对襟粉红袄子，下面是湖色百褶裙，脚上蹬着绣花双梁棉鞋。像两朵出水芙蓉，妖娆动人，静静地坐在一边听大人说话。张英见了，心里欢喜，道：“维儿和仪儿功课怎样？”两人抿嘴笑着低头不语。这时，小廷玉穿着大红团花的黑缎小马褂跑出来，大约是穿了新衣，显得神气十足，便不似适才在桌上那样一本正经。此刻见父亲问话，两个姐姐羞而不答，便对父亲道：“母亲说，二姐花绣得好，三姐诗作得好。”

“是吗？”张英笑着招手叫过廷玉，把他抱坐在膝上，问道，“你呢，什么做得好？”

“我会背《千字文》《论语》，还有《幼学》。”

“那好，我考考你。我背上一句，你接下一句，好吗？背得好，赏你放炮仗；背得不好，罚你抄课文。”

“好！”

张英起头：“天地玄黄。”廷玉接道：“宇宙洪荒。”“金生丽水。”“玉出昆冈。”“推位让国。”“有虞陶唐。”“女慕贞洁。”“男效才良。”“祸因恶积。”“福缘善庆。”“尺璧非宝。”“寸阴是兢。”“资父事君。”“曰严与敬。”……

一路下来，竟没有一处出错。张英非常满意：“《千字文》都背熟了，我再考考你《论语》。把‘孝悌’一篇背来我听听。”

小廷玉坐在父亲膝上，摇头晃脑地背诵：“有子曰：‘其为人也孝悌，而好犯上者，鲜矣；不好犯上，而好作乱者，未之有也。君子务本，本立而道生。孝悌也者，其为仁之本欤！’”

“嗯。背得不错，可知道是什么意思吗？”

“圣人教导我们，做人要有孝心，从小孝顺父母，尊敬兄长，长大以后就会效忠朝廷，就不会犯上作乱。君子做人，要从根本做起，这就是道德的起源，孝顺父母，尊敬兄长，是仁道的根本。”

“解得还不错。那么你知道孔门‘四圣’‘十二哲’‘七十二贤’吗？说来我听听。”

“四圣是：复圣颜夫子。述圣是子思。曾子为宗圣。亚圣孟子舆。十二哲是:闵子骞与冉仲弓。端木子贡冉伯牛。子路子夏共冉有。宰我子张言子游。升祀有子与朱子。十二先贤祀典留。七十二贤是:四科十人首在中。曾点曾参司马耕。南宫适兮公西赤。公冶长与公孙龙。宓不齐及任不齐。颜哙颜辛复孔忠……"

小廷玉口齿清晰,背诵如一汪流水,毫无阻滞。张英忍不住在他的小脑袋上拍了拍:"不错不错,背得好,赏你们去放炮仗。"

"哦——放炮仗啦!"小廷玉一下子从父亲腿上溜下来,带头就往院子里跑,众人相跟着出来。这时北京城里已是烟花爆竹响成一片,皇城内更是灯火辉煌。刘福贵拿着点燃的炷香和炮仗,廷瓒带着廷玉放炮仗,点烟花,忙个不亦乐乎。那小廷玉一边放着炮仗,一边吓得惊叫着,格格笑着,一改刚才摇头晃脑背书的小学究模样,纯是一派天真的烂漫儿童样儿。

张英与吴友季站在檐下,看着满城灯火,想着三藩已平,国泰民安的日子已然来到,不由得心里感慨。想着几年来日日陪侍康熙左右,康熙的好学、敏思、勤政、爱民以及庙谟圣心、乾纲独断,都是古往今来少有的帝王气象,大清朝正蒸蒸日上,此是百姓之福,也是他这个臣子之福。看茫茫夜空,虽漆黑一片,但人间欢乐,却是灯火粲然。遥望乾清宫内,更是灯火一片,照得天空尽赤,心念一动,随口吟出:"除夕月无光,点数盏明灯,替乾坤生色……"下联却再也想不出来了,便道,"瓒儿,你来对下联。"

廷瓒也才是十八九岁的少年,与弟妹们玩得心性大发,没听清父亲刚才的联句,听父亲叫自己,遂回到父亲身边,问:"父亲,对什么联?"

吴友季便将张英适才吟出的上联重述了一遍,廷瓒蹙眉思索,一时应对不上。谁也没在意那小廷玉像个小尾巴一样跟着哥哥跑过来。忽然神武门那边传出"咚咚"几声更鼓,接着皇宫内外,鞭炮声像开了锅一样,四处轰鸣起来。原来已交子时,四处放起辞旧迎新的开门鞭炮。刘福贵也赶紧拿起一支长篙,挑起一挂鞭炮,放响起来。

一时乱过,北京城里渐渐安静下来,除了满街灯火,只剩下零零星星的焰火和炮仗声。众人正待回屋,却不料那小廷玉说:"大哥,我替你对出下联了。"

众人原已忘了刚才之事,只有廷瓒仍在思考,听了廷玉的话,便问:"怎么对的?"

廷玉上前一步,一本正经地回答:"新春雷未发,击几声堂鼓,代天地扬威!”

“好!”吴友季首先叫好。张英也没想到这小小孩童竟对出这么有气势的下联,心里不由得一怔:此子大非凡器。廷瓒也赞道:“二弟将来必大有出息,让我这做哥哥的惭愧了。”

这一夜,就在这对对联中结束了。吴友季给每个孩子一串用红丝绳串着的康熙通宝作为压岁钱,然后才告辞回家。张英和夫人留他就在此歇息,他却说今天北京城是不夜城,何时回家都很安全。待吴友季走后,张英和夫人也同样给每个孩子一串压岁钱,然后孩子们心满意足地去睡了。

翌日,乃是己未年大年初一。

张英已经习惯了黎明即起,来到院中活动活动腿脚。一时孩子们起来,给父亲请安。平日张英晨出暮归,孩子们早请安都免了,这天因是大年初一,廷瓒扶着父亲,令维扶着母亲,双双坐在太师椅上,几个孩子轮流,认认真真地给他们磕头请安。张英和姚夫人感受着浓浓的亲情,心中甚感欣慰。

早饭后,张英正想抽空和廷瓒谈讲一番会试的注意事宜,宫里太监传旨:皇上要在乾清宫大宴群臣,着张英早点进宫准备。张英哪敢迟疑,即刻脱下便服,将朝服官靴换上。这时的张英已是从三品服色。他天天上朝,几乎天天是朝服官帽,新年假期,正想穿穿便服,却不料还要换回来。

张英匆匆来到午门口,谁知守门侍卫却一把拦住:“张大人,圣上有旨,今天新年假期,群臣是进宫做客,一律不准着朝服顶戴。”

张英笑着摇了摇头,只得回家更换服饰。夫人听说,赶紧帮着置换,嘴上说:“幸亏做了件新袍子,你还说不要哩。”张英道:“我只想着反正天天上朝,难得穿家常衣服,做那么多干吗?不如给孩子们多做一件。”夫人道:“出门的衣服总要备着的,你看,这不用着了么?”张英道:“多谢夫人心细。”

张英夫妻感情一贯很好,虽已结婚多年,儿女成行,在人前也恪守着“床上夫妻,床下君子”之道,但无人时,话语却颇多调侃。年前备置新衣时,张英说过自己不用做新的,让夫人和孩子们多做一件,夫人却坚持给他做了一件铁灰的宁绸长袍,说他天天穿青蓝色的,也换换颜色,醒醒目。夫人自己却只做了件细布短袄。

张英换上新长袍,夫人怕天冷,又给他加了一件镶毛边的黑缎马甲,虽是旧的，但浆洗熨烫得像新的一样。头上那顶六合一统瓜皮帽也是旧的，但那帽上镶着的一块玉却也价值不菲。那是夫人的陪嫁品，还是那年张英去京城会试时，夫人拿出这块玉，给他做了一顶新帽子，此后大凡有出头露面的事，张英戴的都是这顶帽子。好在张英不好交际，这帽子使用频率不高，夫人又精心保管，直至如今，十多年了，还戴的是它。脚上的千层底双梁四块瓦棉鞋，却是新的。姚夫人每年都要亲手给家里每人做上两双鞋，一双单的，一双棉的，孩子越来越多，夫人也越来越忙，好在令维大了，能帮着母亲做针线了。今年的鞋子就多是令维做的，只有张英的鞋，还是夫人亲手做。

一时，张英打扮停当，自己都觉着焕然一新，还是穿便服自在。想着康熙皇帝年纪轻轻，却连这样的细节都想到了。今天元日，他一定是要营造一份大家庭气氛，所以特地关照大家着便服，真是圣心仁厚啊。

再进午门，来到乾清宫，只见康熙正站在丹墀之上，双手背在身后，悠闲地看着众太监摆放桌椅。大殿中两边相对，排了四排条案，每张案后是两张椅子。看见张英磕头觐见，康熙道："敦复免礼，过来帮朕看看，这样摆放行不行。"

张英趋步上了丹墀，站在康熙身边，数了一数，每排十二张案子，一共四十八张条案，九十六张椅子。遂问康熙道："不知圣上都请了谁？"康熙道："没有外人，就是咱们君臣，部院九卿。"张英道："那足够了。"

康熙退后几步，坐到那宽大的须弥座上，不似平日早朝时那般正襟危坐，而是舒服地仰靠在上面，对张英道："这几年为了三藩的事，群臣都跟着朕忙昏了头，今吴贼已死，耿、尚已降，叛军之势已十去八九，不足为虑啦！朕今日要与群臣吃个太平宴。敦复，你跟着朕一年忙到头，今日大年初一还不能休息，还得把朕这个太平宴好好记下来。"

"皇上圣明，臣能辅佐在这样的圣明帝君之侧，是臣的福分。"

说话间，群臣已陆陆续续结伴而来，纷纷与皇上见礼。皇上赐座，众人遂按官职大小叙坐。

康熙今天穿着一件明黄色的苏绣袍子，外罩一件银狐皮马褂，腰上挂着一只锦绣香囊，清清爽爽。正是二十六岁的大好年华，若不是坐在这金銮殿上，走在通衢市中，这样的青年公子，一副豪阔世家做派，还不让满街行人驻足而视？天地造化，千百年出一圣人，若非如此，又怎解眼前这位幼年失怙，勉登大位，却不畏强权，乾纲独断，剪除异己，独尊天下的康熙皇帝哩？群臣打量着皇帝，这样在心里叹服着。

皇帝也在打量着群臣。今天群臣各着便服，再不似以往上朝时青鸦鸦一片，而是各色纷呈。从衣帽上就能看出一个人的家境来，总的来说，满大臣要比汉大臣阔绰。清朝到康熙时已基本上做到了满汉同制，即各衙门满汉官员数目同等。康熙放眼一看，满族官员大多服色鲜艳，料子也高档，袍子多是大红、艳紫、鲜蓝或墨绿色，料子多是杭缎、苏绣，外罩的马褂比甲多是皮货，头上的帽子也多是瑞蚨祥的名色。而汉族官员则多是灰色系列，浅灰、深灰、铁灰，至多也不过是香灰色，料子的质地也不高档，只是普通软缎，有些还只是杭绸、宁绸，外罩的马褂比甲也很少有皮毛的，大多只是用皮毛镶了个边。这固然有经济宽窄的一面，也反映了汉族官员大多涵养深厚内敛，不事张扬，治家勤俭，爱物惜福。他心里也不由得感叹一番。

一时，群臣坐定，康熙道："今日元旦，朕因扫平三藩，国事宁靖，心中高兴，要与众位爱卿吃个太平宴。今日不议国政，只谈趣闻。咱们君臣吃个开开心心，谈个欢天喜地可好？"

"皇上圣明！"

"国事平靖，天下太平。正该有此喜庆！"

"谢皇上赐宴！"

众人纷纷起身赞颂。康熙摆摆手，复令众人坐下，命："赐宴！"

内务府总管太监吴忠亲自在乾清宫侍候，此刻他手持一柄玉如意站在康熙身边，听见吩咐，立刻扬着公鸭嗓子叫道："皇上赐宴啦！"声音传出，不一时就有十多名太监川流进来，将各式菜肴水果并茶酒饮料摆放在各人面前的条案上。

众人细看，见案上摆的是：炒虾仁、炒鹿脯、炒腰花三个小盘，烧仔鸡、烤羊肉、盐水鸭三个大盘，一大海碗鱼翅明骨汤、一小壶山西汾酒、一小壶福建陈缸酒。这是案上两人共用的，接着每人面前放上清茶一杯、桂圆莲子羹一盏。点心是一大盘馒头花卷和各式宫点。用的盘碗杯盏全是清一色的景德镇釉下青花瓷器，只康熙面前的御案上用的是一套明黄的玉质描金碗碟。除盛具外，御案上的菜肴倒和下面一样。

顷刻之间，菜已上齐。原来这宫中御厨，随时得预备着传膳，菜肴都是早已烧好准备着的。日常给皇帝上的菜也都是这样不温不热一股脑儿上齐一大桌。

今日康熙要大宴群臣，早已传知御膳房，准备妥当，此时才一传便到。可是这样的严寒天气，虽然大殿四角生起了熊熊炭火，但如此大呼隆一齐上的温吞热菜肴，哪像这些大人们平日吃馆子，菜分口味色相，现炒现上，先冷盆再热炒再红烧再汤水的妙。就是日常在家里，除了张英这类书生清官，一般满汉大臣也是单独养有厨子，菜肴都是十分讲究的。但今天是皇帝赐宴，谁能说三道四，当然得硬着头皮吃这些温吞食。好在最后上来了一只烧得炭火摇摇的黄铜火锅，说是太后赐的。揭开锅盖，锅内翻滚着羊肉、海参、鹿尾、香菇、粉条等，热气腾腾，香味诱人。原来太后和各宫皇后、嫔妃们嫌御膳房菜肴太大路货，大都各自备有厨子，在自己的小厨房里做自己喜欢吃的菜肴，时常也送些时鲜菜肴来给皇帝，所以日夕各宫竞相孝敬，康熙倒也不甚吃这御膳房的伙食。今天太后这只火锅就送得特别及时，让满殿气氛立即热火起来。

康熙见菜已上齐，遂命群臣各自斟上酒来，酒量好的自是斟上那度数高的山西汾酒，像张英这样不善饮的只好斟上那度数低的福建陈缸酒。康熙举杯向群臣道："众位爱卿，几年来为三藩之事，朝廷大费周折，众位也跟着朕日夕辛苦，今日三藩之患已除，借此元旦之日，咱们君臣同席，共享升平。且饮了此杯。"

康熙带头一饮而尽，众人自是不敢怠慢，全都一饮而尽。

此时明珠已升任内阁大学士，他是惯会溜须拍马的，所以待康熙开饮之后，便站起来歌功颂德一番，带头给康熙敬酒，群臣当然陪饮。接下来大臣们纷纷效法，把康熙吹得亘古第一，连尧舜虞汤、文王、秦皇汉武、唐宗宋祖都得靠边。康熙忍不住乐得手舞足蹈，哈哈大笑。他毕竟是个青年君王，平时再老成，也有调皮烂漫的天性。此时饮了些酒，又把政事放下，心中说不出的轻松舒畅。他看着明珠、索额图、李光地等大献谄词，忍不住逗道："明珠、索额图，你们今天再给朕灌迷魂汤也是无用，可知罪么？"

事起突然，满殿众臣一下子怔住，适才还是谈笑风生，怎么转而兴师问罪了？这圣心真的难测啊。明珠、索额图更是大惊失色，翻身离席，跪倒在地，磕头如捣蒜："奴才万死。""奴才万死。"

康熙道："为什么万死？"

两人身如筛糠："奴才不知，奴才万死。请万岁爷明示。"

康熙见二人已吓得面色大变，忍不住哈哈大笑："起来吧。其实罪也不至死。记得朕几年前说过:‘战局一开,尔等都要晨入暮出’的话吗?”

“奴才记得。”两人听康熙笑出声来,料得不是什么大事,但还是跪在那里,不敢起来。

“记得怎么做不到?”康熙走下丹墀,亲自扶起两人,“朕是开玩笑哩。起来吧,起来吧。虽说是玩笑,不过在勤劳王事上,你们确实做得不够好。不仅你俩,还有熊老夫子、李大硕儒,你俩也想想,一开始,三藩乱起,战事纷繁,你们确也做到了晨入暮出。李光地还曾奉密旨,深入虎穴,为破耿贼立下大功。但后来,叛军失势,失地收回,战事明朗之后,尔等便时有松懈,不要说晨入暮出,就是脱班私假,也是有的。朕之身边,惟有张英一人始终记着朕的话,每日晨入暮出,午饭都是家人送来吃的。熊老夫子、李大硕儒,尔等一般与张大人都是汉族大臣,饱读诗书,修身齐家,以忠孝礼义立身,但仅此一点看来,始终敬慎,惟张英有古大臣之风啊!”

熊赐履、李光地本坐在一席,见康熙由明珠、索额图转到自己头上,早已坐不住,在席上垂手控背,俯首而立。后来又说到张英身上,张英也自坐不住,在席上站起,拱手对康熙道:“皇上夸赞,臣诚惶诚恐。”

熊、李二人则大感惭愧,对着康熙拱拱手,又对着张英拱拱手:“圣上教训得是,臣等当以张大人为榜样,勤劳王事,始终敬慎如一。”“都坐,都坐,朕是开个玩笑。今天是大好日子,众位不可太过拘谨。都说说,昨夜除夕,是怎么过的。”康熙在殿上走来走去,一边说着,一边走来,一手一个按住熊、李二人肩膀,示意坐下。

众人因见明、索等人刚才大献殷勤,结果却讨个没趣,再也无人敢随便搭腔。康熙此时已转到张英桌前,因张英还站在那里,便替他斟了一杯酒,又给自己杯中也斟上一杯,他和张英一样不胜酒力,所以都斟的是福建陈缸酒。康熙举杯对张英道:“张爱卿,说说你家昨晚上是怎么过的。”

张英虽然几年来与康熙朝夕相处,早已不再拘谨,但当着百官的面受到皇上嘉奖,既有面子又怕惹众人嫉妒,心中惴惴。见康熙又转来与自己喝酒,更是惶恐之至,赶紧双手举杯,道:“回皇上话,臣昨夜与家人共度除夕,吃了一顿丰盛的年夜饭。然后与小儿逗趣,考校学问,互背了一阵《千字文》《幼学》和《论语》。”

众人都觉有趣,想张英是经世大儒,却与小孩子互背启蒙窗课,似也是童心未泯。康熙也饶有兴趣,问道:“朕记得你家公子不是已过了顺天府乡试,是个举人了,还背《幼学》《千字文》?”

张英答道:“那是长子廷瓒,过了年已经一十九岁了,去年已经中举,今年就要参加会试了。昨天考校的乃是臣的次子廷玉,过了年已经八岁了,去年春上刚入学。”他这一说,熊赐履和李光地、明珠等人都想起来了。熊赐履道:“张大人,我记得廷玉这名字还是我取的哩。一晃眼,都八岁了? 进学了? 昨晚考校得怎样?”

熊赐履平时并不是个多言的人,今天圣上跟张英说话,他却插进来一连问了几个问题,显见得他对这孩子记忆深刻。张英答道:“多谢熊大人问,小犬昨日倒是很出风头,不仅窗课都背得烂熟,还与我对了一副对子,也还颇为工整。”

众人奇道:“哟,小小年纪,也会对对子了,到底是读书人家的子弟啊!”

康熙也大感兴趣,问道:“是怎样的对子,说出来听听。”

张英道:“臣昨晚在小院中观赏焰火,见夜空漆黑,而烟花四射,照出人间欢乐景象。尤其看见皇宫这边,灯火通明,把天空映得红亮,便口出一联,原是要廷瓒来对的,谁知廷瓒尚未对出,倒给那小廷玉对出来了。臣出的上联是:‘除夕月无光,点数盏明灯,替乾坤生色’。”

众人都不禁叫道:“好! 张大人这上联出得好,圣上宵旰勤政,皇宫里明灯闪烁,可不是替乾坤生色嘛! 这下联可难对得紧。”在座诸人都是康熙朝中文臣,其中不乏饱读诗书者,一时暗下里思忖。康熙本人也素喜吟诗作对,想了想,急切间未得佳句,便问道:“你那小公子廷玉是如何对的?”

张大人道:“谁也没在意他,他竟对了一句:‘新春雷未发,击几声堂鼓,代天地扬威。’可不还算工整嘛。”

“岂止工整,真个是对得好。”众人是打心眼里称赞,也有人不以为然,心说,八岁小儿能对出这样气魄的对子来,莫不是张大人要讨皇上欢心,不知与谁对的对子,拿来给皇上凑趣的。皇上却听得高兴:“好! 好! 好! 张大人,你这小儿不同凡响,小小年纪就有如此志向,长大了怕是还要胜过乃父。几时带进宫来,让朕瞧瞧,朕也与他互背一番《三字经》《千字文》什么的。”

张英赶紧拱手道:“谢圣上金口,但愿小儿长大后,能有福侍候皇上。”

康熙谈得兴起,也想来个吟诗作对,见满朝冠盖,都是自己大清国的文臣才子，遂道："今日咱们君臣相会，也不可无诗无对，是不是众爱卿每人各展才华，能诗则诗，能对则对，总要把今天这气氛烘托出来。"

众人都道："使得使得。就请圣上出题吧！"

康熙道："今日元旦，就以元旦为题，或诗或词或联或对，总要围绕新春元旦这个题，做得好的赏酒，跑题的罚酒。如何？"

索额图道："我先自饮一杯吧。这吟诗作对，我却不行，饶了我吧，免得做得不好，跑了题，反而受罚。"

康熙见刚刚动议，就有人推托，甚是无趣。其实他的赏和罚都是喝酒，无非想烘托一下君臣同乐的气氛，可惜索额图没有听明白其中诀窍，急急就来扫兴。

张英想这元旦是个老题目，做滥了的题材，也难出什么新意，何况百来人做同一题目，怕不相互重复堆砌。他是上书房大臣，替皇帝点缀文字，歌颂升平，是他的责任。怎么才能想个绝妙好计，让今天的盛宴推陈出新，永载史册才好。忽然他想起了汉武帝于元封三年在柏梁台上与群臣赋七言诗之事，遂道："今日圣上大宴群臣，是千古盛事，当然要吟诗作赋，歌以咏志。但这么多人做同一题目，只怕难以出新。不若咱们仿汉武帝与群臣赋柏梁体，每人一句，共成一诗，就叫作《升平嘉宴》，以记录圣上今日大宴群臣之盛事。可好？"

康熙听了索额图的话，也怕众人推辞的多了，显不出热闹，现在听张英说出这个主意，顿觉大妙。群臣更是高兴，因文人学士们在一起，本就相互嫉妒，生怕谁在皇上面前出了风头，又怕自己做得不好，失了面子。这一下，一人一句，再有捷才，也好不到哪儿去。况且所谓柏梁体，无非就是歌功颂德的应景文字罢了，谁肚里还没有个七八九句现成的，就是索额图，凑个句把两句也不是难事。反正是为皇上凑兴，只要皇上高兴了，便皆大欢喜，遂纷纷赞好。

皇上兴头起来，叫吴忠侍候笔墨，张英要过来记录，竟被拦住，道："朕今天与群臣同赋柏梁体，要亲为之序，此等还要相延成习，今后年年元旦朕都要与群臣欢宴，赋柏梁体诗。"张英作为皇上的贴身秘书，见皇上写字，不便走开，就站在身旁侍候。

群臣自是交口赞好。康熙援笔在手，思索片刻，下笔写道：

升平嘉宴同群臣赋诗用柏梁体并序

朕于宣政听览之余，讲贯经义，历观史册，于《书》见"元首""股肱"

"赓飏""喜起"之盛,于《诗》见《鹿鸣》《天保》诸篇,未尝不慕古之君臣一德一心,相悦若斯之隆也。今际海内宴安,兵革偃息,首春令序,九陌灯辉,丰穰有征,吾民咸乐。思与诸臣欣时式燕,爰于乾清宫广集簪裾,肆筵授几。斯时也,蟾光鳌炬,焜耀堂廉,彩树琼葩,离罗樽俎。许笑言之无禁,宽仪法之不纠。复令次登文陛,渥以金罍,咸俾有三爵油油之色焉。《易》曰:"上下交而志同。"《传》曰:"享以训恭俭,晏以示慈惠。"则今日之兕觥旨酒,岂徒以饮食燕乐云尔哉!顾瞻诸臣,或位居谐弼,或职任卿尹,或典文翰,或司献纳,宜共成篇什,以绍《雅》《颂》之音。朕发端首倡,效"柏梁体",班联递赓,用昭升平盛事,冀垂不朽云。

序言写毕,叫张英给群臣宣读一遍,众人自是又大赞康熙文章华彩,韩欧莫及。而且圣上的序言也把群臣都夸了一遍,这样的文字临摹回家,装裱堂上,岂不是比表彰更为漂亮,日后写入年表族谱,更是光耀后代,被及子孙。真是人人面有油油之色,个个乐得心头开花。

康熙道:"那么朕就开头起句了。诸位按座一路续接下去。"一面说,一面在纸上写了一行字,并大声念出。其余人等也依此吟咏,共成柏梁体诗九十三言。

丽日和风被万方。	御制
卿云烂漫弥紫阊。	内阁大学士臣勒德洪
一堂喜起歌明良。	内阁大学士臣明珠
止戈化洽民物昌。	内阁大学士臣李蔚
蓼萧燕誉圣恩长。	内阁大学士臣冯溥
天心昭格时雨旸。	吏部尚书臣黄机
丰亨有兆祝千箱。	户部尚书臣梁清标
礼乐文章仰圣皇。	礼部尚书臣吴正治
庙谟指授靖八荒。	兵部尚书臣宋德宜
春回丹诏罢桁杨。	兵部尚书臣魏象枢
河清海晏禹绩彰。	工部尚书臣朱之弼
百度胥饬纲纪张。	都察院左都御史臣徐元文

千官济济盈岩廊。　　吏部左侍郎臣张士甄
天工无旷勤赞襄。　　吏部右侍郎臣杨永宁
有年歌协臣所望。　　户部左侍郎臣李天馥
共期红朽答殊常。　　户部右侍郎臣李仙根
转漕亿万充天仓。　　户部仓场侍郎臣马汝骥
邦礼叨赞惭趋跄。　　礼部左侍郎臣杨正中
职司寅清佐垂裳。　　礼部右侍郎臣富鸿基
天河洗甲通蛮乡。　　兵部左侍郎臣焦毓瑞
皇威四畅咸来王。　　兵部右侍郎臣陈一炳
祗承钦恤和气翔。　　刑部左侍郎臣杜臻
刑措不用民寿康。　　刑部右侍郎臣叶方蔼
八材庀化师殳斨。　　工部左侍郎臣赵璟
右平左墄开明堂。　　工部右侍郎臣金鼐
仰窥神策驱天狼。　　内阁学士臣李光地
膏以大泽人胥庆。　　内阁学士臣张玉书
帝庸作歌追虞唐。　　翰林院掌院臣陈廷敬
身依云汉赓天章。　　翰林院学士臣张英
恪秉训厉敦羔羊。　　都察院左副都御史臣宋文运
奉宣仁风之吴疆。　　巡抚江宁右副都御史臣余国柱
九阍稱荡瞻龙光。　　通政使司通政使臣王盛唐
……

康熙写完序并首句,便将笔墨交给张英。张英接着记录完毕之后通篇诵读一遍,九十三句,一韵到底。当真是华彩乐章,升平歌赋。人人不禁击节赞叹,又互相吹捧一番佳词丽句。忽然康熙道:“朕怎么老觉着还少了谁呀?”拿过诗稿,细看一遍,说:“哦!少了刑部尚书姚龙怀。朕知道他病了,曾嘱太医精心医治,前次还赏过人参。怎么,还没大好吗?”

张英忙跪下,道:“启奏圣上,姚大人他已于昨日申酉之交殁逝了。”

康熙惊道:“怎么就殁了呢?朕知道他有痨疾,常常咯血,几次乞请回乡养病,朕都没有准他。《大清律》尚未完备,朕是少不了他呀!唉,是朕害了他。

张爱卿,起来回话,你们是内亲吧?”

张英起身,侍立道:“回禀圣上,臣的内人姚氏是姚大人的堂妹。臣昨天就在姚大人身边,看着他走的。因是新春元旦,不敢奏明皇上,本待节后再奏明礼部,请示安葬事宜。”

“唉,礼部吴大人等都在此,吴大人,朕着你立刻部议姚大人的葬礼事宜。姚大人秉公执谏,言行端恪,朕看就谥端恪吧。吴大人、张大人,安排一下,朕要亲到姚大人灵前致祭。张大人,姚大人临死时情形如何,可有什么交代?”

“回圣上,姚大人是痨疾日深,呕血而亡。临终时口授二疏,托臣转奏圣上。还说灵柩要回乡安葬。”

“唉,真是鞠躬尽瘁,死而后已啊! 朕有这样的好臣子,还愁国家治理不好吗? 可惜去得早了,姚大人过花甲了吗?”

“回圣上,没有,年仅五十九岁。”

殿上众人与姚大人同朝为官,乍闻噩耗,也不由得痛惜。尤其是熊赐履、陈廷敬、韩菼等素与他交好的人,更是伤心。但听着皇上不断的叹息,知他心里难过,都不敢再有什么悲伤的表示。最后,还是明珠带头劝道:“奴才斗胆劝万岁一句,今日新春,君臣欢宴,不宜太过感伤,姚大人新灵未走,一定也不愿看见万岁爷难过的。”众人也都一齐道:“是啊,是啊。今天作得好柏梁体,又是圣上亲笔所序,该当刻石勒碑,永以为志。”

康熙也自醒悟过来,今日是大喜的日子,总该欢声笑语才对,遂对张英道:“将这《升平嘉宴》交誊本处临写九十三份,在座诸位,人手一份。”

“谢万岁!”“谢圣上恩典!”群臣不由得欢呼雀跃,一片声地谢恩。

康熙看着群臣的高兴劲,也从御座上站起,大手一挥:“散宴!”

(选自《父子宰相》,安徽文艺出版社2004年1月1版)

熊尚志

（1952—2013）

当代作家。安庆宿松县人。1990年毕业于西北大学中国现当代文学研究生部，1980年开始发表作品，1986年加入中国作家协会。曾任安徽省青年联合会副主席，第七、八、九届太湖县政协委员，七、八届太湖县政协常委、副主席，太湖县文联副主席。

著有长篇小说《藕和花的故事》《古老的东方有一条龙》《神秘的妻子》《乞丐世界》《蛮欲》《人与佛》《处女坟》《骚乱》《烟火人间》《野山风流镇》《祸女》《南唐后主》等。此外还在《人民文学》《北京文学》《中国作家》《十月》《新华文摘》《花城》《清明》等发表有一些中篇小说、短篇小说。

南唐后主（节选）

三十四

递上降表，送走大周使臣，李璟就像一座抽去了梁柱的房子，轰然垮塌了。人倒在卧榻上，一时喊冷，一时喊热，遍身肿得黄亮。御医来看过了，说皇上百脉鼎沸，五内烦苦，需静心调养。钟皇后心如刀剜，将李璟接到碧春殿去，日夜守护。

这时，李景遂上了一道奏折。

侥幸从江北拾回一条性命，李景遂心性大变，见了腥荤之物就呕吐。看娇媚女子时，竟发现那女子是一具白森森的骷髅。他的心里，埋葬着无数座坟墓。他一闭上眼睛，就看见原野上、树林中，还有那些深深浅浅的苇子洼、粗粗细细的河流里，全是死难将士和百姓的尸体，冤魂在漫草荒烟间游荡。因此，李景遂请求归隐九华山，服侍佛祖，为死难将士和天下百姓祈祷，清静度日，了此余生。

李璟头上敷了块湿手袱，躺在春凳上，似睡非睡。

"皇上。"李景遂一脸凄凉，跪在春凳旁，"臣弟兵败江北，几乎尽毁祖先基业，皇上念及兄弟之情，不忍责备。然而，臣弟万死难赎其过，愧对江南子民。这辈子，臣弟只想虔诚念佛，修不了今生修来世……"

"景遂，我们李家出和尚啊。"李璟闭着眼说。

李景遂从宽袖里掏出一把剪刀，剪去左边一绺头发，弃之于地，说道："从今之后，臣弟与皇上断了君臣缘分。"又剪去右边一绺头发，哭泣道，"哥啊，我俩的兄弟情分，也从此断了。"言罢对李璟磕了三个响头。

"从嘉称他是学佛之人，而今，你又要出家去做和尚。"李璟虽闭着眼睛，泪水却从眼缝里溢了出来，“该去的去了，不该去的也去了。景遂，你要是觉得做和尚清静自在，哥不难为你，做去吧。”

“九华山退身和尚，多谢施主。”李景遂合掌胸前。

“不知退身和尚几时动身？”李璟转过脸来，含泪问道。

“明日午时，贫僧将退出红尘滚滚的金陵城。”

“景遂，兄弟……”李璟挣扎着想坐起来，却痛出了满头冷汗。李景遂忙走到春凳前。李璟抓住李景遂的手，摇了又摇，哽咽道：“哥这身子骨不利索，明日不去送你了。我们兄弟俩，有生之年还能见上一面吗？”

李景遂一把抱住李璟，撕心裂肺地喊了声：“哥！”

翌日午时，李景遂换上一袭僧衣，带着个年老的仆人，悄悄出了金陵城。马车在坑坑洼洼的官道上颠簸，十分缓慢。李景遂回头看了看巍峨的城门，暗自嗟叹，金陵烟花之地，富贵之邦，已成前世黄粱了。见李景遂不时将头伸出车棚外，车夫笑道：“和尚，城里的风月女儿，娇俏着呢。别看了，南唐三千里江山，一时哪里看得完？”

“殿下，我们这一去，不知……”仆人悄声问。

“贫僧是九华山退身和尚。”李景遂合掌说道。

“退身师父，我们当真住在九华山，不回金陵城了？”

“一朵莲花里有三千世界，何苦还要回到这红尘浊世中来？”

仆人叹口气，不再言语了。

马车沿着江堤，缓缓往前走去。黄昏时分，已离金陵几十里地了。忽听得身后响起一阵急促的马蹄声。仆人回头看了一眼，见一个青年将军拎着只酒坛，如飞赶来，忙说：“有人追来了，看样子是从宫里出来的。”

“末将请皇太弟稍停片刻。”皇甫继勋拦住马车。

“停下吧。”李景遂吩咐车夫。

皇甫继勋高声说道：“传皇上口谕，皇太弟退身红尘，栖身禅林，持戒诵佛，从此与朕僧俗有别，天各一方。朕与皇太弟一母同胞，难舍骨肉之情，特命御前侍卫前来，赐御酒一坛，为皇太弟饯行。”

“贫僧领旨。贫僧谢主隆恩。”李景遂接过酒坛。

皇甫继勋拨转马头，朝来路跑去，跑了几步又回头说：“皇太弟一路走好。末将回宫复命去了。”仆人乐滋滋地将酒坛抱过来，在马车上放好，笑道：“兄弟终归是兄弟。退身师父出家,皇上心里割舍不下啊。"

"兄弟,兄弟,是啊,是退身和尚的亲兄弟啊。"李景遂望着不远处的长江。夕阳落进了江水里,如一团活血,在波涛中闪晃。他收回目光,眼里落下泪来,不禁惨然道:"贫僧已经退出尘世了。皇兄,你又何必白费这些心思,给一个心如死灰的和尚赐御酒呢?贫僧活着是个和尚,死了不还是个和尚吗?"

当夜,李景遂主仆二人猝死于路边一家小客栈内。

半弯冷月从竹林里浮出来,天地间万物无声。皇甫继勋用刀子拨开后窗,爬进客房去。清冷的月色里,清晰可见主仆二人歪在地上,从鼻子和嘴里流出来的黑血,已经凝固。李景遂瞪大双眼,看着皇甫继勋。皇甫继勋周身汗毛竖了起来,探探二人的鼻息,伸手抹下李景遂的眼皮,正欲离去,那眼皮忽然嘎吱一响,又弹了开来。

皇甫继勋吓得魂不附体,急忙从窗户里翻出去。

昭庆宫里,李弘冀和张洎一直在等候皇甫继勋的消息。

李弘冀从头上抓下几根头发,吹向剑锋。

那几根头发断为两截,飘然而落。

"殿下,皇甫杀不得啊,杀了可惜。"张洎大惊。

"如果走漏了风声呢?"李弘冀冷冷地问。

"皇甫口紧,心黑,往后还有用得着他的地方。"

李弘冀用锋利的长剑修理着指甲,心想,心黑有心黑的好处,但心黑的人也令人恐惧。他忽然想起一件旧事来:九岁那年,他失足落进长江,顷刻被滔滔江水卷走了。当时李景遂和几个书生在江边吟诗取乐,见状二话不说,扑进江水里,一把拽住他的头发。李景遂也是只旱鸭子,不识水性。当船家赶来时,李景遂呛得脸面乌青,鼻孔里流出紫黑的血水,怀里依旧紧紧抱着他……想到这,李弘冀心头颤了一下。自己心黑,是为了南唐江山。皇甫继勋心黑,图的只不过一场小小的富贵。追随林仁肇多年,一听说自己是太子,眨眼间就反了水。这种人留在身边,谁敢闭着眼睛睡觉?

"良禽择木而栖,乃人之常情。"张洎婉言相劝。

正说着,皇甫继勋进了门来,得意地说:"殿下,完事了。"

"完事了?本太子要真果儿,不要一朵谎花。"

"末将仔细检查过,主仆二人脉息俱无。"

“皇叔上路时，闭上眼睛没有？”李弘冀问。

“眼睛瞪得比铜铃还大。”皇甫继勋打了个冷战。

“你没给他合上眼皮？”李弘冀愣愣地问。

“刚合上，又睁开了，嘎吱嘎吱响，瞪着末将。”

“刚合上又睁开了？嘎吱嘎吱响？”

“嘴边的紫血，活像了鱼冻子。”

“像鱼冻子！合上又睁开了？”忽有冷飕飕一股阴寒之气钻进了李弘冀的骨子里，他顿时感到心头麻酥酥的，手脚冰凉，强打精神吩咐道，“你暂且找个地方躲避几日，待风头一过，本太子再召你回宫。怎会嘎吱嘎吱响呢？”

“谢太子殿下。”皇甫继勋闪出昭庆宫，倏忽不见。

“像鱼冻子？怎么又睁开了呢？”李弘冀喃喃念叨。

三十五

割地求和以来，朝野人心浮动，街坊里冷清了许多，花街柳巷几乎断了生意，谁还有那心情！谁知一波未平，一波又起，皇太弟竟然暴毙客栈。不祥的阴影，笼罩着金陵，百姓们议论纷纷：皇太弟之死，莫非是周天子使出的手段？降表递上去了，我们皇上也给人家当儿子了，江南江北，各自保境息民，周天子犯得着派奸细谋害皇太弟吗？

皇太弟的灵堂设在万寿殿。

太监们将李璟搀扶到灵堂里。一想到血亲的兄弟，如今跟自己阴阳两隔，李璟心头一阵惨痛。景遂一生谨小慎微，藏巧于拙，只因嫌恶尘世污浊，已经退隐林泉了，可还有人不肯放过他。朕刚破国，今又亡弟，苍天对朕何其薄情！可怜景遂临走之前，不曾喝得朕的一杯热茶，不曾听过朕的一句温言软语，甚至不曾看过朕的一丝笑脸……

想到悲伤处，李璟趴在棺椁上失声痛哭。

朱令赟怀着一腔惶惑，奉旨查办此案。

“是谁下的毒手？”李璟暴怒不已。

“沿途驿道及小店四周，末将都仔细搜查过了……”

“难道凶犯没留下一丝痕迹？”

其实，朱令赟心里已明白了十之八九：皇太弟一人之下、万人之上，何等尊贵的身份，且又为人谨慎，一般庶民送去的酒，如何肯喝？必定是宫中之人。一般宫人送去的酒，又如何肯喝？必定是朝廷重臣。一般朝廷重臣送去的酒，又如何肯喝？必定是皇太弟最熟悉的、势焰如天的人物……此刻，见李璟苦苦追问，朱令赟只好说："昨日黄昏，当地农户看见有个骑马的将军，截住了马车。由于相隔甚远，将军的模样没看清楚。"

"骑马的将军？"李璟紧锁了眉头。

"那将军拎着一壶酒……"

李璟面色枯灰，咬牙切齿地说："再查！一旦查出凶犯，朕将诛他九族。用他血淋淋的脑袋，祭祀皇太弟的冤魂！"朱令赟唯唯诺诺地退出殿堂。朱廷禹在门外拦住他，求他务必早日抓获凶犯，给皇上一丝慰藉。朱令赟见四下无人，低声叹道："公公，你说这案子还查得下去吗？"

"朱将军何出此言？"朱廷禹茫然不解。

"依末将看来，不查也罢。"

"皇上兄弟情深，心里怄得慌啊。"

"这案子浮在水面上，公公当真看不明白？"

"将军休要藏藏掖掖的，不妨直说。"

朱令赟说出了心中的疑惑，压低声音说："公公，你说除了皇上之外，皇太弟碍了谁的眼？咱们南唐还有谁势焰如天？"朱廷禹登时省悟过来，吓白了脸，捂住朱令赟的嘴，惊慌失措地说："奴才明白了。朱将军，说不得呀，不可说！"

一丝疑云盘绕在李璟心头，拂之不去，将李弘冀喊了来，久久盯住他，默然不语。李弘冀心内发憷，忍不住问："父皇召见儿臣，不知有何圣谕？"李璟突然问道："你昨日骑马做什么去了？"李弘冀说："儿臣在宫里闭门思过。"李璟哼了一声："皇太弟猝死客栈，你可曾知道？"李弘冀说："儿臣听说过了。"李璟悲伤道："你皇叔死不闭目。眼皮刚合上，嘎吱一响，又睁开了。"李弘冀神色突变："嘎吱一响，像鱼冻子……"李璟说："皇太弟之死为国丧。朝廷大臣及李氏血亲，都要轮流守灵。你身为皇长子，今夜就去陪陪他。你皇叔还是热身子，阴魂尚在宫中，他也想看看你呢。去吧。"

当夜，张洎陪同李弘冀去了万寿殿。灵堂里幡帘密布，气氛阴森。僧尼们在幡帘后面，敲打法器，念诵往生咒。

后半夜，张洎衰了精神，挤到僧尼堆里打起了瞌睡。僧尼们念了一天经，喉干气绝、头昏脑涨，也暂时停歇了佛事。李弘冀跪在棺椁前，忽见棺椁裂开一条细缝，流出了紫黑色的血，不禁须发倒竖。少顷，有幽幽寒风袭来，幡帘拂动，索索地响。接着一缕似有似无的呜咽之声，穿门破窗，蹿到李弘冀身边，紧贴他的头皮射了过去。

"皇叔，您把眼睛闭上吧。"李弘冀吓得惶惶叩拜。后脖窝里，忽扑来一股暖气，隐隐有喘息之声。那似有似无的呜咽声越来越响，绕梁不散。

"你为何不闭上眼睛？闭上！"李弘冀一跃而起，抬起腿来对着棺椁一阵猛踢，吼声如雷："你要睁开眼睛做什么？你还想贪图南唐江山吗？阴曹地府有小鬼传灯照明，闭上眼睛会摔死你吗？闭上，赶紧闭上！"嘴里吼着，脚下踢着，又用双手去推棺椁。那李弘冀原本力大如牛，此时又疯魔一般，将棺椁推得摇摇晃晃，几乎翻倒过来。

僧尼及张洎听得前面有动静，猛然惊醒，一见李弘冀两眼血红，披头散发，嘴唇乌紫，差点将棺椁掀翻了，莫不魂飞魄散。几个健壮和尚扑上去，用身子压住棺椁。张洎死死抱住李弘冀的腰。其他僧尼敲响法器，齐声念佛。

李弘冀立马清醒过来，在念佛声中给李景遂叩拜敬香。

给皇太弟发过丧，人心渐渐稳定下来。

接着立了春，阳光明媚，枝头浮出一层新绿。

李璟的身体稍有好转，朝臣们就想，皇上该升殿处理朝政了。这日清晨，勤政殿外又聚得黑压压一片朝臣，日出三竿，也不见打开殿门。陈乔就说："日日苦等，心都凉了半截。"潘佑说："皇太弟入土为安，皇上有何理由废朝？"陈乔惊诧道："铁嘴，皇上废朝还需要理由吗？"潘佑正色道："国家者，天下人的国家。为何不需要理由？"徐铉哼着曲儿晃悠过来，笑道："各位大人，鼎臣实在不知上朝有何乐趣？"

"徐夫子，不上朝又有何乐趣？"陈乔问道。

"忙里偷闲乃三菩提，难道那乐趣小吗？"

"填几首艳词，心里头粉脂飘香。"陈乔跟着笑了。

徐铉便拿陈乔说笑："自从蜂腰妇人一死，子乔简直不知风月为何物了。"陈乔说："填艳词亦为风月一种。"徐铉摇头道："此有何乐？大乐在暮色四合之后。"陈乔惊疑道："难道徐夫子敢去花街柳巷里厮混？"徐铉说："敢是敢，却无乐趣可言。”潘佑忙插上话来:“大丈夫处世,雪中饮酒,灯下赏美,皆为乐事。”徐铉翘起兰花指,嘻嘻笑了:“去雅风小班听曲儿,难道比吃花酒差了吗?”

“徐夫子定是迷上了杨飞花!”潘佑打趣道。

“迷也枉然哪。”徐铉叹出了一声戏味儿。

朝臣们全乐了,围着徐铉大笑。

前些日子,因皇太弟之死为国丧,朝廷晓谕天下,在此期间,禁止歌舞。然而街坊里却传得沸沸扬扬,说金陵花魁相中了布衣将帅。又说那杨飞花请林仁肇去雅风小班听歌舞,林仁肇却鼾声如雷;又说杨飞花春心荡漾,亲自去帅府唱曲儿,林仁肇听过几回,竟将一张黑脸皮儿听白了几分。朝臣们百无聊赖,都想去听杨飞花唱曲儿,可次次都没见着杨飞花,于是便认可了这种说法。此刻见徐铉故意装出一副失魂落魄的模样,谁不觉得好笑?唯独陈乔信以为真,宽慰道:“徐夫子不必伤感。雅风小班的女孩儿,个个姿色出众、艳而不俗,唱出的曲儿,想来也比杨飞花差不了多少。”

“严相,你听听!”张洎拉住严续,故意大声说道,“皇上废朝,朝臣们斗鸡玩狗,买奴蓄妓,把玩风月,实在有辱朝廷体面。”严续见躲不开张洎了,便叹道:“老夫何尝不是心急如焚?”张洎看了朝臣们一眼,说道:“国不可一日无君哪!”

听得这话,朝臣们莫不惊骇。

“难道皇上不是君王吗?”潘佑厉声呵斥道。

“臣等连面都见不着,岂不如同虚设?”

“潘铁嘴!你真是糊涂乾坤,过来!”见潘佑摆出架势,要跟张洎争论,徐铉大喝一声,将潘佑拉过一边,冷笑道,“那条泥鳅的意思,你没听出来吗?又是故意找出个题目,好让我等联名上奏,奏请皇上早日禅位。”

“果然是这意思!”潘佑拍打着脑袋说。

“严相为何跟那泥鳅琴瑟相和?”陈乔狐疑道。

“其中奥妙,只是你不知我不知而已。”

自那夜守灵回来,李弘冀就添了几分痴癫,不论看见谁,都逼人家把眼睛闭上。张洎捧活龙一般,捧出个太子爷,如今有个癫病养在身上,如何不急?就去请教方士。方士说,有秽物钻进骨子里去了,冲冲喜自然会好。张洎跟严续说,太子只有穿上龙袍,才能将秽物冲走。严续恨不能活咽了这条泥鳅,苦于把柄落在人家手里,敢不俯耳听命?只得硬起头皮去见李璟,绕着弯子说了半天,才半吞半吐地说出了禅位二字。

一交春，李璟的身子奇迹般好了起来，只是依旧意懒心灰的，无心于朝政。他当然明白张洎的意思，似乎是随意问道："听说弘冀缝制了龙袍?"严续惶恐道："老臣不知……"其实，那龙袍是他与张洎一道操办的，又说，"皇上千万不可听信谣传。"李璟笑道："知又何妨？严爱卿不必慌张！这辆破牛车，朕巴不得早日交给弘冀，好落得个清闲。"严续忙伏地叩拜："皇上圣明，不知何时举行禅位大典?"

李璟站起身来，冲严续冷冷一笑。

先帝爷曾经说过，严续这人以正自恃，不附私党，然而学识寡浅，才拙于德，听用多非其人。先帝爷取其德而轻其才，遂招为驸马。严续跟随李璟也有些年头了，李璟觉得严续除了为人本分，实在没什么可取之处。今日，严续拐弯抹角，劝李璟让位，李璟心里不由得厌恶起来，不咸不淡地说了一句："先帝爷说你不附私党，看来有失中肯了。"

"皇上，老臣才疏学浅，却也懂得君子不党……"

"好了好了!"李璟打断严续，"朕今日送你一句话：同流，朕姑且不究；若合污，朕将严惩不贷！至于禅位一事，如今南唐是大周附属国，须奏请周天子恩准，方可举行大典。严爱卿，你说说看，朕封哪位大臣为进表使，最为合适?"严续连想也没想就说："勤政殿大学士徐铉，一向以能言善辩驰名天下，投手举足，不乏夫子风范。皇上封其为进表使，定然不辱使命。"李璟点点头，又问："献纳使呢?"严续拐不弯来，茫然道："献纳使?"

"降表绝非一纸空文，得进贡黄金白银啊!"

几日后，浩浩荡荡的进贡队伍，在温润的春风里，出了城。数百辆马车，载满了黄白之物，还有茶叶和绸缎。文武百官将进表使徐铉、献纳使陈乔送到城门外，依依话别。只因事关"禅位"，李弘冀也乐呵呵地来了，骑在马上，一个一个地检查，看朝臣们的眼睛是否闭上了。张洎笑着跟徐铉、陈乔打招呼："凯旋之日，太子爷定为二位接风洗尘。"陈乔没理张洎。徐铉冷笑一声："怀着一腔屈辱去汴梁，谈何凯旋?"

三十六

周娥皇的寝宫，在瑶光殿东阁。秋水来后，腾出西阁，给秋水做闺房。

在江北逃难的日日夜夜，一路生死与共，庆奴早将秋水看成了亲姐妹，死乞白赖要给秋水做伴。周娥皇暗忖，喜欢凑热闹，是女儿家的心性，便在西阁里添了张卧榻。秋水看着房内摆设，东摸摸、西摸摸，宗宗样样都新奇，看着养眼，觉得跟财主家的小姐相比，这日子差不了多少，心内暗自欢喜。

两个月下来，秋水脸上那层青涩之气不见了，小脸光洁白嫩，如一枚新桃，越发清丽可人。在鸡窝洼时，秋水常梦见自己骑着一只色彩斑斓的大鸟，飘飘摇摇地往云端里飞去。如今住上这般阔气的大宅子，她怀疑眼前一切是梦，狠狠在大腿上拧了一把，痛！怔了片刻，又在胳膊上咬了一口，留下了两排牙印。于是抿唇一笑，方才放心地睡去。

庆奴倚在对面卧榻上，偷偷瞅着秋水，忍不住想笑，将这事儿跟周娥皇说了。周娥皇就说，秋水是个吃糠咽菜长大的村姑，何曾见过这等富贵？千万莫吓着了她。万一她问起姐家讨什么营生，你就说姐家是个大员外，祖上积了山样的一堆银钱。

夜晚，庆奴常钻进秋水的被窝里去睡。秋水假装翻身，在庆奴身子上摸了一把。庆奴登时想起了韩王那双冰凉的手，心头难免有些失落。翻过年，韩王该吃十七岁的饭了，算得大人了。这般想着，庆奴脸子滚烫，隐隐有一种渴望在胸腔里激荡。见秋水吃吃发笑，庆奴推开她的手，笑说秋水不规矩。秋水索性将庆奴摸了个遍，笑嘻嘻地问："庆奴姐，你吃过什么好东西了？"庆奴茫然道："我几时吃过什么好东西了？"秋水说："你这肉身，滑溜溜的像条鲶鱼，若没吃好东西，怎会长得这般光滑？"庆奴忍不住扑哧一笑："再过一两年，只怕你比我还要细嫩的。"秋水又说："庆奴姐，我还想摸你一把。"庆奴含笑啐道："滚一边去！"反而将身子向着了秋水。

俩人说说笑笑的，相拥相搂，睡了过去。

秋水打死一只白虎的故事，已在宫内传开。不时有宫女来看秋水，这个送她一件可心的首饰，那个送她一二两银子。开始秋水不敢接，宫女们说，都在一个院里住着，往后还得请烈女多多关照呢。秋水问，你们是哪个员外、哪个乡绅家的小姐？只因庆奴打过招呼，宫女们嘻嘻哈哈地笑了，王员外、赵乡绅的混说一气。

秋水坐不住，不时溜出门去，四处闲逛。周娥皇并不拦她，只是再三叮嘱，不要走得太远。

秋水逛遍了整个皇宫禁苑，发现高高的院墙里面有竹园、有树林、有山有石、有花有草，还有一湖清亮的好水。虽说眼下荷叶枯衰，但过些日子，自然会绿出满眼的春意来。她认为这地方跟乡下的村子差不多，可惜看不到水牯牛和荷锄的农人。

秋水最喜欢去菱湖，随手掐朵花儿，把湖水当成镜子，往鬓发里一插。菱湖旁边有座听雨亭，她在亭子里一待就是半天。心下暗想，也不知这口大水塘是不是我哥家的。如果是，就该在水塘里养一大群白鹅。嫩绿的荷叶，粉红的莲花，一群白鹅在里面伸长脖子叫唤，游来游去，比画出来的还要惹眼！立春后，秋水几乎每天都去菱湖附近逛一圈，看新荷长出来没有。

这日，秋水晃晃悠悠地走进了一片松树林。就见一个皮面白净、细瘦腰身的女孩儿，穿一身青翠衣裤，卧在一堆金黄的松针上，边读书边吃酒，读到忘情处，摇头晃脑地疯笑。淡淡阳光筛进树林来，映着女孩儿的脸。女孩儿已经吃出了几分醉意，胭脂般的血色，从薄如竹膜的皮肤里洇了出来。

秋水一时看呆了，这又是一幅画吗？！

“你是哪个员外家的小姐？”秋水上前问道。

“澄心堂里的窈娘。”窈娘头也没抬，随口答话。

“澄心堂是哪个员外家的宅子？”秋水问。

“皇帝家的。”窈娘翻动书页，对着酒壶吸了一口。

“姐姐是皇帝家的小姐呀？”秋水睁大了双眼。

窈娘听出声音有些异样，这才放下书，抬起头来，看着秋水。她知道宫里来了个敢杀白虎的村姑，只是她性喜清静，才没去瑶光殿凑那份热闹。这当儿，见秋水一身山野气息，憨态可掬，猜想这就是那烈女了，忙站起身来。

“烈女不也是住在皇帝家吗？”窈娘莞尔一笑。

“姐姐胡说，我哥家是个大员外。”秋水绷紧了小脸。

“你那哥哥呀，是皇子，还是个花和尚呢！”

窈娘何时离开松树林的，秋水浑然不觉，呆呆地坐在山石上，胸窝里装满了委屈，泪流满面，想了又哭，哭了又想：我哥我姐，还有庆奴，全是骗子！怪不得我哥说，有两只木鱼送我一只，有了南唐江山，送一半给我做嫁妆。他连狗都打不死，哪来的南唐江山？原来是皇帝的儿子，敢讲大话！娘说了，做人要有骨气，不许巴结有钱人，不许巴结做官的人。娘若晓得我跟他们来往，还不从土里爬出来，打烂秋水的嘴？皇帝家有好人吗？我爹就是被皇家抓去当挑夫的，鸡窝洼的庄稼就是被皇家的马吃掉的！秋水越想越气，又无处发泄，恰巧有一只蛤蟆从草丛里跳出来，忙抓起一块石头，朝蛤蟆砸过去，直到将蛤蟆砸成一团肉泥，才抹抹眼泪，一跺脚，出了树林。

秋水出去快两个时辰了，还没回来，周娥皇神魂不安，生怕她迷了方向，找不到回来的路。正在这时，秋水低头蔫脑地进了瑶光殿，两眼又红又肿，脸上挂着泪痕。周娥皇笑着喊了声妹。秋水抬起头来，鼻孔里哼了一声，也不理人，兀自进了西阁，将乱七八糟的一堆东西打成一只大包袱，挽起来就往外走。

“秋水！”周娥皇不知出了何事，忙拦住她。

“秋水秋水，这名字是给你喊的吗？”秋水气鼓鼓地说。

“那就不喊秋水，喊妹？”周娥皇忍不住好笑。

“妹？谁是你妹？好笑！妹也不许喊！”

“这也不让喊，那也不让喊，喊什么呢，难死姐姐了。”

“别装模作样了，假惺惺的，秋水全知道！”秋水停住脚，见庆奴也走了过来，越发有火，“你们没一个好人，全是一伙的，骗子！”越想越委屈，呜呜地哭了起来，一边哭，一边嘀嘀咕咕的，说自己瞎了眼，跟一伙骗子厮混了小半年。周娥皇和庆奴明白怎么回事了，哭笑不得，想方设法哄她。秋水抹抹眼泪往外走：“我不想巴结皇帝家的人！”周娥皇哪里舍得放她走呢，摸摸她的脑袋，怜爱地说：“你从没巴结我们，我们是姐妹呀。”

“可我哥根本就不是书生，他是个花和尚。”

“妹妹，当时有人要追杀你哥，你知道吗？”

“谁敢杀我哥，秋水就扒了他的皮！”

“所以，姐和哥不是要骗你，是逼得没法子。”

“这秋水懂，姐。”秋水的气慢慢消了，迟疑了半晌又说，“就怕鸡窝洼的马乡绅知道了，要笑话我，说你们看哪，秋水那丫头，癞蛤蟆想吃天鹅肉，巴结皇帝家的人。”

“你还想回鸡窝洼去？”周娥皇吃惊地问。

“秋水夜夜都梦见回了鸡窝洼。”秋水含泪点头。

“秋水，你不愿意跟我们住在一起吗？”庆奴紧张起来。

“有人来抢哥和姐的包袱，你也不管了？”周娥皇说。

“秋水想管,可管不了。秋水在这里住不惯。”秋水伤心地摇了摇头,又摇下两串泪珠来,“秋水在这里吃了睡,睡了吃,手脚闲得长草了。你们都不是过日子的人,那么大的一口水塘情愿空着,却不让人养鹅……”

“秋水,你别难过,明天姐带你去见一个人。”周娥皇给秋水擦着眼泪,连哄带劝,“如果她说菱湖里可以养鹅,别人都不敢反对。只要有鹅养,你就不回鸡窝洼了吧?”庆奴趁机接下了秋水手里的包袱。

“谁有那么大的本事?”秋水将信将疑。

“皇后娘娘呀,你说她本事大不大?”

“马乡绅有时也怕他老婆……”

翌日,周娥皇将秋水带进了碧春殿。

殿堂里挤满了宫女和小太监,都围住秋水看稀罕。

庆奴一从江北回来,就将秋水的故事跟钟皇后说了。庆奴说,如果没有秋水,她和吴王殿下,还有皇子妃,恐怕早就成了他乡异域的孤魂。钟皇后赞叹不已,好一个女儿家!小小年纪,孝心感天动地,且又懂得行侠仗义,真是个烈女。

进了碧春殿,秋水由不得有点怕。鸡窝洼逢年过节唱大戏,粉台上的皇后娘娘一出场,就“呜呀呀”喊一嗓子,女霸王一般。秋水偷偷往上瞟了一眼,上首坐着个白胖妇人,圆嘟嘟的脸,下巴上的肉起了褶儿,大而无神的眼睛上,卧着两道淡淡的眉。秋水心想,这就是皇后娘娘了,跟娘一般和善,怎会“呜呀呀”地喊一嗓子呢?

钟皇后慈眉善眼地看着秋水,朝秋水招招手,秋水懂事地走到钟皇后的身边。钟皇后抓起秋水的一只手,揉了又揉,看了又看,将脸转向周娥皇,说:“你看这孩子的手,肉巴巴的,柔若无骨,这才是大富大贵的相。”

“娘娘,秋水的手,是在姐家吃胖的。”秋水低下头说。

“你真的不怕白虎吗,秋水?”钟皇后笑问。

“不怕,下回看到白虎了,秋水就打一只送给娘娘。”

宫女和小太监们捂住嘴,哧哧发笑。

“来人,赏烈女!”钟皇后喊道。

少顷,一个宫女托着白银出来,放在秋水面前。

“娘娘,好多人给过秋水银子。秋水再要你的银子,就变成财主了。”秋水急得小脸通红,推开托盘。宫女们零零碎碎给她的银子,少说也有百十两。她每夜都要用手摸一遍，将银子收好，才肯去睡。眼下她想跟钟皇后做一笔交易，银子再好，也不敢收，于是壮起胆子说："娘娘，秋水不要你的银子，秋水要养鹅。"

"母后，秋水想在菱湖里养一群鹅。"周娥皇说。

"养鹅？"钟皇后一愣，"在菱湖里养鹅？"

"对，养鹅。"秋水似乎看到了希望，眉飞色舞地说，"娘娘，绿油油的荷叶里，游着许多大白鹅，多好看哪。"

"皇宫里如何能养鹅？"钟皇后摇头道。

"娘娘，养的鹅归我，下的蛋归你，行不？"秋水急了。

"鹅蛋归我？好孩子，那也不行。"

秋水满脸沮丧，两眼黯淡下来。周娥皇见她郁郁寡欢的模样，有些过意不去，宫里毕竟有宫里的规矩，也不便跟钟皇后多说什么，让庆奴带着秋水，先回瑶光殿去，她在碧春殿里还有点儿事。

庆奴牵着秋水的手，秋水一路上闷头不语，走到菱湖边停下脚来，两眼看着湖水。阳春三月，小荷已露尖尖角了，蜻蜓贴着水面追逐嬉戏，正是养鹅的好季节啊。看了一会，秋水的气又上来了，甩开庆奴，独自往前走去。庆奴随后追来，故意逗她："秋水，皇后娘娘赏了你两百两银子，你现在算得财主了吧？"一谈起银钱，秋水的情绪立马好起来："秋水跟马乡绅一样有钱了。"

"你也想盖大宅子，在门外站两个乡丁？"

"在鸡窝洼，这钱能娶好几个老婆！"

"可惜秋水是女儿家，娶老婆派不上用场。"

"几时找到香孩儿表哥了，就用这钱给他娶媳妇。"

"给香孩儿表哥娶十个媳妇吗？"

"你不长脑子。"秋水不屑地撇撇嘴，"一个汉子娶两个老婆就要打架。马乡绅的三个老婆天天打架，一时是大娘跳井，一时是二娘抹脖子。这边还没消停下来，那边小老婆又在梁上荡起秋千来了。汉子要想不遭罪，就只能娶一个老婆。"

"姐，姐……"这边俩人正有说有笑的，忽听得有个细瘦的声音，从旁边竹园里响了过来。庆奴回头一看，脸腾地红了，是韩王李从善。李从善跑上前来，也不顾秋水在眼前，两眼泪汪汪的，抓住庆奴不放。庆奴面红耳赤地说："王爷，奴婢还有事呢。”

“姐……”李从善将庆奴往旁边竹园里拽去。

庆奴常常梦见李从善，可一见了李从善，又想躲开他。李从善的两眼热泪，泡软了庆奴的心，人就迷糊了，身不由己地跟着李从善进了竹园。

当庆奴回到瑶光殿时，才发现秋水失踪了。

一时，吴王府上上下下变得紧张起来。黄昏时分，派出去的几拨子人先后回来了，都说找遍城里城外，根本没见着秋水的影子。周娥皇再三追问庆奴，会说会笑的一个灯盏花妹妹，究竟是怎样弄丢了？庆奴低着头，只顾呜呜地哭。

“莫非回了鸡窝洼？”周娥皇紧锁眉头说。

“在鸡窝洼，秋水连一个亲人都没有。”李煜直叹冷气。

“要不，找她香孩儿表哥去了？”

“人海茫茫，上哪儿找香孩儿去？”

“天亮后，再派人去找。”周娥皇吩咐道。

李煜并不担心秋水的安危，秋水是个敢玩命的，一般泼皮无赖近不了她的身。他是可怜秋水的那颗心，孤零零的，一如芦花，漫天飞舞，总想找个地方落下来。也许皇宫里水土不养人，她不想在这里生根，又随风飘走了。李煜想起了耿先生，打算明日上趟青龙山，请耿先生卜一卦。

三十七

耿先生终于配齐了丹料。李平闲得无聊，跟随耿先生去了太元洞，俩人支起丹炉，炼起丹来。洞内烟熏火燎，水雾弥漫，腥臭无比。李平常跑到洞外去呕吐。转瞬两个月过去，腥臭化为一股奇异的冷香，返春丹总算炼成了。一回到抱残观，耿先生就给每个道姑发了两枚丹丸，算是赏赐。

红芍也得到了两枚返春丹，夜晚躲在被窝里嗅了又嗅，幽香扑鼻，可她不敢吞服。耿先生说，服过返春丹，人要年轻十岁。红芍暗想，自己刚满十六，身条儿也长熟了，好日子就要来了，如果再年轻十岁，岂不成了娃娃？她才不想做个娃娃呢。这日早晨，红芍在观外清扫落叶，发现李平将一只小瓷瓶扔下了山崖，忙凑上前去，好奇地问：“师叔，你刚才把什么东西扔了？”

“什么也没扔。”李平笑道。

“弟子明明看见师叔扔了。”

“师叔扔的，是一颗世俗之心。”

“扔了好，我们学道之人，留不得那东西。”

耿先生一脸蜡黄颜色，打着哈欠，无精打采地从三清殿出来，身上溢出幽幽冷香，见李平在那陪红芍说笑，心里浮出几分不快，无话找话地说：“几时看见师父了，也送几枚给他老人家尝尝。”李平说：“就怕师父吃过返春丹，往烟花人家跑，岂不坏了他的仙根？”耿先生啐道：“师弟贫嘴！返春丹是春药吗？饮服之后，戒绝一切尘俗烦恼，哪里还吃得花酒？”见李平脸色红润，又问：“你服过没有？”李平忙说：“服过了，妙不可言。似乎有千万条火龙，在胸腔里穿游。”耿先生惊疑不已。昨夜她也服过一枚返春丹，二更过后就手脚冰凉，人冷得猴成一团。偏又腹鸣如鼓，不停地跑茅厕。跑到天亮，人就衰了，于是说道：“同为返春丹，为何一寒一燥呢？”李平说：“也许阳者愈阳，阴者愈阴吧。”耿先生点头道：“恐怕是这道理。女子吃了，少不得又添几分阴寒之气。”红芍怯怯地问：“师父，阴寒之气不会伤人吧？”耿先生笑道：“若无阴寒之气，我们女子便少了一分韵致。女子的娇俏，以冷艳为上品。”红芍嘀咕道：“如果只年轻两岁就好了。”

耿先生突然屏声静气，半晌才说：“我闻到了贵人的气味。”

“我只闻到了山草的青涩之气。”李平讪笑道。

半个时辰后，李煜乘坐小轿来到了抱残观。

红芍不眨眼地看着李煜。自从李煜陪潘佑来过一次抱残观，红芍的梦便花花草草地鲜活起来，常跑到路口去张望。李煜一下轿，红芍忙迎上前去，又是鞠躬，又是请安。耿先生看在眼里，想起自己十六岁那年哭着闹着要离开嵩山，便没言语。

红芍将李煜领到静室里去吃茶。

“我不吃茶的，没时间吃茶。”李煜愁眉不展，连连摇手。接着将秋水的情况简单说了一遍，焦虑道：“姐姐，她一个女儿家，孤身在外，我如何放心得下？”耿先生一笑，随口答话：“殿下对一个村姑如此上心，实在难得。”

“姐姐，她不是一般的村姑。”

“就算薄有姿色，说到底还是一个村姑！”

“是，是个一般的村姑。”李煜不想跟耿先生争辩，无奈地点点头，“有烦姐姐动一课，给她卜个卦爻，好赖让我知道她的去处，免得我牵肠挂肚。”

“卦爻这东西，不动为好。”耿先生说。

“姐姐千万帮帮忙，有劳姐姐烦心了。”

“殿下，如果是个凶卦呢？”

“即或死了，我也要去为她收尸。”李煜流泪道。

耿先生不禁心头一颤，不好再推托，就说：“待我沐浴更衣之后，就去天庭里探探消息。”

“多谢姐姐了。”李煜擦了擦泪说。耿先生淡然一笑，体态轻盈地走出了静室。

“去天庭里探听消息？”李煜茫然道。

见李煜对耿先生的话将信将疑，李平便说：“师姐的脑子时好时坏。这些年，也不知得到哪位高人指点，在卦爻上自成一家，是最灵验的。”李煜方才信了，问：“耿先生的脑子今日坏没坏？”李平说：“今日是好的，双颊不泛桃花红，脑子就是好的。不过，她素昔不喜欢给人占卜。动一回卦爻，身体好些日子恢复不过来。”李煜感叹道：“李道长和姐姐都是高人哪。”李平拍拍胸膛，笑着说：“贫道怎敢妄称高人？这堆渣滓就有污眼目。”李煜惊奇不已，便说：“你们学道之人，将躯体称为渣滓？”

“道至无道处，是不留渣滓的。”

“若无躯体，人如何存活于天地之间？”

“贫道乃平庸之辈，自然抛不开这副躯壳。”李平冷冷地瞥了李煜一眼，“而那些得了大道的真人，谁不是炼精化气，炼气化神，炼神还虚，清虚又有何渣滓？”李煜恍若听了一篇天书，只觉得深奥玄妙，连连点头，说道法自然，自然清虚洁净，是没有渣滓的。

忽见耿先生进了静室，跌坐在椅子上，面无人色。

“姐姐。”李煜忙笑脸相迎，“动过卦爻了吗？”

“你走吧，殿下。”耿先生满脸怨怒。

“师姐遇到污秽之物了？”李平不安地问。

“殿下寻找的根本就不是村姑！”耿先生没好气地说。

“我妹分明住在鸡窝洼。”李煜小声分辩。

“师姐，你反正累也累过了，不如做个人情，将卦象对殿下说了吧。”李平劝道。

“你为何不说真话，害得我险些做了二世人！”耿先生瞪着李煜，余怒未消。红芍见李煜尴尬地低下头去，生怕师父说出更难听的话来，忙拧个热手袱，递给耿先生。耿先生擦了把汗，半晌才说：“为找那村姑，我去过很多地方，差点回不了。这女子将来贵不可言，其富贵远远超出殿下。不仅如此，金陵百姓在她的庇佑之下，将会逃过一劫。”

“也许我妹子将来有些造化。”李煜敷衍道。

“殿下，你以为我师姐是道士贫嘴，故弄玄虚吗？”

“眼下她正在建造茅舍，打算养一群白鹅。”

“姐姐真是神人！她现在何处？”李煜惊骇道。

“不可说啊。”耿先生摇了摇头，脸上这才慢慢恢复了一丝人气人色，“贫道倒想送给殿下一句话。这青龙山一阳不生，阴气袭人。殿下福缘原本不厚，寿命不长，往后最好少来青龙山，远离一切阴寒之气，以免被其所伤。”

“还望姐姐把话说得敞亮些。”

“有些话，还是糊涂为好。”

虽然不知秋水身在何处，但得知其平安无事，李煜略略放下心来，起身告辞。李平和耿先生留他吃酒，苦留不住。红芍低声说：“鸡都杀好了。”李煜回头冲红芍一笑，红芍顿时双颊滚烫，转过脸去不敢看人。见李煜往轿子里钻，红芍又低声说道：“我也要学会卦爻。”待小轿淹没在林子里了，红芍才收回目光，心下又说：“我学得会的！”

耿先生在红芍背后摇头一笑，进了门去。

只因急于赶进宫去，把耿先生的卦爻告诉周娥皇，李煜不敢耽搁，一径下了青龙山，临近城门，忽然发现驿道上尘土飞扬，一彪人马朝城门走来，忙吩咐轿夫落下轿子，他要停下来看个究竟。

人马渐渐近了，竟是进贡的队伍回来了。顶头马车上，铺了锦缎，撑起华盖。徐铉和一个肥胖汉子齐肩坐在马车上说话。那汉子油黑皮面，细眉细眼，两片乌紫的厚嘴唇，仰着头用手指掏鼻孔，目光却瞟着驿道两旁的景致。

李煜离开小轿，径自朝徐铉走了过去。

“徐夫子去了一趟汴梁，看来比早先消瘦了许多。”

“殿下，又去清凉寺学佛来吗？”徐铉欠起身来笑问。

“没学佛，找姐姐动了一课。”

“这位唇红齿白的书生，原来是江南的皇子啊。”黑胖汉子上下打量着李煜，手指搓搓从鼻孔里掏出的秽物，大大咧咧地笑起来，“嘿，江南水土好，生出的爷们，反比我们汴京的娘们还要白嫩哇。”

“敢问这位大人……”李煜阴下脸来。

“这是御厨使张延范大人。”徐铉忙介绍道。

张延范的目光，狗舌一般，在李煜脸上舔来舔去。李煜厌恶至极，转过脸去，心下不禁狐疑：按讲，周天子应差遣宣谕使来才符合常情，为何派个御厨使来？这御厨使又是何等官职？莫非是御膳房的厨头，临时出使南唐？于是好奇地问道：“敢问大人，是在御膳房当差吗？”

徐铉侧过身去，捂着嘴偷偷笑了一回。

张延范脸色有些不自在，却傲慢地昂起头来：“你江南君臣，哪里懂得上国规矩？”

（选自《南唐后主》，安徽文艺出版社 2009 年 4 月 1 版）

潘军
（1957— ）

当代著名作家。安庆怀宁县人。1982年毕业于安徽大学中文系，现为安徽省文联文学院专业作家。潘军是中国先锋小说的代表作家之一，其作品一直是学术界的研究对象，具有广泛影响。《流动的沙滩》入选“中国当代文学教学研究参考资料”，《重瞳》名列“中国当代文学最新作品排行榜”榜首。

主要作品有长篇小说《日晕》《风》《独白与手势》《死刑报告》以及影视作品《对话》《和陌生人喝酒》《大陆人》《五号特工组》《海狼行动》《婚姻背后》等。2000年花城出版社出版《潘军实验作品集》（上下卷）；2000年人民文学出版社出版《中国当代作家选集·潘军卷》；2001年文化艺术出版社出版《中国当代小说珍藏版·潘军卷》；2001年长江文艺出版社出版《潘军文集》（四卷）。

独白与手势（节选）

犁城：1999 年 8 月。

那是一个沉重而伤感的晚上。李佳洗好澡，对他说：今晚我住这里，孩子可能这两天要不舒服。这段时间你就住这儿吧，他说，刚出院，我给你调养一下。

那不用，李佳说，又不是做流产。

李佳躺到他的床铺上，接着说：我给你生了一个，流过两胎，对得起你吧？

他说：怎么说起这个了？

李佳说：我要让你知道做女人不容易。

他没接话。

李佳叹了口气，说：你知道我为什么要住院吗？

他说：为什么？这话问得奇怪。

李佳说：我这次职称没有通过。有两个比我后分来的却通过了，我不服。

他说：这有什么想不开的？等下批呗。

李佳一下就坐了起来：你真是站着说话不腰疼。凭什么让我等下批？很多大的审计报告都是我做的，我哪点不比那两个人强？我他妈的不就是不爱往头头家钻吗？

他说：其实也就是多那么一点儿人民币，别为这个伤神，不值。

李佳说：不是钱的问题，是一个人的尊严，你懂吗？

他说：顶多就是个面子吧。要尊严就痛快地把职辞了。既然你的专业不错，还怕弄不到一口饭吃？

李佳说：我没这个气魄，也没这个能耐。别人可以靠家庭靠老公，我能靠谁？

谈话到此出现了沉默。他们坐得很近，但是都没有去看对方。女人的眼睛

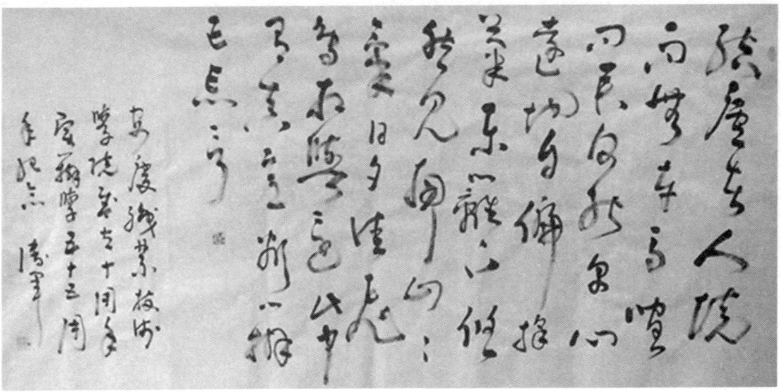

潘军手迹

湿润了，男人的呼吸也显得短促，有一个字眼同时镶嵌在他们的喉咙里，却很难吐出来。这个字眼就是复婚。他们都没有提，没有，他们就这么沉默着。

这时电话响了，女人说：我来接。就从床上起来去接电话。男人便有意避开，去了朝北的房间。但他还是能够听见女人的说话声音。女人说：有什么事吗？女人说我现在有客人回头再联系吧。女人说明天我给你挂过去。男人听了觉得很不舒服。我他妈的居然成了客人？他想这个电话应该还是前些天接到的那个空电话才对。不多会儿，楼梯上响起了女儿的脚步声，于是女人便去了自己的床上。女人将灯闭了。这间屋子里现在只剩下他这儿有灯光。女儿一头大汗地进来，匆忙打开电脑，开始玩从同学那里借来的新游戏软件。女儿一边玩一边问：我妈呢？

你妈睡了。

怎么这么早就睡了？她以前不这样。

她病刚好。

我看她没有什么病。

那你干吗急着给我挂电话呢？

是她让我做的。

男人点上一支烟，自己出门了。今夜的月光有些朦胧，街上的行人熙熙攘攘。城市的这条人行道上摆着许多小贩的摊点。男人经过这条街时突然有了一种饥饿感，这很奇怪，他想，我不是刚刚吃过吗？

几天后，李佳提前了休假，带着女儿出门旅游了。她们将由犁城去江苏无锡,再去杭州。就是说,孩子的这个暑假又不能和他在一起了。他就提出和她们一块去,可李佳说随行的还有她单位的同事,不方便。到处都是不方便,男人感到气愤,但一想起她近来的情绪很糟糕,也就不再争辩,觉得她出去散散心也好。临行前他交给李佳五千元钱,但是女人没有要。女人说:你还是把钱攒着再娶一个老婆吧。我这辈子就带着女儿过了。

我剩在了家中。这些年来像这样的情况似乎还是第一次。若是在以前,这样的日子是我梦寐以求的。每个星期日,我都希望李佳带着女儿回娘家。这样我就可以拥有完整的一天用于写作了。我可以一口气写到黄昏,然后去我岳父家吃晚饭,把老婆孩子接回来。可现在呢?时间突然多了出来,像水一样溢出,我却没有了写作的欲望。我不知道这是为什么。涣散自然地发生在我身上,没有激情,没有冲动,连吃饭都成了负担。我很想回石镇一趟,可是一想自己今年已经回去过了,这念头便也打消了。

说来凑巧,也就是这样的时候,肖航来到了犁城。

肖航是到南京参加一个校友聚会,取道来犁城的。她拨通了我的手机,说她人在南京,问我在哪里。我说我回了犁城。她说与她估计的一样。我接着就说了李佳和孩子出门旅游的事。我的意思很明显,就是希望她能来犁城一趟。我说:南京与犁城靠得很近,你来吧。什么时候来,我到车站去接你。肖航沉默了片刻,说:要是你前妻还在犁城,你还会这样邀请我吗?

我说:怎么不呢?我已经离婚四年了不是?

我得承认,肖航是很敏锐的。连我也纳闷,我为什么会这样?李佳并没有限制我,她也没有理由来限制我,但是我还是紧张,以至我在犁城的时候,只要是当李佳的面接到一个异性的电话,都是那么地不自然。这太奇怪了。可我不希望这样,真的不希望。

肖航说:这件事暂时还是别说死吧,我再想想。

我说:你来吧,这没有什么。

见她没有表态,我又说:也许你很快就去太平洋那边了……

我突然有了感伤,好像肖航的这个电话真是从大洋彼岸打来的。南京距离犁城不足三百公里,可在我的感觉上竟是相当地遥远。这种感觉仿佛通过电讯传递过去。肖航后来的语气也转变了,她说:等我办完了事情,我很快就过去看你。你一定得去车站接我。

我说:我会的。

那时我想,我不能再让这个女人轻易从我身边走掉。

于是在第三天的下午,我们在犁城见面了。当她的身影从这条道上走来时,我的眼睛竟然被泪水所模糊。我毫不犹豫地冲上前去拥抱了她。我说:谢谢你。谢谢你来看我。

我们终于又见面了。我接过她的行李,再去路边拦过往的出租车。在上出租车的那个刹那,她贴近我的耳边说:我住哪儿?

这是个暗示。我想我的回答肯定是慢了半拍,我说:这个我来安排。

但是她说:我可不想住到你家里去。犁城最好的饭店是哪儿?

就是犁城饭店,我说,是四星级的。

那我就住那儿,她边上车边说。然后告诉司机:去犁城饭店。

出租车绕过一个转盘,上了犁城唯一的高架桥。从桥上望下去,犁城仿佛长高了许多,这是我以前没有感觉到的。这沿路都是新建的一些高大建筑,两旁的路灯和树木也更换了,显得精神。于是肖航说:犁城还是很漂亮的。我说:这儿的人却并不富裕。下岗工人每月只有一百二十八元。

她感到惊奇:怎么会这么少呢?

我说:企业上不去,你看到的这些楼房,有的其实里面连电梯都还没安装。

那人怎么上去呢?

等有了钱再上去吧。

真是奇怪……

不久我们到了。我拿过肖航的身份证去总服务台替她办入住手续。她说:押金由我来交。我会找到地方报销的。

我说:可你到犁城是来看我的。

——1999 年 8 月 7 日

他们走进了这个标准间。其格局与几个月前他在北京住的那个 304 竟是那样地相似!连台灯和电话机都是一个牌子。男人在这个瞬间看到的是另一个女人的脸,那是个更为年轻的女人,现在却像断了线的风筝一样。兴许是这点迟疑,男人在替肖航沏茶时不小心烫了手。那时候女人正在卫生间里洗脸,但她在走出之后,也感到面前的男人神色有些恍惚,就问:你不舒服?

男人说:不,我只是昨晚失眠了。

是因为我要来?女人说,那我太高兴了。

说着,女人拥抱了他。身体的接触使男人对刚才的片刻疑虑及时打消了。他们没有接吻,他们就这样拥抱着,在想,是先做爱还是先吃饭?这时男人听见女人低声在说:我好像有点不对了,你倒没事似的。是不是我来得不是时候?

男人说:你这不是在骂我吗?我的身体迟钝是因为我老了……

女人说:我会让你变得年轻。

他们准备上床了。这是他们第二次上床。男人说:我先洗个澡吧。

女人点点头,自己躺到了床上。男人背过身去脱光衣服,进了卫生间。他用淋浴,想简单地冲洗一下。他的身体似乎还是不怎么兴奋。他好像难以摆脱在北京亚运村以北的那个叫作冠华酒店的生活,他眼前总是晃动着那个沈芷平。正是这个原因使得男人的身体发生了变化。男人想,选择这个酒店实在是个错误。过了会儿,男人裹着浴巾出来,中央空调使他带水的身体顿时起了鸡皮疙瘩。而女人已经钻进被窝里了,露出半截戴着胸罩的背脊。男人似乎有些犹豫地上了床,当他过于凉爽的身体和女人温暖的身体紧贴一起时:他感到了一种无限的满足。而且,他的下体也像久旱逢甘雨的禾苗,立刻显出了精神。本能的力量掩盖了男人的尴尬,也把男人从自责的边缘拉了回来。他解开女人的文胸,把女人拥在了怀里。

它一点也不迟钝,女人说,它可能有点世故。

不是世故。男人说。

那是什么?

它顶多有点疲倦吧。

疲倦?就是说回到犁城你也没让它闲着?

你误会了,我的意思是……怎么说呢,是支配它的部门很疲倦。

我可没有怪你。怎么样,对我的身体陌生吗?

怎么会呢?

后面的话被吻堵回去了。他们开始进入了状态,男人感到女人身体上散发出来的气息还是那样地迷人,但她的皮肤似乎已没有在杭州时的光洁与细腻,甚至有些松软。男人没有经过足够的铺垫就冲进了女人的身体,而且很快便感到自己直奔高潮而去,他一边做一边告诉身体下的女人:等会儿我们再好好地做成吗?

女人说:随你吧。我既然来了,就把自己交给你了。

于是男人心安理得地完成了第一次。然后,他们一起去了卫生间,一起冲洗,镜子里的两具裸体不经意地看上去很像一幅油画。男人突然有些感伤地说:我们分开得太久了。

他们仿佛被这句话感动了。女人说:我现在真是有点怕“分开”这个词了。

他看见女人的眼泪突然涌出,觉得什么事一定是发生了。等重新回到床上之后,男人小心地问道:是不是签证没戏了?

女人叹了一口气,说:他欺骗了我。

他?男人立刻明白这个“他”并不是指的自己,接着问:他有别的女人了?

女人摇摇头,说:这个我心里早有准备,要真是这个我也不会怪他,男人嘛……

那是什么?男人欠起身,他不明白还有比夺走自己老公更使女人伤心的事情。

女人也坐起来,拿过男人手里的香烟吸着。女人说:他根本就没有拿到绿卡。可他上个月才对我说清楚……他让我苦等了三年!

是这样……那就算了吧!

算了?是呀,不算又能怎样呢?你知道吗,对于我这个年纪的女人,爱情并不重要了,重要的是生存。

难道不出去就不能生存了?

可我的计划不是这样的……现在,全乱了。要是我早知不能出去,我就不会这么傻等,我就会注意和原单位搞好关系,我就准备来过一个正常人的日子,随便和什么人都行!

你冷静一些……

可是女人还是泣不成声起来。他把女人搂在怀里,再慢慢地躺下,他希望能尽快用第二次做爱来冲淡女人的悲伤。男人用力握住自己的下体,想让它片刻紧张起来,挺立起来。以往的经验告诉他,这第二次总是能使女人满意的。后来的事情和男人的想象完全一致。第二次,没有任何的前戏,当男人感到自己的火候到了,便立刻冲进了女人的身体。他剧烈而快速的抽动使女人发出了欲死不得的呻吟。女人高声叫道:你想杀死我吗?这时,男人的手机响了。

男人自然不会在这样的时候去接这个电话。电话一直响到第十二声，令人心烦意乱。男人一点也不在意这个电话，继续干自己的事。事情持续了近半个小时，第二次高潮终于降临了——这仿佛是他们双方渴望已久的高潮，它的冲击波竟是那样地巨大，在高潮掠过之后的几分钟里，那种快乐仍还在各自的体内荡漾着。他们浸在汗里，汗把洁白的被单染得斑斑驳驳。他躺在她的身上，听见她说：我们多像两具尸体。

男人又一次看见了那个幻象：那两条仿佛用红颜料造成的金鱼。但它们不是尸体，它们还在水中游动。它们也不是重叠着，而是依偎着。

昨天的事情后来有些沮丧。起因还是那个不合时宜的电话。

看一下来电显示吧，肖航说，也许是个要紧的电话呢？

要是急事还会打来的。我这样说。其实我心里还真在惦着，我总觉得刚才这个电话与沈芷平有关，尽管她已经好久不来电话了。从走进这个房间的那一刻起，我便有了这样的预感。我点上香烟，肖航从我身上越过去，把手机拿给我，她说看看吧，别让给你打电话的人失望。说完她还对我诡秘地笑了笑。

电话号码是陌生的，但区号是 023，这是重庆。我想自己的表情肯定出现了变化，而肖航也一定是看出了，女人没有问是在等待男人的坦白。

可能是她的。我说，我在北京结识的女朋友，重庆人。除她之外，我不会有 023 的电话。

那你拨过去吧，人家等着呢。

可这不是她家的电话。

你是不是怕我不高兴？

不是。我确实对这个号码陌生，可能是个公用电话。她在家里不敢给我打电话。

为什么？

我比她爸爸只小八岁。很久不打了。

有多久？

有一个多月了吧。她离开北京的时候是在六月。

肖航沉默了片刻，再说：是呀，现在一个多月都显得久了，可我却傻等了三年。

怎么又把话说回来了？我有些生气了：难道不和那小子结婚你就……

她立刻打断我:对我而言,结婚就是活着。

那你可以随便和一个人去结婚。

随便？这就像买东西,平时眼见的都是喜欢的,可是真要买了,怎么挑都不满意。我想嫁你,你肯吗?

说完,她撩开毯子,去卫生间洗澡了。她将门插上的声音十分地清楚。

显然,这个意外的结局使我们都感到了伤心。

我在想那个电话。我想沈芷平一定是遇见了什么急事,否则是不会突然偷着给我来电话的。那是什么急事？是她把我们的事情对她父母说了还是别的什么？我们几乎不通电话了。人就是这样,现在的人就是这样,是很容易被所处的环境同化的。我想起前几年在海口,在岛上待得久了,我便忘记在犁城还有妻子女儿;一旦回到了犁城,就觉得留在岛上的桑晓光的形象是那样地不清晰。爱又能分担什么呢？沈芷平在北京时和我在一起,是她需要和一个她中意的男人在一起,如今她离开了,她便需要在周围重新物色一个,事情原本就这么简单,我何必自作多情呢？也许刚才那个电话就是个错误的电话,我这种人却要琢磨半天。

过了一会,肖航出来了。她穿着白色的毛巾睡衣,头上扎着白色的毛巾,像一个外国电影里常见的那种有钱的少妇。而我还是裸体。身上的汗已经全收了,我也懒得再洗,我对她说:劳驾替我擦一把吧。她便这样做了,然后就沏了两杯茶,把一杯递到我手上,说:你好点了吗?

我不知道她这话的意思,明明刚才是她自己不悦了,现在倒回过头来安慰我,她是想对已经发生的事情做一次挽回,不想使这短暂的幽会蒙上任何的阴影。我纳闷的是,怎么每回和女人相处,我都是被动的？一整天我都在想这个该死的问题。

——1999 年 8 月 8 日

(选自《独白与手势》,人民文学出版社 2000 年 1 月 1 版)

舟扬帆

（1957— ）

当代著名作家，安徽省文联《清明》杂志主编，中国作家协会会员，安庆潜山县人。自20世纪80年代初开始纯文学写作，已发表、出版《从此我将离开你》《走婚》等小说，《寂寞的遗迹》《不废江河万古流》等散文、随笔，《在时代前沿的弯弓上》《筑起我们新的长城》等报告文学，《生命的激越与生活的宽厚》《拒绝诗的世界》等文学评论，《博爱无涯》《阳光照彻》等传记文学。多部中篇小说发表后被为《小说月报》《中篇小说选刊》《作家文摘》等文学选刊和媒介转载。

我们同学宋元明

我们同学宋元明从农村来到城市，成为市博物馆下属的画廊一名正式工作人员才两年，画廊便被承包经营了，画廊经理不叫经理，叫老板。

最初宋元明并没有意识到这种变化对于他的意义所在。毫无疑问两年前他就已经是博物馆在册的正式职员，可是他这个农村人进了城，城里人并没有真正把他当作城里人看，平时画廊里的其他正式工实际上是不干多少活的，脏一点累一点枯燥一点的工作，都由他和外聘的临时工们给责无旁贷地承担了。画廊这样的地方，除了采购、搬运、装裱、打扫卫生之类的活勉强能够与“脏一点累一点枯燥一点”擦上个边，还剩下有什么事呢？主要就是在前边的门面站站柜台，当营业员；再就是有时开开会，学习学习新的文件精神。站柜台、开会也挺放松，可以嗑瓜子，打毛线，还能愉快地随时发发牢骚。通常临时工是不用参加政治学习的，正式职工开会时，临时工便补充去守柜台了。看来在人们的印象里宋元明的身份真是有问题了，有时正通知着人下午开会，一眼瞄到他，张嘴就招呼，小宋，下午大家学习文件，你到前面柜台去吧。所以宋元明自己也感到自卑，他哪是单位的什么主人公，是饭店跑堂的，澡堂擦背的，人家演戏他去送开水上不了镜头的，总而言之是小二，低人一等，平时少说话多干事，何况他也没多少话可说，说了也没人会听。

经理换老板以后画廊的状况不知不觉地就改观了，老板不用那么多吃闲饭的人，只留下了一部分。十个老板十一个不喜欢雇员有安全感，常敲打大家说，今天你们不努力干工作，明天你们就要努力找工作干。居安思危，危机四伏，余下的人觉悟马上都极大地提高了，全体勤快起来。另外，几乎没有政治学习了，不再存在有人开会有人干活的现象，大家的感觉全是伙计，彼此彼此，都是给老板打工，谁也不比谁优越。

当谁也不比谁优越的时候，宋元明的优越却像冰山一样悄悄地浮出了水面。他的长处实在太多了，老板给他总结了主要的三条——能受累，而且任劳任怨，不计较个人得失；嘴紧，任何事情到了他这儿都像上了锁；特别是他居然身怀绝技，不仅会装裱，甚至还精通书画的鉴别、摹仿和伪造方面的知识。这三条，简直就是老板的三根救命稻草。

春节前夕，一场纷纷扬扬的大雪落下来，路上不方便，道远探亲的人要提前上路了。腊月二十四，过年倒计时的第六天。这几日是购买各类年货等物质生活必备品的黄金时段，不能指望还会有人来做涉及精神趣味方面的画廊的生意，这时的老板可爱极了，一举手一投足都充满了人情味，宣布发红包，放假了，兄弟姐妹阿姨们欢欢喜喜回家过大年吧。

我们同学宋元明的运气来了，一个人运气来的时候是挡也挡不住的。该回家的人刚刚离去，老板领着宋元明最后检查防火防盗时，画廊的玻璃门板推开了，宋元明的运气掖在一位先生的风衣里走了进来。

哎哎，我们不营业，放假了。宋元明说。

来人四十多岁，发型整齐，皮肤细白，身材颀长，风度沉稳，满脸呈现一种焦急的神色，步履却丝毫不乱，人已到了屋里，神情依然任重而道远。

糟糕，怎么现在就放假了？我有一幅字画想请你们装裱，有急用。对不起，能否请你们帮我加加班？来人没理宋元明的茬，瞧着老板说。他目光如炬，两眼就认准了哪个是当家的。老板微笑着说，你再到其他家去看看吧，说不定还有没放假的。

来人眉头皱了起来，到别的地方我不放心，万一被弄坏了就糟了，你们画廊是博物馆办的，老字号，我信任，是慕名而来，请你们千万帮忙。

听他这样说，想必这幅字画价值不菲，老板犹豫了，说不妨你拿出来看看。

来人从怀里抽出一轴画，在案子上小心翼翼地展开。画很旧，是浙江的山水，右上裱边红纸条上写着“御赐×××××直幅，×年×月，涤生曾××”的字样，左下裱边有蝇头小楷的作者小传及评语，大约年久保管不善，可惜有的字迹模糊不清了，画面也有被虫蛀的残缺若干。再浏览细看，画除了盖有曾国藩的藏印外，本幅上还有一枚清廷内府的收藏图章。老板倒吸一口气，憋得眸子水汪汪的，手指抠住了案沿，身子陡然不动了。

来人的目光一直落实在老板的脸上，老板吸气的工夫，他也吐了口气。怎么样,这样的活你们平时接不到吧？他说。

老板摇头。

说老实话,如果不是时间赶不赢了,像这幅画子,我是肯定要送到北京的荣宝斋去修裱的。

老板还是摇头。

来人不明白老板是什么意思,说:我知道这不是一般的装裱,价钱我们好商量。你开一个价。

老板笑了,我看你还是送到北京的荣宝斋去吧。

怎么,把财神爷往外推？出大价钱你也不赚了？

老板诚恳地说,真的很抱歉,我们的师傅已经放走了。

来人抽了两口香烟,忽然冷笑道,莫不是你们没有金刚钻,不敢揽这个瓷器活吧？

做生意的靠的就是招牌,招牌倒了生意就会跑了,这个面子丢不起,老板白皙的脸颊立刻泛起了红晕。这时宋元明在一旁忍不住了,不屑地说,这幅画不值几个钱,还要修裱什么？是假的,赝品！

假的？我的手里居然会拿假货出来！来人猛然咆哮起来,这是客户给我送的礼他还敢有假……他倏然意识到漏嘴,刹住了话头,瞪着宋元明。

我们同学宋元明倔犟得很,又冒出一句就是赝品！

来人火冒三丈地将烟头掷在地上,一脚狠狠地踩下去。不过想必他是个从善如流易于控制情绪的人,只这一瞬已有所冷静,脚又缓缓地落地,谦虚谨慎地轻轻搓了几下,眼角渐渐渗出一缕狐疑的笑意。他亲切地说,不瞒这位师傅说,这幅画不方便示人,我确实没请专家鉴定,但是当初别人买时请行家看过,认为这红纸贴条上确是曾国藩的字迹,此画不大可能是伪品。

宋元明说,这张红纸贴条伪造曾国藩的笔迹,是很能迷惑人的,这本幅的仿造水平也不算低,只是这枚皇宫内府藏章的印泥颜色偏淡红了,这是一个马脚,细细一比较就容易分辨出来,这张画是典型的“长沙货”伪品。

来人微微点头,面有愠色,沉吟着不语,半晌才仿佛下了一个很大的决心似的喘一口气,说,也罢,幸亏了你,万一是假画……那真适得其反了。

看来这位来人春节期间非常需要一幅好画不可,这幅画他不敢冒险确认真伪,急切中又提出在画廊的藏画中购买一幅,结果,在这个新年前夕,老板意外地做成一笔十万元钱的生意。来人相当有气派,没在价格上多拉扯,只嘱咐把他预订下来的画收好,两天后自会有人来送款取画。

从你们这里出去的,总不可能会有假画了吧？来人半开玩笑说。这一回他是对着宋元明说的。

宋元明回答,真画的好坏我说不准,但画上只要有造伪的痕迹,多少都能看出来一点的。不错,来人说,你叫什么名字？我会记住你,你这个人比较正直、老实,是真正的生意人。他拍拍宋元明的肩膀,又严肃地说了一遍,不错!

来人出了门,老板的心才终于放下地,表扬宋元明平时看上去木讷,关键时刻倒灵活机动得很,不仅维护了画廊的形象,而且创造出了经济效益。老板评价他关于:“长沙货”的那句话说得好,既专业、内行、不容置疑、一锤子定音,又表现出了良好的职业道德风范。宋元明忸怩了,表示他对“长沙货”曾有过一点研究。老板截断了他的话,说好了好了,你不用再解释了。老板不忍心让他的脸继续红下去。

但宋元明的脸却红得更厉害了,嗫嚅着说那个人看上去像是很有身份的,没有八成以上的把握,他也不敢指出那是假画。

老板愣了愣,你说,那肯定真是一幅假画？

宋元明点头。

老板先是愕然,瞬间便又动人地大笑起来,说,你啊你啊,弄半天你倒不冤枉给人家留下了一个正直的印象!

以前宋元明一直不被注意,老板今天第一次发现这个小伙子身上还有许多被疏忽了的优点,而且,他脸红的时候显得还有些单纯可爱。老板的心动了一下,含混不明地嘀咕一句,你以后好好干,我不会亏待你的。

我们同学宋元明不知道他的好运气实际上从今天便已经开始了。

青年时代,有一件事情改变了我们同学宋元明的性格。

宋元明读高一那年的一日,班里的一位同学从家背来粮食,下午刚在学校食堂换得十二元的饭菜票。最后一堂课下课,有人喊他去操场打篮球,他把上衣脱了放进桌肚内,放时他细心地捏捏口袋,饭菜票还在,然而天将黑未黑他回到教室取衣服时,却蓦然发现口袋变成了空的。他顿时吓蒙了头,十二元钱对一个农村孩子来说可不是小数目。这一段时间,曾有四名学生在教室里打扫卫生,另外还有其他同学进出过,不用说他们都有作案的嫌疑。那天班主任老师正巧因儿子生病，赶回十几公里以外在农村的家了。班里出了这样丢脸的事，班长胡若兰又气又急，当即主持查找。在所有可能偷饭菜票的人中，参加打扫卫生的同学无疑最有下手的机会；而打扫丢饭菜票同学那组桌椅的人，则作案的条件尤其充分了。

宋元明正好是打扫那一组的，他的脸不禁红了，胡若兰自然也对他进行了重点的检查和询问，在我们的目光中，他的脸快要涨出血来，话都说不利索了。

十二元饭菜票不翼而飞，查找没有结果。胡若兰对班级的工作特别负责任，绝不能容忍小偷就这样不明不白地蒙混过关。她召开班干会，建议翌日早自习时由全班同学无记名投票，把“贼”选出来。

投票时，我们都不约而同地回忆起昨天宋元明神色异样的“破绽”。于是，他当选为“贼”，就顺理成章了。

班主任老师回校后，感到这事似乎带点包办婚姻的意思，但不能因为包办就不生孩子，况且他也没有更好的破案办法，为了公平公道起见，他表示应该允许宋元明同学证明自己确实没有偷饭菜票，如果他证明不了，才能采取处理措施，以儆效尤。

证明一个人是贼比较困难，但证明他不是贼好像更加困难。现在条件就成熟了，班主任老师水到渠成地宣布了处理意见：一、宋元明必须退交出十二元钱的饭菜票；二、在班会上做深刻检查。不过他强调，退交了钱以后，宋元明依然是一个好学生，同学们不要歧视他。“贼”终于落到了实处，全班同学尤其是那些背了嫌疑的人，心呼啦一下都放了下来，七嘴八舌地表达出各自的鄙夷和愤慨。宋元明找不到有力的词语辩解，只是委屈得泪水往下滴，嘴里喃喃地说不是我。

老校长胡野是从女儿胡若兰口中听说了这件事的。胡野曾任市博物馆副馆长，当年下放时戴着“右派”的帽子，摘帽后在大队的小学里任教师，当孩子头。那年他平反了，上面安排他回市博物馆工作，可是经过这么多年的岁月蹉跎，他看开了许多事，迷上了农村的教育事业，高低不愿再回尘烟腾嚣让他伤过心的城市。最终，是请他出任了镇子中学的校长。而镇中学由于他的主持也名声大噪，去年他才退休。到现在，市博物馆的小汽车有时还专程来接他去帮助鉴定书画。

当年胡野就下放在宋元明家所在的生产队，他十分喜欢这个聪颖的五保户苦孩子,那时他指点宋元明看过不少书,还给他讲解了许多书画鉴定方面的知识。

胡野布置作文,让同学们写长大后的理想,有盼望参军的,有希冀当工人的,还有的想当大队支书,唯独宋元明的愿望是成为一名学识贯穿古今的书画鉴定家。看得胡野一个劲地点头。在作文本上批字:"好,好,可圈可点,孺子可教!"从小看大,这个小同学是个可造之材。过去鉴定古玩书画,那是没有生气的东西,而在宋元明的身上,他看到了成长的吐故纳新。种瓜得瓜种豆得豆,十年树木,百年树人哪,这甚至比他在博物馆时的工作更重要,更引人入胜。他下放中的苦闷,因为这一重大发现、重大体会而消淡了很多,豁然开朗了很多。以后胡野对宋元明比一般的学生更加关心。

胡野压根就不相信宋元明小同学会偷饭菜票,何况,"选贼"未免也太荒唐了。在他的干涉下,学校方面也意识到了工作的失误,亡羊补牢,给宋元明在班上公开"平反"了。

然而谁会想到,我们同学宋元明就那么死心眼,经不得事呢?那天他回到家在屋里憨了一夜,翌日大清早跟奶奶说不想再上学了,要到市里找活干。他能干什么活,到人生地不熟的市里他能找到什么活干?宋元明的奶奶糊里糊涂地也不晓得,反正他是走了。奶奶也不是什么方面都糊涂,两天后班干部们找来,在同学们面前她喊孙子的大号,说别瞅宋元明这伢子平时闷头驴一样,可是心里有数得很,懂事,到外面去不是玩要,是寻活干。

这时要论心情,胡若兰比哪一个人都后悔懊丧,就怪自己一不小心惹的祸。

这年她虚岁 17 岁,正是青山绿水姹紫嫣红的花季,花季的年龄是个过滤器,能把忧郁的乌云统统滤掉,眼前剩下一片没有多少具体内容然而阳光明媚的晴空。可是现在,过滤器失灵了,阴霾漫天,羞恼一层一层地在心窝里聚起来,像瀑布溅得情绪湿漉漉的;她还有点愤懑,倘若"选贼"是很没有道理,很伤人的话,那么宋元明的逃学出走,则更没有道理,伤的人更多。最起码把她撂进坑里了,她的委屈更甚。胡若兰想,等过两天你熬不下去回来了再和你算账!

当时胡若兰怎么也料不到,这笔账从此她与宋元明就没算完。随后的日子,她的注意力几乎全部转移到宋元明哪天回来上,上课时精力老是集中不到黑板上去。而她的愤怒也没坚持多久,几个星期过去了,宋元明依然杳无音讯,胡若兰这时开始害怕了,心里的压力无边无际,甚至有点儿绝望。此时她下意识地觉得,她似乎欠了他一笔债。

幸好宋元明没有让她绝望太久,他终于还是回来了,并且不是被别人拉回来的,是自己主动出现的。原来这二十天中他先是在一家饭店打杂,继而又到建筑工地上抬大土去了。胡若兰猛地看见他蓦然想哭,惊喜交加,但最初的激动劲头过去,立刻又愤怒起来,你不是有本事逃学吗,还回来干吗!

无论如何,我们同学宋元明终究回校上课了,班长胡若兰总算放下了一颗心。她很快原谅了宋元明的逃学旷课。

但是没多久,她倒原谅不了自己了。宋元明人虽回来了,心却宛如丢在了外面,他原先学习优良,成绩始终保持着名列前茅,如今则不再像以前那么用功,名次一落千丈。更糟糕的是,他整天想着自己的心思,同谁都不搭腔,跟瘟神一样。要不就似冬末没开化的山溪,天晓得他那冰层下边流淌的是哪一股水,找他讲话,得小心翼翼地在冰上探步,说不准哪一脚不对劲,咔嚓一声裂道缝,人就掉下去了,回一句话便冻得你够呛。

我们都看出了宋元明的孤僻,但谁都没有胡若兰感受特殊。

宋元明从城里回来的那天,胡若兰带他到班主任老师家去,路上她先是赌气不开口,后来想到自己的班长身份,忍不住没头没脑地说,哎,你旷课十九天,我都记下来了。他不瞧她,犹如对着路边的树回答,嗯,你记吧,反正我也不想上学了。胡若兰惊讶地站住了,说你是什么意思?宋元明面无表情,说没什么意思。他从口袋掏出十二元钱,要她代交给老师。他这次回来,就是为了交钱,他宋元明没钱不错,但就是不缺这十二元钱。

什么什么!胡若兰叫起来,刚才我不是都和你说过了吗,学校已经在班上为你平反了,你还要怎么样?

那有人承认偷钱了吗?

没有,但你已被洗刷清楚了。

没有人承认那贼就还是我,大家嘴上不说,心里还会这样想的。

胡若兰不接他的钱,僵持了一阵,她蓦然想起来了,战栗着声音问,你逃学就是为了挣这十二元钱的吗?宋元明说,要不是后来去抬大土,还不能这么快就凑到十二元钱。

胡若兰被“震”了一下,沉默一会儿,她轻声说,我们都……我对不起你,我们一块到老师家去好吗?宋元明摇摇头。她快变成了哭音,说,要不,要不我就说那饭菜票是我拿的……宋元明斜起眼睥睨着她,冷冷地说,你要是表扬自己舍己为人还差不多,谁会相信你——像你这样的人居然会是小偷?宋元明的话音刚落地,她就真的呜呜地哭了出来。

事后回想起来,一个女人为了一个男人落泪,就意味着她开始和他有了理不清的缠绕纠葛。

尽管后来,宋元明到底重新坐回了教室,但看着他明显的变化,班长胡若兰从此轻松不了,一想起来就沉甸甸的。近似于她成了长跑运动员,宋元明是绑在她腿上训练用的沙袋,不,沙袋在训练之后还有解下来的时刻,这份心理负担却像判了无期徒刑,不知什么时候才能结束。

宋元明并不知道他成了胡若兰的沙袋,他甚至没有觉察到自己现在异样的自卑、敏感、草木皆兵,学校里的一切风吹草动都能让他坐卧不安。比如数学教师家院子里两棵无花果树,一日晚上被哪个馋嘴学生偷摘了无花果,宋元明就总是疑惑别人在怀疑是他干的。数学老师上课很习惯拖堂,宛如小数点后面老是讨厌地除不尽,还格外爱占用体育课的时间。我们天天给语数理化折磨得头昏脑涨,赶到有体育课那日,就憋着一股子劲指望在篮球场上热情洋溢地疯一疯,突然改为数学补课时,如同关键时刻篮球被戳破泄了气,特别令人扫兴。所以他家树上成熟的无花果落进了别人的肚皮里,大部分同学都十分解气,平白无故地没事偷着乐。宋元明也兴奋,但他同时还紧张——紧张地等着别人来问他。但是这一次偏偏不像那回丢饭菜票,犹如所有的人都结了盟,心领神会,意犹未尽,却就是不开口议论。秘密永远都是在交头接耳的时候才是秘密,怎么大家都仿佛已经猜出了谜底的模样?宋元明紧张得难受,这多么类似又一次没有投票的选举啊。要是万一猜错了呢?当然,他不会傻到突然没头没脑地对别人说无花果不是他摘的,那样做了才真的是自卑,是敏感,是草木皆兵。

"选举"事件的前后经过,让宋元明得出了一个最大的教训,人要学会自我保护,首先是要自尊。自尊是一件不沾灰的衣服,即使穿旧了它也是干净的。像胡若兰,她平时很拿自己当回事,在同学们的目光中,她就自然而然地成长为泰山顶上一棵松,承受清一色的阳光雨露,环境污染根本侵害不到她。宋元明的自我保护意识一加强,马上就变得自暴自弃起来,这是一层非常厉害的保护层,你想,我都自暴自弃了,还有什么能够伤害我?换言之,我还在乎什么?这是精神上的;而一旦落实到具体行动中,很快他就学会了抽烟,敢于打架,还结交了镇上几个社会闲散人员弄得我们班上男同学都十分尊重他，遇到班级之间发生矛盾，就嚷嚷着喊宋元明来。他来，也不多说什么话，满不在乎地往前面一站，对方就立刻感到了一种压力。

但是不要简单地以为我们同学宋元明就此演变成了有问题的“坏学生”。他不像问题学生常见的那样搞霸权主义，随意地欺压凌辱别人，相反，遇到弱小的同学受了欺负，他还往往路见不平一声吼。他也仍然一如既往地遵守课堂纪律，按时交纳作业，学习成绩虽然大幅度下滑，亦未到赤地千里的地步，尚徘徊在中等行列。

现在需要具体介绍一下我们同学宋元明那位干练、妩媚的画廊老板了。这句话透露出这样几个信息——无疑老板是属于有经济基础的中产阶层，是个肯干的能干的同时又一脚跨出去什么都敢干的人，并且是个可人的女性。在当今的世界上，大凡集以上的三项条件于一身，往往就会出现一名成功人士。

不过老板的婚姻却不太成功。也不怪谁，当老板的事业在生活的跷跷板上比家庭的分量重了一点时，婚姻就很难平衡了。

离了婚的老板是一步步把生意做成目前的规模的，作为一个年轻的单身女人，她如今感到最为欣慰的，一是事业有成，二是慧眼识珠发现和发掘出了宋元明身上的潜在能力。这两点都很重要，组成了她生活里的主流部分。那年春节前夕她以十万元的价码卖出去了一幅画，不久老板去省城，拜访几位对她成长曾有过举足轻重培养作用的人物时，无意中竟见到了那幅画挂在刚刚退休的省人民银行行长家的客厅里。不过画子上奇怪地多了一张裱边红纸，她想起来，红纸好像是春节前来修裱被宋元明认出是伪品的那张画上的，不知怎么换了位。莫名其妙，贴在这真画上碍眼，容易产生误解，打草惊蛇而节外生枝，真画也被辨作假画了。老板百思不得其解，又不好问。老板是后来才告诉宋元明的，那位购画者是以前的市工商银行信贷科长，春节后新任命为副行长，这是省人行老行长退休前为自己办的最后一件事。当时老板的手里刚拿到了一笔贷款，心情正如花朵在开放，这次可以把业务做得更大一些了，她准备飞一趟南方。

上个星期老板找到新任的副行长，副行长扫了一眼退休老行长写的字条，轻轻地撕碎，扔进了废纸篓里，慢腾腾地靠到沙发上说×老还好吗？他以前喜欢打麻将，现在该有时间玩牌了。他的口气使老板的心凉了一凉，明白老行长对他的影响力基本上消失了。两人又谈了一阵子,老板甚至提起春节前那次的见面,可是副行长却压根就忘记了他们曾有过的一面之缘,不容她往下说便把话挪到了另外的话题上。老板失望得很,撵前撵后都搭不上他的脉,好像副行长对任何有关贿赂的暗示十分弱智,偏偏话还不便挑明。这样的谈话很辛苦,累得死人,老板快急出了汗。这时,副行长突然正襟危坐地说了一句,宋元明那个小伙子不错,人很正直,我看他是做生意的一大法宝。

法宝？老板第一次听到这样的评语,加上副行长那种一本正经的神态,她想笑又笑不出来。副行长接着说,我这个人重友情,只有正直的人才不图回报,换一句话说,不图回报的人才能叫人接触时放心,坦诚相待。你见到那小伙子代我问声好。最后这话就是送客的意思了。

老板死活没想到,第二次让宋元明来,还真把贷款办成了。她奇异地问,副行长私下里没向你提什么要求吗？宋元明回忆没有。老板感到不可思议,叫他再仔细想想。其实当时副行长这样说,今天我帮你,以后说不定我也要你帮忙。宋元明想不通自己能帮他什么。副行长意味深长地咳嗽一声,说也许会有那一天。你们老板是商人,商人看重的是利益,你不是商人,能信守诺言,我相信你。但是这种话伤人,不能告诉老板,宋元明抓抓脑袋说,副行长干吗对我提要求,我能给他什么？老板惊讶得半天说不出话来,盯着宋元明直发愣,他还真是一大法宝呢!

老板决定给予宋元明适当的奖励。在南方那座著名城市的著名商场,老板掏口袋给他添置了两套著名品牌服装。老板的眼光很有观点,观点实质上就是政策与策略,等到弃旧迎新的宋元明跨出商场大门,已经不再像过去我们的同学了,他帅酷了,领导新潮流了,特别是宋元明对上衣的竖领非常不习惯,别扭地挺着胸脯和脖子,看人都侧目而视,彻底的冷面小生了,完全被政策与策略武装了起来。

效果很快就立竿见影了,老板这一趟和三家谈了生意,没一家能搞清宋元明到底是干什么的。这家伙把身子弄得那么板直,冷着个脸,轻易不吭声,天晓得是漂亮老板的随员、保镖,还是她为防被敲诈雇请今后可能来报复的杀手？偏偏他对字画的真伪鉴别又确有一套,行家一出手就知有没有,所以对方不再像老板以前每次来时那样趾高气扬,大家是平等地坐在谈判席上,与前两家的合同基本上是双赢。到第三家谈得比较辛苦,最后人家看看僵持不下,挪移一步海阔天空，聊起他们最近进了一只玉蟾蜍，价值五十万元。老板并不玩玉，但她的好奇心给充分地调动了起来，那个小玩意儿凭什么就敢标这天价？她刚要接过来，宋元明陡然握紧了她的手。“把蟾蜍放到柜台上！”他向对方喝道。

宋元明似乎忘了他粗糙的爪子里是老板柔软的纤纤玉指，抓住就没放松。老板忍着疼，还不好在这里发作，坚持着微笑，再也坐不下去了，很快告辞。到了街上，老板的泪花都快出来了，抖着手，恨不得给宋元明一个耳光。

等老板的火泄得差不多了，宋元明委屈地解释，凡是易碎品的高档古玩，顾客都不能直接用手去接，这是行规。否则你还没有拿稳之际，对方只要一松手，这笔账你就蹲下来算吧。

老板渗出了一身香汗，猛然双腿发软，她不禁挽住了宋元明的胳膊，想靠在这个男人的肩上。此时此刻的这种感觉让她快要受不了了，一点不错，千真万确啊，他就是她的救命稻草！

我们同学宋元明的胳膊开始发麻，他想抽出来，又没敢。他只盼着早一点到宾馆，回自己的房间单独地静一静心。老板的乳房不时地擦着他胳膊，他心跳得厉害。其实他的心扉里满满地刻着另一个人的倩影，他不知对老板该怎么办才好。

但是，老板没允许他一到宾馆就钻进自己的房间。老板仍然被淹没在那种漫天涌来的感觉之中，她的手还疼，都怪他没轻没重的。老板说你赔你赔，你赔嘛！没深没浅地把一双手交给了他，要宋元明揉。

元明，叫姐。老板呢喃地说。

宋元明呼吸有点困难了，说，老板。

叫姐。

宋元明痛苦地说，老板。

叫姐！

我们的同学宋元明绝望地叫了声，老板！

老板从此同意了一张白纸的说法，确实可以画最新最美的图画。宋元明懂什么呢？他什么也不懂，开始一切都不得要领，像一条刚捞上岸的鱼，干张着嘴就是吸不到气，内外交困，嗷嗷待哺。所有的努力都一无是处，徒劳得不成体统，然而一旦瞅准了斗争大方向，一旦挺进到了敌后，反倒似一下子回到了水里，没有章法地活蹦乱跳起来，莽撞得送了人命，然而特别地生机勃勃。老板又惊又喜。这种感受是尖锐的、纵深的,重重叠叠而千头万绪,里应外合而兼容并蓄,同时又是不讲道理的。

原来这根救命稻草,这个一大法宝,竟然还不讲道理。老板从来没有不讲道理过,她迷离中想喊,就真的喊了出来叫姐……

宋元明也真叫了句什么,老板没听清他喊的是胡若兰的名字。

当初宋元明在学校里行为的改变还突出地表现在另一个方面——从此不再吃其他同学带的菜。那时农村的生活条件普遍还很差,更何况宋元明这样的五保户家庭,他上学能有咸菜下饭就算不错了,有时同学看他的咸菜吃完了,便会拨点菜给他就饭。这一次他正坐在操场边吃白饭,一位同学走过来,又给他拣了一筷子菜;宋元明抬头望他,平静地将碗倒扣在地上,站起来,一句话没说,拍拍屁股走了,走得莫名其妙。什么意思都没有,又好像什么意思都扔给了你,那同学吓得脸都白了。当天傍晚,吃饭的时间,班长胡若兰找到宋元明,问他是怎么回事。

宋元明端着碗说,什么怎么回事?

胡若兰说,中午你为什么把饭倒了!

宋元明说,不喜欢吃那个菜。

胡若兰说,你撒谎!

宋元明说,我爱好撒谎是吧?

那你说你喜欢吃什么菜?咸鸭蛋你爱不爱吃?胡若兰气愤地说。她的碗里就有咸鸭蛋,她拿给他一块,说我看你再把饭倒掉!

可惜一块不过瘾,把那两块也给我吧。宋元明说。

这一顿饭,胡若兰的咸鸭蛋全部进了宋元明的肚子里,吃完他用筷子敲着碗沿,满不在乎地说不错,咸鸭蛋就是下饭,明天你还有没有了?

胡若兰的一碗饭还没动,瞧他那嬉皮笑脸的模样,她眼泪都快气下来了。望着他摇晃着离去的背影,她的眼睛发直,现在傻子都能看出他的自暴自弃是多么严重了。不行,一定得把他“别”过来,不能允许他这样毁下去。班长胡若兰下决心要同他斗争到底,此后她尽量多接触宋元明,在各个方面关心帮助他,并且百无一疏地在吃饭时刻便找到宋元明,要求他分享自己的菜肴;希望真情能够融化他这块坚冰。她做这些是为了拯救一个不求上进的同学,她觉得自己像愚公一样地每日挖山不止,胸中涌起一种崇高感。只是,我们那时仅知道她在帮助宋元明，却不知她的心里到底有多苦。宋元明在同学门面前“自尊充大”，唯独对她“不自尊”，像扇没有门面的大门，她给什么他就照单收进什么，毫不顾及脸面，有时还故意挑三拣四，给她气受。胡若兰批评他，宋元明，你别这样好不好，不要把自己的快乐建立在别人的痛苦之上。宋元明回答，我怕你了行不，你还要我怎么样？胡若兰说，宋元明，你要用正确的人生观占领你自己。宋元明听了扭头就走。不过，他的这种态度阻止不了胡若兰的决心，那种崇高感常常激励着她。

宋元明呢，其实如今他一点儿都不想上学，一走进学校特别是和胡若兰在一块，他便不可避免地想到自己在同学们的眼里是“贼”，所以他有意处处疏远胡若兰，打击她的积极性，以至往往是她追着撵着要帮助他。这是一个艰苦的长期的占领与反占领的过程，两人仿佛都在捍卫着自己的阵地，谁也不肯让步。

我们同学宋元明不想上学还有一个非常重要的原因，是他愈来愈怀念在市里饭店打杂的那一段短暂的日子，轻轻巧巧的活，包吃包住一天还能挣到五毛钱，我的娘呐，比生产队里十分工的整劳力还厉害！而更关键的是，在那里他见到了城市，长这么大他还没到过城市——也没想过要到城市看看，原来城市饭店里的残汤剩菜就足以展示出另外一种的生活面貌。他的第二个惊讶是，在书上他知道城里人看电影有椅子坐，但绝对想不到那电影院的椅子竟然是皮的，棉花胎一般的软，而且排列得那么整齐。后来他又去抬大土，是抑制不住地要把这个城市多看几眼。然而抬大土的工钱虽高，感觉却不好，倒也不是嫌活重，他不怕吃苦，而是这很像农村里冬天派工挑河塘泥。一趟出走使宋元明意外地发现，读书有什么意思？一点意思也没有！与上学相比也许胆大才更有出息，他不就是糊涂胆大地走进城市，便开阔了眼界吗？如果不是需要把攒够的十二元钱送回学校来，他很想再到那家饭店去打杂，就那样永远地干下去。

有了这样的想法，宋元明是无法读好书了。班长胡若兰分心太多所做的一切挽救的结果是，高中毕业不仅宋元明考得一败涂地，她自己也没进入大学录取分数线，最后勉强被市里的一所中专学校招收入学。胡野对女儿尤其失望，包括宋元明在内，与胡野的愿望都相去甚远，他认为这都是一种教育的失败。

胡若兰对自己同样格外失望。她另一个懊恼就是某日走出校园，惊讶地碰到宋元明正在一家大排档洗涮碗筷。面对边麻利地抹桌子边热情地招呼着客人的昔日同学，胡若兰的脸涨得通红，当初宋元明的学习成绩遥遥领先，是自从

"选贼"事件以后就掉了下来,倘若不是遭遇那次打击的话,她相信宋元明同学今天一定会是一名大学生,以他的自尊心,在这儿端碗洗盘子肯定异常痛苦和绝望。胡若兰心里翻腾着阵阵负疚、自责,宋元明沦落到如此地步,她是要承担很大责任的,眼下她在其他方面不能"帮助"他了,但总还应该鼓励他不要就此沉沦吧!

什么沉沦,你开哪门子玩笑?我早就盼望着能到城里来打工了。宋元明说,你等着吧,没准我说不定也能在这里开一间自己的大排档。

胡若兰叫起来,这算什么理想?从前你不是要做一名书画鉴定方面的专家吗?她凝视着宋元明,他竟然颓废到了这种程度!

宋元明满不在乎地说,我已百炼成钢,早就不怕别人瞧不起了。

你……谁瞧不起你了?

从这开始,胡若兰便经常带着她的中专同学来光顾这家大排档。大排档的老板很满意宋元明能招徕生意,但他不知胡若兰给宋元明也带来了不少精神上的负担。宋元明最怕见到的人就是胡若兰,他最初的自卑就是来自于她;而今在大排档服务员和顾客之间又是很难找回那种自尊的。一次胡若兰喊宋元明和两位同学一道去看电影,宋元明坚决不去,结果那天没去成。而翌日宋元明便买了四张票,到学校去找胡若兰,邀请她与她的那两位同学去看。胡若兰埋怨他乱花钱,宋元明笑笑,把票撕了,随手扬去,碎纸像雪片一样飘洒落地。

胡若兰不安地凝视着他,宋元明,你是在报复我吗?

宋元明望着地上的纸片说,你别小看我在大排档打工,最起码我敢把用钱买来的电影票撕了!

在胡若兰毕业离校前夕的一天,还是她们同学在这家大排档聚会,邻桌的三四个社会小青年喝多了酒,调戏她们;她们回敬他们流氓,他们却更加流氓了。宋元明跳了过来,向他们赔礼道歉!他说,你他妈算个鸟!小青年们大为光火。宋元明不等他们凑到跟前便抢先发动了进攻,饶是对方人多,他的头被啤酒瓶掼裂开一道长长的口子,但他占了先机,手里的一张椅子发挥出巨大的作用,对方在警察到来之前便溃不成军了。

胡若兰吓得腿已经软了,去医院的路上,她害怕得嘴里反复地嘟囔着,宋元明、宋元明……她没有意识到自己在紧紧地挽着他的胳膊。她的那几名同学此时却对宋元明钦佩得不得了,一个劲地称赞他勇敢。宋元明沉浸在一种莫名的兴奋之中，他第一次在胡若兰的面前扬了眉吐了气。

然而宋元明没有扬眉吐气多久。前往大排档处理这起打架事件的警察循踪赶到医院，刚包扎好伤口的宋元明被带回了派出所。警察很恼火，如今扰乱社会治安的都是这类青年人，搞得他们疲于奔命。胡若兰和她的同学急切地随后跑到派出所，帮宋元明作证，解释他是为了保护她们，见义勇为。

办案警察指点着蹲在地上的宋元明说，就这种为情人打架的还是见义勇为！

胡若兰和同学奇怪，哎，你说清楚，谁是他情人？

警察睥睨着胡若兰说，你把他的胳膊挽那么紧，你说你是他什么人？不等答话，又说，你们这些学生在学校就谈恋爱，能读好书吗？

一股血涌上了宋元明的脑袋，他冲动地要站起来。警察及时地踢了他一脚，警告，蹲着别动，小心我收拾你！

你……宋元明感到了一种耻辱，他狼狈到了极点，在女孩子们的面前失尽了颜面。这时警察又是一脚，你还不服气？给我老实点！

刚才那几个参与斗殴受伤的人也在另一家医院被另一组警察摁住了。那些家伙都有小案不抗拒不狡辩，甘认罚款的经验，相对照宋元明把人家的胳膊、腿打折了还硬说自己有理，态度就比较恶劣了，警察愤怒之余将他治安拘留十五天。

在号子里面半个月，我们同学宋元明得到了一次奇特的情感体验。他蓦然地非常思念胡若兰，那种滋味呀……他这才晓得，想念一个人，就是心底痒痒却无处抓挠，无比温馨却又浑身难受的感觉。怪谁呢？当然是那个警察了，是他指认出了胡若兰是他的情人，一语中的地提示了他，揭穿了他。也许他以前便已经恋爱了，只是他自己不知道罢了，宋元明幸福地想，妈的，是从吃她咸鸭蛋还是那次撕电影票就开始的呢？或许人只有当身不由己的时候，这种缠绵的情愫才最容易不可抑制地冒出来，千丝万缕，一绺绞着一绺，把心缠得愈来愈紧；缠到后来，他的心紧得发疼了，一阵催着一阵，扯得眼睛都发潮。宋元明痛苦万分，这可能吗？他与她的距离相差得太远，她是什么？以前她就是没有污染过的松树，就是正确的人生观，等中专毕业后到单位工作更是国家干部。而他呢，我们同学宋元明思索了半天，得出一个悲伤的结论：他什么都不是，也不是什么都不是，在她的眼里肯定还会是个污点——他被治安拘留过。越想，宋元明越心慌、心惶、心悸、心颤，后悔得不得了，悄悄地扇了自己几回嘴巴子，他妈的想谁不好，想她？要找死就想啊！但这种事不是你说不想了就能做到，还是想，想得厉害，想得千疮百孔，想得千里之堤溃于蚁穴。于是再扇嘴巴子。

十五天过后，宋元明走出拘留所大门，他深深地吸了一口自由的空气，突然愣住了，前面的大树下，亭亭玉立的那人不是胡若兰又是谁？他揉揉眼睛，反复地问自己，明明看得清清楚楚，却断断不敢认定，傻子一般。

胡若兰瞧着宋元明，眼眶渐渐地盈满了水光，你的脸——他们打你了？

宋元明不敢看她，朝树上望去，树叶葱绿欲滴，他的心在融化，生怕自己的大堤真的溃于蚁穴。而他的这副样子，造成了一种无理地拒人于千里之外的印象，不动声色，却落地有声。

警察打人也是违法，我们可以告他们。胡若兰说。

告谁？我自己弄的，告我？宋元明冷冷地说。

我们同学宋元明性格变化得就是这么孤僻、古怪，心里愈有的，却愈是好像没那回事，内心做贼一样。真是贼，他想，我他妈不就是贼吗？胡若兰这是第二次来了，拘留期间不许探视，上次她没见到人，这几天她们同学都陆续回家等待分配，她是特地留下来接他出狱的。

宋元明不高兴地说，我又不是不认识路，接什么？她其他的话他都没往心里去，唯独“毕业分配”几个字扎了他一下，全身冰冷，你死定了，死定了，人家都是国家干部了，做你的黄粱大梦去吧！

胡若兰见他始终不开口，柔声说，是不是你很恨我？你就是恨我，我也不怪你，确实怨我，每次都连累伤害了你。

我们同学宋元明此后到底也没弄清，那么些年来，胡若兰和他究竟是朋友、对手还是纠缠不清的冤家。

我们同学宋元明几乎成了画廊的二老板，老板对他言听计从，说一是一，说二是二，他要刮风老板就下雨，他要捞鱼老板就张网。

天地良心，跟在风采迷人的漂亮的老板身边，宋元明对光怪陆离的城市生活真是大开了眼界，这样的生活太吸引人了，他这才感到他过去的日子简直不叫日子，白白活了二十多岁，要是时光能倒流，他真想把以往的日子补回来重过一遍，难怪以前别人瞧不起，拿他当小二呢，他确实还是农村人嘛，与城市人的距离太远。比如老板她们打的那种拿掉“幺九头”的麻将，宋元明就下了很大的一番功夫，码、垛、摸、出牌，动作规范好看，打牌时他尤其讲究技术的运用和牌理的判断，然而奇怪的是，偏偏就他输多赢少，上了桌子老板的那些闺中牌友都叫他“宋（送）书（输）记”。

原来就他而言，当好一名城市人，一名像老板一样活得不拘一格潇洒的城市人，真正的不容易呢，需要一个学习学习再学习的过程。

老板的那几个牌友都爱找他玩麻将。小宋呢？平常她们都这样称呼他，喜欢撵开老板，让小宋上桌子。往往几圈打过来，小宋便成了“宋书记”。这时宋元明就不由自主地心疼钱老是往别人家淌，埋怨手气不好，急躁气恼，克制都克制不住，倘若老板正好在旁边，一般都会安慰他，元明，不就是玩吗。这天宋元明冒鲜，风气大顺，想什么牌来什么牌，想怎么开牌就怎么开，打疯了。几位牌友逆风行舟，开始调侃起来：现在企业的一把手是什么？是老板。二把手是什么？是书记。老板和书记是怎么分工？一手抓硬一手抓软。谁抓硬谁抓软？老板抓硬吃硬饭，书记抓软吃软饭。老板一边听了做生气状叫，你们狗嘴里吐不出象牙，就会欺负我们元明！一边笑得万方仪态。宋元明马上便又心神浮躁，连放两个“冲”，风气很快就转了向，到结局算算账，还是一个“宋书记”。

我们同学宋元明在享受美好生活的同时，还伴随着一种挥之不去的气馁、沮丧，是老板改造了他，成就了他；他在老板温暖的怀抱里茁壮成长；但他的自尊却从未像树干一样笔直地舒展过。如今他虽然吃得好，玩得好，穿得好，不缺钱花，然而钱毕竟不是他的，并且别人也都清楚不是他的，他妈的，他是什么？

晚上老板冲完澡，穿着睡衣出了浴室，绵长的湿发披在肩上，浑身飘散着浴液的馨香。看你，坐在那儿发什么愣，还不快去洗澡。她娇嗔。见宋元明冷着个脸，闷闷不乐的模样，她靠过来，温柔地摩挲着他，还在生气哪？输个小麻将算什么，我还怕你输这点钱？

宋元明斜睨她一眼，仍然不吱声。

老板想想，恍然大悟，哟，是怪那几个死东西说话难听吧？嘿，软饭又怎么了？软饭可口别人想吃还吃不到呢。她婉言宽慰，好了好了，只当她们放屁。

宋元明霍然站了起来，一把将她扔口袋般地抛到了床上。老板被他突然的举动吓了一跳，嘴里急得叫，你还没洗澡呢！

不洗！

老板抵抗，听话。

不！

元明！

别叫我元明！

放开手，你弄疼了我！

宋元明喘着粗气说，我要你叫老板！

老板手忙脚乱，你放手，哎哟，老板老板！我就是你的老板！

是的，你就是我的老板。

你的老板是什么？说，我要你说！

现在社会上流行女人称自己的老公为老板，这层含义老板当然知道。她仰视着他，突然放弃了抵抗，笑得气都喘不过了，真有意思，弄半天居然你要我嫁给你，想做我的老公……你的想象力也太丰富了，搞不过你，我投降了。

老板放弃抵抗投降了，丧失河山的却是宋元明，在笑声中他一下泄了气，呆呆地坐在床沿上。老板爬起来，软绵绵地依偎着他，你呀，我们这样不是挺好吗，何苦要找那个罪受？

老板十分满意他俩目前的状况和关系，然而宋元明厌倦了，他不想当"书记"了，或者说，凭什么他就不能做老板？我们同学宋元明今天想到这个问题是有理论根据的，真要扳手指头算算，这几年老板挣来的钱几乎有一半应该归功于他，结果他倒成了无名英雄。倘若真要自己试试的话，宋元明的心怦然大动，前不久副行长不是说过吗，他是一块滑雪板，宋元明想踩到哪，他便可以滑到哪。

那个前任的省人民银行行长，在退休几年后东窗事发，因任职期间的贪污受贿没能安度晚年。他一桩一件都交代了出来，省检察院顺藤摸瓜，为某个春节他收受的一幅名画追查到了市里。这天，很晚了，市工商银行副行长把宋元明单独约了出去，让他在一家咖啡厅的一间包厢里等，又不明说是什么事，搞得跟做地下工作一般神秘。宋元明听着电话里那压得低低的语调，便产生了一种非常不好的预感，不知同自己有没有关系，如果是，那么也就是那次贷款了，报纸上有过违规贷款被查处的报道，但他们之间好像并没有交易呀，宋元明不懂贷款程序的门道过节，搞错了什么？他的心拎了起来。没多久副行长便到了。他从容地脱了大衣，挂到衣帽钩上，宋元明在他的脸上明察暗访，没有找到喜乐哀悲，神情都虚无缥缈了，有种莫测深浅的意味，他就更加忐忑，心七上八下地跳。

副行长要了两杯阿根廷咖啡，几碟茶点。他呷了一口说，嗯，不错，正宗。评价过，对宋元明说，喝。宋元明不想喝，他只想早点知道究竟为什么这样晚了还把他喊出来。副行长又呷了一口，才将当前的危险形势告诉了宋元明。他坦然地说，那个老家伙太贪心了，纰漏不少，我那时就晓得他迟早要犯出来，这不！

出了这么大的事，副行长仍然气度不减，神色镇静，手里要是多了一只信号灯，他就是李玉和。但宋元明不行，当不了地下党，他有些紧张，不明白自己的角色。副行长说，你不要担心，我这个人做事踏实，背水一战我不干，从来都先考虑退路，而且贪多嚼不烂的人都没出息，我只同我看准了的人打交道，要交就交知己朋友。你看，我把一切都告诉你了，说明我信得过你。我说过我也许要找你帮忙的，果不其然吧？我知道的，那时我就看中了你，你就是我的退路。说完，他的手指盖棺定论地在茶案上缓缓地敲。

为什么“不要担心”？宋元明仍然一头雾水，无辜得很。他小心翼翼地问，我能帮你做什么事？

副行长说，我送给了那老家伙一张假画不是吗？你完全可以帮我证明啊，送不值钱的假画不过等于送他两瓶酒，总不至于算行贿吧？

宋元明更糊涂了，检察院把那张画拿去一鉴定，不就知道是真画了吗？

嗯，不错，你的确正直。副行长说，但我是把本来那张假画上的红纸条揭下来，贴到了在你们画廊买的真画上送给他的，这真画不就变假了吗？

真的怎么会变假呢？宋元明还是糊涂。

副行长的手指不敲了，气定神闲，深思熟虑，说，所谓鉴定真假，其实就是寻找它有无伪造的可疑之处，有则为假，无即是真，世界上只有把假画做真的，哪有把真画做假的呢？你是行家，见过明知真画却造假了再卖的吗……没有？这就对了！副行长的身体靠到椅背上，脸上现出满意的笑容，有伪造的痕迹明摆在那儿，鉴定的专家绝不可能放过一点怀疑之处，你说这画是真还是假呢？

宋元明终于转过弯来了，你是要我证明，在我们这里买的时候，你就是闹着玩地买的假画？

不错，你不但正直，还聪明、灵巧。副行长的手指又惬意地敲起来了。我知道的，你早就是你们画廊鉴别名画真伪的权威了。

不过……宋元明转眼又疑惑了，你干吗不找我们老板呢，她也是见证人呀？

你们老板是商人，商人的头脑是一只算盘，为了利益她可以为别人承担风险，但是当风险大于利益的时候就靠不住了。你放心，我已经帮你们老板联系好了一笔生意，明天她便会出差，等她回来时，这件事情就已经摆平了。难怪他这么波澜不兴，沉得住气，原来当初便已经盘算好了的。不出事他就是真画，出了事真则变假，任何时候都将立于不败之地。想着想着，宋元明是不知不觉地对副行长服气得一塌糊涂了，这个人！这个人！人跟人就是有高低长短之分！就是这天晚上，副行长形容他是一块滑雪板的，帮这样的人，是不由得不帮，光是那种有关滑雪板的联想，就由不得你了。

我们同学宋元明要滑到哪儿去呢？搞书画古玩生意他比老板能耐大，很有天赋，尤其是字画造假，副行长真的都要弄成假的，想来一个人的气魄大不大，就看他敢不敢在这个社会上以假乱真。宋元明懂字画鉴定的窍门，就相当于警察熟悉罪犯作案的手段，警察干起坏事更有反侦察的经验，制假造伪是小菜一碟。销售网络当然更不成问题，这一套他手上便有现成的，资金嘛眼下也不用愁了，有了副行长这块滑雪板，他愁什么呢？

等听到胡若兰要参加竞聘乡镇长的消息时，差点儿都晚了，赶不上趟了。

宋元明连忙去找副行长，现今他俩早已成为密友了。副行长说，那个县长我倒是很熟，可以说说，私底下的工作还需要你去做，不过你到底为什么要下这样大的本钱帮她？宋元明想了半天，说，因为我必须帮她。副行长稳稳地笑了，说这算什么理由？过一会又说一句，这真是条理由！

爱情确实是一件费心伤神的事情。从待在拘留所开始，我们同学宋元明晕头晕脑地就思念起了班长胡若兰，是啊，想一想，有谁比胡若兰对他更好呢？何止是好，简直还是体贴，贴心贴肺地追着撵着要他好好学习天天向上，要他做一名未来的大学生，结果他不但没做成，做到最后，反而什么都不是了，只多加了一个被拘留过的污点。想人家有什么用呢？人家毕业分配到县经委去了，像拿米达尺量过一样，分分毫毫都不差，标标准准的国家干部，这米达尺再往这边一伸，把他俩的距离量得更远了，不说天壤之间，也是从乡里到县里。宋元明伤神死了，伤得肠子都青了，整个人都偃旗息鼓了。那些日子的过程，在他晕头晕脑的时候仅仅是模模糊糊的印象，像被一只浑水摸鱼的手推着，推着推着就身不由己地掉进了一个落寞的水塘里，什么时间爬上的岸，是以后才清醒的。

清醒过来，他已进入了市博物馆。

宋元明原先干活的大排档的老板，怕那几个打架的青年回头来报复，不敢再留宋元明打工了，他只得回到了农村。以其他人看，宋元明无论在哪儿做活，就像地里的这一茬庄稼是种麦子还是种油菜一样，到时都会有收成，不算一桩特别的事，但搁老校长胡野这儿就不同了，他一直对宋元明牵肠挂肚，放心不下。胡野也种过地，清楚同样一块田，精耕细作与抛荒靠天收的区别。他认为这时宋元明回来了也好，端盘子刷碗打工，终究能学到什么？他知道到过城市的年轻人，回到农村总是不能安心的，迟早有一天宋元明会后悔回来还要走的，但一个农村青年，没做好充分的文化和生存技能的准备，走进城市以什么为立身之本，所以他想要宋元明重新跟他深造学习书画装裱技术，以及文物鉴定方面的知识。

说到根子上，宋元明是胡野的一块心病，是他教育尝试的一次痛心的失败，耿耿于怀食而不化。老校长高风亮节，同时脾气也倔，这个失败比他鉴定书画出现了失误更教人感到失败，无论如何他要挽回来。胡野搞了大半辈子文物研究，收藏的字画中最难得的有一幅顾恺之的《游园图》，原打算在他百年之后无偿捐献给曾经工作过的市博物馆，以便这一珍品将来不致因保存不善损坏或遗失，但现在他表示，画子提前捐，不过附有条件了，市博物馆得将他弟子宋元明的户口办到市里去，并招收他为正式职工。

招收一名职工就可以得到一幅顾恺之的名画，这笔账谁都能算得清，市博物馆当然求之不得。

有些细节我们同学宋元明不是十分清晰，但他记得清捐画那日，市博物馆的小汽车傍晚送胡野回来，他走下车，人是虚的，是飘的，踩在宣纸上一样，犹如他对那幅画的眷恋都凝在了脚上，一提，一落，没一脚踏实。进门前，宋元明喊了一声，胡校长。他摇了摇手。进门后，宋元明又喊了一声，胡校长。他坐定，喘了两口气，还是摇了摇手，嘴里说，好了，好了。什么好了？宋元明不知道，等他到市博物馆上班去后，才晓得真的是好了。

大概胡野对《游园图》也有一种思念，一天见不着就伤神。伤神耗人，是只天长日久的漏斗，几个月后，他的精气神便漏完了。用佛家话讲是圆寂。

这些事不能去想，宋元明一路过来的一步一履，与胡家的联系都是剪不断理还乱。这些东西太重，压得他伸不直腰杆，哪怕别的都不为，只为那幅要了老校长命的《游园图》，他也要帮助胡若兰竞选成功。

我们同学宋元明拎了二十万元钱到县里去了。一万元一捆，二十捆，满满一保险箱，沉甸甸的。箱子造型优美，工艺精致，有了沉的分量居然又拎出了一种庄严感。宋元明觉得宛如拎的是一个说不清道不明的夙愿，这个夙愿经过无中生有，现在该画龙点睛了，办妥这件事，也是他情感上的一次阶段性的总结。

我们同学宋元明对胡若兰的情感只能放在心里，说不出口，不能说。实际上那么多年来他们比哪个都亲密，都在悄然地关切着对方，具体地体现这种关系就是一只风向标，谁稍有风吹草动，对方的标叶就会呼啦啦地转，然而他们相互的感觉又从来不曾碰撞过，相当地不明就里，瞎子过河，游到对面就不知冲到哪里上岸了。宋元明早期说不出口是不敢说，被米达尺量距离吓着了，如今他怕倒不怕，却更不能说，他和老板的关系还藕断丝连，实话实说，真要摆脱了“书记”的位置，老板还是蛮可爱，蛮讨男人喜欢的。虽然他们都是对方的一次性纸杯，但是一次性纸杯并不妨碍装很多次水。

夙愿就是在这样的背景下形成的，现在了断的机会终于来了。此刻，那装有二十万元钱的保险箱就放在胡若兰的面前。

宋元明恳切地说，官场上的行情我也懂，考试、考察、评议都是走走过场，提拔谁全在于上面一句话。晚上把钱送到他家去吧，你不这样干，别人也会这样子的。与其让那些私心贪婪的人弄到一官半职，不如你去占一个位子，也好为老百姓多干点事。见她吃惊地睁大了眼睛的样子，他又补充，本来我想过不告诉你，直接就代为操作，但考虑收钱的都不愿意多一个人知道，会有顾虑不收，反而弄巧成拙了，所以还是你自己送吧。

好久，胡若兰的视线才慢慢地从箱子移到了他的脸上，摇摇头，你本来打算不告诉我直接就送去?

宋元明点点头。

永远不告诉我?

宋元明又点点头。

既然我可能永远不知道，我也不会感谢你，你这二十万不是扔到水里去了吗?

宋元明说，我只要尽一份心，没想那么多。

胡若兰说，你……你不后悔?这笔钱真的就是属于我了!

当然，要是有十万元一张的电影票，你一高兴就可以买两张请我陪你去看了。宋元明开了一句玩笑。他凝视着她，愉快地瞧着她的脸颊浮起两片红云，并且愈来愈红，像个娇羞的新娘子。好的，就应该这样。宋元明开车回市里去，路上他不知为什么认为胡若兰应该这样。她脸红的时候平添了一层妩媚，不过她的妩媚和老板不同，老板是妩媚得秀丽、妖娆，她是妩媚得清丽、端庄。这个夜晚温馨柔和，丹华似水。汽车平稳地滑行，非常好。他走了，箱子留在了她那里，宋元明不由自主地直了直腰，感到从未有过如此的轻松。他总算悟出了一个道理：夙愿是件抵押品，夙愿了结了，原本抵押出去的自尊自信啊什么的，又归还给你。这些东西是用钱买回来的，二十万，但是值。他回味起胡若兰新娘子般的娇羞，倏然懊悔刚才只顾兴奋了，干吗不多坐一会再走？现在面对她，还有什么心理负担呢？好像在坚守什么，最起码是没有必要了。

没有必要坚守的地方就多了，我们同学宋元明的心思忽然活了。有这么一件事，市博物馆的经费严重不足，为了修缮库房增添设备，拯救更多的文物，有人动议，实在筹措不到资金的话，只有忍痛出卖一批馆藏字画这一条路可走了。这项建议，在某次非正式的场合已向分管副市长作了汇报。乍一听到这个消息宋元明蓦然担忧得不行，若此提案真的得到批准，万一胡野捐献的顾恺之的《游园图》今后也不幸地被列入出售名单的话，天晓得将来画会落向何方。他特别地不是个滋味，毫不夸张地说，几乎是这幅画重组了他的命运，老校长捐画归家后对《游园图》的深切思念至今仍然历历在目。宋元明坐不住了，决计不让《游园图》离开身边，他相信，以他如今炉火纯青的造伪技术及谁也想不到博物馆内部居然会发生偷梁换柱的事情，有这两件外衣做掩护，完全能够蒙蔽住人们的眼睛，制造出一场成功的骗局。于是宋元明利用工作之便，费尽了浑身的解数，终于将《游园图》揭下一层，制成了假画，而原本则据为己有妥善收藏。

宋元明长长地舒了一口气，万无一失地藏匿好了《游园图》的原本，拍拍手上的灰尘，他忽儿又长长地倒吸了一口气。虽然以前他不止一次地帮老板制作过假画，每次也都能蒙混过关，从未失手，但这一次毕竟关系太重大了，毕竟《游园图》与他的人生太盘根错节了，他感到沉重极了，一味地提着心吊着胆。一个多月后，博物馆公布的字画拍卖名册上却并无《游园图》，宋元明愣愣地站着，胸口那儿一股一股地泛酸水，全身都软了，却也格外地放松。终于可以告慰胡野于九泉之下了，抚摸一遍《游园图》的真迹，宋元明的心放下来一次。再抚摸一遍，心又放下来一次。

问题正出在这里,我们同学宋元明的心放下来的落差一次比一次小,终于,彻底地放不下来了,彻底地成了葫芦,空空洞洞地浮着,六神无主地漂过来,居心叵测地漂过去,不管在哪儿,在干什么,都心猿意马地惦记着藏在家里的这幅画。惦记就是思念,思念不免伤神,宋元明就是靠卖画吃饭的,天天攥着一幅文物级的名画却松不开手他能不伤神,能不备受折磨吗?世上的事就是这个道理,不怕贼偷就怕贼惦记着,但是这一立场十分糟糕,不明不白,谁是贼呢?当年的"选贼"事件宋元明记忆犹新,想到胡若兰他的心又紧缩了,不行,《游园图》不能卖,卖了不仅对不起胡野的在天之灵,而且看见胡若兰他在心理上也真是贼了。然而他还是常常抑制不住想出手的冲动,痛苦,难受,辗转反侧,这一阶段宋元明的笑容都坚壁清野了,一眼望去十足的丰年歉收的景象。

不过眼下不同了,他用二十万元钱与胡家的过去画了一个省略号,恩恩怨怨都省略不计,满可以该出手时就出手了。一个月后,宋元明携带着《游园图》飞了一趟南方。

从南方回来,宋元明算是大彻大悟了,实际上那次"选贼"没冤枉他,他身上真有一块贼骨头。抱着金碗讨了这几年饭,完全因为胡氏父女就是他的一道绳索,无法施展开手脚,幸亏,如今绳疙瘩被解开了。

我们同学宋元明成为真正的有钱人了。有钱的感觉就是一片风景区,葱茏苍翠,旖旎潋滟,一步一个风光无限。

还有一种感觉,有钱就是忙,忙得不可开交,忙得举不胜举,忙得人疲惫烦躁而又欣慰自豪,无穷的事情都涌来了,半夜三更可能还会有人打他的手机。于是宋元明又有了一个新的发现,有钱除了有其他所有的好处和坏处之外,还是光缆、是网络、是信息、是终端,几乎没有不认识他的人,和几乎没有他不知道的消息、动向了,市场上的一沉一浮一升一降一变一化全部都归拢到了他的耳畔。这真是一个开拓疆界的大好基础,千万不能坐失时机,宋元明审时度势,运筹帷幄,踩着副行长的滑雪板,进入了大兴土木的房地产领域。

他在生意上早就和漂亮的女老板分而治之了,一心一意地发展着自己方兴未艾的事业。宋元明不是那种无所节制的人,暴发户的老板后来倒霉的也多,大都因为太过明目张胆,哪一摊浑水都敢蹚,什么来历的银子都想往口袋装,在这方面副行长给了他很多启示,他一直牢记着副行长的话:"贪多嚼不烂的人都没出息,我只同我看准了的人打交道……你就是我的退路。"我们同学宋元明分辨出这里的要害是“退路”二字。挣多少钱是一回事，而钱的安全则是另外一回事，那么多有钱有势的人怎么一碰上这个问题便弱智起来？人无远虑必有近忧，现在他和副行长已经荣辱与共，副行长的退路是他，而他的退路就是绝不“贪多嚼不烂”，恪守这一信条，他们就差不多能永远幸福地徜徉在有钱的风景区里。

所以宋元明依然既不张牙舞爪亦不声色犬马，甚至从不做有钱人完全可以多染指几个女人的事，依然独一无二地和以前的老板保持着“纸杯”关系。一个人连自己最隐秘的性生活都治理不好，还能有什么指望呢？宋元明很满意他的不滥、不乱、自节、自律、画地为牢而又乐此不疲，脚踏实地地在同一块阵地上从一个胜利走向另一个胜利。

我们同学宋元明已经不是“书记”了，还保持住床下洁身自好、床上励精图治的作风，使老板异常地感动。一次癫狂过后，她支起身子迷离地凝视着他，吞吞吐吐地说，元明，你和我认识的时候是个童男子，你要是觉得吃亏了，你就……就到外面疯两次吧。

这叫什么话？宋元明笑起来，他吃了什么亏，他不知道，要是到外面疯两次岂非亏吃得更大？

老板想了想又说，不过你不要玩感情，要找就找歌舞厅的坐台小姐，花钱了事。

宋元明说，玩坐台小姐还用等你今天讲，你不忌讳我还怕弄出一身病呢？

老板接过来说，那也比万一你对哪个女人动了真情好，坐台小姐你这个人不可能看得上，即使有病打两针也就解决了问题。

我看上谁？我只看得上你！宋元明拧了一下她秀气的鼻子。老板今天反常得很，竟然冒出那种不可思议的古怪念头？宋元明在她这儿固然是从一张白纸开始，但他开始也就登高望远了，黄山归来不看岳，察一叶而知秋，总结了一个人的经验就等于走了群众路线。

老板柔声地说，元明，其实女人就是这么一回事，都是那三分自留地，换汤不换药的。我困了，不想再说了。

老板猛然抱住了他，痴痴地嗫嚅，我怎么觉得越来越离不开你了。

宋元明的心里抖了一下，麻烦事来了。现在形势发生了变化，老板想永久性地修正和焊接他们两人之间的关系了。很长时间宋元明都没再动过结婚的念头了,这里有一个循序渐进逐步认识的过程,他是到了这一阶段才真切地体会出,与老板目前的这种状况其实并不坏,既有一个泊船的码头,又不影响将来自由地驾船出港,而且还不会出现因界线不分明可能导致的财产分割的问题,心理上十分旷达、放松。另外,说一千道一万,归根结底还在于这么多年来,他的心扉上始终保留着胡若兰的影子。曾有一阵子,宋元明以为他和胡若兰已经两清了,公平交易,谁也不欠谁的了,用不着再有那么多的牵挂,然而不久他就发现自己错了。大错而特错,错得无以复加。

胡若兰在意料之中地竞选成功,担任他们中学时代生活过的那个镇子的镇长。她没忙着把喜讯告诉宋元明,他了解胡若兰的性格,不沉在那里踢蹬开几脚,她是不会把精力稍微分散开一点的;但这不代表她就冷淡了老同学,果然,两个多月后她把电话打到市里来了。宋元明在话筒里就感受到了她的热情澎湃。胡若兰大约得到新官上任三把火的鼓舞,居然在电话里就谈起了她的施政构想,还征求他的意见。宋元明微笑而有耐心地听着,不时地插上两句,机智而独到地表达出自己的见解,既深入浅出又丝丝入扣,口吻有容乃大,不像是对班长,倒似对低了几届的女同学说话,这种关心她而不是被她所关心是史无前例的,感觉好极了。宋元明不知不觉地便掌握住了话语的主动权,聊起了其他方面,他的语气更加关怀备至也更加幽默诙谐了。

宋元明说,镇长大人不能太累了,要注意身体可是革命的本钱啊!

胡若兰(可能她拢了一把秀发)说,这个问题好像一般都是上了年龄的人才去考虑的吧?

宋元明说,一名成功的女人背后都有一名不成功的男人,这个责任应该交给他去负责。胡若兰(大概差点儿笑了)说,你从哪里找来的这个关于成功不成功的理论?

宋元明说,我不是开玩笑,是从老同学的角度诚恳地提醒你。

胡若兰(她应该感动了一下)说,谢谢你,有合适的人选我会考虑的。

宋元明说,那就有必要再给你提个醒,爱情往往产生在坏人之中。

胡若兰(一定觉得茫然)说,你说什么?

宋元明说,不是有那一句至理名言吗,男人不坏女人不爱。

胡若兰(也许脸颊绯红)说,贫嘴,你什么时候学得这么坏!

宋元明说,谢谢,我一直以为你瞧不起像我这样的人,没想到你居然会给我这么高的评价。

一连数日，宋元明都沉浸在一种亢奋和快乐之中，过去他绝不可能与胡若兰如此轻松地无所顾忌地交流这类话题，不带同学的色彩，十足就是两个年轻的亲密无间的男子和女子，竟然竟然……他想象着她在电话那边可爱的神情变化，回味着胡若兰说他“贫嘴”那似嗔佯怒的语气。一点不像电话里开始那个谈论着新举措的镇长，泄露出了一个年轻姑娘情不自禁的娇媚。胡若兰邀请他近日回镇子去看看，温柔地说要好好地感谢他。宋元明故意说，为了什么感谢？她回答，那还用问，感谢你对我工作的支持呗。宋元明会意地笑了，他差点儿不无用意地追问，用什么感谢我？话到嘴边又咽了回去。毕竟，在她的面前还不能太放肆，以往她那个纯洁的形象在他的心目中太深刻了。宋元明愉快地接受了她的邀请，但表示他必须保护好新镇长的口碑，不用她假公济私招待他，到了镇子上，他的一切开销无须老同学操心，全部由他自己买单。宋元明财大气粗地说，就你那两个工资哪够我折腾的？到时候你只管闭着眼睛跟我走就行了。胡若兰在电话里直笑，说你就不要显摆了，我知道你现在顶天立地的，但是你别有钱了就吓唬人，在镇子的地界内走到哪里我也不怕你。她告诉宋元明，她是名正言顺地代表镇政府请他回去看看的，这也是她工作计划安排的一部分，镇里准备搞一个经济开发区，希望邀请一批企业家们去做投资考察。你的房地产生意不是做得大得很吗？她说。

宋元明警觉地说，我还以为你是想和老同学叙旧，弄半天你是招商引贤才请我回去的啊？胡若兰委屈地说，人家不是公私兼顾吗？

宋元明的口气含糊起来，等等吧，以后我有了时间再说。

电话那头急了，哎，宋元明，我这是给你一个机会，你别错过了！

话是那么说，宋元明却是放下电话就立刻决定了要回一趟镇子去。他不能错过任何机会，胡若兰的话泾渭分明却又不求甚解，含义模棱两可，容易产生歧义，他不知道她说的这个“机会”到底是指投资要抢先机，占据优势位置，还是她向他发出了某种情感暧昧的信号。他反复地猜测着，却越想越糊涂，最终也没搞清楚自己更盼望着她的是前者还是后者。也许兼而有之，人和钱都想要？胃口好像大了一些，世上的好事通常难以占全，弓未免拉得太满，但万一真是后者呢？如今一个镇长倾心于一个大款岂不是太正常了？如果他迟疑不决造成了她的误解，也是桩要人命的事，她可是他曾经想了很久的人哪。不过，有一点倒是明确无误了，无论她是什么意思，今天他和她的位置已经彻底地颠倒了过来。听起来似乎是她给他一个机会，可他挑选不挑选却是未知数，不挑选的话她的机会就是零，他有挑选余地，而她没有。

我们同学宋元明打算“挑选”一次了。确实，人的一生里，能够挑选的机会并不多。

宋元明回镇子了，开着他的那辆本田思域车。车子如虎添翼地扑进了镇政府大院，直到逼近大楼的跟前才戛然一声立住，这有点儿不符合他在市里的一贯做派，显得招摇，托大，狐假虎威，就是车子骤停，也表现得矫枉过正，露出了没藏好的狐狸尾巴。进镇子前夕宋元明给胡若兰打了手机，此刻她满面春风地带着一帮人迎候在楼门口。宋元明下了车，胡若兰刚要介绍他与众人一一握手，那一边的车门又开了，风姿绰约的老板款款地出来了。胡若兰的眼神里飘过一丝意外，宋元明此前没有向她透露还有一名同行者，诧异稍纵即逝，她便恢复了既团结紧张又严肃活泼的风貌。胡若兰的惊讶不露声色，微妙地瞬间闪过，但宋元明还是觉察了出来。没错，就是这样的，是镇长，也是女人。他在心里十分满意胡若兰神采奕奕，同时举止还落落大方。

宋元明又望了老板一眼，老板婀娜多姿，裹在一堆乡镇干部里尤其光彩照人。宋元明知道老板，到任何地方她的风度翩翩都异常地抓人，透着一股千娇百媚的劲道，但这不是后天的，学是学不来的，是禀赋，是天资，是走到哪里都明白自己是红花还是绿叶的悟性。宋元明带头向楼梯上走去，老板就稍稍侧后半步，跟在左边，右边是镇长胡若兰，随后才是亦步亦趋的乡镇干部。边走，大家还在继续着刚才热烈的寒暄，宋元明随口附和着。不过，谁都不晓得我们同学宋元明此时的心理活动，他一个台阶一个台阶地往上走，就愈来愈拔地而起了，人活着要什么呢？扒光了皮说得透彻，人要的就是这个态势，就是都往上走也不一样，他的心里已经没了后面的那些乡镇干部，离得远了，中间隔着胡若兰和老板两个女人，这可是一个不得了的屏障，很像当年的米达尺，一下子就把宋元明与普通的人量出了十万八千里。谁有贼骨头呢？谁是“书记”呢？反正他宋元明早就既没有也不是了，今天他是镇政府邀请来做投资考察的贵宾。

大家进了会议室，胡若兰却请老同学单独去参观了一下她的镇长办公室。胡若兰从抽屉里拿出了一只信封递给他，说，在这别拆开，回去再看。宋元明心领神会地把信塞进口袋，笑眯眯地瞧着她的脸微微泛红。没说的，她这种含羞待放的模样特别美丽。

出了镇长办公室的门，宋元明蓦然放心了，放心得步子踏踏实实，这个感觉不知从何而来，好像一路上他的心并没落地似的。他忍不住摩挲着信封不肯松手，愉悦地想，他妈的，越来越麻烦了，这边连情书都写来了。然而他的头脑没有发热，反倒愈加地冷静了，本来胡若兰含蓄的妩媚是他心底长久的痛，可现在他突然认为，胡若兰美丽是不错，但客观地说，论更漂亮的还是老板。回到会议室，我们同学宋元明便下了决断。只是这个决断又等于没下，或者说他还想多品尝一阵"挑选"的滋味，漂亮和美丽都挺挠心的，难以取舍，无论如何这都是一种幸福的烦恼。

想必胡若兰一定很忐忑，宋元明却一点儿都不急，回到市里他自己的家中，不紧不慢地冲了一个浴，放了支舒缓的轻音乐，又点燃一支香烟，这才取出那封信。直到拆信时，他才倏然沉不住气了，手微微发抖。

我们同学宋元明大吃一惊，里面是一张镇政府收到宋元明二十万元捐赠款的发票。

宋元明气急败坏地拨通胡若兰的电话，质问，你怎么把我给你的钱捐啦！

胡若兰解释，我不能接受那种暗箱操作的竞争方式，作为老同学，我原以为你能够了解我。我……还是应该感谢你的。

那你干脆把钱还给我不就得了？

我当时不收下钱，你肯定还会自己送去的。我不能害你，让你为了我去做不正当的事情，我收下来就是领了你的心意。胡若兰叹了口气，你不就是为了助我一臂之力吗？我不能辜负你，既然我竞选成功当了镇长，那笔钱用在镇容建设上，你还是在帮助我呀。你呀你呀……宋元明把才吸了几口的香烟用劲地摁灭了。

胡若兰说，宋元明，我真的非常感激你。在镇长办公会议上我们已经讨论过了，鉴于你对我们镇的贡献，假如你以后来投资的话，我们将会给你的项目提供较多的优惠条件。顿了顿，又说，不过，这两件事不能混为一谈，以免把事情搞得太俗了，好像你捐赠就是为了回报，所以我还特地关照镇里的同志不要再提起。是否投资项目你根据考察论证的情况再做决定，至于那笔钱，是我们两人之间的事，我记着你的心意。说到后来，语气竟幽幽的了。

宋元明无力地靠在沙发上，万万没想到会出现这么个结果，他是真正地认命了,胡若兰就是胡若兰,他算是服得一拜到底了,水落石出她还是他心目中一尊浑然天成的女神,他以为在她的面前能挺直腰杆了,却还不行,心虚得很,猥琐得很,钱再多也没用,仍然进入不了她那美丽的境界。这时候再想想漂亮算什么,漂亮的女人多的是,最不能释怀的,还是美丽的胡若兰啊。

同样糟糕的是,胡若兰似乎感觉出了他与老板的暧昧关系,此后对宋元明亲而不切,冷而不淡了,保持着一种不远不近的距离,在情感的问题上一点也不求上进。宋元明发觉自己聪明反被聪明误了,所以说教条主义害死人,弄得现在他连个玩笑也不敢同她开了,犹如他俩之间有一道伤口,生怕一碰就疼。

镇子新辟的经济开发区热闹了起来,运输的车辆川流不息,水泥搅拌机彻夜轰鸣,碘钨灯照得工地上一片雪亮。

宋元明的"贼镇娱乐城"投资项目动工了。选择这个项目他煞费了一番苦心,想到"贼镇"的名称时宋元明笑自己仿佛有一个"贼"的情结,但这也是因地制宜,全国历史上有四大贼城,却没有一个贼镇,名牌效应创出来了,就是难以估价的无形资产,这个牌子出其不意,有种过目不忘的厉害,最起码也是敝帚自珍。

开始镇政府不同意这个牌子,宋元明据理力争,这只不过是个娱乐城项目,又不是镇子的名称,无关宏旨。再说比起城市来,一个乡镇能有什么优势,优惠条件再多也吸引不了投资者,人家到这里来放羊啊?除非是搞城里控制得比较严格,申报不下的项目,不然就是把银子往泥巴地里扔。而且项目的本身还得有号召力,只有将平时不允许做的事情转化成允许的方式去做,人们才趋之若鹜。譬如赌城澳门,譬如泰国芭堤雅的人妖表演。你看这个"贼镇"多有创意,当过贼的可以来重温旧梦,正在当贼的可以来一试身手,即使没当过贼的也能来体验一把贼的新鲜,保证能够一哄而起。贼镇娱乐城的项目建议书,是宋元明和镇上的建筑公司共同拟制的。他们计划合股筹建、经营,资金不成问题,宋元明去疏通关节,用两家的名义向市工商银行贷款,前景预测得非常振奋人心。

果然,被我们同学宋元明不幸言中,经济开发区就是没有什么外来的和尚进去念经,圈下来的好大一片土地荒芜在那里,狗尾巴草长了半人高。镇政府没办法了,终于松了口。

娱乐城建造得古色古香,青砖小瓦条石道,城内流通的是贼镇娱乐城有限公司制作的铜币。游客入城先购买供进去消费的铜币,一律换上古装衣冠,将原有的衣物钱财交工作人员保管。最重要的是城里不设执行警察任务的差役,给游客们创造出一个良好的偷窃环境。不论在街道两旁的饭馆、澡堂,还是茶肆、戏园,你都可以放心大胆地尽情地偷上一把,出城时再把偷来的铜币换成钱。被抓住了也不必慌张,驱逐出城而已,再买张门票又可进来。当然门票的价格是不菲的。宋元明考虑得很细,所有的节目都是兼顾了娱乐性和可操作性,甚至包括有人就是心怯不敢偷怎么办,为了调动这一部分人的游乐积极性,再设一个无收获者摇奖节目,性质等同于当年的“选贼”。但心态不一样了,中奖是无获贼中的幸运。

千头万绪,绝对的千头万绪,胡若兰有无穷无尽的事情要抓,有了空暇,她也会到工地上来瞧瞧。春风刮完了,夏风来了,夏风刮完了,秋风来了。宋元明告诉胡若兰,下月初娱乐城就可以开业了。她睃着大门上霓虹灯的招牌,对“贼镇”两个字总感到碍眼。宋元明说,你管那些,只要娱乐城肯定会成为镇子上的一个交税大户就行了。胡若兰不吱声了。宋元明瞄瞄她说,这些日子你好像又瘦了些,你也不要太操心,急有什么用?娱乐城一开张,镇上的财政状况就会发生根本好转,拖欠的教师工资马上就能补齐。胡若兰说,我相信。宋元明又说,你信不信,我投资搞这个娱乐城,有一半原因是为了支持你。胡若兰望他一眼,眸子一晃闪开了。继而他说,当然我也要挣钱。胡若兰低下头想了想,顺嘴问,这里还有没有其他人的股份?宋元明立刻说,没有。他从侧面看着胡若兰清秀的面庞,猜测这个“其他人”是不是指漂亮的老板?

我们同学宋元明在等着贼镇娱乐城开张的那一天。不过他也没有闲着,他给每一名中学的同班同学都寄去了一份烫金请柬,不在本地的还奉上了路费,务请大家拨冗光临,一个都不能少地参加届时在娱乐城举行的盛宴。

那日天都快黑了,意外地还是少一个人——胡若兰。事也凑巧,市博物馆好不容易凑齐了资金,维修工程也是在前不久竣工的,这是一件值得庆贺的大喜事,馆方决定在修葺一新气气派派的主楼里,举办一次包括《游园图》在内的馆藏艺术品的大型展览。市博物馆邀请了胡野的女儿胡若兰出席开幕式。宋元明也得到了通知,但他不想去,在这个时候他当然不能为了市博物馆的一个活动,便离开他的贼镇娱乐城。胡若兰临走前,宋元明再三地叮嘱,明天你一定要赶回来啊,否则全班同学都到了唯独缺了班长,那才叫人扫兴呢!半年多来,宋元明一直在等着这一天,他对胡若兰那么长久的感情也该做一个了断了,他自信如今他也能够了断了，两个月前他就买了一只钻戒，准备在这个喜庆的秋天的日子送给她。秋天好啊，收获的季节，果实应该收进仓里了，全班同学都将是见证人。然而现在却还不知她在哪儿？打她手机总是关机，真是急得人直跺脚，跺得都快散架了。

傍晚的空气湿漉漉的，这不像是个秋天的季节，反倒更似黄梅天，仿佛弥漫着一种霉味。天终于黑了，深秋的白昼已经短了许多，不像夏天那样一层一层地退走，宛如一脚踩空，忽然就掉到了山背后。接到胡若兰的电话后，宋元明发动着那辆本田思域就往镇政府驶去，一路上他嘴里埋怨，都什么时间了，你回来不直接过来，待在冰冷的办公室干吗？连胡若兰这样顾全大局的女人都有了难缠的时候，难怪老话说女人的见识都比她们的头发短。

我们同学宋元明丝毫也不知道，出大纰漏了，胡若兰居然发现了《游园图》是一幅伪品，像个肉包子没捏紧皮，不幸地露馅了。他三步并两步地跨上楼，推开镇长办公室的门，胡若兰坐在桌子后面，脸色苍白，冰凉地望着他，眼睛黑亮黑亮，显出了一种前所未有的惊人的美丽。

你把《游园图》偷走了！这是她说的第一句话。

宋元明惊讶地说，你看出来了那幅画是假的？

她痛苦地说，那么就是你了，你是贼！

宋元明这才注意到她一反常态的神情，他踟蹰一步，关上门，稳定了一下自己的情绪，说，如果我根本就不明白你在说什么呢？

她冲动地叫起来，不没有人比你更熟悉那幅画的每一个细节，只有你能处理得那么乱真！

宋元明咬了咬嘴唇。

她悲哀地盯着他，你，对我都不想说真话？

宋元明喘了口长气，终于下了决心，苦恼地说，他妈的，我的手艺竟然还没过关？

把真画还给博物馆去！现在还没有别人知道！

宋元明全身绷紧的劲顿时松弛了，说我就知道，除了你这个小时候天天能看到《游园图》的人，能分辨出那幅面上某些细微的改变，别人不可能看出来。她站起来又说一遍，把真画还给博物馆去！

他怔怔地瞅着她，来不及了，早就卖到南方去了。她颓然坐了下来，过了好久，她听见他问，你会揭发我吗？她困难地点了点头。他缓缓地摇摇头说，没有任何证据证明是我偷走了《游园图》。看看她又说，再者你怎么不想想，我要是出事了，娱乐城的后续工程就会垮掉，镇建筑公司当然也将跟着陷进泥潭，到那个时候，镇子的经济恐怕也就完蛋了……他看见她的眼神里飘出一缕惶惑和犹豫。他说，天大的事，饭也总是要吃的。我们走吧，大家该等急了。她没动。

宋元明闷闷地抽完一支香烟，站起身，朝外走去，刚走两步又转过身，似笑非笑地瞧着她，问，你……可曾喜欢过我……

胡若兰抬起头来，停了好久，说，可是……你还是伤了……我爱过你，但现在我恨你……宋元明张了张嘴，可连他自己都没想到，说出口的却是，我也恨你！

宋元明走了。他从口袋里掏出一只红色的装戒指的精巧盒子，轻轻地推到她的面前，说，同学们都到齐了，如果……我在娱乐城等你。蓦然转身就走了。

宋元明走下楼，秋风吹在身上，他打了个寒战。原来以前她也是爱我的……早晓得……泪水不禁泛滥了，风吹过，他感到脸上凉飕飕的。

天终于黑到底了。

大厅里灯火通明，所有的人都等急了，开始不耐烦，叽叽喳喳的。宋元明扭捏不安地跑前跑后，虚张声势地和同学们开着玩笑。他已经反复地到门口张望了几遍，他不知道胡若兰是仍然独自地待在她的办公室，还是已经离开了那里，而最关键的，是一点也不敢肯定，她究竟是否会来娱乐城。最后一次站在大门口，探望着漆黑的夜空，他回忆起刚才同胡若兰说的每一句话，骤然冒出了一身冷汗，头剧烈地胀大了，痛恨得想把头发扯下来，明明是爱，为什么要说“恨她”呢！

宋元明绝望了，其实不管胡若兰是否会赶来，不管她最终是否会揭发他盗窃了《游园图》，她都知道了他真是一个贼，内心里一安是非常非常地瞧不起他。他突然决定不再等了。我们同学宋元明转过身来，回到了热闹的大厅，同学们一点儿没有察觉到他的非同寻常，嚷道是不是打算将班长胡若兰捉拿归案。宋元明扬起手臂，大家静了下来，等着他的下文，他的手臂却按了按，只说一句，开始。

酒早已斟好，凉菜也上了桌子。同学们都等着宋元明开场白之后，便可以共同向他表示祝贺。宋元明站着举起杯子，默默地环顾了一圈，猛然一仰脖子，先喝了一杯，众人全部感到意外，不晓得这家伙要搞什么鬼，期待地望着他。

宋元明的眼圈逐渐地红了，他慢慢地开口了，今天除了班长胡若兰，同学们一个都不少，他恳求当年那个偷了十二元饭菜票的人坦白。

宋元明有点悲愤地说，我已经背了十几年的黑锅，只要你坦白了，我就不是贼骨头了。

谁也想不到我们同学宋元明会说出这样一番话，大厅里鸦雀无声。

他是我们的同学，我们都生活在这个时代的空间，不同的是，那年选他为"贼"时，我们都是举手者。

（原载《清明》2002 年第 3 期，《中篇小说选刊》转载）

姚尚友
（1962— ）

当代作家、国家一级编剧。安庆枞阳县人。主要作品有：电影剧本《魂断潇湘馆》、广播连续剧《碧血杜鹃》、电视连续剧《陶行知》、现代都市黄梅戏《青铜之恋》、长篇历史小说《无可大师》、大型音舞诗画《青铜神圣》等。《无可大师》获 2002 年安徽省首届文艺创作招标一等奖，由东方出版社作为重点图书推出。文中描写了明清季桐城文派先驱者、中国文化集大成者、“李叔同”先驱式的人物、复社领袖之一方以智由风流文士成为一代高僧的悲情命运，折射出天崩地裂时期中国文人的心路历程和时代变迁。整部作品结构宏大，气势磅礴，情节曲折，人物众多，性格鲜明，笔调优美，文辞洗练，是一部熔思想性、学术性、历史性、艺术性于一炉的“新历史小说”。

无可大师（节选）

长江经安庆往东四十里，江面顿时宽阔起来，波平浪静。北岸张开一个龙口，形成一脉支流枞川，逶迤向山里隐去。遇着隰湿之地成湖，青山中穿过则成溪。那龙口亘古以来吸纳长江灵气，枞川两岸承受江水滋润，日光、月华、天风、流云恩泽，桐木葱茏，农田肥沃，鱼肥米白，便逐渐形成一等富贵之地。

密如蛛网的河流终于在一座孤峰独秀的浮山前停住，随遇而安，坐地成为白浪滔天的白荡湖。浮山是枞阳境内赏景的佳处，从白荡湖上看去，景色静幽，宛如浮在水面上，因而得名。山不太高，却也钟灵毓秀，令人称奇的是山上有七十二洞、三十六峰，姿态各异。登上妙高峰，可饱览山色，也可俯瞰江流。历代文人雅士历名山大川，也绝不小觑这座小山，纷纷在此隐居，感受它的灵气，并作为自己精神的栖息地。

山下的四方百姓自明太祖开国后，少于战乱，休养生息，年年风调雨顺，五谷丰登，就到山上的庙堂祭天拜地，祈祝来年丰收，香火兴盛一时，

陶晓光迟迟地："爸爸。"

陶行知："啊，是晓光啦。你来，我有话问你。你找桐轩先生想开一张毕业证书，有这回事吗？"

陶晓光："爸爸——，我想到成都无线电厂去工作。可我没有读过学校，没有毕业证书。"

父子二人坐了下来。

陶行知轻言细语地："是啊，爸爸办了一辈子教育，却没有给自己的孩子以足教育的机会，这是做父亲的失职。晓光啦，古人说，宁做真白丁，不做假秀才，没有文凭，不能用假文凭去骗人。爸爸办教育只有一个信条：千教万教教人求真，千学万学学做真人。"

陶晓光默默地："千教万教，教人求真，千学万学学做真人。"

中共铜陵市委宣传部　20×15=300　第3页

姚尚友手稿

终年四季，僧尼香客不断，十分热闹。

此地还有一个好传统，老百姓不愁吃穿后，都普遍好读书，无论穷人富人，所谓家家可以一日无米，不可一日无书。浮山脚下以方姚两大家族为最，有专门的藏书阁，书籍数以万计，供子弟阅读。大家女子不仅习女红，也工诗词。即使是乡野之民，也可看到衣衫褴褛之人荷锄捧书，牛童伏背读书，树荫下老少谈书的绝美景致。

一

浮山青，枞川长，
白湖秀水出枞阳。
桐子青，桐子黄，
桐子树下望婆娘。

听着岸上的桐子树林里，传来绵长不绝的牛歌，白瑜先生泛舟枞川，捋着银须，不住乐呵呵地笑着。老者是崇祯年间的岁贡，年轻时聪慧不凡，博学广记，品行卓荦，做过云南府推官。晚年寻归大龙山，隐居高尚，诗文娱志。因山下有一石塘湖，人又称石塘先生。

白瑜先生驾着一叶扁舟，快速朝龙口驶来。只见江面细浪如龙鳞，纹样地翻滚。他喃喃地："地灵人杰，我枞阳发端枞川，这龙口上控全楚，下蔽金陵，天气之气在此汇集，该是出英才的地方啊！"

他不止一次地这么唠叨，他笃信这是个英才辈出的时代，汉唐以降，几朝几世的酝酿蓄积，应该是结出丰硕果实的时候了。因此，他在枞川江口设帐授徒，好比是张网等待着大鱼进网一样。

白瑜先生的寓所自号舒龙斋，绿树掩映，静雅绝尘，能听得到江边轻轻的浪声。现在他带了三位门生，都聪颖异常。三个学生中，数周岐年长，二十岁，字农父，号需庵，博雅好奇，家道较为贫寒。老师怜他酷爱读书，便免其学费。孙临比周岐小五岁，从小失去父母，由哥哥孙晋抚养长大。孙晋是朝廷里的侍郎，慕白瑜先生才名，将弟弟托付在这里。这孙临长得眉清目秀，谈说娓娓，善属辞，晓声伎，能谱曲，吹得一口好箫，而性格却放迈不群。三人中数方文最小，家资殷实。其人性格豪宕不羁，喜交天下俊彦。三人同学，志趣相投，又深得白瑜先生悉心指教，学业日益精进。

见先生进来，三人歇了书，站起来向老师施礼。白瑜先生说，适才泛舟江上，在船上睡着了，梦得一条青龙，在船边嬉戏。

周歧打趣地说："孙临，你就是这日后的青龙。"

方文摇摇头："先生心中的这条蛟龙，离开我们已经好几年了。"

孙临："先生想必是想他了，我们也想他。"周歧："我们四人同学，就数他聪明。"

白瑜先生喃喃地："他随父宦游京师，不知何时回来。"

二

明天启五年乙丑元旦。明都北京，华灯烟树，户插杨枝。人烟辐辏，冠盖京华。

面街的聚仙楼里，坐着一个十七八岁的少年，他就是东林党人之后，朝廷职方郎中方孔炤长子方以智，字密之。面色微白，器宇轩昂，穿着一身白袍，桌旁靠着一柄长长宝剑，显得潇洒出尘。

老板见是个公子哥儿，眼中无人，又见那通身的气派，便知是权显之后，不敢得罪，忙烫了一壶酒，上了几碟小菜，赔着小心："公子，您慢用。公子如有雅兴，我这新来了个唱时曲的，声调、身段在北京城很难找到第二个了，我这就上楼唤她下来。"方以智挥挥手，店老板唯唯诺诺地走了。

方以智斟了满满一杯酒，仰起脖子一饮而尽，面色渐渐红晕起来。他默默地望着窗外一排鹅黄的嫩柳在春风里荡漾，不由得生出一段伤感来。

十二岁那年，母亲吴令仪年仅三十而逝，丢下自己和年幼的弟妹，多亏二姑方维仪抚养，送自己到白瑜先生那读书。这几年随父亲来北京。虽然父亲是有意识让自己见见世面，可自己心里总是惦念家乡，想着过去的同学。

日子久了，总觉得自己在北京无所事事，便到处交朋结友，整日在外喝酒，免不了惹些祸事，回来自然受到父亲的严厉训斥。其实，他也不喜欢这样无聊地打发日子。这些天，他曾向父亲提出回家乡跟白瑜先生继续读书。正在这时候，朝廷里涌起了一股暗流，父亲没日没夜地奔忙，也无暇顾及于他了。

事情还得从左光斗公说起。左光斗是朝廷重臣,位高权重。他俩人同是浮山脚下人,两家相隔不远,同在朝廷做官,都是东林党魁,交情当然非同一般。

左光斗因扶持熹宗朱由校当上皇帝有功,提拔为都察院左签都御史,他也因在移宫案中的果决行动受朝臣叹服,东林党人很快在朝廷中得势。

这熹宗年幼丧母,由奶妈客印月抚养长大。熹宗即位后,随即奉客氏为奉贤夫人,而客氏又与宦官头子魏忠贤狼狈为奸。魏忠贤趁此良机勾结外廷官员,与各种势力结成同盟军,在朝廷里形成一股邪恶势力,为所欲为。受东林党人打击的齐浙诸党一看有隙可乘,纷纷投靠魏忠贤,共同对付东林党人。

东林党人是由一些志同道合,以讲学交流学问,清议朝政的朝廷大臣和著名文人组成,对于魏忠贤在朝廷里掀起的浊浪,杨涟、左光斗等大臣毫不退让,上疏弹劾,结果被魏忠贤矫旨革职。左光斗一气之下,在皇上面前弹劾了魏忠贤三十二条罪状,然而魏忠贤还是蒙蔽了小皇帝,操纵权柄,把左光斗赶出了朝廷。

那天下着小雨,天空异常阴沉。方以智和父亲去送光斗公。左光斗骑着一匹老驴,穿件破棉袄,离开了为官十八载的都城。

父亲回来后,更加沉默少语,经常深夜出门,天亮前回来。他知道,父亲和范景文诸大臣正在营救杨涟、左光斗二公。然而形势却越来越糟,不断地从父亲嘴里得知父亲的一些老友被削职、逮捕的消息。父亲这些日子明显地苍老了许多,也已预感到了自己在朝廷里来日无多了。方以智小小年纪就体会到朝廷并不是一个受万方仰拜的地方,而是玩弄权术的阴谋家的乐园,做官也并非代表荣华富贵。愁闷极了,他就想从父亲那知道一些情况,遭来的却是父亲严厉的呵斥。俩人在一起,就渐渐少了往日的生趣。他觉得无聊,又仗剑在街上溜达,喝酒解闷。

沉思默想的当儿,一老者操琴领着一个标致绝伦的姑娘来到方以智跟前。琴弦婉转,啼莺般的歌喉开始在方以智耳边响起:“参差烟树灞陵桥,风物尽前朝。衰杨古柳,几经攀折,憔悴楚宫腰。夕阳闲淡秋光老,离思满蘅皋……”方以智心知这唱的是宋人柳三变的《少年游》,他知道这姑娘从心里厌恶纨绔少年,故拿浪荡词人的词曲讽自己。方以智也不生气,倒是佩服这姑娘还有些见识。他摆了摆手,给了些银两,那老者收了琴,千恩万谢地带着姑娘准备走。这时,却进来了一班邪狎子弟,见是个如花似玉的姑娘,便如同苍蝇见了血一样,一齐围了上来，挤眉冷眼，百般挑逗。为首的一个胖子在姑娘脸上捏了一把："脸儿挺嫩呀，带回去，我倒要好好听听。"那姑娘顿时花容失色，躲到老者身后。老者只好连连求饶。胖子一掌将老者击倒，然后将姑娘一把拽过来："带走！"手下人推搡着姑娘往屋外拽。那姑娘欲哭无泪。

方以智喝完最后一杯酒，将酒杯掼在地上，拔出剑，声如洪钟："慢！"众人愣住，胖子回过头，上下打量着方以智，脸上露出狂傲的神情，他竖起大拇指正欲炫耀自己的身份，方以智管你是哪路的狗屁大爷，一剑砍削过去，胖子的两个指头顿时掉在地上。手下人围了上来，方以智不由得冷笑："老子心里受了多日的气不得出，不期碰上你们几个送死的，来呀。"他拉开架势，舞起剑，如虎啸生风，寒天雪地，围观的人见得呆了，手下人连忙扶起胖子落荒而逃。

方以智收好剑，扶起老者。老者连忙叩头称谢。方以智望着惊魂未定、脸上似杏花带雨的姑娘，心里不禁生了几分爱怜之意，忽然多出一句话来，他微笑着问："姑娘叫什么名字？"

姑娘含羞地："小女子叫周颖侯，感谢官人救命之恩。"

方以智点头道："姑娘，快扶你父亲离开这个是非之地吧。"

周颖侯担心地："我害怕他们在路上纠缠。"她又哭了起来。

方以智："他们这伙人要欺负你的时候，你就说和朝廷方孔炤家是亲戚，他们就不敢把你们怎么样了。"

"谢谢方公子。"周颖侯朝方以智鞠了一个躬，然后搀着父亲慢慢往外走去。方以智痴痴地站在那，望着周颖侯楚楚动人的背影。这时，周颖侯突然回过头，朝方以智深情地瞟了一眼，径直走了。方以智不由得心跳耳热，心摇神荡。再抬头欲看一眼，姑娘扶着父亲却已消失在人海里了。他稍感有些失落，收好剑，无精打采地在街上溜达着。

"密之弟，大事不好了。"史可法气喘吁吁地跑了过来。史可法是左光斗的学生。东林党人常在方以智家召开秘密会议，史可法就充当联络员，他比方以智大十岁，年纪轻轻，就在朝中任职。方以智与他志趣相投，常以兄长敬之。方以智看史可法脸色，情知此事与父亲有关。他抓住史可法的手，连连追问，果然，史可法说左光斗公的案子已牵连到他父亲，父亲也被削夺官诰了。

方以智点点头："我知道早晚会有这一天的。道邻兄，这次，我真的可以回家了。"

傍晚时分，方以智父子俩收拾好行李，便被勒令离开都城。行至城南报国松下，老友吏部侍郎范景文已在那恭候多时。方孔炤望着千年古松，喟叹不已："报国松，报国松，报国大臣却被一个个被赶出朝廷。唉，鸾鸟凤凰，日以远兮，乌鹊燕雀，巢坛堂兮。"声调悲愤激越。

范景文握着方孔炤的手，只得好言相慰："老弟，多保重。朝政混乱，回到家乡待些时日也好，千万可别泄气。"

方孔炤说："范公，以我个人而言，这是一种最好的解脱。但我却眼睁睁地看着东林党人完了，我大明江山就要走向末路了。"

范景文："老弟，你放心，只要我在位一天，我就和他们抗争到底。回去后，代我向左公问好。我盼望着你们二位早一天回朝廷共事。"

方孔炤望着白发苍苍的范景文，关切地："范公，你可千万要谨慎啊。"范景文有些伤感地："命不足惜，可为了社稷江山，大家各自珍重吧。"

不远处，史可法与方以智也在互道临别之言。俩人走了过来，方孔炤特地叮嘱史可法要多跟范公联系，随时注意魏党一举一动。史可法连忙应是，并表示自己官小位次，还没有被魏党盯上，行动比较自由，一定想办法来营救东林诸公。

范景文望着英俊的方以智，叹了口气："真是个奇异少年，可就是生不逢时啊。"

方孔炤道："犬子这几年在北京狂放不羁，这样也好，回到家乡能好好约束管教。"

三

方以智祖上原在池州，太祖逢辰公一日游江北，顿觉浮山是一片清幽之地，便举家迁到山脚下。曾祖父方学渐是个乡贡士，精通医道，为人治病，融贯诸家，阐明性学，自成一家言。从祖父方大镇起，方氏家族开始发达起来，他担任过万历朝大理寺左少卿。晚年隐居白鹿山庄，专功《易经》《礼经》，并讲学首善书院。育有一子二女。儿子方孔炤很有出息，在万历朝四十四年中了进士，不仅在朝廷做官，同时还学问不辍。大女儿方孟氏知书识礼，现远嫁山东济南，做了济南守备张秉文的妻子。二女儿方维仪更是学贯经史，能诗及文，堪称丹青高手。方家秉承先祖遗风，白鹿山庄充盈着浓浓的书卷气息。

白鹿山庄掩映在浮山脚下的绿树丛中。这是一座十七世纪的中国乡村别墅，林木参天，庭院通幽，静雅别致，古色古香。那高高翘起的屋檐在春天的日光中熠熠闪亮的就是方以智二姑居住的清风阁，遥遥相对的是大姑方孟式出嫁前居住的纫兰阁。穿过一座桥，靠鹿苑旁边有一处轩堂大院，这就是方以智母亲生前居住的黼佩园。鹿湖边还有一个山庄，方以智祖父方大镇就住在这里，现在到山上给曾祖母庐墓，因而那一大片屋子无人居住。

要说起方以智的二姑方维仪，四邻八乡无人不叹，海内诗界无人不晓，德才诗画俱佳。

还在少女时代，她就对李清照心向往之，只是恨自己为什么不是个男子，在世上做一番轰轰烈烈的事业。人们经常可看到鹿湖边一个绝色女子在晨风里读书的情形，还能看到她和姊妹弟媳在园子里吟诗作赋，爬上妙高峰描画不倦的飘逸神采。

十七岁这一年，她嫁给了当地姚氏大家族的少爷姚孙启，当地缙绅都夸是天作地合的一对。可是好景不长，这位少爷苦读而劳疾，不久就一病不起。方维仪的苦难从此开始，虽然没日没夜悉心照料，煎汤熬药，可丈夫还是撒手西归。次年，生下一遗腹女又不幸夭亡。方维仪在不断的打击面前，痛不欲生。可气的是，姚家人还在背后数落方维仪八字硬，丈夫是被克死的。这对于才高气傲的方维仪来说，比死还难受，她感到命运对她太不公平，失去了活下去的信心。她于是不吃不喝，只求速死。

方以智母亲吴令仪得此情况后，连夜赶到姚家。方维仪见是娘家来人，不由得泪如泉涌。令仪说："二姐，今个儿我是接你回家的。你可不能自暴自弃。你弟弟孔炤官宦在外，常年不在家。三个孩子我照顾不过来，家里需要你。回去后，要是寂寞，我们可以在一起吟诗作画。二姐如不嫌弃，就收你这个弟媳为学生吧。"方维仪抱着弟媳哭了一夜。

方维仪又回到了清风阁，姑嫂在一起织饪之余，唱和不绝，度过了一个个快乐的日子。谁知，好景不长，一场大病夺去了吴令仪年轻的生命。临死前，吴令仪对方维仪说："二姐，看在我的分上，你就把这三个未成年的侄儿当作自己亲生养的，把他们教养成人。"说完，就闭上了眼睛。那一年，吴令仪才三十岁，方维仪抱着吴令仪哭得死去活来，从此发恨做清风阁女师，教读侄儿侄女。

一晃多年过去了,方维仪如母亲一样呵护方以智和弟弟方其义、妹妹方子跃。对他们的功课要求非常严,几乎到了不近人情的地步。方以智年龄稍长之后,方维仪感于他有些顽劣,就亲自送他到白瑜先生那读书。这些年,他又随父亲到了北京,她心里没有一天不牵挂着他,自从左光斗公被贬回家后,她就隐约感到一场风暴就要波及白鹿山庄。近段日子,她老是像有块石头压在心里一样。

下午,方其义是书法课,方子跃是描绘课。她站在窗前,老觉得心绪不宁,望着已经成人的侄儿侄女,才顿感自己已经人到暮年。她悄悄来到织布机旁,感于积年郁积,忽然备感世事多艰,便援过纸笔,即吟一首《伤怀》:

长年依父母,中怀多感份;
奄忽以将变,空室独徬徨;
此生何蹇劣,事事安可详;
十七丧其夫,十八孤女殇;
……

还未吟罢,女佣陈妈进来禀报,说先生就要到家了。方维仪暗暗吃了一惊,随即就恢复了常态,连忙吩咐陈妈备饭,陈妈领命下去了。方维仪揉揉太阳穴,先前的一些传言、猜想都已证实了,这不是明摆着与光斗公的案子有关涉吗?她抬着沉重的脚步又回到书堂,对其义、子跃兄妹说:“放学吧。待会儿,你父亲和哥哥就要到家了,高兴吗?”兄妹俩脸上并无喜色,反而一丝惊慌。

方维仪反问:“怎么,你俩不希望哥哥密之回来?”

方其义:“他喜怒无常,我和妹妹都怕他。”

方子跃说:“他一回来,我们都不得安宁了。唉,混世魔王回来了。”

四

春天,芳草碧连天。群山隐约。官道上缓缓前行一辆大车,朝浮山驶来。车上,方孔炤显得愁眉不展。方以智望着田里劳作的衣衫褴褛之人,不禁感慨:

对酒即当倾，
何日庆太平。
今幸五谷成，
但有天子圣且明。

他忽然长啸起来，惹得农人都停下手中的活计朝大路上望着。

方孔炤厉声予以制止："智儿，不可胡来。"

夕阳在山，映得山庄都在火红的霞色里。大车缓缓进了庄园。下人纷纷出来迎接。

方以智跳下车，飞奔上了清风阁，扑进了方维仪怀里："二姑，想死我了。这些年，我随父在京，心里没有一天不念着二姑。"方维仪抚摸着方以智，仔细端详："瞧，都长成大小伙子了。"说完，涌出两行清泪。

坐定之后，方维仪就开始急切追问方以智父亲罢官缘由。方以智避而不谈，却反问："光斗公在家可安好？"

方维仪："左公暂时闲居在家，朝廷还没有找他的麻烦。他母亲年岁大了，他就在家做些农活。前些日子我去看他，他在缸里浸稻籽。"

峡谷里传来布谷鸟的阵阵叫声。

方以智："二姑，说起栽秧，我想起来了，左公前些年奉皇上之命巡视屯田，把家乡的水稻种子带到京郊种植，现在北京也能吃上白米饭了。在这之前，北京人还不知道水稻为何物呢！"

方维仪："好了，智儿，现在我问你，你父亲被罢官是不是因为左公的案子？"

方以智想了一会儿："不全是。更重要的是他们东林党人为了大明江山，而遭逆阉暗算。"

方维仪神色凝重地："智儿，你应该如实告我。"

方以智不敢隐瞒二姑，详细述说了客魏集团利用齐浙诸党打击东林党人的经过，以及本乡人阮大铖罗织黑材料捕杀东林党人的事实。

方维仪问："智儿，你父亲在其中到底起多大作用？"

方以智："我不知道。我只知道，诸大臣常来我家开会，我和史可法大哥就在外放哨。"

方维仪的脸色显得有些难看，她挥了挥手："智儿，我累了，你也一路劳顿，快去休息吧。可没见你父亲来，大概是躲着我呢。"

方以智边走边说："听父亲说，他待会儿就上来。"

方以智走后，方维仪不停地在屋内踱着步，她心里明白，事态已经相当严重，恐怕更大的风浪还在后头呢。

凭着方氏家族历代受皇恩沐浴，凭着自己在东南诗坛的才名，她决定给熹宗写信，她坐到桌前铺开云笺，轻蘸羊毫写道："臣桐城方维仪奏禀皇上，方氏族累世受国恩，愚弟职方郎中方孔炤请剑有心，倾葵无路。今我皇上诛凶剪逆，黜贬褒忠，然愚弟绝无忤逆之意，伏惟乞求臣约束愚弟在家闭门思过……"

方孔炤进来给姐姐问安，寒暄之后，见桌上是刚写的奏疏，他摇了摇头，顺手撕掉，扔进了纸篓。

方维仪抖动着嘴："我不想我方氏家族惹来杀身之祸。我已料到魏客不会放过你们东林党人的。"

方孔炤："你给皇上写什么奏疏，他大字不识一个，只会做木工活。这奏疏要是落到魏忠贤手里……"

方维仪："我这不是瞎急吗？唉，你们父子俩都一样，冒冒失失，口无遮拦，不惹祸事才怪呢。"

方孔炤喟叹："可悲呀，照此下去，我大明江山社稷不保啊。"

方维仪："我不管这些。从今往后，你就老老实实在家待着。"

五

春日融融。乡下的空气清新，甘洌、湿润。方以智昨晚一夜好睡，早晨起来顿觉神清气爽，操起剑来到鹿湖边就舞了起来。方其义、方子跃弟妹捧着书躲在树后拿眼偷偷瞟着。方以智高兴地招呼着："弟弟，妹妹，快过来。"

俩人像受惊的兔子，连忙朝树林子里奔去。方以智大喝一声："站住！"俩人跑得更快了。

方以智三步两步赶了上来，用剑挡住了去路。弟妹俩定在那里，把脸背了过来。

方以智："跑什么？我又不是老虎。"

方其义:“你比老虎还厉害十倍。”

方以智笑了起来,显示出几分成熟。他突然地:“弟弟,妹妹,我从北京带回了一架望远镜。走,我带你们看看去。”

弟弟妹妹俩都不相信自己的耳朵,当看到哥哥脸上一脸的真诚时,俩人不禁喜出望外,随方以智朝居住的泽园奔去。

兄妹三人从未如此亲密过,一齐将望远镜架好。

方其义:“哥,望远镜是做什么用的?”

方以智:“看很远的东西如在眼前。”

方子跃:“哥,这东西从哪儿来的?”

方以智:“我让父亲从西洋人那买来的。”

方其义、方子跃爱不释手,轻轻抚摸着。

夜晚,群星闪烁。方其义、方子跃透过望远镜望着遥远的星空,充满了兴奋和惊奇。薄纱似的云层阵阵从天际掠过。

“哥,天外是什么?”

方其义:“这还用问哥哥,天外有天呗。”

方子跃有些迷惑:“那天外的天外呢?”

方以智有些老沉地说:“天外的天外是无。”

方其义:“哥哥,你骗人。”

方子跃:“天外的天外应该还有什么。”

方以智:“无是宇宙的万物的原始,有是天地万物的理由。”

方子跃摇着头:“不懂。”

方以智:“我也说不清。”他陷入了沉思,他抬头望望茫茫苍苍的天空,广袤无垠的大地,不由得想起了盘古开天地的神话,这也许就是祖先对天地奥秘的最初探索。钟山之神以视为昼,瞑为夜,吹为冬,呼为夏,很明显,不过是古人对天体运行的幼稚认识。天地到底是如何形成的?他半知半解地和弟妹谈论天地的有和无,不过是前些日子看了老子的一些话而来,至于四十二章中的“道生一,一生二,三生万物”,这“一、二、三”是什么意思?他弄不明白。昨天,他和父亲一道去山上看庐墓的祖父。祖父终年研《易》,他常常说,天、地、雷、风、水、火、山、泽代表八种物象,八卦中每两卦都是对立的,阴阳是八卦的根本。两卦相叠可以衍为六十四卦,阴阳两种气体交感可以产生万物。这与老子的

“道”是不是一个意思呢。他想得头都在发痛，理不出一个头绪来。

如果一切源于气，那就是气聚而生，气散而死。如果一切是人心创造的，那就该是心外无物，心外无事，心外无理，心外无义，心外无善了。

他觉得肚子有些饿了，便独自下楼进伙房找吃的。陈妈和两个女佣都不在，木炭炉上的茶壶开了，蒸腾着热气，把壶盖顶得噼噼作响。炭火燃得正旺，冒出蓝幽幽的火苗。方以智在痴想，如果万物生以火呢？突然他觉得心里放了一道光明，太阳属火，普照天地，才有万物的生机。

六

清风阁是方维仪的小天地。在这里，她以诗书画来传达她的天分，描绘着世间万象。每当她沉浸在精神的世界里，才能获得艺术创作的沉醉和精神饥渴的满足，才得以慰藉她心灵的创伤，也只有她在吟诗作画之时，才能看到一个内心激荡，神采飘逸的方维仪。

论及她在文坛上的才名，许多须眉男子自叹弗如。即使是大家，也公认她的文章亮节明白，属文尔雅，推千古女师，清芬徽美。伤时之作，音高格娴，脱尽脂粉闺阁气，志在风骨，读来回肠荡气。观其书法，则有卫夫人之风采。所画花鸟虫鱼、观音罗汉，明朝三百年与其比肩者，寥寥无几，作品无不被视为珍品。方以智小小年纪就才高志卓，与方维仪的提携约束有很大关系。

傍晚时分，一抹夕阳映在清风阁窗棂上。方维仪站在窗前，望着淡淡的远山，忽然有了兴致，随即镇纸作画。片刻，一幅幽壑晚霞图便跃然纸上。她反复端详，又添加了几笔，才点点头，题好笺，盖上印章。

陈妈进来：“二姐，外面有个女尼在门口已徘徊多时了。”

方维仪将画挂在墙上：“想必是你没问清她需要什么。”

陈妈：“这尼姑可怪了，什么都不要，只是微笑着说要见你。我看你正用心作画，没敢打扰你。”

方维仪眉宇间跳了一下：“啊，你带她到楼上来。”

女尼走进来，捻着佛珠，不住地念着阿弥陀佛。方维仪见这女尼与自己年龄相当，但却骨淑风清，风神散朗，不似凡辈，忙请她坐下。那尼姑自我介绍是徽州府休宁人，名叫朱夷素，法号妙端，在黄山松涧庵修行，慕方维仪才名来到江北登门造访的，并带来了黄山上等毛峰贡菊等土特产品。

寒暄之后，这尼姑就神情专注地观画，她不禁轻吟画上的题诗："倚窗望南山，落晖映云岚。幽壑白云飞，渔舟丹霞染。"停了一会，她转过身，望着方维仪："好诗好画，无不臻妙，真不愧诗画中的妙品。不过，恕我直言，女施主佛缘已深了。"

妙端莞尔一笑，款款下楼。方维仪苦苦挽留她在白鹿山庄住些时日，妙端不肯。方维仪少不得送她。出了庄园，方维仪一直牵着妙端的手沿石阶而下。妙端走远了，她清秀的影子飘飘欲仙。

古松下，微微林涛，天地悠悠，白云飞渡。方维仪不觉一笑。

陈妈沿着小径一直寻到山下，才找到了方维仪："二姐，你在这已经站了好久了，饭菜都凉了。"

方维仪浑然不觉，随口问道："先生吃过了吗？"

陈妈："方先生到光斗公家去了。"

方维仪皱了皱眉头，一些忧虑呈现在她的脸上。

方孔炤是乘方维仪送女师姑的当儿，溜出了白鹿山庄。

光斗公家在湖对岸的左岗。光斗公的清直在朝中无人不叹。当年，光宗的宠妃李选待企图借熹宗年少在乾清宫不肯搬走。光斗公不顾宫廷铁幕重重，奋笔上疏，一炮轰得李选待晕头转向，对此她恨之入骨，想召光斗公去乾清宫谈，他严词拒绝："我乃天子的法官，非天子召不赴，若辈何为者。"

最后李选待无奈只得灰溜溜离开了乾清宫，熹宗才得以登上皇位。

魏忠贤得势后，别人都不敢惹他，偏偏左光斗不买他的账。魏忠贤假以太子之命，索取庄田，左光斗怒不可遏："尺地皆陛下有，御史奉命巡田，安敢私授？"从而与魏忠贤结下仇怨。

方孔炤在朝廷深得这位年长老乡影响，同魏党斗争的第一天起，他就紧紧相随，而今天，两人都是失败者。

两位老友相见，并未显出特别的伤感，左光斗乐呵呵地拍着方孔炤肩膀说："潜夫老弟，很对不起你呀，我的事牵连了你。你姐姐方维仪在家骂我了吧？"

方孔炤："能沾上左公的一点名声，我感到非常荣耀。"

左光斗将方孔炤让进屋里，沏上茶笑着说："孔炤弟，你住的是高楼，我住的是茅屋，在这里有辱你的斯文，你就将就着点吧。"

方孔炤："瞧你说话，就像是天上打雷，咋咋呼呼的。你这东乡人的火爆脾气，看来是改不了啦。"

左光斗泡上一壶茶，方孔炤说："得罪。"

左光斗说："中午杀只鸡，我俩喝几杯。大行皇上生前赐我一坛宫廷玉液，我一直没舍得喝呢。"

方孔炤眯着眼，望着左光斗："那我可又沾光了。"

左光斗神情严肃地望着方孔炤："潜夫弟，这事可够你喝一壶的。说吧，我走之后，你走之前，魏党都干了些什么？"

方孔炤轻轻地："你知道吗？阮大铖在背后搞了鬼。"

左光斗叹了口气："这个家乡的败类！"

阮大铖与方孔炤相隔也不远，同为万历四十四年进士，此人外表骚雅倜傥，有文才，却也有一肚子坏水，善于投机钻营，逢迎拍马，热衷权势。

年初，吏部给事中缺额，阮大铖想补这个缺，可无奈声名不好。他深知自己希望渺茫，想来想去，只好硬着头皮去找他的这两个老乡帮忙。

有天早朝回来，方孔炤刚洗罢脸，阮大铖后脚就进了院子。方孔炤心里一惊，脸上却含着笑："哟，什么风把你这个大才子吹到我这个小院里来了？"

阮大铖连忙地："哪里，我是个落魄之人，哪有你们东林党人扶持熹宗有功，正威风着呢，只怕我这个老乡辱了你们门楣。"

方孔炤招呼阮大铖坐下，泡了一杯茶，阮大铖双手接过，连声称谢。话不投机，阮大铖只好把话题引到墙上挂的一幅江山雾雪图上："潜夫弟，这幅画可真是如同你我写照，旅人野外，艰辛跋涉，纤夫敞胸，渔人拉网，妇人难以御寒，瞧这景象，江天、坡岸、草桥、芦苇丛都是那灰铅般颜色。我们长年离开家乡，在京城求生存发展，唉……"他显得有些伤感。

方孔炤知道他这一番话是在套近乎，但他从内心不得不佩服他在艺术上的深厚功力。这个人也只有面对艺术的时候，他才会流露出一种真实的情感，才能引发他内心世界中高尚的一面。

方孔炤淡淡一笑："圆海兄，我要有你这样的才气，还做什么官，当一个大戏剧家，比什么都强。"

阮大铖连忙摆手："唉，这一两年，赋闲在家，都快把我愁死了。今天来府上，一是拜访，二是想请你和光斗公到我家去坐坐。不知潜夫兄肯不肯赏光？"

方孔炤心里一惊，阮大铖平时可是铁公鸡，一毛不拔，得势时，更是目中无人，今天怎么念起老乡来了，想必是有所求，他只得推托道："圆海兄，你有什么事就直说。光斗公的脾气你也知道，他绝不会因为吃你一顿饭，就做让他为难的事。如果能够帮忙，我想亲不亲，故乡人，大家都会帮衬的。"

阮大铖："潜夫兄，你知道我有些怕光斗公，今番只委托你在他面前说一声，给不给面子是他的事。"说完连忙告辞。

阮大铖走后，方孔炤连忙去找左光斗商量。

左光斗望着方孔炤满脸迷惑的样子，笑着说："潜夫弟，这顿酒我们去喝。"

方孔炤不解。左光斗点拨着："他是请我俩给他帮忙，给事中正好缺额。"

方孔炤正色道："光斗公，这不成，他这个人一得志，可不得了。这个忙千万不能帮。"

左光斗："放心吧。我告诉你，这个名额赵南星已经给了魏大中了。"

方孔炤会意道："那阮大铖是白忙了。"

左光斗意味深长地："这样的人不要得罪他，狗急了迟早要跳墙的。"

方孔炤明白过来："那这顿酒，我们是非喝不可了。"

阮大铖果然白忙了一阵，心里不免觉得窝囊。他知道左光斗、方孔炤不会替他说话，甚至可能从中作梗，心里顿生不快。他想得更多的是自己的政治前途不能就此罢休。在家盘算了几日，最后终于还是咬咬牙，决定投靠魏忠贤。

事先，他买通了魏府门首伺候。等到辰牌时分，管家命阮大铖到厅前等候。阮大铖诚惶诚恐，心神不定地打量着这里的一切。只见厅内金碧辉煌，猩毡铺地。厅中间摆一张太师椅，锦绣坐褥。不一会，魏忠贤披风便服出来，阮大铖连忙跪下来，纳头便拜。魏忠贤挥挥手，阮大铖傻愣在那里不敢起来。管家呈上礼单，魏忠贤瞟了一眼，见上面开着金银丝织礼品不薄，这才眯起眼微笑道："来见见也就得了，东西拿回去吧。"

阮大铖连忙道："这不过是孩儿一点孝心，爹爹一定笑纳。"就这样，阮大铖认贼作父，从此走上了一条不归路。

那天晚上，魏忠贤家还来了个干儿子，那就是附逆崔呈秀。他网罗了几个门客，撰出了一个《东林衣钵图》，同时还撰出一本《天罡图》，把东林党人比作《水浒》上的三十六天罡，七十二地煞。把李三才比作晁盖，赵南星比作宋江，邹元标是卢俊义，缪昌期是吴用，高攀龙是公孙胜，魏大中是李逵，杨涟是杨志，左光斗是关胜。方孔炤也赫然在目,只不过觉得他还够不上分量,便一笔带过。

魏忠贤喜不自禁。阮大铖受此启发,回到家,立即也给东林党人编了两本书,一名《蝇蚋录》,一名《蝗蝻录》,魏忠贤一看,东林党魁全部在内,谁应该被处,谁应罢官,一一分门别类,诸如夺官、先驱、后击、旁射、正攻等。

魏忠贤不由得心花怒放:"还是这个儿有孝心。日后,我要拿谁是问,也好有个参考。只是眼前,那杨涟、左光斗虽然罢了他们的官,可还是我的一块心病,一个弹劾我二十四罪,一个弹劾三十二罪,不除掉他俩,难解我心头之恨。"

阮大铖连忙讨好他:"这事若爷相信我,就交给我好了。"

魏忠贤:"你有什么好办法?"

阮大铖:"爷忘了,熊廷弼赴辽作战失利,不是左光斗、杨涟替他在开脱吗?"

魏忠贤沉吟:"这个他俩说的倒是实话。"

阮大铖:"爷,你能保证他俩没有得到熊廷弼的好处吗?"

魏忠贤大笑:"哈哈,还是我这个儿聪明绝顶。"

回来的路上,阮大铖好不得意,想自己落魄之时,请左光斗、方孔炤吃饭,他俩还一副爱去不去的样子,到头来还是让人看了笑话,真是窝囊。如今可好,攀上了魏千岁这棵大树,总算出了口恶气,虽然人都说,老乡见老乡,两眼泪汪汪。哼,老乡在朝廷风光,我还有什么脸面回乡里荣耀。左光斗,你是死定了。方孔炤是他的一条腿,逮不逮?如果一并捕上,乡亲们民愤就大了,这么着,让你滚蛋回家吧。

阮大铖在背后搞的这些鬼,方孔炤并不知晓,他只知道左光斗被逐回家后,阮大铖唆使傅櫆诬陷汪文言替左光斗、杨涟纳贿。汪文言下狱后,魏忠贤又一心腹许显纯施酷刑将他害死,并伪造了供状,定了铁案。也就是说,左光斗现在虽然还在家,但已经是在劫难逃了。

左光斗性格刚烈,听了方孔炤的话,气愤到了极点,他恨魏党朝他身上泼脏水,污他清白。方孔炤心情也不好受:"光斗公,魏党是想借这个案子要将我东林党人一网打尽呢。"

听了这话,左光斗反倒冷静下来了。他抓住方孔炤的手:"潜夫兄,看来要杀我只是个时间问题了。你可千万别乱来。"说完,将儿子左国柱唤了进来,说道:"国柱,今天我让你认方伯伯做义父,将来我若有什么不测,日子过得难了,你就带着奶奶找方伯伯去。”

左国柱纳头便拜，方孔炤连忙扶起，眼里却是一片泪水。

七

没过几天，左光斗刚起床，就有差事来传，令今天不准出门，听候朝廷命官发落。儿子国柱知道事情不好，在一旁忍不住哭出了声。左光斗轻轻对儿子说：“快去把你方伯伯喊来。”

等方孔炤匆忙赶来，锦衣卫和校尉已拿着刑具立在堂前了。左光斗将老母亲颤巍巍地扶到椅子上坐下，然后跪下：“母亲大人，儿子为国出力，弹劾魏忠贤三十二宗祸国殃民之罪，与他结下深仇大恨。儿子这一去，必死无疑，死不足惜，只不过未能报答母亲大人养育之恩，让您老人家颐养天年，儿子死有余恨。”未说完，左母已倒在地上人事不省。幸亏乡亲们赶来了，早有本家媳妇将左母抬到后房。

乡亲们越聚越多，锦衣卫官心里有些慌，连忙宣读驾帖，左光斗不慌不忙跪下来。那帖上正是方孔炤所说的那样，左光斗接受熊廷弼贿赂并为其开脱，使得熊廷弼逃避了罪责。读完之后，喝令拿下，校尉便给左光斗披上刑枷，推进了囚车。

众乡亲深知左公为人，都一齐叫了起来：“不准拿左公去！”此时的方孔炤，热血上涌，再也忍不住了，眼泪哗哗流了下来：“我和左公在朝廷共事，我知他最深。他为国尽力，鞠躬尽瘁，名重海内。奉命巡视京城，贪官假吏尽予捕治。兴修水利，造福人民。与魏党斗争，不屈不挠。为官十八年，两袖清风。乡亲们，瞧，他像是个贪官吗？”

话刚说完，哭声四起，群情激愤。愤怒的乡亲们挽起手挡住了囚车去路，方孔炤也准备豁出去了，他坚定地站在乡亲们面前，左光斗望着方孔炤，含着泪说：“潜夫弟，你怎么这么不懂事理呀，我告诫你的那些话，你都忘了？你可不能把事造大呀，这样会祸及乡亲们的。”

方孔炤痛苦地放了手，只好转过来做乡亲们的工作。又封了一包银子给押解的官校，求他们在路上放宽些刑具。官校们得了银子，又见方孔炤态度转好，自然应允。

方孔炤推开一条人缝，拉着左光斗从槛车里伸出的手，拥着马头，缓缓走出村口。乡亲们哭声越来越大，声震原野。一些百姓开始在路旁焚香，企望左公能够生还，捕吏也被这景象深深感染了，悄悄抹着泪。

槛车缓缓从湖心向白鹿山庄走来。阁楼上，方其义、方子跃弟妹俩正在摆弄望远镜。望远镜里，一队人马手执大刀跑过。方子跃喊："哥，你快来看。"

方以智探过头朝望远镜望去。大刀队喊声震天："不准逮捕左公。"方以智叫声不好，连忙抽刀飞奔下楼，正在上楼的方维仪拦也没拦住，只好爬上阁楼。

方其义："二姑，你快看。"望远镜里，方以智挥刀已经赶上大刀队。大路上，大刀队正好迎上槛车。

大刀队首领汪国华高喊劫车。方以智少年气势，也显得热血沸腾。方孔炤心里不由得叫苦，他知道桐城东乡素以武术之乡出名，大刀队是一个汉子撂到七八个人不成问题。他只好好语相慰，来平息愤怒的情绪。正在左劝右劝的当儿，儿子方以智一刀过去，削掉了一锦衣卫的帽缨，那些校官吓得直抖。

一片喝彩声中，乡亲们的情绪再一次被挑动起来，膨胀蔓延。左光斗泣语方孔炤："潜夫弟，这等于让我速死。"

方孔炤厉声喝住儿子，然后在大刀队前跪了下来："乡亲们，这是魏党矫旨逮捕左公，到了北京，事情总会搞清楚的。义士们不要为难左公了。"

大刀队首领汪国华说："那好，我们护送左公到北京去。"

左光斗："谢谢乡亲们的好意，都不要为我送行。今天，乡亲们能看得起我左光斗，我死也无憾了。"

槛车缓缓前行。左光斗含泪向方孔炤和乡亲们告别。

待槛车渐渐远去之后，大刀队首领汪国华对方孔炤说："方公，我们还是要去送左公。"

方孔炤想了一会，说："我有两个条件，一是不要惊动左公，二是送到黄河边就回来。"

汪国华答应了方孔炤就率领大刀队出发了。方以智也欲前往，却被方孔炤一把拦住："儿子，你要是也去了，我回去无法向你二姑交代。"

夕阳西沉，山色凝重。方以智一屁股坐在田埂边，噘着嘴，一言不发，用剑挑着田里的泥块。方孔炤慢慢在儿子身边坐下，心情异常难受。方以智抬起头："父亲，你太软弱了。"

方孔炤叹了口气："智儿，你不明白。"他忽然哭了起来，"我知道左公这一去，必死无疑，可我有什么办法，我总不能抗旨啊。左公这一去，我东林党人全完了。"

方以智站起来，拉着父亲的手慢慢往回走着。来到庄园门口，见二姑方维仪已经在门口等候多时了，脸色异常凝重。三人相视无言。半晌，方维仪轻轻地："我敬佩左公的为人，也仰慕你们东林党人的文风品格。可你们父子俩为这个家想过吗？我年轻时失掉了丈夫、孩子，可我现在不想失掉娘家。"

晚饭的餐桌上，气氛很沉闷。方维仪放下碗："朝政混乱，魏党专权，罢了官也好。弟弟，你要学学你的老友侯恂、钱谦益、文震孟诸公，钻研学问。你不是说文能析理、叙事、化物吗？我们家三代习《易》和《春秋》，我希望你进一步阐发先祖《易论》。我已吩咐人在鹿湖边收拾好了一处房子，那地方环境静雅。"

方以智欲走，被方维仪拦住："智儿，你随我来。"他只得随姑姑来到清风阁画室。

方维仪掀开画布，露出端庄俊秀的吴令仪画像。

方以智扑上前抚摸："妈……"

方维仪："智儿，这幅画，我画了好几年了。一提笔，我就想哭。我们姑嫂俩感情最深。我在姚家守寡，孤苦无奈，令仪接我回清风阁，请我收她为学生。我们在一起吟诗作赋，唱和不绝，我从此心里不再痛苦。你妈妈出身名门，宜室宜家，善事公姑，诗字琴画，刺绣酒浆，种种精绝。唉，无端寂寂人归月，恰合青春三十归。"说完泪如雨下，隔了一会，她又说，"这些日子，我一直在整理你妈妈的诗集《黼佩圆壶遗稿》，写得多好哇。瞧，这是写给你父亲的。"

方以智轻轻吟念：

君去觅封侯，金闺第一流。
文成知虎豹，价重骋骅骝。
诗思春归锦，乡心在月楼。
索琴随彩缢，忘却捣衣秋。

方维仪突然地："智儿，你跪下。"方以智连忙在母亲遗像前跪下。

方维仪说:“智儿,你要在你母亲面前发誓从此收心。日后,不管世道如何变化,你都要苦读钻研学问,长大后做一个学业有成之人。”

方以智郑重点头。方维仪这才拉起方以智来到客厅里。白瑜先生已乐呵呵地恭候多时了。方以智连忙施礼,然后拉住白瑜先生,分外激动。

第二天早饭后,方以智便告别父亲、二姑、弟妹,随白瑜先生去枞川继续读书。

浮山离枞川江口有几十里路。马车过了会宫、官桥,渡过中埠河已是下午茶饭时分。走得累了,白瑜先生唤方以智在官道边一处野坟上歇息。坟四周草坪平整如织。方以智疲惫至极,一声“我的妈也”便倒在荒坟上。

白瑜先生连忙制止:“不可乱喊,你知道坟里躺的是什么人?”方以智自知失言,连忙打嘴。白瑜先生诡秘一笑:“也有喊发财的,据说有个书生进京赶考,也像你这样走累了,坐在坟上休息,喊了一声妈,谁知这是个童养媳的坟,无儿无女,却是个风水宝地,日后这个书生考中了进士,点了状元,风水先生帮他查找祖坟,可无一处祖坟能助他发迹,最后那书生讲在野外坟边休息这件事,风水先生才找到了这个无主的坟。日后,这书生就认这坟里的童养媳为娘。”

方以智怪怪地:“你相信?”

白瑜乐呵呵地:“信不信由你。”

方以智喃喃地:“这一是要有风水宝地,二是要它气和相通才可。”

白瑜:“密之贤侄,我告诉你,你方家世代居住的白鹿山庄就是一块风水宝地呢。听说还时常能看见什么东西。”

方以智从未听说过,非常感兴趣地:“什么东西?”

白瑜:“这可是你们方家最大的秘密啊。天色晚了,我们快点赶路吧。”

掌灯时分,终于到了枞川舒龙斋。方文、周岐、孙临三人早已翘首等待。见到方以智,自有说不出的高兴,仿佛又回到过去,催着要方以智讲些京城里的事情,尤其是皇宫里的一些事。方以智便把紫禁城宫阙的巍峨,宫内生活详细描绘了一番,细及食物采办、名伶戏子,用火之讲究,宫内用器的精巧,洗澡用的百中,如何避暑驱蚊,大家听得兴味盎然。

周岐突然地:“密之弟,京城里自然少不了绝色女子了。”

方以智:“那是自然,回来之前,我还救了一位小美人呢。”

孙临羡慕地:“密之兄可真是有艳福啊。”

方文眯着眼问:“后来这位小美人呢?”

方以智:“在人群里一晃就不见了。”

孙临:“真遗憾,哪怕是多叙上几句也是好的。知道她住哪儿,姓什名谁,还有机会去找她。”

方以智陷入沉思:“不知住哪,名字倒是记住了,叫周颖侯。”

那一夜,方以智没睡着,脑子里总是出现周颖侯的影子,挥之不去。

八

至此,方以智和三位后生又随白瑜先生潜心苦读,明显能看到方以智身上的浮气渐渐消失,经史皆能成咏,剑术也有了进一步提高。学闲之余,随白瑜先生泛舟枞川,或登临绝尘、青石生烟的南山。《庚午春作》很好地记录了他读书的情形:

读书南山下,开卷当窗牖。
长歌入云暮,半酣夜击缶。
贯穿经与史,茹吐成文章。
少小受从业,绳墨裁其狂。

转眼就到了冬天。大雪纷飞,江面一片银白。一日,白瑜先生老友王宣先生披蓑衣来舒龙斋弈棋,自然是方以智在一旁伺候。

这王宣先生字化卿,别号虚舟,世居江西金溪,因其父客居枞阳,所以在此地出生。弱冠之时返回金溪,补郡弟子员,又回到枞阳。以诗得名,惹得名卿都与之游,朝夕唱和不绝。博极群书,辄娓娓不倦。晚年好《易》,著《风姬易溯》,独抒己见,自成一家。尤好因果之说,不仅探询器理化学来源,而且运用实物演示证明。这在当时科技落后的中国,他算是个有识之士。方以智非常喜欢和王先生在一起,可以学到许多在经学上学不到的实用知识。王宣每次来,也每每留意这个聪颖异常的学生。

王宣边弈棋边考在一旁侍立的方以智:“密之贤侄,《诗》如何读?”

方以智:“回王先生,礼乐之至,《诗》是基础,《诗》有兴观群怨功能。”

王宣哈哈一笑:“月离于毕,俾滂沱矣,是什么意思?”

方以智:“回王先生,这句话的意思是说,月亮靠近了毕星,大雨就要哗哗下个不停了。”

王宣:“中国人非常聪明,几千年前,就能总结出天象与气候的规律,可是至今,中国的器理化学还处在幼稚阶段,这是为什么?”

方以智略略思考了一会,回答说:“学生以为这是中国传统文化中重道德轻科学,总以自然比附人事,而忽视对自然本身的探讨而造成的。”

王宣心里暗暗吃惊,不得不佩服他的睿智。他一边弈棋一边漫不经心地:“听说过利马窦、毕方济、汤若望吗?”

方以智答:“听说过,他们都是西方的传教士,他们带来了西方的科学,也带来了西方的思想,也许我们需要从另外一个角度来认识天地间的人和物。”

王宣:“我约半年没来这里了,贤侄最近在做些什么?”

方以智:“回王先生,在白瑜先生指导下,我正写了一部《尔雅》,初稿快写完了。”

白瑜先生赞赏地道:“密之贤侄小小年纪可谓是博涉群书,返质金石验诸士音,故能言之成理,还能纠正许慎《说文》、郑樵《象类书》、徐锴《说文系传》、杨慎《六书索隐》中的许多错误呢。”

王宣放下棋子,站了起来:“密之贤侄,能说说你的志向吗?”

方以智:“欲备天地万物,古今之数,明经论史,核世故之变,求名山而藏之。”

王宣击掌不住点头。临走时,方以智突然跟王宣说:“王先生,我想跟您去学习器理化学。”王宣说:“这可要问问白瑜先生啊。”白瑜留他不住,只得作罢。

方以智辞了周歧、孙临、方文三位同学,随同王宣先生下山。

大雪封山,远望长江像一条缎带。王宣银须飘飘,活脱脱一个世外高人。

方以智说:“我早盼着这一天。王先生,我随父亲在福建福临时开始接触西学。到了京城之后,又读过一些西洋著作,真是大开眼界。啊,我还有一架望远镜,我想让自己看得更远些,心胸更开阔些。也许西方人为我们提供了很好的武器。”

王宣:“不,据我所知,西方人到目前为止还没有真正超过中国人。如果我们不努力,那又是另外一回事了。”

方以智:“可我在宫廷见到福王的自鸣钟,这是外国人利玛窦送的,比我们中国人的漏壶更加精确,设计也更加合理。”

王宣:“也许是这样。我们完全不必效仿洋人,我习惯以中国为中心,总结古人经验,我在做一些开拓性工作。最近我在写一本《物理所》,以古人传统的方式,思维的成果来探讨物理变化,并对器物来源进行研究。”

方以智:“古人云,惜时如金。我们也必须先做出计时器,让每个中国人精确掌握时间,不浪费光阴。如果还这么混沌过下去,中国很快就要落到西方人后头了。”

王宣:“是啊,我也在急呢。古人不可谓不聪明,黄帝时期就制器取则,来分昼夜。咱们古时的计时器有漏刻、奎表、香篆、辊弹几种,但还是唐人梁令瓒发明的机械计时器,有发展前途,我正在做改进呢,绝不比西方人逊色。”

方以智:“王先生,那我要探讨物理变化,从哪下手?”

王宣:“那还是从《河图》《洛书》入手。”

王宣的住所在一个背山临河的山脚下,孤身一人,当地老百姓都以为他是个怪人。方以智进了小屋,四周环顾,倒也整洁,进了后院,又是一道门,令他吃惊的这里竟还有一个这么大的实验室,像迷宫那样令他痴迷。这个实验室汇集了中国古代天文、地理、气象、建筑、冶炼等学科方面的实物成果。各种机械装置都按自己的方式运行。王宣在屋子里钻来钻去,像个孩子兴奋异常,他得意地演示各种装置,一会儿是冲天火柱,一会儿火光四溅,一会水的颜色由红变蓝,令方以智大开眼界。王宣自负地:“苦读经史救不了大明江山。”方以智觉得王先生话里有无穷的道理,便暗下决心好好学习从前没有学过的东西。在王宣先生的指导下,方以智用心钻研《山海经》《白泽图》《博物志》《抱朴子》《本草》。上山采药时,王宣讲药理,下山过小溪,王宣因水势讲物理,方以智顿感这些知识才有经世的功效。

过了些日子,方以智开始研读王宣先生的《物理所》,除了颇多启发外,他深感不足的是民间许多先进的生产技术,器理化学上的一些发现和实用都没有记录下来。于是,他决定写一本《物理小识》,主意一定,他有些兴奋,马上向王宣说了自己的想法,王宣当然全力支持。

接下来,他就开始编条目,第一卷《天类》,第二卷《风雷雨类》,第三卷《人身类》……第七卷《金石类》,第八卷《器用类》。在机械类里,他记录了按螺旋原理制成的“起重机”，运用杠杆原理制成的“称杆轮运机”，以悬桶流水和积沙下漏使势能转变为动能的“运机”等记录下来。他还把制瓷、造纸、印刷、冶金等生产原料，工艺流程记载书中，在炼焦法一栏中，他写道：煤则各处产之，臭者烧而闭之成石，再凿而入炉曰礁，可五日不绝火。煎矿煮石，殊为省力。这件在世界冶金史上具有转折意义的一件大事，就这样被他不经意地载入了文献历史。

他越写越兴奋，并特别介绍了用望远镜观察天象的先进性，还特别推荐了熊三拔的“蒸花露法”，着力主张用这种方法促进中国制药术的变革。为了写好第三卷《人身类》，他特别对人身解剖生理、脏象经络、医药学都做了深入的研究，并综合了汉以来有影响的医学理论，还吸取了西医心、肝、脑为贵的三元论。另外，在和王宣老师在采药的过程中，他还发现了几十种新药物的作用，如虹虫、沙鸡母、虎油、犀牛皮、四足鱼等。他做了一些药，给老百姓治病。羊奎子可以止痢，虎油可治猎梨疮，犀牛皮治风活血，砖硝可以治瘴疠风湿。

方以智干什么事都很投入，自己都快成为一个医学家了，令他得意的是发现了李时珍《本草纲目》中的诸多错误，并予以一一纠正。在医疗技术上，对东汉医学家张仲景的灌肠术增加了加压的手续。对唐代王焘《外名秘要》中救治吞钓法增加了蚕茧对食道的保护。果然，他的“汇通派”医学在晚明之后，形成一股强大势力。

《物理小识》初稿出来后，他不很满意，还需增删词条，日臻完善，感到欣慰是能够中西古今融合。而在这时，王宣先生却要实现一个惊天计划，自制上天火箭。

一日，王宣带方以智到东乡周潭朋友家，路过白云街，见家家户户都在做爆竹，俩人都不免好奇，依在人家门口看人填硝。王宣尤其对枞阳人称之为一冲上天的“高喜”感兴趣，回来后，他对方以智说，他要按“高喜”制作原理，做一枚火箭，把自己送上天。这想法使方以智大吃一惊，真是个王疯子。

方以智好说歹说王宣别拿性命开玩笑，这老头哪里听得进去，马不停蹄地设计，采购原料。这时，他也顾不上方以智了，只安排他做一个机构装置出来，就又疯疯癫癫跑到白云街，去请教火箭起飞后的平衡问题。

一个人在家，他就开始考虑完成老师的作业，思来想去，决定做一个木牛流马，看看这个“木牛流马”到底能不能自动行走。

“木牛流马”到底是个什么样？他不清楚，忽然他想起最近有一本刊刻的《李卓吾先生批评三国志》中有关于“木牛流马”的做法。他在王宣先生的藏书架上找到了这本书。书上还说，孔明令人造好木牛流马之后，宛如活者一般，上山下岭，各尽其便。方以智始终不明白，若没有一个内力，它怎能走动起来。他决定依其原理，缩小比例，做一个模型出来，看看结果如何。

待王宣先生从白云街回来后，方以智已做出了样品。王宣反复端详，问：“如何才能让他动起来？”

方以智按一下钮，木牛和流马都走动起来了。王宣吃惊地问：“这有什么机关？”

方以智笑答：“我给他们上了一个机关，用铜片缠绕，铆足劲，然后一点点松开，这就是力量之源。”

王宣不住夸方以智聪明绝顶，他忽然笑道：“我要上天，那么火药就是我的力量之源了。”他兴奋地拿出设计图，中间一个木制的椅子，四周绑了五十四支火箭，一个人坐在上面撑着一把巨大的伞。

方以智摇了摇头：“先生，你别拿性命开玩笑。前些日子，有个叫万户的人已经为此丧了命。”王宣嘛着胡子说：“他只有三十六支火箭，我有五十四支，设计也更加完善。”

王宣的火箭终于做成了，他选择了一个晴朗的天气，从容地坐了上去。

方以智显得有些伤感：“王先生，在中国你算不得第一，可也算是第二个上天的人。”

王宣诡秘一笑：“孩子，我有这把保护伞，等升到天空往下降落时，我就撑起它，到时，你看，我在云中极目四望，飘飘荡荡，多么逍遥。”

方以智摇了摇头：“我不想让你去死。”

王宣这才变得严肃起来：“孩子，在这条通天的路上，总有人会要死的。如果失败了，你要替我找出失败的原因。”说完，他推开了方以智，自己点了火，随即便是一声巨响，最后方以智在池塘里找到了王宣先生烧焦的躯体。

这一天刻骨铭心地印在方以智脑海里。他出些银两央求乡亲们葬了先生。农人们无不摇头感慨：“真是个王疯子。”

方以智坐在坟前，望望茫茫苍天，陷入了沉思。

九

方以智怀着悲伤的心情回到白鹿山庄。二姑方维仪除了嘘寒问暖外,剩下的就是对侄儿好穷医学物理的不以为然,忠告他要吸取王先生教训,不要移了性情,废了学问。

方维仪带着方以智朝鹿湖走来。湖边鹿鼎堂是方孔炤被贬回家后闭门不出做学问的地方。父子相见,分外亲切。

坐定之后,方孔炤并未责备儿子。方以智问父亲研《易》情况。方孔炤拿出《周易时论》部分初稿,方以智翻了翻,说:"我倒有个实物,能够演《易》,证三才万物之则。"说完,他从包里取出小巧玲珑的木牛流马,这很是让方孔炤、方维仪惊讶不小。

方以智说:"天地间的一切都是物。动皆火之所为。我所说的火,就是物的能量。世界上没有自动的装置,只有赋予它能量才能使它运动。我不做木牛流马,就不能体天地之撰,类万物之情。因此,我觉得研《易》,应与自然天地和人自身结合起来。因为智藏于物,道藏于器。人体生理运动,生物生长规律,自然地理现象与《周易》结合起来研究,才能丰富我们的思想,给我们以诸多的启示。"

方孔炤不住点头:"看来,你跟王宣先生并没有白学。不过,你的这些想法并未超越宋人张载太虚即气的思想。我习《易》与你的想法并不矛盾,无非想探询国家治乱之源,生民根本大计。"

方维仪对父子俩的谈话显然非常满意,也就放心了不少。她站起来:"你们父子俩在一起好好地聊聊吧,但就是不许谈论政事。"说完就告辞了。

父子俩少了约束,顿时活跃起来。随即找了些酒菜,俩人边酌边聊。

方孔炤:"这一年,我被你姑姑逼仄在家里,连大门都没出过,外面的一切联系都中断了,京城里什么情况,我一概不知。"

方以智:"我不相信,你在家能专心致志做学问。"

方孔炤诡秘一笑:"儿子,你快来瞧,我在写《周易时论》的同时,瞒着你姑姑,还在写另一本大书呢!"他打开抽屉,拿出一摞手稿,扉页上写着《全边略记》。方以智顿时明白 ,父亲虽被罢官,却仍然研究军事,关心国事,报国之心不灭，他深受感动。

方孔炤望着儿子说："智儿，做学问的目的是要为国家出力啊。还记得我曾经带你到午朝门外观国家朝仪之威吗？"

方以智："记得，那仪威浩浩荡荡。可如今，内忧外患，国力衰微，朝纲混乱。跟外国相比，中华大国优势已不复存在，渐渐要落伍了。"

方孔炤痛哭："我大明江山就要亡在那些阉党手里了。智儿，你是东林党人之后，可不能丢掉东林党人的遗风啊。你知道这日子我是怎么挨过来的，整天心里像猫抓一样。"

方以智点点头："父亲，你行动不便，我一定想方设法了解北京的情况，打听光斗公是死还是活。"

方孔炤急切地："一定要把情况搞清楚。"

（选自《无可大师》，东方出版社 2004 年 10 月 1 版）

张明润

（1963— ）

当代作家、主任编辑。安庆太湖县人。1986 年开始文学创作，曾在《诗刊》《清明》《安徽文学》《阳光》《诗歌月刊》《新潮》《文学与人生》《天池小小说》《向度》《北大荒文学》《安徽日报》等报刊发表中短篇小说、散文、诗歌等文学作品近百万字。1999 年由中国文联出版社出版散文小说集《头顶上的亮色》，2012 年由敦煌文艺出版社出版散文集《仰望大地》。散文《温暖的声音》获全国报纸副刊作品优秀奖，散文《篱笆》、小说《寻找或遗忘》等多篇作品分获安徽省报纸副刊好作品一、二等奖。短篇小说《金子》入选《安庆六十年文学精品集·小说卷》（合肥工业大学出版社 2009 年 9 月）。现为安徽省安庆日报社文艺副刊部主任编辑。

园　子

七月到了，田野里的稻谷在阳光下金灿灿地晃眼。园子吃过早饭，便来到自家田头。稻谷还要在田里养几天再开镰。园子此时只是来田里看一看。稻子这东西要说难侍弄也难，但要说容易侍弄也容易，在它生长期，人根本就不用费多少心思和力气，由它自个长自个的就是了。但园子这段时间还是每天都要到田边看一看。今年的年成看来不错，稻子一直长得很顺，园子每天来看稻子，倒不是担心稻子长不好，而是要看看稻子是怎么一天天长好的。

今天园子站在田边看的感觉最好。园子曾觉得稻子的成熟过程似乎显得太漫长了一些，但现在她又觉得这稻子的成熟其实也就是一瞬间的事情，说成熟就成熟了，这真是一件很奇妙的事。园子这样想着，不禁又伸手抚摸那金黄饱满的谷穗，这种抚摸手感真好。这谷穗也是一件很奇妙的东西，沉甸甸的，却又柔软软的，每一粒谷子的表层长着细微的绒毛，就和刚出生的婴儿身上的胎毛一样，鲜活柔嫩，散发出馨香。园子轻轻地抚摸着，内心里充盈着一种似曾相识却又很隐秘的愉悦和激动，她的脸随之也荡荡地有些潮红。

园子在田边站了很久，才有些恋恋不舍地走开。人的感情怪着呢，一个乡下女人，和稻子打了多少年交道了，但从来没有和今年这样，会对它产生那么多那么深的感受，会那样地恋恋不舍。往年农忙时男人都在家，许多大事都是男人做主，重事也是男人一肩挑着，男人似乎有使不完的力气，男人似乎又天生长着一副有主见的头脑。其实有些事情园子也不是不会做，也不是做不了，但作为女人，园子无论如何还是对男人有一种依赖思想，这种依赖男人的日子，园子似乎已经过习惯了。但今年不同了，男人说好了农忙时不回来，到了年底才回来过年，这样什么事情都要靠园子自己了。几个月下来园子感觉出了日子中的许多的不同，她也发现自己和稻子的感情和以往很有些不一样了。

两个月前插早稻秧，这是园子第一次面对庄稼活上的一件大事，园子虽说心里早有准备，但事到临头毕竟还是有些心虚惶恐，总不好事事都去讨问人家，事事都找人家帮忙，更重要的是园子感到孤寂，一个人在田里忙活，身边没有一个人说话，这无疑也增加了她想有个帮手的渴望。不过无论怎样，事情最终还是很顺利地完成了，回想起来，园子又感觉有些新鲜有滋味，后来的一段日子里，园子就常常去田边看秧苗的成长。她的这种举动其实已引起了村里人的注意，村里的六叔就曾笑话她："你看园子，就像一个馋嘴的孩子站在灶台边等不及锅里的粑热一样，恨不得稻子一夜间就长熟。"

园子知道六叔是个好人，这样笑话她并不怀什么恶意，她甚至心底也笑话自己，是啊，怎么越来越像个孩子了。今年的天气是真好，该晴则晴，该雨则雨，这让园子不能不对老天心存感激，但有时，园子又想对那一田稻子说，你们长到这份上，除了老天，可就是我一个人的功劳呢！

园子一个人在家里种稻子，园子的男人并不知道，园子也不打算告诉他。园子的男人正月在家过了几天就走了，在千里之外浙江省的一个城市打工，他在那地方已经做了好几年工，如今已当上了一个建筑队的小包工头。附近一同去做工的人都说，园子的男人这下威风着呢，不必和他们一样在工地下苦力，整天提着一部手机四处走动，上下使唤人，钱比他们谁都挣得多。村里人都为园子羡煞了眼，但园子却不怎么为男人得意，正月男人在家时，园子就劝男人不要再走了，但男人就是不听，男人有许多想法和园子不一样了。园子事后想，男人在家就是不让她种稻子，男人走了倒也好，不然，她这稻子可种不成了。

园子男人在那边经常打电话给园子，电话一般都在晚上打来，先总是厚着脸皮地说，他晚上睡不着了，又想园子了，接着问园子是不是也想他。园子听了这些总是不做声，她心里想，什么想不想的，都是明知故问。男人后来照例又要问园子日子过得好不好。园子回答过得好呢。男人就得意地在那头"嘿嘿"笑着。园子一直没有把自己一个人在家种稻子的事告诉男人，她知道，如果把这些告诉他，男人一定会在电话里和她争辩半天，她肯定说服不了男人，男人肯定也说服不了她，争辩既然不会有什么结果，还会分了男人的心，何必呢，等到男人年底回家，自然什么都会知道，到那时，园子倒是要看看男人对她是怎样的看法，但不管男人是什么态度，反正到了明年，她园子还是要种稻子。

园子的男人叫大顺。

如今提到大顺，村里人都挺佩服他的，但在十年前，大顺在村里人眼里可还是一个灰头土脸的角色，父母早逝，他一个人住的是又黑又旧的老房子。那年正月，大顺去镇上看戏，不知怎么和园子混熟了，最终大顺将园子娶进家里，这让村里人吃了一惊，都说大顺竟会有这等好福分，说得大顺心里一直很紧张，不管是在田里干活还是在家歇着，大顺总是陪着园子，生怕园子哪一天跑了似的。其实园子并不觉得什么委屈，一门心思和大顺过日子，既勤劳又体贴人，村里人人都夸奖，但这让大顺心里更过意不去，更紧张，觉得无论怎样，不能让园子跟着他再这样苦下去。

那一天晚上，灯光下，大顺凝神地看着园子，突然疯了似的将园子抱住，气喘吁吁地说："园子，我喜欢你，我要让你过好日子。"

园子被大顺抱得差点喘不过气来，只是不停地含含糊糊地答应着。

大顺想着的好日子，是要让园子住上新房子，穿上好看的衣服，晚上有电视看，甚至还要像有的人家那样，将责任田转包给别人，自己不用种了，让园子整天悠闲地快活，而要做到这一切，就必须有钱。大顺既然发过誓了就下决心要去搞钱，于是，那年正月还没有过完，大顺就去千里之外的那个城市做工了。

大顺第一年出外打工，园子很不习惯，好在大顺农忙时都回来帮她。几年时间过去，园子知道家里有钱了，大顺筹划着要建楼房，去年秋天，大顺抽了两个月空回来，一口气将楼房建成了，又买了新彩色电视机，装上了电话，还换上了整套家具。但大顺却没在新房里住上几天，就在村人羡慕的目光中，匆匆地又回城里去了。

住上了新楼房，园子开始的确欣喜不已，但没几天，她就感到心里空落落的，孩子正念初中，晚上住校，偌大的一座楼房，园子一人晚上住着，觉得十分孤寂，甚至很恐惧。她想邀村里的姐妹们来她家看电视，但大顺在楼房前建了一个大院子，院子用笨重的大铁门锁着，人家都不想费那个劲进来，园子只好一个人坐着无聊地看电视，频道换来换去的，后来索性不想看了。园子打电话给大顺，说她怕，要大顺早些回家。大顺却不能回来，他说他刚刚当上了小包工头，怎么能回家呢。他又说，家里的大门用大铁门锁着，绝对安全，园子完全不用怕，刚开始住楼房总有些不适应，住上一段时间后就肯定习惯了。大顺还说，那么漂亮的楼房，别人想住还住不了，你想想看，附近有几个女人能过上这样的日子。

园子放下电话,心里涌出一种从未有过的委屈,大顺就知道自己得意,却一点不知道她心底的孤寂。

去年年底时,大顺回家了,一家人一个年过得快快乐乐,园子都忘记了许多事情,知道大顺又在用手机与人联系,商量要走的日期时,园子才想起她要说的事情。

园子对大顺说:“你今年不要再去城里了,我要你在家里陪我。”

大顺似乎感觉很突然,而后一脸难色,他说:“在家陪你,那我怎么能挣到钱?”

园子说:“钱能挣得完吗?”

“就因为钱挣不完,我才还要去挣。”大顺说。

大顺告诉园子,家里现在建楼房了,但那算不了什么,他还要挣更多的钱,到时候将房子建到城里去,他要到城里去做老板,园子也要去,就和城里的那些女人一样,整天享清福了。

园子说:“到城里去,那我们家的田怎么办?”

大顺说,这很容易,到时转包给别人种就是了。大顺还告诉园子,今年他就准备将田转包给别人,他农忙时也不再回来了。

“你不要田了?”园子吃惊地望着大顺。

大顺说:“我这是让你过整天悠闲的日子。”

大顺终于还是走了,他走的头一天晚上去了六叔家,和六叔说妥了,将田转包给他种。

大顺一走,孩子也很快上学了,园子又是一个人住在楼房里。男人既然走了,园子又拉他不回来,就宽心地一个人在家住吧,大顺说的也有一点道理,园子在楼房里住了这么一段时间后,也的确习惯了许多,楼房毕竟还是在村子里,所见的还是熟悉的田野、屋场、树木和草垛,听到的也还是那些十分亲切的人声和狗叫声,有什么可怕的呢。楼房宽敞明亮,水泥地面干净整洁,讨厌的虫子也很少见,园子有时倒实在感觉出一些住楼房的好处。

楼房上面有一块很大的平台,园子有时站到平台上四处眺望,能发现村里的许多东西,比如一棵树或是一口水塘,在楼房上看与平时在地上看竟有些不一样,这很奇妙。园子很想把自己这种奇妙的感觉说给村里姐妹们听,但想想又觉得说了不好。村里的姐妹们都知道,大顺将田转包给了六叔,让园子从此过悠闲的日子，这会让她们对园子怎么看？她们会不会认为园子变了，处处觉得自己有什么了不起？园子对此很敏感，甚至心底很虚，在许多事情上，园子都开始显得格外用心。有时见姐妹一起小声说话，园子总怀疑她们是在议论自己。那一天，有个大嫂打哈哈说园子好像看上去胖了，这让园子很警觉，为着那句话伤神地想了老半天。

园子现在最担心的，是村里的姐妹们会疏远她。她常常主动地去屋场和姐妹们一起坐，一起说话儿。实际上，园子一直人缘很好，她的许多好处姐妹们一直记着，如今对她也没什么看法，是园子自己多心了。园子一来，大家都很高兴，和往常一样，一起说说笑笑的，气氛十分热烈，园子也感到很开心。但是有一次一位大妹子无心说出一句话，却让园子实实在在烦了一阵心。她说晚上看电视剧，剧中说一个城里人做生意赚了一笔大钱，就瞒着老婆在外养了一个小女人。接着那位大妹子不知怎么突然冒出一句，说大顺也有钱了，他是不是在外也养起了女人？

以往村里的女人们在一起，也常没荤没素地开开谁的玩笑，都半老不老的婆娘了，谁也不会为这种玩笑上心，但今天，园子一听大妹子那话脸色陡然就变了。那位大妹子一看，也知道自己说漏了嘴，一时不知所措，场面一下子显得十分尴尬。还是中间有位大嫂脑子快，故意摆着架势说："你这大妹子说什么呀，大顺怎么会是那种人，他可是在我们眼皮底下长大的，我们还不知道他的根底？再说，村里还有人跟他在一起呢，他敢有那个歪胆？你们说是不是？"

"这当然。"众人乘机闹哄哄起来。有人还反过来开那大妹子的玩笑，那大妹子是个没心眼的人，也知道今天这话不该说，心里有些亏，便由大家作践，园子就也跟着大家笑了。

园子的笑其实是装出来的，是为了不坏大家的场面，一回到家里，园子的心就烦乱得一塌糊涂，她并不怪那个大妹子，早知道她大大咧咧的脾性，她也相信那位大嫂的话，大顺绝对不会是那样的人，但是她还是很烦，她想，如果大顺听她的话，今年不再到城里去，大妹子那句话是怎么也不会说出来的，她也不会像现在这样，整天像做了贼似的提防着人。

园子觉得这些事都是大顺惹上的，于是有一肚子怨气要向大顺倾泻，她抓起电话，把大顺的手机拨通了。大顺听到她的声音，显得很高兴，只顾自己抢着说话，说他正想着园子，园子果真就打电话过来了。园子心里气啊，大顺怎么就知道说这些。大顺后来倒是问她，打电话给她是不是有什么事。园子这时对着电话竟不知说什么好，只是感到喉咙里发涩，眼泪都快要流出来了。大顺在那头感觉不对，忙问是不是有人欺负园子。园子说没有。大顺说肯定有什么事，如果园子不说，他可就几日几夜都睡不着了。园子这时心完全软了，她就撒谎说昨夜做了个噩梦，想跟大顺说说。大顺似乎一下子放了心，连说梦都是假的，叫园子不要相信什么梦，他还叫园子晚上多看一会电视，睡迟点就不会做梦了。

园子放下电话，感觉到双手软弱无力。她努力回想大顺在家时，一家人快快乐乐过年时的情景，但偏偏又记起大顺说要把房子做到城里去，要让她也到城里去过日子的那些话。自己要真跟大顺进了城，过的会是什么样的日子呢？园子想象不出来，也不愿再想了，头沉沉的，随身就躺到了床上，很快就睡着了，竟真的做了几场噩梦。

真正的春天来了，村里又和往年这时一样，树绿了，水亮了，鸟叫了，小猪小鸡们到处撒欢，风将田里的地气吹送过来，刺激着人的神经，田里那绿油油活泼泼的草籽、油菜、小麦，在暖暖的春阳下，亮得耀眼。

心里不舒畅，园子对季节的感受就有些迟钝了。这天，园子又打算到屋场去和女人们一起坐，没想到屋场一个人都没有，倒是闻着了土粪味，园子猛然醒悟了，村里人开始忙春耕了。她正准备回去，有几个女人正挑着土粪经过屋场，她们都打着赤脚，身上只穿着两件单衣，风风火火的，园子赶忙让开。园子以往这时也和这些女人们一样，忙得热火朝天，大家一起吆喝着，追赶着。可现在她只是看着别人忙活，自己却无事可做，再看看自己，竟然还穿着夹衣，脚上穿着大顺给她买的皮鞋。这种时候，在村子里她像个什么人啊，园子简直羞得无地自容了。

园子正要进家门，却突然转过身，疾步赶到自家的田头，六叔也正在往田里挑土粪。见了园子，六叔说，园子，六叔别的不会，可就会种田，大顺把田包给我，算是他没看错人。

“六叔。”园子突然叫了一声。

六叔停下来，看着园子的脸色，有些疑惑地问：“园子，你有什么不放心的吗？”

园子说：“你去忙自家的田吧，我家的田不包了，你不用种了。”

“什么？”六叔失神了，说，“包种你家的田，是大顺和我说好的，你怎么又反悔了？你是不是看你六叔年纪大了些，种不动了，想把田重包给别人种，这你可就不对了。”

园子说：“六叔，我不是那个意思，我说过了我家的田不包了，我要自己种。”

“你要自己种？”六叔脑子似乎一时没转过弯来，反复地看着园子，像刚刚认识她似的。

“我知道了。”六叔最终说，“园子，你是舍不得你家的田，你不愿包给我，我也不强求了。”

园子说：“我不是舍不得，六叔你想想看，没田种了，我干什么事呢？”

六叔想了想说：“园子，你这话也对，要是换了我，不种田，心里也闲得发慌呢。”六叔答应了，园子一下安了心，反倒有些不好意思，临走时她说：“六叔，谢谢你了。”

六叔说：“园子说什么话，我又没帮你做什么，你谢我哪一门？以后有什么事要我帮，我一定帮，到时你再谢我吧。”

园子跑回家，甩了夹衣，脱了皮鞋，也到田里忙活起来。

园子就这样一个人种起了自家的田。倒也怪，自用心种田了，园子心中那些古怪的烦恼竟然一下就没了踪影，转眼间，这就到了七月。

这两天，园子心里特别在意，却也有些焦急，马上要开镰了，要双抢了，这可是一年中最重最累的活，而且还要抢季节，自己一个人忙得过来吗？往年双抢时，曾有些山里人来畈区来打工。园子想，今年再有山里人来就好了，她要请一个。

园子还真没白想，开镰的前一天，果然有几个山里人来附近一带准备打短工，园子就请了一个看上去年轻的小伙子。小伙子自我介绍他叫山根。山根见了园子家的楼房十分羡慕，对园子说，你家大哥真有本事。园子好心地说，明年让我家男人也带你去城里挣钱。山根却苦笑了，说他其实也结了婚，但媳妇因为小时候受了场惊吓，落得个常常犯头痛的毛病，哪天犯起来只能在床上躺着，并不停地哭着念叨着他，他就必须在媳妇身边照料，他要是去城里打工，常常在外怎么能放心得下媳妇。

园子听了心里寒寒的，很替山根难过，又很替山根牵挂媳妇，她担心地问山根，你在我家帮忙，媳妇要是犯病了怎么好。山根笑笑说，这倒没事，他媳妇犯病也有个规律，他摸透了，这些天她不会犯的，园子这才放了些心。

园子暗暗打定了主意，要给山根很厚的报酬，但现在不想跟山根说，她看出山根是个诚实厚道的人，现在说了，山根肯定不会接受。她先带山根到自家的田边看看。山根看的时候似乎有些紧张，红着脸，忽然他认真地对园子说，大嫂，我是山里人，只有些蛮力气，没干过畈区的事，干起来肯定很笨，到时你就别怪，也别笑话。园子说，你想多了，嫂子怎么会是那样的人。

园子弄了一桌很丰盛的饭菜，又去村边小店买了几瓶啤酒，并请六叔来陪山根喝。六叔很高兴地来了，和山根说了几句话，也很快就喜欢上了这个小伙子。六叔很爽快地说，园子一个女人在家不方便，山根晚上就去他家借宿，他们也好一块聊聊天。山根和园子都谢了六叔。

山根并不多说话，但心里清楚这家的女人对他那么客气，是个贤惠的大嫂，自己只有下苦力干活才对得起人家。第二天开镰割稻，山根便努力地割，但怎么也赶不上园子，天又热，手和腰酸痛得实在受不住，只好站起身歇一下，同时仔细看园子割，也好学一学。园子真是一把割稻的好手，镰刀在她手上唰唰地生风，一把一把的稻禾在她身边轻松地倒下，山根都看花了眼。

园子并没有注意到山根在看她，只是埋头割稻，有个男人在身边帮着，她心里非常踏实，她一口气将一茬稻割到了头，再回头望，山根的确比她慢了许多。她想，男人都这样，干弯腰的事比不上女人，往年大顺在家时，就总是不服气，跟她说女人就像没长腰似的，说得园子心里很得意。

第二天，园子和山根开始在田里脱谷，山根一身蛮劲终于有了使处，和园子一起把打稻机的脱盘踩得疯转，踩得兴起，他索性让园子只在一旁递稻把，自己一个人踩机脱谷。园子不好意思让山根一个人用劲，争着要上去。山根说，这活干起来好玩，还是让他一个人玩起来利索。他将上衣也脱了，那一身肉疙瘩在阳光下油油地发亮。园子看了眼睛竟有些恍惚，很多年前大顺还和山根一样年轻时，脱谷也喜欢一个人在机上踩，也喜欢露出这样一身肉疙瘩，那时园子既甜蜜又心痛，晚上，她会在大顺那晒得发亮的肉疙瘩上轻轻地抚摸，大顺在她的抚摸下很快就睡着了。

这些天来，园子在田里干活时，常常像这样恍惚，跑神儿，有时甚至差点把山根喊作大顺，猛然醒悟，不觉有些犯臊。晚上歇息时，越发记起许多往事，她想大顺现在正干什么呢，会不会也和她一样记起他们那时一起在田里干活的情景?

十来天时间就这样过去了,园子家的稻子全收割了,晚稻秧也全插下去了,双抢算是结束。山根帮完了忙要走,园子给了他足够的工钱,另外还加了一些钱,让山根带回去给媳妇治病,山根怎么也不收,后来还是六叔来反复劝,山根才很感激地收下。

送走了山根,园子一人回到楼上,这才感到十分疲劳,但心里十分舒畅,她知道这种累是应该的,往年,大顺在家时和她一起忙过双抢后,会痛痛快快地睡上两天。此时,园子也正要安安心心地睡,没想到大顺正好打来了电话,园子忽然很想把自己种稻的事,还有最近请山根帮她双抢的事都告诉大顺,但大顺没让她先说话,只顾自己先说了一通,而后照例问园子日子过得好不好。园子迟疑了一下,还是没把想说的话说出来,只是说她日子过得很好,过得很好呢。

大顺又在那头得意地"嘿嘿"笑着。园子听着这熟悉的声音,忽然又觉得它似乎很陌生。

放下电话,园子一时睡不着,索性下楼走到了田头,忙碌过的田野此时显得十分静谧,但园子觉得还是能听到一种声音,说不清究竟是什么声音,但这声音祥和而丰厚,园子一点不觉得它陌生,而是十分地熟悉,十分地真实。

(原载《安徽文学》2003 年第 5 期)

何世华

（1964— ）

著名作家、安徽省作家协会副主席，安庆怀宁县人。1980 年至 1984 年在安徽师范大学中文系学习，大学毕业后在中学教书。1993 年至 1996 年在西北大学中文系文艺学专业读研，获文学硕士学位。研究生毕业后在共青团安徽省委工作，历任秘书科科员、副科长、科长，2001 年任办公室副主任。2003 年起在省委宣传部工作，历任研究室副主任、全椒县副县长（挂职）、宣教处副处长、舆情处副处长。2009 年任舆情处处长，2010 年任文艺处长至今，兼任省作协副主席。出版的长篇小说有《陈大毛偷了一支笔》《沈小品的幸福憧憬》《吃饭》《顺民》，中篇小说《木头手枪》等。也有大量散文及其他文章发表于全国各报刊，是我国当代小说界较有影响的小说作家之一。

陈大毛偷了一支笔(节选)

五

客观地讲,卫新兵从来也没有想到,他会把陈大毛偷了一支笔的事告诉陈大毛的爸爸。他认为,把儿子做的一件丑事跟他的爸爸讲,不会得到任何好处,也许只会得到一顿臭骂。卫新兵的想法是对的,他得到的,其实比一顿臭骂还要严重些。

那个时候,人们还没有从饥饿的噩梦中醒过来。人们吃东西根本不敢放开肚皮吃,即使米缸里有米,你还得考虑明天,考虑后天,考虑下一个季节。这样一考虑,你自然就不敢放开肚皮吃了,你得尽量把硬的变成稀的,把精的变成粗的。实际上,人们是被饿怕了,始终处在对饥饿的担心和恐惧之中。至于肉类食品,那是过年才会端上餐桌的东西。但是,对于陈屋生产队的社员来说,在每年的深秋季节,都有一次稀罕的打牙祭的机会。原因是,在这个季节,陈屋生产队的当家塘就会慢慢枯竭。塘里面,除了水,就是鲜美的鱼。

这天正好是星期天。中午吃饭的时候,陈宝贵特别叮嘱陈大毛,吃多点,吃饱了。陈大毛知道他爸爸陈宝贵的意思,又多吃了一碗。丢掉饭碗之后,陈大毛就来到了塘边。他发现,塘埂上已经坐满了人,他还发现了卫新兵和孙晶晶也坐在人群中间,他们是一个生产队的。他们也发现了他。他们只是互相望了一眼,又把注意力集中到水面上。他们看着塘里面仅有的一点水正在被抽干,一些鱼露出了青色的脊背。

在生产队的社员们把塘里的鱼捉起来之后,所有的人都可以下塘去摸鱼了。要知道,埋藏在淤泥中的,肯定会有一些货色。

陈大毛把一个塑料袋套在脖子上，这使他摸起鱼来很方便。他最先摸到的是一条泥鳅，陈大毛把这条泥鳅捉住了，放进挂在胸前的塑料袋里。接着陈大毛又摸到了一条两寸长的鲫鱼，他又把它放进塑料袋里。这两个小东西在陈大毛的塑料袋里欢快地蹦着，催促着陈大毛更加卖力地在稀泥里摸索。这中间有一段时间，陈大毛什么也没有摸到。而与此同时，泥塘里发出此起彼伏的兴奋的叫声，有人摸到了一条半斤重的鲶鱼，又有人甚至摸到了一只鳖。这些兴奋的叫声持续不断地出现在陈大毛的周围。随后，陈大毛又摸到了一条小鱼，这条鱼小得可怜，陈大毛连这种鱼的名字都叫不上来，他打算把这条鱼扔掉。陈大毛思考了一下，还是没有舍得把这条鱼扔掉，他不好意思地看看周围，飞快地把这条小鱼扔进塑料袋里。与此同时，陈大毛发现他的脚板底下有一个东西在动。

这绝对是一个大东西，它的身体比陈大毛的脚还要长，陈大毛用一只脚紧紧按住那个东西，他感觉到那个东西比自己一只脚的力量还要大，它还在跟陈大毛较劲，暗暗地向前滑动。它滑了好长时间，滑得只剩下一条尾巴了，马上要滑出陈大毛的脚板底了。陈大毛立即弯下腰，双手捏着那条鱼的尾巴。那条尾巴在泥巴里奋力地摆动着，陈大毛的双手只有跟着那条尾巴走。接着，陈大毛的头与另一个人的头撞到了一起。

双方都没有立即认出对方。两个人的脸上都糊满了泥巴。在仔细辨认之后，两个人都认出了对方，一个是陈大毛，一个是卫新兵。

卫新兵感觉到一个东西撞上了他的腿，他立即把精力投入到这个东西上面，这绝对是一个大东西，它撞过来的力量，就像你挨了一拳头。在卫新兵用力去抓它的时候，这个东西飞快地逃出了卫新兵的掌心。这个东西碰到了障碍，又立即回头向陈大毛冲过来。这一回，陈大毛抓住了它的嘴巴。

当陈大毛把这个东西从泥巴里提出来的时候，大家都发出了一声惊叫，这是一条黑鱼，估计有两斤重的样子。

但是，卫新兵不干了，卫新兵扑过来要抢陈大毛手中的黑鱼。陈大毛奋力躲避着，让卫新兵总也碰不到这条鱼。这时候，大家都看到，卫新兵要抢陈大毛手上的鱼。卫新兵一边抢一边说，是我先抓到这条鱼的，它只是从我手上滑出去了。陈大毛说，我都跟踪它半天了，我从塘那边跟踪到塘这边。

接着，站在泥塘里的人都停止了抓鱼，他们看到陈大毛和卫新兵打起来了。

只要卫新兵扑上来，陈大毛就用一只手把他推开，有几次，卫新兵都被陈大毛推得坐进了泥里。在围观的人群里，也有卫新兵的爸爸和陈大毛的爸爸。这个时候，陈大毛的爸爸从人群中站了出来，他并没有说话，只是很严肃地把自己突出出来。他那种严肃的表情，与他的治保员的身份很相配。

陈大毛的爸爸是生产队的治保员，而卫新兵的爸爸是一个“四类分子”，在“地”“富”“反”“坏”这四类中属于“坏”的那一类。请想想看吧，舆论会向哪一边倾倒。

大家只看到陈大毛抓到了那条鱼，大家也看到卫新兵要从陈大毛手上抢那条鱼。于是就有人对卫新兵说，卫新兵你从泥里抓啊，你不应该从人家陈大毛的手里抓的。卫新兵就对那个说话的人反击说，是我先抓到的，它只是从我手上滑出去了。有几个人开始笑起来了，其中一个人开导卫新兵说，你抓住了，才算你抓到。

这时候，卫新兵的爸爸也站了出来，他径直走到卫新兵的面前，对着卫新兵的脸上甩了一巴掌。他对卫新兵说，谁叫你抓不住呢？

这件事就这样结束了，但卫新兵的心里显然不服气。但他又能有什么办法呢？当塘泥里的东西被彻底清剿一番之后，接下来，生产队里开始分鱼了。看到儿子手气这么好，陈宝贵决定让陈大毛抓阄。先前从塘里捉出来的那些鱼，已经被一堆一堆地放好。按照以前的做法，分鱼的顺序从东向西。先做好阄，每户人家抓一张阄，再从东向西数，你抓的几号阄，那第几堆就归你家了。大家都看中了6号。因为，一堆一堆的鱼是搭配开的，大致差不多。大鱼配小鱼，中等鱼配中等鱼，基本平均。但6号这一堆，是一条特大的鱼，尽管只有一条，但它的重量也大大超过了其他的每一堆。但你又不能把这条鱼剖开，从来都没有这样做过。所以，这就要碰运气了。这样，大家都把眼睛盯着6号这一堆，希望自己能抓到6号这张阄。

所有的阄都被放进一个筛子里。每一张阄都缩成一团，等待着一双手把它打开。陈大毛的爸爸陈宝贵把陈大毛拉到筛子前，让陈大毛去选择其中的一个。一些性急的手，已经伸到了筛子里面。接着，就有很多的手伸进筛子里面。陈大毛还在等待。陈大毛看到，他的爸爸陈宝贵在用眼色催促他。陈大毛做出很慎重的表情，决定再等一等。这时候，筛子里只剩下最后的几张阄了，陈大毛认为那最好的阄就在这几个里面。就在陈大毛将手伸向筛子的时候，卫新兵突然大叫了起来，他对着人群大喊，6号，我抓到了6号。听到卫新兵这样叫喊，陈大毛的爸爸陈宝贵愤恨地看了一眼陈大毛。

陈大毛的眼睛里有一股后悔和羞涩。他觉得他辜负了陈宝贵的重托。这时候，筛子里的任何一张阄都显得没有什么意义了，陈大毛随便抓起了一个，展开。

奇怪的事情发生了，陈大毛抓到的也是6号。陈大毛没有像卫新兵那样的大叫，他只是把阄交给了陈宝贵。

事情是明摆着的，一个是6号，一个是9号。陈宝贵看看9号的那堆鱼，共有三条，一条中等的，一条中等偏下的，还有一条很小的。陈宝贵又看看6号的那条鱼，他觉得那条鱼就是一条鱼中之王，至少是这口塘里面的鱼王。陈宝贵看着自己手中摊开的阄，越看越觉得自己手中的这张阄才应该是6号。

这时候，一些人已经开始把自己的那堆鱼往篮子里装了。陈大毛看到卫新兵和他的爸爸卫老三还在围着6号那条鱼转圈，他们把鱼摆在那里让别人欣赏，让自己欣赏，他们还舍不得这么快地把鱼装进篮子里。然后，陈大毛看到他的爸爸陈宝贵向生产队长走过去。

队长看了一眼治保员陈宝贵递过来的纸，又看了一眼，然后，队长就笑了。他接过了陈宝贵的纸，突然大声地喊，会计呢，会计呢？

随后，大家听到队长大声地训斥会计。队长说，我早就跟你说了，做阄要用大写的数字，你又用小写的。队长一边训斥会计，一边把手上的纸片展览给社员们看。有人建议说，把另外那个拿来比比，毛主席说的，有比较才能有鉴别嘛。于是，卫新兵刚才抓到的那张阄被拿来做比较了。

有人发现，卫新兵爸爸的脸色开始变得跟那条大鱼差不多了，变成了塘里的泥巴色。

把两张阄放在一起比，怎么比都差不多。顺过来比，都是6。倒过来比，都是9。有人开始建议，让会计比，字是他写的嘛。于是，在社员们普遍地比较过一遍，也没有比出个结果来的时候，队长要求会计做认定。

会计是一个戴着眼镜的瘦弱的青年。人们看到，在这个深秋的日落时分，会计的头上已经冒出了汗。会计看看队长，看看陈宝贵，又看看周围的人，他发现，所有的人都在注视着他，等着他做最富有权威的结论。会计决定把自己的心境稳一稳，开始认真地研究这两张阄。在大家等待了一段时间之后，会计举起了其中的一张阄，十分肯定地说，这张是6号，6号腿是弯的，而9号腿是直的。

会计举起的那一张，正是陈大毛抓的那一张，这张阄还是干净雪白的，而卫新兵的那一张，已经被揉得很脏了。

卫新兵的爸爸拉着卫新兵的手，眼泪都快要流出来了，他拉着卫新兵往人群外面走，他边走边对卫新兵说，我们不要了，我们不要我们的鱼了。但是，卫新兵还在他爸爸的手里挣扎，他对着陈大毛叫道，陈大毛，你是个小偷，你在学校偷人家的笔，你在这里偷我的鱼。

卫新兵叫的声音很大，大家都听到了。卫新兵的爸爸急忙用他的大手来堵那张正在大叫的嘴，但他没有堵住。他高高地举起他的手，做出要打卫新兵的样子，但他还是没有舍得打下去。他转过身来对陈宝贵说，小孩子不懂事，瞎说。

陈宝贵又一次从人群里突出出来，摆出他那张治保员的脸说，卫老三，你把手举得那么高，你做样子给谁看呢？

听到陈宝贵这样说，这个被陈宝贵称作卫老三的人只得把他的大手掴到卫新兵的脸上。他先是很小心地打了一巴掌，接着他似乎突然之间生了很大的气，他用他的大手在卫新兵的脸上使劲地掴了一气。大家都看到，卫新兵鼻子里的血立即冲了出来，把他脸上的泥巴都化开了。

队长看到卫老三这样打他的儿子卫新兵，脸色就有点不好看了。队长对卫老三说，你不要打了。这时候，会计也走到前面，拉住了卫老三的手。但是卫老三还是不想停，他把他的一只手拼命地想从会计的两只手里拔出来。看到卫老三这个样子，陈宝贵对卫老三大声说，卫老三你这是干什么呢，你这是打给谁看呢，打给谁看呢，啊？卫老三挣扎着说，我打我自己的儿子不行啊，我连打我自己的儿子都不行了？陈宝贵发狠地说，要打你回去打，你关起门来打。

看到卫老三还要打自己的儿子，卫新兵的妈妈受不了了。她跑过来一把揪住卫老三的棉袄大襟，对着卫老三哭喊着，祖宗哎，你要打就打我吧。卫老三这才松了手。看到卫老三松了手，卫老三的老婆缓过劲来了，她对着陈宝贵说，谁吃了我的鱼，吃了就烂肠子。卫老三立即堵住了她的嘴，卫老三又把他的手举得高高的，对他的老婆说，你是不是也想挨打啊？

陈宝贵已经懒得理他们了，陈宝贵正在埋头装那条鱼。陈宝贵发现，这条鱼的确是太大了，你根本无法把这条鱼放进篮子里，陈宝贵只好让这条鱼的头和尾都搭在篮筐外面。与此同时，其他人也都把自己抓阄抓到的那堆鱼往篮子里装着。只有9号那堆鱼，孤苦地放在一边，没有人问。为了想看到这堆鱼最后的归宿，社员都没有回家，他们把装鱼的篮子提在手里，他们一点也不急，他们想看看关于这堆鱼最后的结果。

在众人的注目之下，那堆鱼变成了一堆狗屎。最后，队长开始向9号那堆鱼走过去。队长把三条鱼捧在他的大手里，对着卫老三说，卫老三，你到底是要，还是不要啊？听到队长这样发问，正在把卫新兵往家里拉扯的卫老三的老婆立即停止了脚步，她在那边也像卫老三一样，盯着队长手里的鱼。此时，卫老三也像他的老婆一样，盯着队长手里的鱼。他不说要，也不说不要。他就这么盯着，其实他只盯了一小会儿，但队长的动作很快，队长立即缩回了他捧鱼的手，对所有的人说，这可是他卫老三自己不要的。

队长说完了这句话，就把那条中等偏下的鱼扔给了生产队的会计，把那条小的扔给妇女主任，而那条大的，他把它放进了自己的篮子里。队长分完了鱼之后，对社员们说，只有这样了，大家没什么意见吧？妇女主任说，我有意见，我的为什么这么小？队长嘻嘻一笑，指着自己的裤裆对妇女主任说，我的这个大，你要不要呢？大家听到队长这么说，也跟着笑了，连妇女主任也笑了。

在大家的笑声中，卫新兵的妈妈突然尖锐地哭了起来，她一边哭，一边捶打着卫老三。在陈大毛听来，她的哭像唱歌一样好听，她哭着说，我的妈妈呀，我的妈妈呀。陈大毛想不通，她这么大年纪的人，为什么还要喊妈妈呢？

卫新兵被他爸爸的耳光打狠了，一直站在一边不吱声，这时候他突然对陈大毛叫了起来，陈大毛，你是个小偷，你在学校偷人家的笔，你在这里偷我的鱼。听到卫新兵又一次这样叫，大家立即停止了笑声，连卫新兵的妈妈也停止了她唱歌一样的哭声。但是，这一回，卫老三没有高高地举起他的手。相反，他用眼睛盯着陈宝贵。社员们也一致把眼睛盯着陈宝贵，他们想看看陈宝贵有什么反应。

陈宝贵把篮子换到另一只手上，这条鱼实在太重，把他的指头都勒痛了。他觉得他今天比队长还合算，队长就算是多了一条鱼，合计到一起也不可能有自己的这条鱼重。他看到所有的人都看着他，轻描淡写地说，我就是管小偷管坏人的，我的儿子怎么会是小偷？

卫新兵说，你不相信你的儿子偷了人家的笔？你可以问问孙晶晶。

当人们寻找孙晶晶的时候，发现孙晶晶已经不在了。

本来，陈大毛是一点也不怕卫新兵的，就像李彩霞说的，你没有理由怕他。但自从陈大毛偷了一支笔，陈大毛就获得了怕他的理由。当卫新兵把这件丑事报告给班主任老师孔秀丽之后，陈大毛已经做了检讨，陈大毛也赔了别人的笔，按道理说，陈大毛又可以不在乎卫新兵了。但情况也随之发生了变化，在卫新兵的身后，是一群人。所以，当陈大毛抓到那个像6又像9的阄之后，陈大毛没有像卫新兵那样叫出口，他只是很聪明地把这个阄交给了他的爸爸陈宝贵。他知道，他的爸爸陈宝贵有能力处理好这件事。

但是，当卫新兵准备拉出孙晶晶求证的时候，陈大毛立即就慌了，幸好，陈大毛和大家一样，发现孙晶晶已经离开了这个地方。

（原载《收获》2007年第4期）

沈小品的幸福憧憬(节选)

二十一

沈村的小集镇上有很多家游戏机室。但是,在主要的街道上,无法找到一个游戏室。这些游戏机室都躲在偏僻的小巷子里,人们很难识别。现在,江波涛带领着他的那一帮人,走在沈村小集镇上的一条支巷里。看起来,江波涛对这里的地形很熟悉,他带领着他的队伍穿行在小巷子里,形状像一条蛇。

在一家小卖部门口,江波涛停了下来。

看店的是一个中年妇女,她看到江波涛,立即笑了起来。显然,她对江波涛很熟悉。她笑着对江波涛说,江波涛,你来啦。江波涛很大声地回答她说,来啦,我来啦。然后,江波涛指了指身后的人说,他们都来啦。江波涛说完话之后,带领大家径直向小卖部里面走。跟在江波涛身后的这一帮人不知道为什么要到这里来。但是,他们仍然跟随着江波涛向里面走。江波涛是他们的头,他们跟他跟惯了。

小卖部的内墙上装着一扇很窄的门。江波涛将它推开,继续向里面走,他们走过的是一条光线阴暗的过道,过道的顶端又是一扇门。江波涛打开这扇门之后,光线突然明亮起来。这一回,大家明白了,这里面就是游戏机室。有很多与他们年龄相仿的人正在那里埋头玩着游戏。对于他们的到来,似乎没有任何人注意。江波涛和温文雅坐到机位上,示范性地打开了机子。跟随在江波涛身后的这一帮人很自然地围拢过来,很有兴致地看着江波涛和温文雅这两个人的手指在键盘上走动。

这的确是一个好玩的地方。两个星期之后,这群人个个都可以玩游戏了。

这一年的夏天，他们的生活忽然丰富起来。大人们已经很少能够看见孩子们像一群狗一样在外面野。这一点，引起了人们的警觉。不久之后，沈治国就发现了这个问题。然后，汪满月也发现了这个问题。汪满月是一个很倔强的女人，她发现了问题，她就想把这个问题搞清楚。沈和平在遥远的那个城市打工，他现在管不了自己的儿子沈小品了，他把儿子留在了沈村，管理沈小品的重担落在了汪满月自己的头上。因此，八月的一个下午，汪满月站在了小卖部的门口。

经过几天的侦察，汪满月已经知道她的儿子沈小品就在里面，她已经了解了沈小品就在里面玩游戏。所以，在这个下午，汪满月站在了小卖部的门口。汪满月犹豫了一下，然后，她对这个看店的中年妇女笑了一下。

显然，这个中年妇女认识汪满月。这个中年妇女看了汪满月一眼，她知道汪满月就是那个卖鸡蛋的女人，更是那个卖气球的女人。这个叫作汪满月的女人与沙万春有一腿，这是整个小集镇做买卖的人都知道的事情。所以，这个看店的中年妇女在心里笑了一下，她知道这个骚女人是来干什么的。但是，她装作不知道。这个看店的中年妇女用眼光回应了一下汪满月，然后，她的眼睛笑了起来，她笑眯眯地问汪满月说，你要买东西么，你要买什么东西么？

汪满月回答这个看店的中年妇女说，我不是来买东西的，我是来找我的儿子沈小品的。

汪满月说完这句话之后，开始偏着她的身体向门内张望。显然，汪满月还没有勇气径直走进这个小卖部的里面，她向门内张望的样子，表明她还处于一种试探的状态。

听了汪满月的话，这个看店的中年妇女收起了她的笑容，她的脸色发生了急剧的变化。汪满月没有想到一个人的脸会变得这样快。她看到这个看店的中年妇女面色凶恶起来，说，你找你的儿子到你家去找呀，你怎么跑到我这里来找你的儿子呢？

汪满月脸上的表情没有任何的变化，她还像刚才那样，对这个看店的女人笑了一下，然后，汪满月很沉着地说，我知道我的儿子在里面，我看到他从这个门里走进了里面。汪满月说完之后，向前挺进了一下身体，看起来，这一回，汪满月打算进入小卖部里面去找她的儿子沈小品了。

显然，看店的这个中年妇女识破了汪满月的企图，她迅速站起来，用她的身体挡住了小卖部的门。然后，这个看店的中年妇女站在那里，说，有本事你就硬闯进来,有本事你就做一回白日闯。

看到这种情况,汪满月停止了她的脚步。然后,汪满月就在这里站着。

汪满月在那里站了很长时间,看起来,她很有耐心。不久之后,一个中年男人来买了一包烟,他看了看汪满月,很疑惑地离开了这里。又过了一段时间,一个老年的女人来买面条。这个老年女人买了面条之后,并没有立即离开这里,她围绕着汪满月转了一圈,审视着汪满月,然后,这个老年女人对汪满月说,你是来买东西的么?汪满月回答她说,我不是来买东西的。这个老年女人还想继续讲什么,但是,汪满月已经转过了身体,将她的背对着这个老年女人。背后,汪满月可以感觉到这个老年女人的存在,她感觉到这个老年女人又在那里站了一会,才离开了这里。随后,一个小女孩来到了这里,她站在汪满月的面前,说,我要买一块口香糖,你这里有绿箭牌口香糖么?显然,这个小女孩把汪满月当成小卖部的店主了。此时,汪满月已经站了很长时间,所以,她翻了这个小女孩一眼,她没有对这个小女孩讲任何话。这个小女孩停住了脚步,说,不卖就不卖,还那样凶。然后,这个小女孩也离开了这里。

这一切,都被看店的这个中年妇女看在眼里。很明显,她的脸色变得有些青。她吞了一口唾沫,然后,她对汪满月说,你老是站在这里干什么呢,你老是站在这里影响我做生意。汪满月看了她一眼,然后,汪满月对她笑了笑,说,我站在大街上呢,我站在大街上还不能站么?

不能说汪满月说得没有道理,看店的中年妇女对汪满月没有办法,她站在那里思考了很长时间,她在思考一个能够将汪满月赶走的办法。这时候,那个叫作大油桃的女人过来了。大油桃不是来买东西的,她是来操办事情的。显然,这个叫作大油桃的女人与看店的中年妇女很熟悉。汪满月看到,她们在柜台里面说了很多的话,她们说话的声音很小,里面还夹带着一些笑。汪满月知道,她们有可能在说自己。但汪满月听不见她们说什么,汪满月不想考虑这些,她的目的是来找她的儿子沈小品。

不久之后,那个看店的中年妇女从柜台里面走了出来,她没有正面对着汪满月,她侧着身体,向着田野的那个方向,说,你像个站街的呢,你站在那里就像个站街的女人呢。

汪满月听出来了,这个看店的中年妇女是在骂自己。汪满月想回击她,但是,汪满月还是忍住了。汪满月装作没有听懂她的话,转过身背对着这个看店的中年妇女。然而，事情并没有就此结束。这个看店的中年妇女看着大油桃，两个人会心地一笑。然后，这个看店的中年妇女走到汪满月的面前，说，你叫汪满月吧，你可是叫汪满月？

实际上，汪满月也认识这个看店的中年妇女，她甚至知道这个中年妇女的名字。但是，她们平时并不打交道。这样，汪满月对这个中年妇女点了一下头，说，我叫汪满月，我是叫汪满月。这时候，这个看店的中年妇女正面对着汪满月，她现在似乎没有必要回避汪满月了，她面对着汪满月，说，汪满月，你有没有闻到空气中有一股味道？

这正是炎热的夏季，下午五点多钟的时光。在沈村的这个小集镇上，空气中弥漫着各种复杂的味道。汪满月吸了一下鼻子，她的确能够闻到空气中的味道。汪满月又吸了一下鼻子，然后，她对面前的这个中年妇女说，是臭味吧，应该是臭味。

听到汪满月这么说，这个看店的妇女笑了起来。这个看店的妇女看了看大油桃，她看到大油桃也笑了起来。这个看店的中年妇女笑了一下之后，很严肃地对汪满月说，你闻错了，不是臭味，是骚味，汪满月你没有闻到骚味么？

汪满月听出了这个看店的中年妇女话里的意思。汪满月对这个看店的中年妇女看了看，她看到这个看店的中年妇女正在对自己笑，她还看到大油桃也站在那里笑，大油桃甚至在那里笑出了声。汪满月收回自己的目光，她决定不再理睬这两个人，她的目的是要把沈小品带回家。

但是，这个看店的中年妇女并没有就此罢休。而且，大油桃的到来，也产生了一种声援的作用。所以，这个看店的中年妇女进一步靠近汪满月，她甚至动手推了一下汪满月。显然，这个看店的中年妇女认为汪满月软弱可欺，她推了一下之后，又推了汪满月一下。这一回，汪满月有些生气了。汪满月反手挡了一下看店的中年妇女。而且，事情既然到了现在这种状况，汪满月觉得自己没有必要在这里等待下去了。汪满月将这个看店的中年妇女挡开之后，开始向小卖部里冲进去。

很快，这两个女人纠缠到一起。看起来，她们势均力敌。两个人都撕扯着对方。汪满月要往门里面进，看店的中年妇女将汪满月向门外面推。在相持了一段时间之后，大油桃靠近过来，她看起来很公平，她对着面前的两个女人说，算啦算啦，不要打啦。与此同时，大油桃捉住了汪满月的双手。大油桃是一个力量很大的女人。她捏着汪满月的手,事实上给看店的妇女制造了机会。这个看店的妇女腾出自己的手,在汪满月的胸脯上用力地抓了一下。随即,汪满月胸前的几粒扣子像成熟了的果子,飞快地蹦了出去。汪满月低头看了一下自己的胸,她又向周围看了看,她发现周围已经站了很多旁观的人,她听到一些人已经笑了起来,她甚至听到人群有人大声地说,出来啦,她胸脯里面的东西出来啦。

外面很大的嘈杂声甚至传到了小卖部里面的游戏机室里,一些玩游戏的人来到了小卖部的外面,还有人将外面发生的事情传递了进去。江波涛将他的头从游戏机上抬起来,说,在打架呢,外面有两个女人在打架呢。显然,江波涛的意思已经很明白,与打游戏比较起来,现在他更愿意看打架。于是,在江波涛的带领下,江波涛的这一帮人来到了小卖部的门口。他们发现,那里已经围了很多的人。

最初,沈小品并没有认出他的妈妈汪满月。他看到两个女人相互纠着对方的头发,用力地向下按。看起来,她们都希望把对方按倒。这样,她们的身体只能面对面地弯曲着。她们的头发从前额披下来,完全遮住了她们的面部表情。看到这种情况,江波涛对他身边的这一帮人笑着说,不会打,一点不会打,还不如母鸡打架讲究技术。温文雅接着说,她们不像母鸡,有点像两头抵角的母牛。对于温文雅的话,大家觉得他形容得更加贴切些,所以,大家都笑了起来,就连沈小品也笑了起来。

也许,她们的确是累了。并没有人拉架,甚至也没有人劝架,旁观的人希望看到她们更进一步的行动。但是,她们实在是打不动啦,她们弯曲着身体,只有喘气的力量啦。然后,她们的手慢慢地从对方的头发上松开来。当汪满月抬起头来的时候,她看到了沈小品。与此同时,沈小品也看到了他的妈妈汪满月。显然,江波涛他们也认出了其中一个打架的女人是沈小品的妈妈汪满月。江波涛又一次笑了起来,他对沈小品说,沈小品你应该找一件衣服给你妈妈披上。

沈小品从人群里挤出来。他没有想到那个披头散发的人是他的妈妈。沈小品想很快地离开这个地方。但是,他还是被他的妈妈捉住了。汪满月从后面揪住沈小品的衣服领子,说,沈小品,你是不是打游戏去了,你说你是不是一天到晚都在小卖部里面打游戏去了?

汪满月当然知道沈小品是打游戏去了。她之所以这样问,实际上是问给这个看店的中年妇女听的。但是,沈小品坚持不回答汪满月的问题,他既不说是,也不说不是。人们看到,这个叫作沈小品的男孩子甚至偏着他的头,很有力量地看着他的妈妈汪满月。这让汪满月很生气。汪满月伸出手,在沈小品的后脑勺上拍了一下,这只是象征性地拍了一下,它其实并不重。然而,沈小品似乎对这很轻的一巴掌都不能够忍受,他回过头来,翻了汪满月一眼。沈小品的表现,让在场的很多人笑了起来。其中有人甚至很大声地说,沈小品,你有点像抗日英雄王二小呢。

面对这种情况,人们看到,这个叫作汪满月的女人脸色突然变得很白。她再次抬起手,在沈小品的后脑勺上拍了一下。这一回,这个巴掌比刚才重了很多,一些人甚至可以听到巴掌打在头皮上的闷响。接着,汪满月又一次抬起了手。但是,这一回,汪满月并没有将她的巴掌打下去。她忽然改变了主意,将她的巴掌收了回来。然后,她用脚踢了一下沈小品的腿肚子。接着,她似乎生了很大的气,她在沈小品的腿肚子上连续不停地踢了很多脚。她似乎收不住了,她的动作越来越重。汪满月一边踢,一边对沈小品大声地说,你为什么总在外面呢,你为什么总在外面玩呢?

不久之后,人们看到,这个叫作沈小品的男孩子倒在了沈村小集镇的街道上。

实际上,沈小品之所以倒下去,是因为他的腿被踢软了。所以,之后,沈小品很快地从街面上爬起来。沈小品爬起来之后,人们看到,这个叫作沈小品的男孩子甚至拍了拍自己裤管上的灰。然后,他很冷静地对汪满月说,我为什么要在家里呢,你们大人都不在家里,为什么要我一个人蹲在家里呢?

沈小品向人群的外面走过去。汪满月看着这个叫作沈小品的家伙,她忽然有些认不出她的儿子沈小品了。沈小品一边走,一边拍着身上的灰,他的样子像一个刚刚劳动过的人。人群甚至为沈小品让开了一条道。而且,江波涛也跟了上去,跟随江波涛的那一帮人也跟了上去。他们形成一个队伍,像一股水一样向人群的外面流出。

(原载《小说月报》2010 年 5 月)

余怒

（1966— ）

当代著名先锋诗人。安庆市人，祖籍桐城。毕业于上海电力学院企业管理系。九十年代初开始写诗，是“六十年代出生的诗人”中的代表人物之一；曾被诗歌界称为“九十年代诗歌现象”“中国十大杰出青年诗人”“中国十大先锋诗人”；曾获台湾第一届双子星诗歌奖、第二届明天·额尔古纳诗歌奖、第三届或者诗歌奖等；在《百花洲》《长江文艺》《天涯》《人民文学》《作家》《山花》《诗歌月刊》《红岩》《安徽文学》《作品》《文学界》等刊物发表过作品，著有诗集《守夜人》（台湾版）、《余怒诗选集》、《余怒短诗选》、《枝叶》、《余怒吴橘诗合集》、《现象研究》、《饥饿之年》、《个人史》、《主与客》和长篇小说《恍惚公园》；作品被译为英、德、日、希腊等国语言。

恍惚公园(节选)

2. 梦境

这天晚上宋育金做了一个梦。

梦中,他挽着黎妮在小商品市场闲逛,准确地说,是黎妮挽着宋育金的臂弯。黎妮刚刚洗过头发,有一股香香的洗发水味道。他们在低头欣赏琳琅的女性小饰品。宋育金假装着看商品,稍稍扬起下巴,俯身在黎妮的头顶,嗅着她的头发。米兰的气味。宋育金想将鼻子埋在她的葱头里。这时他似乎打了一会儿盹,睁眼时他发现自己的鼻子真的出没在她的葱头里,他恋恋不舍地慢慢抬头,看见了旁边站着的小饰品摊主。摊主在笑,仿佛挺赞赏他的勇气似的。这是个四十多岁的光头男人,眼皮耷拉着,眼睛眯成一条缝,几乎都看不到眼珠。宋育金感觉他身上有一股淫邪之气,那双不见眼珠的眼睛总是逗留在黎妮的屁股上。宋育金用身子

《恍惚公园》

挡住他的视线，他一移动，宋育金也随之移动，将他的目光与黎妮的屁股隔开。胸针、发簪、耳环、项链，各种颜色，各种式样，煞是可爱。黎妮拿起一只深紫色布质发箍，戴在头上，宋育金觉得葱头发型戴发箍有些不伦不类，但他忍住没说。黎妮将它放下，又拿起一只银色布质发箍，戴在头上，黎妮问：怎么样？宋育金答：好看。光头摊主也说好看。黎妮将它放下，又拿起一只鹅黄色布质发箍，戴在头上，这回她没问怎么样，就付款买下了。宋育金赶紧拽着她离开。

他们看到前面有人在表演皮影戏：一男一女两个小人儿拿着刀枪在对打，男的使的是长矛，丈八蛇矛（张飞使用过），女的使的是双刀（扈三娘使用过）。响起一阵紧密的锣鼓声，男的打不过女的，便转身跑，绊了一跤，爬起来又跑。女的赶上去，伸出一条腿，架在男的脖子上，一把刀架在男的另一边脖子上。男的丢了长矛，直哆嗦。突然，男的捧住女的架在他肩膀上的那只脚，有滋有味地啃起来，女的闭着眼睛，娇喘声声。

这时场景蓦地变了，皮影戏舞台眨眼间变成了T型台，一群女模特依次款款走来，有黑种女人、白种女人、黄种女人、印第安女人，还有黑白混血儿、欧亚混血儿、亚非混血儿以及其他看不出来历的混血儿。T型台尽头的背景墙上用红色油漆刷了几个大字（就像乡下墙壁上经常有的那种）：巴黎泳装秀，禁止触摸！女模特们身穿各色泳装，三点式，透过半透明的衣料，看得出她们乳房都很小，像刚刚发育似的。宋育金想：模特为什么都是小乳房？然而当她们转身时，她们的屁股却显得肥硕丰满。这时宋育金看到一个一头直顺光滑的齐肩发，长得有点像亚非混血儿的女孩，从背景墙后面款款走出。“何约！”他叫道，心里为有这样一位朋友而自豪。何约是黎妮一起租房的同事。黎妮也在叫：“何约何约！”他俩欢呼跳跃，T型台两边的看客唰地扭头朝他俩望，眼光中有责怪。宋育金有些不好意思，这可是上流社会的场合。何约回了一下头，但没看他俩，朝着T型台另一边的看客抛了一个媚笑。宋育金发现何约的屁股上有一对对称的文上的蝴蝶，它们在拍打翅膀，拍打着何约的大屁股。看客们都哄笑起来。宋育金笑不出来，为何约感到难过，同时他又认为何约的屁股比黎妮的屁股好看。

这时忽然变成了宋育金在走台，T型台上只有他孤零零一个人，摆出一个pose，昂头挺胸，一条腿在前，一条腿支着屁股，站立着。记者的相机咔嚓咔嚓直响，伴随着闪光灯的一闪一闪。看客们鼓起掌来，为他叫好。黎妮却不见了，宋育金十分诧异：黎妮去了哪里呢？他转身朝刷着“巴黎泳装秀，禁止触摸！”的背景墙走去，迈着男模特特有的那种步子。背景墙上的大字突然变成了“禁止触摸巴黎！”。看客们大喊大叫，有人吹起了呼哨，有人按响了警报器，人们拥挤着往外逃。那里有一个同电影院里类似的出口，全场漆黑，只有那里有些亮光。T型台上的灯光也在一明一灭，似乎预示着马上就要停电。他想尽快地走到幕后，去找黎妮。但他往前走，背景墙便往后退，而且退的速度超乎想象，T型台霎时变得长得看不见尽头。

突兀间光线大亮。这时场景变成了一片茫茫的沙漠，T型台变成了沙漠里的一条道路。围绕着T型台的所有人都消失了，只有他走在一望无际的沙漠里（奇怪的是，他时而觉得这个“他”是自己，时而觉得这个“他”是江南，总之，“他”是个二位一体的男人，面目是江南的，“他”心中所想却又是自己所想——“他”想：这实在奇妙）。沙漠里有很多鹅卵石，像干涸的河床，不远处有几株枯死的红柳、沙枣树，几丛荆棘，这场景有点像科幻片中的史前恐龙灭绝时的情景。脚下的道路一直往前延伸，没有尽头，但这道路却是一条宽宽的传输带，像煤矿上运送煤块的那种。“他”往前走着，道路（传输带）却向后翻转，速度与“他”保持一致，因此“他”始终在原地踏步，就像在一台巨大的跑步机上。“他”有些着急，跑起来，传输带的速度也快起来，“他”还是原地踏步；“他”慢下来，它也慢下来，“他”也还是原地踏步。

身后数百米，却是一道大瀑布，似乎是黄果树或尼亚加拉那样壮观的大瀑布。不远处，有一个观景台，很多游客在观赏瀑布，对着瀑布拍照，其中有一群金发碧眼的外国人，一个留着葱头，雪白皮肤，希腊鼻，嘴里说着叽里呱啦外语的姑娘，那是黎妮。黎妮怎么是希腊鼻呢？“他”想，但“他”认定那就是黎妮。传输带朝他身后的悬崖滑去，到了悬崖边，忽然化作了道道水流，冲向悬崖下的深潭，浪花四溅。“他”担心稍一懈怠，自己就会被传输带卷往那悬崖，于是急忙往前走，心中充满恐惧。“他”想起打电话呼救，掏出手机，给林小弟打了一个，关机；给果总（一个刚认识的客户。打电话是不是冒昧了点？这时“他”心里还这么想）打了一个，也关机；给自己的老板袁一槐打了一个，也关机；给黎妮打了一个，黎妮置之不理，她正在欣赏瀑布呢。“他”看到黎妮朝这边眺望了一眼，嘴角露出一抹微笑。“他”沮丧地想：黎妮并不爱我呀。

天空中，大块大块的云，快速翻卷着，就像快镜头似的，“他”还来不及看清，就飞逝过去了。迎面飞来一些莫名其妙的东西，有纸团、相片、苹果、面条、西瓜皮、电脑键盘、破衣服、飞机残骸、陨石块、几只吱吱叫的老鼠、数不清的树叶，“他”左躲右闪。这时“他”想：如果有一个防弹的纸箱该多么好啊，可以套在身上，抵挡它们。于是“他”的身上便有了一个纸箱，像冰箱的外包装。“他”套着纸箱往前走。这时“他”想到了“箱男”，安部公房的小说，这部小说不错。这时“他”成了江南，因为江南老认为这部小说不错；宋育金持相反的意见，觉得《砂女》不错，《箱男》有些搞怪，于是“他”又成了宋育金自己。两个人在“他”的脑海里争吵了一小会，复归平静，又成了二位一体。

突然，一个重物砸在纸箱上，“砰”的一声闷响，“他”看到（透过不透明的纸箱为什么能看到？这实在奇妙）那是一个女人，一丝不挂，砸在纸箱上之后迅速向“他”身后飞去，滚落到瀑布里，观景台上响起一片惊呼声。“他”向前望去，哎呀，又有一个裸体女人朝“他”飞来，像螺旋桨似的在空中旋转，“他”本能地朝旁边一闪，但她还是重重地砸在纸箱上，然后向后飞去，滚落到瀑布里，观景台上又响起一片惊呼声。接着又是一个，如此重复十余次。“他”有点气喘吁吁，应接不暇了。

这时前方出现了几个人，四个穿着制服的警察围着一个被捆绑的罪犯，随着传输带迤逦而来，“他”心中顿时有些紧张（“他”心中隐隐有一种身为逃犯的感觉，但不清楚自己犯了什么罪行）。他们站在传输带上，从“他”身边经过。警察们朝“他”缓缓挥手，双手做投降状，按照一定的节拍左右挥动，动作宛如在缓缓擦玻璃。“他”稍稍安心，也模仿他们的样子，朝他们挥手作答。当传输带将他们送到悬崖边时，四个警察为罪犯松了绑，每人伸出一只手，拽住了罪犯的四肢，同时伸展另一只手，像跳水运动员似的纵身扑向瀑布，他们身上的制服眨眼也变成了运动装，每人胸前都有一个耐克标志。于是在瀑布深潭的上方，空中出现了一副跳伞表演的情景：五个跳伞运动员，组成一个好看的四瓣花卉，在空中悠悠地旋转，悠悠地飘浮，悠悠地降落，在空中他们还相视而笑，相互叮嘱：不要打开降落伞，不要打开降落伞，这是纪律。观景台上又响起一片惊呼声。那群外国人还在对着瀑布和空中飞人拍照，但黎妮不见了，黎妮去了哪里呢？“他”想。这时，“他”脑海里两个人又开始争吵，江南说黎妮失足跌进了深潭,宋育金矢口否定;江南坚持他的判断,还有点幸灾乐祸,宋育金感受到了挑衅;江南说黎妮实际上是被人谋杀的,失足坠入水中只是假象,宋育金认为如果他说的是真的,那么江南负有不可推卸的责任;江南道歉,宋育金不接受。宋育金将江南的脸从颧骨上撕下来,将江南的身体从“他”的身上推开,从纸箱中推出去,现在纸箱中的“他”变成了宋育金自己,宋育金明明白白地告诉自己:我不再是江南了,我是宋育金。

他套着纸箱,继续往前走,现在他感到周身轻松,精神抖擞。自警察和罪犯飞去之后,天空变得纯净了,没有任何飞物,连云的影子也没有,晴空万里,他想起了一句诗“大漠孤烟直,长河落日圆”。这时他看到另一个纸箱出现在道路尽头,随着传输带缓缓移来。那是一个与自己这个一模一样的纸箱。美的冰箱外包装。Midea,第一个大写字母 M 下的尖角伸出一条弧线,绕着 M 形成了一个圆。两个纸箱擦肩而过,他“看见”那个纸箱里站着两个人:双胞胎江北、江南。也许他们也害怕被送往大瀑布,拼命地敲着箱壁。嘭嘭,嘭嘭。他“看见”江南心里这样想:大瀑布的水煮沸腾了,我必须找到纸箱的紧急出口出去;他“看见”江北心里这样想:大瀑布的水煮沸腾了,我必须想办法砸破纸箱出去。接着他“看见”江南趴在纸箱的壁上,眯缝着眼往夹层里瞧,找出口,瞧完了一处,换一个地方;他“看见”江北拿出一把菜刀,不停地朝纸箱砍去,砍砍砍,箱壁竟冒出了血!砍一刀,一处血的泉眼,砍一刀,一处血的泉眼。可是无济于事,转眼之间,他们那个纸箱被传输带带到了悬崖边,轰然一声栽到了瀑布里,然后沉到深潭里不见了。宋育金又开始惊慌了,加快了脚步,传输带速度顿时也快了起来。他想:这样的日子何时是尽头啊。他望着脚底下的传输带突发奇想:既然我快它也快,我慢它也慢,会不会我停它也会停呢?他双脚并拢,突然停下,传输带也“吱——”的一声,戛然停了下来。啊,原来是这么容易!现在,皮质传输带变成了(应该说还原成了)遍布碎石的土路,身后的悬崖、大瀑布、深潭、观景台以及观景台上的人全消失了。茫茫的大沙漠,弥漫着沙尘,方圆百里,不见人烟。宋育金心中久久回荡着一个问题:黎妮去了哪里呢?哪里呢?像钟声一样余音袅袅。

这时宋育金明白了:刚才沙漠中发生的一切,都不过是一部影片的若干镜头,他在拍摄一部电影呢。一场虚惊。作为该片的男主角,他和导演此时正坐在一个巨大的摄影棚里讨论这部影片的结尾。

身旁有一些工人在忙活，看起来到了收工的时候了。有人在收拾聚光灯、三脚架、大摇臂和服装道具；有一个人一手拖曳着一个纸箱，往摄影棚最里面堆放杂物的角落里走，纸箱倾斜着，箱底的一侧边缘在水泥地上刮擦出稍显尖利的噗噗声；有两个人在收拾墙上的布景，那上面画着沙漠和大瀑布，十分逼真，就像一幅照片似的，宋育金恍然悟出：原来方才他置身其中的沙漠只是布景而已，惊惧和恐慌现在看起来显得可笑。导演在说："男主角心中最后的问题不应该是'黎妮去了哪里呢'这样的没有普遍意义的具体问题，而应该是'上帝去了哪里呢'——对尼采'上帝死了'的反诘式质疑——这样的终极意义的问题。因为所有我们能想到的问题都会归于这样的终极一问，好比溪流汇成江河，最终汇成大海。一部电影要从那些世俗的、没有哲学色彩的日常情节中解放出来，使之升华为一种抽象的理想模型。"

导演是个光头，电影学院高才生，戴着一副高度近视眼镜，刚从戛纳捧了一个什么奖回来。宋育金觉得好像在哪里见过他，因为这是他与导演的第一次见面，之前的场景设计和制作都是宋育金自己钻研，自己弄的，他自导自演。突然，他想起来了——光头导演就是小商品市场女性饰品摊主，对，就是他，只不过多了一副近视眼镜，记得他总是紧盯着黎妮的屁股，宋育金觉得自己终于明白了他对"黎妮去了哪里呢"这个结尾横挑鼻子竖挑眼的真实原因。那么，导演化装成女性饰品摊主的目的何在？是为了秘密监视拍摄现场吗？现在他开始回忆这部片子的情节，但糟糕，除了大瀑布一泻千里的镜头之外，他什么也记不起来了。他扭头叫道："摄影师，摄影师！"他想：所有镜头都是摄影师拍摄的，他将胶片藏起来是没有道理的。但四处没有摄影师的影子，摄影轨道车上扔着一件深蓝色白条纹衬衫，那正是年轻摄影师的。轨道车还处在某种惯性运动中，在自个儿朝一个方向缓缓移动，看来摄影师并没走远。宋育金冲着收拾布景的工人问道："摄影师去了哪里呢？"叫声一出口，他立即捂住了嘴巴，他想起导演刚才一番"终极问题"的宏论，很为自己的浅薄羞愧。他偷偷觑了导演一眼，导演果然竖着眉头在瞪视着他。他觉得自己男主角的地位受到了来自导演背后一些人的威胁。宋育金脑海里顿时出现了一组以导演为主角的画面：1. 导演赤着身子，只穿着一条肥大裤衩，坐在沙滩上；身旁的白沙里埋着一个年轻女子，只露出一颗脑袋，双眼皮，大眼睛，鼻子小巧而挺直，被风吹起的褐色头发铺展在漂亮脸蛋的周围，她嘟噜着嘴唇，等待着导演去亲吻。2. 一位女明星挽着她的名不见经传的男友，拿着一杯葡萄酒，走到身着黑礼服的导演面前，含笑与之碰杯。3. 在一个拉上窗帘的卧室里，一个长相酷似妮可·基德曼的金发女人骑在导演身上，正在与之做爱，身下是一张很大的圆形床。4. 一个满脸堆欢的年轻男人，正在陪导演下象棋，边落子边赞叹导演的智慧脑门，他的妻子正在厨房里煮一条黄唇鱼，时而朝客厅的方向张望一眼。

察觉到宋育金在走神，光头导演突然发问："你知道分镜吗？"宋育金觉得这个众所周知的问题最好留给导演自己去回答，宋育金摇摇头。于是导演自己回答："影片分镜用以说明一个场景的构成要素，人物、动物和其他活动物等被拍摄对象以什么比例纳入镜头成为构图、做出什么动作；摄影机从什么角度切入或移出；摄影机本身如何移动；录入时间长短等。"宋育金若有所思地点点头，导演很满意。

这时宋育金变成了听课的学生，导演成了老师，这是一所电影学院的阶梯教室，很多靓男倩女像宋育金一样在坐着听课。曹教授（光头导演）站在一面写满字的黑板前，侃侃而谈："文本（具体到电影就是电影脚本）与它的表现（也就是意义）之间的关系在不同的文化中有不同的读解，当然，这不是我今天重点要讲的内容，这个问题我们放到以后去讲。今天我要讲的是文本与意义之间的关系，在文化相似性背景之下，我们如何通过演绎、暗示、提供旁证等手法建立起一种带有普遍性的意义模型。"

宋育金发现学生们都在认真记笔记，于是也假装在本子上写上了几笔。曹教授（光头导演）继续在讲："比方说吧，一个舞会的分镜。第一个脚本：摄影机先是给出一个女人面部的特写，她倚靠着吧台，示意服务生打开一瓶葡萄酒，她拿起酒杯，一饮而尽；然后摄影机对准舞池中的一对舞伴，他们一边跳舞一边聊天，女舞伴时而漫不经心地望望吧台边的女人；最后摄影机对整个舞池进行一番全景式扫描。第二个脚本：摄影机先是对准舞池中的一对舞伴，他们一边跳舞一边聊天，女舞伴时而漫不经心地望望吧台边的一个女人；然后摄影机对整个舞池进行一番全景式扫描；最后摄影机给出吧台边女人的面部特写，她倚靠着吧台，示意服务生打开一瓶葡萄酒，她拿起酒杯，一饮而尽。第三个脚本：摄影机先是对整个舞池进行一番全景式扫描；然后摄影机给出一个女人的面部特写，她倚靠着吧台，示意服务生打开一瓶葡萄酒，她拿起酒杯，一饮而尽；最后摄影机对准舞池中的一对舞伴,他们一边跳舞一边聊天,女舞伴时而漫不经心地望望吧台边的女人。这三种脚本,观众会如何解读呢?”教授提过了问题,停顿了一会儿,目光扫视着教室里的学生们,宋育金低下了头,教授自己回答道:“对这三个脚本的解读是不同的,也就是说,摄影机切入顺序服务于导演的意图,所以说一部电影,导演才是灵魂,摄影师算什么?他不过是另一种意义的摄影机。第一个脚本,观众可得到这样的意义图示(也许只是整个意义示意图中的某一个箭头):吧台边女人因为妒火中烧而饮酒,甚至酗酒,她妒忌的对象是那个与她的老公、情人或单相思对象亲密接触的女舞伴——影片表现的是吧台边女人的某种情绪或心理感受。第二个脚本,观众可得到这样的意义图示:女舞伴通过跳舞作为掩饰,在冷眼观察酒吧边的女人,由此观众可以确立两个女人之间的某种关系,情敌?密友?姐妹或刚刚结识的朋友——这要服从于整个情节的演进。第三个脚本,观众可得到这样的意义图示:这个画面不过是对一场舞会的客观描述,这一对舞伴和吧台边女人都是这一场景中的构成因子,女舞伴与吧台边女人之间没有什么必然的关系——这个场景只是一个更大视野的场景中的小小一环。”教授边说边用粉笔在黑板上画了三个朝向不同方向的箭头,然后宣布用小电影来演示教学。

这时宋育金面前悬挂起了一个大屏幕。如教授刚才所言,屏幕上出现了:一个舞池,摄影机来回进行了全景式扫描;舞池中一对舞伴,他们一边跳舞一边聊天,女舞伴时而漫不经心地望望吧台边的一个女人;吧台边女人的面部特写,她倚靠着吧台,示意服务生打开一瓶葡萄酒,她拿起酒杯,一饮而尽。跳舞的一对舞伴,赤身露体,紧紧搂抱在一起,随着音乐而晃荡。宋育金心中出现了一种令人不快的预感。镜头慢慢推近:果然,是林小弟和黎妮。这一对无耻的男女。他们竟然在站着性交!林小弟微躬着身,以慢三音乐的节奏一下一下撞击着黎妮,而黎妮仰着葱头脑袋,仿佛对这一切无知无觉——睡着了,或者在闭目养神。宋育金想:这可是强奸呀,因为这是在黎妮不知情的情况下发生的呀。宋育金恨起林小弟来,想起他从前的种种劣迹。宋育金朝着屏幕上喊:黎妮黎妮,快醒醒。黎妮睁眼望了他一眼,又昏睡过去了。宋育金想跑过去,但光头导演一把拽住了他:“这是在表演,是在教学,插入一个情节必须服从于影片自身的逻辑。”这时那个站在吧台边饮酒的女人也走过来,摄影机又给了她一个特写。

第一次的那个特写可能是由于比例不对的缘故，夸大了她五官之间的间距，宋育金没认出是谁；这次的特写宋育金总算看清了：一头拉直的、平顺光滑的齐肩发，厚嘴唇，长得有点像黑白混血儿，一个青春女孩，“何约。”他想，心中灌满了喜悦。何约走到屏幕边缘，望着屏幕下方的宋育金，脑袋微微探出屏幕——这个举动竟然像探出窗户一样轻而易举，不禁使宋育金对电影的严肃性和神圣性产生了些微的怀疑。两人四目相视，何约说：“来吧。”便开始脱衣。何约的身材真是摄人心魄，乳房坚挺圆润，带动整个胸脯隆起，到腹部才向里收缩，大腿修长，股沟有着流水般的线条，浑身闪着自然光泽，像抹了一层橄榄油。宋育金感觉那物儿挺起来了，下体有强烈的肿胀感。他想对脚本进行局部的改编，插入一个角色与何约演对手戏，那一定很有意思，当然这个角色只能由他来担当。光头导演极力反对。这婊子养的，成心与我作对，宋育金想。

这时何约朝他使了个眼色，示意他不必那么麻烦，“两情相悦，一切都不是问题。做爱是不必在意距离的。”——宋育金感到何约脑袋里这样想。何约的意思是说屏幕内外的两个人是可以做爱的，嗬，她一定掌握着某种穿越时空的技术。何约是个善解人意的好姑娘。宋育金面对着屏幕，开始解裤子，但裤子就是解不开，他很着急，越着急裤子越解不开，他很困惑；何约的镜头不多了，也就是说剩下的时间不多了，他很焦虑；何约开始不耐烦了，弯腰拾起乳罩和内裤，他很恐惧；何约哀怨地望着他，他很伤心；裤子皮带打了一个死结，他用牙咬，牙龈出血了，他很懊恼；皮带的“老人头”标志中的老人在嘲讽地笑，他很愤怒；他捶打着老人的脸，老人的脸肿了起来，他很解气；但老人就是不松口，他不松口皮带的扣环就解不开，他很绝望。他感到实在忍不住了。

猛地，他感到有东西喷射而出。这时他慢慢有些醒了，意识到自己在做梦，但他闭着眼睛，还想在梦中逗留一会儿，他用双手紧紧按压住下体，直到那东西全部喷射完毕。

18. 恍惚公园

他半夜醒来，以为天亮了，猛然坐起。窗外一片漆黑。传来几声狗叫。是狗叫声吵醒了自己？刚才梦中似乎出现过一条狗。他脑中追索那条狗的模样，终于想起来了，那是一条灰色沙皮犬——神情忧郁、哀怨，浑身都是褶皱。他想回忆梦中的情节,可回忆不起来。这个梦似乎与江南和田橙有关,但具体情境他全都忘了,除了那条狗。一惊一乍之间,睡意被赶跑了。他打开灯,坐在床上,点燃一支烟。嘴中发涩,发苦。口渴。舌头麻木,像是被什么东西捆绑着。他伸缩舌头,用牙齿一遍遍刮着舌面,微疼,但麻木感稍稍缓解。昨晚抽了太多的烟。他熄灭了手中的半支烟。他想什么时候把烟给戒了,但他心里清楚这是无法做到的。他看见桌上的一个小锡纸团,那里面是昨晚王寻给的一粒麻古。他拿过来,打开纸团。一粒小指甲大小的药片似的东西。淡淡的香气。他用两个指头捏着这粒药丸,想了一会儿昨晚的事,然后将它掰成了两半,将一半投进玻璃茶杯,将剩下的一半重新用锡纸包好。玻璃茶杯里有隔夜的一杯凉开水,麻古入水后迅速融化了。他喝了一小口,抿抿嘴,而后,将这杯水仰面饮尽。

半个小时后,他开始感到身上燥热,下腹部更甚。那物儿生生地顶着内裤。他掀开被子,半躺着。他握着那物儿,上下运动。它失去了感觉,仿佛被打了麻醉药。用力,还是没什么感觉。他强烈地渴望一个女人。我要一个女人!他下了床,穿上衣服,出了门。小渔村雾蒙蒙的,太阳还未升起。他看到两条流浪土狗沿着墙角在追逐,它们应该是一公一母。他蹲下来朝它们的腹下观看,果然是一公一母。母狗停下来,翘起后腿,往墙壁上撒了一泡尿,公狗用鼻子去嗅母狗的湿淋淋的屁股。公狗的生殖器细细的,直直的。他跑过去,照着公狗的脸踢了一脚,它嗷的一声跑开了。母狗愣愣地盯着他。在公交车站,他跳上一辆公共汽车。车子很空,只有稍后的座位上坐着两个女孩。其中一个长发垂肩,怀了七八个月的身孕,竟是田橙!他想叫她,可嗓子干涩,发不出声音。车子发动,他晃了几下,趁势趔趄到她们身边,头伸到她们跟前,发现不是田橙。田橙怎么会怀孕呢?真是好笑。但这个女孩还是很漂亮的,性感迷人。怀孕的女人都性感迷人,哪怕她是个丑八怪。他在她们身后坐下。头晕晕的。两个女孩频频回首看他,表情有些惊恐。"你们在做梦吧?"他用轻柔的语气问道。她们面面相觑,不知如何回答。到了下一站,没有人上车,她们匆匆起身下车,一个搀扶着另一个。看得出来,她们下车是临时决定的,可能并未到站点。怀孕的女孩边走还边回了几次头,令他稍感安慰。空空的车厢里只剩下他一个人。又开了两站地,还是他一个人,他感到寂寞难耐,便下了车。他换乘了另一路公交,这辆车上人多些,可能是开往市中心的缘故吧。他心里感到温暖了许多。他在靠窗的椅子上坐下。到了一站，上来了一个女人，吊梢眼，波浪短发，她的一只手紧紧地抓着车顶上悬垂下来的塑料拉手，蝙蝠衫的衣角被拉扯着朝上翘起，显出一种奇特的曲线。她紧贴着他站着，散发出煮熟的玉米的气味。他突然喜欢上了玉米的气味，平常他可是不吃玉米的。他悄悄挪动着靠近她的那条腿，用膝盖轻抵住她的膝盖。她穿着猫须短裙，光着腿。隔着裤子，他感到她的膝盖凉凉的。她低下眼睛，定定地望着他。他看出鼓励的意味。他要融化了。他想伸出双臂抱抱她，将脸埋进那抖抖的蝙蝠衫里。可他没有这么做。那物儿仍挺挺的，实际上，一路上它都是这样。他硬硬地将目光扯至窗外。这是一条熟悉的街，但现在，从车上看去，它竟有了一种陌生感。他看见一个孩子在人行道上双脚并拢地向前跳，像跳远运动员似的，蹲下——跃起——蹲下，令人联想到青蛙。跳跃有了很多叠影。他看见一个男人在一个女人的指挥下，在两棵树之间牵起绳子，女人抱着一床被子，朝他喊着。不知道她在喊些什么。绳子有了很多叠影。他看见一个环卫女工将竹笤帚当作拐杖，支撑着腋窝，笑眯眯地朝一家店铺里看。不知道店铺里发生了什么有趣的事。竹笤帚有了很多叠影。店铺的招牌一个接着一个，让人应接不暇。他看见一家店铺门口有两个女人在吵架，四只手在指指戳戳。旁边有两个女人在劝架，一群人在围着看。几个骑车人（有骑自行车的、骑电瓶车的、骑摩托车的）叉着脚，往人群中看。有人不知出了什么事，向旁边的人打听。他们占据了半边马路，公交司机只好边按喇叭边放慢速度，缓缓绕行。后面的汽车和自行车也在按喇叭和车铃。公交上的乘客都很兴奋，或探头，或站起身来，或移到车厢这边，都往那儿张望。这时他的手机响了，他按下接听键，听到一个女人的声音。车上嘈杂，他屏住呼吸听。是田橙，约他去公园。今天是怎么啦？田橙可从未主动给自己打过电话，也从未约过自己。她一直躲着他，避免与他单独相处。他心中大喜。到了一个站点，他用眼神与吊梢眼女人告别，急匆匆地下了车。他打上了一辆出租车。出租车司机是个废话篓子，议论时政，抱怨天气，诅咒中石化和他那个花钱大手大脚的老婆。他老婆喜欢逛街，喜欢新衣服，喜欢各式各样的首饰，喜欢猫，喜欢夏天，喜欢吃爆米花，喜欢吃韭菜，喜欢黑人牌牙膏，喜欢戴假发睡觉，喜欢在墙上贴自己的照片，喜欢上别人家做客，喜欢打麻将，喜欢与牌友调情，可能还用他辛苦赚来的钱包养了一个狗娘养的小白脸。他不耐烦地听着，恨不得脱下袜子塞住他的嘴。他干扰了自己的幻想——他正想象着与田橙在公园的湖边散步、亲吻、做爱呢。草籽沾满两个人的身体，草丛里蟋蟀欢叫。他想如果自己用一把刀子（用一把枪更好）打劫他，结果会怎样？他会不会反抗？他看见血从他的脖子上汩汩冒出来，滴落到方向盘上。到了公园门口，他掏出一张一百元钞票，递给这个大嘴司机，说道：不用找了。车费只有九块五。司机十分诧异，说道：那怎么行呢？那怎么行呢？看得出来，他是个善良的好人。他找给他九十元，然后低头在一盒硬币里欲找一枚五角硬币。他将这沓钞票胡乱地塞进口袋，撇着腿下车，猛地一掼车门，扬长而去。司机伸头骂了一句脏话，责怪他用力过大，同时将一枚五角硬币通过车窗扔向他。硬币滚到路边，他懒得去捡。他站在公园门口，手插在口袋里，捉住那不安分的物儿，如若不这么做，路人是会看出那地方鼓出一个可怕的包的。时辰尚早，进出公园的人不多，只有几拨锻炼回家的老头老太太不时从公园里出来。他们手上都提着布制的剑鞘，当然，那里面也可能是一支他妈的自动步枪。当然，这是不可能的。一个穿着淡绿色裙裤的女孩横穿马路朝这边跑来，她的手上晃动着一本杂志，脸上兴高采烈——是田橙。到了跟前时，他才看清她不是。“我日你妈妈！”他对着女孩咆哮。女孩吓愣了，站住了。他朝她厌恶地摆摆手：“滚！”女孩愤愤地将杂志扔向他，跑开了。他拾起杂志，一本崭新的《故事大王》。他选择了一处路肩坐下，低头翻看杂志。什么都看不清，眼睛感到枯涩难受。大街上，可不是适合看书的地方。自行车川流不息。他望着这些滚动着的令人眼花缭乱的车轮，想用《故事大王》卷成一根棍子，杵进车轮。可他没有这么做。在公园门口，他等了一个多小时，仍不见田橙的踪影。他忽然想起刚才电话里田橙是约他到公园里的游乐场的，于是他扔掉《故事大王》，往公园里跑去。游乐场尚未开张，这一带空无一人，摩天轮、旋转木马、碰碰车、激光战车、自控飞机静静地停在那里。他走到摩天轮下面，他想越过栏杆爬到车厢里。可他没有这么做。摩天轮像个巨大的怪物，假如在它下面照张相，就会看出自己是多么的渺小啦。他来到旋转木马前，在一匹白色的马和红色的马之间犹豫了很久，然后爬到了白马的背上。前面的红马留给田橙吧。他想起几个月前的某一天，他与邵轻云、田橙坐旋转木马时，他望着前面上下起伏的田橙，心中所想的是“在旁观者的眼中，会不会产生我骑着她身子的视错觉？”的事。记忆如此清晰，令他有点惊讶。突然，木马转动起来，速度惊人，伴随着撕心裂肺般轰鸣的音乐。没有人启动开关，它竟自己转动起来了！眼前模糊一片。他仿佛置身于一个水流涡旋的大漏斗中,涡流裹挟着他,而他因为太轻或大于漏斗孔而流不下去。抽水马桶里的一张纸,或一只满是精液的打了结的避孕套。他吓得抱住马脖子,闭上眼睛。耳边风声呼呼呼地响着,整个人在空中。他恍恍然睡着了。也不知过了多久,它停了下来,他猛地惊醒(但他心里清楚自己刚才是因害怕而丧失了意识,而不是真的睡着了),慌忙逃离马背。他忽然想起刚才电话里田橙并不是约他到游乐场的,是约他到公园湖边的。这片湖方圆几百米,是哪一处湖边呢?他沿着湖边跑,边跑边张望。他感觉到裤裆里的那物儿随着跑动的节奏左右甩着,拍打着他的大腿根。它居然还是硬邦邦的。环湖树林里仍有一些老头老太太,在打太极拳或舞剑。他在这些面孔里寻找田橙。跑了一圈,仍不见田橙的踪影。他被一个老太太吸引,停下来看她舞剑。剑是木制的,涂了一层银色的油漆,在晨光中剑光闪闪。老太太绾着一个高高的圆髻,身材保持得很好,窈窕而挺拔,舞剑时显露出良好的柔韧性。要是不看她的脸,你准会以为她是个二三十岁的女子。见他看着她,她略感羞涩,剑路显出凌乱,但片刻之后,又挥舞自如了。他想跑到老太太的身后,跟着她学舞剑。舞剑还是蛮有趣的。可他没有这么做。他想,田橙若是老了,会不会像她这样风姿绰约呢?老太太对他露出微笑,挤出一脸的皱纹。他嫌恶地转过身去。他看见对面走过来三个女中学生,穿着同样的校服,她们手拉着手,低声说着话;他从她们中间穿过,两边的两个女生不得不松开手,但其中一个仍与另外一个女生牵着。他走过去之后,她们都回头朝他看,嘻嘻笑着,旋即恢复三人牵手的状态。他望着她们沿着湖边走远,心中无限惆怅。他感到自己对女孩们的怜惜又多了几分。他坐到湖边的长椅上,望着湖水。湖水一波波地朝远处退去,恍若有无数的鱼上下其间。他看到对岸的长椅上坐着一个女孩,鹅黄色的裙子,像是田橙。是她!他以百米冲刺的速度跑过去。有一会工夫,树林挡住了他的视线,他感到恼火,想一把火烧了这些树。他怕树林挡住他视线的这会儿她会消失。果然,跑到那地方,田橙消失了。该死的树!长椅上空空如也,只有一件鹅黄色的毛线背心搭在椅背上。刚才一定是出现错觉了——背心搭在椅背上看起来像个人。他拿起它,放在鼻子边嗅着,一股樟脑丸的气味,就像长时间压在箱底刚拿出来。毛线的绒毛使他的鼻子发痒。他打了个喷嚏,沮丧地跌坐到椅子上。这时一个老太太走过来,她诧异地望着他手中的背心,说道:这是我的背心,这是我的椅子。他发现她正是刚才那个身材姣好,满脸皱纹的圆髻老太太,她手中还提着那把涂了

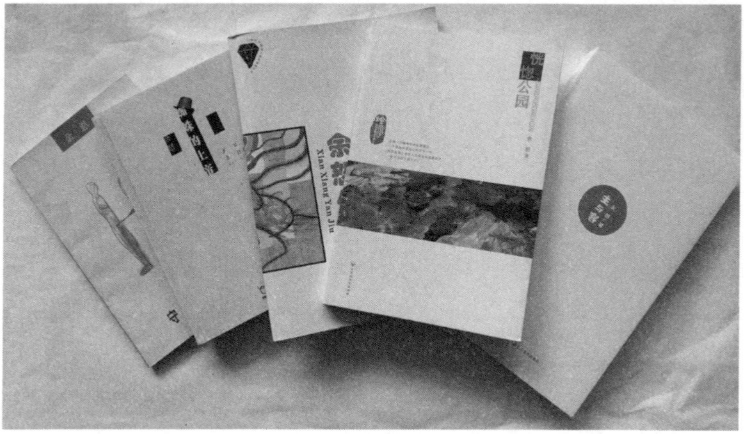

余怒著作

银漆的木剑。真荒唐，人在对岸舞剑，却将背心放在这里。仅仅为了占这个座位？这也太不可理喻了吧？他起身走开。他回头时看见老太太坐在椅子上，鹅黄的背心已经穿在了她的身上。老妖精。他躺在远离那张椅子的草坪上，望着天空。今天是阴天，太阳被包裹在厚厚的云层里，令人高兴不起来。草丛中有蟋蟀在叫，声音低回，是一种感觉季节将逝的悲哀的叫。他竖起耳朵，听出来一共有三处蟋蟀在叫，其中有一处就在他的头顶不远。这时走过来一对情侣，他们走到不远处一棵树下的长椅旁，他们坐下来，开始接吻。他认出那是一棵椿树，而周围全是枫树和樟树。他知道椿树是会发出一种臭臭的气味的。看来他们喜欢那气味。他们似乎没看见他，或者无视他的存在。他假装咳嗽了一声，这对男女扭头看了他一眼，继续接吻。他又咳嗽了一声，他们又扭头看了他一眼，又继续接吻。他又咳嗽了一声。最后的这一声咳嗽里有愤怒的成分，有蔑视的成分，有揶揄和诅咒的成分，有质问、呵斥、劝说、善意提醒、道德责难的成分。他们这回没有扭头，仍自顾自地接吻。“我日你妈妈！”他对着天空吼起来。他们依然没有停下来的意思。女人怕痒似的咯咯直笑。那是一种宋慧乔式的笑。她的确长得有点像宋慧乔。他想上前将那男人一把拉开，亲吻那可爱的女人，但他没有这么做。他绝望地褪下裤子，露出那直昂昂的物儿，开始手淫。他的眼睛死死盯着那女人。她右边太阳穴的位置有一颗红痣，为她的美平添了一丝迷人的气息。他们也扭头盯着他，但动作仍然只限于亲吻。他们眼中没有惊诧，只有好奇。他突然射精了，没有任何预兆地。他扯了一把枯草，将生殖器及周围擦拭干净，然后便走开了。他在看不见他们的另一处草坪上躺下。心中有一种说不出的挫败感，想哭，但他没有这么做。那物儿依然不听话地直立着，撑起裤子。这时假如手边有一把刀，他会毫不犹豫地割了它。

时近正午，他的意识有些清醒了。他大汗淋漓，俄顷，他感到身上有些冷，脊背感觉到土壤的凉意。手机响了，是黎妮打来的，她问他为何现在还不见踪影？他反问：不见谁的踪影？她说：你呀！两个人在电话里说了半天，他才搞明白了——早上的电话是黎妮打来的，黎妮和林小弟约他一同吃午饭呢。他看了看通话记录，果然没有田橙的手机号，只有黎妮的。自己怎么会将黎妮的声音听成是田橙的呢？真不可思议。恐怕只能怪当时公交车上太嘈杂了。他望着灰不溜秋的天空，回想着刚才的一幕幕，感觉像做了一个梦。

（原载《百花洲》2013 年第 6 期）

戚 琼

（1968— ）

当代著名作家。安庆市人，第五届鲁迅文学奖获得者。1985 年以安徽省高考“文科状元”的成绩考入复旦大学新闻系新闻学专业学习。毕业后分配至安庆电视台工作多年，历任记者、责任编辑、栏目制片人、频道副总监等职。

现为广东省作家协会专业作家。已在各类文学期刊上发表小说、随笔两百多万字。主要作品有长篇小说《生命中的几个关键词》《我的东方》《杨花之痛》《小城小街小女人》等，中短篇小说《苏醒》《我的叔叔余乐》《我爱北京》《二女》《大逆》《仙翅》《胡子问题》《像植物一样活》《老弟的盛宴》等和随笔集《舍弃的智慧》。作品曾入选多种文学选本及各类选刊。短篇小说《五个字一件事》曾获《作品》杂志举办的“全国青年女作家短篇小说大赛”三等奖。长篇小说《生命中的几个关键词》获“广东省新人新作奖”，并入围“华语文学传媒大奖”最具潜力新人奖提名。长篇小说《我的东方》获广东省“五个一工程”奖。短篇小说《老弟的盛宴》获第五届鲁迅文学奖。

我的东方(节选)

第二章　孩子

一、灵魂

我的小名叫小三。我的爸爸叫陈兴旺。我父母养了八个孩子,四男四女,像计划好的一样。我上面有一个哥哥、一个姐姐。我下面有三个妹妹、两个弟弟。而且非常凑巧的,我们家八个孩子,是男孩女孩有秩序地间隔着生的。而我是一个光头。

我的父亲那时在一家集体性质的饮食店做白案师傅。这个饮食店从前是一家非常有名气的老字号店铺,规模虽不大,但一直顾客盈门,生意兴隆。后来经过公私合营、合作化的改造,门面扩大了一些,人手多了一些,经营的品种也丰富了一些。而我父亲的生活似乎并没有多少改变。

从我有记忆开始,我的父亲都是凌晨即起的。他总是在早晨四点钟之前赶到饮食店。作为白案师傅,他要在第一批买早点的顾客到来之前,生好炉子,和好面,烤出第一锅又香又脆的芝麻烧饼。这也是这家饮食店的“招牌”品种。

父亲下午回家的时间很早,一般三点多钟就能到家。回家之后,他很多时候都是拿着一根自制的钓鱼竿,鱼钩是用母亲的缝衣针弯成的。家里几个还没上学的孩子,提着网兜,拎着木桶,跟在父亲的身后,一路欢笑、雀跃着,来到两里路之外的一个大池塘钓鱼、摸虾。这虽是一件开心的事,可它的实质却一点也不轻松。因为那是我们一家饭桌上成年累月的菜肴。

有时鱼打得多了一点,母亲就会挑几条稍微大一点的鱼用盐腌起来,等池塘结冰的冬天吃。还有一些时候,母亲就将这些鱼虾分送给周围的邻居。但来池塘钓鱼摸虾的人总是络绎不绝的，所以大多数时间，我们的收获几乎是微乎其微的，一条手指长的小鱼就能让我们围在父亲的身边欢呼、蹦跳半天了。

那个池塘有半个足球场那么大，水是墨绿色的，水下还有不少摇曳的水草。附近有不少人家来这里洗衣洗菜。可是我亲眼看见很多男孩，趁人不注意的时候，冲着池塘撒尿。夏天的时候，更有很多男人、小孩在这里洗澡。这里的水干不干净，真让人起疑。但谁管得了那么多呢，有水，就有很多的内容，很多的乐趣。这总是一件开心的事。

大哥陈荣英一直是我们这帮孩子的“头”。他生得很结实，跟父亲似的，从小就比同龄人力气大不少。父亲闲暇的时候叫他跟自己学了一些武功，因此大哥的身手也比一般孩子敏捷好多，整个一条街的男孩子为此没有人敢欺负我们。然而父亲对大哥要求也非常严格。有时大哥带我们出去玩，明明是我们这帮弟弟妹妹们在背后捣鼓他一起干些越轨的事情，比如夏天到水库里游泳啊，掏鸟窝啊，捉弄人家的狗啊，翻墙到别人家摘桃子啊，总之这些事只要被父亲发现了，受惩罚的总是大哥。我们看着父亲抡着皮带抽打着大哥的脊梁，大哥也疼得眼泪直流的时候，都忍不住哇哇大哭起来。那些噼啪声比抽在我们自己身上还要难受。大家争着向父亲认错，并为大哥求情。父亲却沉着一张脸说：只有哥哥为弟弟妹妹们做出好榜样，今后才能大碗盖小碗的——管得拢！

我们像小草一样迅速地成长着。我们也像小草一样顽强地生长。父亲微薄的收入要养活这么一大家的人，而且还要供养子女读书，他额上的皱纹渐渐清晰了。在我的记忆中，母亲总是一个大肚婆的形象。她无休止地怀孕、哺乳。她的瘦弱的乳房下总有一个吃不饱肚子的小萝卜头，在贪婪地吮吸着。不知为什么，在我幼小的头脑中，“吃”这个词总是占据着最醒目的地位，而嘴巴这个器官也有着最突出的位置。而且，我还觉得我们一家人，包括我周围的所有人，都是这样的。他们最关心的就是吃，就是嘴巴。他们打招呼时，总是问：你吃了吗？他们在饭桌上交谈的也是：这个菜今天买得便宜，这盘菜味道不错，这个菜留到明天吃，家里的米和面还能吃几天……除了吃，他们找不到其他的话题，也似乎再没有什么可以关心的了。

那时，我也以为“吃”就是一切。吃，口腔的嚼动、舌头的咂摸、咽喉的吞噬、唾沫的分泌，还有伴随而来的鼻的闻、眼的馋、心的快慰，吃，当然是人生最重要的一件事情了。吃的故事在我们的童年中那是说也说不完的。吃的诱惑也是我们童年中最刻骨铭心的诱惑。

这世界上怎么会有那么多的美妙的滋味呢？它们各不相同，差别微妙，香、酥、脆、滑、酸、甜、苦、辣，说不尽的风味，道不尽的感受。在食物面前，我们多么像一群流着口水的贪婪的狗，只不过我们会装模作样或者腼腆害羞地掩饰而已。

我也弄不明白，我们怎么总是处在饥饿或半饥饿的状态之下？父亲偶尔从饮食店带回的一张芝麻大饼、一根已经发硬的油条就是我们这些孩子们虎视眈眈的稀罕物了，父亲为如何分配它们而发愁，当然最后他看着我们那些仰起的小脸，总是均匀地分开了它们，他安静地看着我们吃着那点可怜的点心，那就是我们童年难得的零食了。父亲是一点都不吃的，他只是用粗糙的手掌摸着那几个小一些的孩子的脑袋，眼睛里满是慈爱。那也是我们的父亲让我们感到最和蔼可亲的时候。

当然这点东西是远远不能满足我们对食物的那种蓬勃不息的欲望的，所以我们童年的大部分时间就耗在如何寻找到那些不要花钱也能解馋的东西上了。比如我们经常会跟着大哥跑到郊外的一个山坡上打野鸡。发现野鸡的几率不是很高的，打到一只野鸡的几率那更是玄而又玄，有时我们被一只怎么撵都撵不上的野鸡捉弄得精疲力竭、狼狈不堪，腿上、手上都被荆棘划出了一道道渗血的红印，可是只要野鸡还在我们的视野里奔跑，我们的脚步就鬼使神差地跟着它到处乱窜。直到天快黑下，我们再也看不清它那鲜艳的羽毛、矫捷的身影为止。因为那也是我们必须回家的“最后期限”了。否则父母的一顿责骂在所难免。当然，有时我们几个孩子分工明确、配合默契、手疾眼快，而且声东击西、缩小包围圈等等的战略应运得当，一只骄傲的野鸡就真的成了我们的战利品了。

野鸡真是少有的美味啊！无论是红烧，是糖醋，还是烘烤、熏腊，都让我们意犹未尽，久久难以忘怀。当一碗热气腾腾的野鸡在我们的面前发出诱人的光泽和香味时，我们一家都感到了平实生活中那种细腻的幸福和温暖。父母脸上带着笑，为我们分配着鸡块，嘱咐我们要吃得慢一些，别给鸡骨头卡了嗓子，还说，野鸡的骨头最硬了，能卡得死人的。可是那会儿，我们谁还听得进这些话呢，大家都闷着头迫不及待地吃着，不知为什么，那些鸡块总是没怎么吃就光了。于是我们又等着下一次的捕猎活动。然而捕获野鸡的机遇总是那么难得。我们只好又开始动别的脑筋了。

我们吃过麻雀、吃过蚂蚱、吃过榆树叶子、吃过槐花、吃过蚕卵、吃过鸟蛋、吃过老鼠、吃过青蛙,吃过各种叫不出名字的野果。可是为什么我们还是吃不饱的感觉?想到吃,我就想起母亲那对已经有些干瘪、下垂的乳房。那时,总有一个弟弟或妹妹在她的怀里,不停地贪婪地吮吸着,他们用的真是吃奶的劲,可是他们能不能吃到奶真是让人怀疑。这就是我童年最深刻的记忆。

不过,童年的记忆也是缤纷的。我记得小街的尽头有一家小小的废品收购站,收购站里有一个白净斯文的年轻人,他生得很英俊,剑眉星目的,却有些腼腆。第一次见到他,我们还在想,这么帅气的小伙子怎么会在这种地方工作,怎么愿意成天跟垃圾打交道呢?可是,他一走路,我们就明白了。他是个跛子。后来,我们知道了,他小时候得过小儿麻痹症。从此这个病的名字在我们的心里留下了魔鬼般挥之不去的恐怖阴影。收购站还有一个胖胖的阿姨,她跟谁都是一副苦大仇深的样子,我们从没看见她笑过。

那些大人们谈到收购站的跛子,无不摇头叹气:真可惜呀,那么英俊的小伙子。从他们的惋惜中,我模糊地感到了一种对生活力不从心的无奈,还有一种对灾难的讳莫如深的恐惧。那是人们不敢碰的东西。

那时,每天放学后,我们几个大一些的孩子,都会提着一个破旧的布袋,到附近几家工厂的垃圾堆里捡拾废铜废铁废玻璃,等积攒到一定的数量,我们就会抬着去收购站卖掉。废铜很少,但卖的价格最贵。玻璃价钱最贱,但挺好找的,附近有不少的孩子都参加了这场“拾荒”大战。有时,为了确定到底是谁先发现了那些废铜烂铁的问题,我们也会发生争执,偶尔还会动手。但下一次再见面时,孩子们又都早忘了那些“武斗”的经历,依然兴高采烈地凑到了一起。——当然,几分钟之后,他们也许又为了一块废铜或烂铁而动起手来。

午后的收购站有一种陈旧的昏昏欲睡的感觉。那个白净的年轻人呆呆地坐在柜台后面,一双失神的大眼睛像梦游一样地盯着屋外。那个胖阿姨无所事事地趴在高高的柜台上睡觉。遇到这样的时候,我们都希望是那个跛着一条腿的小伙子先醒过神来给我们过磅秤。他好像还没从梦中完全醒来的样子,瞧着秤杆推敲半天,才能推敲出大概的分量来,多几两少几两的他似乎懒得跟我们计较,算账的时候也好说话。但如果碰到那个虎着脸的胖阿姨先回过神来给我们过秤、算账,那就绝不是“斤斤计较”那么简单了。她像是恼怒我们搅了她的瞌睡,气呼呼地不苛刻下我们一些钱来,她就不舒服似的。如果我们跟她分辩几句，她立马翻下脸来：你们送来什么破玩意，拿回去当古董藏起来吧，我这里还不愿意收啦！于是我们只有低声下气地投降。小小的我们无师自通地学会了在“权力”下屈服。

卖破烂的钱我们都如数交给了母亲。母亲将它们一点点地积攒起来，那就是我们下个学期的学费了。偶尔，我们也动点小脑筋，留下几分钱，去临街一棵古树下的书摊上租本小人书，几个孩子轮流着看，直到大人们纷纷扯着嗓子喊回家吃饭了，还不愿意罢手。——这就是童年。再贫乏的童年都不缺少趣味。

在我下面的小四是一个女孩。她叫陈荣美，也是我们家最漂亮的女孩。她比我们家所有的人都漂亮好多，既不像父亲，也不像母亲，我很怀疑她是从哪里凭空冒出来的，或者是哪个漂亮的仙女将自己的女儿放在了我妈妈的肚子里，她的眉眼长得像雕塑出来的一样，没有一丝缺憾，她的皮肤也像牛奶一样的润滑白嫩。可是，我明明知道。她从来没有喝过牛奶，她喝的只是米汤和稀饭。

小四的性格是我们家最沉默最胆小的。她总是缩在家里，默默地做着事情，或者坐在一张小板凳上一声不吭地看着大家。她从来没有大声地笑过，连哭泣也是无声的，没有人知道她在想什么。那时候，父母正全力以赴地为我们这么多张嘴忙碌着，谁也顾及不上她的与众不同的美丽和沉默。

春天来了。雨水连绵了起来。哥哥姐姐上学去了。母亲也抱着还不到一岁的小五去菜场买菜去了。我和小四留在家里。

随着孩子们雨后春笋似的冒出来，家里原来的两间平房早就不够住了。前年，父亲又在亲友的帮助下，将原先那间茅草房翻新了一下，换成灰色的瓦房，又在旁边加盖了一间用油毛毡做顶的房子。我记得，为了这几间不大的屋子，父母可没少受罪。所有的活基本上都是父亲下了班后自己动手做的。母亲除了忙着照顾一家人的吃住，也起早贪黑地一直在旁边为他打下手，和水泥、送材料、运垃圾。房子盖起来了，两人就成了从非洲来的阶级兄妹了。

现在，这三间小砖小瓦的旧平房，在春天的细雨里，从里到外都长了绿毛霉似的，既破败又沉闷。我无事可干，在屋外的地上抓了一团泥，在手上捏着，我想用泥巴做一个玩具手枪，可这活儿并不简单。小四正蹲在地上，给小五洗尿布。她自己都还没有桌子腿高呢，就得承担家务了。这有什么办法呢？谁让她是个女孩子呢？母亲说了，女孩子从小就应该心灵手巧，就应该像蜜蜂那样地勤快能干。

我望了望窗外。柳枝已经发出了嫩绿的新芽，像一只只新鲜的婴儿的眼睛。隔壁人家的院子里，还探出了粉红的娇艳的桃花。到处都蒸腾着一股新翻的泥土的清新味儿。雨丝像给所有的景物都穿上了一件半透明的轻纱。我的心开始安静了一些。我有些奇怪了。我们的日常生活总是充斥着太多的不堪打量的东西，比如拥挤，比如烦躁，比如破旧，比如争吵，比如匮乏，比如庸俗，太多太多了，多得没法细数了，可是我们身边的大自然，在任何时候任何情况下，哪怕只是不经意地一瞥，都有着惊心动魄的美丽、亘古常新的魅力以及一种镇定得如冰川一样的永恒的安宁，这到底是为什么呢？

那时候，没有工作的母亲在家里接到了一份工作。那是给一家街道小厂洗各种玻璃瓶子。她坐在院子里，拿一只大大的木盆装满水，将各种形状、各种颜色的瓶子浸在放着大量烧碱的水中，自己拿一把四周带毛的钢丝刷子，头也不抬地不停地刷着。她的手因长时间地浸在水里，而变得肿胀发红，一些被玻璃划破的地方用胶布草草地裹着，那些胶布也发黑了。所有的瓶子都发出了一股刺鼻的难闻的混合气息。如果是在夏天，那种味道就比阴沟的气味还复杂，还呛人。

母亲一洗这些瓶子，就不想吃饭了。

父亲对她说：人是铁饭是钢，你不吃饭怎么行呢？

母亲说：你们吃吧，我就是不想吃呢，一想到吃，就反胃，哪里咽得下？

父亲说：你这是让瓶子的那种味道给熏怕了。但这样长期下去，人怎么吃得消？你一定要吃东西啊。

母亲也知道父亲的话是对的，于是，她在我们大家都吃完饭后，盛一些锅巴，拿开水泡了，就一些很咸很辣的腌菜，勉强地吞了下去。

那时，城里已经普遍使用自来水了，可是那是几十户人家共用的水房。为此，我们必须一趟一趟地去水房挑水，将自家的水缸蓄满。水房离我们家差不多有十来分钟的路，平时这活儿大多是由父亲承担的，有时大哥放学早，他也会挑上两个半桶的水。不过，有时用的水多，父亲还在上班，母亲自己就必须去水房挑水。

我看着母亲那娇小的身体在巨大的水桶压力下显得那么单薄，那么可怜。她的后背渗出了湿湿的被汗水浸透的水印。我的心好酸。我想快快长大，能为母亲分担一些重负。可是成长的过程是多么缓慢啊。童年似乎没有边际的寂寞和漫长。

也许,从那时起,我就有了和家里所有的孩子都完全不同的多愁善感的性格。大家说,我可能投错了胎,我本来应该是一个女孩来的——也许,正是由于这样的原因,在家里,我和小四倒是最谈得来的。我想,也可能正是这样的性格,让我长大后成了我们家最爱读书的人。而且,我还选择了教书作为自己的终生职业。与书相伴,就像是我的宿命,这让我透彻地明白,其实,人在很大程度上就是先天的,一切在你出生的时候就已经注定了。我们活动的空间其实很小。但这个空间也足够我们折腾了。

我对春天的记忆就是从寂寞开始的。因为缠绵不断的春雨,我已经好久没有出去和那些同龄的伙伴们一起撒野了。我感到了时间的脚步在一寸一寸、极其迟缓地移动着。它在锻造着我急躁不安的神经。玩具手枪终于成型了,我将它丢在炉膛里烘干了,可是等它出炉后,我才遗憾地发现,它歪歪斜斜的,根本拿不出手。反正我是不会用它去和伙伴们玩什么"抓特务"的游戏的。

我无所事事,就找出一本卷了角的旧书,那是大哥读一年级的时候用的识字课本。我胡乱地看着,我突然感觉到那些方块字独特的美丽和玄妙。那像一个最奇妙的迷宫,不知要把我们引向哪里。可是引向哪里都是不重要的,重要的是它永远在我们的前方诱惑着我们。那些工整错落的笔画,那些松紧有致的排列,那些既埋伏又呼应的起伏,磁石一样地吸引着我。我知道,除了我所经历的这个世界,它们还能向我展示另一个充满了梦幻的世界,有多少秘密藏在春天的花蕊里,就有多少的秘密藏在这海浪般跌宕的方块字里。我还不怎么认识它们呢,可是它们对我终生的诱惑已经埋藏得很深了。那不可思议、无法穷尽的诱惑在我的心里翻腾着、聚集着,但我却还是说不出来。

有一天,当我从方块字里抬起头的时候,我看见父亲还没下班就从饮食店里赶回来了。他对母亲说:隔壁王师傅家的小勇出事了,快,你带上家里所有的钱,跟我去医院。

母亲立刻将抱在怀里的小五交到我的手上,一边去开柜子,一边慌张地问:怎么啦,怎么啦,没什么大问题吧?

小勇和大哥同年,平时和我们玩得很好。现在他出事了,我也紧张起来。

我说:我也要去医院。

父亲恼火地吼了一声:你怎么这时候还想添乱?你以为是去玩啊?在家里带好弟弟妹妹!等着我和你妈回来!

我没敢再吱声。等父母走后,小四在一旁小声地问我:哥,你说,小勇会出什么事呢?

我瞥了她一眼,没有理她,心想,我要是能有那种本领,不就是神仙了吗?

其实,我们家和王师傅家这几年的关系一直是不咸不淡的。本来我们两家处得倒像一家人一样,自从前年我们家加盖了那间平房后,王师傅对我们就很有意见。他觉得我们新房子的地基紧贴着他家的后院,虽没占他的地方,却挡住了一些视野,进进出出都不像以前那样畅快了。房子做好后,王师傅只是脸上有些不好看,并没说什么。小勇的妈妈却经常冷言冷语、指桑骂槐的。父母这才意识到一点什么,但他们碍于两家从前处得很好的面子,也不好说什么。就这样,两家的大人平时就维持着那种不尴不尬的关系,走动得很少了。但小勇跟我的大哥是从小玩到大的好朋友,他们也不管大人之间有什么误会,还是跟从前一样,抱着头似的亲热。

我们在家等了小半天,大哥和大姐就放学回来了。大哥一听小勇出事了,放下书包就往外跑。大姐在后面追着、喊着:你知道到哪家医院啊?大哥也不回答。两人就这样一前一后都跑走了。剩下我们三个小一些的孩子在家里无所适从地猜测、等待。可是,左等右等,他们都没有回来。我的焦虑就渐渐地变得有些难以忍受了。我指挥着小四看好小五,自己在炉上煮起了米饭。我只知道,人到什么时候,都是要吃饭的。饿肚子的滋味是最不好受的。

米饭在锅里咕咕地冒着泡泡。可能是放的水太多了,那些泡泡总也冒不完。我就舀了一碗米汤出来,叫小四喂给小五喝。

等那种烂糊一样的米饭煮熟后,我和小四就着咸菜,每人吃了一碗。吃完饭,小四将碗筷洗干净,又将屋子打扫了一遍。我真奇怪,这女孩子不管是多大年龄的,别看她们平时总爱大惊小怪、装模作样的,可每每在关键时刻,她们都一律表现得比男子汉还要镇定自若、勇于承担。这造物主当初造人时,也不知是怎样设计的,它就是喜欢把一些互相矛盾、捉摸不透的东西渗透到我们的生命里。也许只有这样,才能显出它的神秘和伟大来吧?

那天,我们等了很久。等到后来,我们都犯困了。小四带着小五上床睡觉了。我一个人坐在椅子上，固执地努力地睁着眼睛，非要把他们都等回来不可。

大概到半夜的时候，大哥、大姐回来了。他们的眼睛都红肿着。我忙问：小勇怎么啦？爸爸妈妈呢？

大哥、大姐忍不住都哭出声来。大哥越哭越伤心，几乎泣不成声了。最后还是大姐哽咽地说：小勇，他，他死啦！

你，你说什么?！那一瞬间，我似乎觉得房屋剧烈地摇晃了一下，所有的东西都放出了一种奇怪的恐怖的光芒。

其实只是很小的一件事，也很偶然。那天中午放学的时候，小勇和一帮男孩没有回家，而是绕到一条偏僻的马路上玩去了。这时，一个进城的农民牵了几头牛迎面走过来，城里的孩子并不是常能看到牛的，所以小勇他们几个就淘气地跟在牛的屁股后面捣蛋。一头黑色的公牛大概是被激怒了，它猛地回过头，牛角正好抵到小勇的太阳穴上。小勇当场就血流如注，不省人事……

父亲和一些亲友、邻居都赶到医院，给小勇输了血。可是小勇再也没有睁开眼睛了。小勇的母亲哭得晕了过去，王师傅也吓得呆呆傻傻的，所以医院的事情基本上靠我的父亲在那里挑头张罗着。医生在抢救了一段时间后，摇摇头，开始要拆那些管子、针头，父亲红着眼睛，紧紧地拉着医生的手，就给医生跪下了：医生啊，你们这些活菩萨啊，你们再救救他吧，这孩子才多大啊，他不能就这样了啊……说着，说着，就掉了眼泪。听的人没有不落泪的……

这是我经历的第一次死亡。当第二天在小勇的家里，我再次看到躺在一张木板上的苍白僵硬的小勇时，我恐惧得吐了起来。

我实在不敢看第二眼了。可那一眼已经像刀削斧劈似的嵌在了我记忆的深处。一个人如果失去了生命，他的躯壳是多么的丑陋、恐怖、可怜啊。那是要腐烂发臭的东西。虽然他的脸上还是有那些熟悉的器官，他的身体还是往常的样子，可是一旦没有了生命，他就什么都不是了。他就像一张脆弱的单薄的微不足道的纸，永远地从我们的世界里飘走了，飘到哪里去了，却是谁也不知道的。没有任何能量能唤得回他。那是最彻底的决绝，最冷酷的后果。是我们所有活着的人最不愿接受的痛苦。

怎么可能呢？这一切怎么就发生了呢？生命似乎从来都不是属于我们自己的。它似乎被一个神秘的东西暂时寄存在我们的躯壳里，可是他为什么要寄存它，到底想做什么实验，什么时候要取走它，取到什么地方去，是我们所不知道的。我们是生命的玩偶,是他的玩偶。我们应该是恨他的,恨他让我们如此地被动和屈辱、柔弱和无奈,但我们却又是该感激他的,因为没有他,就没有那暂时寄存在我们身体里的生命,就没有我们的光芒,我们就什么都不是。

小勇曾经是那个虎头虎脑的爱笑的男孩。他笑起来,就露出了两颗顽皮的虎牙,饱满的脸蛋上立刻呈现出两个深深的酒窝。我们经常拿这对酒窝跟他开玩笑,说他像女孩子,一听,他就发急,做出誓死捍卫尊严的决战姿态。我们曾经一起爬过树、逮过鸟、摸过鱼、玩过游戏、打过架。他的大大咧咧的笑声还在我们的耳边清晰地荡漾。可是他现在躺在一块冰冷的木板上,永远永远也不能笑了。即使我们将所有的眼泪都流干了,将所有的嗓子都叫哑了,那也是没有用的。一点用都没有的。

小勇的妈妈已经躺在床上不能动弹了。几个亲友日夜照顾着她,防止她有什么想不开的举动。他的爸爸一夜之间白了头发,形容好似枯槁的朽木。喔,原来生命的寄存和提取并不是果断、干脆、简单的一件事。生命一旦被寄存,它就像种子似的扎下了根,然后它生长、盘旋直至蓊郁。它的根是扎在所有亲人的血脉里的。现在它要被取走,那是连带所有亲人的血液和生命都要为之惨烈地受损和伤害的。白发人送黑发人那种无法言表的痛,是让所有活着的人都只能噤若寒蝉的。

父亲在单位请了假。他现在和小勇的一个大伯成了整个丧事的主要操办人。按照小勇父母的坚持,他们选择了棺葬,所以就有很多的琐事需要打理,许多的规矩需要遵守。比如买棺木、选地址、选日期、请人雕石碑、做黑纱、在家里布置灵堂等等。

父亲的眼睛黑了一圈,陷在眼窝里。他的嘴唇也裂了几道口子。母亲白天也去小勇家帮忙招呼那些前来送礼、探望的亲友们,登记他们送来的钱物,并和几个大嫂一起准备几十人吃的饭菜。小勇是家里的老大,他的两个妹妹那些天都被我的母亲安顿在我们家里住。大哥和我晚上就只好找一张草垫睡在地上。那两个女孩子还在懵懵懂懂的年纪,跟在大人后面哭了几场后,就睁着惊恐的大眼睛望着周围乱糟糟的一切,似乎还没明白她们爱笑的哥哥到底去了哪里。

这件事发生后,我有好长时间都不能忘记它在我的心里投下的阴影。经历了小勇的事,我们都知道,生活里什么东西是最重要的了。

从此,我更寂寞了。

真的，不骗你，我从那时起就有了强烈的寂寞的感觉。那种感觉使我与同龄人都有那么一些明显的差别。每天夜里。我们兄弟姐妹几个人挤在一张用木板拼凑的大床上，一个紧挨着一个，谁也无法翻身，在那些拥挤的夜晚，我有时从梦中醒来，感到了自己僵硬的不能翻滚的身体，感到了身边那些小鱼一样一条紧贴着一条的亲人的热腾腾的呼吸。我莫名其妙地就有了恍惚得近乎荒唐的感觉。

我呆呆地看着用白色的石灰粉刷过的屋顶，那上面布满了一道道的裂纹，还有一些奇形怪状的黄斑。那就是我童年的启蒙"壁画"。在那些奇怪的图形面前，我胡乱地想象着，尽情地设计着。那是一个打着伞的女人走在台阶上，那是一条会说话的鱼在前面为她带路，那座房子里住着一个长翅膀的男人，她现在就是去找他……我可以为它们编造出有着人物、情节的各种各样的故事来。从那时起，我就知道了，这个世界上最丰富、最自由的就是一个人的思想了。实际上我们每个人都可以成为上帝的。我们是自己大脑的上帝。

夏夜，我们端出竹床在院子里乘凉。我一生再也没有见过那么透明、那么洁净的星空了。星星或明或暗，或远或近，它们像是上帝之手在天幕上撒下的无数细碎的闪烁的金子。它们向我们昭示着一个神秘莫测的世界，一个无法企及的高度，一个窥探不到的奥秘，一个没有答案的问号，一个亘古常新的诱惑，一个冷酷无情的法则，一个慈悲如水的包容。我那么痴迷地望着星空，那么长久地望着星空。它单纯到繁复，又冰冷到温柔。它沉静到热烈，又高远到妩媚。它的深度和广度，以及任何一个维上的"度"，都是我终生不能抵达的地方，又是我终生探求的地方。

因为有星空，我们再也不孤单。因为有星空，我们彻骨地寂寞。那是一张灵魂的"寻宝图"。可是我们永远也无法读懂它。

我的眼睛终于完全看花了。这时，大哥和几个男孩在吵吵嚷嚷地捉着迷藏。他们跑到我的身边，把我一把拉走了。我暂时告别了星空在我的心灵上刚刚启迪的智慧和投下的茫然。我在寥廓的星空下和他们一起嬉嬉闹闹地玩起了游戏。我毕竟还是个孩子，我的思考还不能坚持很长的时间。

有时我们也聚到一个留着长胡子的老爷爷那里听故事。我们叫他"胡子爷爷"。他有一肚子的故事。我最喜欢听他讲那些既刺激又恐怖的"鬼"故事了。那些故事都长着稀奇古怪的翅膀，那些翅膀都有着稀奇古怪的颜色，它们在夏夜清凉如水的空气中颤动着，让我们觉得这个世界是那么的生动有趣、深不可测。

……不骗你们呀，这件事是我亲眼所见的呀。那时我也就你们这样大的时候，我隔壁住着一户人家，那家的儿子娶了一个非常漂亮的媳妇，可是那个女人心肠很坏，不愿意伺候、赡养卧床不起的婆婆。可是她又很能在自己的丈夫面前伪装。丈夫在家的时候，她对婆婆就恭敬得不得了，端茶递水也勤快。丈夫一走，她就恶声恶气、指桑骂槐，有时发展到不给婆婆吃饭。婆婆只好向自己的儿子哭诉。哪知那个女人先下手为强，说婆婆怎么不喜欢她、刁难她，恐怕是在床上躺得太久了，神经出了什么问题。她还说，她成天要照顾一家大小的生活，没有一刻能停下来的，还要伺候一个脾气不好的婆婆，过的简直不是人的日子。弄得儿子不知听谁的好。清官难断家务事啊，儿子哄哄这个，劝劝那个，最后烦了，随她们婆媳俩闹去了。有一天，儿子回家时，发现一家大小围着老人大哭，原来老人不知什么原因突然死了。媳妇也哭，哭得比谁都厉害。一家人只好将老人葬了，后事处理得也还风光。可是有一天夜里，这家媳妇突然发疯了。她跪在地上，不停地磕头，嘴里还语无伦次地嚷着：婆婆，婆婆，你放过我吧，我今生对不起你，下辈子再补偿吧……后来嘴里就恐怖地大叫：我们不是把你体体面面地送走了吗？你不要来纠缠我呀！这个女人说着喊着，就光着脚跑出了家门，从此她就真的成了一个疯疯癫癫的女人了。这个女人好惨呀，她家里人都不收留她，她就流落街头，头发像草窠，衣服像麻袋，见人就像老鼠一样地到处躲。人们都说，她的婆婆就是她害死的，婆婆死得冤了，就不愿意到阴间报到，所以变成鬼来纠缠她、惩罚她。……

“胡子爷爷”的故事大多是这些善有善报、恶有恶报的东西。但他讲得非常逼真，都像是他自己亲眼所见的一样。我们既觉得生动有趣又觉得有些毛骨悚然。

是吗？人真的是有灵魂的吗？灵魂到底是个什么东西？这些问题如果认真考虑起来，好像能将我们的小脑袋瓜挤爆了。而且它们还伴随着一种说不出来的肃穆、庄严、冷酷的东西，让我们单纯幼小的心灵暂时还无法承受。

说到灵魂，我就想起一个老婆婆。

我记得在我童年的时候，我家前面的那条马路就像小鸡肚肠似的，弯来弯去的不说,还特别狭窄。地上铺着一条条参差不齐的青石板。下雨的时候,晚上路灯亮起来的时候,那条路和它两旁错落有致、紧密相连的灰色的小瓦房,看起来有那么一些中国画的意境,让人有不知今夕何夕的短暂的迷失。

那个老婆婆就住在这条小街的尽头。她一个人住。

我不知道她有多大的岁数。也没见她与什么人来往。

她的脸像核桃壳似的,手像鸡爪似的,头发一片银白。

她家旁边就是一座小学。这个老婆婆就靠在家里卖一些零食为生。那不过是几个布袋装的爆米花、爆高粱、爆玉米、炸山芋条、炒蚕豆、小板栗、花生米等食物,用两个一大一小的瓷碗做量器。大的五分钱一碗,小的三分钱一碗。放学的时候,就有一些家境宽裕一点的孩子来这儿买零食。

老婆婆很少说话。她沉默着,坐在那些布袋旁边。她的那间房子不算小,但比路基要矮半尺,天花板也压得很低,所以显得阴暗潮湿。人从外面进去,都会有一小会儿的漆黑一片的感觉,要慢慢适应。

不知为什么,我们都有些害怕到她那里。但她卖的那些零食对我们来说确实又有极大的吸引力。那些简单的食物总是散发着诱人的香气,吃起来又香脆又过瘾,而且越吃越想吃。那时不管谁买了一小兜,他的身边就会围着一些眼巴巴、吞口水的同伴,讨好地奉承着,希望得到一些可怜的馈赠。这很能让那些买了零食的孩子在他的同学面前滋生一些善意的令人振奋的优越感来。所以一旦家长给了一点零钱,他们就积攒着,等着去那个有些昏暗的房间,从孤老婆婆那里换回一兜香喷喷的零食。

我是从母亲和邻居大妈的一次闲聊中知道了这个老婆婆的不凡功力的。那天,母亲坐在院子里刷瓶子的时候,邻居大妈过来和母亲聊天。她说着说着,就扯到了她那刚刚出世不久的小孙子。她深深地叹了一口气:这孩子也不知什么原因,一到晚上就吵得一家人鸡犬不宁,一夜差不多要哭几个钟头,又不饿,又没尿湿,就光是哭。他自己睡不好,也可怜啊,小脸瘦得……

母亲一边洗,一边搭话:是吗?那怎么行呢?这可是件大事啊。她抬起头,压低嗓音道:听说马路那头的胡婆婆有些不一般哟,她能治些莫名其妙的病。……我们家那口子饮食店的头头,几个月前也生了个男孩,他家前面是三个女孩子,这个男孩宝贝得跟祖宗似的,可哪晓得出生没多久,肠胃就不好,天天拉稀,拉得小孩子面黄肌瘦,连哭都像小猫哼似的了。一家人什么法子都想了,什么药都给孩子吃了,就是不见好。没办法,他们听说胡婆婆“灵”,就去求了她。……现在解放了,是新社会了,不作兴这一套了,胡婆婆也不敢做了。听说这家人暗中送了不少礼呢。胡婆婆就给他们画了什么符,烧了什么纸,开了什么草药。吃了几服,小孩的病果真就好了。一家人把胡婆婆看得像神一样……要不,你也去试试?有当无嘛,反正不会有什么坏处。

过了一个多星期,那个大妈又来找我母亲聊天了。这次她很兴奋:咦,你说怪不怪?我的孙子夜里果然不吵啦!那天,我听了你的话,去求了胡婆婆。她真是很难说话呢。……最后,她同意了:她也是画了符,烧了纸,开了什么草药。我那孙子吃了三服,就见效了,我们后来又去开了几服。……这个胡婆婆什么都不跟你说,可是大家都说她……能招魂呢……

母亲接口道:是啊,我听对面的程阿姨说,自己的老母亲去世后,她有一次在梦里见到了她,她的母亲只是不停地哭,好像有什么话要对她讲。她就去找了胡婆婆。胡婆婆在家里不知做了什么“法”,过了一些时候,突然就说自己已经附上了程阿姨母亲的灵魂了,奇怪的是她自己真的就变成了程阿姨母亲生前的声音,与程阿姨聊起了许多陈年往事,还说自己很孤单,想跟女儿聊聊,所以才托梦给她。听说,胡婆婆“显灵”时说的是江浙方言,程阿姨的母亲正是江浙人,而胡婆婆一辈子从没出过门。这件事你说奇不奇?哎,也不知是真是假?……

一股寒意袭上我的背来。我突然觉得眼前的一切不真实起来。这小街,这矮房,这杂乱的小院,这灰蒙蒙的空间,甚至连我熟悉的母亲和邻居,一瞬间都打上了一种奇特的光,一种说不出什么颜色的光。那是一种悚然惊心的感觉。那一刻,我模糊地感到,一定有什么东西超越了我们身边的这个世界,甚至超越了我们的思想。我能依稀感到它遥远地冷静地矗立着,在我们的意识之外,在一切的存在之外。但它到底是什么呢?

以后我再也不敢独自去胡婆婆那里买零食了。我也不太敢看她的脸。连她的小屋我也觉得有些阴森神秘的感觉。不是和几个同伴有说有笑地一同“采购”,就算那些香喷喷的花生、蚕豆、米花再诱人,我也能抵制住那种诱惑。

我想:如果那个胡婆婆真是像传说中的那样有“招魂”的本领,那她是不是也能“收魂”呢?这太可怕了。可怕得我路过那座矮房子时,也下意识地绕道而行。

但这种感觉我从没有告诉给第二个人。

后来逼着我又不得不想起“灵魂”这个字眼的，是父亲的去世。那是我经历的印象最深刻的一次死亡。

不过那是很久以后的事了。

那时，我们几个大一些的孩子都长大了。大哥、大姐都已成家。我从师范毕业后，在一所中学教语文。父母似乎也刚刚从没有尽头的操劳中抬起头来，缓口气。

可就在这时，发生了那件突兀的事。我们一家就像被生活突然抛进了没有一丝光亮的黑洞里一样，因灾难和悲伤而噤声，而痴呆。那是一件不合常规的事。结实得像牛一样的父亲，从来没有生过什么病的父亲，突然一病不起，在他五十多岁的时候就告别了人世。那一年，我们家最小的第八个孩子还不到十岁。

那时候，“武斗”已经渐渐平息了，秩序虽没有完全恢复，但有了一些喘息的机会。父亲饮食店里的炉膛堆积着一层厚厚的白灰。残余的白面沾在冰冷的案板上，也积了一层薄灰。父亲每天还得去饮食店，集中学习、讨论什么社论，然后由一个高中毕业生执笔，将学习体会写在一张大字报上，贴在附近的宣传栏里。浓烈的火药味虽然开始消散，但那种劫后余生、心神不宁的惶惑还在人们的心头萦绕。大家热火朝天地学着，实际上心里却有些空空荡荡。一些人似乎有一种还没过够瘾的失落，一些人却有些侥幸逃脱的疲惫和余悸，大部分人则是抱着随波逐流的心态。这种不用干多少活，读读报纸、开开会、发发言，然后照拿工资的日子倒也挺轻松的。

那时，我们的中学也恢复上课了。我又走上了心爱的讲台。当我重新执起教鞭、拿起粉笔的时候，我的眼睛因激动而有些潮润。但那时的学生已经像放野了的羊一样，哪里能将他们的心收得拢？一上课他们就打瞌睡，像离了藤的黄瓜一样蔫巴巴的。而他们只要听到去哪里学工、学农，到哪里游行、开批斗会的消息，浑身的劲头就来了。他们的身体还没发育全，全是那种瘦不拉叽的单薄模样，可是他们的眼睛被一些充满蛊惑的词语刺激着，有一种摧枯拉朽、所向披靡的骇人的光芒。那实际上是带着一种青春苏醒时的盲目的破坏力和冲击力。而那些具有强烈的煽动性的词语就是：炮轰、砸烂、踏上一万只脚、永世不得翻身、死有余辜等等等等，他们慢慢苏醒过来的青春与这样的词语是多么契合、多么协调啊。

我也穿了一套崭新的黄军装，胸口上别着一只硕大的领袖像章，但我的心与这种纷乱、失控的气氛是不太吻合的。不知为什么，我又想到小时候在家里翻大哥留下的那些识字课本的往事。那时候，我第一次领略到中文那无与伦比的美丽、那无法穷尽的魅力，我第一次明白了在那些方正、典雅的方块字背后，游动着多少深深浅浅的意趣和灵魂啊。现在我却看到了一种我从未料到的事实：这些文字原来也能蕴含像漫天的大字报那样的斩钉截铁的武断和疯狂的东西。

就在这时，父亲突然病倒了。

他的肝部疼痛异常。后来我看了电影《焦裕禄》，那个面色蜡黄的好书记曾经被肝痛折磨得死去活来。他发作的时候，只能拿尖锐的桌角顶着自己的腹部。我看一遍，哭一遍。就因为他与我的父亲曾经受过同样的折磨，我将那部烂熟的电影看了五遍。也许，我只是希望自己有一个尽情流泪的理由和场所。我在黑暗中为焦裕禄哭，哭得悲伤，哭得大胆。而我知道，我哭，实际上还是因为这部电影又让我想起了我那早逝的父亲。

怎么就那样说走就走了，说没就没了呢？我还记得，牛一样的父亲轰然倒下的情景。他就是痛啊。那么坚强的汉子，痛得在床上打滚，痛得将自己的嘴唇全咬破了，痛得痉挛，痛得浑身被汗水浸湿。看着他被痛苦煎熬得像风中摇摆的脆弱的树叶一般，我们的泪水夺眶而出。我们都恨不能代他而痛。可是生命的本质就是不可替代的啊！再亲再亲的人，也只能旁观，爱莫能助。

母亲总是手脚无措地立在他的身边。她拿着一块干毛巾，不时给父亲擦擦汗。有时她就噙着泪，小心地说：你痛，就叫出来吧。可是父亲在床上扭得像麻花一样，他也没有叫唤一声。

等那阵比死还要强烈的疼痛减退之后，父亲苍黄着一张脸，虚弱地靠在床头。他闭着眼，不说一句话。

母亲连忙在一旁问：你是不是好些了？你刚才是哪里痛啊？是怎么个痛法啊？我们还是去医院看看吧。

但就这样，熬了一段时间，父亲还是没有去医院看病。他总是说：我一辈子都没进医院打过针吃过药，这还没老呢，难道就要进医院？等疼痛过去之后，他还是按时上班、下班。但我们都知道,父亲既怕麻烦,但更重要的还是害怕住院花钱。

但是后来发作的频率就越来越高了。父亲被疼痛折磨得吃不下饭、睡不好觉,人就像漏了气的皮囊,消瘦得都有些脱形了。他终于点头去医院了。

结果出来,是四个字:肝癌晚期。医院说,不用住院了,病人想吃什么就给他吃什么吧。

那些天,很多的邻居、亲友都来到我们家。很多都是我不认识的人。他们送了很多吃的东西。我真的有些吃惊,我那沉默寡言、性格内向的父亲,居然还有那么多的朋友。

他们说:陈师傅可是天底下最好的人啊。那年,我胃病犯了,大出血,是陈师傅半夜爬起来,硬是背着我,一路跑到医院的。唉,这老天也不开眼,怎么尽让好人倒霉呢?

他们说:是啊,前年我家小五在外面闯了祸,人家几个地痞找上门来,硬是要小五的一条腿。要不是陈师傅出面,我家小五的半条命就保不住了……现在,陈师傅得病了,这可怎么好呢? 唉,这胡婆婆也过世了,否则让她给治治,没准还有希望呢!

他们说:这世道向来都是好人命苦! 陈师傅一家人都是好人啊,这么多年来,他们家有什么好吃的,都记着送给我家那个瘫痪不起的老奶奶一些,多少年都是这样啊,搞得我们全家过意不去。我们说陈师傅家孩子多,家庭负担重,不要太客气,可陈师傅说,一定要尊敬老人……

他们还说:唉,这陈师傅自己做了好事,却不放在心上,总是说远亲不如近邻,大家互相帮忙是人之常情。可要是我们给他家送一点东西,你看他们家里人将那点东西拉来拉去的——好像跟我们打架一样……做人,再没有比他们家更好的了。这么好的人,不可能得病的。去北京、上海再看看吧,也许弄错了呢!

然而,愿望终究是愿望。什么也改变不了。

大哥、大嫂不知从哪里听来一种奇特的药方,是将一种黑乎乎的焦状的东西与一些草药一起熬着。那种东西有着刺鼻的怪味。我们只闻那种味道就要吐。可是父亲捏着鼻子硬是将那种黏糊糊的东西吞了下去,一天三次,从不间断。这让我们看得非常辛酸。辛酸得连落泪也觉得是一种矫情、奢侈了。那是一种无以言表的最彻底的辛酸。但那辛酸又好像是无底洞似的,已经是最底最底了,可它还在往下掉。

母亲就是从那时起,步入老年的。还不到五十岁的人,头发一下子就花白了,眼睛更是失去了光芒,动作、反应都迟缓了。我们看着母亲,不知该怎样为她分担。

父亲躺在床上,他用粗糙的手掌摸着小八的小脑袋。他长久地摸着,后来就不停地叹气。他说:唉,我一辈子什么东西都没有给你们留下来,真要说留,只是给你们留下了一点好名声吧。至少将来你们跟人家说,你们的父亲叫陈兴旺,人家就算不竖大拇指,也一定不会给你们任何刁难和脸色的。

有时他也对母亲唠唠叨叨地说个不停:王伯伯对我们家照顾很多,老大、老二的工作也亏他帮忙,你们将来要记着报答人家。还有我们单位的附师傅、李姨,对我们都有恩,要记着。亲戚、邻居都要多走动走动,有些陈芝麻烂谷子的事情过去了就过去了。人与人相处哪有那么好呢? 就是舌头有时还要跟牙齿打架呢! ……

母亲一听这些话,就开始哭。但她不愿意在父亲和我们的面前落泪,就躲到厨房里,一边低着头择菜,一边抹泪。我们几个大一些的孩子也不自然地离开了父亲的床边。我们站在门口或是院子里,抬头望望天,努力地将一种东西狠命地压下去。可是往往,那种努力是徒劳的。于是我们掩饰地低下头,匆匆地在眼睛上抹一把或揉一下。

……

拖了一年,在我们的父亲被疼痛折磨得不成形的时候,在我们束手无策、喊天天不应、喊地地不灵的时候,老天似乎也不忍再让我们一家受到如此恐怖的煎熬,它终于让父亲闭上了眼睛。永远地闭上了。

那个乍暖还寒的春天,我们抬着父亲上山了。

城里大多数人家那时都必须实行火葬了。但母亲说什么也不答应。她说,父亲走得太早、太冤了。父亲生前的名声那么好,这一街受过他照顾、帮助的人家那么多,对于他的家人提出的这最后一点要求,街道干部也无话可说。他们说:唉,陈师傅那么好的一个人,实在可惜啊……你们不要太声张就是了。

亲戚中有个懂得各种礼仪、会看风水、我们叫他二叔的人,帮父亲在离城市几十里路的一座山上,寻了一处开阔的高地。那里古树苍翠,野草茂盛,山脚下还淌着淙淙的清泉。父亲的墓穴安置在向阳坡上，迎着清风和阳光，想来父亲也是满意的。

那天，天还没有完全透亮，我们就上路了。我们几个大一些的孩子和几个年轻力壮的亲友一路抬着棺木。大哥手捧披着黑纱的父亲的遗像走在最前面。母亲由几个大妈搀扶着，和一些女人一路大哭。她们的嗓子都哑了，听起来就是一种撕心裂肺的干嚎。送葬的队伍可谓浩浩荡荡，来了很多我认识或不认识的人，还有一些人听说是给陈师傅送葬，自发地一路跟了过来，所以队伍越走越庞大。我们的父亲虽则只是小街上一个出汗卖力的打烧饼的师傅，可是却有那么多人送他上路。他的名声就像那个老字牌的芝麻烧饼一样，香飘古城。

我的左手手袖上套着崭新的黑纱，那上面用白色的机线缝制出一个空心字：孝。我的脸上挂着冰冷的泪水。伤心和绝望已经让我停止了思考，只剩下麻木的空洞的感觉。我抬着棺木，几十里的路，我的肩膀压得又红又肿，可我拒绝了那些要与我换肩的亲友的好意。我只想与父亲多待一会，再多待一会。

出了城，一些亲友才开始放鞭炮，撒纸钱。那些缭绕的烟雾和白色的纸片在春风中飘飞着，像一些白色的蝴蝶在梦境中舞蹈。我也像走在一个悲伤的梦境里，似乎永远也走不出来了。那时，我只知道，父亲离开了我们。我还没有体会出来，这对于我们的生活，对于家人，到底意味着什么。

等到父亲黑色的棺木真的下到那个事先挖好的墓穴时，等到大哥用铁锹铲起了第一锹泥土覆盖在父亲的棺木上时，我的耳边骤然响起了高高低低的哭声。我看到母亲不顾一切地扑了上去，哭喊着要跳到墓穴中拥抱父亲的棺木。一些人拼命地拉住了她。那一刻，我终于忍不住失声恸哭。

喔，这就是死亡呢。至亲的死亡。一个人经历了这个，就会透彻地明白，人生其实是多么的冰凉啊，透心的冰凉。没有谁是真正快乐的人。没有谁。我们是那么渴盼快乐，渴盼幸福，其实我们知道，那只是因为我们永远也无法完整地拥有快乐和幸福。

从那以后，每年的清明，我们就会来到这个幽静而空阔的山坡，一个美丽的地方。我们带着装满黄纸、鞭炮、香烛的大帆布包，带着庞大的亲友团，迎着迷蒙的雨丝和有些寒冷的春风，来给父亲扫墓。

母亲在父亲的墓前，总要没完没了地哭诉一通。在哭声中，她向父亲说着一年来家里发生的一些大事。比如哪个孩子工作了,哪个孩子结婚了,哪个孩子自己也生了小孩了,小孩叫什么名字了。最后,她总是扑在父亲的墓碑上,用歌唱般的声音哭着:兴旺啊,你怎么这么狠心啊,你睁开眼看一看呀,你的大儿子来看你了,你的大孙子来看你了,小二、小三……小八都来看你了,还有大伯也来了,二叔也来了,三姑也来了……兴旺啊,你睁开眼看一看啊,你不要丢下我们不管啊,你怎么这么狠心啊……

《我的东方》

母亲这么一哭一诉,所有的人就开始落泪了。大家都来劝说母亲。可是母亲一直固执地坐在父亲的坟旁,不哭到喉咙嘶哑,筋疲力尽,被我们架着下山,是不会离开的。从父亲的墓地回来,母亲总要在床上不吃不喝地躺上几天,谁劝都不管用。

那时,我一边用手拔着父亲坟上长出的一些杂草,一边想:父亲其实正在遥远的时空中,安静而慈祥地看着我们呢。只是他说的话我们听不到而已。但我能感到他的温度和气息。那么真实的东西。

一个人是不会死去的。他只是离开,先走一步。他永远活在那些爱他的人的心目中,永远永远也不会背离或者掉头。

总有一天,爱会使那些彼此爱着的人,相聚,拥抱,永不分离。不管在哪一个时空,以哪一种方式。

(选自《我的东方》,人民文学出版社 2005 年 1 月 1 版)

老弟的盛宴

平师傅正在给“大块头”做按摩，突然房门被推开了：“平师傅，电话！”这声音在连呼吸声都能听见的小小的按摩室里惊起，像鞭子一样，抽得“大块头”浑身一震。平师傅的手陡然停了下来，然后他听到一声骂：搞什么鬼！老子的瞌睡虫刚刚上来，现在又被吵没了！“大块头”翻个身，扯掉自己身上的白毛巾，坐起来。

是保安小刘紧张的声音：哎呀，怎么这么晚还有客人啊？我不晓得，不晓得，那我让他明天再打吧。不等平师傅回答，房门被“吱呀”一声带上了。平师傅只得有些喘息地向“大块头”道歉：对不起，对不起啊，他是新来的，不懂规矩。请你躺下去，我们继续，继续。

“大块头”不情愿地又在按摩床上躺好，他嚷着：前面的那套按摩不算，你要再给我做一次！

平师傅的额上挂着汗珠，他从床头上取过一条毛巾擦了汗，然后笑着说：好的，好的，严局长，你是我们的老客人了，我们老板吩咐过的，一定要做到你满意为止。他重又在“大块头”的身上揉捏、拍打起来。不知过了多长时间，他感到手下的那个身体就像面团一样，慢慢地被揉开了，揉熟了，揉到没有什么筋骨了。他的呼吸也渐渐平稳了下来。他想起了刚才那个没有接的电话。会是谁打来的呢？肯定是老弟！这次不知他又有什么事情。

去年腊月的时候，老弟也曾给按摩院打过电话，找他的老哥，说有急事相告。老板接的，他不情愿地说：你哥正忙着呢，你等中午吃饭的时间再打吧。到了中午吃饭的时候，老板早忘了这茬了，他跟人去饭店喝酒，将办公室的门锁得紧紧的。老弟在话筒里听着空洞的铃声，老哥则在办公室门外徒劳地转着，干着急。后来兄弟俩通上话时，老弟没好气地说：老哥，回回找你，都这么难，你好像给你们老板“包”起来了一样，这哪里是什么按摩院嘛，简直就是监狱！平师傅听着弟弟的抱怨，尴尬地咳嗽了两声，问老弟找他有什么事情。老弟立刻换了一种嗓音，把“哥”叫得比蜜糖还甜：哥，我谈了一个对象了，过年的时候准备定亲，你，能不能——借我一点钱？

又是钱！老弟找他，几乎都是借钱。可是，这借，又是只借不还的借。

那，你要多少？

最少也得有个四五千吧。

你要这么多？

哥，你那些钱又没地方花，再说，我这次是为了给你找个弟媳妇的，将来，再给你添个亲侄子，是正经事呢——

平师傅想起自己的这个老弟，心里就像打翻了一锅粥。自己是家里的老大，虽是个男丁，因为生下来便是瞎子，给父母带来的不是唉声叹气，就是互相埋怨。他们都说自己瞎了眼，都骂对方造了孽，但说归说，骂归骂，生了个儿子总不能一把掐死吧？父亲明白一个瞎子一生要过的坎有多少，就给他取个名字叫“平”，一生平安的意思。家里穷，穷人家的孩子本来就像狗尾巴草似的，何况又是个瞎子，父母便拿他当条狗养着。下田干活的时候，就用一根绳子将他拴在院子里，让他自己在地上爬着玩，经常是烂泥鸡屎地糊了一身。吃饭时，递给他半碗饭、几根咸菜，还是让他坐在地上吃。有时家里的鸡闻着味儿也来抢他的食，他看不见，手胡乱地挥舞几下，就在鸡啄过的碗里继续吃。有时一群厉害的鸡叽叽喳喳地一拥而上，将他的碗打翻在地，将他的手啄得出血。他撵不走那些鸡，气得只有哭。母亲走过来，没有一句安慰，反而恶狠狠地打他一巴掌：哭什么哭？连鸡都能抢你的饭吃，你有什么屁用？

鸡？鸡到底是个什么东西？因为生下来就是瞎子，这个世界对于他，懵懵懂懂的，是个又恐怖又奇怪的东西，穿，穿不过，撞，撞不动，想，想不出。他不知道父母长什么样，不知道自己长什么样，不知道自己爬的这个院子是什么样，不知道阳光、雨水、树叶、小草，所有这些奇怪的名词背后到底是个什么东西。他只能用他的一双手小心地触摸着，一点一点地感觉着，然后竭尽全力地去想象。可是他想得头都要爆了，还是什么也想不出来。他的头脑里整天飞着一些奇怪的虫子，大大小小的，嘤嘤嗡嗡的，可是，你要去捉，却又是什么也捉不住的。

后来，母亲又生了。先是生了一个女孩，接着又生了一个女孩。家里整天充斥着鸡鸣狗跳的声音。他经常听到父亲将母亲揍哭了，然后破口大骂：你这个扫帚星，你真会生呢，你生来生去，都是这些赔钱货，好不容易有个儿子，还是个瞎子！你让老子在村里怎么能直起腰做人呢？等母亲又怀孕的时候，他就让母亲躲到老山里的姑姑家去。他说：老子这辈子宁肯穷到做要饭花子，也一定要生出个像模像样的儿子来！

母亲回家的时候，手上抱着的那个婴儿，就是老弟。

农村里没有盲校，他没念过一天书。两个妹妹也是有一天没一天地上过几年学，好歹能识几个字，算几题算术，小学都没毕业，她们就在家里帮着父母种田干活了。只有这个比他小八岁的老弟，宝贝疙瘩似的，独占着父母的万千宠爱，一直读到了高中毕业。可是，老弟自己不争气，没有考上大学，复读了一年，还是没考上。父母倒没怎么责怪他，他自己念书念烦了，坚决不考了，回家游手好闲了一段日子，还跟村里的人学会了打牌、赌博。父母这回终于死心了，恨铁不成钢地打骂了他几回，后来就让他跟着一个老乡到城里去打工。可老弟干了一些日子，又说吃不了那个苦，还是回乡下来了。村里有几个和老弟一起出去打工的小伙子，他们倒能吃苦，一直坚持着没有回家。可是他们永远都回不了家了。那年，他们在煤窑挖煤，煤窑发生了严重的瓦斯爆炸，几十个工人被埋在了地下，生死不明。为了防止瓦斯继续爆炸，抢险的人把煤窑给封了，他们连尸首都找不回。听到这样的消息，老弟就在家里沾沾自喜。他对父母说：还是我有远见吧？没有跟他们下井去，是命重要还是钱重要呢？你们总怪我没出息，其实今天不知道明天的事，能把一天天平安无事地打发掉，就已经很不容易了！父母见了那些白发人送黑发人的乡邻，见了那些哭哭啼啼呼天抢地的场面，也受了刺激，自此对老弟就有些听之任之了。他们在心里说：你们当初嘲笑我们养不出健康的儿子来，现在，我的儿子还在身边活蹦乱跳着，你们的儿子倒成了戴黑纱的照片了，哼，谁能笑早呢？

这些年，老弟要读书，家里要起两层的新房子，父亲胃溃疡大出血，住了一次医院，一个钱字，压得全家多少年都缓不过一口气来。幸亏，那两个曾经被父亲骂为“赔钱货”的妹妹，相继来到城里打工，又相继出嫁，不仅给自己挣了嫁妆，还给家里挣了不少的彩礼。后来，他也来到城里。他一个瞎子能打什么工呢？说起来，也算是奇缘吧，那次与村支书的儿子大荣的巧遇，竟让他这块土疙瘩飞了起来，让人想起来就像是白日里做了一场大梦似的。

那时，平师傅还不叫平师傅，他在乡下，大家都叫他“平瞎子”。他平日就像狗一样地蜷缩在院子里，用父亲剖好的竹条编着竹席。竹条像刀片一样地跳着，弄不好就将他的手划出一道血印来。可是他却不能戴手套。有什么办法呢？别人都是有眼睛的，他的“眼睛”就长在手上，他总不能将自己的“眼睛”蒙起来吧？一张宽宽的双人竹席，编完了，总会在席子的深处留下一点暗淡的血迹。父亲擦擦，卷起来挑到县里卖，卖得好的话，可以卖到五十块钱。他想，虽然他编得慢，吃力，但他总算没有白吃家里的了。

他没有朋友。老弟的那些狐朋狗友到家里串门，看到他，起先是吃惊，后来就跟他没大没小地开起玩笑来。他们逗他：你知道太阳是什么样的吗？

他本来光知道傻笑，不回答。后来跟他们熟了，也缠着人家问：你说，你说，太阳是什么样的？

他们就笑嘻嘻地答：太阳，就是跟你们家的灶台一样的东西，烧着火，热烘烘的。

那天晚上，他一个人摸到厨房里，将灶台上上下下、前前后后地摸索了一遍。他想象着这样一个大东西挂在天上会是什么样的情景？它不会掉下来砸到人家头上吗？它烧的柴火是谁捡的呢？会不会烧完呢？烧完了怎么办呢？他在床上，翻来覆去地滚了一个晚上，也没想清楚。

等老弟的那帮朋友来家时，他又把这些问题放出来，缠着问人家，人家笑得“哎哟”直叫肚子疼。后来，关于瞎子的笑话就在村里流传开了。

他们说：这个平瞎子真会想呢，天冷，河里要结冰的时候，他叫我们舀几瓢热水浇到河里，说这样冰就不会结了，河水也不冷了。大热天，他让我们拿一把大扇子，给太阳扇扇风，说这样太阳就不热了。他还说呢，给大树安一对翅膀，大树就能飞，花儿为什么能开呢，是因为花儿都爱笑，笑得多了，就咧开了……

有些心肠软的女人听了，就一边笑，一边说：你们别拿平瞎子开心了，人家平瞎子生下来就是个瞎子，他连自己是个什么模样都不晓得呢，连自己的亲爹亲妈都没见过一眼呢，你们取笑一个瞎子算什么能耐？

平瞎子听了，也跟着大家一起傻傻地笑。等人都散了，他在自家的院子里站着发呆，想起了刚才那些放肆的笑声。那每一声笑，竟然都变成了跳动的锋利的竹片了，在他的心上划一下，又一下，一下一下的。他觉得自己的心破碎得无法收拾了，脑袋里像是有一只蝉在尖厉地鸣叫着，叫得他几乎要发疯发狂了。

于是他就戳着一根竹篙，一个人沿着村里的那条土疙瘩路，走了。他不知道，自己要到哪里去，可是他的脚却跟着竹篙，一颠一颠地走远了。

走了不知多久，他觉得灌到鼻腔里的气息有些不同了。他知道自己已经走出了村庄。风吹着他的裤管，让他有了一点迷路般的茫然。除了手上握着的这根竹篙，在这个世界上，他好像再没有任何可以握住的东西了。走吧，走吧，反正就是走吧，反正就是离开这个鬼地方吧，离开得越远越好，管它走到哪里呢。他的心里堵着什么东西，硬生生的，堵得心口那么痛，却吐不出来……突然，他的脚冷不防撞在一个硬硬的东西上，人一趔趄，手上的竹篙一滑，人还搞不清楚怎么回事呢，就重重地摔了一跤，头磕到路边尖尖的石子上，血立刻涌了出来。他感到自己的额头锥子扎了似的尖锐地疼痛着，又觉得自己的心却是更痛的。他终于"哇"的一声，竟发出惨烈的哭号，那声音，就像埋在地层之下的岩浆终于找到了喷发口，带着不管不顾、山崩地裂的气势。泪水和着血水，还有鼻涕，一起流到他的嘴巴里。他胡乱地拿袖管在脸上揩着，那些混杂的液体便如糨糊一样粘了他一脸。他吃力地张大嘴，像只濒死的鱼那样，嘴巴绝望地一张一合。为什么？他为什么要过这样的日子呀？

死，他想到了死。一想到死，他的心便痛到痉挛，哭声也变成了呜咽，他的泪更汹涌了。是的，就是死了，他也是个不甘心的鬼呀！人家嘲笑他，也没有嘲笑错啊，他活到这么大，确实是连自己长什么样都不知道啊！

他活着，其实，还不如一条狗。家里那条公狗黑皮，见到陌生人来还能凶巴巴地吼几嗓子。见到母狗，也能撵着它的尾巴，汪汪地追个不停。那次黑皮不知跟谁家的母狗又弄上了。正好被老弟的那帮朋友们看到，他们一边怪腔怪调地起哄，一边恶作剧地硬要把它们分开。两只狗的叫声带着说不出来的痛苦。他听了，忍不住上前劝了他们几句。这下好了，他们又找到新的矛头了。那些玩笑真是针针带血啊。他们说他做了二十多年的和尚了，是不是听到狗发骚的声音就憋不住了，是不是也想如公狗母狗那样的来一次呀；他们说他长这么大，别说女人的奶子没见过，恐怕连男人女人都分不清吧；他们还让他去点曹寡妇的蜡烛，说那个女人是村里最骚的女人了，怕是连瞎子去她都敞着门呢——那天，他们一直笑，一直说，直到他的脸上挂起一块血红的布，直到他把手里的竹篙举起来，他们才慌张地作鸟兽散。他拿手里的竹篙照着空气胡乱地挥舞着，嘴里发出了疯子般的叫骂。然后他就听到老弟的喊声：你们快别欺负我哥了，他是一个瞎子呀，十个瞎子九个蛮，还有一个猪头三，你们难道不知道厉害啊?！……

那天，平瞎子坐在一个陌生的地方，回忆着那些想忘也忘不了的往事，哭到声音嘶哑，筋疲力尽。头上的血结了痂了，眼泪、鼻涕在脸上也风干了。他虚弱得只剩下一口气，鼓鼓地在胸口拉着风箱。他觉得自己好累，好困。后来，他就什么都不知道了。

等他知道的时候，他感到一只手在拼命地摇醒他。他还听到这样的声音：这不是平瞎子吗？你怎么躺在这里呀？快起来，快起来！——哎呀，你哪里弄破了？脸上都是血啊！

这就是村支书的儿子大荣。他知道，大荣是村里最能干的男人，比他的老子还要能干。他十八岁的时候，一个人到城里去闯荡，在外面混了十几年，现在是这一带远近闻名的包工头了。听说，他在城里买了几套大房子，还娶了一个漂亮的城里老婆，回乡下的时候，开的是进口小汽车。不过，村里人对他的评价并不好，说他光知道自己发财，不愿意提携本村人，这些年从来没有将生意包给自己本村的人做过。可是按他自己的说法是，生意是生意，乡亲是乡亲，生意是不讲交情的，而乡亲却是不能不讲交情的。他不能为了乡亲坏了生意，也不能因为生意得罪了乡亲。当然，他的这番“交情理论”并没有让村里的人改变对他的看法，他们仍然在背后骂他“大啬皮”。

那一天，正巧大荣带着老婆孩子回家探亲，车子开到离村子不远的地方，意外地发现了躺在路边的平瞎子。知道来人正是大荣，平瞎子一下子清醒过来。他的心从来没有那么清醒过，就像在炎热的夏天拿井水从头到脚淋了个透似的。他知道，这是他最后的一线希望了，这是他唯一的救命稻草了。他要抓住它，紧紧地抓住它。他冲上去，一把抱住了大荣的腿，嘴里喊着：荣哥，你救救我吧，你做做好事吧，你把我带出去吧，你把我带到城里去吧，讨饭都行，反正我在乡下是再也待不下去了……

大荣当着老婆、孩子的面，难得扮了一回好心人，却不料惹上了麻烦，他当即皱着眉道：平瞎子，你这是干什么？谁欺负你，你就找谁去！

荣哥，你发发慈悲，我活到这么大，今天走到这里，就算是走得最远的一次了，我连城里都没去过，我就是死，也死不甘心呀！说着，泪就从他干涸的眼窝里流出来：荣哥，我知道你是咱们村最有本事的男人了，你一定能把我带到城里去打工的，对吧？呜——

大荣完全被平瞎子这突如其来的“一招”弄糊涂了。倒是他那个漂亮的城里老婆看到一个瞎子趴在地上哭得那么伤心，头上结着吓人的血壳，眼泪鼻涕糊了一脸，像戴着一副恐怖的面具，这样子对于她来说就有点骇人了，超出了她同情的底线了，似乎不采取点什么行动就不能心安了。她弯下腰来，和颜悦色地对平瞎子说：这位老乡，你想到城里打工，是吧？这也不是一两句话就能解决的，你先跟我们回家去，我们坐下来，好好商量商量，行不？但是平瞎子不为所动，他仍然扑在大荣的腿上，死死地抱着不松手，好像他是一条蚂蟥，就吸在大荣的那条腿上了。大荣挣不开，推不脱，只得无奈地摇头叹气。情急中，大荣的老婆脑子一亮，她想到自己的一个表哥正是开按摩院的，那里面雇着几个盲人按摩师，当下心里有了底，带着点豪气对平瞎子说：老乡，你就放心吧，别人的事情我们可以不管，但是你的事情我们不会不管的，我向你保证，你荣哥是最讲仁义的人了！

平瞎子坐着大荣的小车回到了家。第二天，大荣要带平瞎子到城里打工的消息就传遍了全村。大家纷纷议论道：没想到，这个“大啬皮”对瞎子还蛮有同情心的哟，看来，这小子赚了钱，还没有把良心完全赔掉！

大荣本来还怪老婆多管闲事的，却听到四下传来这么一片难得的赞扬声，连父亲也笑眯眯地称赞他——“你做了一件积德的事了”。他虚荣心膨胀，又觉骑虎难下，只得摆出更高的姿态来，将好事做到底了。他带着平瞎子到村里的理发店理了个头，又把自己一套大半新的衬衣、西裤送给了平瞎子，还给他买了一副黑色的塑料墨镜。村里人见平瞎子突然时来运转，似乎有一步登天之势，忍不住眼红起来。有一些年轻人也想跟着大荣去城里，但大荣对求到他家的那些人说：人家是瞎子呢，你们跟一个瞎子比什么比？莫非你们也想瞎了眼，跟到按摩院里，去给人做按摩呀?！一句话呛得人家张口结舌的。

平瞎子当了平师傅是几个月之后的事了。瞎子学按摩，倒是天生的灵气，因为他们的眼睛本来就是长在手上的。瞎子吃住全在按摩院里，开始每个月只是包吃包住，没有薪水，后来有了，五百块，后来又涨了，八百块——因为平师傅已经是有名气的师傅了，专门冲着他来的客人已经需要预约了。就这样，平师傅在城里待了下去，而且一待就是好几个年头。

这些年，他除了春节有几天假以外，其余的时间都待在按摩院里。那一间间封闭的按摩房就像他的城堡一样，将他和外界隔了开来。吃的，穿的，住的，都不用操心了。恒温的空调赶走了季节,乡下的日子远得已经陌生了。想想自己的过去,他越来越有一种飘忽的感觉,做梦的感觉了。世界在他的手下,世界只剩下他手下的那一点方寸了。他死了,已经死了,还好,还有一双手仍是活的,而且是越活越细腻,越活越敏感,越活越有劲道的。这日子是好的,应该是好的了。一个瞎子的日子,难道还有什么更好的吗?

来按摩的人以男人为主,也有女人。因为来的不多,每一次都能给平师傅带来一些特别的感受。女人是哪一类人呢?从一个按摩师傅的手感来说,女人应该是一种比男人要美好得多的人。她们柔软,纤巧,富有弹性,有着棉花一样温暖的特质。她们的身上还会散发出花朵一样的芳香。她们的声音也像小鸟一样,尖而细的,带着绕梁的余韵。——平师傅耶,你给我这儿再按重一点哟——她们像一群毛茸茸的幼雀一样,塞满了他的心窝,又如一场淅淅沥沥的牛毛春雨似的,让他干涸的心田充满了潮润的感觉。

但他终是想不出女人到底是哪一类人的。想象的须,往前伸着,伸着,再往前一点,就是一个无底的黑洞了。印象深的是个自称"朱姐"的女人。第一次来,她就大大咧咧地对他说:平师傅,都说你的手艺好,我是特意冲着你来的,你要给我露一点真功夫喔。她的声音是尖尖的,高高的,亲热的,又自说自话的,好像云一样在天上自在地飘。他无来由地有点紧张。他开始用手梳理着她的身体。她的身体比一般人要温热一点,肥腻一点,带着一些迷糊的香味。他觉得她的身体一开始就不是生疏的,好像是已经开垦过的熟地,温顺、滑溜、滋润。他在她的身体上用一下力,那力就仿佛自己长了脚,一下子就找到了自己最合适的位置了。这样,他渐渐地就忘了紧张了,一切都驾轻就熟起来。

朱姐不像大多数来按摩的人那样,把按摩当作一次催眠的过程。她的嘴巴好像闲不住的,总是有一阵没一阵地找着一些闲话聊。她说自己老了,一年不如一年了,这腰,这腿,比从前可是硬得多了,你给多按按。颈椎也不行了,搓两圈麻将,就酸得要掉下来,你也要多揉几遍。平师傅一直听她说,这会儿就插话道:大姐,听你的声音,我觉得你挺年轻的,一点儿也不老呀。

咯咯咯咯,响亮的笑声在小小的按摩房里回旋着,像鸟的鸣唱。我还不老呀?我都是四十岁的人了。那笑声把平师傅吓得一跳,他还从未听过一个人有如此明亮的笑声。他忍不住问她:大姐,你的性格这么开朗,日子一定过得很开心吧?

女人还是笑:这世上到哪里能找到开心的日子呀?都是自己找给自己的。我这人呀,就是藏不住事,搁不住气,什么事情过了就过了,不放在心上的。——你想想,人就活这么一辈子,生气啊,烦恼啊,那不都是自己跟自己过不去吗?

女人脆脆的声音像是给平师傅的按摩打了节拍一样,让他的动作更加流畅、舒展。平师傅一心想听这个女人说下去,随便说什么都成。他就引着她继续往下说。他问她的家庭,孩子。她的话就更多了:我老公,是个做生意的,卖家具,做了好多年了,开始的时候,我帮他一起做,后来生意做起来了,就不用我了,我就在家里专门带小孩。我小孩不错呢,一个儿子一个女儿。嘿嘿,品种齐全。现在两个孩子都上学了,大的上初中了,小的也读四年级了,我就有时间出来转转了,以前不行呢,以前,两个孩子就把我捆死在家里了。我老公,一直在外面忙,家是一点都顾不到的,人还行吧,就是脾气不好,总不归家,不过,他不管钱,钱都交给我管的。反正,就是过日子吧,我想得开的,什么事情我都想得开的——师傅,你多大年纪,有没有成家啊?

平师傅听着女人说自己家的事情,就像从前在乡下听快板书一样,听得津津有味的,冷不防被女人问到自己。他慌乱了一下,有些尴尬地说:我,我这样的,哪里——

这有什么?你找个女人,成个家,有什么不行的?只要心肠好的,其他的条件倒不重要。她见他不说话,就自顾说了下去:这成家虽然也不一定有多好,但不成家肯定是不好的,太孤单了吧?而且,将来老了,病了,怎么办?总得有个人在身边吧?

话说到这儿,两人都沉默了一会儿。平师傅已经按到她的腰了。女人的腰上箍着一圈肉,腰椎按起来比别人要圆润点,正好够他不轻不重、不紧不慢地用力。他喜欢这样的手感。往常他给别人揉到这里时,都要喘气了,出汗了,可是给这个女人揉,他的力好像是开了沟的河渠一样,滋滋地自己往外冒。

过了一会儿,女人又闲不住,问他:师傅,你这眼睛是先天的还是后天的,怎么弄的呀?

要是别人这样问他,他肯定要反感了,厌恶了,可是女人的询问在他听起来,透着一股实实在在的亲近,还有一些关切。于是他就老老实实地回答:我生下来,就是这样的。

喔——女人的声音充满了同情。她不再说话了，静静地躺在那里，好像在想什么心事一样。

这一次，是平师傅先开口，他问：你知道，我平常最恨听到别人说什么话吗？

女人迟疑地说：是不是骂你是“瞎子”“瞎了眼”啊？——我猜不出。

其实，我最不爱听别人说的话，就是什么“眼不见，心不烦”了，他那是站着说话不腰疼呢。其实，眼不见，心是最烦的，因为不知道烦的是什么，其实就是最烦的。唉，连猫呀，狗呀，都能看一看的，都知道世界是个啥样的，我却连猫，连狗都不如啊，真的，如果能让我看一眼，哪怕看一眼，我就是立刻死了，就是下辈子变成猫，变成狗了，那也心甘情愿啊。

师傅，你才多大年纪？应该比我还小一些吧？嗨，你怎么说这些话呢？你说得让我难受死了。人生在世，本来就是受苦受罪的嘛，只不过每个人受的苦不同、罪不同吧。我这人平时就不爱考虑这些没用的东西——师傅，我看你个头不矮，模样不丑，还有一手这么好的技术，你成个家肯定没问题的。成了家，你就不会这么想了，你也不会这么烦了。

平师傅很少跟他的客人聊天的。那一次，跟这个女人，是他做按摩师以来话说得最多的一次。他的手跟她的身体配合得那么默契。他的心跟她的人，虽说不上如何亲密，却也是温暖的，放松的。这真的是个善良而开朗的女人哪！她让平师傅对女人的想象，变得空前的美好，美好得心里想起来都痒痒的了。原来，原来，这个世界上，还有一种这么美好的东西啊，那就是——女人。那一刻，他的眼皮上就像打上了一道阳光，就像过去冬天的时候，他躺在晒谷场上晒太阳的那种感觉。

第二天，办公室刚一开门，找平师傅的电话就响了。果真又是老弟！

哥，找你，怎么跟找国务院总理似的，这么难啊——没关系，没关系。哥，我告诉你，我已经结婚了，我们上个月领的证，这个星期六要在家里正式摆酒呢，你也来吧。

是吗？你结婚了？你们不是今年过年的时候才定的亲吗？这么快呀！太好了，太好了，这下父母的心总算踏实了。

哥，你到底来不来呀？

我——我还要请假的。我争取来吧。

不，就这么说定了，你就一个老弟，你老弟就打算结这么一次婚，你无论如何也要请几天假的，我明后天叫姐姐去城里接你回家吧。我不行，我这几天忙得晕头转向的，我没时间。那，那就这么说定了，我要在家里摆十几桌的酒呢，热闹得很。

挂了电话，平师傅的心就无法平静了。整一晚上，他都没怎么睡着，心里有万般感触，像有无数的手指在里面抓，抓起了皮，抓出了血。

他想起了好多年前的事。记得老弟小时候最喜欢欺负他了，总爱让他趴在院子里，给自己当马骑。老弟折一根树枝做鞭子，一边抽打他的屁股，一边发出“嘚——驾”的声音。他爬得慢了，老弟就拽着他的头发，让他爬快点。要是他不愿意的话，老弟就会撒泼犯赖地去搬来父母的“救兵”。而父母呢，从来都是不管三七二十一地对他一顿责骂，还罚他饿一顿饭。他窝在墙角边，咬着牙齿，肚子里叽叽咕咕地叫唤个不停，他知道，那不仅是饥饿，更是怨恨。可是，老弟总是会在某个料想不到的时刻出现，塞给他一只馒头或者半张饼，还像只小猫似的在他的身上蹭来蹭去的，有些不好意思地主动求和——“哥哥，我们继续玩嘛。”想想老弟就是这点好，嘴巴甜，不记恨，没心没肺的，所以，对老弟，他仇恨过，嫉妒过，但总是坚持不了多久。

现在老弟都结婚了，可是比老弟大了八岁的自己却还是光棍一条。在农村，父母都是先给老哥娶媳妇，解决好老哥的问题后才会忙老弟的事。可是在他家，这么多年来，都是围绕着“老弟”这一个陀螺在转的。没有人会想到他。连他自己也习以为常了。好像他是个瞎子，那么他能在世上活着，就已经该知足了，如果能像他现在这样，自食其力，衣食无忧，那就更是天上掉馅饼一样的万幸了。

是的，他自己从前也是这么想的。可是，现在，在听到老弟结婚的消息之后，他是不是就有了一点复杂的难言的心绪呢？还是，那些心绪本来就在心里隐蔽着，只不过借老弟结婚这么一个火引子，就动荡起来，闹腾起来了呢？

那一晚，他觉得自己的脑袋里有一根神经突突地跳着，怎么控制也控制不了。

平师傅穿着一套崭新的浅灰色西服，戴着一副时新的深色墨镜，出现在老弟的结婚喜宴上。

那喜宴就摆在自家的院子里。十几张台、一百多号人，把个院子挤得满满当当，热热腾腾的。酒席还没开始，人也还没到齐，先来的人就围着台子坐了，抽纸烟，嗑瓜子，嚼花生，吃喜糖，喝饮料，到处都是招呼声、喊声、叫声、笑声、逗趣声，吵得耳朵都要爆了。到处都是人，一转身，不是踩了人的脚，就是撞了人的怀。小孩子和狗都兴奋着，在身旁打打闹闹，蹿来蹿去的。老弟已经带着几个亲戚、好友，到邻村去接他的新娘了，这会儿还没到，喜宴这边就交给父亲、大伯、妹夫和几个堂兄弟在张罗。母亲、妹妹，还有村里几个好手艺的大嫂、大叔，正在房子后面临时搭建的几只大锅灶上忙碌着，袅绕的香气已经冲着人的鼻膜了。

平师傅手里握着一盒烟，有点拘束地缩在院子的一个角落里。有人跟他打招呼时，他就递给人一支烟。也有人站着跟他逗一会儿趣：平师傅，你穿得这么精神，像个新郎官一样，你老弟都赶在你前头结婚了，什么时候也能喝到你的喜酒呀？他的脸上就有了尴尬之色。有人帮他解围：人家平瞎子现在进城做了大师傅了，赚大把的钱，何愁娶不到一个老婆？到时候，没准还能从城里带个姑娘回家呢。大家哈哈笑着，平师傅也跟着难为情地咧咧嘴。又有人过来凑热闹：平瞎子，你老弟艳福不浅呢，你弟媳妇长得水灵灵的，大眼睛，长睫毛，一口糯米牙，皮肤又白，可漂亮呢。旁边人就笑说这话的人：冯秃子，你见过吗？说得像你亲眼看到过的一样。冯秃子就说：我怎么没见过？今年过年的时候，她不是来过这里吗？大家又说：别人的媳妇，你看得那么仔细干什么？小心你家那个“母夜叉”跟你打架哟。冯秃子说：她敢？老子没在外面找个小的，就算对得起她了。大家笑道：你也就会在我们面前装装猫，一见到你老婆，你就变成老鼠了。笑过一番，有人问：平瞎子，你老弟结婚，你送了什么大礼啊？平师傅有些不好意思地说：我送了一个红包了。有多少钱呀？平师傅就憨憨地笑着，不回答了。立刻就有人接了：人家平师傅现在在城里挣大钱了，给的红包哪里会少？我看，少说，也有两三千吧。又有人插话道：平师傅虽然挣的钱多，但人家也要攒钱娶老婆呢，钱也不能乱花的，是不是啊？平师傅还是只笑不语。

人散开了。平师傅站着有点累了，想在哪里坐一会儿。但这会儿谁也顾及不到他。到处都像炸开的野蜂窝似的，嗡嗡地吵嚷着，纷乱着，抓不住一个着实。穿了这一身新西服，就不能随随便便地往哪里坐坐、靠靠了，平师傅觉得自己的腿有点酸，身子也有点僵硬了。他想：这就是结婚嘛，大事喜事嘛，不累一点，忙一点，怎么能叫大事喜事呢？就像过年，过年不也是累的、忙的吗？何况，过年是一年就有一次的，而这结婚，一辈子又能结几次呢？所以，不忙得狠一点，累得苦一点，又怎么能让人记得住呢？这么想着，平师傅的脸上又堆起了笑容,冲着看不见的人群,预备着。

突然一阵鞭炮长长的爆响,然后是一阵刺鼻的硝烟味,接着就听到有人喊:新娘子到了!新娘子到了!纷纷的脚步,起哄的人群,一些人从自己的身边挤了过去。平师傅有些笨拙地往后面退着,他不知要退到什么地方去。

新娘子真漂亮啊,她穿的那件粉色的婚纱是租的还是买的呀?

新郎也不错喔,这一对看上去蛮般配的。

听说他们认识没多久的,这么快就结婚了,人与人之间还是要看缘分哪。

你是不是眼红人家了?——哎呀,照相的来了,让一让,让一让——

新娘子到了,上菜啦,上菜啦!来,准备开酒啦!

又是一阵忙乱,一阵热浪。不知从哪里冒出来的热气熏到了脸上。酒香、菜香混杂着,引得人暗吞口水。耳朵里一片热闹的祝酒声、喊叫声,仿佛一只巨大的油锅揭了盖了。这喜宴就这样地开场了。

没有人过来招呼平师傅,人们似乎把他给忘记了。平师傅迟疑着,不知是否还应该站在原地。他怕冒失地走上前去,引起了别人的关注,让大家把话题都引到他的身上了。他还没有勇气,在这样的场合接受别人的调侃和玩笑。他想把自己藏起来,可是又觉得那也是不妥的。好歹是他老弟的喜宴,他也算半个主角。要说起来,老弟的婚事能这么快敲定下来,和他过年前“借”给老弟的那几千块钱彩礼不是没有关系的。在这个村里,除了支书他们家冒出个在外面发了财的儿子外,还有哪家可以一出手就有这么大的手笔呢?这么想着,平师傅觉得自己不该走,也不该躲起来。他感到自己心里有一股怨气在成形,在聚集了。是老弟亲自打电话、是小妹亲自到按摩院将他请回家的,既然还当他是这个家的大哥,既然他是这桩婚姻的大功臣,就算这会儿他们个个都忙得晕头转向的,但总不能在这么个节骨眼的时候都把他给忘记了吧?

这时,正巧上完菜准备回灶台的大妹妹一转身,看到了站在一旁的哥哥,惊讶地叫了一声:哥,你怎么还在这儿站着呀?来,来,来,我领你去坐席吧。大妹说着,一把抓住了他的手。他就有些瑟缩地跟在妹妹的身后。

你坐哪里呢?大妹刚走几步,突然像发现了一个大难题一样,又停了下来。

按道理讲,老弟结婚,他这个当大哥的当仁不让地应该坐到主桌上去。但是他毕竟是个……如果他这时候插进去,插在那一桌喜气洋洋、衣着光鲜的人当中,插在村里那些领导、长辈当中,插在新郎新娘旁边,不说别人觉得别扭了,就是连他自己也是胆怯得腿肚子有些发软的。

哎呀，那边都坐满了人，喏，这边还有个空凳子，你就先坐在这里吧，我还要忙着上菜去，待会儿再来招呼你喔。大妹正好看见面前有个空位子，赶紧将大哥领过去，让他在凳子上坐好，然后就旋风般地跑开了。

终于坐下了。平师傅就像是一条小船，在狂风暴雨中好不容易靠上了岸一样，晃荡的心踏实安稳了一点。一桌子的人看见一个戴墨镜的男人突然插了进来，都上上下下地打量起他来。这一桌子坐着的恰是新娘那一边的一些亲友们，谁也不认识平师傅。他们瞧见平师傅穿了一套西装，肤色比乡下人要白净一点，一副大墨镜罩在脸上，看起来像是电影里的黑老大，不过，神色中却又带着乡下人的那种拘谨和腼腆。人们觉得奇怪了。平师傅不知道身边坐着的都是谁，但听见一桌子的人突然冷清了下来，就明白自己方才在匆忙中坐了个"糊涂席"，心里一边责备着妹妹的粗心，一边又盼望着妹妹赶紧过来招呼自己一下。不过，既然已经坐下了，他也不能表现得没有礼貌，于是他冲四周含含糊糊地点点头，用一种主人般的口吻说：大家吃吧，多吃点。听到这不伦不类的招呼，有人应承了一句：来，来，我们继续喝酒，喝酒。这话虽说是承接着平师傅的话而来的，但实际上却有招呼大家继续刚才的热闹，把这个新来的人撂一边的意思。一桌子的人多少都有点被一个陌生人突然打断的扫兴，心里猜测着，来人既然被主人马马虎虎地安排在这个席位上，肯定和主人也没有什么特别亲近的关系，而且肯定也没有什么大不了的地位，又看他那么一种奇怪生分的打扮，缩手缩脚的样子，就从心里把他视为"不受欢迎的人"了。本来他们应该问问来人的身份的，但这会儿，谁也没有这个兴致，大家只顾着拾起前番被打断的热闹，又吆三喝四地喝起酒来，几个人还兴致勃勃地划起了拳。

坐下了，难题却上来了。平师傅在自己面前的桌子上摸到了一只碗，一双筷子。他尽量将自己的动作幅度控制在最小的范围里，唯恐引起了别人的注意。筷子握在手上了，他捻着，却不知该投向哪里。他木讷地坐在凳子上，突然觉得时间被一分一秒地拉得很长。不吃点东西吧，肚子在这种酒香菜香的刺激下，似乎能听得见咕咕的叫唤了，况且人已经上了桌，不吃，难道是来坐冷板凳的吗？可是，要吃的话，又怎么吃？筷子都不知道该往哪里伸。平师傅这下真是有点后悔了。他后悔自己干吗非来凑这个热闹。老弟结婚，有自己什么事？这么辛辛苦苦地跑回家一趟，巴巴地花去了那么些钱，可是，他得到了什么？有谁留意到他？没有他，老弟的喜宴还不照样这么快乐又热闹地进行着？平师傅越想越觉得心里堵得发慌。这会儿，难道让他对着一桌子不认识的人坦白交代：我是新郎的大哥，我是个瞎子，我吃饭是需要人帮助的，请你们帮我夹夹菜吧。这些话，在这样的场合，他如何有勇气说出来？如果说出来的话，会不会引起一桌子人的窃窃私语和暗自嘲笑呢？想想看，谁家的小弟结婚，做大哥的不是风风光光、人前人后地张罗应承着？谁家的大哥不是受到一家子的敬重？摆婚宴，请喜酒，讲的就是个礼数、面子，这时候，就算那些礼数和面子都是平时达不到的，都是装出来的，那也得装啊。做人嘛，你不装，怎么行呢？可是，现在，人家连装都不想装了。说起来，还是自己的这一双眼睛啊——

是的，就是为了这一双无用的眼睛，他吃了多少苦啊，一颗心都在苦水里泡大了，泡烂了，泡麻木了。忍啊忍，忍到现在，日子是比从前过得好多了，挣了钱了，可是挣再多的钱，有什么用？这日子再过下去有什么意思呢？这个念头一跳出来，就跟泉眼似的，堵不住了。是的，有什么意思？活着，像他这样地活着，有什么意思？老弟都娶媳妇了，将来还要抱儿子，再将来，抱孙子，一家子过得热火朝天的，可是这跟自己有什么关系呢？他平瞎子恐怕一辈子都要这么孤家寡人了……周围的吵闹声、起哄声、划拳声、爆笑声像鞭炮似的，噼里啪啦地响着，衬得平师傅的心更空了，完全没有着落了。家里人，包括用了他那么多钱的老弟，恐怕早就把他丢下了，像垃圾一样地丢下了。他们只会在用钱的时候，才会想起他来。也许，老弟让他回家，只是为了那一个红包呢？这么一想，他仿佛被抽空了似的，一下子就薄了，薄得像纸一样了。他在桌子旁不断地矮下去，矮下去，哧溜一声，就滑到地上了。凳子翻了。筷子从他的手上飞了出去。墨镜也掉在了地上。大水终于漫上来了，转眼，水就汹涌了，泛滥了，成灾了。是的，有什么意思？有什么意思？

“哇——”一声哭号仿佛晴天霹雳，把周围的人都吓成了傻子。所有的声音好像被掐断了脖子一样，只剩下半截在空中飘着。笑容还在人们的脸上冻着，放不下去。人们有些摸不着头脑地东张西望。人一静下来，那哭号就显得更加突兀了，简直有了防空警报的威力了。平师傅就像一颗突如其来的落在水里的巨石，一声轰鸣之后，便是短暂的寂静，然后，涟漪就开始渐渐地扩散了。谁啊？谁啊？怎么啦？怎么啦？大家议论纷纷，交头接耳。

一些人拥过来。平师傅感到自己被很多的手拉着，扯着，他被他们架起来了。他听到七嘴八舌的声音:怎么搞的?怎么跌了跤了?怎么都没有人照顾一下?——没事的,没事的,他眼睛不好,跌了一跤——没有跌坏吧?快扶到房间里休息一下——大家接着吃,没事的,没事的——

这人是谁呀?有人在小声地打听。

新郎的大哥啊。

喔,怎么也没人介绍一下?

不是摔坏了吧?还是被人灌醉了?怎么刚刚喝酒,就醉了啊?

平师傅的哭声听起来是复杂的,是奇怪的,是有很多的含义的,可是再一听,又是单纯的,没有任何内容的,就像面筋似的,自己把自己拽着,扯不断。这哭声让人有点莫名其妙,又让人有点无法言说的会心会意。涟漪很快就散去了,喜宴就像一张惊讶的脸,很快就回过神来了,那些冻住的笑容很快又活跃起来了。

架着平师傅的那些人都在不住地劝他:今天是你老弟的大喜日子啊,哭了不吉利,好了,好了,别哭了,别哭了,你老弟结婚了,你应该高兴才对呀,怎么反倒哭了呢?可是这话也是有点不着调的,言不达意,是嘴巴里的话,不是心里的话。人们心里似乎还有一种话,那话和嘴里的话正是相反的,却又是不能说的,无法说的。就这样,平师傅一路呜咽着,被几个亲友架着回到自己的房间里。那是楼下靠西头的一间最小的房间,平时堆着一些杂物,平师傅回家的时候才收拾出来的。

外面那些七七八八的声音终于远了。平师傅的呜咽变成了抽泣。大家把他的鞋脱了,西服脱了,然后让他躺到床上,又拉开被子搭在他的身上。他像木头人一样,由着他们弄,自己还沉浸在无法言说的悲恸中。然后他听到大妹的声音:你们都去吃饭吧,我来陪我哥,我一个人就行了。

静了,这回真的静了。院子外面的吵嚷就像隔着大水传过来的一样,不真切了。这里成了一个安全的无人的小岛了。平师傅用被子遮着脸,还在没完没了的抽泣中。那抽泣似乎成了抽搐了,停不下来了。要想起来,他这一生,就是这么两次哭得最狠。第一次,就是离家出走、碰到大荣的那一次。他那么悲恸欲绝地大哭一场之后,命运突然有了奇迹般的改变,他居然到城里来了,他居然挣大钱了。……可是,现在想来,他的命运又有什么改变呢?

大妹递给他一条擦脸的毛巾,然后坐在他的床边,一直说,说什么他都是不想听的。无非就是劝人想开一点儿的那些话呗,谁不会说?谁不会想?都是漂在水面上的那些东西。可是一个人心里的那些疙瘩，都是沉在水底里的，都是漂不走的，都是化不开的，都是需要自己独个儿去消化、去忍受的。说，有什么用？想通了，有什么用？说得再好，想得再通，你也不能把别人的儿子当自己的儿子，把别人的老婆当自己的老婆，把别人的家当自己的家，把别人的眼睛当自己的眼睛呀！就是这么回事，就是这么个理！他平瞎子早就想通了，可是，日子还不是一样地过？

等了一会儿，大妹该说的都说了，没话说了，她就出去了。又过了一会儿，她端进来一碗鸡汤，一碗堆着菜的米饭。她把汤和饭放在床边的木桌上，对平师傅说：大哥，你饿了吧？起来吃一点吧。

他闻到了那种饭菜的诱人的香气了。他的肚子确实饿了，肚皮贴着肚皮那样地饿了，可是他不想吃，不能吃。怎么能在这时候，像只狗一样，端着饭碗就吃上了呢？在这么大的一个场合，他爆发了，他闹腾了，他丢了人了，他出了洋相了，他不整出点事儿来，他不撑出点儿面子来，又怎么收场呢？虽然，他也不知道应该怎样收场，但他知道，自己是不能吃的，那碗一端，饭一吞进肚里，那他就真的成了一只狗了。可是，不吃饭，又该怎样撑下去呢？再说，他这会儿可是真的饿了，真的累了，泪水流出来之后，人好受了一些，胸口不那么憋得生疼了，但人也虚弱得不行，像生了一场大病。这会儿，他真的是想吃点儿什么东西的。到底怎么办呢？

大妹还在小声地劝他吃饭，可是他硬撑着不吃。这时候，他突然害怕妹妹失去耐心，离他而去，那他就真的没法收场了。他在不知不觉中，已经让自己的哭泣变成了另一种味道，仿佛他是一个任性的孩子，正在父母身边以哭泣要挟，无理取闹，撒娇耍赖一样。可是这种变化是不受自己控制的，他只能被这种变化推着往前跑，或是推着这种变化往前跑。于是他更大声地哭出来，边哭边说：我不吃，我不吃，今天我非要新娘子亲手下一碗喜面不可，我就要吃新娘子下的面条，不然，我是什么也不会吃的！

这句话，是脱口而出的，他并没有深想。但是话一出口，他就觉得自己提出这个要求是一点都不过分的，是合情合理的。是的，老弟娶媳妇，说白了，不也有他花的那些钱的功劳吗？也可能那些钱还是起了最关键的作用呢。那么在今天的喜宴上，他要求新娘子给他下一碗面吃，弥补一下他们对自己的忽视，表示一下他们对自己的感激和心意，有什么不可以的呢？是的，他就要吃新娘子亲手下的喜面!

现在,整个事情都变了。大妹出去了,带着他的略显任性的要求出去了。她帮着他去和他们“交涉”了,好像他是一个被惯坏的孩子,等着让人来哄了。他心里当然是没有底的,但他只能咬着牙,撑下去了。不撑,整个事情就垮了,就不像样了,就让人看不起了,也让自己看不起了。

时间过得真是慢呀。怎么房门外还没有响起那些脚步声呢?他们会不会不了了之呢?平师傅不知什么时候,已经停止抽泣了。他用毛巾将自己的眼泪、鼻涕擦干净了。他坐起来,靠在床头上。这会儿,他内心的风暴已经过去了。他的时间里只有等待了,焦急地等待。要是能同时来几个人就好了,要是父亲母亲新郎新娘一起来就好了,那他的面子就算挣足了,那他就可以好好收场了。他还应该给这对新人敬一杯喜酒,祝他们白头到老,早点生个大胖儿子……

门外终于响起了脚步声了。单薄的却又是急切的。是一个人的。平师傅像做了贼一样,赶紧慌张地躺了下去,面朝里,背朝外,还用被子劈头盖脑地把自己蒙了起来。

是母亲的声音:平儿,你怎么啦?今天是你老弟的大喜日子呀,你怎么在这个节骨眼上来添乱呢?

他一动不动。

想吃面条,我给你下一碗吧。你弟媳妇这会儿正跟你老弟在各个桌子上敬酒呢,哪里有工夫下面条给你吃呀?你是做大哥的,担待一点,好不好呀?母亲少见的好脾气,说话声是贴着心窝的。

他想动了,可是,他还是有些犹豫。

都是一家子人,你老弟结婚,你应该高兴,是不是呀?等过些日子,碰到合适的,我和你爸爸也帮你物色一个。先把你老弟的事情忙完再说嘛。你别着急,你的事情得慢慢来呀。母亲的声音还是和缓的。

但这话是听不得的。平师傅突然掀开被子,坐起来。他冲着母亲吼道:我的事情不要你们管!你们什么时候管过了?我知道,我是个瞎子,我丢了你们的脸了,我从一生下来,你们就巴望着我死掉,是不是啊?我没有死掉,全是因为我命大福大,是不是啊?谁说要结婚了?谁说结的谁就结去,关我什么事呀?

母亲愣愣地看着冲她发火的这个大儿子。他脸上的表情有些可怕,脖子上的青筋跳着。这是她的大儿子吗？这是那个一直有点木讷寡言温顺的大儿子吗？他可从来没有像今天这样冲她发过火呢。——听听，这说的都是什么话呀？真是有点大逆不道，不识抬举了。别以为自己现在在城里挣了点钱了，就有什么了不起了，对母亲就可以有这种态度了，在老弟的喜宴上就可以这么胡闹一番了，要不是看你现在不常回家，在家里也算半个客人的话，真该好好地教训你一顿不可！母亲这么一想，也有点光火了，不过，毕竟是个大喜的日子啊，她使劲咽了一下口水，克制着。这时，黄昏的最后一束光折射到房间里，有一种稀薄的惨淡，有一种抓不住的温暖。那光也映在平师傅的脸上。母亲好像是第一次这么仔细地打量他。她看着儿子脸上那两个枯枯的黑窝，看着他脸上清晰得像刻上去的皱纹，再看看他扔在床上、皱在一起的那套崭新的西服，不知为什么，心里猛然一酸。她拎起那套西服，在椅背上挂好，然后叹出一口气来：好了，好了，平儿，别闹了，你这个做大哥的，一直都挺懂事儿的，这会儿也该拿出点做大哥的样子来吧？一家子人，就应该开开心心的，你让别人在背后嚼什么舌头呢？我这就给你下碗面，行了吧？

不，我就要吃新娘子下的面！不知为什么，平师傅那种做瞎子的犟劲儿上来了，他往床上一倒，又用被子蒙上了头。

唉——他听到一声长长的叹息，然后一阵脚步声就走远了。

寂静。死一般的静。窗外的热闹飘浮起来，一切仿佛在梦中了。

大哥，你的面，我给你端来了。

一个大眼睛，长睫毛，一口糯米牙，皮肤又白，长得水灵灵的女人，捧着一大碗油汪汪的面条，站在他的面前。他看见了，分明看见了。她朝他笑着。面是香的，她的手，她的身体香得更厉害。那是女人的香，独特的香，可以飞的香，可以游的香。他好像在哪里闻过的，又好像是闻所未闻的。

大哥，谢谢你一直以来对我们的关照啊。这碗喜面是我特意为你下的，我在里面放了一种特别的东西，你看到了吗？

——我看到了，就要看到了。你别走，别走，你等一等啊，我能看到的——那是我的面啊，你别把它拿走啊——

（原载《十月》2007年第2期，荣获第五届鲁迅文学奖）

周玉冰

（1974— ）

青年作家、书画评论员。安庆望江县人，华东师大中文系本科毕业。当过十余年中学语文教师，获得系列国家级荣誉。近年来致力于安徽本土文化的研究，已出版小说、诗集十余部。同时为图书策划人，成功策划出版了系列个人文集、校园学生作品集。在安徽教育出版社担任过《青苹果》（职教版）杂志副主编。现居合肥，供职某省级媒体，兼任江淮文化研究所学术助理。专业写作，从事文化传播，尤其是以“安徽地方文化挖掘者”的身份关注、挖掘安徽文化。

其代表作有长篇小说《面朝大海 春暖花开——海子的诗情人生》，深受好评，进入中学馆配图书目录；2008 年 5 月，写出第一部关于汶川大地震的小说《五月的名字叫坚强》，受到时任总理温家宝亲笔批示；《为黄山而生——童乃寿传》刻画了一代画家童乃寿的艺术人生，也呈现了当代安徽美术的发展与群体风貌；长篇小说《严凤英一家人》是采访严凤英爱人王冠亚及时白林、陆洪非、金芝等一批老一代黄梅戏艺术家后写出的一部文学传记，深受读者好评。

面朝大海　春暖花开
—— 海子的诗情人生(节选)

第五章　扑向太阳

5　跋涉在太阳的路上

走遍印度和西藏
从那儿我长途跋涉走遍印度和西藏
在雪山、乱石和狮子之间寻找
天空的女儿和诗
波斯高原也是我流放前故乡的山巅

——引自《黎明之二》

北方,秋雨连绵。

海子又开始《弑》的创作,决定将之搬上学校舞台。

近乎疯狂的写作。终于在9月22日完成了《弑》剧。抚摸着完整的诗稿,海子长吁了一口气,这应该是较为满意的作品,消耗了自己不少心血啊!著名诗人燎原评道:"《太阳·弑》显示着海子在他成长历程中一种断裂性的跨越。他长久地将自己压缩在少年天才的位置上,不肯向青年过渡。当写作积压到一个爆炸的临界点时,他又直接越过青年期而跳入阴鸷宏富的壮年期,进入那种巨匠性的写作,这种跨越,犹如锐利的鹰隼之于翅翼垂天的鲲鹏之变。"

与此同时,白珮珮一面刻意回避海子,另一方面为他的《弑》剧搬上舞台而努力。

这些让海子高兴不已,他暗暗告诉自己,胜利的曙光正将自己笼罩。

可学校在最后决算时还是否定了《弑》剧搬上舞台的设想,稍稍上档次演这场诗剧也要花几千元。在八十年代这是一笔不菲的数目。

当系里徐副主任告诉他这一结果时,海子从美妙的天堂坠入痛苦的深渊,便责问说:"你们当领导的怎么能这样?"

自然又是好友骆一禾、西川来劝慰自己痛苦的朋友。海子一言不发,一杯接一杯饮酒,直至大醉。

一禾与西川劝慰着他。

海子内心不甘,说:"我自己花一千元,非要将《弑》搬上舞台!"

一禾劝他说:"你经济不宽裕,别费那个钱,等有朝一日功成名就,《弑》剧自然有人会搬上舞台。"

海子没有作声,内心确信了一禾的话。

一个星月交辉略带寒意的夜里,老木做东,与海子、骆一禾在三里屯喝酒谈诗。

街灯醉醺醺的,有一种狂躁不安的感觉。他们谈起一禾的长诗《大海》。海子评价说:"这首诗长风千里!"

老木高吟《大海》诗句:"不惧死亡者/必为生命所战胜。"

他们讨论着死,讨论自杀的方式。

海子说:"自杀最好是卧轨,我发现铁轨是天梯,可以载着你奔赴天堂!"

老木不赞成:"那过于简洁、干净,没有过程。死莫过于流浪而死,死得丰富。"

一禾平静表白:"不如做个沉重的思想者,不知不觉无思无想死去。"

海子重重砸着酒瓶,深吸一口烟说:"死就是生! 喝酒。"

随后,海子又开始了《太阳·弥赛亚》的创作,着手动笔的日子是11月21日,他用诗歌的天梯搭载年轻的生命向太阳走去,但直到他扑进了太阳的心脏也未完成这部诗作。

同时,海子遭遇着他短暂人生中又一次难言的孤独与痛苦的心境。

一禾与西川在这年相继结婚,这让海子的心绪很坏。他不止一次劝两人不要结婚,自然是无效的。在参加完西川的婚宴回到昌平后,他失魂落魄地说:"都结婚了,就剩下我一人了,剩下我一人去孤独,我害怕寂寞与孤独啊!"

一次,翻阅四川诗人编写的《非非年鉴》,看到了常中明一篇文章《向自己学习》。自从那次成都结识常中明以来,他内心一直记着这位正在奋斗中的诗友。他饶有兴趣地读这篇文章。他万没想到,自己托献诚心的朋友竟在这篇文章中批评自己,与那次在成都相见时的赞颂完全不同。

他写道:"有一位寻根的诗友从外省来,带来了很多这方面(宏大的史诗写作)的消息:假如你要写诗,你就必须对这个民族负责,要紧紧抓住他的过去,你不能把诗写得太短,因为现在是呼唤史诗的时代……在空乏、漫长的言辞后面,隐藏了一颗乏味和自囚的心灵。对旧事物的迷恋和复辟,对过往岁月的感伤,必然伴随着对新事物和今天的反动。我们现在还能默默相对,各怀心思,但用不了多久,他就会成为我的敌人。"

这种化友为敌的批评让海子伤心透顶,他又跑到一禾那儿大哭一通。

几天后,绵阳诗人雨田造访海子,他同样留着大胡子,一副江湖诗人的感觉。海子热情接待了他。晚上,海子忍不住拿出那本书,在雨田面前来回走动,以嬉皮士式的腔调骂常中明说:"他妈的,成都的常中明开始批判我了。"海子无法容忍自认为朋友的人对自己的批判,他为此怀恨在心,痛苦不已。

他用夸张的语调读那篇文章,然后仰起头来读起普希金的诗句——

啊,缪斯,听从上帝的旨意吧!
不要怕受辱,也不要祈求桂冠簪缨,
毁誉都一样平心静气去领受,
也不和那些蠢人无谓地论争。

雨田听得很不自在。

寂寞穷困的海子甚至走进昌平一家饭馆,对老板说:"我给大家朗诵我的诗,你们能不能给我酒喝?"老板打量着他说:"我可以给你酒喝,但别在这儿读诗。"在座的人哈哈大笑,海子只得在笑声中痛苦离开。

路上,碰上了骑着自行车的尚元。自从海子搬进法大新校区后,他们见面很少。

尚元问海子:"还练功吗?"

"练,可没长进。你功练得怎样?"海子问。

尚元故作神气地说："说了怕你不相信，我功力大增，现在可用功力治病，也可以用功力去影响别人，给他制造幻觉。"

"太神了。"海子感喟。

"最近生活得怎样？"尚元问。

"惨啊，暑假去了西藏，现在的钱都用来还债，口袋里空空的，还没吃饭呢！四川还有个朋友在写文章骂我。"海子说。

"你怎么比我还惨！"尚元说完从口袋里掏出五元钱，让他去买吃的。海子用这五元钱吃了一顿饭。

寂寞无助的海子真不愿再在昌平待下去。挚友老木建议他让一禾帮忙在北京城找份工作，离朋友们近些。可八十年代要为人找份正式工作谈何容易啊。

昌平的寂寞也就成了一把无形的刀剑，向海子脆弱的生命刺来，让他只能在精神上去循着天梯踏歌，以期走入那有美丽音乐、美丽人生和壮丽生存的理想境界。

在生活方式上，西藏之行给了他极大的改变。他将那次风吹在脸上的破旧幡旗挂在墙上，认为这是神灵赐予的太阳，能给他创作的灵感。他注视着墙上的幡旗，脑中构思着恢宏的诗篇。似乎看到那幡旗正放射光芒，在光芒之中闪现着雄伟的宫殿，宫殿里弥漫着人类智慧之光，他和女友们正徜徉其间，人类在其间恪守礼义，和谐安详。

他还将床拆掉，像藏民一样直接睡在地上，接受地气的孕育，并且让室内保持着印度香味。有时写作思路受阻，即使是寒冷冬天，也将双脚插入冷水，以此刺激大脑。就这样，为了能踏歌天梯，他不顾一切逼耗着大脑的能量，也不顾一切逼耗着身体的能量。

6　亲人们啊，我的依恋

今夜你的黑头发
是岩石上寂寞的黑夜

——引自《最后一夜和第一日的献诗》

夜已很深，昌平沉入梦乡。海子的房间透出一点灯光，在沉沉夜色中显得微淡。

海子从梦中惊叫起来，他醒了，自己正趴在桌上，诗稿摆在面前。

他梦见自己接到查湾老家母亲病危的急电。他哭了，迅速向查湾奔去，没时间去招车子，只知道狂奔，奔倒在地，口吐鲜血……

他抹着自己的脸，想起“梦见亲人病危或死去一次，亲人就会增寿”的话，心中宽慰一些。他祝愿母亲健康长寿，心里想着母亲。他决定接母亲来北京。

这年的年底，海子精心给母亲安排路线，把她接到昌平。

他怕母亲为自己的婚事担心，怕她在北京过不开心，他特意找一位女诗友，让她充当自己的女友。她感动于他的淳朴，答应了。

一到北京站，母亲操采菊发现海子身边有位漂亮姑娘，她悄问是不是女朋友，海子肯定了。操采菊由衷地高兴，心里的一块石头总算落下。这两年来她总为儿子的婚事担心，隐约知道儿子感情上的一些事，暗暗为他着急。

姑娘告诉说她在一家电视台工作。更让母亲高兴的是她是个勤快温顺的人，热情地照料着远道而来的母亲。

海子也抽出时间，带母亲在北京城尽兴逛着，尝着北京的小吃。母亲含辛茹苦将他拉扯成人，他想以各种方式尽些孝道，给母亲以安慰。

但操采菊老人发现自己作为一位母亲心是操不尽的。儿子有了女朋友，可他的人际交往让她担心。一次她与海子在操场散步，对面走来徐副主任。她估计是位领导，可仔细看看儿子，儿子清高无比，一声招呼都没有。倒是徐副主任，估计身边的妇女是海子的母亲，笑着主动问好，海子仅是淡淡“嗯”了一声。他又大度地问：“这位是母亲吧？”海子还是“嗯”着，由于不通安庆方言，徐副主任不能与海子母亲交谈，笑着说：“您在北京好好玩一玩！”母亲喏喏地应着。

待徐副主任走远，母亲责怪儿子目无领导。海子回答说：“妈，这种领导胸无点墨，不值得尊敬。”母亲不满意儿子的回答，只是责怪劝说。

几天的京城游玩是新鲜的，母亲要回去了，查湾还有许多农事让她放心不下。海子依依不舍送母亲上车，临行前塞给母亲三百元钱，母亲执意不要，可儿子硬是塞给了她。母亲只得收下，一路上心里却为这三百元难受，她知道儿子眼下买书、交友花销很大。

母亲去后不久，海子又收到了大弟曙明的信，诉说辍学后内心的失落与苦闷，仍想去复读。海子立即回信，赞成他复读。

随后,他去了四川。这次,并不完全是与诗友们论诗,更主要是看看与自己失之交臂差点成终身伴侣的安妮。让海子大吃一惊的是半年不见的安妮明显憔悴了。海子惊问怎么回事。安妮倚着一棵树,流着泪说:“海子,我们之间的事让他们知道了。”

“他们?”海子问,“哪些人?”

“许多人,包括我丈夫。”

“任凭他们知道,我不怕,你本该是我的妻子!”海子不在乎地说。

“可我在乎!我要面对众多指责和丈夫的斥骂,甚至是拳脚。海子,你应该忘却我,找个姑娘结婚!”

“别人身上总是找不到你给我的感觉,有人给我介绍过,交往一段时间便分手了!”海子说,很平静的口吻。

“海子?”安妮怜爱地喊着他的名字说,“你这是为什么呢,不能浪荡了,海子!”

海子走过来,托起她流泪的脸,深情地吻着,说:“如果不是因为有你,我或许结婚了。是你占据着我的心,她们夺不去。”

安妮在他怀中嘤嘤哭泣。

她挡不住海子的深情,与海子携手在山水间,谈诗歌,谈思念,谈麦子。

两天后,当安妮回到自己的家,才知道女儿生病了,正躺在医院里。“啊,女儿,我的宝贝!我的心爱!”安妮心中呼着,朝医院奔去。女儿躺在洁白的病床上,往日的活泼、可爱、聪慧不见了,只是精神不振地躺在那儿。她冲过去,抱起心爱的女儿。

女儿见了自己的妈妈,流下了泪,用稚嫩、虚弱的声音问:“妈妈,你去了哪儿?我想你!”

医生告诉她说,孩子若不是送得及时,已不在人世。

是怨!是恨!是不尽的悔!安妮内心责骂自己,紧紧搂住女儿。

海子悄悄来到病房,用他最大的支付能力为孩子买来许多物品。

安妮满眼的泪,用哀婉的声音哭诉:“海子,求你原谅我,我不能再与你交往下去,请原谅……”她泣不成声,悲恸得说不下去。海子内心被触动,心中一酸,走过来抚摸她的黑头发,吻着她说:“我答应你。”

床上生病的孩子流着泪看着他们,懂事地闭上眼睛。

从医院里出来，海子痛苦地咀嚼着安妮的话。他的确能体会她的苦痛，而自己以前总是以浪子的性格处事，只顾及自己的感觉。他觉得对不起安妮，也只能痛苦地接受这个现实，决定尽快离开达县，离开四川。

坐在江轮上，透过窗户看着滔滔江水和两岸迷茫中的山梁、原野、村庄，他尽量抛开内心不悦，只想尽快回到查湾，回到自己的家。

赶到高河时，暮色笼罩，小镇上腾起炊烟，飘着浓浓的乡音。

没有车子，海子只好去同学张琴家，她从华东师大毕业后分在安庆师范学院。见到满脸胡须的海子，张琴大吃一惊，带他去见同学李智。

李智是海子高中要好的朋友，他留不住海子，只好用自行车送他去查湾。

路上他们聊起诗歌，李智惊叹海子嘴中吐出的全是西方哲人的思想与语句，那么博大、深邃。

车子在乡村公路上颠簸，海子高吟诗句：

> 看到家乡的卵石滚满了河滩
> 黄昏常存弧形的天空
> 让大地上布满哀伤的村庄
> 有时我孤独一人坐在麦地为众兄弟背诵中国的诗
> 没有了眼睛也没有嘴唇

一回到家他就感到饿了，喊着妈妈要吃饭。这一次回家，经济上真是寒碜，不能像往常一样给家人带些礼物。

海子关心的芦花这一年没有回来，连过年也在外做生意。关于她的事业，关于她的善良，还有她的干练已在查湾传扬着。但团聚的节日里没有看到她，让海子真的很难受，他不断感叹："家乡变了，太荒凉。"

儿子的一些不符合乡村规范的言行让父亲查振全心绪不佳。想当年海子考上大学那阵子，让查湾人羡慕也让他荣耀。那时因为海子，查湾掀起了读书热潮。可现在，不少人在外挣钱富了起来，盖起了楼房，可他家仍是贫困，只因海子不会攒钱，只知道写诗、买书和流浪。

家乡的这一切变化让海子内心苦闷。他想起不久前北大同学聚会上，有同学邀请他去海南办报经商。海子有意前往，离开痛苦的昌平。可当他将这一想法说给父亲听时，父亲查振全勃然大怒："好好的铁饭碗不要，去海南做什么？流浪？我们好不容易吃尽苦头把你培养出来，是想让你争光。你国家饭不吃去打什么工？不读书也能打工……"

海子闷声不语，去房间写作。

母亲在一旁抹着眼泪。

晚上，海子只淡淡吃了几口饭又回房间，母亲端来一碗面，痛惜地说："孩子，你真要辞去工作？"

海子直接回答："我还是去当老师啦。"

停了一会，娘又问："上次那位姑娘怎么样了？"

海子怕母亲心里难受，沉默着没有作声，娘心里明白，也就不再询问。

一天早上起床，海子不断咳嗽，竟然咳出了血丝。母亲操采菊心中着急。海子说："可能是写作的原因，大概是肺出了问题。"

海子担心着自己的身体。他给系里写了封信，陈述自己身体不好，特请假去武汉治疗。母亲也带他到附近一个有名的老中医那儿开些中草药，每天煎服。几帖中草药服下，海子症状减轻了，他决定回昌平。临行前的两天，他仍在村子前后走着，前所未有的依恋涌上心头。就在村口的池塘边，一位老人正在水中洗着碧嫩的青菜，他扶着她走上堤岸。在内心深处，查湾村的老老少少，他都感到格外亲切。

动身那天，母亲照例要送儿子出村口，又要一年才能相见，娘心里难受，对儿子万千嘱托。海子心里依恋，眼里噙着泪水说："妈，我走了。"便与曙明一起埋头上路。

娘的眼睛模糊了，看不到儿子的身影。回到家，心里一阵茫然，过去每次送儿子，他总要回头望一眼，这次却没回头，她只能盼望下一个寒假母子相见。

曙明送哥哥到车站。在车站，海子又给弟弟三十元钱，让他用十元钱去配副眼镜，其余二十元钱补补身体，他鼓励着弟弟："好好学习，不能压力太大。"

临上车时，哥哥还是对弟弟叮嘱一番，弟弟应着，他发现亲爱的哥哥眼神里流露出对他前所未有的关爱与依恋。

哥哥是去安庆乘开往合肥的车子。快上车时，他又回来，扶着弟弟的肩膀，注视了好久，说："我走后，你要好好照顾娘。"哥哥眼里含着泪。

弟弟点点头，目送哥哥坐上车子，在向他招手。

他万没想到，这次竟是他与亲爱的哥哥的诀别！

当晚，海子在安庆的诗友沈天鸿家吃饭，喝酒论诗。海子又说起长诗，说起四川诗人对自己长诗的批判。

沈天鸿劝海子说："你的短诗会有传世之作，但我也不赞成你写长诗，那是在浪费精力……"

海子不以为然，喝着酒说："你们都不了解我，不了解我追求的诗歌！"

不知不觉中，海子喝完一瓶白酒。沈天鸿问："还喝吗？"

"不喝了，你又不陪我喝，一个人喝没意思。"海子说。

此时的安庆城尚未通公交车，海子要去当老师的叔叔家。沈天鸿用自行车送他上路，在叔叔家门口道别。

第二天一大早，海子即乘车去北京。

没多久，在安庆日报社工作的沈天鸿收到海子的一封信。字迹潦草，寥寥数语："天鸿：我还活着，你呢？"沈天鸿莫名其妙，却没去深思。

7 乘天梯扑向太阳

春天，十个海子全部复活
在光明的景色中
嘲笑这一个野蛮而悲伤的海子
你这么长久的沉睡究竟为了什么？

——引自《春天，十个海子》

《太阳·弥赛亚》在昌平继续全面铺开。海子决然走上诗歌创作的"赤道"：从浪漫主义诗人自传和激情的因素直取凡·高、尼采、荷尔德林的境地而突入背景诗歌——史诗。他冲击极限的速度在逐渐加快，向理想中的王国踏歌挺进：

天梯上的夜歌
天堂的夜歌
夜歌歌唱了我
弓箭放下

我画出山坡
太阳放下弓箭
夜晚画出山坡
……

痛苦随时袭来。这学期开始，同事们开始议论他当初的恋人波婉。波婉毕业后去了深圳，并且在那建立了家庭，眼下正要出国，在出国前将来法大看自己的老师。

两年来，海子痛苦地刻意忘记她，她是深深走入自己心灵深处的女孩。现在，关于她成家、出国的一些消息传来，复苏了海子刻意冰封的心，思念与痛楚又烈火般焚烧、蓬勃、蒸腾。

海子唯一能做的就是为她写短诗。过去，波婉在国内，心中总能感到这个给他幸福也给他痛苦的人就在那一方，随时会在哪一天哪一处逢上。而远去大洋彼岸，相知相逢就是那么困难，似乎自己就是那位为情所伤的贾宝玉，他写下《太平洋上的贾宝玉》。

几天来，他的脑中所充塞的全是波婉、太平洋，心中似箭刺一般地灼痛，他恨不得跪在波婉的身边，恳求她别去大洋彼岸，而仍能给他关爱与柔情，一如当初。在理智上他知道这是不可能的，自己唯一能做的就是为她祝福。甚至，自己是感情的受伤者，他又是多么希望天下所有的人爱情幸福生活温馨。在这种心态下他写下了《面朝大海，春暖花开》——

从明天起，做一个幸福的人
喂马、劈柴、周游世界
从明天起，关心粮食和蔬菜
我有一所房子，面朝大海，春暖花开

从明天起，和每一个亲人通信
告诉他们我的幸福
那幸福的闪电告诉我的
我将告诉每一个人

给每一条河每一座山取一个温暖的名字
陌生人,我也为你祝福
愿你有一个灿烂的前程
愿你有情人终成眷属
愿你在尘世获得幸福
我只愿面朝大海,春暖花开

这一首让人读后温情洋溢的诗作,给人一种欢欣明快的感觉。但实际上海子的内心是极端痛苦的,现实中遭遇着种种不如意,便将善良、期盼与憧憬寄予明天。明快明亮的背后隐藏着海子潜在的理想与现实、物质与精神的对抗。海子独自捂着痛楚的心,承受不幸,却以他诗人的纯真为心爱的人,为天下所有相识与不相识的人祝愿。

随后的一段时间里,他写下了《太平洋的献诗》《献给太平洋》《折梅》《献诗》。"太平洋"这个平时与海子关联不大的词,因为波婉,这段时间却高密度地出现在他的大脑和诗中。

长诗《弥赛亚》的节奏在拼命加快,海子的大脑高密度地运作,不仅仅是写作,点点滴滴痛苦的幸福的都向大脑汹涌而来,让他的大脑似乎成了失控的车轮,打滑着难以控制,随时可能越轨坠崖。听觉上的错乱声响,肺部的隐隐作痛,头脑中的可怕幻觉都向海子袭来,让他无法入眠,几近崩溃。海子似乎意识到自己走到了生命的尽头,经常在深更半夜,在幻觉中,看到母亲正坐在门口的板凳上流泪,望着北方,想念自己孝顺的儿子。

这天深夜,他在亢奋状态中放下笔,推开门来到校外。他感到头晕目眩,地球在高速运转,厚重的泥土在他脚下旋转、开裂,出现一黑洞,将他吸入。多年来沉浸在写作中,从没像今夜一样对泥土一往情深。他看到查湾的田野,看到长着黑松的高岗。多么亲切的泥土啊!他要亲近它,要走入它的腹部。他跪了下来,朝着查湾的方向跪下。

接下来的日子,幻觉在大脑中高密度出现。

他看到了自己的死。自己正走向查湾,已是身心疲惫,只觉得自己累了,想睡上一觉,睡在查湾的怀抱里。他嘴里对查湾念着:"村庄啊,我悲欢离合的小河/现在我要睡了,睡了/把你们墓地和膝盖给我/那些喂养我的黏土/在我脸上开满了花朵。”

他看到有许多人正走向自己的坟头,他静静睡在那儿,无法与他们交流,想说话发不出声,只有心在说:“我就居住在/冬天和春天之间/那几层黑土地里/不必叫醒我/随便摘些新鲜的叶子/盖上我痛苦中深深的眼窝。”

在稍稍平静的夜晚,海子回想着自己爱过的女友。觉得最对不起的是诗芬,他能感受自己给了她多少痛苦。他想向她赎罪,他走到她的窗下,窗帘下映着两个身影,正幸福地偎依。他为她祝福,心里却责问自己:“我为什么突然厌弃这全部北方/全部文明的生存/我为什么要娶赤道为妻子/放弃了人类女儿?”

他想念波婉的甜蜜可爱,他想念安妮的诗意飞扬,他想念白珮珮的稳练风韵,他想念诗芬的纯朴深情。他想念这四姐妹,恨自己与世不入,他感到自己是棵绝望的麦子,独立在山冈上。他的眼前出现了四姐妹的情景,像幽灵,像梦幻。

最先出现的是波婉,洁白的衣裙,圣洁可爱,正朝他甜甜地笑,娇嗔地晃着脑袋。那是海子最熟悉的。他深情地呼唤着,她却消失了。“波婉、波婉!”海子绝望地呼喊。

细雨中,安妮撑着一把伞走来,幽香的黑头发优雅地闪动、飞扬。她站在那儿,深情地呼喊着:“海子,我来看你了。”“安妮!”海子应着扑过去,眼前却是一堵墙。

迎面而来的是诗芬,揣着一叠诗稿,目光忧郁地望着海子。风吹起她手中的诗稿,雪花一样在风中飞扬。“原谅我吧,诗芬!”海子流着泪哀求。诗芬却一转身,抹着眼泪远去……

月光下,白珮珮款款而来,那恬淡的笑容像幽幽的玉兰微微绽放。她立在那儿,静静地看着海子,深情与无奈盈满了那双迷人的眼睛。“珮姐,你别离开了!”珮姐却消失在一片迷茫之中。“珮姐!”海子对着她的身影高呼。

四姐妹一起出现了,结伴立在高岗上,看着海子,像诉说什么却什么也没说,慢慢地隐去……

海子急了,张开双臂要拥抱她们。她们彻底消失。海子拉开门要将她们追寻,他呼喊:“别走啊,四姐妹!”他明白,自己出现了幻觉。只得独自进来,痛苦思念四姐妹。他写下《四姐妹》一诗——

我爱过的这糊涂的四姐妹啊
像爱着我亲手写下的四首诗
我的美丽的结伴而行的四姐妹
比命运女神还要多出一个
赶着美丽苍白的奶牛走向月亮形的山峰
……
请告诉四姐妹:这是绝望的麦子
永远是这样
风后面是风
天空上面是天空
道路前面还是道路

这一晚,海子头脑清醒一些,趴在桌子上继续写他的《太阳·弥赛亚》。苇岸敲门进来,他惊诧海子房间的巨大变化:浓郁的印度香,床铺在地上,墙上挂着破布,室内安放着注有彩漆的佛像。更让他惊异的是海子这么冷的天将双脚浸在水中写作。他问这是为何。海子咳嗽一通后,说:"伟大的作家都有个人的癖好,海明威站着写作,卡波特一定要躺着构思,穆尔裸体才写诗,易卜生要将对手斯特林堡像摆在面前才动笔。我要这样才有思路。"

苇岸让海子注意身体,他告诉苇岸说有草药吃,是从家乡带来的。

苇岸走后,海子继续写作。可大脑却似乎凝固,血流停滞在那儿无法通流,随后耳朵轰鸣,头晕着有一阵幻觉:只见面前是茫茫大海,海水正向自己涌过来,波婉在海上,神态安详如圣母一般,他大喊着她的名字,她却没有听见。他只得喊道:"苇岸、一禾,我不行了,我们在天堂再做朋友吧,我等你们!你们要快随我来。"说完晕倒在地。

随后,他又出现另一种幻觉:自己是一个普普通通的中学教师,坐在自家门前劈柴。妻子芦花幸福地看着自己,梳理她美如黑夜的头发,发间斜插的樱花透着她的秀气,那迷离的笑脸永远是那么灿烂、清晰!

孩子们承欢在他膝下,野外麦苗娇嫩丰盈,篱笆青翠碧绿,像小溪一样缓缓流淌……

这种状态在这一段时间经常出现。有一次,他晕倒后昏睡一整天,直至傍晚醒来填了一下肚子又争分夺秒地写作。他整理好旧作《桃花时节》后,又在凌晨的鸡鸣声里写下了《春天,十个海子》——

春天,十个海子全部复活
在光明的景色中
嘲笑这一个野蛮而悲伤的海子
你这么长久的沉睡究竟为了什么?

春天,十个海子低低地怒吼
围着你和我跳舞、唱歌
扯乱你的黑头发,骑上你飞奔而去,尘土飞扬
你被劈开的疼痛在大地弥漫
……

三天后,波婉来到政法大学。仅两年的时间,她的变化太大了,在深圳有了事业基础,言谈举止更是成熟干练,她礼貌周到地与老师交谈。看到海子,她只是象征性地淡淡交谈几句。她看着桌上的诗稿,说:"我要出国了。"

海子心中难受,泪水在眼里滚动,哽咽说:"我知道。"

"你还在写长诗?"

"是的,太阳篇章,快要竣工。"

波婉没说什么,转动身子,意欲离开。

"波婉!"海子呼唤。

这一声呼唤,呼出了他的全部内心世界,波婉挪不动脚步,怔怔地看着他。

海子走过来,扶着她的肩,问:"你还爱我吗?"

波婉从情感中恢复过来,看着海子,摇摇头。

海子垂下双手,痛苦绝望。

"海子,你对诗歌太执着。你不了解时代不了解社会。你对诗歌的着迷超过了北岛、顾城,超越了荷尔德宁、叶赛宁。如果放弃了诗歌,去争取讲师、教

授,你不会是今天这样。或许,我们仍走在一起……"

"你别说了,走吧!"海子木然地说。

波婉看着他,走出了房间。

海子关上门,泪水涌溢。

多少时间里海子渴望着这次相逢,他希望看到的仍是一个给他快乐给他幸福,给他勇气和鼓励的波婉。然而他失望了,彻底失望。

带着失望的痛苦心境,海子参加教研室同事的聚会,心情抑郁地喝酒,听着同事们对波婉的议论。他喝醉了,发泄地骂道:"什么爱情的誓言,都是骗人的鬼话!她是一个世俗的女孩,眼里只有钱,所谓的感情都是欺罔!"

第二天醒来,海子第一个反应就是在酒席上骂了波婉,这是他前所未有过的,两年来他因为深爱而回避。而这一次当着那么多人讲她,这让海子难以原谅自己,他想起在山海关的誓言,他为此自疚,将自己封闭在室内痛不欲生,用酒麻醉以至四天后推开苇岸的门,憔悴的他第一句就说:"我差点死了。"

3 月 24 日夜里,大脑的幻觉再次产生,海子找不到原因,他甚至怀疑是尚元及另一位修功者在搅乱他的意识,耳鸣也到了极点,似乎全是他俩的声音,还有威胁和阴暗的言论。他觉得自己可能会被折磨而死,于是先后写了两封遗书。

第二天,海子昏昏迷迷度过一个白天。晚上,仍在拼命写着《弥赛亚》,只觉得自己跟不上那孤独的、快如闪电的思想。可半夜里又出现昨夜同样的情况,约三点,海子从梦幻中醒来,大声叫喊着:"我不行了,我活着没意义了!"声音惊醒了同事,敲开海子的门问出了什么事。海子面色苍白,道歉说自己在做噩梦。但他感到不是梦,是"恶魔"再次袭来。他感到"恶魔"不会放过自己,一面忍受着痛苦,一面接着昨天写起遗书……

痛苦挣扎一夜后,他给校领导写了一份遗书。然后摩挲着整理好的书稿,又将房间再次打扫一遍,心爱的《西藏唐卡》连同书一起摆好,七卷本印度史诗《罗摩衍那》摆在桌子显眼的地方。然后,痛苦地等待天明。

第二天早上,身穿白衬衣、蓝裤子的海子,肩挎一个军用书包来到法大老校区,随后又去心恋的北大转了一会儿后,乘汽车去山海关,随身携带四本心爱的书:《新旧约全书》、梭罗的《瓦尔登湖》、海涯达尔的《孤筏重洋》和《康拉得小说选》。

对于中国年轻的诗歌爱好者来说,3 月 26 日是个痛惜而清晰的日子。这天中午,已在这住了一夜的海子,只吃了个橘子,便沿着铁轨朝龙家营段走去。他太痛苦了,他决定结束在人间的生存。

徘徊到傍晚时分,他从墙上撕下一块纸片,用铅笔使劲地写下:"我是中国政法大学哲学教研室老师,我叫查海生,我的死与任何人无关。"

铁轨冰冷地延伸,海子清楚一旦躺下,自己将走向另一片天空,走向家乡黄土深处。他极目远眺,吟起普希金的诗句:

不,我不会完全死去——我的心灵将越出
我的骨灰在庄严的琴上逃过腐烂
我的名字会远扬只要在这月光下的世界
哪怕仅仅有一个诗人流传

然后,他选择一段上坡的慢行轨道,慢慢躺下,腰部紧挨着冰冷的铁轨。

一列货车,从他身上呼啸而过……

(选自《面朝大海　春暖花开——海子的诗情人生》,安徽文艺出版社 2005 年 7 月 1 版)

陈进
（1983— ）

青年学者、作家。安庆市人。17 岁写作长篇小说《固都》，后由花城出版社出版，被华北水利水电学院图书馆列入大学生素质教育推荐书目；大学时出版有长篇小说《青春那么八卦》。2005 年加入安徽省作家协会，2008 年当选安庆市作家协会理事，系安徽省首位公费出版著作的少年作家、首位在 CSSCI 来源期刊发表学术论文的文学硕士等。曾获江苏省第 22 届报纸副刊论文奖、南通市政府文学艺术奖等，多次在国家大学生素质教育基地等进行专场学术报告。2007 年在团省委、教育厅、省学联联合举办的安徽省第二届十佳青年学生评选中进入前 30 名，获安徽省第二届优秀青年学生荣誉称号。主持过教育部人文社科项目子课题等多项科研项目。《中国教育报》2005 年 2 月 3 日发表评论文章，评价其为超越韩寒、郭敬明的青年作家。2007 年，因其文学成绩，被国家教育部哲学社会科学研究重大课题委托研究项目列为研究对象。

固　都(节选)

第一章

四月份的天亮得很早。天帝的十个儿子被后羿射得只剩一个,成了独子,日子反而难过起来。蒋干初中的一间教室里老师正在讲数学。如今数学老师的称号不代表一个人在数学上有多高造诣,但必定在人文素质上很没造诣。这老师成不了特例,讲课时操着谁也听不懂的方言,洋洋洒洒说的都不是给人听的,乃是真正意义上的牛对人弹琴。所幸引来了窗外枝头几位麻雀做知音,唧唧喳喳之声与之成琴瑟之谐,相得益彰。

这是礼拜天学校为创收所开办的补习班,凡交钱之人皆能入座。任课老师深明校方的初衷,纷纷为钱而教,往往站在讲台上,大脑还在良宵美梦中神游,口中居然能传道授业解惑,非我辈能及。可见他们的嘴巴仿佛春秋时期的诸侯国,敢于不听中央政府的号令。陆帆影和佳人今天上午有约,本想乘老师神游未归,脱身而逃。不料这老师的神游好比初嫁女子的离家,留恋得竟要一步三回头,游来游去也不过是在家门口徘徊,害得陆帆影的去意备受折磨。

不久,这老师的肚子里哗哗作响,想必阿拉伯数字也染上了阿拉伯人的嗜好,钟情清素,与肠胃里昨夜纳得的鱼肉荤腥水火不容,同室操戈。这老师夹紧两腿四下寻觅可充作卫生纸的对象,目光扫到课本,想自己不学有术,这东西不过做做形式,于是解放思想注重实效,匆匆撕下几张朝厕所绝尘而去。陆帆影得此良机,紧随其后,猫身从后门溜走。

前些日子,陆帆影情窦初开,喜欢上了一个经常在上学放学途中遇见的女孩。陆帆影父母的职业是在小城师范学院里开烟酒商店。临近中考,陆父一口气给儿子请来两个家教，好比生重病的人吃的药都是猛料。其中一个教英语的便是师院的大二男生。那男生在爱情上常受刺激，便借教书来泄愤。所讲的课仿佛现在流行插播广告的电视剧，私下里说些什么“大学里处女还没处长多，能找到的都是二手货。”陆帆影受他启蒙，思想里有了早日考虑终身大事的意识。那男生坚信爱已不在身旁，又教导说家花没有野花香。陆帆影茅塞又顿开，原来众里寻她千百度，那人却在上学小道中。

橘子红了，是该摘了，唯惜不便结识。好友李庆帮他忙，找到个以情书扬名于校的校友写了封情书。那多情才子名叫韦至傲，抢来曹子建的才华，自称才高十六斗。外界传言徐志摩曾托梦于他，所以下笔字字珠玑，摄人心魄，和琼瑶小说并成为校园双害。据说有许多纯情少女都拜倒在他的烂笔头下，也因此教导主任及不少女生家长都对此人深恶痛绝，恨不能他和徐志摩一样英年早逝。从这封情书上就可窥一斑：

My dear：

Kiss——哦，对不起！我把 Miss 错写成了 Kiss，不小心吻了你一下。但无心的笔误正表明我有心的意愿。

如果你是落霞，我愿是孤鹜，我要与你齐飞；

如果你是秋水，我愿是长天，我要与你一色；

如果你是皓月，我愿是繁星，我要与你辉映；

如果你是秋夜点燃的一根蜡烛，我愿是此时少女在窗前的思绪，因你而生，因你而存……

如果——还能再说些什么呢？这世界再怎么纷繁芜杂，再怎么绚丽多姿，这些喻体用来形容我与你，都不能算是尽善尽美的贴切，那么，请让我不再含蓄地表白——如果你是你，我愿是我，我要与你相依相偎相知，相伴到天涯。

好了，夜深人静了，我辍笔了，又该到梦里和你一起飘摇了。想约你某天晚上重温荷塘月色，可以吗？静待佳音。

Yours

这情书送交之后，关系并无多大进展，效果仿佛陆帆影自己投一次稿，不过那女孩每次遇见陆帆影总要多凝望几眼，目光中常含有几分如水的羞赧。和尚见了都要动心，恨不得在红尘和佛门间来去自如，更何况陆帆影这种凡夫俗子。陆帆影终于忍熬不住，鼓起十二分的勇气向她表白出交友的打算。所幸有情书铺路，那女孩欣然答应，并告知名叫周茵茵。

此后陆帆影谈不上茶饭不思寤寐不服，比不了古代艳情小说中的男子痴情。只是学习的心思涣散，翻开书本眼前就浮现出周茵茵的影像，正符合古人所说的“书中自有颜如玉”。现实中能做的只是路上相遇时打打招呼。物理学中说落差可以产生能量，陆帆影自产自救，利用这能量约周茵茵出来玩。

陆帆影从教室里逃出后，一路飞奔约定的地点而去。现在能让人不厌烦的会大概也只剩约会了，所以周茵茵已早先一步到达，在那翘首以待，远看去竟仿佛一伫望夫石。石头看见陆帆影，噘着嘴微愠地说：“怎么才来呀？我都等了很久啦！”陆帆影连连道歉，将罪过一股脑全推给了学校和应试教育。两人也由此产生了共鸣。相传吃饭能培养关系，否则何以有那么多的大小会议商贸洽谈都在酒店中进行？陆帆影提出共进早餐的意愿，周茵茵嘴一撇：“好，就给你这么个赔礼的机会。”

两人走进一门前炊烟袅袅的饭馆，那飘在空中的气雾都能勾引人的食欲。店主见到一男一女而来，兴奋得两手互搓，因为经验告诉他此时即便是铁公鸡也会拔尽身上所有的毛。不想进门后，陆帆影大扫他财兴，泼他冷水说：“两碗水面。”

找好座位坐定，陆帆影问周茵茵是哪所学校的，得知是十四中初一的之后，吓得伸了伸舌头，想自己摘的这只青苹果真是青出了水平，青得发绿又发黑了，连幼齿都不放过。周茵茵见他神情滑稽，问怎么回事。陆帆影忙摆手笑着说没什么，又想自己另一位家教金远南在十四中教物理，会不会就是茵茵的老师？正欲询问，转念一想天下怎么会有这种巧事，于是作罢。目光扫过墙上挂着的字画，这些字画是老板从废旧品回收店那里五块钱一斤称回来的，聊作装点门面。其中有一首是柳永的《蝶恋花》，大概也只有这一首字迹清晰一些，陆帆影附庸风雅地赞道：“这词好！这词妙！”

茵茵抬头端详一会，小声嘟囔：“什么嘛，我觉得还没你那封信写得好呢！”

陆帆影喜不自禁，刺探道：“那你当时看了是不是很动心呢？”

“嘁！才不会——”茵茵不屑地说，“你以为你很厉害吗？”

陆帆影轻叹一口气，这时几个虬须满面，五大三粗的民工拥进来要聚餐，看见茵茵时直勾勾的眼光都犹如笼子里的饿虎望见了扔进来的活兔。茵茵本能地产生畏惧感，其实女人见到意欲侵犯的男人产生出的畏惧感算不上本能，真正的本能是见到意欲侵犯的凶猛男人时产生的畏惧。这几个民工的外表正符合凶猛的条件，吓得茵茵轻声对陆帆影说："我听我妈妈说这些民工都是不结婚的，都不是好东西的。"

陆帆影见自己身体单薄，绝非那几位的对手，但乐观地想光天化日之下嘛，人的阴暗心理找不到生存环境，是不便表现出来的，便安抚人心地说："没有关系的，我说你是我的女朋友，他们看我这么帅，就会知难而退啦！"

"哼！美死你了！下次再不许想占我的便宜。"茵茵娇嗔道。

吃完早点，两人沿着幽长的小巷闲逛。小巷内一派古朴，颇能添出浪漫雅致。有时候恋爱与其说是谈出来的，不如说是吹出来的。陆帆影一路自我吹嘘，言语的基本大纲都像是从征婚启事上剽窃来的。茵茵听得晕晕欲醉，认为眼前这人就是自己日记中出现的白马王子。男人的普遍心理是温柔的女人适合做妻子，风骚的女人适合做情人，可爱的女人适合做女儿。茵茵居然能揣透男人的心理，途中不断地去掉原先的骄蛮、任性，瞬间变得温驯许多。

和茵茵这样漂亮的女孩子一同逛街，陆帆影觉得脸上顿时增光不少——路上许多男人都投来艳羡的眼神。陆帆影幡然悟出其实在男人眼中美丽的女子和平庸的女子许多功能都是一样的，只不过前者比后者要多出一种争面子的本领。没本事的男人寄望于妻子漂亮，自己便有面子；真正有本事的人就不在乎妻子的姿色了。妻子就好比是件衣服，可见原句出处《三国演义》的作者罗贯中果然乃一代先哲——平实柔暖的内衣是家庭主妇；华美气派地穿在外面当然能改善人的形象，这就好比大老板身边所带的小秘书了。这种衣服穿在里面，就像汉代童谣里说的"得了富贵不还乡，如穿锦衣夜里行"，最不划算。陆帆影想茵茵这种女孩最适合带出来逛街了，再一想，难怪现在满大街的都是美女，原来丑女都躲回家烧饭去了。

两人来到城郊的落英桥，桥名取自《桃花源记》中的"落英缤纷"。此时春末，桃花正艳，风拂瓣落，桥下流水中浮逐着片片粉红色的桃花，美景怡人。茵茵看着不由得发出赞叹，然后转过头来轻声试探："你的女朋友介意我们俩待在这里吗？"

陆帆影笑道:“我都十几年没见过我的女朋友了,一日不见,如隔三秋啊——”

“那你——”茵茵正要计算一共多少秋,醒悟之后可爱地吐了吐舌头。继而转移话题,指着天的最后一抹朝霞说:“你看那儿是不是也很漂亮?”另一只手垂下来无依无靠地轻漾,似乎在等什么东西支撑。陆帆影只注意到晨光洒在她那写满幸福的脸上,其他的并未领会。

第二章

陆帆影所成长的小城地处江北,临江倚山,在看相人的眼里是块风水宝地。但看相人的话往往只可视作恭维——现实中小城的整体情况异常地差。众生皆知,环境和经济当今是此消彼长的。所谓异常,就是说小城环境破坏得一塌糊涂,经济却纹丝不动得如同佛家坐禅。教委领导果然是市领导的下属,办事风格一脉相承。一批批的学生成了素质教育的实验品,素质教育仍是速制教育——小城的工业可能还没都实现流水线生产,教育却先行了一步,令人钦羡。每年高考之后,成品批量至全国各地,祸患蔓延,流毒无穷。

陆父读书那时正逢十年动乱,“文化大革命”革了他文化的命,文化程度只有高小。因此有着一种对文化的向往,与大多向往相同,总还伴随着盲目追求,于是刀枪棍棒十八般武艺样样精通,无所不用,逼着儿子从小热爱学习。陆帆影小学时所在的学校地处偏僻,里面的老师基本野蛮尚未开化,夏天打的苍蝇还没打的学生多。女教师物尽其能,高跟鞋亦可充作武器。当时的环境是老师可以打学生,学生绝不能打老师,极不公平。好比东北虎咬死了人,国家依旧把它养着;但如果人打死了老虎,就会被判处死刑。可见那个时候的那种老师与那个被称作东北虎的畜生无异。陆父那时经济富裕,经常送礼给老师,老师们不愧为万世师表孔夫子的弟子,懂得礼尚往来,返送拳脚给陆帆影,将其成绩打得一路凯旋,小学毕业后考入省重点蒋干初中。

陆帆影幼年在文学上颇有天赋,这全仗他外公的启蒙培养。可惜他外公没有等到看见自己外孙成为一代文豪的那天就仙逝了,令人长叹。陆帆影从小看多了书,文人的才华没学来多少,倒学会了文人的吹牛。从小学一年级起就立志要写长篇小说,发狂言说要写出中国第五本名著,直到六年级一共立志六次,书名也换了六次，书中一字未着，该着的时候都趴在桌子上想自己如何名垂青史上去了，但好歹也算是个才疏而志大的人。

进入中学，重理轻文的现象立刻凸显出来。文科好比政治领域中的在野党，并无实权。蒋干初中每年都有学生在各级理科竞赛中获奖，学校把这些人吹得都不成人了，变成氢气球飘在空中不食人间烟火了。文科的奖项仿佛是家丑，因为家丑是不外扬的。大凡感情丰富、不想学习的青苹果都被学校团结了起来，成立了组织，避免闲散着成为害群之马，这个组织名叫——文学社。名言说都是坏人就没有坏人了，所以文学社的内部倒也怡然自乐，相敬如宾，尽管不被外人瞧得起。中学里以搞文学为耻辱，陆帆影陡然来到这么个新环境，适应不了，只是再不敢像小学那样口出狂言口无遮挡了，写些文章都像是地下党在接头。陆父身为商人，思维上当然有商人的特点——陆父从经济角度考虑，如今能赚大钱的都是理科生，文科生只配在后面啃啃骨头，师院中文系的老教授写了一辈子的书，文笔恣肆，追古思今，可是最终还是要面对现实问题，掏钱自费出书。思于斯，陆父当然配合学校的教育倾向。

陆帆影本人的意志不过是一风头草，刹那间理科兴趣大增，幼时的文学才华逐日荒废，最后就和史上的楼兰古城一样了。开学第一次期中考试，数学成绩冠绝全年级，老师对他青睐有加，鼓励他日后报考国家理科实验班。不料初二时碰上生长发育，多余的劲用不掉，异常迷恋足球，学习仿佛一个善吃醋的女人，见他感情如此不专一，遂弃他而去。此后成绩一落千丈，成为学校的大不幸和其他优生的大幸，可见学校和优生的利益也并非完全一致。

初三下学期刚开始时，陆帆影迫于形势，决定认真学习。上次一模，勉力跻身全班十甲。之后便结识了茵茵。约会的翌日，陆帆影一回学校逢人便吹自己有女朋友了。如今初中生早恋雷声大雨点小，往往都是单相思，真正能开花结果的为数不多。同学们听到后都羡慕得不得了，再不约而同地要陆帆影请客。陆帆影后悔不迭，堵口已晚，只好改口："哪里哪里，开玩笑的嘛，她正在追我，我正在考虑呢。"

今年市教委也许良心发现，终于要弘扬素质教育了，素质教育的内容亘古不变，也就是"德智体全面发展"七个大字。实际运作起来，便是在今年的中考前加试体育——弹指吹灰之力也算是小城教育的一次伟大改革了，引得小城的记者们仿佛看见了比厦门红楼更大的案件，日日前来采访报道。可见领导们做的事要用化学分析的眼来看，成就再小，却是一粒金子；常人成就再大，毕竟只是一块铁，价值自然不可同日而语。

通常古代尸骨遍野的战争都是由帝王的一喜一怒造成的。同种道理，教委领导这一轻轻启齿，下面的反响剧烈无比。体育用品宛若下雨时店里的伞，平时无人惠顾，此时热销成火。操场上每年春天绿草如茵，乃是少有人用的表现，这会儿糟践得如同被理发店学徒实践过的头发。体育老师原本在学校里不被其他老师甚至学生瞧得起，但现在地位平步青云，仿佛中了状元的朱买臣。据说这种命运变迁最容易造成报复的变态心理。体育老师行于校园之中，常常被虔诚的众生围而问之，老师眼睛一瞟，说："怎么？现在急了来找我了？我说过的体育这东西不比你们的文化课——冰冻三尺非一日之寒啊！你们平时不是以为文化课好就自以为是了吗？嗯——现在吃到恶果了吧！"说完做一个幸灾乐祸的表情，阔步而去。

陆父看见儿子把大好时光用在跑步上，本应心痛，但跑步也能跑来分数，只不过来路不同罢了，就好比贪污的人断然不会拒绝受贿，也像喜欢美元的人拿到等值的人民币，肯定同样高兴。陆帆影跑来跑去就厌倦了，想大不了三十分，还不至于这样把人引诱得和狗一样驱使，只要文化课考高一些也一样。于是跑步的时间用在读书上，读书的时间用在想茵茵上。四月底体育考试，那天陆帆影和好友李庆结伴骑车去体育场。陆帆影的自行车仿佛林黛玉，终日戚戚焉，半路中链条忽然断了。两人只得推车前行。这自行车新买不久，后天既然没受到磨损，就只能归咎于先天不佳了。陆帆影曾向父亲叹这车子质量太差。陆父倒有古代贤明君王的作风——王子犯法，与庶民同罪，立场大公无私地站在车子一边骂儿子，骂得滔滔不绝几近洪涝灾害。西周召公虎说："防民之口甚于防川"，不过这种民的口不防反而甚于防洪。

陆帆影带着几分郁愤翻看说明书。如今中国货都时兴取洋名字，这车名仿佛和蒙娜丽莎义结了金兰，唤作"蒙娜莎白"，不出意外应该是中国货。果然——生产地注明了是"浙江省利物浦市"。陆帆影不知中国版图上还有这么个地方，打开地图来找，不料横扫六合后仍没有发现。所幸有大局观，放眼全球，终于在英国觅得了"利物浦"。而后连叹这产地中西合璧的巧妙，是个罕见的杂种。

来到体育场，时间尚早。人影稀疏，取而代之的是场外满地狼藉的饮料瓶，一位一身沧桑的老太婆正俯身拾捡。两人放好自行车,在附近闲游起来。前方大榕树下有个算命看相的老头,这种职业最不简单,对自己和家人的命运全不知晓,但居然能看透陌生人的一切,乃是真正舍己为人的楷模。

陆帆影向来讨厌这种人,于是拉李庆上前准备戏弄,问道:“这儿算命吗?”

那老头久无人问津,正懒洋洋地在阳光下瞌睡,此时有人来咨询,不禁大喜,精神抖擞得仿佛好斗的公鸡盼来了对手:“是呀是呀,我这里人生事业家庭婚姻全算皆准。”

陆帆影细吐戏言:“那——我想算我们今年中考数学的题目。”

那老头有生以来第一次面临此举,窘迫得只恨自己厚积薄发的专业术语派不上用场。但他兼有市侩的灵活与善辩,忽想起家中孙子平日做题只填四个英文字母,于是做掐指冥思状,那伸出的手细白嫩滑,这正是吃脑力劳动饭的标志。不久,说道:“算是算出来了,可惜告诉你们题目也是治标不治本,不如直接告诉你们答案吧!”接下来把那四个英文字母乱报。可悲了那些呕心沥血的出卷老师,命的题目解决起来这么容易。

这时陆帆影的肩膀突然被身后的人拍了一下,转过头去,是同学蒋毅那张杀气腾腾的脸。正诧异间,蒋毅咧嘴道明缘由:“老子喜欢的马子你也敢泡?不想活了?”陆帆影的意识里立即浮现出茵茵,又望过去,蒋毅身后还有几个长发飘然的小混混。动物中都是雄的比雌的毛长,比如鸡和狮子,人却相反。所以那几个长发飘飘的男人只算是退化还不彻底的人或进化尚未完成的畜生。蒋毅手一挥,畜生们豕突而上。陆帆影见自己的爱情和生命都受到了威胁,仓皇而逃。

重新返回体育场时,体育考试已经开始了。评分老师看见陆帆影,皱眉说:“怎么现在才来?”然后示意可以考了。陆帆影的体力早已在刚才的奔跑中耗尽大半,好比酒宴上的菜大多在吃饭前吃掉。陆帆影的体育成绩极度不理想,比一般人都少了十几分,但原先也并未怎么看重体育考试,因此不是很难过。加之李庆在一旁的安慰,很快就无所谓了。出操场门时,竟撞见身为评分老师的表叔,彼此都吃惊不小,无奈亲情再亲,在规则面前还是无能为力的。相视一笑简单问问之后,就此离去。

第十三章

与球赛同时进行的还有广播站的编辑招新。广播站的编辑在学校里久负盛名,是伯中校园文学事业的中流砥柱。校报副刊上每期的垃圾十有八九出于这群人之手。陆帆影向来对自己的文字功夫不抱自信,看着别人写出一手好文章,好比美国六七十年代青年看我国“文化大革命”,空有神往之力。那女实习老师看过陆帆影的几篇作文后,竟表扬说文理通畅,想象宏富,鼓励陆帆影去应聘编辑。陆帆影见自己的文章居然能被人看上,犹如一个相貌奇丑的人收到了异性的情书,欣喜不已,当下直奔那报名点而去。那报名点设在校门口,两个女孩坐守于斯,与远处的小卖摊相映成趣。外观上更像是在给学校收门票。陆帆影喊了一声:“我要报名。”一个女孩正低头望着手中的漫画书傻笑,另一个女孩伸出一只玉手。陆帆影不知所措。那女孩见对方久无反应,终于莺声燕语吐出一句:“报名费两块。”

陆帆影未曾料到前来应聘还须交钱,想学校真是敛财有方,隐愤地交出两元钱,换来一张报名卡。

招聘考核那天,陆帆影跑去。一间大阶梯教室里挤满了对广播站慕名已久的学生,安静无比,足见他们的虔诚。陆帆影坐下时“咣当”一响,打破无边的寂静,顿时有种对不起人民的感觉。不久,一个女老师推门进了教室,快步走上讲台,手中拿着一苹果。陆帆影猜想这苹果就是题目。不料这猜想只成立了一半——那老师拿起苹果尽其所能地啃下一口,顿时她的樱桃小口内鼓胀得像是退化成了猿猴的食囊,半天说不出话来,陆帆影担心她要憋死。那老师用劲咽下后,喘气道:“好——这个咬了一口的苹果就是题目,大家可以写了。”然后把苹果放在讲台上,咬过的地方还残留有她的口水。陆帆影感觉这个题目似乎是从哪偷来的,冥思苦想了一刻钟,仍未现出端倪,只好乖乖地写起作文。陆帆影只将那咬过的苹果细致地描摹了一下,交上去后已是最后一个了,教室里空空荡荡,可见那些人都是倚马千言,立等可待的人物。出门时,随意地回头一看,那老师正津津有味地吃着陈列了一个多钟头的苹果。

几日之后,学校宣传栏贴出通知。陆帆影竟凭着一篇破文神奇地进了广播站,同时录用的新人还有另外九个。通知上说今天下午四点开会,陆帆影想他们肯定会有迎新活动，于是欣然前去。这广播站坐落于伯中一个十分偏僻阴湿的地点，长出蘑菇来也属正常的地域性特征。陆帆影一进广播站，迎面一股冷气，里面的人文环境比自然环境还要阴湿。几个面无表情的老工作人员正坐在那，新人都诚惶诚恐地站在一旁等会议开始。陆帆影渐渐感觉到人生早期的官僚主义已在这萌发。人全来齐后，终于有一个老工作人员站起来说了话："嗯，大家都是搞文化的，搞文学的，大家都知道文学最重要的是守得住寂寞，要看透人生一切浮华，所以什么迎新活动我们就没搞了，什么客套话我们也不多说了，因为那些东西就像浮云一样。"陆帆影仔细看这人何以说话像个方丈一样，只见此人面容倦怠，神情冷淡，早衰得仿佛是个四五十岁的人，他能活到六十岁就算是他捡了个大便宜。那方丈又说道："现在大家都坐好吧，等一会宣传部的老师要来给我们指导工作。"

那所谓的宣传部老师其实不过是个刚从师范毕业的中文系男生。大学里中文系其实是个混日子的地方，左不及数学物理那样需要思维力，右不及英语法语那样需要记忆力，夹在中间仿佛一对夫妻搀着个老人。那男生在香烟里熏出一个毕业文凭，又在酒精中泡出一个学士学位，自以为两样法宝在手，行遍天下无敌。不料如今公司老板招秘书初试看性别，复试看姿色，决试看功夫，由此也可见得为何现在许多中文系把《金瓶梅》列为必读书籍。那些老板一见对方是个五大三粗的男人，立即扫地出门，无任何回旋余地。那男生举步维艰，最后只好来到生活作风相对保守的中学。一会之后，那宣传部的老师翩然而至，主持会议。会议正式开始，那老师的开幕词像是在吟诗作赋："在这个风和日丽的下午，啊，应该是傍晚了，夕阳西下，红霞满天，落日的余晖洒满校园，微风掠过我们的发梢——"陆帆影梦回盛唐，流连忘返，不幸被一句话拉回现实——"下面我来读一下广播站的工作章程。"

那老师朗诵完毕，叫大家自我介绍。第一个站起来的是个相貌不错的女生，在冷面上摆出一个春意融融的微笑，加大亲和力说："大家好，我是广播站的站长，叫韩清照，负责播音的，希望大家日后团结在一起，认真工作。"她没说出实话是要团结在以她为核心的周围。

第二个站起来的是那方丈："我叫李仿白，是编辑部的部长。我自幼热爱文学，我的座右铭是人可以一日无饭，但不可一日无文学。通过这么多年对文学的接触，使我已看清了文学的道路是曲折的。虽然现在我们的文学遭遇困境，但我相信她的未来将是无比辉煌的！”说完捏紧拳头举到头边，仿佛在宣誓。

第三个是个眼睛极小的女生，好比一块白大饼上撒下两颗芝麻，优雅地说：“我的真名就不说了吧，那是父母取的，只能代表父母的意愿。我的笔名叫造庵，平心而论，我是一个高雅的人，也只有高雅才能懂得文学。我曾经遇到过一个作协的，像他那样的俗人不配搞文学。他一味地说自己高雅，这就是俗。真正高雅的人是不会说自己高雅的。好了，我的发言完了。”

第四个一袭黑发紧贴头颅，远观像和尚戴了一顶廉价的帽子：“我叫王学勃，笔名叫码墙。这名字很土，但正说明文学要与人民大众联系起来。”陆帆影认真观察这群文学青年。有位头发稀疏干黄，宛若秋后一把火未烧尽的草地，“蓬断草枯，凛若霜晨。鸟飞不下，兽铤亡群”；有位人中奇长无比，鼻子和嘴相距甚远，果然是“君住长江头，我住长江尾”，说话时嘴巴拼命往上挤，正如“处江湖之远，则忧其君”；有位鼻梁高得仿佛撒了 N 个谎的匹诺曹，露出的鼻毛若隐若现，飘飘忽忽，如同“东家之子，增之一分则太长，减之一分则太短”；窗外吹来一阵风，一位女生脸上脂粉“落英缤纷”，现出一脸雀斑，好比是“忽如一夜春风来，千树万树梨花开”……陆帆影见这群人修炼得在相貌上都具备了文学气质，自叹弗如，亦不敢见贤思齐。轮到自己站起来时，匆匆说道：“我叫陆帆影，也——喜欢文学，希望以后和大家能相处愉快。”

编辑部发言完后是播音部。陆帆影原以为她们说话一定吐字清晰、发音纯正，不料等她们一开口，才知道常人和她们之间不是水平上的差距，而是风格上的迥异，好比一群鸡叫的地方突然来了鸭叫，自然奉为精品。其实播音员的声音仿佛是女人的外表，往往在外面光艳照人，回到家中卸妆之后，便是真实的普通。

工作安排下后，陆帆影和另外两个编辑负责每周三下午的校园文艺，这栏目是播一些学生们写的文章。陆帆影每周二下午放学要去广播站阅稿选稿。陆帆影原先对那些校园作家校园诗人敬畏得不敢接近，雾中的山当然给人以神秘并且高不可攀的错觉，所以连自己能进广播站当编辑都认为是小人得志。今日一见那些人的作品，自信大增。那厚厚一垛稿子无不是能从一杯茶里看出人生，离家一个钟头就“每逢佳节倍思亲”，喝了一杯牛奶能大鸣大放社会主义好，遥望夜空能感到百年孤寂，登上山坡能追思上古，临江必陨泪，野游必狂啸，对花必伤情，赏月必怀旧，吃饭必思苦——这也是当今中国校园文学的共同特征。陆帆影直为那么多书写上垃圾的稿纸感到惋惜，只觉得它们好像是遇人不淑的良家妇女。父母那边劝儿子不要因为广播站的工作影响了学习，陆帆影说当然不会。

每周五下午五点到五点半广播站开例会。第一次去的时候未把握好时间，早到了半个钟头，只好伏在桌上做物理竞赛。其他几个文青们正在侃文学，一个叫贾作岛的人缺乏基本的文化常识，说道："我挺喜欢鲁迅的长篇小说，他的《呐喊》真可算得上是旷世巨著，不输给四大名著的。"

笔名叫作码墙的王学勃说道："我还是喜欢琼瑶的作品，我觉得她最优秀的作品根本就不是媒体上说的《梅花三弄》《还珠格格》，而是《倾城之恋》，讲的是翠翠和觉新凄美的时代之恋。听说琼瑶还有个姐姐叫路遥，也不错的，日后一定拜读。""我们说的是纯文学！"造庵叫道，"请不要讲那么庸俗的东西！"然后两人就纯文学与通俗文学争吵起来。骂架当然是女人的特长，码墙败下阵来。造庵变性，宛若一只斗胜的雄鸡。何居易长叹一口气说："唉——老一辈的文学家们都离我们而去了，文学的现状真是每况愈下，令人担忧。看看现在的妓女作家少年作家吧，都是些什么东西！"

在一旁沉默很久的李仿白终于开了口："话也不能说得偏激。我表哥就是个少年作家，他曾在《亚洲文学》上发表过一篇中篇小说，被海外学者、摩尔斯登大学汉语研究中心主任认为是中国少年人第一部理性的中篇之作。"

贾作岛问他表哥多大，李仿白答曰二十三，陆帆影忍不住哈哈笑道："二十三还叫少年作家？要这样真正的少年都成幼儿了，幼儿都成受精卵了，哈——"

李仿白意味深长地看了他一眼，没有说话。造庵皱眉道："陆帆影啊，我看你也是个文质彬彬的人物，怎么说起话来如此粗俗不堪呢？"

众人这才注意到陆帆影的存在，何居易伸过头来看他在干吗，结果满眼的天体运动，然后又摇头叹息："唉——学理科是赚大钱啊！现代人的精神家园都荒芜了，真叫人怀念八十年代，唉——"

陆帆影渐渐感到这人是白痴，懒得理他。这时走进来一女播音员，说道："我昨晚写了一篇心情随笔，我文学鉴赏能力不行的，你们给我看看，提提意见好吗？"说完将一本硬面抄递到李仿白手中，各位文青先后看过，最后转给陆帆影。那篇心情随笔行文如此——

静夜感悟

夜凉如水，我静静地一人坐在窗前，望着幽邃的夜空。微风轻轻掠过，皎洁的月光和闪烁的寒星令我的心化了，身体也化了，融入这广阔的无边的夜里面。

也许，我不应如此陶醉；也许，我不应如此倾情。但，在这样一个多愁善感的花季雨季里，我怎么有理由拒绝这发自内心深处的呼唤？

沏上一杯香茶，孤独地品味人生。掐指一算，我来到人间已经十六年了。无论风雨，无论阳光，我都曾经历过。曾经沧海的我对爱情也许还有一丝懵懂。其实爱情正如这杯浓茶，呷一口，涩涩的，但是细品之后，你会发现这是世上最美好的东西。爱一个人，你不需要追求到他，心中拥有——这便足够了。

陆帆影看完后，播音员笑吟吟地望着他要他评价。这世上虚弱的东西一鞭笞就死亡，强壮的才会越鞭笞越强壮。由此可见为什么现在越是有名的人越是有人骂，而且越被骂越出名——这也说明善骂如王朔那样的人其实是悬壶济世的神医。陆帆影盛情难却，又实在不忍心掐死这么个气若游丝的病夫，只得违心地连连说好！好！

例会结束后，站长韩清照走出广播站，一位窈窕少男快步上前说："我在这等你很长时间了，礼拜天下午能陪我去逛逛街吗？"韩清照冷冷地说："我很忙，没时间。"那少男痴心不改："那下个礼拜天呢？""也没时间。"那少男不到黄河不死心："下下个礼拜天行不行？"韩清照终于不耐烦地说："你不要再缠着我好不好？"

窈窕少男一脸的失望，眼眶中含着晶莹的泪花："难道你真的这么铁石心肠吗？这么多天来，我一直在等候期盼。我为你付出了这么多，难道你真的就不为所动吗？"韩清照确实真的不为所动，陆帆影在一旁看得都心软了，想以前是多情少女薄情郎，如今世道变了，变成薄情少女多情郎。女权运动果然开展得如火如荼。出校门时恰好又遇见韩清照，问她刚才是怎么回事。韩清照说："这男孩子一天到晚都缠着我，说他要追我——烦死了！前几天居然还买了一个大布娃娃送给我，我没要，这人很讨厌！"

陆帆影同情那少男："我觉得那男孩子挺不错的呀，又那么追你，你为什么不答应他呢?”

韩清照说:“不是你认为的那些原因。其实追我的优秀的男孩子还多得很。关键是我们现在还是中学生,是不能早恋的。我们要对得起自己的青春,对得起父母,对得起学校的培养。劝你也和我一样。好了,我先走了,我放学从不和男孩子同路的。”陆帆影望着她逐渐远去的背影,想这年龄还活得像个中性人,真是有病——也不尽然,假如她早恋的话,也许学校老师就不会这么看重她,让她做广播站的站长了。想想觉得无聊,又想物理竞赛题目去了。

第二天,李仿白正拿起书包要走,匆忙中掉下一本笔记本。陆帆影帮他拾起来,随手翻了翻。李仿白一把抢过来,说:“没什么好看的,没什么好看的。”陆帆影从他的神情里觉出一些蹊跷,可是又不好细问。广播站里只剩下了他和贾作岛两人,这时有人来点歌,交了两块钱。贾作岛收下后,说周五开例会时交给负责财务的人,这是规矩。陆帆影对这种事情丝毫不在意。回家的时候,贾作岛要请陆帆影吃东西,炸了四串羊肉给了他一串。酒肉穿肠过后,贾作岛抹了抹嘴不经意地说:“哈!两块钱竟然这么花掉了,算了,不交给他们了,不说他们也不知道。”陆帆影一怔,马上意识到请客的用意,食人嘴短,被人封了嘴。心想贾作岛这人真是猥琐。

某天去广播站审稿,房间里面只有韩清照一人正伏在桌上睡觉。陆帆影对当今中学生睡眠缺乏有切肤之痛,于是没有打扰她,一个人看稿子。随手翻到一张广播站的宣传报,上面写道:“这里有飞扬的青春,这里有蓝血的灵魂(古西班牙人认为贵族身上流淌着蓝色的血液,后西方人用蓝血泛指有高贵智慧的精英才俊),这里是校宣传事业的生力军,这里由来自全国各地的青年精英组成。”看后哑然失笑,伯中的学生星散小城而已,然而小城作为全国的一部分,好比鸡屁股上的毛自然也是鸡的毛,所以那样说也不算过分,不过如果改成来自世界各地,或许会更气派一些。

陆帆影看了几篇矫情造作的稿子,累得站起来踱步。长桌最旁边有几本书,乃是李仿白忘带走的。陆帆影走过去看看是些什么书。最上面一本是《中国处世全书》,立马被这大名唬住了,想李仿白这人不得了,真人不露相,其实内容只是将《颜氏家训》《菜根谭》之类的拼在了一起;第二本是《李嘉诚教你成为亿万富翁》,看过这书被李嘉诚所教的大概没有一个能成为亿万富翁,可见李嘉诚是这世上最差的老师,所幸他没谋这个职业;第三本是《怎样驾驭你的下属》；最下面一本乃是李仿白那本神秘不可示人的笔记本，陆帆影好奇地把它打开，扉页一行字映入眼帘："智商高的人只能被人管，情商高的人可以做总统。"看不出李仿白还是这么个胸怀大志的人，而且学习成绩不好还有这么个崇高的理由。里面一页页的像是记流水账："3 月 10 日，喊叶小京，他没有理睬。""3 月 21 日，马克强和我吵架。""3 月 23 日，刘晨晨请客没有请我。""3 月 29 日，胡信坚和我顶嘴。"……满满一本全是这些东西，有一页竟改了宋江那首著名的诗为"他年若得凌云志，定教血染浔阳江"，看来是记仇的，翻到一页还有自己——"4 月 22 日，陆帆影开粗口讽刺我表哥"，正在笑想李仿白将会用什么办法报复自己，这时熟睡中的韩清照突然说起了梦话："来——磊——来——啊——啊——"同时呼吸急促，身体微颤。陆帆影呆了半晌，终于明白是怎么回事，见房间里就他们两人，怕待会人来了引起误会，慌忙夺路而逃。

陆帆影逐渐发现广播站是个虚伪肮脏龌龊的地方。私下里听贾作岛说韩清照其实是个心计很深的女人，其皮笑肉不笑可为一证；李仿白这人以自我为中心，凡自己不认同的，必会打击，而且和人说话时眼睛很少看人，成为中外医学史罕见的眼病；站内还派系复杂——韩清照身边有个"从龙派"；以李仿白、造庵为首的"倒龙派"想颠覆掉韩清照，专与"从龙派"作对，暗地在学校里收买些学生写信到宣传部反映站长作风问题；码墙与何居易有个"民主派"，常叫嚣要取消站内现行的民主集中制，凡事必要投票决定；就连和陆帆影一起新来的都以免势单力寡，迅速成立了一个"新壮派"，为陆帆影所不知……今天第一次听到这么多内幕，吃惊不已，问贾作岛是属于哪一派的，贾作岛笑笑说自己哪一派都不是，陆帆影要把他引为知己，不料贾作岛接着说自己是负责连横合纵的。

（选自《固都》，花城出版社 2004 年 1 月版 1）

后　　记

一百年前的今天，陈独秀创办的《新青年》杂志正式面世。它是一声号角，撕开了中国新文化运动的序幕；它是一面旗帜，让一批在黑暗中寻寻觅觅的先进思想者，握持了中国文明的曙光；它是一次日出，从中华民族几千年思想史的地平线下跃然纸上。这本小小的油印刊物，从此承载了中国人的文化命运与精神情结。距今已整整一百年过去，它在历史的深处依然熠熠生辉，依然"鼻梁之峻直，岐如眉棱"，这是诗人徐志摩对陈独秀的肖像描写，也逼真刻画出《新青年》杂志的文化个性。在20世纪的中国思想史与文化史上，没有哪一本刊物的影响力超过《新青年》。这就是伟大的《新青年》，永远的《新青年》！

1915年9月15日《青年杂志》（《新青年》的前身）诞生于上海，1916年9月正式更名为《新青年》。从此它成为了新文化运动的策源地，宣传"科学"与"民主"的主阵地。胡适、李大钊、钱玄同、鲁迅、陈望道、刘半农、周作人、沈雁冰等一代文化英豪从《新青年》这块阵地，登上了现代中国的历史舞台。青年毛泽东也从《新青年》中受益匪浅，并为他打开了一个崭新的世界。在斯诺的《西行漫记》中，毛泽东回忆起《新青年》杂志时曾如是说："《新青年》是有名的新文化运动的杂志，由陈独秀主编。当我在师范学校做学生的时候，我就开始读这一本杂志。我非常钦佩胡适、陈独秀的文章。他们代替了梁启超和康有为，一时成了我的模范。"《新青年》杂志对中国现代历史发展走向的影响，可见一斑。

作为当时省会的安庆，也有一批文化志士加入到《新青年》的队伍中，为中国新文化运动做出了难得的贡献。除了作为主编与创办人的陈独秀之外，如高语罕、高一涵、苏曼殊、潘赞化、王星拱、程演生、方孝岳、陈望道、陈乔年等，均成为《新青年》杂志的撰稿骨干，其中高语罕是新文化运动的第二主将，是陈独秀的副手，这些《新青年》杂志当中的安庆元素，对刊物发展起了很大推动作用。年方二十的方东美，1919 年与北京南下的学生代表段锡朋、周炳琳、陈宝锷接洽，参与发动了南京的“五四运动”。因此可以认为，安庆是对中国新文化运动有着独特贡献的城市，壮阔不惊，却波澜四射。

《新青年》杂志创办已整整一百年过去，作为陈独秀的故乡——安庆，没有理由不编辑出版有关新文化运动方面的书籍，这也就是本套丛书的由来。历史走过去一百年了，一场新文化运动，是否完全彻底地改变了中国旧有的文化生态与形态？对今天而言，新文化运动是否也有未竟的使命？这是我们必须思考的时代命题。一百年来，我们一直走在文化变革之路上，而且今天依然需要更大力量的行走，尤其当文化成为国家竞争、社会发展的软实力时，我们肩上的担子更重了。作为一个文化人，应该深深植根于历史之中，张开思想的口袋，承接雨露、阳光，也包括尘埃与砂粒，时时警醒自己，才能走在通往远方的路上。一百年过去，“科学”与“民主”的大旗，依然需要我们去擦亮，去完成，去实现“中国梦”。

从酝酿之初到付出行动，再到结出硕果，这套丛书整整历经四年的光阴。其间，我的人生也发生了巨大的变化，但我仍以常人难有的毅力坚持了下来，尤其在夜阑人静之时，那本小小油印刊物上跳动的铅字，那比灰尘更浓稠的油墨味，就从历史中透射出来落在我的枕旁了。唯有奋力向前——这也是当年“新青年人”的姿态，我们今天依然需要这样前行的勇猛姿态，才可能实现自己的梦想。因此，我立即组织了安庆本土几位重要的诗人、作家及全国高校的著名学者，利用业余时间，共同推进了这样一个雄大的计划——《安庆新文化百年》。

这套丛书的编选宗旨是集结安庆百年间的名家名作，当然也应选入年富力强的新生代代表人物。这是安庆历史文化的延伸，年轻人的身上承载着新的文化使命。如鲁迅文学奖获得者盛琼，“人民文学奖”散文奖获得者江少宾、胡竹峰，青年优秀散文家汪惠仁，有极大全国影响的杰出诗人陈先发、有极大全国影响的先锋诗人余怒，青年优秀评论家杨庆祥，黄梅戏表演艺术家韩再芬，全国著名学者张国刚、杨耕、查显友、朱万曙、王彬彬、胡阿祥，中国画当代名家朱松发，已产生全国影响力的青年优秀画家朱春林、蔡葵、王平、何晓云、张耕及当代优秀书法家吴礼奇、张沧、胡永刚、陶启富，等等。他们是明日的安庆文化之星，是优秀历史文化的传承人，也是未来广阔时代的开启者。我们有理由为他们入选这一套丛书而鼓掌！

在本套丛书出版过程中，安徽省政协原主席、安庆人在心中一直非常敬重的方兆祥先生，给予了很大支持与鼓励；安徽省政协副主席（兼任省文化厅副厅长）、安徽大学教授、博士生导师李修松先生自该套书策划始，在编辑、出版诸阶段均给编委会以高屋建瓴的指导、支持，并在百忙之中为丛书拨冗写序。其序言精深宏阔，为丛书增加了理性思辨与学术价值。安徽文艺出版社社长朱寒冬先生不计出版社经济上之得失，只以饱满、严谨、高效的工作作风，为文化事业而搏击，目标在远方，所有安庆人都应向他行注目礼，道一声感谢！一百年的安庆新文化，历史中的巨人身影有些是沉埋于各种灰尘之中的，只有整理出来，它才能享受到时代的阳光，才会熠熠生辉。在这悠长的历史巷道中，走过了一回，就能感受这套丛书诞生的不易。金庭柏、查结联、王达敏、唐先田、陈先发、何世华、舟扬帆、祝凤鸣、吴昭元、姚尚友等安庆籍贤达人士，对这套丛书的出版均给予了很大的关心与支持，在此一并致谢，以彰安庆文化之精髓。

特别应予感谢的还有安徽文艺出版社原副社长、现任安徽人民出版社总编刘哲先生，他参与了丛书的初期策划，并为丛书出版提供了大力支持。丛书责编张磊先生付出了大量艰辛的劳动，做了许多细致入微的工作，其敬业精神可嘉可赞。在丛书出版过程中，原芜湖市副市长、芜湖市企业家联合会会长程晓苏先生，安徽省文物鉴定站研究员、著名古陶瓷鉴定专家李广宁先生，安庆文广新局局长刘春旺先生，著名书法家冯仲华先生，著名国画家姚道馀、陆平先生，安庆市博物馆馆长姚中亮先生、办公室主任操春祥先生，徐鹏先生，著名黄梅戏研究专家、原安庆黄梅戏剧院院长韩笑龙先生，安庆师范大学图书馆馆长董根明及沈志富先生，优秀青年画家、安庆知名广告传媒人韦泓先生，及著名诗人西川、谭五昌、余怒、苍耳、汪治华、叶邦宇先生，合肥工业大学出版社资深编辑疏利民先生，安庆知名文史专家李银德、张爱斌、张皖生先生，原安庆台联会会长余望先生，企业老总程立、王和祥、陈曙明、江淮泗、疏胜祥、余峻峰、章礼祥、余贤良、张振文、周庆等诸先生提供了形式不一的支持，在此致以诚挚谢意！另对本丛书出版提供支持的还有：安庆世太史第管理处主任金忠阳先生，安徽盛晟集团办公室主任方宜先生，篆刻家姚开基、董之忱先生，优秀青年画家、收藏家马进先生，安庆懒悟艺术馆馆长、收藏家张庆及收藏家谷军、张晓东、王大利诸先生，在此一并道谢。这些对安庆文化“无名英雄式”的支持，使我内心充满了温存与感激，使我有力量来克服组稿与出版过程中遇到的种种困难。在此，应予特别致谢的还有一位枞阳籍的方晨女士，她陪伴我参与了《名家书画卷》的大部分组稿与编辑，成为幕后“小帮手”，并把她热情、能干、随和的好印象，留给了安庆书画界。

任何一本书或者一套书，都不可能是大包大揽的那种完美。本套丛书编辑之初，编委会即面临了这种困境。由于某些原因，不得不舍弃了著名历史学家、当代国学大师余英时先生的作品，还有诸如李光炯、凌铁庵、余协中、方守彝、胡远浚、陈澹然、储皖峰、汪少伦、邓季宣、徐天闵、张皖光等一小部分安庆籍的名家，或由于资料的匮乏、或因时间的仓促、或为丛书规模所限，这十多位名家作品本次未能选入，实是莫大的遗憾。编书是遗憾的事业，有遗憾，就有下一个期望吧。以后有机会从事安庆历史文化的研究时，我会弥补这次的缺憾。

秋天过去了，春天还会远吗？因为冬天过去，春天就近了。这套丛书切切实实是安庆百年文化的一个秋天，在《新青年》百年诞辰之际，我们为安庆文化端上了一桌丰硕的盛宴，现在丛书在手，任由各位品尝。历史文化需要整理、发掘，当然也需要整合、塑造，在新的时代背景下，如何不让历史文化成为一种精神沉积物，而让它不停地焕发出新的生命力与文化张力，这是今天的人们都应积极思考的一个重要问题。这套丛书不是学术性的总结，更不是“史”，而是安庆新文化百年创作成果的基本汇集，是我们从过去走向未来的一条走廊。窗户是向每一位读者朋友打开了的，丛书中的错讹及不完美之处，请各位方家、读者多予指正！

金肽频
2015 年 9 月 15 日于合肥铂金汉宫

出版支持

（排名不分先后）

余　望　张皖生　潘家凤　操玮东　熊结宝
周建华　蒋德升　张　帆　黄　烨　汪存烈
余贤良　陈明峰　王和祥　韦　泓　许振帆
梅云坤　陈曙明　鲍玉峰　张振文

出 版 致 谢

（排名不分先后）

安徽省文化厅
安徽省教育厅
中共安庆市委
安庆市人民政府
安庆师范大学
安徽省文联
安徽省博物院
安徽省美术家协会
安徽省书法家协会
安徽盛晟集团
安庆市文广新局
安庆中国黄梅戏博物馆
安庆市美术馆（安庆书画院）
安庆市图书馆
安庆市迎江区文化委员会
安庆市宜秀区文化委员会
安庆鸿达拍卖有限公司
安庆南方灯饰有限公司
上海芃进机电设备有限公司
安徽德深集团（潜山）
安庆企业家书画诗词协会
安徽缘酒集团
安庆市惠联科技电脑有限公司
安徽皖蜀春酒业有限公司
安徽物氏茶叶有限公司
安庆正奇投资发展有限公司